초판 1쇄 찍은 날 | 2016년 3월 21일
초판 2쇄 펴낸 날 | 2016년 4월 14일

지은이 | 서혜은
펴낸이 | 예경원

편집 | 유경화 · 안유진

펴낸곳 | 예원북스
등록번호 | 제396-2012-000132호
등록일자 | 2012. 7. 25
YRN | 제1-0136호

주소 | 경기도 고양시 일산동구 호수로 646-24 위너스21-Ⅱ 206A호 (우) 10401
전화 | 031-819-9431 팩스 | 031-817-9432
http://cafe.naver.com/yewonromance
E-mail | yewonbooks@naver.com

ⓒ 서혜은, 2016

ISBN 979-11-5845-088-5 03810

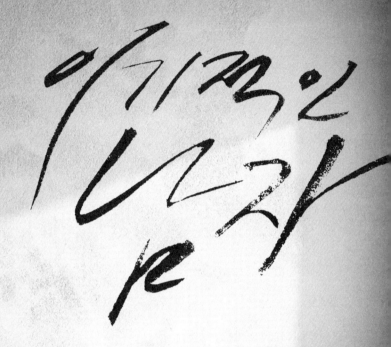

서혜은 장편 소설

YEWONBOOKS
ROMANCE
STORY

C · O · N · T · E · N · T · S

프롤로그

"선배. 선배."

아인은 고개를 돌려 소리가 들리는 강의실 끄트머리를 보았다. 까르르 웃음꽃을 피우는 여학생들 사이에 그가 서 있었다. 반듯한 셔츠와 재킷 차림은 특이할 것 없었으나 그가 입었다는 이유로 조금 특별해 보였다.

"어."

그가 무심하게 대답했다. 그는 강의를 마친 후 나가다가 잡힌 모양새였다. 원우가 가볍게 대답하자, 여학생들이 그의 곁으로 우르르 몰려갔다.

"점심 먹으러 가는 거예요?"

4학년 중 예쁘장하기로 소문난 소연이 불쑥 물었다.

"응."

"그럼 선배 저랑 같이 가요. 저도 아직 점심 안 먹었거든요."

소연의 제안에 강의실이 보이지 않게 술렁거렸다. 남학생들에게 인기

많은 소연이 남자 선배에게 직접 다가가 제안하는 일은 처음이었다. 더군다나 자기 친구들을 제외하고, '저랑'이라고 콕 집어 말했다.

"뭐냐? 저 둘?"

강의실 책상에 걸터앉은 누군가가 중얼거리는 소리가 아인의 귀에 꽂혔다. 빈정거리는 그 목소리엔 불안함과 끼어들 수 없다는 묘한 불편함이 뒤섞여 있었다. 여학생들뿐만 아니라, 남학생들도 별달리 표정이 좋지 않았다.

소연은 남학생들에게 인기가 많았고, 원우는 여학생들에게 인기가 많았다. 두 사람의 조합이 객관적으로 괜찮아 보이지만, 둘을 좋아하는 학생들은 엮이지 않았으면 하는 바람들이 더 커 보였다.

김원우와 이소연의 조합은 깰 수가 없으니까. 설령 자신이 갖지 못하더라도 그들이 공공재처럼 홀로 남아 있어주길 바라고 있었다.

사람들이 원우의 입을 주시하고 있었다. 아인도 고개를 돌려 원우를 물끄러미 바라보았다.

"그래."

원우는 별 고민 없이 대답했다. 동시에 대답을 기다리고 있던 소연의 얼굴에 웃음꽃이 피었다.

"네. 좋아요. 선배, 어디 갈까요?"

"그럼 다 같이 가자. 태철이하고, 승원이하고."

"아, 다 같이요?"

소연이 노골적으로 실망한 표정을 지었다.

"어. 너희도 다 같이 가자."

원우가 소연의 주변에 있는 여학생들까지 챙겼다. 혼자만 특혜를 받는 줄 알고 우쭐하던 소연이 무표정하게 눈을 내리깔았다. 자존심이 상한 얼굴이었다.

"내가 저럴 줄 알았지."

책상에 걸터앉아 이 상황을 같이 지켜보고 있던 주연이 혀를 끌끌 찼다.

"무슨 소리야?"

아인이 주연을 쳐다보며 물었다.

"모두에게 공평한 김원우 선배가 이소연에게 특혜를 줄 리 없다는 거야. 내 말은."

"그런가."

아인이 무심한 목소리로 별 관심 없다는 듯 대답했다.

"그럼. 당연하지. 다른 사람도 아니고 김원우인데."

주연이 당연하다는 듯 반응했다. 아인은 원우와 소연이 함께 나간 곳을 다시금 힐끗 보았다. 모두에게 공평한 김원우. 누군가에게 특별히 다정하지 않고, 누구도 특별히 내치지 않는 김원우. 그러면서도 묘하게 어려워서 다가가기 힘든 김원우.

그래서 다행이다.

원우가 다른 사람을 특별하게 대했다면 조금 마음 아팠을 테니까.

"뭐 재미있는 일이라도 생기는 줄 알았는데 별거 없네. 김샜다. 어휴, 학생 식당 가자."

주연이 자리를 털고 일어나며 중얼거렸다. 어서 가자, 라고 재촉하는 주연의 말에 아인이 응 하고 대답하며 걸음을 돌려세웠다.

아인이 주연과 함께 학생 식당으로 들어섰다. 저렴한 정식부터 특식이라는 돈가스, 라면이 메뉴판에 주르륵 걸려 있었다. 고민할 것 없었다. 아인의 선택은 언제나 가장 저렴한 라면이었다.

눈에 익은 학과 사람들이 긴 테이블을 모두 차지하고 있었다. 소연은 원우의 옆자리에 앉아 있었다. 소연이 상냥하게 웃으며 원우에게 말을 건네고 있었다. 그에 비해 원우는 간단히 가볍게 고개를 끄덕이는 것으로 응수했다.

소연은 당당하게 원우의 옆자리를 차지하고 있었다. 원우가 여자 후배와 함께 식사하는 모습을 처음 보았기에, 아인은 눈을 뗄 수가 없었다.

"여기서 밥 먹나 보네. 대단한 걸 먹을 것처럼 굴더니."

주연도 그들을 보았는지 한마디 툭 던졌다.

"그러게."

아인이 별 내색하지 않고 답했다. 이런 혼란스러운 마음을 드러내고 싶지 않았다.

라면 코너에 줄을 선 지 오랜 시간이 되어서야 식판을 받을 수 있었다. 이미 정식을 건네받은 주연이 아인의 곁으로 다가왔다. 두 사람이 빈 테이블을 찾아 주변을 둘러보았다. 꽤 먼 곳에 있는 빈 테이블로 걸어갔다. 아인은 일부러 원우 쪽 사람들을 등지고 앉았다.

"졸았더니 과제가 뭔지 듣지도 못했다. 정확히 뭔데?"

주연이 밥을 한술 크게 뜨며 물었다. 강의 시간 내내 주연은 정신없이 졸았다.

"카톡으로 보내줄게."

"땡큐. 네 덕에 내가 마음 놓고 졸지."

주연이 이를 드러내며 씩 웃었다. 아인이 주연의 농담에 픽 하고 웃었다.

"선배, 여기서 밥 먹나 봐요."

식사를 하던 중, 들리는 목소리에 고개를 들었다. 식사를 마쳤는지 소연이 식판을 든 채 방긋 웃고 있었다.

소연은 입학할 때부터 눈에 띄는 후배였다. 예쁘장하고, 꽤 똑똑하고, 집안이 좋은, 그러면서도 선배들에게 꽤 깍듯한 후배였으니 당연했다. 그게 이미지 관리라는 게 훤히 보였지만, 그렇게나마 이미지 관리하는 게 대단하다 싶어서 밉게 보이지 않았다.

"응. 넌?"

아인이 예의상 되물었다.

"네. 맛있게 먹었어요. 선배도 맛있게 드세요. 오늘 라면 맛있어 보이더라고요."

아인은 소연의 식판을 보았다. 그나마 학생 식당에서 가장 비싼 메뉴였다. 아인은 시선을 소연에게로 옮겼다. 그 순간, 원우가 소연의 뒤를 스치는 게 보였다. 그는 이곳을 쳐다보지 않았다.

"응. 오늘 라면 맛있네. 다음에 먹어봐."

"그럴게요. 맛있게 드세요."

"너도 조심히 가."

아인의 대답에 소연이 웃으며 지나갔다.

"원우 선배, 같이 가요."

소연이 앞서 걷고 있는 원우를 불렀다. 그러자 원우가 고개를 돌려 소연을 보았다. 그가 소연과 발맞추어 퇴식대로 향했다. 멀어지는 두 사람을 따라 어디선가 수군거리는 소리가 들렸다.

'저 남자 누구야?', '저 여자 무슨 학과야?' 하는 그런 소리들.

아인은 멀어지는 원우의 등을 보았다.

그의 눈에는 이곳이 보이지 않는 모양이었다.

늘 그렇듯이.

1

아인은 자신의 존재감에 대해 잘 알고 있었다. 소수와 깊게 교제하는 타입. 조용하고 제 할 일을 해내는 타입.

그러나 좋게 말해서 그럴 뿐, 실제로는 존재감이 거의 없다는 소리였다. 거기에 대해 불만을 가져본 적 없었다. 오히려 편한 적이 많았다. 사람이 와글와글 모여 있는 곳에서 정신없이 대화를 나누는 것보다 혼자 쉬는 것이 좋았다. 술 냄새보다 바람 냄새가 좋았고, 기억 못할 대화를 주고받느니 조용히 상념에 잠겨 있는 게 좋았다.

절대로 변치 않을 것 같은 이 취향에 타격을 받은 것은 순식간이었다. 아르바이트 때문에 본관에 들어서다가, 때마침 나오는 원우와 맞닥트렸다. 평소라면 원우를 피해갔을 텐데, 이번엔 피할 수도 없이 눈까지 마주쳤다. 두 발자국만 걸으면 닿을 만큼 가까웠다.

"안녕하세요, 선배."

아인이 반사적으로 인사를 했다. 당황한 마음에 고개까지 숙였다. 잠시 침묵이 흘렀다. 아인은 어색함을 못 이기고 무언가 말을 건넸다.

"식사하셨어요?"

아인이 어색하게 웃으며 물었다. 그러자 말을 걸 거라고 생각하지 못한 듯, 원우가 멈칫했다. 그가 난처한 듯 눈썹을 좁혔다.

"미안한데."

듣기 좋은 그의 중저음 목소리가 갈랐다. 심장이 빠르게 뛰었다. 그가 자신에게 미안할 것이 뭐지?

"누구세요?"

그리고 심장이 멈췄다.

누구세요.

3개월 넘게 한 학과에서 함께 강의를 들었는데, 그는 자신을 전혀 몰라봤다. 먼지 같은 존재감이 여기서 발휘될 줄 몰랐다.

차라리 인사하지 말걸. 아니, 인사하고 도망치듯 뛰었어야 될 일이었다. 괜히 말을 걸어 그에게 이런 말이나 듣게 되었다.

아인이 민망함에 마른 주먹을 꽉 쥐었다.

"미안해요. 사람을 잘 기억 못 해서요."

그가 마지막까지 쐐기를 박았다. 그 표정이 정말로 난처해하는 것 같아서 속이 더 쓰렸다.

이 사람에겐 내가 티끌만도 못한 존재구나.

쓴웃음이 나왔지만, 좋게 생각하기로 했다.

자신이 그를 좋아한다고 해서, 그가 자신을 기억해야 할 이유 같은 건 없다. 특히 60명이 넘는 학생 중, 자신처럼 조용히 구석에 앉아 있는 사람을 알아보는 게 이상한 일이다. 자신은 원우의 눈에 띄지 않으려고 노력하기도 했으니까. 이 사실을 알고 있음에도 이런 상황에 처하게 되니 묘하게 마음 끝이 시렸다. 스스로도 모르게 그가 자신을 기억해 주길 바라고 있었나 보다.

이왕 이렇게 된 거. 이참에 기억에 남기라도 하자.

아인이 입꼬리를 끌어 올려 웃었다.

"경제학과 4학년 주아인이라고 해요, 선배."

"아."

그가 낭패라는 표정으로 짤막하게 답했다.

같은 학과였구나. 거기다가 후배.

그의 짧은 탄성이 그런 의미를 담고 있는 듯했다.

"미안."

그 목소리가 따끔한 가시처럼 가슴을 찔렀다.

"아니에요. 괜찮아요."

아인은 일부러 조금 더 씩씩하게 웃었다.

"다음엔 꼭 기억할게. 볼일 보러 온 것 같은데, 잘 보고."

"네. 안녕히 가세요."

원우가 미안한지 끝까지 다정한 웃음을 지으며 지나쳤다. 스윽, 원우가 지나치자 잔잔한 바람이 불었다. 울렁. 견딜 수 없을 만큼 밑바닥이 울렁거렸다. 동시에 일제히 모든 감각이 살아나는 기분이었다.

예민해진 감각이 가라앉은 후에야 아인은 돌아섰다. 그가 본관 계단을 내려가며 자신의 자동차를 향해 걸어가고 있었다. 그의 차는 자동차 문외한인 아인조차도 아는 고급 브랜드였다. 그가 가진 것 중에 고급이 아닌 게 있을까. 자신은 잘 모르지만, 명품에 빠삭한 주연의 말에 따르면 그가 소유한 모든 것이 고급 명품이라고 했다. 곁을 두는 사람들조차도 유명 인사가 많다고 했다. 온 세상이 반짝거리는 그에게 평범한 자신이 눈에 들어올 리가 없었을 거다. 자동차에 몸을 실은 그가 길을 돌아가는 모습을 바라보았다.

이제는 기억해 줄까. 그러겠다고 말은 했는데……. 기억 정도는 해줬으면 좋겠다.

아인은 아주 미미한 소망을 품은 채 몸을 돌려 본관으로 들어섰다.

❖

본관에서 근로 장학생으로 아르바이트를 마치고 나오자 사위가 어둑어둑했다. 절전 중이라며 본관의 길목 조명까지 껐다. 조심스럽게 가로등 불빛에 의지해 계단을 내려오던 중, 전화벨이 울렸다. 아인은 한 손으로 빌린 도서관 책을, 또 다른 한 손으로는 가방을 뒤적거려 휴대폰을 꺼냈다.

「집.」

액정에 뜬 이름을 보자마자 아인의 얼굴이 굳었다. 받기 싫은 마음이 굴뚝같았으나, 받을 수밖에 없었다. 지금 안 받는다고 피해질 상황이 아니다.

"네."

[전화 왜 이렇게 늦게 받아? 평창동으로 와.]

"거긴 왜요?"

아인이 셔틀버스가 있는 곳으로 걸어가며 물었다. 평창동은 그녀의 양어머니가 가사 도우미로 일하는 곳이었다. 자신이 부끄럽다며 일절 발길조차 못하게 하던 곳이었다.

[사모님이 너한테 관심이 있다고 하시네. 그러니까 잔말 말고 달려와. 주소는 문자로 보낼게. 20분이다.]

"여기서 거기까지는!"

아인이 절박하게 소리쳤으나, 이미 통화는 끝난 후였다. 아인은 막막한 눈으로 휴대폰을 바라보았다. 여기서 평창동까지 빨라도 40분 거리다. 그 거리를 20분 만에 오라고 하는 건 날아오라는 것이나 다름없었다.

아인이 신경질적으로 머리카락을 쓸어 넘겼다. 무시하고 싶은데, 그랬다간 집에 있는 자신의 물건들이 박살나고 말 거다.

"후우. 택시!"

결국 아인은 기숙사에서 내려오는 택시를 부를 수밖에 없었다.

어둑한 밤거리를 달려 도착한 집 앞을 바라보았다. 어머니가 문자로 찍어준 주소가 맞는지 다시 한 번 확인했다. 그 주소가 맞았다.

"와."

아인은 상황을 잊고 저도 모르게 감탄했다. 어둠 속에 보이는 집의 규모가 한눈에 들어오지 않았다. 흔히 말하는 드라마 속 재벌들이 사는 집이었다. 어머니가 이따금씩 싸온 맛깔스럽고 고급스러운 음식들이 이해가 가는 순간이었다. 아인은 그 음식들을 보기만 할 뿐, 전혀 맛보지 못했다. 어머니는 아인에게 들어가는 것은 십 원짜리 한 장도 아까워했다. 그건 얻어온 음식도 마찬가지였다. 아마 남들이 먹다 남긴 음식을 얻어와도 아까워할 게 분명했다.

이미 그런 상황을 수없이 겪으며 길들여진 아인은 자신이 가질 수 없는 것에 욕심을 내거나, 가지지 못해 슬퍼하지 않았다.

제 자식도 아닌, 원치 않은 양자이니 그럴 수밖에. 다만 어머니가 그럴 때마다 그저 돈을 많이 벌어 이 집을 떠나야지. 그 생각뿐이었다.

아인은 벨을 누르는 대신 어머니께 전화를 걸었다. 얼마 후, 대문을 열고 나온 어머니의 눈썹이 위로 바짝 치켜 올라가 있었다.

"일찍 오라고 했지? 일단 어서 들어와."

어머니가 대문으로 들어갔다. 아인은 어머니를 삼킨 대문을 바라보았다. 거대한 집의 아가리에 몸을 밀어 넣는 기분이다. 아인은 찝찝하고 불쾌했지만 내색하지 않고 들어섰다. 내색하지 않는 건 무척 익숙한 일이기에.

달그락 소리를 내며 찻잔이 아래로 내려갔다. 찻잔에 걸려 있는 희고 고운 손가락에 눈이 갔다.

'그 여편네는 무슨 복이 많아서 씻을 때 말곤 손가락에 물 한 방울 안 묻히는지. 어이구. 내 팔자야. 팔자 고치려고 재가했더니 다 큰 가시나 뒷바라지나 하고 있고. 남편이라는 작자는 허구한 날 술 퍼마시러 다니고, 아니면 땅이 싫다고 배나 타러 다니고. 내가 이래가지고 살 수가 없다.'

퇴근할 때마다 어머니가 가슴을 팡팡 때리며 쏟아내는 말이 떠올랐다. 그 원망의 끝은 아버지를 향한 비난으로 향했다. 육지 생활에 적응하지 못하고 매번 원양어선을 타고 다니는 못난 사람으로. 그런 사람과 결혼을 왜 한 거냐고 묻고 싶지만, 실제로 물은 적은 없었다. 물어봤자 피곤한 상황만 벌어질 테니까.

아인의 시선이 다시금 희고 고운 사모님의 손에 계속 머물렀다. 손만 고울까. 머리부터 발끝까지 기품이 흘렀다. 다만 눈빛은 기품과 함께 날선 예리함이 서려 있었다. 아인은 사모님이 자신에 대해 평가하는 중이라는 걸 알았다.

"삼 년 내내 전교 1등을 했다고요?"

"네."

아인은 사모님이 왜 그런 걸 묻는지 모른 채 대답했다. 무작정 끌려와 소파에 앉혀진 후, 첫마디가 저것이었다.

"대학도 괜찮고. 과외 아르바이트도 한다던데, 맡은 학생들 성적도 다 올랐다면서요?"

"네."

일단은 그러했기에 아인은 순순히 대답했다. 그러자 사모님이 느릿하게 눈을 감았다 뜨며 웃었다.

"과목은 수학이랑 과학이에요. 일주일에 두 번. 요일과 시간은 그때그때 정하도록 하죠. 서로의 스케줄이라는 게 있으니까. 한 회당 시간은 얼마나 필요해요?"

사모님의 나긋한 목소리를 듣고서야, 아인은 이 자리가 과외 아르바이트 자리라는 걸 알았다. 실은 과외 이야기 나올 때부터 짐작했지만, 아니길 바랐다.

아인이 고개를 돌려 어머니를 보았다. 어머니가 바짝 날이 선 눈으로 턱을 움직였다. 당장 사모님을 쳐다보라는 시선이었다. 이미 어머니와 대화를 마친 얼굴이었다.

아인은 주먹을 꽉 쥐었다. 다시는 과외 아르바이트를 하지 않겠다고 다짐했다. 그 사실을 어머니도 알고 있었다.

"두 시간이면 될 겁니다."

그러나 어머니는 그 사실을 잊은 것처럼, 아인을 대신해 대답했다.

"갑작스레 불러서 이 자리 불편하죠?"

사모님이 나긋한 목소리로 물었다. 조용히 둘러 묻는 질문엔 '넌 대답할 줄 모르냐'라는 물음이 깔려 있었다. 아인이 주먹을 쥔 채 어머니를 다시 쳐다보았다. 이 자리를 박찬 채 나가고 싶었다. 이렇게 숨 막히는 집에 더 머물기 싫었다.

그러나 그랬다간.

이어지는 암담한 상상에 다리에 힘이 풀렸다.

"네. 2시간, 상황에 따라 30분 정도 넘길 수도 있습니다."

아인은 힘이 빠진 목소리로 대답했다.

"그래요, 그럼. 당장 내일부터 과외에 들어갔으면 좋겠어요. 괜찮죠?"

사모님의 질문에 아인은 말문이 막혔다. 어머니의 차가운 시선이 뺨에 와 닿는 게 느껴졌다.

"……네."

마침내 아인이 대답했다. 그러자 사모님의 관리받아 반질반질한 얼굴에 웃음이 걸렸다. 웃음마저도 교육받은 듯 좌우대칭이 완벽했다.

"밤이 깊었는데 와줘서 고마워요. 조심히 돌아가도록 해요. 길 살펴갈 수 있도록 기사를 붙여줄게요."

"아뇨. 괜찮습니다. 걸어갈 수 있습니다."

"그래요. 그럼. 조심히 가도록 해요."

아인은 힘 빠진 몸을 일으켰다. 빈혈이 온 것도 아닌데 눈앞이 핑글 돌았다. 아인은 사모님께 꾸벅 인사를 한 후, 신발을 꿰어 신었다. 반질반질 윤이 나는 구두와 나란히 놓인 제 신발은 밑창이 닳을 정도로 낡았다. 부끄러움과 동시에 체념이 밀려들었다. 이 집에서 자신의 신발을 신경 쓸 사람이 있을까. 없을 거다.

"저랑 잠시 이야기해요."

신발을 신으며 아인이 어머니를 쳐다보았다.

"바쁘구나. 이야기는 나중에 집에 가서 하자."

"어머니."

아인이 부르자, 어머니의 안색이 싹 달라졌다. 어디서 그따위 이름으로 자신을 부르냐는 얼굴이었다.

"나중에 집에서 보자."

어머니가 쌩하니 돌아섰고, 아인은 쓰게 웃었다. 이럴 땐 신발도 수월하게 들어가지 않는다. 결국 운동화를 질질 끌며 문을 밀고 나섰다.

"하아."

십 분 만에 처음으로 제대로 숨을 쉬는 기분이다. 아인은 다시 한 번 숨을 깊게 들이마셨다. 습한 밤공기가 가슴 깊이 들어왔다. 상쾌함과 서늘한 한기가 동시에 밀려들었다. 팔에 오소소 소름이 끼쳤다.

아인은 현관문이 열리는 소리에 방문을 밀고 나갔다. 저도 모르게 어머니, 라고 부를 뻔한 걸 꾹 참았다.

아인이 현관 앞에 섰다. 그러자 양어머니가 피곤에 쩐 얼굴로 그녀를 보더니 얼굴을 찌푸렸다.

"안 잤니? 왜? 따지려고?"

어머니가 신발을 벗으며 물었다.

"저는 과외 아르바이트하겠다는 말 한 적 없어요."

"그래서? 놀고먹겠다고? 염치 한번 없구나."

"놀고먹는 거 아니에요. 아르바이트도 두 개나 하고 있어요."

"그거 해서 얼마나 번다고."

어머니가 콧방귀를 뀌었다.

"생활비 드리잖아요."

"꼴랑 한 달에 30만 원 주면서 많이 주는 척하는구나. 누가 들으면 어마어마한 돈이라도 주는 줄 알겠어. 내 참."

어머니가 도끼눈을 한 채 대꾸했다.

꼴랑 30만 원. 순간 아인은 기가 막혔다. 용돈 한 푼 받지 않고 학비까지 벌어가며 일하는 자신이 30만 원을 짜내기 위해 얼마나 고생하는지 알긴 할까. 제대로 끼니를 때우는 건 학생 식당 정식이 전부고, 아침과 저녁은 편의점 음식으로 때우기 일쑤다. 새벽부터 밤까지 정신없이 일해도 학비와 생활비를 대기 빠듯한데 그 돈을 쪼개어 생활비까지 내고 있었다. 그렇게 30만 원 내면 적다고 타박받으며 난방이 되지 않는 냉골에 몸을 웅크리고 잠들었다. 이 지독하다 못해 참혹한 삶을 알까. 아니, 안다고 해도 눈앞의 여자는 똑같이 말했을 거다. 그런 여자니까.

"우리 수아는 네깟 거랑 달라서 다 척척해 내는데, 넌 구해줘도 이 난리구나. 네가 잘났으면 내가 나서서 네 알바 자리를 구하겠어? 어지간히 굴어라. 그리고 앞으로 생활비 낼 거 없다."

어머니의 말에 아인의 눈썹이 구겨졌다.

"무슨 소리예요?"

"네 과외비로 생활비를 대신하마."

하. 그거구나.

아인은 순간 직감했다.

"가서 쉬어라. 내일 늦지 말고 9시까지 평창동으로 오고."

어머니가 방문을 밀고 들어갔다. 좁은 거실에 홀로 덩그러니 남겨진 아인은 입술을 깨물었다. 평창동 과외 아르바이트 비용은 어림잡아 백만 원 단위일 거다. 그걸 꿀꺽하겠다는 거다. 30만 원으로 부족하다고 노래를 부르더니 이런 식으로 머리를 쓸 줄 몰랐다.

"하, 진짜."

아인은 기가 막힌 웃음을 흘렸다. 손때를 타 여기저기 벗겨진 낡은 방문을 바라보던 아인이 입술을 깨물며 돌아섰다. 방으로 돌아와 낡은 책상에 앉은 아인은 눈을 질끈 감았다. 화가 가라앉지 않는다.

도망칠까.

지긋지긋해서 도망치고 싶다.

그러나 학교를 다니는 이상 도망칠 구석이 없었다. 처음으로 독립을 선언하고 집을 나간 후, 일주일이 넘도록 괴롭힘을 당했다. 배를 타러 나간 아버지는 대학 졸업 전까지 따로 살 수 없다는 주의였고, 어머니는 당장 빠진 30만 원의 생활비가 아쉬운 탓이었다. 처음엔 버티려고 했다. 그러자 부모님은 학교를 찾아오기 시작했다. 그뿐일까. 가출 신고와 실종 신고까지 해놨었다. 그렇게 떠들썩하게 주위를 뒤진 부모가 그녀를 보자마자 한 일은 뺨을 때리고 가위로 머리를 자른 일이었다. 보다 못한 경찰이 말리지 않았다면 그녀는 그날 옷까지 찢어졌을지도 모른다. 그때 당한 수치와 치욕을 떠올리면 손발이 부들부들 떨렸다.

"후우. 조금만 참자."

이제 겨우 한 학기 남았다.

그때까지만 참으면 연기처럼 사라지리라.

아인은 이를 깨물며 참았다.

"오늘은 상황이 그렇게 됐네요. 미안해서 이걸 어쩌나요. 오늘치도 빼지 않고 월급에 포함시킬게요."

어머니가 부러워 마지않는 사모님한테 미안하다는 말을 듣게 될 줄이야.

과외 첫날, 약속 시간에 맞춰 간 아인이 들은 말은 '우리 아들이 사정이 생겨서 과외를 할 수 없어요.' 였다. 사모님의 말에 의하면 아들이 아프다는 거였다.

"알겠습니다."

"조심히 가요. 다음에는 이런 일이 생긴다면 미리 연락할게요."

"괜찮습니다. 가보겠습니다."

아인은 신발을 꿰어 신은 후, 집에서 나왔다. 현관문을 밀고 나온 아인이 한숨을 훅 내쉬었다.

이것 때문에 학교에서부터 택시를 타고 왔는데, 완전 손해다. 어쨌든 시간이 남은 건 고마운 일이었다. 이 정도 시간이면 과제 하나를 해결할 수 있다. 아인이 조금 가벼운 걸음으로 내려갔다.

대문에 손을 대기 전, 뒤에서 문이 열리는 소리가 들렸다. 무심코 고개를 돌린 아인은 그 자리에서 굳었다. 주차장 문을 열고 나온 상대방도 마찬가지인 듯 걸음이 느려졌다.

"너는."

귀를 감는 부드러운 목소리. 목소리가 담고 있는 '네가 왜 여기 있어.' 라는 의문.

아인은 마른침을 삼켰다. 그녀의 눈동자가 서서히 크게 벌어졌다.

김원우.

상상조차 하지 못했다. 이곳에서 그를 만날 줄은.

"아인아. 아인아. 주아인!"

"어?"

아인이 깜짝 놀라 고개를 들었다. 주연이 옆자리에 앉아 얼굴을 찌푸리고 있었다.

"왜 이렇게 얼이 나가 있어? 무슨 일 있어?"

"그냥."

아인은 대충 둘러 대답했다. 어젯밤, 과외하기로 한 집에서 원우를 만난 후부터 정신이 하나도 없었다. 그는 '네가 왜 여기 있어.'라는 분위기를 풍겼고, 아인이 대답하기도 전에 현관문이 벌컥 열렸다. 그녀의 새어머니가 그를 기다리고 있었다.

'원우 왔니?'

사모님의 다정한 목소리엔 조급함이 묻어 있었다. 원우도 눈치챘는지 '학교에서 보자.'라는 말만 남긴 후 지나갔다. 아인은 이유 없는 초조함에 손톱 끝을 꾹 눌렀다.

아마 들었겠지. 들었을 거다.

자신이 동생의 새로운 과외 선생이자, 어머니가 그 집의 가사 도우미라는 사실을. 무슨 생각을 했을까. 어쩜 자신만 이렇게 신경 쓰고, 정작그는 아무 생각이 없을 수도 있다. 그 확률이 가장 높았다.

아인은 쓸쓸하게 웃으며 눈을 내리깔았다.

"선배, 왔어요?"

강의실 뒤쪽에서 소연의 목소리가 들렸다. 뒤이어 어, 라고 짤막하게답하는 원우의 목소리를 듣자, 아인의 등허리가 빳빳해졌다.

"저 여우, 또 저러네."

주연이 심드렁하게 말했다. 평소라면 흘깃 돌아보겠지만, 지금은 그럴자신이 없었다. 그저 등 뒤에 들리는 목소리에 감각이 곤두섰다.

"자, 강의 시작한다."

교수님이 강단에 서자 시끌벅적하던 강의실이 잠잠하게 가라앉았다.

"오늘 발표 누구냐?"

"접니다."

"그래. 시작해라."

책상들 사이를 지나쳐 나온 사람은 원우였다. 강단에 올라서자 훤칠한 키가 더욱 돋보였다.

"발표를 시작하겠습니다."

아인은 고민 끝에 고개를 들었다. 사람이 앞에서 발표하고 있는데 고개를 숙이고 있는 게 더 눈에 띌 것 같았다. 그러나 그의 얼굴에 시선이 닿지 못하고 팔뚝에 닿았다.

그는 셔츠를 입고 있었는데, 소매를 걷어 팔이 보였다. 단단하면서 보기 좋은 선을 갖고 있었다. 팔뿐만 아니라 셔츠 깃 사이로 보이는 목선도 그러했다.

그는 설명하는 동안 학생들의 눈을 똑바로 응시했다. 그 덕에 학생들의 집중도가 확 높아졌다. 그의 시선이 우측부터 천천히 흘러왔다. 그의 시선이 닿을 즈음 외면하려 했는데, 순식간에 눈이 마주쳤다. 아인은 저도 모르게 펜을 꽉 움켜쥐었다. 원우의 시선이 정확히 아인의 얼굴에 머물렀다.

순간 아무런 생각도 들지 않았다. 머리에 먹물이 끼얹어진 느낌.

얼마의 시간이 흐른 후, 시선을 거둔 원우가 강단의 중간에 섰다.

"이상 발표를 마치겠습니다."

그의 말을 듣고서야 발표가 끝났음을 알았다. 10분의 시간이 10초처럼 쏜살같이 흘러갔다.

"하."

그가 자리로 돌아가고 나서야 아인은 잠시 멈췄던 숨을 터트렸다.

아인은 졸업을 한 학기 앞두고 휴학했었다. 은행에서 인턴 근무를 할 겸 토익 공부를 위해서였다. 어머니에게는 비밀로 했다. 뒤늦게 이 사실을 알게 된 어머니는 그녀를 한참 노려보다가 그녀의 방에 무작정 쳐들어 갔다.

와장창창. 물건이 다 깨어지고 찢어지는 소리가 났다. 그럴 걸 예상해 물건을 치워두길 망정이지 그러지 않았다면 꽤 곤란할 뻔했다. 어머니가 그녀의 방에서 나온 건 십여 분이 흘러서였다. 방에 들어가 보니 역시나 엉망진창이었다. 어머니의 행패는 1년간 이따금씩 이유도 없이 찾아왔다. 1년에 한 차례씩 겪어야 하는 감기처럼, 연례행사처럼 물건이 부서졌고 그녀의 자존감도 차츰 깨어졌다. 그렇게 가루가 된 자존감을 억지로 움켜쥔 채 졸업을 기다리며 버티고 살았다.

그렇게 고달픈 인턴 생활을 마친 후 복학하자마자 본 사람이 김원우였다. 제대하자마자 1년간 미국 유학을 다녀왔다는 그는, 눈을 뗄 수 없을 만큼 멋있었다. 잘생긴 외모와 단정한 패션 센스도 그렇지만, 분위기가 특별했다. 은은하면서도 함부로 범접할 수 없는 느낌. 태생부터 귀한 것만 보고 자란 사람이라는 느낌이 들었다. 실제로 그는 눈빛, 손짓, 행동 하나에 우아한 기품이 서려 있었다.

자신과 정반대였다. 벌써 몇 년째 입고 있는 옷과 너덜너덜해진 가방. 운동화 하나 마음 편하게 사지 못하는 스스로가 초라하게 느껴졌다. 그러면서도 그에게 눈을 떼지 못했다. 빛을 보고 눈이 멀어버린 사람처럼 그렇게.

그때까진 호감과 동경이었다. 마음의 방향이 그를 온전히 향하게 된 것은 늦은 밤, 본관에서 나오다 본 그의 모습 때문이었다.

그는 자동차에 기대 새 담배를 물고 있었다. 삐딱하게 문 새 담배의 각도가, 평소 차분한 태도로 일관한 원우와 어울리지 않았다. 눈썹도 구겨져 있었다. 다른 사람 같았다. 차갑다 못해 무서운 얼굴이었는데, 그 얼굴이 퍽 잘 어울렸다. 그리고 왜인지 모르게 그 모습에서 눈이 떨어지질 않았다. 부는 바람에 헝클어지는 머리카락을 가만히 내버려 둔 채 가느스름하게 내리깐 눈이 묘한 느낌이었다.

갑작스레 다른 세상에 툭 떨어진 것처럼, 주변의 공기가 달라졌다. 그는 피우지도 않은 새 담배를 한참이나 물고 있다 차에 올라탔다. 그리고 멀어져 가는 그의 모습을 하염없이 바라보았다.

밑도 끝도 없이, 어느 순간 손톱 아래에 뺄 수 없는 가시가 박힌 것처럼, 그렇게 한눈에 반했다.

평창동에서 연락이 온 것은, 토요일이 되어서였다. 이틀간 연락이 없기에 이대로 과외 아르바이트는 물거품이 될지도 모른다고 내심 기대했는데 아니었다. 고래등처럼 거대한 집 앞에 선 아인은 벨을 누르기 전 고민했다.

그가 있다면 어떻게 하지?

그러나 이 집의 거대한 규모를 생각했을 땐 집에 있어도 못 볼 확률이 높았다. 아인이 시간에 쫓겨 벨을 눌렀다. 얼마 후, 삑 소리와 함께 문이 열렸다. 대문을 밀고 들어선 아인은 드넓은 마당에 잠시 할 말을 잃었다. 밤에 봤을 땐 몰랐는데 낮에 보니 굉장한 크기였다.

정말로 드라마 속에나 나오는 이런 집이 있구나.

아인은 씁쓸하게 웃으며 현관문을 밀고 들어갔다.

"안녕하세요."

들어가자마자 서 있는 사람에게 꾸벅 인사를 하던 아인은 멈칫했다.

"어머니는 외출하셨어."

하얀 니트를 입고 있는 원우가 무심히 말했다. 생각지 못한 만남에 아인의 몸이 뻣뻣해졌다.

"아, 네."

"들어와."

원우가 몸을 비틀어 공간을 내주었다. 현관으로 들어서며 아인은 그와 부딪치지 않게 어깨를 좁혔다.

"도훈이 과외해 주기로 했다며?"

그가 아는 체를 했다.

"네. 그렇게 됐어요."

"고분고분한 녀석이 아니라서 고생할 거야."

그가 걱정스럽다는 듯 말했다.

"괜찮습니다."

그보다 더한 망나니, 양아치들도 가르쳤다. 그러다 종국엔 말도 안 되는 양아치를 만나는 바람에 일을 관두었다. 그 양아치는 자신에게 되도 않은 수작을 걸었다. 과외 선생을 자신의 종쯤으로 생각했는지 자신의 등을 쓸어내리고 손을 만지작거렸다. 성추행에 가까운 행동에 못 견뎌 사표를 냈다. 그의 어머니가 자신의 아들을 치한 취급한다며 길길이 날뛰었지만, 아인은 무시했다. 자신과 관계없는 사람이 날뛰는 것에 흔들릴 만큼 한가하지 않았다.

"2층으로 올라가서 왼쪽 첫 번째 방이야."

원우가 동생의 방을 일러주었다.

"감사합니다."

아인은 아무렇지 않게 인사를 한 후 돌아섰다. 그럴 리 없겠지만 그가 쳐다보는 것마냥 등이 따끔거렸다. 그가 발길을 돌렸다. 어딜 가는 건지 그는 거실 소파에 올려둔 재킷을 집어 들곤 나갔다.

어딜 가는 걸까. 궁금한데 물을 수가 없다. 아인은 그가 나가는 뒷모습을 바라보았다. 그가 완전히 사라진 후, 아쉬운 발길을 돌려 2층으로 올라갔다.

원우가 알려준 방문을 두드리자, 아무 대답도 돌아오지 않았다. 없는 척하는 모양이었다. 이런 애들이 종종 있었다. 마치 머리만 이불 속에 숨기고 '나 없다' 놀이를 하는 어린아이처럼, 유치하게 구는 애들. 아인이 손을 들어 문을 두드렸다.

쿵, 쿵, 쿵.

일정한 박자로 쉬지 않고 두드리자, '문 열려 있어요!' 하는 신경질적인 답변이 돌아왔다. 문을 열고 들어가자 키가 큰 남학생이 바닥에 대자로 누워 있었다. 아인은 당혹스러웠으나 내색하지 않았다. 이런 학생들이 드물긴 하지만 더러 있었다. 아인은 남학생의 팔을 피해 앉았다. 방이 넓어서 앉을 곳이 많았다.

"안녕. 내 이름은 주아인이야. 초면에 말 놔서 불편하다면 다시 높일게. 넌 어떻게 하길 바라?"

아인이 누워 있는 도훈에게 말했다. 도훈은 아무 대답도 하지 않았다.

"아무 말 안 할래? 그럼 그렇게 해."

아인이 쿨하게 도훈에게서 등을 돌리려 할 때였다.

"말 같은 건 됐고. 제가 할 말은 하나뿐이에요. 저는 공부에 관심 없어요. 과외를 할 생각도 없고요. 그러니까 엄한 데 에너지 낭비하지 말고 적당히 시간 때우다 가시죠?"

도훈은 눈을 감은 채 말했다. 일종의 시위였다. 네가 무슨 짓을 해도 나는 절대로 공부를 하지 않겠다, 라는.

"그래, 그럼. 넌 쉬어. 나도 내 할 일 할 테니까. 대신 넌 공부하는 척 앉아 있기만 해. 그동안 휴대폰을 해도 좋고, 게임을 해도 좋고, 엎드려

자도 좋아. 대신 똑똑 문 두드리는 소리가 들리면 일어나서 공부하는 척하는 거야. 어때?"

아인의 말에 도훈이 눈을 번쩍 떴다. 그러더니 자리에서 벌떡 일어나 아인을 쳐다보았다. 도훈은 갈색 머리였다. 원우의 머리는 새까만 색인데.

"지금 선생님이 무슨 소리 한 건 줄 알아요?"

도훈이 기가 막힌다는 얼굴로 물었다.

"서로를 위한 제안이라고 생각하는데?"

"앉아서 아무것도 안 하고 돈 벌겠다는 거 아니에요? 지금?"

"아무것도 안 하는 건 아니지. 엄연히 내 귀한 시간을 허비하는 건데."

"허!"

도훈이 기가 막힌다는 듯 소리를 냈다. 아인은 도훈의 눈을 똑바로 바라보았다. 원우의 동생만 아니면 말 섞는 대신 자리를 박차고 나갔을 거다.

"공부하기 싫다며. 그럼 나보고 공부하기 싫어하는 널 억지로 책상에 앉혀 공부시켜 달라는 거야? 내가 왜 그렇게까지 해야 하지? 싫으면 네가 너희 어머니를 설득시켜. 지금 과외 선생님 마음에 안 드니까 바꿔달라고. 그럼 내가 아니라 다른 선생님이 올 거야."

"선생님이 말하면 되잖아요. 가르치기 싫다고."

"너도 너희 어머니 무섭지?"

"……"

"나도 너희 어머니 무서워."

돈 많은 사람들, 특히 그 돈을 휘두를 줄 아는 사람들은 무섭다. 가난한 사람의 밑바닥까지 단숨에 잘라 버릴 수 있으니까. 더군다나 이번 과외엔 자신의 어머니까지 엮여 있었다. 이런 상황에서 자신이 못하겠다고 나오면 자신의 앞날이 몹시 귀찮아진다. 그런 일은 딱 질색이었다.

"그러니까 어떻게 할래? 내가 제시할 의견은 세 가지야. 일 번, 각자 알아서 두 시간을 보낸다. 이 번, 공부한다. 삼 번, 네가 어머니께 과외 할 생각이 없다고 의견을 피력한다. 어떤 거?"

아인이 차분하게 물었다. 그러자 도훈의 눈동자가 끝없이 흔들렸다. 어른처럼 덩치가 크고 미끈한 외모를 갖고 있긴 하지만 고작해야 19살이다. 아직 세상 물정 모르고, 계산할 줄 모르는 어린아이.

"일 번 이 번 둘 다요."

마침내 도훈이 생각을 끝낸 듯 심드렁하게 대답했다.

"정확히 설명해 봐."

"내가 내키면 공부하고, 내가 내키지 않을 땐 각자 알아서 쉬어요."

"오늘은 몇 번?"

"일 번요. 쉬고 싶어요."

도훈이 다시금 벌러덩 누웠다.

"그래, 그럼. 편할 대로 해."

아인은 아랑곳하지 않고 가방에서 자신의 다이어리를 펼쳤다. 과제, 해야 할 일, 아르바이트들이 빽빽하게 들어 있었다. 아인은 당장 이번 주에 무엇을 해야 하는지 떠올리며 꼼꼼하게 계획을 짰다.

바닥에 드러누워 있던 도훈은 힐끔 아래를 보았다. 아인이 다이어리를 펼쳐 놓고 무언가를 열심히 하고 있었다.

와, 진짜 관심 없나 보네.

이런 과외 선생님은 태어나 처음이었다. 도훈은 자신의 과외비가 꽤 비싸다는 걸 알고 있었다. 그래서 대부분의 선생님들은 의욕적으로 덤벼들었다. 어떻게든 도훈을 구슬리고 달래서 성적을 높이려고 애썼다. 그럴 때마다 자신은 공부하는 기계이자 그들에게 돈을 벌게 해주는 수단이 된 것 같아 기분 상했다.

그런데 굉장히 뜬금없는 선생이 왔다.

'나도 너희 어머니 무서워.' 라니.

누구도 하지 못했던 말을 뱉다니. 간도 크지.

차라리 잘됐다. 쉴 때 쉬고 공부할 때 공부할 수 있으니 자신으로서는 훨씬 이득이었다. 도훈은 휴대폰을 꺼내 RPG 게임을 시작했다.

거대한 식탁에 정 여사, 원우, 도훈이 둘러앉았다. 식기류가 부딪치는 소리만 달그락거리며 나는 조용한 저녁 식사 시간이었다.

"도훈아."

정 여사가 부르자, 도훈이 고개를 들었다.

"응?"

"오늘 과외 수업 어땠어? 오늘 잠시 네 방에 들렀어야 했는데 확인을 못해봤네."

과외 수업이라고 하자 도훈의 표정이 미묘해졌다.

별로였겠지.

원우는 그렇게 생각하며 넘어가지 않는 밥을 씹었다. 도훈은 과외를 싫어했다. 과외뿐만 아니라 공부 자체를 싫어했다. 그가 보기에도 도훈은 공부와 거리가 멀었다. 차라리 운동을 시키면 모를까. 그런 도훈을 포기할 만도 하건만 어머니는 그에게 과외를 밀어붙였다. 이유는 한 가지였다.

'그래야지 네가 아버지 회사를 물려받을 거 아니니! 요즘 아무리 재능이 다각화되는 시대라지만, 회사를 물려받으려면 적어도 머리가 돌아간

다는 건 인정을 받아야 할 거 아냐!'

정 여사의 머릿속에 원우는 없었다. 그녀의 머릿속엔 오로지 도훈이 아버지의 회사를 물려받을 거라는 것만 있었다. 그러나 안타깝게도 도훈은 공부에 취미가 없었다.

"과외, 할 만한 거 같아."

생각지 못한 도훈의 말에 원우의 눈썹이 미미하게 반응했다. 그러나 워낙 작은 반응이라 그 누구도 알아채지 못했다.

"그래?"

정 여사의 목소리가 한층 밝아졌다.

"선생님이 잘 가르쳐 줘?"

"그럭저럭. 뭐, 한 가지 확실한 건 여태껏 봤던 선생님들과는 차원이 다른 거 같아. 괜찮은 거 같아. 아니. 괜찮아. 공부할 만한 것 같고."

도훈이 고개를 끄덕이자 정 여사의 표정이 한층 밝아졌다. 도훈의 그런 반응은 처음이었다. 동시에 부엌을 오가며 귀를 쫑긋 세우고 있던 여자의 얼굴도 좋아졌다.

기분이 나쁜 건 원우, 그뿐이었다.

시간은 왜 이다지도 빠르게 흐르는지.

아인은 거대한 성벽 같은 대문을 바라보았다. 이 문 앞에 설 때마다 만감이 교차했다. 어쩌면 원우를 볼 수도 있다는 기대와 그의 집에서 모녀가 돈을 받아먹고 있다는 초라함. 당연한 노동의 대가로 받는 금액이지만, 초라해지는 기분까지는 막을 수가 없었다.

벨을 누르자, 지잉 소리와 함께 문이 열렸다. 현관에는 그녀의 어머니가 서 있었다. 집에서 쓰는 것과 차원이 다른 깨끗한 앞치마가 눈에 들어왔다.

"왔니."

다른 사람들의 눈을 의식해 건네는 티가 역력한 인사에, 아인은 비웃고 싶은 걸 참았다. 그러면서도 문을 열어준 사람이 원우가 아니라는 사실이 내심 안도가 되었다.

"어서 와요."

거실 소파에 앉아 있던 정 여사가 이전보다 풀어진 표정으로 인사를 건넸다. 아인은 허리를 굽혀 인사했다.

"우리 아들 실력 어땠던가요? 괜찮던가요?"

"아직 제대로 파악하지 못했습니다. 알아가는 중입니다."

"그렇군요."

사모님은 내심 실망한 목소리로 중얼거렸다. 뺨에 와 닿는 새어머니의 시선이 느껴졌다. 사모님의 입안의 혀처럼 굴지 않는 자신의 딱딱한 태도를 질책하는 것이리라. 그러거나 말거나 아인은 크게 개의치 않았다.

"올라가 봐요."

"네."

아인은 인사를 꾸벅 하며 2층 계단을 올라갔다. 2층으로 올라간 아인은 무심코 지나가던 걸음을 멈췄다.

2층 거실 한 귀퉁이에 가족사진이 걸려 있었다. 아인은 주변에 사람이 있는지 확인한 후, 다시 액자로 시선을 고정시켰다.

아버지를 닮았구나.

아인의 시선이 중년 남성과 그의 등 뒤에 서 있는 원우를 번갈아 훑었다. 눈, 코, 입 대부분이 닮았다. 그에 비해 도훈은 사모님인 어머니를 닮았다.

드라마 속에서 보던 완벽한 가족이구나.

부모님, 단란한 형제, 부족함 없는 환경, 탄탄한 미래.

한 번도 가져본 적 없는 신기루 같은 상황이 그에게는 현실이었다. 갑자기 그와 자신이 절벽을 마주한 채 서 있는 기분이 들었다. 절대로 닿을 수 없겠지만, 꽁꽁 숨긴 채 동경하는 것까진 죄가 되진 않겠지.

아인은 휴대폰을 들어 원우에 포커스를 맞췄다. 소리가 울리는 뒷부분을 손으로 꽉 막은 채 누르자, 별다른 소음 없이 촬영을 할 수 있었다. 아인은 액정 속에 들어 있는 원우의 사진을 보았다. 다른 사람들은 갖지 못할 사진을 홀로 가졌다는 사실에 희미한 쾌감이 밀려 올라왔다.

"왔어?"

갑자기 들리는 목소리에 아인이 저도 모르게 숨을 들이마셨다. 고개를 돌리자 계단 아래에 서 있는 원우가 보였다. 그는 그녀를 빤히 쳐다보고 있었다.

언제부터 거기 있었던 걸까.

아인의 얼굴이 하얗게 질렸다. 원우가 계단을 딛고 올라와 아인의 앞에 섰다.

"어디 아파?"

"……아, 아뇨."

"왜 그렇게 놀라?"

그가 무심한 얼굴로 물었다.

"아뇨. 아무것도."

"그래? 난 무슨 잘못이라도 한 줄 알았네."

그가 알 수 없는 얼굴로 웃었다. 아인은 마른침을 삼킨 채 원우를 바라보았다. 그가 몹시 친밀한 사이라도 된 양 말을 걸어온 게 얼떨떨했다. 그가 고개를 돌려 아인이 보고 있던 가족사진을 흘깃 보았다.

"가족사진 구경 중이었구나?"

자신의 이름조차 모르던 원우가 갑자기 상냥하게 말을 걸어왔다. 왜일까. 왜 갑자기 두려움이 왈칵 밀려드는 걸까.

"네."

아인은 밀려드는 두려움을 꾹 누른 채 대답했다. 그리고는 조용히 휴대폰을 닫아 주머니에 밀어 넣었다.

"도훈이 말 잘 들어?"

원우가 가족사진에 눈을 둔 채 물었다.

"네. 잘 들어요."

"그래?"

그의 목소리가 묘했다. 안도와 불편함 사이를 맴돌고 있었다. 아인은 그가 도훈의 철없음을 걱정하는 거라 생각했다.

"도훈이 잘 부탁해. 막내라서 아직 철이 없어."

원우가 아인의 눈을 바라본 채 인사를 건넸다. 아인은 가볍게 고개를 끄덕였다.

"네."

할 수 있는 말이 네, 밖에 없는 사람처럼.

원우가 가볍게 웃으며 아인을 지나쳐 걸어갔다. 원우는 맨 마지막 방으로 들어갔다. 아인은 그의 방문을 하염없이 바라보았다. 좀 더 태연하고 능숙하게 대처하지 못한 자신이 한심했다. 그러면서 그가 들어간 방 안이 궁금했다. 그의 일상이 녹아 있는 방은 어떤 모습일까.

이런 기대를 품어봤자 좋을 게 없다는 걸 알면서도 멈출 수가 없다. 공기 속에 녹아내릴 것 같은 얼굴로 서 있는 그를 본 순간부터, 지금껏 쭉 멈출 수가 없다.

"거기서 뭐 해요?"

도훈이 방문을 밀고 나오더니 얼굴을 찌푸리며 물었다.

"아, 그냥."

아인이 얼버무렸다.

"1분 늦었어요. 남의 돈 받아먹으면서."

도훈이 손목시계를 쳐다보며 중얼거렸다. 일부러 기분 상하라고 던진 말에도 아인은 덤덤한 표정을 유지했다. 그런 말에 이골이 났다는 듯이.

"갈게."

아인은 도훈의 방으로 걸음을 옮겼다.

도훈의 방에 의자가 두 개였다. 책상 위에 놓인 스탠드에는 불이 켜져 있었고, 당장 앉아 공부할 수 있도록 준비되어 있었다. 아인이 의아한 표정으로 도훈을 쳐다보았다.

"제 작품 아니에요."

도훈이 자신의 뜻이 아니라며 부인했다. 그렇다는 건 사모님이 준비시킨 책상이라는 말이었다. 아인은 금세 관심을 접었다.

"1번, 아니면 2번?"

아인이 도훈을 보며 물었다. 그러자 도훈은 눈썹을 찌푸렸다.

"오늘도 쉴래요."

자신의 의견을 말과 몸으로 표현하는 도훈을 보며, 아인은 말없이 옆자리에 앉았다. 그럴 줄 알았기에 가방에서 토익 문제집을 꺼냈다.

도훈은 휴대폰에 시선을 두는 척하면서, 흘깃 옆을 보았다. 자신의 새로운 과외 선생님은 '안 돼'라고 말하는 법이 없다. 오히려 기다렸다는 듯이 문제집을 꺼내다니. 자신을 가르치려고 달려드는 사람도 피곤하지만, 이렇게 무심하니 이건 이거 나름대로 신경 쓰였다.

가장 먼저 낡고 깨끗한 필통이 눈에 들어왔다.

요즘 저런 필통을 쓰는 사람도 있나? 고딩인 자신도 안 쓰는데.

필통 안에는 곱게 정리된 샤프와 볼펜이 보였다. 깔끔하고 차분한 성격과 잘 어울리는 필통이었다. 아인이 필통을 열어 볼펜을 꺼내 문제집 푸는 모습을 지켜보았다. 아인은 문제집에 얼굴을 박은 채 꼼짝도 하지 않았다. 게임 세 판이 끝나도록 아인은 고개 한번 들지 않았다.

와, 사람이 어떻게 저렇게까지 오랫동안 집중하지?

"흠."

도훈은 휴대폰으로 게임하는 척하면서 헛기침을 했다. 묵묵부답. 아인은 미동조차 하지 않았다. 귀가 멀어버린 건가 생각할 즈음, 똑똑 하고 문을 두들기는 소리가 났다. 여태껏 미동하지 않던 아인이 처음으로 고개를 들었다.

"네."

"과일 좀 가져왔어요."

도훈이 멈칫했다. 문 밖에 서 있는 사람은 정 여사였다. 과일을 가져다주는 척, 감시를 할 생각인 모양이었다.

"들어오세요."

도훈이 당황하는 사이, 아인이 침착하게 대답했다. 도훈이 무슨 짓이냐는 듯 아인을 노려보다가 멈칫했다. 그녀가 샤프를 내밀고 있었다. 어느새 책상엔 자신의 문제집이 펼쳐져 있었다. 도훈이 멍한 얼굴로 쳐다보자, 아인이 손에 샤프를 쥐어주었다. 그와 동시에 문이 열렸다. 정 여사가 갖가지 과일이 담긴 쟁반을 든 채 웃고 있었다.

"공부하는 데 도움 될까 해서요."

정 여사가 다가와 책상 위에 쟁반을 내려놓았다. 그러고는 슬쩍 책상에 펼쳐진 문제집을 보았다.

"도훈이가 속 썩이진 않나요?"

정 여사는 확실히 이전보다 그녀에게 살가운 티를 냈다. 눈을 맞추며 슬쩍 미소 짓기까지 했다. 그것이 비록 예의상이라고 하더라도.

"네. 착한 학생입니다. 흡수력도 좋고요."

"다행이네요. 드시고 하세요."

"감사합니다."

정 여사는 공부를 방해해 미안하다는 말을 남긴 후, 도훈의 방문 밖으로 나갔다.

"우와."

도훈은 신속한 그녀의 움직임에 감탄했다.

"쌤, 지금!"

아인이 도훈의 입을 막았다.

"자. 여기 봐."

아인이 샤프로 문제집을 가리켰다. 입으로 수학 공식을 설명하면서, 아인은 문제집 끄트머리에 메시지를 썼다.

—밖에 어머님 계실 거야. 공부하는 척해.

도훈은 눈을 깜빡거리다 시선을 내려 아인의 손을 흘깃 보았다.

무슨 손이 이렇게 부드러워? 두부야?

거기다가 손에서는 좋은 향기까지 났다.

—집중할 거지?

아인이 샤프 끝으로 페이지를 톡톡 가리켰다. 도훈이 고개를 끄덕이자, 아인이 그의 막은 입을 풀었다. 도훈은 아인이 가리킨 곳으로 시선을 두었다. 아인이 설명을 이어갔다. 그런데 왜인지 문제는 하나도 눈에 들어오지 않았다.

❖

대문을 열고 나오자마자 아인은 숨을 깊게 들이마셨다.

"후우."

속이 좀 뚫리는 것 같다.

아인이 가방을 고쳐 메고서 골목으로 나섰다. 잘사는 동네가 으레 그
러하듯, 이곳엔 버스 정류장이 없었다. 한참을 걸어 내려가야 겨우 버스
정류장이 하나 나오는데, 그마저도 집까지 가려면 환승을 해야 했다. 가
는 길도 한참이었다. 아인이 구불구불하게 휜 길을 따라 터덜터덜 내려왔
다.

툭, 툭.

아인이 얼굴을 찌푸리며 고개를 들었다. 검은 밤하늘에 은색 실 같은 빗
줄기가 떨어지고 있었다. 아인은 가방을 열어 뒤적거리다가 얼굴을 찌푸
렸다. 우산을 안 가져왔다. 어쩔 수 없이 손 처마를 만들어 얼굴을 가린 후
걸어 내려갔다. 빗줄기가 점점 거세졌다. 아인이 걸음을 재촉할 때였다.

끼익, 소리와 함께 차가 옆에 멈춰 섰다. 자동차를 본 아인의 표정이
미묘해졌다. 차창이 스윽 내려갔다.

"맞구나."

원우가 넌지시 말을 던졌다. 아인은 말문 막힌 얼굴로 그를 바라보았
다.

맞구나, 라는 건 무슨 의미일까? 그리고 자신은 무슨 대답을 해야 할까?

멍하게 바라보는 사이 원우가 느슨하게 웃었다.

"타."

아인은 자신의 옆자리를 가리키는 원우를 의아한 얼굴로 바라보았다.

"비 오잖아. 데려다줄게. 타."

그의 제안에 마음이 술렁거렸다. 타고 싶다는 마음과 타면 안 된다는 마음이 팽팽하게 맞섰다.

"아뇨. 괜찮아요."

아인은 더 초라해지고 싶지 않은 마음에 거절했다. 원우가 창밖으로 손을 내밀어 비를 맞더니 얼굴을 찌푸렸다.

"괜찮은 빗줄기가 아니니까, 타."

"옷이 젖어서요. 시트가 엉망이 될 거예요."

아인의 말에 원우의 표정이 미묘해졌다. 차에서 내린 원우가 아인에게 비를 뚫고 성큼성큼 다가왔다. 그러고는 조수석 문을 열어주었다.

"자, 비는 나도 맞았지? 타."

거듭된 원우의 제안에 아인은 마른침을 삼켰다. 더는 거절하면 원우가 싫어할 것 같았다. 그리고 욕심이 생겼다. 언제 자신이 그의 차를 탈 수 있을까. 기회를 잡으라는 속의 말에 아인이 홀딱 넘어갔다.

"그럼 실례하겠습니다."

아인이 그의 차에 탔다. 푹신한 시트에 앉았건만 가시방석에 앉은 것처럼 불편했다. 그녀는 꼿꼿하게 앞만 바라보았다. 점차 빗줄기가 세어져서 그의 차를 얻어 타지 않았다면 곤란할 뻔했다.

무거운 침묵이 흘렀다. 아인은 몇 마디 해볼까 하다가 말주변이 없다는 사실을 상기시키며 입을 다물었다.

"우산 없었어?"

원우가 차를 몰며 물었다. 그 물음이 몹시 친한 후배에게 건네는 듯 상냥했다. 모두가 그의 이런 친절에 속아 넘어가는 모양이었다.

"네. 평소엔 챙겨 다니는데 오늘은 깜빡했어요. 저는 요 앞의 버스 정류장에 내려주시면 돼요."

"탄 김에 집까지 데려다줄게."

"아뇨. 괜찮아요. 여기서 조금만 가다가 횡단보도 앞에서 내려주시면 돼요. 건너가서 버스 타면 되거든요."

"비가 점점 더 많이 올 거야. 감기 걸리면 곤란하잖아. 도훈이도 가르쳐야 할 텐데."

그의 말에 아인은 입을 다물었다. 원우는 그녀의 건강이 아니라 수험생인 도훈의 건강을 걱정하고 있었다.

아, 그랬구나.

새삼스럽고도 당연한 깨달음에 아인은 그저 입을 다물고 말았다.

"저는 가보겠습니다. 조심히 가세요."

아인이 인사를 한 후, 자동차에서 내렸다. 그녀의 손에는 원우가 빌려준 우산이 들려 있었다. 마치 받아서는 안 될 것을 받은 사람처럼 부담스러워하던 아인은, 원우가 '그럼 집까지 데려다줄까?' 라고 하고서야 받아들었다.

아인을 내려준 후, 원우는 자동차를 몰고 가다가 신호에 걸려 멈춰 섰다. 원우의 시선이 옆을 향했다. 아인은 버스 정류장에 서서 앞을 물끄러미 바라보고 있었다. 우산의 끄트머리에 가려 그녀의 창백하리만큼 하얀 얼굴이 보이지 않았다. 원우의 손끝이 핸들을 톡톡 두들겼다.

내려오는 동안 도훈에 대해 물어보려고 했다. 그의 학습 능력이 얼마쯤 되는지. 물론 도훈이 전교 수석을 하더라도 회사에 발을 못 붙이게 할 수 있지만, 미리 대비해 놓는 것도 나쁘지 않았다. 그런데 아무것도 묻지 못했다.

아인은 옆자리에 앉아 자신의 숨소리까지 숨기려 애쓰고 있었다. 얄팍하게 숨을 쉬면서 최대한 자신의 존재감을 없애려 했다. 그런 상태인 여자에게 질문을 던질 수가 없었다. 자신의 질문을 들으면 화들짝 놀랄 것 같았다.

왜일까.

오늘 밤, 분명 자신의 가족사진을 찍는 아인을 보았다. 그녀는 도둑고양이처럼 몰래 자신의 가족사진을 찍은 후 만족스러운 듯 미소까지 지었다. 만난 적도 없는 자신의 아버지를 찍은 것도 아닐 테고, 고딩인 도훈도 아닐 테고, 같은 여자인 정 여사도 아닐 테니 자신의 사진을 찍었다는 소리였다. 자신에게 관심이 있다는 소리인데, 정작 곁에 있을 기회를 주니 자신을 숨기려 하고 있었다.

대부분의 여자들은 좋아하면 좋아하는 티를 내거나, 혹은 도도하게 튕기든가. 그 두 부류였는데, 생각지 못한 여자가 나타났다. 원우의 눈이 가늘어졌다.

빵.

뒤차가 클랙슨을 시끄럽게 울렸다. 신호가 바뀐 것을 확인한 원우가 차를 몰았다.

아인은 걸음을 돌려 본관으로 걸어갔다. 이제 본관에서 하는 근로 아르바이트만이 유일한 벌이 수단이었다. 과외 아르바이트 비용은 어머니에게로 들어가니까. 그나마 다행인 건 일 년만 더 버티면 된다는 사실이었다.

한 학기만 지나면 졸업이고, 거기서 반년만 더 지나면 수아가 돌아와 어머니의 곁을 지킬 거다. 그때 자신은 떠나면 된다.

그러니까, 원우 선배 생각은 그만.

아인은 고개를 가볍게 가로저었다. 먹고살기에도 바쁜데, 짝사랑은 사치였다. 아인은 억지로 해야 할 일들을 꾸역꾸역 생각하며 길을 따라 걸어갈 때였다.

"어디 가나 봐?"

바람결에 실려오는 목소리가 다정했다. 아인은 놀란 얼굴로 고개를 들었다. 원우가 그곳에 서 있었다. 아인의 표정이 잠시 멍해졌다가 금세 본 얼굴로 돌아왔다.

"안녕하세요."

아인은 당혹스러운 감정을 숨긴 채 덤덤하게 인사를 건넸다. 등 뒤로 원우의 차가 보였다. 자신도 모르게 방향을 잘못 잡아 주차장 쪽으로 걸어간 모양이었다. 조금만 더 갔다간 원우의 자동차 앞에서 멈춰 설 뻔했다. 그걸 원우가 지켜보다가 저지시킨 거고.

"어디 가?"

원우가 친근하게 물었다.

"아르바이트 가요."

"열심이네."

"네. 아! 잠시만요."

아인이 무언가 생각난 듯 가방을 열었다. 원우의 시선이 자연스럽게 열려 있는 가방 안으로 향했다. 낡았지만 깔끔하게 정리되어 있었다. 아인은 그 속에서 곱게 접은 우산을 꺼냈다.

"잘 썼어요. 덕분에 감기도 걸리지 않았고요."

"아. 빌려줬었지?"

원우는 이틀 전의 일이 이제야 기억난다는 얼굴이었다. 원우는 우산을 받아 별것 아니라는 듯 팔짱을 꼈다. 아인은 속이 쓰렸다. 깨끗하게 돌려 줘야 한다는 생각에 우산을 햇볕에 말려 몇 번이나 묶고 풀길 반복했었다. 이래 봤자 소용없다는 걸 알면서도 왜 멈출 수 없었는지. 어쨌든 그에게 돌려준 것으로 마음의 빚을 덜었다.

"감사했습니다. 덕분에 감기 안 걸렸어요. 다음에 이 신세 꼭 갚을게요. 필요한 게 있으면 말씀해 주세요."

"그럼 식사할까?"

"네?"

"같이 밥 먹자고. 바빠?"

원우가 손목시계를 보다 고개를 들어 아인을 쳐다보았다. 날렵한 눈매가 매력적으로 치켜 올라갔다. 동시에 가슴이 쿵 소리를 내며 내려앉았다.

듣고도 믿을 수가 없다. 원우가 자신에게 함께 식사를 하자고 청했다. 그렇지만 아르바이트 시간이 다 되었다. 아인은 입안의 살을 씹었다.

"어, 음. 오늘은 아르바이트가 있어서요."

원우 때문에 정신이 혼곤하지만, 아르바이트를 관둘 순 없었다. 미칠 거 같지만, 한순간의 즐거움에 일상을 망쳐 버릴 만큼 아둔하지 않았다.

"그래? 아쉽네."

말과 달리 원우의 목소리엔 조금의 아쉬움도 담겨 있지 않았다. 별 뜻을 담고 던진 식사 제안이 아닌 모양이었다.

"수고해."

원우가 돌아섰다.

"저기, 선배."

아인이 그를 불렀다. 원우가 도로 돌아서서 바라보았다. 삐딱하게 선 자세로, 할 말 있으면 하라는 듯이. 차분하고 예의 바른 그에게 이렇게 삐딱한 모습이 한 번씩 나오곤 했다.

"내일은, 안 되나요? 내일은 될 것 같은데."

"음, 내일은 곤란할 것 같고."

원우가 말끝을 늘이며 손목시계를 보았다.

"오늘 볼일이 몇 시에 끝나?"

"9시요."

"늦게 마치네. 그럼 그때 간단히 차라도 마실까?"

그의 말에 아인은 숨을 흡 들이마셨다. 그와 단둘이 갖는 티타임. 자신의 사정에 카페에 가는 건 사치라고 생각했는데, 지금은 사치하고 싶어졌다. 그와 단둘이 시간을 갖고 싶다. 한번 욕심을 갖게 되자 멈출 수가 없었다.

"선배만 괜찮다면요."

아인이 눈에 빛을 내며 대답했다.

"그럼 9시에 여기서 볼까? 너, 본관에서 아르바이트하잖아."

"어? 어떻게 알았어요?"

"지나다가 봤어. 그럼 9시에 보자."

"네."

원우가 가볍게 손을 흔들며 차에 몸을 실었다. 그가 탄 차가 멀어지는 것을 바라보던 아인은 숨을 들이마셨다.

쿵, 쿵.

심장이 끝도 없이 요동친다.

원우와 단둘이 카페.

자신의 이름조차 모르던 그가, 갑자기 왜 자신에게 잘해주는 걸까. 그저 자신의 마음의 빛을 덜어내려고 하는 건지도 모른다.

그럴 만큼 그는 좋은 남자니까. 그러니까 기대하지 말자.

아인은 애서 정신없이 뛰는 마음을 꾹 눌렀다.

원우는 백미러로 아인을 바라보았다. 거울 속의 그녀는 두 손을 모은 채 이곳을 바라보고 있었다. 얌전한 자세는 언뜻 성스러워 보이기까지 했다. 저러면 깨트리고 싶다는 걸 모르나. 원우의 입술이 삐딱하게 휘었다.

'그럼 식사할까?'

그 말은 그냥 던진 말이었다. 자신의 말에 아인이 어떻게 반응하는지 보려고. 그리고 아인은 예상대로 거절했다. 아인이 아르바이트 중이라는 걸 알기에 상관없었다. 아인이 보인 반응으로, 알아내고자 하는 건 충분히 알아냈으니까. 아인은 자신을 확실히 좋아하고 있었다.

다만 다가올 용기를 내지 못하고 있었다. 도훈이의 과외를 봐주면서 자신과 엮일 용기가 없을 거다. 거기다가 자신과 엮이면 평온한 학교생활을 누릴 수 없다는 걸 알 테니까.

여기까지는 예상대로였다. 며칠간 천천히 구슬려서 도훈의 아르바이트를 관두게 해야겠다는 생각이 들었다.

그런데.

'내일은, 안 되나요? 내일은 될 것 같은데.'

의외로 아인이 자신을 붙잡았다. 분명 말투는 조심스러웠지만, 표정은 절박했다. 예상 밖의 전개였다.

어차피 고마운 건 이쪽이다. 시간 낭비할 거 없이, 도훈이의 과외 아르바이트를 관두게 하면 되니까.

원우는 입술을 손끝으로 쓸어내리며 눈을 가느스름하게 떴다.

"그러고 보니, 같이 해결하면 되겠네."

뭔가 생각이 난 듯 그가 옅게 웃었다.

아르바이트하는 내내 손가락 사이에서 일이 흘러나갔다. 집중하고 싶어도 마음은 허공을 맴돌았다. 이러면 안 된다고 끌어 내려도 얼마 못 가 둥둥 떠다녔다. 시간을 몇 번이나 확인했다. 그럴 때마다 마음이 흔들렸다.

그냥 던진 농담이 아니었을까. 꿈은 아닐까. 그가 정말로 올까.

의심에 의심을 더해가는 사이, 시간이 흘렀다. 8시 50분이 되자마자 아인이 가방을 둘러멨다. 기껏 묶은 머리가 다시 엉망이 되었다. 건물 밖으로 나온 아인은 때마침 들어오는 원우의 차를 발견하곤, 숨을 들이마셨다.

꿈에서조차 욕심낸 적 없는 풍경이, 현실이 되어 걸어오고 있었다. 짜릿한 쾌감과 동시에 아릿한 고통이 수반되었다.

"안녕하세요."

"딱 맞췄네. 타. 학교 주변 카페에 갈 건데 괜찮지?"

"네."

어디든 상관없었다. 그의 조수석에 또 한 번 탔다. 시원하고 깨끗한 향기가 훅 밀려들어 왔다. 원우가 차를 몰았다.

자동차가 학교 밖을 벗어났다. 뭐라도 이야기해야 할 것 같은데, 아무 말도 떠오르지 않았다. 머릿속이 텅 빈 것 같다. 그사이 차는 카페 옆의 공터에 멈춰 섰다. 아인은 원우를 뒤따라 가게 안으로 들어갔다.

"뭐 먹을 거예요? 우산도 빌려주셨으니까 제가 살게요."

아인이 메뉴판을 보며 물었다.

"나는 아이스 아메리카노. 넌?"

"저는…… 아이스 아메리카노요."

아메리카노가 가장 저렴했다. 아인이 지갑에서 카드를 꺼내는 사이, 원우가 먼저 종업원에게 카드를 내밀었다. 순식간에 벌어진 일이었다.

"오늘은 제가 사기로 했는데요, 선배."

"다음에 사."

원우가 자연스럽게 창가 쪽에 자리를 잡고 앉았다. 아인은 맞은편에 앉아 아메리카노 잔을 챙겨 들었다.

"잘 먹겠습니다."

"그래."

원우는 가볍게 웃으며 잔을 들었다. 컵을 감싼 원우의 긴 손가락이 보기 좋았다. 고생 한번 해본 적 없는 손이었다. 비현실적인 손만큼이나, 이 상황도 비현실적으로 느껴졌다. 꿈꿨으나 이뤄질 거라고 생각해 본 적 없는 상황에 맞닥뜨리니 심장이 이상하리만큼 고요했다.

"아르바이트는 할 만해?"

원우가 여유로운 얼굴로 물었다.

"네."

"힘들지? 도훈이가 말을 잘 안 들어서."

"아뇨. 괜찮아요. 생각보다 말이 잘 통해요. 의견도 잘 맞고요."

"의견? 그런 것도 주고받아?"

"공부 방향이나, 하루 일정 같은 거요."

아인이 말끝을 얼버무렸다. 과외 아르바이트를 한 지 벌써 2주가 넘어가지만 단 한 번도 도훈을 가르친 적 없었다. 그는 늘 게임을 했고, 자신은 토익 공부를 했다. 그러다 가끔 아인은 영단어를 소리 내어 외우곤 했다. 문밖에서 감시하고 있을지 모를 사모님 때문이었다.

"그래?"

원우가 미묘한 목소리로 물었다.

"네."

"그렇구나. 너한테 부탁할 게 있어."

원우의 말에 아인이 눈만 들어 그를 바라보았다. 그는 여전히 웃고 있었으나, 어딘가 냉정해 보였다. 갑자기 굳은 분위기를 못 이긴 아인이 잔을 내려놓았다.

"내 친구 동생이 과외 선생님을 찾는대. 지금 우리 집보다 보수도 좋고, 학생도 말을 잘 들을 거야. 어때? 그쪽으로 옮기지 않을래?"

원우의 물음에 아인이 마른침을 삼켰다. 다정한 듯 건네는 그 제안은 보통 사람이라면 못 느낄 만큼 미묘한 분위기가 담겨 있었다. 그러나 눈칫밥을 십수 년 먹고산 자신의 귀에는 분명히 들렸다.

그만 우리 집에서 나가줄래, 라는 말을. 오늘 보자는 이유가 그거였구나.

조금 전까지 부풀어 있던 가슴에서 맥없이 바람이 빠져나갔다.

허탈한 웃음이 새어 나왔다. 그러나 아인은 웃지 못했다. 속에선 허탈한 웃음이 나오는데, 입꼬리가 무거워서 꼼짝도 할 수 없었다.

"이건 천천히 생각해 봐."

그가 선심 쓰듯 유예기간을 꺼냈다. 아인은 고개를 들어 원우를 바라보았다. 신이 빚은 듯한 단정하고 깔끔한 외모에, 근사한 분위기. 다시금 확신하게 되었다.

그래, 이런 남자가 하루살이 같은 자신에게 관심을 가질 리가 없지. 알면서도 깊은 곳에선 혹시나 했다.

"네."

아인이 짜내듯 대답했다. 자신은 싫다고 거부하거나, 화를 낼 입장이되지 못했다. 같은 학과 후배가 자신의 집에 들락날락하는 게 불편할 수도 있으니까. 그게 아니라면 형으로서 더 좋은 과외 선생을 찾았을 수도 있다.

차가워진 머릿속으로 퍼즐이 착착 맞아떨어졌다. 오히려 기대를 갖지 못하게 이리된 것이 다행이라는 생각이 들었다.

"그리고 한 사람 더 초대했는데. 괜찮지?"

그의 말에 아인이 고개를 들었다.

누구?

의아한 얼굴로 쳐다보는 사이, 원우의 시선이 아인을 비켜갔다. 그가 미소 지으며 손을 들었다. 뒤따라 고개를 돌린 아인은, 이쪽을 향해 걸어오는 여자를 보고 얼굴을 굳혔다.

소연이었다.

소연과 합석한 지 삼십 분이 흘렀다. 자신을 보고 멈칫하던 소연은 기분 나빠 보였으나 크게 내색하지 않았다. 아인 또한 마찬가지였다. 학과 사람들끼리 연락 닿아 합석하는 경우가 더러 있었다. 지금도 그런 경우였다. 다만 소연도, 아인도 기분이 좋지 않았다.

대화의 주제는 별거 없었다. 학과 이야기, 교수 이야기, 과제 이야기, 앞으로의 진로 이야기들이었다.

대화를 나눈 지 얼마 지나지 않아 종업원이 다가왔다.

"손님, 죄송한데 저희 마감 시간이라서요."

"그만 일어나자."

원우가 몸을 일으켰다.

"그럴까요?"

소연이 다정하게 웃으며 몸을 일으켰다. 아인도 군말 없이 자리에서 일어났다.

"데려다줄게."

카페에서 나오자마자 그가 말했다. 누구에게 건네는지 몰라 아인이 원우를 쳐다보았다.

"그래 주면 고맙죠. 밤이 늦어서 걱정했거든요."

소연이 생긋 웃으며 원우의 말에 말했다. 그러다 고개를 돌려 아인을 바라보았다.

"선배는 집이 어디예요? 여기서 멀어요?"

가까우면 걸어가.

그 뜻이 읽혀졌다.

"둘 다 데려다줄 테니까, 타."

원우가 예외 없다는 듯 공평하게 말했다. 그러자 소연의 얼굴이 파삭 구겨졌다.

"아뇨. 저는 버스 타고 갈게요."

아인이 고개를 가로저으며 말했다.

"시간 늦었어."

원우가 열 시가 훌쩍 넘은 시계를 보며 말했다. 그는 아인의 대답이 못마땅한 듯 눈썹을 구겼다.

"괜찮아요."

"그러지 말고."

원우가 자연스럽게 아인의 손목을 잡아당겼다. 가지 말라는 손짓이었다. 언뜻 보면 염려라고 생각할 수 있지만, 아인은 분명히 느꼈다. 그는 자신을 염려하고 있지 않았다. 그는 소연이 보는 앞에서 일부러 자신을 친밀하게 대하고 있었다.

소연을 질투 나게 할 생각인 건지. 아니면 소연을 떼어낼 생각인 건지.

그게 어떤 의미이든 자신은 이용당하고 있었다. 마지막까지 잡고 있던 미련이 우르르 소리를 내며 무너졌다.

입술 끝이 파르르 떨렸다. 더 괴로운 건 자신을 붙잡은 원우의 손을 밀어낼 수 없다는 사실이었다.

"들를 곳이 있어서요."

그저 말로만 이렇게 거절할 뿐이다.

"그래? 어딘데? 데려다줄게."

원우가 다정하게 속삭였다. 믿고 싶을 만큼.

"아뇨. 괜찮아요. 저는…… 따로 갈게요."

소연에게 자신의 집을 보여주고 싶지 않다. 그의 조수석을 놓고 쟁탈하고 싶지도 않았다. 그의 가짜 사탕발림에…… 더는 흔들리고 싶지 않았다.

"정말 괜찮아요."

아인이 원우의 눈을 똑바로 쳐다보았다.

"그래? 그럼 어쩔 수 없지. 다음에 밥 먹자."

그는 끝까지 친절하다. 소연에게 들으라는 듯이. 아인은 대답하지 않고 돌아섰다. 원우가 쉽게 손을 풀었다.

"선배, 저는 데려다주세요."

등 뒤로 소연의 차가운 목소리가 들렸다. 돌아서서 길을 따라 걷던 아인은 쓰게 웃었다. 모든 걸 깨닫고 먼저 돌아선 자신이 바보 같은 건지, 모든 걸 느끼면서도 꾸역꾸역 참고 원우를 쟁취하려는 소연이 바보 같은 건지 모르겠다.

가로등 불빛이 점점이 켜져 있는 풍경이 눈에 들어왔다. 순간 풍경이 뿌옇게 번졌다. 고인 눈물을 억지로 되삼키려고 빠르게 눈을 깜빡였다.

2

집에 돌아오자마자 도훈은 가방을 벗어 침대로 홱 던졌다.

"아, 벌써 금요일이네."

도훈이 중얼거리며 달력을 보았다. 정해지진 않았지만, 대체로 과외는 화요일, 금요일로 진행되었다. 정 여사는 토요일이나 일요일 둘 중에 하루 더 과외받으라고 성화였다.

"공부는 무슨."

도훈이 까칠하게 중얼거리며 거울 앞에 섰다. 도훈은 어머니가 원하는 대로 회사를 물려받을 생각이 전혀 없었다. 정장 입고 근사한 척, 멋있는 척하면서 뒤로는 잠도 못 자고 일하는 그 짓을 하고 싶지 않았다. 자신은 자유롭게 살고 싶었다. 편안하게 쉬고, 먹고, 적당히 버는 그런 삶. 어차피 유산도 빵빵하게 물려받을 거니 아쉬울 것 없었다. 그가 이렇게 자포자기식으로 태연한 데에는 원우 때문이었다.

회사 CEO로는 타고난 김원우.

젠틀한 행동, 몸에 밴 우아한 기품, 다정한 웃음, 그러나 냉철한 판단력과 두뇌 회전을 갖고 있는 남자. 자신과 정반대의 남자였다.

아버지조차도 그를 이미 마음속의 CEO로 점찍어둔 상황인데, 자신이 뭘 할 수 있다는 건지. 헛된 기대를 품고 고통스러워하느니 일찌감치 맘 편히 사는 게 낫다. 도훈은 혀를 끌끌 차며 교복을 벗었다. 그러다 책상에 놓인 자신의 필통을 보았다. 깨끗하고 반듯한 고급스러운 필통이었다.

그런데 왜,

"그 필통이 왜 생각나지?"

아니다. 그 필통이 아니라, 그 필통을 쥐고 있던 손이 생각난 것 같다. 그 손이랑, 무심히 내리깔고 있는 옆얼굴이 생각난 거다. 그 모습이 자꾸만 생각났다.

"왜? 내가 그 쌤을 왜? 그런 평범한 쌤을? 허."

도훈이 기가 막힌 듯 소리를 냈다. 똑똑. 누군가가 문을 두드렸다.

"네."

문이 열렸다. 방금까지 생각하던 그 얼굴이 불쑥 들어오자, 도훈은 저도 모르게 움찔했다.

"안녕."

아인이 예의상 건넨 인사에 도훈이 저도 모르게 손을 들었다가 아차한 얼굴로 고개를 까닥였다.

"안녕하세요."

"오늘은 1번? 2번?"

아인이 무심히 물으며 가방을 의자에 올려두었다. 네가 어떤 대답을 하느냐에 따라 내가 꺼낼 책이 달라진다. 그녀가 눈으로 그런 메시지를 띠고 있었다.

"쌤, 4번 하죠."

"4번이 뭔데?"

"대화를 좀 나눠보죠."

"무슨 대화? 진로 고민?"

"아뇨. 그런 걸 왜 쌤이랑 합니까? 전 크게 될 녀석이라고 자부하거든 요."

"그럼 무슨 이야기? 인생 상담?"

"쌤 이야기요. 갑자기 쌤이 엄청 궁금해져서 그래요."

낡은 필통이 눈앞에서 뱅뱅 도는 이유를 알아내고 싶다. 겸사겸사 저 무심하다 못해 차갑게 느껴지는 얼굴이 종종 떠오르는 이유도 알고 싶고.

"거부."

"고민이라도 하고 대답하지 그래요? 말한 사람 무안하게."

"시간 낭비야."

"나도 작업 중인 여자애 아니면 길게 이야기 안 나눠요. 딱 30분만 내 줘요. 그 후엔 쌤이 하자는 대로 할 테니까."

도훈의 제안에 아인이 그를 물끄러미 바라보았다. 잠시 고민하던 아인 이 고개를 끄덕였다.

"그래. 좋아. 대신 도를 넘는 질문엔 대답 안 할 거야."

"오케이. 알았어요. 앉아봐요."

도훈이 자신의 옆자리를 가리켰다. 아인은 자리에 앉자마자 일단 공부 를 가르치는 것처럼 문제집을 펼치고, 펜을 쥐었다. 정 여사의 불시 방문 이후 아인은 조금 더 철저해졌다. 도훈은 턱을 괴고서 아인이 하는 양을 물끄러미 지켜보았다.

"질문할 거 있다며."

아인이 툭 뱉었다. 도훈은 일부로 고개를 숙여 아인에게 가까이 다가 갔다. 그러자 아인의 눈썹이 한곳으로 모였다. 설렘은커녕 불편해 보이는 표정이었다. 도훈은 괜시리 자존심이 상했다.

"쌤, 남친 있어요?"

"아니. 시간 낭비하기 싫어."

"와, 칼 같네. 그럼 난 어때요? 괜찮지 않아요?"

"어떤 점에서 말하는 거야?"

"머리부터 발끝까지. 외모, 키, 스펙, 성격 이 모든 게 다요."

도훈이 진지하게 물었다. 아무래도 자신이 이 쌤만 보면 불쾌한 이유는, 자신의 매력이 불통해서인 듯했다. 아인이 그를 아래위로 훑었다.

갈색 머리카락, 갸름한 얼굴형, 깔끔한 마스크, 그의 말대로 어려 보이지 않는 체형. 건들거리지만 악의가 없는 행동. 분명 호감이 갈 만한 외형이었다. 그러나 도훈에겐 어떤 마음도 들지 않았다. 자신이 좋아하는 건, 탁하고 어두운 분위기를 미소로 감추고 있는 남자니까. 그러다 홀로 있을 땐 공기 중에 녹아버릴 것처럼 모든 걸 놔버린 얼굴을 한 사람이니까.

"모르겠어."

아인은 무뚝뚝하게 대답했다.

"와, 진짜 믿을 수가 없네. 쌤, 내가 쌤 스타일이 아니에요? 내가 어디 가서 미움받을 스타일은 아닌데? 오히려 나 좋다는 사람이 널리고 널렸어요. 집안 좋지, 성격 좋지, 공부는 안 하지만 어쨌든 학벌 좋지, 돈 많지, 잘생겼지, 어리지. 제 입으로 말하긴 그렇지만 이전 과외 선생님은 저랑 사귀려고까지 했어요. 다섯 살이나 많으면서. 졸업하고도 연락하고 지내자던 과외 쌤이 한둘인 줄 알아요?"

"그래? 난 그런 실수를 저지르지 않을게. 다음 질문?"

와, 칼 같다. 사람이 어떻게 저래?

슬슬 오기가 생긴 도훈이 아인에게 물었다.

"쌤, 정확히 몇 살이에요?"

"스물다섯."

이제 더 물을 질문이 없다.

도훈이 난처한 얼굴로 눈을 굴리며 생각하는 사이, 뺨에 무언가가 닿았다.

"잠시만."

아인의 말에 도훈은 얼음처럼 굳어서 눈만 돌렸다. 자신의 얼굴을 빤히 쳐다보고 있는 아인의 눈길이 느껴졌다. 화륵. 순간 얼굴에 불이 붙는 것 같았다.

"뭐, 뭔데요?"

"뭐가 묻어서."

아인이 뺨에 붙은 실오라기를 보여주었다. 도훈은 손으로 뺨을 감쌌다. 아까 옷 갈아입을 때 묻은 모양이었다. 뺨에선 손바닥이 후끈할 정도로 열기가 느껴졌다. 이쪽은 얼굴이 타들어가는데 아인은 덤덤하게 실오라기를 휴지통에 버리고 있었다. 도훈의 시선이 고개를 숙이고 있는 아인을 향했다. 갸름한 어깨선과 길게 뻗은 팔이 보기 좋았다. 마치 발레리나처럼 우아하고 선이 고왔다.

두근. 순간 가슴이 뛰었다.

"질문할 거 더 있어?"

고개를 든 아인이 물었다. 그녀의 눈동자가 또렷하게 빛났다. 도훈은 잠시 숨을 멈췄다.

"아, 아뇨."

그제야 도훈이 깜짝 놀라 다급하게 고개를 가로저었다. 질문을 더 하고 싶은데, 아무 생각도 나질 않았다. 머리가 돌처럼 굳어버린 것 같았다.

"그럼 공부하자."

아인이 미련 없이 몸을 돌렸다.

"의외네요. 각자 할 거 하자고 할 줄 알았더니."

도훈의 중얼거림에 아인은 입을 꾹 다물었다. 혼자 시간을 보내면 또 잡생각에 빠질 것 같다. 어젯밤 보았던 서글픈 밤의 풍경을 떠올리곤, 또 울먹거리겠지. 한심하게.

"그냥. 할 건 해야 하니까."

아인은 덤덤히 말한 후, 문제집을 끌어당겼다. 약속한 게 있기에, 도훈은 어쩔 수 없이 책상 앞에 앉았다.

"가보겠습니다."

과외를 마친 후, 아인이 허리를 숙여 정 여사에게 인사했다.

"수고하셨어요."

"감사합니다. 또 뵙겠습니다."

아인은 미미하게 입꼬리를 끌어당겨 웃었다. 그 모습을 정 여사의 곁에 서 있던 도훈도 바라보았다.

웃을 줄도 아네. 자신한테는 무표정한 얼굴만 보여주면서. 물론 진심인 것 같진 않지만.

도훈이 입술을 삐쭉거리는 사이, 아인이 돌아서서 나갔다. 군더더기 없는 깔끔하고 소리 없는 몸짓이었다. 나비 같다. 나비 사냥은 어린 시절 자신의 취미였는데. 도훈이 고개를 기울인 채 아인이 나간 문을 빤히 바라보았다.

"넌 왜 그렇게 서 있어?"

정 여사가 멍하게 서 있는 도훈에게 물었다.

"그냥."

어쩌다 보니 아인을 따라나왔고, 그러다 보니 자연스럽게 배웅하게 됐다.

"공부는 할 만해?"

정 여사가 따뜻한 손길로 도훈의 옷을 정리해 주며 물었다.

"응."

"정말이지?"

정 여사가 의심스럽다는 듯 물었다.

"진짜야. 쌤, 능력 있더라. 내가 세상에서 제일 싫은 게 수학인데 설명 엄청 잘해. 능력 있어."

"그래?"

정 여사의 입술이 늘어났다. 도훈은 대답 대신 고개를 끄덕였다. 약속한 게 있어서 공부하는 척하려고 했다. 대충 연필을 쥐고서 끄적거리는데, 점차 아인의 설명에 빠져 들어갔다. 그렇게 순식간에 한 시간 반이 지나갔다. 태어나 그런 경험은 처음이었다.

이런 걸 집중했다고 하나.

어쨌든 몇 개의 공식이 머리에 콕 박혀 남아 있었다. 이런 일은 태어나 처음이었다.

"잘됐네. 좋은 선생님 만났으니까 1년간 열심히 해봐. 올라가서 쉬어."

"엄마."

"응?"

정 여사가 고개를 들어 도훈을 바라보았다. 도훈은 입술을 달싹이다 말길 반복했다.

이 말을 할까, 말까. 하면 돌이킬 수 없을 텐데 내 발등 내가 찍는 거 아냐?

"무슨 말이길래 그렇게 뜸을 들여? 사고 쳤어?"

정 여사가 눈썹을 구기며 물었다.

에이, 모르겠다. 언제부터 고민하고 살았다고.

도훈은 바지 주머니에 손을 푹 찔러 넣은 채 말했다.

"과외, 일주일에 세 번 받고 싶어."

대문을 밀고 나가던 아인은 멈칫하며 멈춰 섰다. 차가 세 대는 지나갈 법한 넓은 길 귀퉁이에 원우가 서 있었다. 입술 새에 삐딱하게 담배를 문 채 그는 느릿하게 눈을 감았다 뜨며 바닥을 바라보고 있었다. 그는 집을 놔두고 왜 저곳에서 저러고 있는 걸까. 그러나 의문은 얼마 가지 않았다. 남자의 모습을 보는 것만으로도 머릿속이 텅 비었다.

하얀 담배, 까만 머리카락, 검은색 남방, 숨을 내쉴 때마다 뿌옇게 안개처럼 번져가는 연기.

원우가 선 곳만 흑백으로 탈색된 것 같았다. 한 발자국 내딛으면 쩍 소리가 나며 땅이 갈라질 것 같았다. 그는 오롯이 혼자만의 세상에 들어가 휴식을 취하고 있었다.

일부러 이러는 걸까.

잊으려고 하자, 그는 자신이 반했던 그 얼굴을 하고서 앞에 서 있었다. 시선을 돌려야 하는데, 붙잡힌 것처럼 꼼짝을 할 수 없었다. 힘겹게 눈을 내리려는 순간, 툭 소리와 함께 담배가 땅에 떨어졌다.

"후우."

그는 입에 머금고 있던 마지막 연기를 뱉으며 고개를 들었다. 눈이 마주쳤다. 그는 좁히고 있던 눈썹을 풀며 느슨하게 웃었다. 반사적인 웃음이었으나, 근사했다.

"후우."

그는 대문으로 걸어오며 한 번 더 입안의 연기를 뱉어냈다. 그가 저벅저벅 다가오는 소리와 함께 가슴도 같은 박자로 뛰었다. 그가 몇 걸음 떨어진 곳에 멈춰 섰다. 담배 냄새가 나지 않을 정도의 거리였다. 그는 배려가 온몸에 배어 있는 듯했다.

"이제 가나 봐."

원우가 가볍게 웃는 얼굴로 물었다.

"네."

"오늘은 어땠어?"

그가 태연자약하게 물어왔다. 아인은 그런 그를 바라보았다. 자신과의 만남에서 굳이 소연을 부른 그의 태도가 마음에 안 들었지만, 화낼 수 없었다. 그럴 만한 사이도 아니고, 그러고 싶은 마음도 들지 않았다. 후배와 선배가 만나면 같은 과 사람과의 합석은 종종 있는 일이었다. 아인은 애써 마음을 비우며 덤덤한 표정을 유지했다.

"편하게 일했어요. 도훈이도 말 잘 듣고요."

"도훈이가?"

그가 의외라는 듯 물었다.

"네. 착한 학생이에요."

"잘됐네."

그의 목소리가 살짝 딱딱하게 들렸다. 그는 말을 한 후에도 그녀를 보고 있었다. 그는 대답을 기다리고 있었다. 자신이 일전에 했던 질문에 대한 대답을. 그러나 아인은 모르는 척하기로 했다. 그가 시키는 대로 하고 싶지 않았다. 이건 그를 향한 자신의 소심한 반항이었다.

"먼저 가볼게요. 안녕히 계세요."

아인이 가볍게 인사한 후 돌아설 때였다.

"쌤!"

등 뒤에서 도훈이 불렀다. 아인이 돌아서자 도훈이 펜을 흔들며 뛰어오고 있었다.

"쌤, 펜 놔두고 갔어요! 내가 성화 봉송하듯이 이걸 들고 뛰어와야겠어요?"

"다음에 줘도 되는데."

아인이 볼펜을 받아 들며 중얼거렸다.

"귀한 펜일지도 모르잖아요! 뭐, 예를 들면 징크스가 있는 중요한 펜이라던가! 이게 없으면 공부가 안 되고, 안절부절못하고, 정신이 혼미해질지도 모르니까!"

도훈이 심각한 얼굴로 말도 안 되는 소리를 떠들어댔다.

"그런 거 없어. 그리고 그런 펜이라면 진즉에 잘 챙겼겠지."

아인이 덤덤하게 대답했다.

"그냥 고맙다고 하면 안 돼요?"

"아, 고마워."

아인이 그제야 자신이 실수했다는 걸 깨달은 듯 인사했다.

"아, 진짜 이 쌤도 한결같다. 어디 무표정 콘테스트 있으면 나가봐요. 아마 바로 대상 탈걸요?"

"그래. 있으면 말해줘. 꼭 나가볼 테니까."

"하, 쌤이 농담도 다 하네. 어? 형? 형이 왜 여기 있어?"

"아인이랑 이야기 중이었어."

원우의 대답에 아인이 멈칫했다. 원우가 친근하게 이름을 입에 담았다.

아인이.

누가 듣는다면 굉장히 친한 사이라고 오해했을 거다. 그의 이런 어법에 속은 여자들도 꽤 되겠지.

"아인이? 두 사람 아는 사이였어요?"

도훈이 놀란 듯 물었다.

"같은 학과, 같은 학년. 물론 학번은 다르지만."

"아. 그렇구나. 대박."

도훈이 순수하게 감탄했다. 자신의 형과 같은 학교라는 건 알고 있었지만, 같은 학과일 줄은 몰랐다.

"저는 먼저 가볼게요."

두 남자 사이에 갇힌 아인은 부담스러운 듯 인사를 건넸다. 그러고는 잡을 틈도 없이 골목길을 따라 내려갔다. 원우와 도훈은 자신도 모르게 내려가는 아인의 뒷모습을 빤히 쳐다보았다.

아인이 열쇠로 문을 열었다. 삐끄덕, 낡은 문이 섬뜩한 소리를 내며 열렸다. 최대한 발소리를 죽여 집 안으로 들어갔다.

"이제 오는 거야?"

들리는 여자의 목소리에 아인이 행동을 멈췄다. 머릿속 경고음이 빠르게 돌아갔다. 이 늦은 시각, 자신을 기다리고 있는 어머니는 좋은 징조가 아니었다.

"네."

아인이 아무렇지 않은 듯이 신발을 벗으며 집으로 올라섰다. 어머니가 팔짱을 낀 채 그녀를 보고 있었다.

"들어가 볼게요."

"생활비를 더 받아야겠다."

아인이 돌아섰다.

"왜요?"

아인은 물었다.

대체 이 집에서 해준 게 뭐가 있다고 30만 원 넘게 받아가려고 하냐고. 아르바이트비도 받아가지 않냐고. 대체 이 집에서 하는 거라곤 들어와서 한 끼의 식사와 씻는 것, 자는 것밖에 없는데 이 이상이 왜 필요하냐고.

"수아가 돈이 더 필요하다고 하는구나. 타지에서 얼마나 힘들겠니? 한 달에 백만 원 보내주는 걸로 허덕거리다가 사정이 힘드니 말하는 거겠지."

아인의 입술이 비틀렸다. 한 달에 백만 원. 그 이상의 금액을 주고 있다는 걸 알고 있었다. 아버지가 험한 뱃일을 하면서도 집안 사정이 나아지지 않는 이유. 어머니가 가사 도우미를 하고, 자신이 30만 원이나 보태면서도 늘 허덕거리는 이유. 그건 타지에서 흥청망청 쓰고 있는 수아 때문이었다.

정말 수아가 공부한다고 생각하세요?

고등학생일 때부터 꾸미는 것 말곤 할 줄 없던 걔가?

수많은 말이 거품처럼 차올랐다 사그라들었다. 이런 말을 해서 굳이 기분을 망치고 싶지 않았다.

"과외 아르바이트 비용, 30만 원 넘잖아요."

"그 꼴랑 얼마나 더 된다고?"

"최소 백만 원은 넘는다고 알고 있는데요."

아인이 똑 부러지게 말하자, 어머니의 눈이 크게 벌어졌다.

"어디서 말대꾸야? 겨우 백 보태면서 유세하는 거냐?"

겨우 백.

늘 자신의 돈은 푼돈 취급당했다. 10만 원도, 20만 원도, 그리고 100만

원까지도.

"다음에 이야기해요."

아인이 대화를 피했다. 줄 생각 전혀 없었다.

"대답하고 가!"

어머니가 등 뒤에서 버럭 소리쳤다. 평소라면 어떻게든 삭였겠지만, 이번만큼은 삭여지지 않았다. 개강총회 마치는 자리에서 5천 원을 내는데 손끝이 떨렸다. 이런 자신이 한심하고 비참해서 헛웃음까지 났다. 5천원 한 장에 자신이 벌벌 기는 사이, 원 없이 쓰고 있을 수아를 생각하니 피가 거꾸로 도는 기분이었다.

"어머니 돈으로 주세요. 전 돈 없어요."

아인이 딱 잘라 말했다.

"더 있는 거 안다. 너 아르바이트하잖아. 거기서 돈 나오는 거 있을 테니 30만 더 보태라."

근로 아르바이트로 받는 수당은 50이다. 이 돈으로 휴대폰비, 교통비, 보험비, 책값까지 모두 부담해야 했다. 이걸로 부족해서 주말엔 마트 판촉 아르바이트를 하면서 부족한 비용을 충당했다. 그런데, 그 돈까지 짜내려고 하다니.

"못 드려요."

"뭐? 왜 못 줘? 말을 꼭 그따위로 해야겠어? 허이구, 하나 있는 자매가 멀리 가서 성공하고 오겠다는 거 돕지는 못할망정, 눈 뾰쪽하게 뜨고서 싫은 티 팍팍 내는 거 봐라. 나중에 수아가 잘되면 그 덕이 다 누구한테 돌아오겠어? 꼴랑 돈 좀 준다고 눈에 핏대 서는 거 봐라. 이래서 머리 검은 새끼는 거두는 게 아니랬지. 내가 뭐 하러 이딴 집에 시집와서 너 같은 거 거둬 키우는지!"

"그럼, 나갈게요."

아인이 어머니를 보며 말했다. 그나마 30을 주면서 버티고 있던 건, 원룸을 구할 보증금이 없었기 때문이었다. 그러나 30 이상을 내야 한다면 차라리 고시원에 들어가는 게 나았다. 최소한 그곳에서는 쌀밥을 먹으면서 눈치 볼 일은 없을 테니까.

싸한 분위기가 흘렀다. 어머니의 눈빛이 단박에 날카로워졌다.

"나쁜 년. 되바라진 년. 미친년. 키워놨더니 이제 나가겠다고? 그렇게는 안 되지. 한번 나가봐. 내가 네 학교 찾아가서 발칵 뒤집어놓을 테니까. 내가 너 순순히 학교 다니게 할 거 같아? 아니. 넌 내가 끝까지 물고 늘어질 거다. 내가 키워준 값을 뱉을 때까지."

어머니가 독한 말을 하더니, 아인을 밀치고 방으로 들어갔다. 아인이 한발 나서서 막았으나, 어머니가 그녀를 밀어냈다.

"저리 비켜!"

"윽."

아인의 어깨가 벽에 부딪쳤다. 이어 깨지고 무너지는 소리가 들렸다. 더 엉망일 것도 없는 방을 헤집고 부수고 깨트렸다. 평소라면 화 풀릴 때까지 내버려 뒀겠지만 지금은 교재와 학교에서 빌려온 책이 쌓여 있었다. 찢기거나 엉망이 되면 갚아야 했다.

아인이 방문을 밀고 들어갔다. 난동을 피우는 어머니의 손을 거머쥐었다.

"그만하세요!"

"뭘, 뭘! 키워준 공은 하나도 없다더니, 내가 너 그럴 줄 알았다."

새빨간 눈동자가 마치 피에 물든 것처럼 징그러웠다. 어머니는 악다구니를 써댔다. 너 같은 거 거둬 키웠더니 보람 없다고.

아인이 다시금 어머니를 말렸다.

"저리 비켜!"

어머니가 아인을 거칠게 밀쳤고, 아인의 등이 벽에 부딪쳤다. 쿵, 소리
와 동시에 벽에 매달려 있던 시계가 떨어져 아인의 머리를 내리찍었다.

"윽."

아릿한 통증에 아인이 눈을 감았다 떴다. 머리가 웅웅거렸다. 사람 머
리 위로 시계가 떨어지든 말든 어머니는 제정신이 아니었다. 어머니는 화
가 난 게 아니었다. 그냥 꼬투리를 잡아 자신의 화풀이를 할 상대가 필요
했던 거다.

저런 미친 여자는 상대할 수가 없다. 아인이 휙 돌아섰다.

"어디 가! 어디 가냐고! 저 추잡하고 근본 없는 년!"

아인은 욕지거리와 함께 깨지는 소리를 들으며 신발을 꿰어 신었다.
숨이 막혀서 미칠 것 같았다. 대문을 밀고 나갔다. 어머니가 책을 쏟아내
고 부수는 소리가 창문 밖으로 흘러나왔다.

"하아."

아인이 숨을 쉬었다. 미칠 것 같다.

"뭐야, 저 집."

"미친 거 아냐?"

지나가던 주민들이 수군거리는 소리가 들렸다. 아인은 고개를 숙였다.
치욕스러웠다. 발이 닿는 대로 무작정 걸었다. 속이 울렁거리면서 토악질
이 나올 것 같았다.

아인이 입술을 앙다물었다. 그러고는 무언가 결심한 듯 지나가던 택시
를 잡아 세웠다.

아인은 고래 등처럼 큰 집을 물끄러미 바라보았다. 거대한 대문 너머

로 섬세하게 이어진 지붕의 곡선이 이어졌다. 그 아래에 따스하게 불이 켜진 창문이 있었다. 눈길이 닿는 곳마다 섬세하게 만들어진 집이라는 것이 느껴졌다.

아인은 손끝으로 귀를 더듬었다. 손바닥이 금세 축축해졌다. 시계가 머리 위로 떨어질 때 파편이 귀 뒤를 긁고 내려간 모양이었다. 다행히 피가 흐르는 정도는 아니라서 내버려 두었다.

"후우."

아인은 숨을 훅 몰아쉰 후, 대문 앞에 섰다.

과외 아르바이트를 관두고, 어머니 또한 이 집에 발도 못 붙이게 할 생각이었다. 이게 그 여자에게 할 수 있는 최대한의 복수였다. 이 정도 액수를 주는 집은 찾기 드물다고 했으니, 당장 곤란한 상황이 되겠지. 어머니가 껌뻑 죽는 수아도 곤란해질 거다.

벨을 누르려는데 손이 허공에서 멈췄다. 손끝이 가늘게 떨렸다. 순간 원우가 떠올랐다. 아인은 고개를 숙여 제 몰골을 확인했다. 누가 봐도 몸싸움을 진탕 하고 온 사람의 모습을 하고 있었다.

"하, 진짜."

아인이 기가 찬 웃음을 지으며 손으로 얼굴을 덮었다.

인생을 끝낼 생각으로 와놓고, 이 순간 원우가 생각났다. 인생을 망치는 것보다 그에게 이런 몰골을 보여준다는 게 더 쪽팔렸다. 조금 전까지 들썩거리던 감정이 바람 빠진 풍선처럼 쪼그라들었다.

"후우."

아인은 한숨을 내쉬었다. 정신이 돌아왔다. 어머니에게 당한 게 한두 번도 아닌데, 이런 걸로 인생을 포기하기엔 아깝다. 조금만 더 견디면 된다. 졸업하면 어머니가 찾지 못할 곳으로 도망칠 테니까. 그러니까, 인생을 포기하지 말자.

아인은 손을 들어 자신의 어깨를 도닥거렸다. 누구에게도 위로받지 못한 가냘픈 어깨가 휘청거렸다. 그럼에도 아인은 끝없이 자신의 어깨를 도닥거리다가 두 팔로 자신을 끌어안았다. 따뜻하거나, 편안하지 않았다. 오히려 바짝 마른 탓에, 손바닥 곳곳에 딱딱한 뼈만 닿았다. 그렇지만…… 아주 미약한 위로는 되기에.

아인이 힘없이 돌아섰다. 흠칫. 아인의 어깨가 딱딱하게 굳었다.

"맞구나."

담배를 입술 사이에 걸친 그가, 고개를 비스듬히 기울이며 말했다. 그의 입술 새로 후욱, 담배 연기가 흘러나왔다. 어두운 밤에 퍼지는 담배 연기가 몽환적이다. 그 속에 눈을 가느스름하게 뜬 채 서 있는 그는 더더욱.

아인의 가슴이 철렁 내려앉았다. 그에게 보여주기 싫었던 가장 흉한 모습을 들켰다. 수치심과 부끄러움에 손끝이 아파왔다.

"안녕하세요."

아인이 애써 멀쩡한 척 인사를 건넸다.

"난 그런데, 넌 아닌 거 같네."

아인이 대답 대신 눈을 내리깔았다.

"무슨 일?"

원우가 다가와 물었다.

"아무것도 아니에요."

마땅한 변명거리도 떠오르지 않았다. 극도로 몰렸던 감정을 풀어헤치는 데 모든 에너지를 소진하느라, 머리가 굳어버린 모양이었다. 아인이 빠르게 그를 지나치려 할 때였다. 원우가 그녀의 손목을 감싸 쥐었다. 아인이 다시 한 번 흠칫했다. 평소의 그라면 놔줬을 텐데, 오늘은 놓지 않았다. 손목이 뜨거웠다.

"손목이 가늘구나."

원우가 뜬금없이 말했다. 아인은 그에게서 손목을 빼내기 위해 비틀었으나, 꼼짝도 할 수 없었다. 오히려 원우는 아인을 끌어당겨 자신의 앞에 세웠다. 스윽, 그가 다가오는 것이 느껴졌다. 온몸의 감각이 곤두섰다. 원우의 손끝이 아인의 귀를 스쳤다.

"피 난다."

아인이 손바닥으로 얼른 귀를 가렸다.

"안 아파?"

"괜찮아요."

"거짓말 잘하네."

"……."

"매번 안 괜찮은 얼굴로 괜찮다고 말하는 걸 보니."

아인이 대답 대신 마른침을 삼켰다. 벗어나고 싶은데 벗어날 수가 없었다.

"놔주세요."

"내가 놓길 바라? 정말?"

"네."

"그럼 네가 풀어."

아인이 고개를 들어 원우를 보았다. 그는 담배를 피울 때처럼 눈을 가느스름하게 뜨고 있었다. 그 눈빛이 평소와 다르게 오만하고 거칠었다.

"어서."

그가 재촉했다. 네가 직접 도망가면 풀어주겠다고, 그가 표정으로 말하고 있었다. 아인은 원우를 물끄러미 바라보았다. 아인이 주먹을 꽉 쥐었다. 있는 힘을 다해 풀려고 하는 순간, 원우가 손에 힘을 꽉 주었다.

"윽."

아인이 신음을 흘렸다.

"못 풀었네."

원우가 단단히 옭아매고서 말했다. 아인은 원우를 물끄러미 바라보았다. 이 남자가 이러는 이유를 알 수 없었다.

"졌으니까 술 마시러 가자."

"……."

"얼른."

그가 다시 한 번 청했다. 요구보다 명령에 가까운 단호한 목소리였다. 그의 다정한 얼굴 너머로 거만하고 오만한 얼굴이 보였다. 아인은 빈 입술을 달싹거렸다.

저 술 못 마셔요.

그 말이 혀끝까지 차올랐다. 그러나 뱉지 않았다. 원우의 눈동자가 오롯이 자신을 담고 있었다. 이 순간, 아주 잠시라도 그를 소유하고 싶다는 욕심이 들었다. 빌어먹게 힘들었던 하루를 보상받고 싶다. 이 남자의 제안을 거절할 수가 없다. 아니, 거절하고 싶지 않다.

아인은 가볍게 고개를 끄덕였다.

그가 자신을 데리고 들어선 주점은 고급스럽고 아늑한 분위기를 풍겼다. 심플하면서 세련된 디자인의 내부와 대화를 나누기 좋도록 테이블마다 가림막이 설치되어 있었다.

술 종류도 다양했다. 원우는 아인에게 칵테일을 사주었고, 본인은 맥주를 주문했다. 아인은 불그스름한 빛깔과 푸른 빛깔이 층을 이루는 칵테일을 바라보며 만지작거렸다. 그를 따라오긴 했지만, 이런 분위기가 어색했다.

"선배, 차 가지고 왔잖아요. 술 마셔도 돼요?"

아인이 어색한 분위기를 깨고자 말을 꺼냈다.

"대리운전 부르면 돼."

"아."

"넌, 괜찮아?"

아인이 원우를 바라보았다. 어떤 의미의 '괜찮아'일까. 귀에 난 상처? 기분? 지금 이 분위기?

"여기."

원우가 아인의 귀를 부드럽게 쓸었다. 아인이 흠칫하며 숨을 들이마셨다.

"괜찮아요."

아인이 고개를 뒤로 젖히며 그의 손길을 피했다. 스킨십이 더 길어지면 심장이 터질 것 같았다. 아인은 칵테일을 한 모금 마셨다.

말재주가 있으면 좋으련만. 아무 생각도 나지 않았다. 왜 원우 앞에만 서면 바보가 되는 걸까.

아인은 원우를 흘깃 보았다.

"집엔 왜 온 거야?"

"아. 그냥, 우연히요."

"그냥, 우연히, 그런 모습으로?"

택시 안에서 머리를 정리하고 옷차림을 정리했다지만, 어수선한 분위기까진 정돈하지 못했다. 그의 눈에는 다 보였을 거다. 아인은 그 부분에 대해 대답하지 않았다. 그러자 술자리가 조용했다.

"고맙습니다."

아인이 불쑥 말하자, 원우가 그녀를 바라보았다.

"선배가 무슨 생각으로 술 마시자고 한 건지 모르겠지만, 저한테는 위로주나 다름없거든요. 시간을 때울 곳이 필요하기도 했고요."

거지 같았던 하루. 그 끝의 달콤함. 최고의 일탈이었다.

말이 끝난 지 한참 되었건만 원우에게선 어떤 답도 돌아오지 않았다. 고개를 든 아인은 원우와 눈이 마주쳤다. 그는 묘한 표정을 하고 있었다.

"그 말, 위험한 거 알아?"

"어떤 말요?"

"시간을 때울 곳이 필요하다. 여자가 남자한테 쓰면 안 되는 말 중에 하나야. 오해하기 쉽거든."

말을 마친 원우가 술을 입에 가져다 댔다. 아인은 잔을 감싼 원우의 손가락을, 살짝 내리깐 눈을 바라보았다. 홀린 것처럼 그를 바라보던 아인의 입술이 벌어졌다.

"그래서 오해하셨나요?"

그리고 순식간에 머릿속에 담겨 있던 물음이 입술 사이로 빠져나갔다. 저도 모르게 순식간에 벌어진 일이었다. 아인이 뒤늦게 입술을 다물었지만, 이미 늦었다.

잔을 들던 원우의 손이 허공에서 잠시 멈췄다. 그의 눈동자가 느릿하게 아인을 바라보았다. 눈이 마주쳤다. 심연의 끝처럼 깊고 깊은 눈동자. 당황함조차 금세 지운 채 자신을 물끄러미 바라보고 있는 양쪽 뺨이 불그스름했다. 술이 벌써 오른 모양이었다.

"그렇다면?"

웃음이 싹 사라진 얼굴로, 그가 대답했다. 시간이 멎은 듯했다.

"그렇다면, 책임질 건가?"

그가 조금은 가벼운 듯, 진심이 담긴 목소리로 물었다. 아인의 목울대가 오르내렸다. 아인이 아무 말 하지 않자, 원우의 표정이 풀어졌다.

"걱정하지 마."

그는 평소처럼 느긋한 웃음을 지으며 맥주를 마셨다. 조금 전까지 몸을 에워싸던 팽팽한 긴장감이 툭 끊어졌다. 아인은 칵테일 잔을 들었다. 입술 끝을 적시며 목 끝까지 차오른 말을 꿀꺽 삼켰다.

책임질게요.

그 말을 삼키지 않고 뱉었다면, 그랬다면…… 어땠을까?

원우는 잔을 든 채 마주 앉아 있는 아인을 보았다. 평범한 모양새였다. 무난한 티셔츠, 깔끔하지만 오래되어 보이는 바지. 스윽 훑던 시선이 옆얼굴에 닿았다. 상념에 잠긴 듯, 아인은 망연한 얼굴로 앞을 바라보고 있었다. 길게 뻗은 속눈썹과 꽉 다물린 입술.

'아인이, 쟤는 평범한 거 같은데 어떨 때 보면 되게 예뻐 보여.'

'야, 관둬라. 쟤 꼬시려다가 관둔 애가 셋이 넘는다. 철벽녀래. 쉬워 보여도 난이도가 보스급이란다.'

언젠가 복학생들끼리 아인을 두고서 주고받던 말이었다. 그땐 한 귀로 흘렸는데, 왜 이제 와 생각이 나는 건지.

원우는 손끝으로 잔을 문질렀다. 굳이 이 고요함을 깨트리고 싶지 않았다. 원우의 시선이 맥주잔에 닿았다. 투명한 잔에 차가운 물방울들이 맺혀 손끝으로 톡 떨어졌다.

그가 아인을 본 것은, 골목길에 서서 담배를 피우고 있을 때였다. 택시에서 내린 아인은 자신의 집을 향해 성큼성큼 걸어갔다. 원우는 반사적으로 얼굴을 찌푸렸다. 설마, 찾아온 이유가 자신 때문은 아니겠지. 아주 가끔 자신의 예의를 호의로 오해해 난동을 부리는 여자가 있긴 했었다.

그러지 않을 것 같이 생겼는데, 판단 미스였나.

원우가 짜증스러운 얼굴로 지켜보았다. 여차하면 아인을 끌어 내릴 생각이었다. 그러나 그녀는 벨을 누르지 않았다. 벨에 닿기 직전, 손을 허공에 멈춘 채 한참을 서 있었다. 그러더니 고개를 숙여 자신을 보곤 손바닥에 얼굴을 묻었다. 우는 건지 웃는 건지 모를 분위기를 풍기던 아인을 보던 원우는 기가 찼다.

왜 남의 집 대문 앞에서 원맨쇼를 하는 거야.

한술 더 떠 아인은 얇은 팔로 자신을 끌어안았다. 그 모습을 물끄러미 지켜보던 원우의 눈이 가늘어졌다. 기가 차고, 우스운 상황인데, 그다지 웃을 기분이 들지 않았다.

그 등이 한없이 외로워 보였다. 자신의 어깨를 움켜쥔 손끝이, 푹 숙인 고개가, 겨우 지탱해 서 있는 그녀의 다리가, 시야로 파고들었다. 드문드문 부는 바람에 날리는 티셔츠의 자락과 흩날리는 머리카락을 보던 원우가 눈을 감았다 떴다. 시린 바람이 한차례 불고 난 후 눈을 떴을 때, 원우는 아인과 눈이 마주쳤다. 만날 줄 몰랐다는 당혹스러운 얼굴. 자신 때문에 찾아온 게 아닌 모양이었다. 안도를 하던 원우는 아인을 물끄러미 바라보았다. 아니, 시선이 잡혔다. 당혹스러워하는 눈동자에 체념이 어렸다.

어쩔 수 없지.

그녀의 표정이 말하고 있었다. 아인은 자신의 초라한 모습을 인식한 듯, 그 자리를 도망치려 했다. 아인이 스쳐 지나가자 바람이 불었고, 마음이 울렁거렸다.

그때였는지도 모른다. 오늘 같은 날이라면 주아인과 시간을 보내도 괜찮겠다는 생각이 든 것은.

그리고 지금 그때의 판단이 틀리지 않았다는 것을 증명하고 있었다. 아인은 조용하고, 주제 넘는 질문이나 행동을 하지 않았다. 자신을 좋아하면서도 티를 내지 않으려 애처로울 만큼 애쓰고 있었다. 자신의 감정이 타인에게 짐이 되지 않길 바라는 갸륵한 마음. 갸륵하지만, 이따금씩 괴롭히고 싶었다.

"한 잔 더 마실래?"

원우가 남은 맥주를 한 번에 털어 넣은 후, 아인에게 물었다. 그녀의 잔도 비어 있었다. 아인은 고민하는 얼굴이었다. 그러다 빚을 질 수 없다는 듯 고개를 가로저으려 할 때였다.

"그러지 말고 한잔해. 잘 마시네. 같은 걸로 사올게."

원우는 몸을 일으켜 바텐더에게 다가갔다. 생맥주 하나와 칵테일 하나를 더 주문해 자리로 돌아왔다.

"선배."

자리에 앉은 원우가 아인을 바라보았다.

"전에 말씀하신 제안 말인데요. 저에게 조금만 시간을 주세요."

"어떤 시간?"

"죄송한데 도훈이 과외를 당장 관둘 수 없을 것 같아요. 어머니가 사모님께 소개한 자리라서, 제가 무작정 빠지기엔 곤란할 것 같아요."

아인이 미안한 표정으로 말을 꺼냈다. 원우의 눈을 똑바로 보지 못해, 그의 턱에 시선을 두었다.

"그래?"

"네. 죄송해요. 조금 시간을 주면 관둘게요. 저도 오래 과외 아르바이트를 할 생각 없었거든요."

"알았어."

원우가 대수롭지 않은 듯 대답했다. 아인이 도훈의 과외를 관둔다면 좋지만, 관두지 않는다고 해도 상관없었다. 도훈이 공부 못하게 하는 방법은 또 찾으면 있을 테니까.

"오히려 내가 부담을 준 것 같네. 미안."

원우가 미안한 표정으로 말했다.

"아니에요. 신경 써주셔서 고맙습니다."

아인이 고개까지 살짝 숙이며 감사의 인사를 건넸다. 원우는 대답 대신 옅게 웃었다.

칵테일은 처음이었다. 향긋하고, 달짝지근한 맛이 일반 술과 달랐다. 한 잔, 두 잔 마실 땐 몰랐는데 넉 잔이 넘어가자 머리가 멍했다. 물에 빠진 것처럼 온 감각이 둔해졌다. 그나마 다행인 건, 원우의 차까지 멀쩡한 척 걸어왔다는 사실이었다.

"저는 가볼게요. 오늘 술 사주셔서 감사합니다."

아인이 두 손을 모아 인사했다. 더는 민폐를 끼칠 수 없었다. 큰길가에서 택시를 타면 되겠지. 택시비는 얼마 나올까. 현실적인 생각을 할 즈음, 원우와 눈이 마주쳤다.

"타고 가."

"아뇨. 저는 택시 타고 가면 돼요."

"성격이 원래 그래?"

"네?"

"다른 사람한테 신세 지는 거 싫어하냐고."

"그런 성격이긴 하지만, 오늘따라 선배한테 신세를 많이 진 거 같아서요. 맛있는 칵테일도 사주셨는데 차까지 얻어 타기엔 민망해요."

"신세 진 김에 더 져도 돼. 그냥 가면 위험해. 시간 늦었거든."

원우는 손목시계를 들어 보였다. 12시가 훌쩍 넘어 있었다. 아인이 갈등하자, 원우가 그녀에게 성큼 다가왔다. 그러고는 손목을 잡은 채 한 손으로는 휴대폰을 꺼냈다.

"네. 대리기사죠?"

그가 전화하는 내내 아인의 손을 놓지 않았다. 아인은 마른침을 삼키며 원우의 손을 보았다. 그가 자신을 붙잡았다.

이 크고 흰 손으로, 자신을…….

술이 깨는 기분이었다.

"대리기사 올 때까지 조금 기다려야 할 것 같아. 15분쯤? 괜찮겠어?"

원우는 자신을 데려다주겠다는 걸 확정 지은 상태였다. 아인이 대답하지 않자, 원우는 조수석 문을 열었다.

"앉혀줘야 해?"

아인은 슬쩍 고개를 들어 원우를 보았다.

그는 원래 모든 여자에게 이렇게 친절할까? 아니면 술에 취해서 이런 걸까? 소연에게도 이렇게 할까?

아인은 보이지 않는 상대에게 희미한 질투를 했다. 아인이 서서 고민하자, 원우가 성큼 다가갔다. 두 사람의 폭이 좁아졌다.

"정말 앉혀줘야 하나 보지?"

그가 낮은 목소리로 물었다. 거리가 좁아 그의 숨결이 닿을 듯했다. 온 감각이 일제히 곤두서면서 가슴이 선득해지는 기분이었다. 아인은 입술을 꽉 다문 채 조수석에 앉았다. 조수석 문을 닫은 원우가 차를 빙 돌아 운전석에 앉았다.

"피곤하니까 눈 좀 붙일게."

"네."

"도망갈 생각은 관둬. 음주운전을 해서라도 쫓아갈 거니까."

들켰다.

그가 잠들면 슬쩍 도망칠 생각이었다. 근사한 집에서 사는 그에게 허름한 자신의 집을 보여주기 싫었다.

아인은 대답 대신 입을 꾹 다물었다.

"대답은?"

그가 대답을 강요했다.

"……네."

아인은 하는 수없이 대답했다. 대충 가는 길에 아무 집이나 가리켜야겠다. 원우는 의자를 뒤로 젖히더니 눈가를 팔로 가렸다. 고른 숨소리가 들렸다. 밀폐된 공간은 별도의 세상처럼 고요했다. 그럴 리 없건만, 공기의 밀도가 빽빽한 것 같아 숨쉬기 힘들었다. 아인은 최대한 조용히 숨을 쉬며 고개를 돌렸다.

팔에 가린 눈가를 제외한 코, 입, 턱이 보였다. 근사하게 뻗은 선을 바라보던 아인의 눈동자가 흐릿해졌다.

어두운 밤중에도 그는 아름답다. 갖고 싶을 만큼.

평소라면 바라보는 것조차 버거웠을 텐데, 지금은 눈을 뗄 수 없었다. 그가 고른 숨소리를 냈다. 시선이 입술에 닿았다. 맥주잔을 입에 가져다 대는 그의 입술이 예뻐서 만져 보고 싶었다. 선이 분명한, 붉은 입술.

평소라면 감히 바라보는 것조차 힘들었을 텐데, 손이 멋대로 움직였다. 만지지 말고 입술 위만 그려보자. 집에 가서 떠올릴 수 있도록. 아인의 손끝이 거리를 두고서 그의 입술을 따라 움직였다.

부드럽고 아름다운 입술.

조금만 더 가까이. 아래로 향하던 손끝이 원우의 입술에 닿았다. 흠칫. 아인이 주먹을 움켜쥐었다. 원우에게선 어떤 반응도 없었다.

깊게 잠든 건가.

아인은 안도하며 가슴을 쓸어내렸다. 아인은 흘깃 원우를 바라보았다.

눈으로만 보자. 아인이 조용히 다가가 그의 입술을 바라보았다. 높은 콧대와 날렵한 턱이 눈에 들어왔다. 눈에 새길 것처럼 바라보던 아인이 눈을 내리깔며 웃었다.

이전이라면 상상도 할 수 없는 일인데.

아인이 본래의 자리로 돌아갈 때였다.

"그걸로 되겠어?"

낮은 목소리에 아인이 흠칫했다. 어느새 그가 팔을 내린 채 그녀를 바라보고 있었다. 아인의 안색이 희게 질렸다.

잠든 거 아니었어?

"기껏 깨워놓고, 한다는 게 구경이야? 기대했는데 실망이네."

원우의 입술이 느슨하게 늘어났다. 평소의 근사한 모습은 사라진 채 희미하게 보이던 오만한 얼굴이 드러났다. 아인의 얼굴이 붉게 달아올랐다.

"실수였어요. 죄송해요."

"실수라."

"……"

"변명도 그럴싸해야 믿지."

원우가 고개를 옆으로 돌린 채 말했다. 그의 입술이 보기 좋게 늘어나 있었다. 그러나 그것은 명백한 비웃음이었다. 고작 그것이 전부냐는.

"뭔가를 기대했어요?"

평소라면 뱉지 못할 질문이었다. 그러나 술에 취한 입술은 제멋대로 속의 말을 꺼냈다. 원우의 눈이 살짝 커지는가 싶더니 이전보다 짙은 웃음이 걸렸다.

"그렇다면?"

원우의 고저 없는 물음으로 인해, 차 안의 공기가 습해졌다. 생각지 못한 말을 들은 듯 아인의 빈 입술이 달싹거렸다. 원우는 그런 아인을 보며 웃었다. 자신이 예상하던 얼굴이었다. 그러나 원우의 웃음은 길게 이어지지 않았다.

얼굴을 덮는 기운, 훅 불어오던 깨끗한 향기, 동시에 뜨거워지던 입술. 절대로 선을 넘지 않으려 애쓰던 아인이 자신의 입술을 덮쳤다. 키스라고 하기엔 입술이 부딪친 것에 불과했다.

원우가 눈앞에 자리한 아인의 얼굴을 보았다. 아인의 눈꺼풀이 보기 안타까울 만큼 떨렸다. 모든 용기를 다 짜낸 행동이라는 게 느껴졌다. 그러나 자신에겐 어떤 감흥도 일으키지 못했다. 이런 어설픈 스킨십에 동할 만큼 자신은 급하지 않았다.

아인이 느릿하게 멀어졌다. 눈을 감은 채 호흡을 고르던 아인이 느릿하게 눈을 떴다.

그저 뽀뽀 한 번 했을 뿐인데, 아인은 기진맥진한 얼굴이었다.

"이게, 기대에 부응하는 건지 모르겠네요."

잠시간의 시간을 두고 아인이 말했다. 원우는 파르르 떨리는 아인의 입술을 바라보았다.

왜인지 모르겠다.

뽀뽀보다 호흡을 고르는 저 모습이 야해 보이는 까닭은. 벌어진 입술 새로 흘러나오는 숨이 달게 보인다.

웅크린 어깨, 최대한 당당하게 보이려고 노력하지만 떨리는 목소리에 신경이 곤두섰다. 이런 서툰 유혹에는 안 넘어갈 줄 알았는데, 의외로 끌렸다. 원우의 표정이 묘해진 것도 모른 채 아인은 쏟아지려는 한숨을 안으로 삼였다. 갑자기 정신이 번쩍 든 기분이었다.

내가 왜 그랬을까. 아니, 어쩌자고 이런 짓을 했을까.

그저 뭔가를 더 기대했다는 원우의 말을 듣는 순간, 정신이 아득해졌다. 그가 자신이 뭔가를 더 해주길 바란다는 그 말이, 마음을 표현해도 된다는 허락처럼 느껴졌다. 어느새 제멋대로 손이 움직였다. 그리고 입을 맞췄다.

이 남자에게 자신이 무엇이라도 되고 싶었다. 이런 어설픈 뽀뽀로 각인을 남겨서라도. 그러나 뽀뽀가 끝난 지금 그에게선 어떤 대답도 돌아오지 않았다. 그저 원우는 말없이 자신을 바라보고 있었다.

싫은 걸까. 그럴지도 모른다.

자신의 욕심이 과했다. 이건 돌이킬 수 없는 실수였다. 발끝으로 피가 다 빠져나가는 기분이었다.

아인이 티셔츠 끄트머리를 만지작거리다가 눈을 내리깔았다. 여기 더 머물었다간 부끄러움에 몸이 발화될 것 같았다.

"선배, 아무래도 저는 그냥 택시를 타고 돌아가는 게……. 훗."

원우가 손을 뻗어 아인의 뒷목을 끌어당겼다. 팽팽하게 이어지고 있던 신경줄이 끊긴 것처럼 순식간에 분위기가 흐트러졌다.

원우의 입술이 아인에게 닿았다. 그는 능숙하게 아인의 입술을 가르고 들어왔다. 흠칫한 아인이 뒤로 몸을 빼려 했으나, 그는 아인을 놓지 않았다. 오히려 집요하리만큼 아인의 입안을 파고들었다.

부드러운 입술을 넘어, 촉촉한 입안을 혀끝으로 훑었다. 그가 입안을 누빌 때마다 아인의 몸이 흠칫하며 굳었다. 쏟아내지 못한 뜨거운 숨이 몸 안을 꽉 에워쌌다. 아인의 손끝에서 힘이 빠져나갔다. 어쩔 줄 모르는 손끝이 가늘게 떨렸다.

"흐읏."

아인이 힘겹게 숨을 뱉어냈다. 추읍. 혀가 질척거리며 야하게 섞였다. 그 소리가 적나라하게 귀를 간지럽혔다.

삐리릭. 삐리릭. 휴대폰 벨소리가 은밀한 공간을 날카롭게 파고들었다. 전화, 라는 말을 하고 싶었으나 그 단어마저도 무참히 입안에서 깨어졌다. 그는 전화를 받지 않겠다는 듯 뒤집었다. 계속해서 오던 전화벨 소리가 끊어졌다.

아인이 원우의 힘에 밀려 등이 창문에 닿았다. 차가운 창문이 시원하게 느껴질 만큼 몸이 뜨거워졌다.

원우가 천천히 겹친 입술을 떼어냈다. 고작 한 뼘도 되지 않는 거리에서 마주 보았다. 아인은 원우를 바라보았다. 조금 전 뜨겁게 입술을 가졌던 사람답지 않게, 그는 무표정했다. 그러나 살짝 벌어진 입술 새로 흘러나오는 숨은 뜨거웠다.

시간이 멈춰 버린 것 같은데, 심장은 평소보다 두 배 속도로 뛰었다.

똑똑.

누군가가 창문을 두드렸다. 대리기사였다. 전화를 하다 안 되니 찾아온 모양이었다.

"계십니까?"

대리기사가 짙게 선팅이 된 차에 얼굴을 들이밀며 물었다. 그는 안이 보이지 않는지 얼굴을 찌푸렸다.

원우는 한숨을 내쉬는 대리기사와 아인을 번갈아 보았다. 이미 흥이 깨어졌다. 누군가가 찬물을 한 바가지 부은 것처럼 이성이 돌아왔다. 그는 엄지손가락으로 아인의 입술을 닦아냈다. 그러고는 차 문을 열었다.

"죄송합니다. 잠시 잠들었네요."

평소의 근사한 모습으로 돌아간 원우가, 아무 일 없다는 듯 대리기사에게 웃으며 말했다.

❖

돌아와 보니 집은 예상대로 엉망진창이었다. 낡은 책은 반쯤 찢어진 채 바닥에 내팽개쳐져 있었고, 의자는 다리가 하나 부서져 있었다. 간당간당하더니 기어코 부서진 모양이었다.

앞으로 바닥에 앉아서 공부해야겠구나.

아인은 무심하게 생각하며 방 안을 훑어보았다. 평소라면 대충 치우겠지만, 지금은 그럴 힘이 나지 않았다. 털썩. 뒤늦게 다리에 힘이 풀려 바닥에 주저앉았다.

"하아."

아인은 참았던 숨을 터트리며 손등으로 입술을 가렸다. 갑작스레 입안을 녹일 것처럼 헤집던 혀가 떠올랐다. 그가 움직일 때마다 머리에 안개가 찬 것처럼 멍했다. 그러다 어느 한 지점을 건드릴 때면, 안갯속에서 폭죽이 터졌다.

원우는 아인을 집으로 이어지는 골목 앞까지 데려다주었다. 원우가 집 앞까지 데려다주겠다고 했으나 아인이 한사코 부인했다. 그는 고개를 숙이며 어둑한 골목을 바라보더니 '괜찮겠어?'라고 한 번 더 물었다. 그 목소리가 잊을 수 없을 만큼 다정했다. 자신이 골목길을 가는 내내 원우는 떠나지 않았다.

한순간에 상황이 달라졌다.

아인은 살짝 부푼 입술을 깨물었다.

이제 어떻게 되는 거지?

그는 자신을 걱정하고 집 앞까지 데려다주었으나 어떤 말도 하지 않았다. 대리기사가 보고 있기 때문에 아무 말도 못했는지도 모른다. 그렇지만 연락처는 물어봐도 됐을 텐데? 수만 가지 생각들이 머리를 가득 채웠다.

"하아."

아인은 도저히 모르겠다는 듯 두 손에 얼굴을 파묻었다.

❖

"올, 오늘은 웬일로 립글로스를 다 하셨어? 무슨 바람이 불어서?"

주연이 강의실에 들어서는 아인을 보자마자 깨방정을 떨었다. 아인은 조금 민망한 얼굴로 웃었다.

학교로 오던 길에 충동적으로 화장품 가게로 들어갔다. 화장할 시간도, 화장품값도 아까워 맨얼굴로 다녔는데 오늘은 그러고 싶지 않았다. 립스틱이라도 하나 사서 바르고 싶었다. 이걸 하나 바른다고 해서 달라질 건 없지만, 자기 위안이었다.

"그냥."

"그냥? 좋은 일이라도 있나 봐?"

"없어."

아인은 가볍게 웃음을 머금고서 고개를 가로저었다.

"어? 원우 선배다."

누군가의 말에 쿵, 심장이 내려앉았다. 원우가 앉는 자리는 맨 뒷자리였다. 그러면서도 성적은 늘 5등 안이라고 했다.

그가 강의실에 들어서자마자 실내 분위기가 확 달라졌다. 여학생들은 조용히 숙덕거리며 뒤를 보았고, 남학생들이 너 나 할 것 없이 '원우!', '선배!' 라고 부르는 게 들렸다.

동경, 경외, 부러움을 한 몸에 받는 남자.

그런 그와 어제 키스를 했다.

아인은 새삼스럽게 그 사실을 떠올리며 주먹을 꽉 쥐었다. 원우 선배가 쳐다볼 리 없건만, 등이 따가웠다. 아인은 애써 모르는 척 책상을 바라보았다. 아직 원우를 마주 볼 자신이 없었다. 어떤 표정을 지어야 할지, 무슨 말을 해야 할지 모르겠다.

"강의 시작한다. 이 녀석들아."

앞문이 열리며 교수님이 들어섰다. 결국 아인은 수업이 끝날 때까지 원우 쪽을 바라보지 못했다.

쉬는 시간, 아인이 뒤를 돌았을 때 원우는 자리를 비운 후였다.

"화장실 좀 다녀올게."

"응."

아인은 주연을 등진 채 복도로 나갔다. 2층엔 수업이 많아 화장실이 복잡했다. 일부러 3층으로 올라간 아인은 때마침 교수실에서 나오던 원우와 마주쳤다. 아인은 저도 모르게 그 자리에 멈춰 섰다. 원우는 아인을 발견하곤 입꼬리를 끌어 올렸다.

그가 웃었다.

아인이 반사적으로 입꼬리를 끌어 올리며 웃었다.

"안녕하세요."

머릿속을 한참 뒤져도 할 말은 이것뿐이었다. 저벅저벅, 발소리를 내며 원우가 걸어왔다. 그가 무슨 말을 할지 겁이 나면서, 떨렸다.

"응. 안녕."

그가 인사했다. 그러곤 아인을 지나쳐 갔다. 저벅저벅, 멀어지는 발소리가 복도를 울렸다. 아인의 얼굴이 하얗게 질렸다. 고개를 돌린 아인은 계단을 내려가는 원우의 뒷모습을 보았다. 안녕. 그것이 전부였다.

"선배."

아인이 저도 모르게 그를 불렀다.

"응?"

원우가 대수롭지 않은 얼굴로 돌아서서 물었다. 그는 할 말 있으면 하라는 듯 태연한 얼굴을 하고 있었다. 아인의 빈 입술이 달싹거렸다.

"할 말 있는 거 아니야?"

원우의 질문에 아인은 입을 다물었다. 원우가 무표정한 얼굴로 바라보았다. 둘 사이에 두터운 벽이 끼어 있는 것 같았다.

선배는 질문과 달리 어떤 말도 듣고 싶지 않아 했다. 어젯밤 일과 키스까지도. 아인이 도로 입을 다물고, 고개를 가로저었다.

"……아뇨."

"그래, 그럼."

원우는 일말의 미련이나 의문 없이 돌아섰다. 저벅저벅 멀어지던 그의 발소리가 사라졌다. 텅 빈 복도에 홀로 남은 아인은 어깨를 웅크러뜨렸다. 창문이 모조리 닫혀 그럴 리 없겠건만, 어깨가 시려왔다.

"하."

아인이 허탈하게 웃으며 손등으로 입을 가렸다. 갑자기 립스틱을 바른 자신이 수치스러웠다. 원우 선배에게 어제의 일은 고작해야 해프닝에 불과했다.

화장실로 들어간 아인은 손등으로 립스틱을 문질렀다. 손등과 뺨이 붉어졌다.

3

"조별 과제가 있습니다."

교수의 말에 강의실이 한숨으로 가득 찼다. 가장 피하고 싶은 과제 중 하나가 조별 과제였기 때문이었다. 손발이 맞지 않으면 끝나는 날까지 고생하는 게 조별 과제였다. 그중 이 교수의 조별 과제를 기피하는 데에는 이유가 있었다.

"조원은 제가 임의로 정했습니다. 네 명이 한 조인데, 만약 참여가 불성실하거나 도움이 되지 않았다면 나중에 조장은 저에게 와서 말하면 됩니다. 제가 알아서 성적을 매기도록 하겠습니다. 자, 조원은 여기 붙여놓을 테니 보세요."

임의로 정해진 조원.

성실하고 착한 사람들이 모이면 좋지만, 만약 기가 드세고 고집불통인 사람이 모이면 곤란했다. 교수가 나간 후, 학생들이 우르르 보드 앞으로 몰렸다. 조원을 확인한 학생들의 얼굴에 희비가 갈렸다. 그중 몇 명은 아인을 힐끔 쳐다보았다. 특히 소연의 눈빛이 날카로웠다.

"쟤네 왜 널 쳐다봐?"

"글쎄."

"소연이 쟤는 요즘 너한테 왜 저러냐?"

주연이 기도 안 찬다는 듯이 얼굴을 찌푸리며 물었다. 아인은 이유를 알 것 같았다. 자신이 원우와 함께 있는 걸 한 번 봤으니, 견제하는 모양이었다.

이젠 다 필요 없는 짓인데.

아인이 쓸쓸하게 웃었다. 원우와 키스를 한 지 일주일이 흘렀지만, 관계는 달라지지 않았다. 오히려 3층에서 만난 날 원우가 안녕, 하고 지나친 후로 어색해졌다. 이후 아인은 최대한 원우를 피해 다녔다. 그를 더 이상 보고 싶지 않았다. 그를 보면 어설프게 들떠 있던 자신이 떠올라 비참했다.

그래서 그의 집에 갈 때도 최대한 빨리 도훈의 방으로 뛰어들어 갔고, 마칠 땐 뒤도 돌아보지 않고 나왔다. 학교에서도 마찬가지였다. 일찌감치 앞자리에 앉아 있으면 원우를 볼일이 없었다. 이렇게 몇 개월만 버티면 방학이다.

그럼 더 괜찮아지겠지.

아인이 속으로 감정을 삭였다.

아인은 학생들이 물러가길 기다렸다. 어느 정도 한산해졌을 즈음, 아인과 주연은 보드 앞으로 걸어갔다.

"야, 주아인."

주연이 믿을 수 없다는 듯 그녀의 이름을 불렀다. 아인은 대답하지 않았다. 넋이 나간 얼굴로 종이만 빤히 쳐다보았다.

D조- 김원우, 주아인, 임소연, 강태우.

절대로 만날 일 없을 거라 생각했던 두 사람과 한 조가 되었다.

「쌤.」

액정에 문자가 떴다. 복사한 서류를 정리해서 한 묶음으로 묶던 중이라 아인은 곧바로 대답하지 못했다.

「쌤.」

또 한 번 문자가 왔다. 아인의 눈썹이 한곳에 모였다. 자신을 이렇게 부를 사람은 한 명밖에 없었다. 문제는 도훈에게 자신의 연락처를 알려준 적 없다. 아인이 쳐다보고만 있자 갑작스레 메시지가 쏟아졌다.

「쌤, 뭐 해요?」

「내 연락 씹어요? 와 너무하네.」

「급한일이니까답장주죠.」

문자가 끝없이 쏟아졌다. 아인은 휴대폰을 들고 화장실로 자리를 옮겼다. 도훈에게 전화를 걸었다.

"여보세요?"

[쌤, 저예요.]

다급하다는 메시지와 달리 도훈의 목소리는 차분했다.

"무슨 일이야? 내 번호는 어떻게 알았어?"

[엄마 폰 뒤졌어요.]

도훈이 뿌듯한 목소리로 말했다.

지금 이걸 자랑이라고.

아인은 나오려는 한숨을 참고서 말했다.

"왜? 내일 과외하기 힘들어?"

[아뇨. 쌤. 오늘 바빠요? 뭐 해요?]

"아르바이트 중이야."

[몇 시에 마쳐요?]

"9시."

[잘됐네요! 저 좀 도와주죠? 문제집 사려고 하는데 너무 많아서 뭘 사야 할지 모르겠어요. 오늘 바쁜 거 아니면 저 좀 만나죠?]

거만한 말투는 이 집안 유전적인 문제인가.

"만나죠, 가 아니라 만나주세요, 라고 말해야 하는 거 아닐까?"

[아, 참. 그렇지? 쌤, 만나주세요.]

"바빠. 문제집 추천은 선생님한테 받아. 그래도 모르겠으면 너희 학교 전교 1등이 뭐 푸는지 문제집 확인해 봐. 그거랑 똑같은 거 사면 될 거야. 바쁘니까 끊을게."

[아, 쌤! 만나주세요, 라고 말했잖아요!]

"네가 만나주세요, 하면 내가 만나야 하는 사람이야?"

아인이 미간을 좁힌 채 말했다. 이렇게 신경질적으로 말할 건 아니었다. 다만 감정이 주체가 되지 않았다.

조별 발표를 확인한 후, 돌아서던 아인은 자신의 등 뒤에 서 있던 원우와 마주쳤다. 그도 이미 조원을 확인한 눈치였다. 문제는 표정이었다. 그의 미간이 미미하게 좁아져 있었다. 조원이 마음에 안 든다는 얼굴이었다.

굳이 그렇게 자신을 비참하게 만들지 않아도 됐을 텐데.

아직 해소되지 않은 감정이 도훈에게 쏠려갔다. 그의 형제라는 이유만으로.

아인이 머리를 쓸어 넘겼다. 도훈에게 짜증을 낼 일이 아니었다. 미안하다는 말을 하려 할 때였다.

[음. 그럼 만나주세요, 그 말로 부족하다는 거죠? 알았어요. 최선을 다해 말해볼게요. 만나주세요. 만나주십쇼. 만나주시옵소서. 경하드리옵니다.]

아니, 거기서 왜 경하드리옵니다가 나와?

아인은 기가 차서 헛웃음을 터트렸다.

[웃었네요. 웃었으니까 만나야 해요. 만나주세요. 대신 제가 맛있는 거 사드릴게요. 저도 공짜로 쌤 시간 막 뺏을 생각 없어요. 제가 오죽 급하면 쌤한테 이러겠어요? 저도 공부 잘하려고 이러는 거니까 좀 돕죠? 아니. 도와주세요. 도와주십쇼. 도와주시옵소서! 경하드리옵니다!]

경하는 거기다가 쓰는 말이 아니라니까. 얘는 확실히 언어가 문제다.

그렇지만 입 아프게 설명하고 싶은 마음도 들지 않았다.

"하아, 그래. 알았어."

어차피 어머니가 잠들 때까지 어디선가 시간을 때워야 했다.

"대신 어머니한테 연락해서 늦게 들어간다고 말씀드려."

[알았어요. 쌤, 그럼 약속 장소랑 시간 문자로 보낼게요.]

"응."

통화가 끝났다. 아인은 통화 시간이 깜빡거리는 휴대폰을 바라보았다.

형제간에 성격이 판이하게 달랐다.

까칠한 듯 밝은 도훈이와, 다정한 듯 오만한 원우.

그나저나 원우와 한 조라니.

"후우."

아인은 생각만으로 피곤한 듯 머리를 헝클어뜨리며 화장실을 빠져나왔다.

❖

도훈은 손에 펜을 쥐고, 눈은 책과 휴대폰 시계를 끝없이 번갈아 보았다. 9시가 되는 벨소리가 울리자마자 도훈은 가방을 어깨에 둘러멨다. 그러고는 누가 잡을세라 가장 빨리 학교 밖으로 뛰어나왔다.

"아, 괜히 뛰었어."

도훈이 패스트 푸드점에 앉아 유리창에 비친 제 머리를 정리하며 중얼거렸다. 정신없이 달렸더니 기껏 정리해 놓은 머리 스타일이 엉망진창이 되었다. 머리를 이리 넘기니 이상하고, 저리 넘겨도 이상하다.

"하필 오늘 같은 날."

도훈이 말을 하다 멈칫했다.

오늘 같은 날이 뭔데? 과외 선생이랑 문제집 사러 가는 게 별일인가?

도훈은 다리를 떨며 시선을 거둬들였다.

자신은 공부를 하려고 하는 것뿐이다. 왜 공부를 하냐면 멋져 보이기 위해서. 왜 멋져 보여야 하는 거지? 그야 그래야 과외 쌤한테 잘 보이니까.

……그런데 왜 나는 과외 쌤한테 잘 보이고 싶은 거지?

가장 원초적인 질문에 다다랐을 때였다.

"일찍 왔네."

아인이 도훈의 테이블로 다가와 말을 건넸다. 도훈은 아인을 스윽 훑었다.

깔끔한 7부 티셔츠, 길게 뻗은 다리 라인을 감싸는 청바지, 낡았지만 깔끔해 보이는 가방. 평범해 보이면서도 묘하게 눈길을 사로잡는 얼굴. 그중 가장 매력적인 것은 자신을 덤덤하게 바라보는 무표정이었다. 약간

느리게 움직이는 손끝이나 시선도 좋고.

아인이 마주 앉자 좋은 향기가 바람에 실려왔다. 도훈은 바람을 놓치기 싫은 사람처럼 숨을 흡 하고 들이마셨다. 그러자 가슴이 울렁거렸다. 이젠 심장이 뛰는 게 확실히 느껴졌다.

진짜 인정하기 싫었는데. 절대로 아닐 거라고 생각했는데…… 이 쌤을 보면 사정없이 떨린다. 이런 걸 설렌다고 하기도 하지. 인정하기 싫은데 좋아하나 보다.

그러니 눈 감기 전부터 눈 감을 때까지 생각나지. 그걸로 부족한지 어제는 꿈에도 나왔다. 이제 확실해졌다. 자신은 눈앞의 쌤을 좋아하게 되었다.

별것 없이, 평범하기 짝이 없는 이 쌤을!

자신의 복잡한 마음을 아는지 모르는지 아인은 무심하게 말했다.

"옆이 바로 서점이더라. 서점에서 대충 보고 급한 건 바로 사고, 안 급한 건 온라인 서점에서 사. 온라인 서점에선 할인도 되고 적립금도 있으니까."

"할인 안 받아도 돼요. 그거 얼마 한다고."

"얼마 하지 않지만, 굳이 낭비할 필요도 없지. 가자."

아인이 브리핑하러 나온 사람처럼 말을 마친 후 자리에서 일어났다. 도훈은 말 잘 듣는 강아지처럼 아인의 뒤를 따랐다.

대한민국에 문제집 종류가 이렇게 많았나. 보기만 해도 멀미가 난다. 도훈은 건성으로 이리 뒤척, 저리 뒤척 하다 옆을 흘긋 보았다. 아인이 진지하게 문제집을 하나씩 살폈다. 미리 찾아보고 온 게 있는지 직원에게 문제집의 위치를 문의하기도 했다.

저렇게 열심히 해주니까 미안한데.

도훈이 멋쩍은 듯 뺨을 긁적거렸다. 아인을 불러낸 건 순전히 보고 싶어서였다. 자꾸만 눈앞에서 아인의 모습이 아른거리기에, 보면 뭔가 확실해질 줄 알았다. 그리고 자신의 예상대로 확실해졌다. '단순 호기심'일거라는 자신의 추측을 완전히 비켜 나긴 했지만.

도훈이 문제집을 들추면서 아인을 흘깃 쳐다보았다. 화장기 전혀 없는 맨얼굴엔 반질반질 윤이났다. 요즘 화장하고 다니는 고등학생보다 더 수수한 것 같다. 그런데도 훨씬 예뻐 보였다. 도훈은 교복 바지 주머니에 손을 찔러 넣은 채 아인을 보며 연신 감탄했다.

이 쌤이랑 사귀고 싶다.

도훈이 진지하게 미래를 상상할 때였다.

"이거면 될 거야."

아인이 대충 봐도 10권이 넘는 문제집을 내밀었다. 그 짧은 시간 내에 수학, 영어을 비롯해 다른 과목 문제집까지 선별했다.

"무거우니까 반만 들어줘."

"전부 다 줘요."

도훈은 아인으로부터 문제집의 전부를 넘겨받았다. 그러자 아인이 조금 머쓱한 얼굴로 말했다.

"안 무거워?"

"이게 뭐가 무거워요? 그렇구나. 쌤은 약하구나."

도훈은 가뿐하게 문제집을 한 손에 쥔 채 반대 손으로 아인의 손목을 들었다. 좀 과장해서 자신의 손목 반밖에 안 되게 생겼다.

"조심해서 만져야겠네."

도훈이 중얼거렸다.

"뭐?"

아인이 제대로 알아듣지 못하고 되묻자, 도훈이 고개를 설레설레 내저었다.

"아무것도 아니에요. 계산하고 나가죠. 몰랐는데 저한테 책 알레르기가 있나 봐요. 오래 있으니 멀미 나네요."

도훈이 계산대를 향해 성큼성큼 걸어갔다. 계산을 마친 후, 밖으로 나왔다. 어둑한 밤을 가로지르는 바람이 제법 선선했다. 낮은 초여름 날씨라고 하지만, 밤엔 쌀쌀한 바람이 불었다.

"쌤, 뭐 먹을래요? 이건 제가 쏩니다. 쌤 시간 빼앗았으니까요."

"달달한 거. 피곤해."

"싫다고 뺄 줄 알았는데 웬일이에요?"

"네 말대로 귀한 시간을 줬으니까. 웬만하면 내가 사주겠지만, 집안 사정을 봤을 땐 네가 나한테 사주는 게 맞는 거 같다. 네가 사주겠다고 나서기도 했고."

"이건 빚지는 거 아니에요?"

"응. 내가 할애한 시간에 대한 합당한 보상이지."

"무슨 대답이 그렇게 어려워. 좋아요. 팥빙수 먹으러 가죠. 여기서 제일 유명한 팥빙수 집 알아요."

도훈이 길 건너 가게를 가리켰다. 아인은 고개를 끄덕이며 걸어갔다. 도훈은 그녀의 옆에 서서 발을 맞췄다. 팔이 닿을 듯 말 듯했다. 툭 건드리면 부서질 것 같던데. 도훈은 조심스럽게 아인의 팔을 살피며 걸었다. 그의 뺨이 불그스름했다.

실수했다.

아인은 자신의 맞은편에 앉아 싱긋 웃는 도훈을 보며 생각했다. 영수증이 긴 게 불안하다 했더니, 얼마 후 테이블이 꽉 찼다. 인절미 빙수, 팥빙수, 허니 토스트, 와플, 딸기 생과일 주스였다.

사람들이 뜨악한 얼굴로 도훈과 아인의 테이블을 흘깃거렸다.

"혹시 저녁 안 먹었어?"

아인이 심란한 얼굴로 도훈에게 물었다.

"먹었는데요."

"그럼 이 5첩 반상은 뭘까?"

아인이 테이블을 보며 물었다.

"쌤이 단거 먹고 싶다면서요. 어떤 단맛을 좋아하는지 몰라서 이 가게에서 제일 달달한 게 뭐냐고 물으니까 이걸 가르쳐 주잖아요. 그래서 다 사왔죠. 골라 먹어요."

아인은 테이블을 스윽 보다가 쓰게 웃었다. 도훈이 자신과 다른 삶을 살고 있다는 게 여실히 느껴졌다. 자신은 팥빙수가 먹고 싶을 때면 슈퍼에서 50% 할인할 때 사서 먹었다. 그마저도 못 먹을 때가 많았다.

원우도 돈에 얽매이지 않는 이런 삶을 살았겠지. 최고급으로 진열해 놓고 필요한 건 대부분 가지면서 살았던 그의 눈에 자신이 들어올 리 없다. 그날의 키스도, 일탈이었을 거다. 기대한 자신이 멍청했다. 아인의 얼굴이 차갑게 식었다.

"안 먹어요? 쌤 믹으리고 이만큼 사왔는데."

도훈이 인상을 쓰며 멍하게 앉아 있는 아인에게 물었다.

"응. 먹어. 고마워. 잘 먹을게."

아인이 인절미 빙수를 크게 한입 떴다. 입안에서 사르륵 녹았다. 거짓말처럼 기분이 좋아졌다. 아인의 표정이 누그러지는 걸 보며 도훈은 덩달아 픽 웃었다.

"쌤, 그렇게 웃고 다니지…… 아니에요."

"왜 말을 하다가 말아? 내가 웃는 게 이상해?"

"아뇨. 그런 건 아니고, 그러니까…… 하여튼 아무것도 아니에요."

도훈이 말 못하겠다는 듯 손을 내저었다.

아인에게 그렇게 웃고 다니라는 말을 하려고 했다. 저렇게 웃고 다니다가 오만 남자들이 달라붙으면 어쩔 거야? 따라다니면서 떼어낼 수도 없고. 그러다 그 말을 할 주제가 아니라는 생각에 관뒀다.

"쌤, 다음에 쌤 학교 놀러가 봐도 돼요?"

대신 도훈이 다른 질문을 던졌다.

"고3이 그럴 시간이 있을까?"

"고3이니까 가야죠. 가서 둘러봐야 동기부여가 되죠. 아, 내가 이 학교를 꼭 와야겠구나. 그럼 진짜 공부를 열심히 해야겠네 등등."

"그럼 와."

"알았어요."

도훈이 즐거운 듯 씩 웃었다. 아인은 그런 도훈을 보며 옅게 웃었다. 달고 시원한 게 들어와서 그런지 몰라도 도훈이 조금 귀엽게 보였다. 남동생이 있으면 이런 기분일까. 아인은 티슈를 들어 도훈에게 내밀었다.

"입가 닦으면서 먹어. 묻었다."

도훈은 휴지 대신 혀로 입술을 핥았다. 그 모습에 멀찍이 서 있던 여종업원의 얼굴이 붉어졌다. 그러나 정작 눈앞에 있는 아인은 덤덤했다.

"난 닦으면서 먹을 테니까, 쌤은 닦을 겨를도 없이 먹어요. 묻혀도 되니까 막 먹어요. 손목이 그게 뭐예요. 나뭇가지도 아니고."

도훈의 잔소리에 아인은 또 한 번 웃었다. 눈이 사르륵 접히며, 입꼬리가 올라갔다.

"그래. 고마워. 많이 먹을게."

아인이 다른 와플 조각을 푹 찔렀다. 그러느라 제 웃음을 보고 넋이 나
간 도훈의 얼굴을 보지 못했다.

❖

「선배, 통화 가능해요? 조별 과제 때문에 그래요.」

소연으로부터 온 카카오톡 메시지였다. 원우는 피곤한 얼굴로 휴대폰
을 바라보았다.

이쯤 하면 알아차릴 때도 되지 않았나? 아니, 알아챘기 때문에 더 이러
는지도 모른다. 불안함은 사람을 집요하게 만드니까.

소연이 이토록 집요할 줄 알았다면 애초부터 곁을 주지 않았을 거다.

원우는 소연에게 전화를 걸며 창가로 걸어갔다. 창문을 활짝 열자 선
선한 바람이 불어왔다.

"응. 나야."

[선배, 안 잤어요? 아까 전부터 카톡 메시지 보냈었는데.]

왜 자신의 메시지를 확인하지 않냐는 책망 어린 중얼거림이 들렸다.
슬그머니 짜증이 치밀어 올랐다. 원우가 좁아지려는 미간을 손끝으로 문
질러 폈다.

"바빴어."

[뭐 했어요?]

"과제 때문에 전화했다며."

[아. 조별 때문에 그러는데 언제 모이나 해서요.]

원우의 입술이 삐딱하게 휘었다.

설마 했는데 역시나였다. 소연은 별 이유가 되지 않는 조별 과제로 통

화 시간을 구질구질하게 늘렸다. 원우는 건성으로 응, 응, 대답하며 고개를 들었다. 새카만 하늘이 보였다. 그 속에 드문드문 별이 보였다.

아인의 눈이 딱 저러했다.

어둑함이 내려앉은 차 안에서 마주 보았던 아인의 까만 눈동자엔 수만 가지 감정이 담겨 있었다. 자신의 입술을 건드리고 어쩔 줄 몰라 하던 얼굴. 지나치게 놀라 허술한 변명을 늘어놓던 도톰한 입술. 걱정에 눌린 듯 살짝 웅크려들어 있던 어깨.

키스를 한 것은 충동이었다. 그렇게 행동한 것은 아인의 탓이었다. 아인은 선을 넘어올 듯 말 듯, 주춤거렸다. 그러다 아인이 먼저 입을 맞추었다. 마치 이것이 자신이 할 수 있는 최대한의 용기라는 듯. 그러고서 훌쩍 가버리려 했다. 간 보는 그 태도가 지루해서, 입을 맞추었다. 괴롭히고 싶은 마음도 있었다. 주아인은 자신의 못된 마음을 자꾸만 건드니까.

장난으로 시작한 키스가 점차 깊어졌다. 주아인의 입술은 달았다. 그 속은 더욱 달았고, 손이 제멋대로 움직이려 했다.

대리기사가 아니었다면 위험한 수위까지 넘어갈 뻔했다. 아니, 대리기사를 본 순간에도 갈등했다. 이대로 선을 넘어버릴까. 그러나 초조해 보이는 아인의 표정을 본 순간 참았다. 아무리 입이 무거운 여자라고 하더라도 함부로 떠들 수 있으니까.

그땐 그저 즐거운 여흥이었는데, 변수가 생겼다. 자신의 상상보다 훨씬 주아인이 야한 입술을 갖고 있다는 것과 주아인이 꽤 자극적이라는 데 있었다. 거리를 두지 않으면 위험하겠다는 마음이 들어 다시 만났을 때 선을 그었다.

안녕.

그 간단한 인사 한마디로 예쁘장한 주아인은 얼어붙었다. 눈치가 빠른 그녀는 그 한마디에 응축된 의미를 읽은 것이었다.

어제 우리에게 무슨 일이 있었는지 물어봐.

이후 주아인은 용케 자신을 피했고, 주변엔 어떤 말도 하지 않은 듯 고요했다. 원하는 대로 모든 것이 흘러갔다. 잔잔하고 고요한 흐름이 완벽한데, 자신의 시선은 주아인의 뒤를 좇고 있었다. 강의실에서도 강의를 듣는 내내 시선이 주아인의 얇은 뒷모습으로 향했다.

끄적거리며 흔들리는 펜, 갸웃거리는 고개, 가볍게 흔들리는 머리카락의 움직임까지 확대되어 눈에 들어왔다.

왜.

스스로에게 물었다. 어떤 대답도 나오지 않았다. 이성, 감성 그 어느 곳에도 주아인에 대한 답이 없었다.

[선배, 제 말 듣고 있어요?]

"어."

원우는 건성으로 대답하며 고개를 숙였다. 그러다 보이는 풍경에 고개를 비스듬히 기울였다.

도훈과 아인이 어깨동무를 한 채 걸어오고 있었다. 한 걸음 내딛을 때마다 도훈의 몸이 휘청거렸다. 그 거대한 반동을 아인이 힘겹게 받아내고 있었다. 원우는 휴대폰을 귀에서 멀찍이 떼어놓은 채 두 사람을 보았다.

도훈이 다친 모양이었다. 그걸 아인이 부축하는 중이었고. 문제는 과외도 안 하는 이 시간에 왜 두 사람이 함께 오느냐였다. 거기다가 두 사람은 꽤 살가운 듯 대화를 나누고 있었다.

원우가 턱을 괴고서 새하얀 손끝으로 뺨을 톡톡 두들겼다. 손짓에 희미한 불쾌함이 서려 있었다.

"소연아."

그가 소연의 지루한 말을 단번에 잘랐다.

[네? 선배?]

소연이 반색하는 목소리로 대답했다.

"동생이 다쳤나 봐. 동생한테 가봐야 할 것 같아서, 내일 보자."

[아, 네.]

동생이 다쳤다고 하니 어쩔 수 없이 대답하는 목소리에 섭섭함이 잔뜩 묻어났다. 원우는 아랑곳하지 않고 통화를 끊었다. 그가 평소보다 빠른 걸음으로 계단을 내려갔다.

"쌤, 오늘 고마워요. 나 때문에 고생만 잔뜩 했네요. 이 밤길에 혼자 가야 하네요."

도훈이 인터폰 앞에 붙어 서서 말했다.

"괜찮아. 넌 혼자 갈 수 있겠어?"

아인이 조금 걱정스러운 듯 도훈의 오른발을 보았다. 도훈이 발을 삔 건 순식간이었다. 아인이 버스 정류장에서 버스를 타려고 기다릴 때였다. 갑자기 악 소리를 내더니 도훈이 발목을 거머쥐고 앉았다. 어쩔 수 없이 아인은 도훈을 집까지 데려다주었다.

"괜찮아요. 바로 코앞이 집인걸요."

도훈이 씩 웃었다. 벨을 누르자마자 삑 소리와 함께 문이 열렸다.

"먼저 가요."

"네가 들어가는 거 보고. 책 조심해서 들고 가."

아인의 무표정한 얼굴에 언뜻 걱정이 스쳤다. 아인이 자신을 걱정하고 있었다. 누군가의 걱정을 받는다는 사실이 이렇게 좋은 건 줄 몰랐다.

"알았어요. 가볼게요."

도훈이 손을 흔들며 대문을 열고 들어갔다. 대문이 쿵 닫히자마자 도훈은 제자리에서 폴짝폴짝 뛰었다.

"아, 연기는 역시 내 체질이야."

아인과 좀 더 있고 싶어서 충동적으로 아픈 척했다. 벤치에 앉아 이야기를 좀 더 나누다 헤어지고 싶어서 부린 엄살이었는데 집까지 데려다주다니.

"이제 와?"

고개를 든 도훈은 제 앞에 서 있는 원우를 보았다. 그가 바지 주머니에 손을 넣고서 부드럽게 웃고 있었다.

"형!"

도훈이 반가운 듯 씩 웃었다. 이복형제이긴 하지만, 도훈에게 원우는 롤모델이었다. 근사하고, 아주 멋진 남자. 여유로운 표정은 기본이고, 눈빛과 행동거지에 우아함과 기품이 어려 있었다. 자신은 아마 평생 가도 따라잡을 수 없을 거다.

반갑게 소리치는 도훈을 원우가 스윽 훑었다. 절뚝거리던 게 거짓말인 것처럼 성큼성큼 걸어왔다.

"서점 갔다 오나 봐?"

원우가 따뜻한 눈으로 도훈을 바라보았다.

"어떻게 알았어?"

"손에 들린 거 봤어."

원우가 턱짓으로 도훈의 손을 가리켰다. 그러자 도훈이 손을 번쩍 들었다.

"응. 과외 쌤이랑 같이 서점 다녀왔어. 고3인데 공부하는 적은 헤야지. 아! 형이랑 우리 쌤이랑 같은 과라며? 두 사람, 친해?"

친하다라.

"그럭저럭."

원우는 대답했다.

"우리 쌤, 학교에서 어때?"

"그건 왜 물어?"

"궁금하니까 묻지. 쌤, 학교에서도 저런 표정이야? 어때?"

"글쎄. 거기까진 모르겠네."

"하긴. 관심이 없으면 모를 수도 있지."

"넌 관심이 많아 보인다?"

"그래 보여? 티가 나나? 아씨, 안 되는데. 우리 엄마한테 비밀이다. 알지? 우리 엄마가 알면 난리 칠 텐데. 쉿."

도훈이 신신당부했다.

"……그래."

원우가 나지막하게 대답했다. 그의 목소리가 전보다 더 낮아졌다는 것을 알아채지 못한 도훈이 씩 웃었다.

"조만간 형네 학교에 놀러 갈게! 쌤 보러 가기로 했거든! 나는 들어간다!"

도훈이 손을 흔들며 계단을 두 칸씩 성큼성큼 밟아 올라갔다. 원우의 시선이 멀어지는 도훈의 뒷모습에 닿았다. 정확히는 그의 발에 닿았다.

상냥하고 다정하게 웃었던 것이 거짓말인 것처럼 표정이 서늘하게 식었다. 도훈이 아인에게 관심을 보이고 있었다.

이건 생각지도 못한 진행이네.

원우의 고개가 삐딱하게 기울었다.

고요하고 정적인 분위기로 휩싸인 방 한가운데 희미하게 아침 햇살이 치고 들어왔다. 창살처럼 길게 이어진 햇살이 남자의 젖은 상체를 비추었다. 그것과 별개로 남자의 표정이 좋지 않았다.

기분 나쁜 아침이다.

원우는 드라이어로 머리를 말린 후, 수건으로 상체에 남은 물기를 닦았다. 체크무늬 셔츠와 면바지와 벨트까지 꼼꼼히 챙겨 입은 그는 거울 앞에 섰다.

'하아.'

꿈속에서 아인을 보았다. 아인의 붉은 입술 사이로 낮은 숨소리가 흘러나왔다. 뱀처럼 끈적거리면서도 깃털처럼 가벼운 숨. 그 숨을 자신이 정신없이 빨아들였다. 아인은 웃었고, 그 꿈에서 깨어난 후 엄청난 두통이 몰려왔다.

원우는 거울 속의 제 모습이 구겨진 걸 보고 숨을 들이마셨다. 흐트러져서는 안 된다. 가방을 챙겨 든 원우가 계단을 내려갔다. 안방으로 조용히 다가선 원우는 손을 들다 말고 멈췄다. 문 너머로 낮은 목소리가 흘러나왔다.

"뒷조사는? 아무것도 없어? 그럼 계속 주시하고 찾아봐. 문제가 될 만한 걸 만들란 말이야. 이대로 두면 위험해. 도훈이가 성인이 되기 전에 해결을 봐야 해. 이대로 내버려 두다가는 그 녀석이 이 집을 삼키겠어. 무슨 수를 내야 해."

무슨 수? 그래 봤자 하지도 못할 거면서.

원우가 픽 웃으며 주먹으로 문을 쿵쿵 두드렸다.

"누구세요?"

거대 기업의 안주인답게 여자는 당황하지 않았다. 이런 사소한 걸로 당황할 정도의 그릇이었다면 그녀는 처음부터 저 자리에 있지 못했을 거다.

"저예요."

"들어오렴."

원우가 문을 밀고 들어갔다. 어머니가 휴대폰을 협탁 위에 내려놓았다. 언제 그런 이야기를 했냐는 듯 다정한 얼굴을 하고 있었다.

"학교 가니?"

"네. 다녀오겠습니다."

"잠시만."

어머니가 다가와 원우의 옷을 살폈다. 그녀의 손끝이 원우의 옷깃을 넘겼다. 뭐 하나 묻은 것 없는 반질반질한 옷깃을 연신 만지며 어머니는 원우의 얼굴을 바라보았다. 긴 침묵이 흘렀다. 원우가 자신의 이야기를 들었는지 알아보려는 어머니와, 그걸 무심히 받아치는 원우 간에 미묘한 긴장감이 흘렀다. 마침내 어머니가 한결 풀어진 얼굴로 물러섰다.

"조심히 다녀오렴. 다치지 않게 조심하고. 난 너를 보면 늘 조마조마하구나. 알다시피 너희 엄마가 그렇게 돌아가시지 않았니? 너마저 그렇게 되면 슬퍼서 못 살 것 같구나."

어머니가 상냥한 얼굴로 당부했다. 당부를 가장한 신경전이었다. 어머니는 그의 신경을 긁어서 그가 화를 내길 기다리고 있었다. 그러면 집행관 같은 아버지에게 일러바칠 거리가 생기니까.

이제 이런 급수 낮은 짓거리는 안 할 때도 되지 않나?

원우는 비린 마음을 화보에서 볼 법한 근사하고 우아한 웃음으로 가렸다.

"그럴게요. 제가 오래 살아야 어머니께 효도하죠."

효도.

그 말에 여자의 미간이 움찔했다. 그러나 아주 미미하여 원우가 아닌 다른 사람이라면 알아채지 못할 정도였다. 금세 여자가 미소를 지었다.

"그래. 네가 있어야 나도 마음이 편하니까. 누가 도훈이를 챙겨주겠니? 저 착하고 순한 아이 곁에 비상한 머리를 가진 네가 있어야지. 그래서 난 네가 있어서 든든하단다."

여자는 원우에게 늘 이런 식으로 세뇌시켰다. 넌 도훈의 밑에서 일해야 한다. 네 위치는 거기다. 그 비상한 머리로 도훈이를 도와야 한다, 이렇게.

"다녀올게요."

원우는 여자의 말에 긍정도, 부정도 하지 않았다.

"그래. 조심하렴."

다정한 모자지간 행세를 마친 원우가 돌아섰다. 현관문 밖으로 나오던 그는 여자의 손이 닿은 옷깃을 털었다. 불쾌한 것이라도 묻은 듯.

원우는 피곤한 얼굴로 고개를 비스듬히 기울였다.

요즘 들어 조용하다 싶었더니 자신의 뒷조사를 하고 있던 모양이었다. 자신이 사고 치길 기다리는 걸로 부족해, 억지로 사고를 만들 모양이었다.

기대에 부응해 줘야 하나.

원우는 주머니에서 담배를 꺼내 입술 새에 비스듬히 물었다.

그는 소리 없이 걸었다. 위험을 느낄 때, 혹은 깊이 생각에 빠져 있을 때 나오는 습관이었다. 이곳은 겉보기엔 멀쩡한 집이지만, 야생만큼이나 위험했다.

강한 놈이 살아남는다는 법칙을 세운 아버지, 그 법칙에 충실해 자신의 유약한 친모를 밀어낸 계모. 힘없이 밀려난 친모와, 계모 아래에서 몇 번이고 죽을 고비를 넘긴 자신. 그 계모의 핏줄을 이어받은 이복동생.

여자는 똑똑한 것처럼 보이지만, 중요한 순간에 늘 잘못된 계산을 했다.

자신이 지금껏 그녀의 악행에 대해 침묵하고 있는 이유를, 겁에 질려서라고 생각하고 있었다. 자신은 목숨 빚을 여자 앞에 달아놓지 않았다.

그 값을 모두 그의 자식에게 달아놓았다. 값을 치러야 할 자식이 성숙하지 못했기에 받지 못했을 뿐.

이르긴 하지만, 그 값을 조금씩 돌려받아 볼까?

원우가 탁한 눈빛을 내린 깐 채 나른하게 담배 끄트머리를 깨물었다.

교수님의 개인적인 사정으로 인해 강의가 평소보다 일찍 끝났다. 아인이 가방을 메고 나가려 할 때였다. 바로 코앞에 남자가 서 있었다. 아인이 멈칫하며 한 걸음 물러서려다 의자에 막혀 휘청였다. 탁. 원우가 아인의 팔을 거머쥐었다. 아인이 놀란 얼굴로 원우를 바라보았다. 사람들의 시선이 쏠린 게 느껴졌다.

원우가 움직일 때마다 자연스레 사람들의 시선이 모여들었다. 하루 이틀 아니기에 놀랄 건 없지만, 그가 왜 자신의 앞에 있는지 모르겠다.

"감사합니다."

아인은 자신을 잡아준 원우에게 일단 인사를 했다.

"따로 약속 없지? 조별 과제 때문에 의논했으면 해서."

"네."

그것 때문이구나.

저도 모르게 저릿했던 가슴이 무겁게 가라앉았다.

"회의는 이 강의실에서 할 거야."

원우의 말에 아인이 고개를 끄덕였다.

학생들이 흘깃거리며 강의실을 벗어났다. 주연도 눈치를 보다 나중에 연락하자는 손짓을 하며 빠져나갔다. 텅 빈 강의실에 아인, 원우, 소연만이 남았다. 소연은 아인이 끼어 있다는 사실에 불편한 표정을 숨기지 못했다. 아인이 다른 한 사람을 찾아 두리번거렸다.

"다른 한 명은 개인사정으로 휴학했어."

눈치 빠른 원우가 설명했다.

"네."

"일단 앉아볼까."

아인, 소연, 원우가 테이블에 앉았다. 원우가 능숙하게 대화를 끌어갔다. 이번 조별 과제의 주제, 역할 분담을 정했다. 셋 다 1차 자료조사를 한 후, 아인이 자료를 걸러 정리하고, 소연은 PPT 제작, 원우는 발표. 본래 아인이 PPT를 만들려고 했으나, 소연이 하고 싶다고 먼저 나서는 통에 기회를 빼앗겼다.

회의가 금세 끝났다.

"회의한 김에 저녁 같이 먹자."

원우의 제안에 아인이 고개를 가로저었다.

"죄송한데 볼일이 있어서요. 소연이랑 먹으세요."

"그래?"

원우가 묘한 목소리로 물었다. 아인이 가볍게 고개를 끄덕였다.

"조심히 가세요."

소연이 기다렸다는 듯이 냉큼 인사했다. 오늘 본 것 중 가장 밝은 얼굴이었다. 아인은 대답 대신 고개를 까딱이는 걸로 인사를 대신했다. 아인이 문을 열고 나가는 뒷모습을 원우가 물끄러미 바라보았다.

아인은 평소와 달랐다. 이전엔 자신이 던지는 말 한마디에 어쩔 줄 몰라 하는 게 느껴졌는데, 오늘은 딱딱했다. 그런 아인의 태도가 몹시 거슬렸다. 더군다나 소연과 밥을 먹으러 가라며 비키기까지 했다.

"선배, 저랑 저녁 먹으러 가요."

소연이 분위기 파악 못한 채 방긋 웃었다. 원우는 그런 소연을 바라보며 습관적으로 웃었다.

"미안. 생각해 보니 나도 약속이 있어서."

원우가 가방을 챙겨 자리에서 일어났다.

"선배."

소연이 등 뒤에서 그를 불렀으나, 원우는 못 들은 척 강의실을 벗어났다.

근로 아르바이트를 마치고 나오자 사위가 어둑했다. 가방을 추스르며 앞을 바라보자, 울창한 나무 끄트머리 너머로 야경이 보였다. 높은 지대에 자리한 학교가 좋은 유일한 이유였다. 아인은 그 자리에 서서 어둑한 공기 속으로 하얗게 빛나는 조명을 바라보았다.

일을 마치고 이곳에 서서 멀리 보이는 야경에 시선을 두면, 하루의 피곤함이 조금 가시는 듯했다. 그래 봤자 한 발자국만 떼면 진득한 어둠이겠지만.

아인이 먼 곳을 바라보다 계단을 내려갔다. 시간을 확인하니 9시가 조금 넘었다.

아인은 도서관으로 발길을 돌렸다. 보통 이 시각의 도서관은 한가하기 마련인데, 시험 기간이 얼마 남지 않아 자리가 가득 찼다. 아인이 곤란한 얼굴로 뺨을 긁적였다.

그럼 하는 수 없이 과제에 필요한 책을 찾는 수밖에 없었다. 검색대 앞에 서서 필요한 책의 번호가 담긴 종이를 출력해 4층으로 올라갔다. 보통 9시가 넘으면 책을 볼 수 있는 열람실은 문을 닫아두는 편이지만, 시험을 한 달 정도 남겨놓았을 땐 개장해 두었다. 더듬더듬 눈으로 더듬어 창가 쪽으로 걸어갔다. 책들은 귀퉁이 창문과 마주 보고 있었다.

아인은 출력해 둔 책의 번호를 찾아 무릎을 굽히고 앉았다. 사람들의 손이 타지 않은 낡은 책엔 먼지가 뽀얗게 앉아 있었다. 청소를 한다고 해도 이런 귀퉁이까진 무리였을 거다. 아인은 가방에서 티슈를 꺼내 책 위를 닦았다. 그걸로 부족해 후후 불기까지 했다. 네 권의 책을 뽑아 창문틀에 올려두었다. 대여할 만큼 필요한 책인지 확인해 본 후에, 빌려갈 생각이었다. 불필요한 책을 잘못 빌려가면 무겁기도 했지만, 언제 어머니가 자신의 방을 헤집을지 모르기 때문에.

아인이 책을 펼쳐 뒤적거렸다. 누군가가 다가오는 발소리가 들렸지만, 관심은 거기서 끊겼다. 책을 살피는 일이 더 중요했다.

책 위로 그림자가 졌다. 아인은 그제야 코앞까지 다가온 인기척을 느끼며 고개를 들었다.

아.

아인은 내뱉지 못할 짧은 신음을 안으로 삭였다. 원우가 자신과 가까운 거리에 마주 서 있었다.

이 시간에 이 남자가 왜?

그러다 아인의 시선이 아래로 향했다. 그의 손엔 출력지가 쥐어져 있었다. 아무래도 책을 검색하다 여기까지 온 모양이었다. 그가 찾는 책은 자신이 찾은 책과 동일할 확률이 높았다. 실제로도 그런 건지 그는 자신의 출력지와 챙겨놓은 책을 번갈아 보았다.

아인이 그의 앞으로 책을 밀었다.

"먼저 보세요."

아인이 아주 자그마한 목소리로 속삭였다. 그러고는 시선을 책으로 떨구었다. 신경은 책 너머에 서 있는 남자에게 쏠렸지만, 그러지 않으려 애썼다. 아인이 책장을 넘기며 일부러 그를 등졌다.

그와 가까이 있고 싶지 않았다. 그에게 휘둘리고 싶지도 않았고.

그가 키스한 다음날 아무렇지 않게 안녕, 이라고 말을 뱉고 스쳐 지나
간 후로 그와 자신의 관계는 없던 걸로 돌아갔다.

책 사이로 긴 손가락이 밀고 들어왔다. 그러곤 순식간에 탁 소리 나게
접혔다. 꽤 두꺼운 책이었는데 그는 얄팍한 잡지라도 되는 양 다루었다.
아인이 의아한 얼굴로 원우와 읽던 책을 빠르게 바라보았다.

아인이 원우의 얼굴로 시선을 돌렸다. 그의 시선이 거만하고 살벌한
빛을 띠고 있었다. 그가 느릿하게 아인에게 다가왔다.

"왜 피해?"

"네?"

"왜 날 피하냐고."

원우가 평소처럼 무표정한 얼굴로 물었다.

"……그런 적 없는데요."

그를 피한 게 맞지만, 아인은 부인했다. 피했다고 시인하면 그가 이유
를 물어올 테고, 그 이유를 차마 말할 수 없었다. 그 이유를 말하면 자신
이 치졸한 사람이 될 것 같았다.

"그래?"

원우의 눈썹이 삐딱해졌다.

"네."

"그럼 나랑 있어도 불편하지 않겠네?"

그가 떠보듯 질문을 던졌다. 아인은 차마 대답하지 못했다. 원우가 한
발자국 성큼 다가왔다. 코끝이 닿을 만큼 가까워졌다. 아인은 고개를 들
지 못하고 시선을 내리깔았다. 피하고 싶어도 이미 등이 벽에 닿았다.

"자료 찾는 거야?"

그 상태에서 원우가 물었다. 나지막한 숨결이 목덜미에 내려앉는다.
소름과 동시에 예리한 감각이 등허리를 확 휘고 지나갔다.

"네."

아인은 흐트러지지 않으려 애쓰며 대답했다.

"여기 있는 책들을 찾은 거고?"

원우가 긴 팔을 뻗어 책들을 툭툭 건드렸다.

"네."

"다 빌릴 건 아니지?"

"네."

"이거 다 보고 갈 거야?"

그가 쓸데없는 질문을 계속 늘어놓았다.

"네."

아인은 자신이 뭐라고 대답하는지도 모른 채 네, 라고만 대답했다. 원우가 말을 할수록 숨이 가빠졌다. 숨을 크게 쉴 수가 없었다.

"그럼 나랑 같이 보고 가."

"네. 네?"

아인이 네, 라고 대답하다 이상함을 느끼고 반사적으로 고개를 들었다. 꽤 가까운 거리에서 눈이 마주쳤다. 순식간에 분위기가 반전되었다. 마치 조심히 밟았던 살얼음이 깨져 발목이 빠진 것처럼, 예리한 감각이 푹 찌르고 달아났다.

"나도 이 책들이 필요하거든."

"제가 보고 정리할게요."

"나도 꼭 보고 싶어서."

"그럼 선배가 먼저 보세요."

"날 피하는 게 아니라며."

"……"

"그런데 보려고 했던 책을 내팽개치고 간다? 난 대체 뭘 믿어야 하는 거야? 네 말? 네 행동?"

"……."

원우의 목소리가 야릇하면서도 날카로웠다.

"그러니까 나랑 필요한 부분 정리하고 가."

다정한 권유처럼 들렸지만, 실상은 명령이었다. 거부하면 더 옭아매겠다는 은밀한 협박까지 느껴졌다.

이 남자는 뭐가 이렇게 당당하고 자유로울까.

여태껏 늘 자신에게 화가 났었는데, 지금 처음으로 이 남자에게 화가 났다. 그는 자신을 우습게 보고 있었다.

"선배."

아인이 원우를 똑바로 쳐다보았다. 그가 고개만 숙이면 코끝이 닿을 정도로 가까웠다. 시야에 그의 얼굴이 들어왔다.

"말해."

원우가 말했다.

"그걸 왜 신경 쓰세요?"

그의 눈이 가느스름해졌다. 뜬금없는 질문의 내용을 가늠하는 눈초리였다. 그러나 그는 무슨 말인지 모르겠다는 표정을 짓고 있었다.

"제가 선배를 피하든 말든 그걸 왜 신경 쓰시냐고요. 사실대로 말하자면, 네. 저, 선배 피하는 거 맞아요."

"왜?"

그는 예상대로 이유를 물었다.

좋아하니까 불편하다. 기대는 커져 가는데, 그 기대는 영원히 채워지지 못할 거고 늘 갈증에 시달리게 될 테니까. 목이 타들어가고, 가슴이 찢어지는 그 갈증으로 매일매일.

그러나 이 말을 차마 할 수 없었다. 그가 왜, 라고 물어온 순간부터 그는 자신의 입장에 단 한 번도 서본 적이 없음을 알았다. 그는 늘 선택을 하는 쪽이었을 뿐, 선택받아야 하는 쪽의 마음 같은 건 알 리 없었다. 그리고 알려고 하지도 않을 거다. 알길 원했다면 저따위 질문은 할 수 없었을 테니까.

"저는 친하지 않은 사람이랑 필요 이상으로 오래 함께 있는 거 불편하거든요. 그래서 그랬을 뿐이에요. 그러니까 오해하지 마시고 비켜주세요."

아인이 원우에게 닿지 않도록 조심하며 한 발 옆으로 비켜섰다.

"그러니까 친하지 않아서 불편하다?"

"네."

"우리, 충분히 친한 사이 아니었나? 서로 집도 알고, 차도 얻어 타고, 이야기도 충분히 나눴는데 이쯤이면 친한 거잖아."

그의 대답에 아인은 입안이 썼다. 그는 키스에 관해선 쏙 빼놓고 말했다. 그 키스 때문에 친한 선후배조차 될 수 없게 되었는데.

제멋대로 입술이 움직였다.

"아뇨. 그건 친한 게 아니라 아는 사이인 거죠. 관계의 친밀함 기준은 얼마나 상대에 대해 많은 정보를 알고 있느냐보다 얼마나 그 사람의 마음에 대해 알고 있느냐니까요. 선배는 제가 무슨 생각하는지, 지금 무슨 마음인지 조금이라도 눈치채겠어요?"

모르겠죠? 나도 그래요. 난 선배에 대해 아무것도 몰라요. 선배가 무슨 생각으로 그날 키스를 그토록 깊게 했는지, 그날 밤 그토록 다정하다 다음 날 왜 차가워졌는지, 그 작은 머리에 무슨 생각이 들어 있는지, 그리고 무슨 마음이 담겨 있는지도.

원우는 무표정한 얼굴로 입을 다물고 있었다.

"책은 선배가 먼저 보세요. 전 선배가 반납한 후에 빌릴 테니까요."

아인은 꾸벅 인사를 한 후, 돌아섰다. 조금씩 걸음이 빨라졌다. 어느새 뛰다시피 도서관 건물을 빠져나온 아인은 입술을 꽉 깨물었다. 화를 내면 속이 편할 줄 알았는데, 괴로움만 더해졌다.

나오기 직전 원우의 얼굴을 보았다. 그의 표정이 얼마나 차갑고 냉랭했는지. 이제 그는 자신과 엮이지 않을 거다. 자신의 입이 그렇게 만들어 놓았다.

"잘했어. 잘한 거야."

아인은 터덜터덜 걸으며 중얼거렸다.

이제 어떤 기대도 할 수 없게 되었으니, 잘한 거다. 그래, 그런 건데…….

걸어가던 아인이 걸음을 멈추었다. 툭, 마음이 바닥으로 떨어졌다. 저 깊은 곳으로 추락한 마음을 집어 들어야 한다. 늘 깨지고 다치는 마음이라, 이제 더 아플 곳도 없으니 평소처럼 집어 들어야 하는데…… 꼼짝도 할 수 없었다.

집어 들려고 고개를 숙이면, 주저앉아 버릴 것 같아서.

집으로 들어선 원우가 냉기가 도는 무표정으로 계단을 밟아 올라갔다.

주아인과 적당히 친해져 볼까 했다. 아인이 자신을 좋아하고 있었고, 자신도 그날의 키스가 꽤나 마음에 들었기에. 또한 주아인은 똑똑했고, 상황 파악이 빨랐다. 그런 여자라면 자신을 귀찮게 굴지 않을 게 확실했다. 그러니 아프지 않을 만큼 움켜쥐고 있다가 조용히 내려주려고 했다. 그런데 마치 그런 마음을 읽은 것처럼, 제 손가락 사이로 스르륵 빠져나 갔다. 이런 상황은 처음이라 신경이 곤두섰다.

방으로 들어서던 원우의 걸음이 뚝 멈췄다. 원우의 시선이 바닥을 타고 천천히 천장을 훑었다. 방 안 공기의 흐름이 미묘하게 달라졌다. 마치 누군가가 왔다간 것처럼. 원우가 고개를 기울인 채 느릿하게 책장으로 걸어갔다. 책장에 책을 꽂아놓는 깊이감이 다르다. 책상에 올려둔 독수리 모형의 각도가 다르다. 서랍을 맞물리게 닫아놓지 않는데, 그렇게 닫혀 있었다. 모든 책상 서랍이 누군가의 손을 탄 것처럼 삐딱했다. 그뿐만이 아니라 방 안의 모든 물건이 타인의 손을 탔다.

정 여사는 모르겠지만 원우는 어린 시절부터 자신의 방에 어떤 규칙을 두었다. 자신이 15살 되던 해, 우연히 정 여사가 자신의 방을 뒤져 친모의 사진을 불사르는 걸 보게 된 후부터였다. 불에 일그러져 가던 자신의 친모를 향해 입에 담지 못할 욕설을 퍼붓던 정 여사의 얼굴이 지금도 선명했다.

원우가 손끝으로 책상을 스윽 문질렀다.

요즘 정 여사가 제법 까칠했다. 자신의 아들이 명문대를 갈 수 없을 것 같으니 초조했을 거다. 자질이 없는 녀석에겐 투자조차 하지 않는 아버지의 성격을 잘 아는 그녀다. 그녀는 어떤 식으로든 약점을 잡아 자신을 잡아 흔들고 싶었을 거다. 그게 친모의 사진이라도 좋았을 거다. 그 자그마한 약점에 어마어마한 상상력을 부과해 사실로 만들 수 있는 여자니까. 그래서 이 방을 뒤지는 짓까지 감행했겠지만, 원하는 걸 얻지 못했을 거다.

이 방에 존재하는 치밀한 규칙만큼이나, 약점은 치밀하게 감춰져 있으니까. 이전이라면 그러려니 했을 거다. 간헐적으로 그녀가 벌여왔던 만행 중에 하나고, 그 죗값은 차근차근 그녀의 아들 앞에 달아두고 있었으니까.

다만, 시기가 좋지 않았다. 오늘 같은 날. 일이 마음대로 풀리지 않아 꽤 예민한 이런 날, 하필이면 고르다니. 그 여자의 감도 나이 따라 늙어가는 모양이었다.

원우는 방 정리를 하는 척하며 방 안을 샅샅이 뒤졌다. 다행히 방에 몰래카메라를 설치할 만큼 정신이 나가진 않은 모양이었다.

그나저나 주아인을 어떻게 해야 할까.

원우가 삐딱하게 고개를 기울였다. 그런 고민을 하며 원우가 방문을 밀고 나갔다. 간단히 샤워라도 하면서 생각을 정리할 생각이었다.

"어? 형, 왔네!"

도훈이 2층 거실 소파에 누워 그에게 아는 체를 했다.

"응."

원우가 반사적으로 웃었다. 도훈이 반짝반짝한 눈으로 그를 바라보았다.

"오늘 우리 쌤 봤어?"

도훈이 아인에 대해 물었다. 평범한 질문인데 미묘하게 신경이 거슬렸다.

"이. 왜?"

"혹시 우리 쌤, CC는 아니지? 학과에 남친 없지? 소개팅한다는 소리는 없어? 찝쩍거리는 남자는?"

"그걸, 왜 물어?"

원우의 한쪽 눈썹이 위를 향했다. 동시에 그의 고개가 비스듬히 기울었다.

"왜 묻긴. 우리 쌤이 다른 남자랑 사귀면 안 되니까 그렇지. 내가 우리 쌤 좋아하거든."

도훈이 덤덤하게 대답했다. 순간 원우의 얼굴에서 표정이 사라졌다. 그가 무슨 말이냐고 되묻기 전, 도훈이 방정맞게 들썩이기 시작했다.

"어, 어? 쌤한테 답장 왔다. 앗싸!"

"……문자도 주고받아?"

"응. 내가 매일 문자하거든. 쌤도 싫지 않은가 봐. 꼬박꼬박 대답해 주는 거 보면. 물론 답장 속도는 느려서 속이 터지지만. 하여튼 형이 우리 쌤 다른 남자랑 못 사귀게 감시 좀 잘해줘."

도훈이 답장을 하며 싱글벙글 웃었다. 도훈이 계단을 따라 1층으로 내려갔다. 원우의 무심한 시선이 도훈의 등에 닿았다. 생각했던 것보다 도훈의 마음이 깊은 듯했다.

"이런."

원우가 나른한 목소리로 중얼거렸다.

"이제 못 놔주겠네."

주아인을 어떻게 할까 했는데, 이전보다 더 세게 움켜쥐어야 할 이유가 생겼다.

주아인이 김도훈의 약점이 되었으므로.

학교 앞 중국집. 대부분의 건물들이 신식으로 탈바꿈하고 있는 이때에 홀로 허름한 외관을 유지하고 있었다. 떠도는 말로는 리모델링을 못할 만큼 바쁘다더라, 사장이 돈 욕심이 많아서 무너지기 전까지 안 바꾼다더라 등등 소문이 파다했지만 그 무엇도 확인되지 않았다.

중국집 가장 안쪽, 모든 문을 다 터놓은 거대한 공간 안에 학생들이 빼곡하게 앉아 있었다.

"어째 요즘 시간이 흐를수록 단합을 못하냔 말이지. 2년 전만 해도 안 그랬어. 너희가 모래면, 너희 2년 전 선배들은 진흙 수준이었어. 아주 똘똘 뭉쳐 가지고 떨어지지도 않았어. 근데 니들은 시험 기간에 서로 필기한 것도 안 보여준다며? 교수로서 정말 비통하다."

학생들의 중심에 앉아 단합을 20분째 강조하고 있는 사람은 다름 아닌 마지막 수업의 교수였다. 전공 교수들 중 유난히 학생들 간의 단합을 강조하는 교수로, 항간에 들리는 말로 얼마나 학과 행사에 얼굴 도장을 잘 찍느냐에 따라 학점을 준다고 했다. 뜬소문에 불과할지라도 성적에 예민한 학생들은 별일이 없는 한 대부분 참석했다. 그들 중 아인도 있었다.

흰색 반팔 티셔츠에 청바지를 입은 차림. 그녀는 지루함을 무표정으로 숨긴 채 투명한 잔을 바라보았다.

누가 교수님 말 좀 끊어줬으면 좋겠다.

아인은 무심히 그렇게 생각했다. 그러나 누구도 저 교수의 말을 끊을 순 없을 거다. 그 생각을 함과 동시에 드르륵 소리를 내며 문이 열렸다.

"늦어서 죄송합니다."

"아, 이게 누구야?"

거짓말처럼 교수의 말을 끊은 사람이 등장했다. 아인은 낯익은 목소리를 들으며 고개를 들었다. 긴 다리를 휘감고 있는 면바지, 한참 목을 꺾어야 보이는 얼굴, 느긋하게 미소를 짓고 있는 얼굴.

일이 있다며 불참을 통보한 원우가 갑자기 나타났다.

"늦게라도 왔으니 됐어. 아휴, 원우가 나타나니까 여학생들 눈이 아주 반짝반짝하다. 짜장면보다 더 좋아하는 거 같아."

교수가 농을 던지자 학생들이 픽 웃었다. 그러나 농담이 아니라 사실에 가까웠다. 원우가 등장하자마자 여학생들의 얼굴이 활짝 밝아졌다.

"어디 앉을 거야? 네가 앉는 거에 따라 여학생들 얼굴색이 달라지겠어."

교수의 농을 들으며 아인은 고개를 숙여 잔으로 시선을 돌렸다. 그가 온 게 신경이 쓰였지만, 자신과 관계없는 일이었다.

차라리 짜장면이라도 빨리 나왔으면. 빨리 먹고 집에 가버리게. 오늘은 모처럼 근로 아르바이트가 없는 날이었다.

"저는 여기 앉겠습니다."

갑작스레 가깝게 들리는 목소리에 아인이 고개를 들었다. 원우가 자신의 맞은편 자리에 앉았다. 아인이 목을 빼고 주변을 둘러보았다. 빈자리가 많았다. 설령 자리가 없더라도 원우가 앉기를 소망한다면 없던 자리도 만들어진다.

그런 그가, 여길 왜?

"거기?"

교수가 의아한 듯 물었다.

"네. 안쪽까지 들어가기 복잡하네요."

"하긴. 그건 그렇지."

자리는 많아도 굳이 안쪽으로 들어가기엔 지나쳐야 할 사람들이 많았다. 여학생들의 표정이 금세 나빠졌다. 특히 소연의 시선이 날카롭게 아인을 향했다. 아인은 그런 소연의 시선을 무시했다. 그녀를 신경 쓸 만큼 아인은 여유롭지 못했다.

주문한 짜장면이 나왔다. 원우의 짜장면은 주문이 늦게 들어가 5분 늦을 거라고 했다. 아인은 기다리던 짜장면을 비비면서도 불편한 표정을 거두지 못했다. 마주 앉은 원우의 시선이 느껴졌다. 생각보다 집요한 시선이라, 아인은 참지 못하고 고개를 들었다.

"드릴까요?"

차라리 그가 먹고, 자신이 구경하는 게 나았다. 그렇게 해서라도 그와 더 이상 엉키고 싶지 않았다.

"그럴래?"

"네?"

진짜로 가져갈 생각을 할지는 몰랐다.

"그럼 반만 줘. 배고프거든."

원우는 젓가락으로 빈 그릇에 아인의 짜장면을 덜어갔다. 그의 행동이 몹시 친밀하게 느껴졌다.

"두 사람 원래 그렇게 친했던가?"

그렇게 느낀 건 기분 탓이 아닌 모양이었다. 멀찌감치서 아인과 원우가 하는 양을 지켜보던 교수가 한마디 툭 던졌다.

"원래 친합니다."

대수롭지 않게 던진 원우의 대답에 분위기가 미묘해졌다. 소연을 중심으로 앉아 있던 여학생들의 분위기는 급격히 다운되었고, 남학생들은 신기한 듯 흘깃거렸다. 아인이 원우를 바라보았다.

아직도 소연을 떼어내지 못한 건가. 아니면 두 사람 사이에 애정 전선이 뒤틀려서 소연을 질투 나게 하려고 이러는 건가.

어찌 됐든 씁쓸한 결론이었다. 그리고 동시에 희미하게 화가 났다. 평소라면 꾹 참았을 테지만, 원치 않는 오해를 사기 싫어서 말을 꺼냈다.

"원우 선배가 안 친한 사람이 있던가요? 여기 있는 사람들과 다 친하시잖아요."

아인이 분명히 선을 그었다. 자신은 원우가 아는 무수한 사람들 중 하나라고.

"하긴, 그렇지."

선배들 중 누군가가 응수했다. 원우의 말없는 시선이 아인을 향했다.

잡을 만하면 빠져나가는 게 특기인가 보지?

자신이 던진 그물을 은근슬쩍 빠져나가는 아인을 보며 원우의 입술이 삐딱하게 휘었다. 아인은 반밖에 남지 않은 짜장면을 먹으며 따라붙는 시선을 무시하려 애썼다.

원우의 짜장면이 나오자, 그는 짜장면을 반 덜어 아인의 그릇에 덜어 주었다. 젓가락을 움켜쥔 긴 손가락, 움직이는 행동에 친근함이 가득했다. 1차까지만 했으면 좋을 텐데. 자리가 자연스럽게 2차까지 이어졌다. 아인은 빠져나가려다가 교수에게 붙잡혔다.

2차는 중국집 바로 옆에 자리한 술집이었다. 테이블을 모두 이어 붙여 17명의 학생들이 둘러앉았다.

왜 김원우가 자신의 옆자리에 있는 걸까. 오른쪽에 김원우가, 왼쪽엔 벽이 있어서 옴짝달싹할 수가 없었다. 술자리에 오면 자신에게 공부하는 방법을 물어볼 것 같던 선배들은, 정작 술자리에 정신이 팔려 이쪽으로는 시선도 주지 않았다.

"술 마실래?"

원우가 물었다.

"아뇨."

아인은 고개를 가로저었다. 술 냄새를 풍기며 도서관으로 돌아갈 수가 없다.

"내일 집에 오지?"

원우의 물음에 아인의 어깨가 잠시 굳었다. 그녀는 고개를 들어 주변을 살폈다. 다행히 다른 사람들은 듣지 못했다.

"네."

"그래."

그는 시답잖게 말을 걸었다. 아인은 입술을 깨물었다.

원우가 일부러 자신에게 다가오고 있다는 느낌이 들었다. 아인은 그의 그런 행동에 화가 나면서…… 희미하게 가슴이 떨렸다. 이런 자신이 싫어서 아인은 표정을 더욱 굳혔다.

아인은 화장실을 핑계로 자리를 빠져나왔다. 한 칸밖에 없는 화장실이 갑갑해 가게 문밖으로 나왔다. 가게 옆쪽 골목에 쭈그려 앉은 아인은 긴 한숨을 내쉬었다.

조금만 더 있다가 아무도 모르게 빠져나가야지.

벽에 등을 댄 채 세운 무릎에 얼굴을 묻었다. 봄바람이 선선하게 불어왔다. 기분이 아주 조금 나아졌다.

"와, 진짜 재수 없다. 보다가 토 나오는 줄 알았네."

갑작스레 거친 여자의 목소리가 들렸다. 행인의 목소리겠지, 생각할 때였다.

"그렇게 안 봤는데 아인 선배 꼬리 되게 잘 치더라?"

"그러게. 기가 차서. 봤냐? 완전 순진한 얼굴하고 있는 거?"

"어떻게 원우 선배 구워삶은 건데?"

수군거리는 목소리 속에 자신의 이름이 나오자 아인이 느릿하게 고개를 들었다. 가게 옆에 삼삼오오 모여 있는 여학생들은, 모퉁이를 도는 골목에 앉아 있는 아인을 눈치채지 못했다.

"원우 선배는 아무 잘못 없어."

소연이 두둔하며 나섰다.

"어휴. 우리 소연이. 너도 너무 물러. 원우 선배가 바람피우면 뭐라고 해야지. 그렇게 참고만 있으면 어떻게 해?"

바람. 그 단어가 귀에 딱 걸렸다. 역시 소연이와 사귀고 있는 거였나.

아인이 더 이상 화낼 힘도 없다는 듯 망연한 얼굴로 바닥을 바라보았다.

"아냐. 바람피우는 거. 그냥 원우 선배 성격이 다정해서 다른 사람들한테 잘해주잖아. 그래서 오해가 생긴 거야."

"그래. 원우 선배는 그냥 잘해주는 건데 아인 선배가 들러붙는 거 같던데?"

"그래? 하긴. 아까 보니까 가관도 아니더라. 더럽게 먹던 짜장면을 나눠 주고 그래?"

먹던 거 아니었는데. 한입도 안 먹은 새것이었는데.

아인은 멍한 얼굴로 저도 모르게 속으로 중얼거렸다. 화낼 힘도 없고, 실제로 화도 나지 않았다. 저렇게 떠들다가 적당히 끝내길 바랐다. 고개를 들자 어둑하게 물들어가는 검은 하늘이 보였다. 하늘따라 아인의 마음도 검게 물들어갔다.

대충하고 들어가길 기다리며, 아인은 물끄러미 바닥을 바라보았다.

"진짜 재수 없어."

"원래 그렇게 악바리 같은 여자들이 무서운 거야. 뒤에서 무슨 짓을 할지 모르니까. 신분 상승하려면 멋진 남자라도 물어야지. 근데 그것도 사람 봐가면서, 못사는 애들이 꼭 주제 모르고 그러더라. 자기한테 원우 선배가 어울린다고 생각하나 봐? 진짜 꼴값도 그런 개꼴값이 없네."

"못사는 것들 거지 근성 하루 이틀이야?"

화낼 힘조차 없이 무기력하게 바닥을 보고 있던 아인이 뻗은 손끝을 움찔 떨었다. 아인의 얼굴색이 서서히 굳었다. 못사는 것들이라는 말이 귀에서 뱅뱅 돌았다. 모르는 척 넘기려던 아인이 몸을 일으켰다.

"2절 정도 했으면 그만 들어가지 그래?"

아인이 팔짱을 끼고서 후배들을 바라보았다. 그러자 흠칫하며 모두들 짠 것처럼 소연을 보았다.

"거기 있었어요? 거기서 뭐 하셨어요? 사람 말 엿들으려고 하는 것도 아니고."

소연이 혼잣말처럼 뒷말을 덧붙였다. 아인은 예쁘장하게 생긴 소연을 쳐다보았다. 소연을 볼 때면 못 견디게 불편할 때가 있었다.

몇십만 원쯤 할 원피스, 수많은 화장품으로 관리를 했을 피부, 곱게 칠해진 네일아트 때문인 줄 알았다. 그런데 방금 소연의 얼굴 위로 수아의 얼굴이 겹쳐 지나갔다.

'야! 이게 왜 네 꺼야? 우리 엄마 밥 얻어먹으면서!'

자신의 장롱을 뒤지며 제 옷을 빼앗아 입을 때조차 당당하던 수아.

'넌 이게 더 어울려.'

진탕 입다가 구멍이 나자 그 옷을 자신의 얼굴에 집어 던지던 수아.

자신이 원하는 건 제 손바닥에 꼭 움켜쥐어야 직성이 풀리는 수아를 소연은 참 많이 닮았다. 그래서 소연이 싫었다.

"내가 먼저 있었는데 니들이 온 거야. 난 나 들으라고 떠드는 줄 알았지."

"선배한테 할 이야기가 뭐 있겠어요?"

방금 친구들한테 눈물 찍어가며 이야기하던 소연이 표독하게 받아쳤다.

"니들 방금 내 이야기했잖아."

"우리가요? 언제요? 선배 이야기한 적 없는데요?"

"그럼 아인이라는 이름이 우리 학과에 또 있어?"

"선배 아닌데요. 아인이라는 이름을 선배만 쓰는 것도 아니고."

소연의 옆에 서 있던 여학생 하나가 삐딱하게 대답했다. 아인의 시선이 흘깃 이름조차 모르는 여학생의 어깨에 닿았다. 얼마 전까지 소연이 쓰던 백을 여학생이 들고 있었다. 아인이 픽 웃었다.

친구 관계가 아니라 주종 관계구나.

그래서 소연이보다 더 입에 거품을 문 채 소리를 쳤구나.

"그래? 미안. 내가 오해했나 보다."

아인이 사과하며 웃자 여학생 셋의 표정이 삐쭉거렸다.

"나는 또 할 줄 아는 것도 없는 것들이 모여서 할 짓 없이 열심히 사는 사람을 씹는 줄 알았지."

"뭐라고요?"

"내가 뭘?"

"방금 선배 우리한테 할 줄 아는 것도 없다고 그랬어요?"

"아니. 네가 잘못 들은 거 같은데."

아인이 웃었다. 조용히 지나가고 싶었으면 못산다는 말로 자신을 밟아선 안 되는 거였다. 설령 씹고 싶더라도 자신이 없는 자리에서 해야 했다. 매순간 거대한 집 앞에 서서 한없이 작아지는 자신의 그림자를 보는 이때만큼은, 피했어야 했다.

그러자 소연이 기가 차다는 듯 헛웃음을 치며 아인을 쳐다보았다.

"얘들아, 나 선배랑 이야기 좀 하게 자리 비켜줄래?"

"너 혼자?"

"괜찮아. 들어가 봐."

여학생 둘이 소연과 아인을 흘깃거리다 가게 안으로 들어갔다.

"난 너랑 도란도란하게 이야기 나눌 생각 없는데?"

아인이 지나치려 하자, 소연이 그 앞을 가로막았다. 그러고는 아인을 아래위로 스윽 훑었다.

"왜 도망쳐요? 아직 말 안 끝났는데."

소연이 비웃음을 걸고서 말했다.

"네 말을 끝까지 들어줄 이유 없는 거 같은데?"

"아뇨. 들어요. 선배. 말은 바로 해야 하는 거 아니에요? 열심히 사는 게 아니라 궁상맞게 사는 거 아니에요? 대체 그 티셔츠는 얼마짜리예요? 바지는? 신발은? 기억은 나요? 아니, 기억 못하죠? 우리도 그래요. 그런데 우리 두 사람의 차이가 뭔지 알아요? 선배는 그 옷을 살 때 가격을 보며 전전긍긍했다는 거고, 우리는 가격 따위는 신경 안 쓰고 산다는 거예요. 원우 선배가 선배랑 같은 교실을 쓰니까 친구 같죠? 그럴 사람 아니에요. 그러니까 언감생심 탐내지 말아요."

소연의 눈꼬리가 위로 바짝 치켜 올라갔다.

"그러니까, 적당히 주제껏. 내 말 알았죠?"

소연이 아인의 어깨를 툭 밀었다. 아인이 뒤로 휘청하며 밀려났다. 아인이 한 소리 하려던 찰나, 소연이 멈칫했다. 소연이 아인의 어깨너머 어딘가를 바라보더니 얼굴이 희게 질렸다.

"서, 선배."

소연의 목소리에 아인이 고개를 돌렸다. 원우를 발견한 아인의 표정이 희게 질렸다. 소연이 입술을 씹었다.

"선배, 왜 나와 있어요?"

언제 그랬냐는 듯 청순한 얼굴로 방긋 웃었다.

"왜? 내가 있으면 안 될 상황인가 보지?"

원우가 차가운 목소리로 물었다.

"네? 아뇨. 그건 아닌데……. 들어가요. 선배. 사람들이 선배 기다릴 거예요."

"너 먼저 들어가."

원우가 소연을 지나쳐 아인에게 다가갔다.

"선배!"

소연이 원우의 앞을 다시 가로막았다. 그사이 소연을 기다리다 지친 소연의 친구들이 나왔다. 원우가 둘을 흘깃 본 후, 소연을 다시 바라보았다.

오밀조밀 인형같이 생긴 예쁜 얼굴이 오늘따라 여간 거슬리는 게 아니다.

"얼른 안으로 들어가자고요."

소연이 조금 초조한 목소리로 말했다. 이제 사람이 늘어 친구뿐만 아니라, 담배를 피우러 나온 선배 몇도 의아한 얼굴로 이쪽을 바라보고 있었다. 소연은 애가 탔다. 친구들에게 이미 원우와 사귀는 것처럼 말해뒀다. 그런데 원우가 이대로 아인에게 가버리면, 자신의 꼴이 우습게 되었다.

"네가 시키면 내가 해야 해?"

원우는 평소처럼 고저 없는 목소리로 물었다. 그러나 차갑게 말하는 것보다 더욱 섬뜩하게 들렸다.

"서, 선배."

"그래. 내가 선배지. 넌 후배고."

원우가 명백히 선을 그었다. 너는 후배 그 이상도 아니라고.

그 말에 가장 먼저 반응한 건 원우와 소연이 사귀고 있다고 생각한 그녀의 친구들이었다. 원우가 소연을 지나쳐 아인에게 다가섰다. 원우는 아인의 손목을 잡아챘다. 아인이 원우의 손을 밀어냈다. 아인은 텅 빈 눈으로 원우를 응시했다.

"왜 이러세요? 후배한테."

나도 너에게 고작해야 후배지 않느냐.

아인이 온몸으로 그렇게 물었다.

"너한테는 내가 할 말이 있으니까."

원우가 화를 내는 것보다 무섭게 말하며 아인의 손목을 다시 잡아챘다. 아인은 다시 한 번 풀려고 버둥거렸으나 꼼짝도 할 수 없었다.

"명우야."

원우가 아인에게 눈을 둔 채 친구를 불렀다.

"어. 어?"

저 구석에서 담배를 문 채 상황을 구경하던 명우가 자리에서 벌떡 일어났다.

"미안한데 안에서 아인이 가방이랑 내 가방 좀 챙겨다 줄래? 지금 내가 들어갈 상황이 아니라서."

"어. 어. 잠시만."

명우가 허둥지둥 실내로 뛰어들어 갔다.

"놔요."

아인이 어금니를 깨문 채 말했다.

"놓으려면 잡지도 않았지. 이런 상황에서 내가 널 놔주면 얼마나 우습겠어?"

"……."

"여기서 더 볼썽사나워지기 싫으면 조용히 따라와."

얼마 후, 명우가 건네주는 가방 두 개를 한 손에 움켜쥔 채 아인을 끌고 걸어갔다. 아인은 자신의 반응이 무의미함을 깨달은 듯 원우에게 끌려갔다. 두 사람이 사라진 후, 사람들이 소연을 흘긋거렸다.

"소연아."

친구가 그녀를 조심히 불렀다.

"너랑 원우 선배 사귀는 거 아니었어?"

친구들의 물음에 소연이 입술을 깨물었다.

"너, 분명히 우리한테는 원우 선배랑 사귄다고……."

"시끄러워!"

소연이 비명 같은 소리를 내며 휙 돌아섰다. 소연이 빠르게 멀어지는 걸 보며 복학생 선배들은 혀를 끌끌 찼다.

"쯧쯧. 저래서 예쁜 것들이 더 무섭지."

"이쯤 하면 체면치레 된 것 같은데 놓죠."

아인의 웅얼거리는 것 같은 목소리에, 원우가 멈춰 섰다. 걷다 보니 난

생처음 보는 낯선 골목까지 걸어왔다. 어디인지 사람 한 명 볼 수 없는 허름하고 낡은 골목이었다. 가로등 불빛조차 닿지 않는 곳에서, 원우가 아인을 보았다. 그녀는 온몸에 힘이 빠진 듯 고개를 비스듬히 기울인 채 서 있었다. 몹시 지쳐 보였다.

"고개 제대로 들어."

원우의 말에 아인이 고개 들 힘 같은 건 없다는 듯, 눈만 들어 그를 보았다.

그는 어둑한 밤중에도 홀로 유유히 아름답게 빛났다. 바람에 날리는 머리카락, 조금 화가 난 듯이 치켜 올라간 눈썹, 갸름하게 내려가는 턱 선과 든든한 어깨선. 보기만 해도 숨이 턱 막힐 정도로 멋있었다.

그래서…… 자신이 비참했다. 이 남자 앞에서 변변찮게 내어놓을 수 있는 게 아무것도 없어서.

"왜 거기서 그 꼴을 당하고 있어?"

원우가 이전보다 날카로운 목소리로 들었다. 아인은 대답하지 않았다.

"왜 소연이한테 그런 말을 듣고도 가만히 있냐고."

원우가 차갑게 물었다.

처음에 아인은 소연이 쏘아대는 말을 능숙하게 받아치는 듯했다. 그러나 어느 순간 아인은 벙어리처럼 입을 다물었다. 허를 찔린 사람처럼 맥없이 서 있던 아인의 얼굴 위로 한 여자가 겹쳐졌다. 계모의 압박 앞에서 벙어리처럼 아무 말 못하고 있던 친모. 깊은 밤이 되면 아무도 모르게 이불을 움켜쥐고서 오열하던 친모.

이따금씩 주아인은 자신을 예상치 못하게 자극시켰다.

"맞는 말이니까요."

아인이 덤덤하게 대답했다.

"뭐?"

원우가 되물었다.

"틀린 말이 아니니까."

아인이 힘이 빠진 듯 느릿하게 눈을 감았다 떴다. 기다리기 버거울 만큼 느릿하게 고개를 들어 올린 아인이 원우를 보았다. 그녀의 눈동자에 마른 물기가 남아 있었다. 울고 싶은데, 눈물이 말라서 울지 못하는 눈이었다. 그 눈동자가 가슴을 파고들었다.

"소연이 말이 틀린 게 하나 없었어요. 사실이 그랬으니까. 사실을 부정하고 덮어봤자 뭐 하겠어요. 결과는 같은데."

"뭐?"

"소연이는 사실만 말했어요. 나를 비참하게 만드는 사람은 따로 있었고."

"……."

"선배. 제가 비참해진 건 소연이 때문이 아니에요. 선배 때문이지."

아인이 조용히 말했다.

어느 날 갑자기 나타나 공기 속에 녹아버릴 것 같은 얼굴을 보여주더니 자신의 마음을 빼앗아갔다. 이후 손끝조차 닿을 수 없는 높은 곳에 앉아 자신을 비참하게 만들었다.

감히 욕심을 낼 수 없는 자신의 처지가…… 평생을 노력해도 여전히 손끝조차 닿지 못할 곳에 있는 이 남자가…… 소연 앞에서 자신의 말문을 막아버렸다.

"왜 그게 나 때문이야?"

그는 도저히 이해할 수 없다는 듯 물었다.

"선배 때문에 내가 초라해졌거든요. 나는 내 주제에 선배를 욕심낼 수도 없고, 선배를 좋아한다고 말할 수도 없어요."

갑작스레 마음이 터져 나왔다. 그에게 이 마음을 전달하고 싶은 건지,

자신의 마음을 더 비참하게 부수고 싶은 건지 구분도 못한 채 웅얼거렸다. 한 번 흘러나온 마음은 걷잡을 수 없이 새어나갔다.

"난 그런 환경에서 자란 그런 여자고, 선배는 내가 죽어도 따라잡을 수 없는 위치에 자리한 사람이니까."

처음으로 뼈저리게 겪었던 투명한 계층. 그는 유리벽 너머의 사람이었다.

원우의 얼굴에서 어떤 표정도 읽을 수 없었다. 어떤 상황에서도 그는 표정 관리를 잘했다. 표정 관리는 자신도 꽤 잘했던 것 같은데, 이 남자 앞에선 그럴 수도 없다.

아인은 원우의 손에서 자신의 가방을 빼앗았다.

"내일, 학과에서 꽤 시끄러운 소문이 돌 거예요. 저는 막을 힘이 없으니까 선배가 막아주세요. 선배가 아무것도 아니라고 하면 사람들은 미심쩍어해도 믿을 테니까요."

원우의 힘이란 그런 거니까. 학과 1등보다, 학회장보다, 맨 뒷자리에 앉아 학과 전체를 주무르는 사람.

"아! 하나 부탁하자면 선배 이미지 지키자고 절 너무 쓰레기로 만들지 말라는 거예요. 선배한테 이미지는 중요하잖아요? 선배만큼은 아니지만 저도 중요해서요."

아인은 자신이 무슨 말을 하는지도 모른 채 주절주절 뱉었다. 그러나 자신이 뱉는 말들이 스스로의 가치를 깎아먹는 말이라는 것쯤은 눈치챘다. 이런 식으로 스스로를 상처내야만 지금 이 순간을 버티고 돌아설 수 있을 것 같았다.

아인이 가방을 멨다.

"내 말은 시작도 안 했어."

등 뒤로 화를 꽉 눌러 담은 목소리가 들렸다. 순식간에 몸이 돌려세워지고, 입술이 타들어갈 듯한 뜨거움이 느껴졌다.

"웃."

익숙하면서도 낯선 입술. 키스.

사실을 인식하자마자 아인이 몸을 비틀었다. 온 힘을 다해 발버둥을 친 끝에 아인은 원우를 밀어낼 수 있었다.

아인이 숨을 몰아쉬며 원우를 노려보았다. 원우는 손등으로 입술을 닦았다. 물린 입술에 피가 맺혀 있었다. 그는 아픈지 얼굴을 구기고 있었다. 아인은 잠시 멈칫했으나 이내 아픔을 꽉 참았다.

입술은 언젠가 나을 테지만, 자신은 수없이 이 순간을 곱씹게 될 거다. 그때마다 처음 당하는 것처럼 당혹스러워하고, 고통스러워하겠지.

"선배는 대체 날 얼마나."

울음이 치솟아 목이 터질 것처럼 아팠다. 그 틈으로 말을 겨우 비집어 꺼냈다. 아인의 무표정이 무너지면서 괴로운 표정이 드러났다.

"비참하게 만들어야, 직성에, 풀리겠어요? 대체, 나한테, 왜 이래요? 내가 선배 눈에는 그렇게 만만해요? 심심하면 막 건드렸다가 떠나도 될 만큼, 아주 편하고 만만하냐고요!"

아인이 악을 쓰듯 소리쳤다. 바라는 것 하나 없이 좋아하기만 했다. 그런데 왜 자신을 쥐고 흔들고 패대기치는 건지.

"네 말대로 기껏 쌓아놓은 이미지 무너뜨리면서 널 끌고 왔는데 나도 뭐라도 얻어야 하지 않겠어?"

그거랑 키스가 무슨 상관이야.

아인은 소리치고 싶었다.

"선배는."

아인이 말을 하다 말고 입을 다물었다. 괴로움이 온몸을 집어삼켰다. 진득한 괴로움에 눈가로 눈물이 비집고 나왔다.

눈물만큼은 참고 싶었는데.

아인이 손등으로 눈가를 가렸다.

딱 죽고 싶을 만큼 비참하다. 딱 죽고 싶을 만큼 괴롭고.

"후우, 됐어요. 가볼게요. 오늘 일도 없던 일로 생각할게요."

그럴 수 없겠지만. 또 자신은 이 상황을 곱씹게 되겠지만. 아인은 그럴 수 있는 척했다.

원우가 돌아서려는 아인을 다시 붙들었다. 억지로 팔을 끌어 내린 채 아인의 눈을 똑바로 보았다.

"널 비참하게 만들려고 내가 여기까지 끌고 온 거 같아?"

그의 검은 눈동자가 진심으로 분노하고 있었다. 아인이 대답 대신 입술을 깨물었다.

"널 비참하게 만들려면 내가 직접 움직이지도 않고 할 수 있어."

더 극적으로, 더욱 비참하게. 학과에 돌아올 수 없도록 내쫓을 수 있다.

"그런데도 내가 사람들이 보는 데서 널 끌고 왔어. 이게 뭘 뜻하는지 다른 식으로 생각할 순 없어?"

대답 대신 울음이 비집고 나왔다. 원우가 무슨 말을 하는지 도저히 이해할 수가 없었다. 아인은 원우의 눈을 바라보았다.

"네가 화를 못 내니까 내가 대신 냈잖아."

"……."

"네 자존심 지켜주려고."

"……."

"네가 신경 쓰여."

원우의 말에 눈물을 머금은 아인의 눈동자가 가늘게 흔들렸다. 원우가 손을 뻗어 아인의 눈물을 닦아주었다.

"……선배?"

아인이 말의 진위를 파악하려 물으려는 순간, 원우가 허리를 굽혀 아인의 입술에 입을 맞췄다. 아무 생각도 못하게 하려는 듯이 그는 아인에게 말할 틈을 주지 않았다. 약간의 비린 피 맛이 나는, 그러나 아까와 비교도 할 수 없을 만큼 달달한 키스가 입안을 달구었다.

아…….

몽롱해져 가던 아인이 퍼뜩 정신을 차려 밀어내려 할 때였다. 원우가 자신의 몸을 밀어내는 아인의 두 손목을 한 손으로 움켜쥐었다. 다른 한 손으로 아인의 뒷목을 바짝 끌어당겼다. 빠져나갈 수 없이 강한 힘으로, 그러나 닿은 입술은 숨 막히게 달았다.

아인이 벗어나려 힘껏 버둥거렸으나, 끝내 그에게선 벗어날 수 없었다.

불이 꺼진 어둑한 방 한가운데, 원우가 느릿하게 옷을 벗었다. 초점이 잡히지 않는 시선으로 바닥을 바라본 채 그가 생각에 잠겼다.

'선배 때문에 내가 초라해졌거든요. 나는 내 주제에 선배를 욕심낼 수도 없고, 선배를 좋아한다고 말할 수도 없어요.'

픽. 원우의 입술이 느릿하게 벌어졌다.

살면서 들어본 고백 중, 가장 독한 고백이었다. 좋아하는 애틋한 마음을 전달하는 게 아니라, 스스로를 비참하게 만드는 고백. 그리하여 다시는 좋아하는 사람 앞에 제대로 설 수 없게 만드는 고백. 이를테면 입구도, 출구도 없는 그런 관계를 만들어 버리는 것.

그 고백 안에 담긴 진득한 진심은 거짓말처럼 원우의 마음을 동요하게 만들었다. 완전히 자신의 손바닥에서 아인이 사라질 것 같은 위기감이 들었다.

아직은 안 되는데 말이지.

도훈이 아인으로 인해 변하고 있었다. 아인은 그런 도훈의 곁에 늘 있을 거고. 자신에게 고백했다고 해서 아르바이트를 관둘 만큼 약한 아이는 아니었다. 고로 아인을 이대로 보낼 수 없었다.

의자에 앉은 원우가 느릿하게 눈을 감았다 떴다. 그의 검은 눈동자에 짙은 어둠이 서렸다. 그는 자신이 뱉은 말을 곱씹었다.

뭐라고 했더라.

'네가 신경 쓰여.'

그래, 그랬었다. 그 말 그대로 주아인이 신경 쓰였다. 그리고 생각보다 다루기 어려운 아이였다. 적당한 방법으로 도무지 넘어오지 않는 아이. 귀찮게 굴지 않으면서도 자신의 신경을 건드리는 법을 아는 아이.

원우의 시선이 손끝으로 향했다. 뜨거운 눈물이 여전히 손끝에 맺혀 있는 기분이다. 원우는 엄지손가락을 안으로 말고서 꽉 움켜쥐었다.

"이러다 나까지 헷갈리겠네."

원우가 자조적으로 웃었다.

새파란 기운이 감도는 새벽. 아인은 발소리를 죽인 채 욕실로 들어갔다. 한 사람이 움직이기도 비좁을 만큼 허름한 욕실엔 세면대가 없었다. 바닥에 쭈그려 앉아 물을 틀었다. 솨아아 쏟아지는 물줄기를 받아 얼굴을 적셨다. 봄이라고 해도 새벽 물줄기는 잠이 번쩍 깰 만큼 차가웠다.

아인은 얼얼한 뺨을 감싼 채 몸을 일으켰다. 세면대에 비친 제 얼굴이 통통 부어 있었다. 잠을 제대로 이루지 못했다. 심장이 거세게 뛰어 정신을 차릴 수가 없었다. 키스를 하는 동안 시간이 뒤죽박죽 흘렀다. 모든 게 아득하게 느껴지는 가운데 심장만 뛰었다.

키스가 끝난 후, 아인은 탁한 숨을 몰아쉬며 자신을 내리깐 눈으로 보는 원우를 보았다.

'이것도, 내일이면 잊어야 해요?'

확실히 해두고 싶었다. 대답을 기다리는 시간이 길게 느껴졌다.

'아니.'

마침내 원우가 낮은 어조로 말했다.

'그럴 거면 키스 같은 건 안 했지.'

그가 툭 던진 말에 아인의 심장은 잠시 멎었다. 골목을 벗어나는 동안, 원우는 제 손을 잡아 쥐었다.

'손이 작구나.'

새로운 사실을 깨달았다는 듯, 그가 불쑥 말했다.

'데려다줄게. 위험하니까.'

그는 다른 사람이 된 것처럼 말했다. 그 후로 귀가하는 택시 안에서 제대로 된 대화를 나눌 수 없었다. 입을 열면 심장 뛰는 소리가 가장 먼저 튀어나갈 것 같았다. 원우도 생각에 잠긴 듯, 별말을 하지 않았다.

수건에 얼굴을 파묻고 있던 아인이 고개를 절레절레 흔들었다. 그만하자. 이 이상의 상념은 위험했다. 곧 시험 기간이니 전념해야 했다.

"후우."

생각이 원우로 쏠렸다. 아인은 고개를 가로저은 채 욕실을 빠져나왔다.

도서관에 도착한 아인은 발권기 앞에 섰다. 학생증을 바코드에 댄 채 가장 창가 쪽 자리를 발권했다. 아인이 발권이 제대로 되었는지 확인하며 계단 쪽으로 걸어갔다. 문득 앞에서 느껴지는 인기척에 아인이 고개를 들었다.

"예상대로 일찍 나오네."

원우가 손목시계로 시간을 확인하며 말했다. 아인은 당혹스러운 표정을 감추지 못했다. 이 시각에, 이곳에서 그를 만날 거라 생각지 못했다.

"선배도…… 도서관 와요?"

아인이 의아한 얼굴로 물었다. 원우의 방을 보지 않았지만, 분명 도훈의 것만 할 거다. 책상 놓을 자리는 넉넉할 텐데, 굳이 왜?

"응. 들어가자."

원우가 가볍게 대답하며 앞서 걸었다. 아인은 한발 떨어져서 그의 뒤를 따라 걸었다. 기분이 몹시 미묘했다. 그가 먼저, 자신에게 아는 척해주고, 함께 걷기를 청했다. 도서관 열람실 문을 연 그가, 턱으로 들어가라는 듯 가리켰다. 아인은 열린 문으로 들어갔다.

열람실은 생각보다 널널했다. 미리 자리만 잡아놓고 빠져나간 학생들이 많은 듯했다. 아인은 열람실 끄트머리 창가 쪽에 자리를 잡고 앉았다. 앉아 고개를 드니 건너편 책상에 앉아 있는 원우가 보였다.

반쯤 열어놓은 창문 틈으로 스산한 봄바람이 흘러들어 왔다. 펜을 쥐고서 곧게 앉아 있는 그를 감상하면서 쐬기에 더없이 아름다운 바람이었다. 꿈을 꾸는 것 같다.

그 순간, 고개를 든 원우와 눈이 마주쳤다. 훔쳐본 것처럼 되었다. 시선을 피해야 하는 데, 붙잡힌 것처럼 꼼짝도 하지 못했다. 원우의 눈이 가느스름하게 접혔다. 그가 웃었다. 그 사실만으로 입안에 박하사탕을 문 것처럼 시원했다.

강의를 마친 후 점심 식사를 하기 전, 아인과 주연은 학회실로 향했다. 조용한 복도 가운데 경제학과 학회실만 떠들썩했다. 아인과 동기인 여자 하나가 고함을 치듯 소리쳤다.

"장난 아니었다니까! 원우 선배가 아인이 손목을 이렇게 확 감싸 쥐고 갔다니까요."

"진짜? 아오, 나도 참석할걸! 하필 아르바이트가 있어서!"

"두 사람 무슨 사이래요? 사귄대요? 와, 그렇게 안 봤는데 아인 선배 능력 있다."

선배, 후배 할 것 없이 수군거리는 목소리가 파다했다. 주연은 문을 열기 전 아인을 흘깃 보았다. 아인이 피곤한 표정으로 앞을 멍하게 보고 있었다.

"그냥 갈까?"

사정을 미리 들은 주연이 조심스럽게 물었다.

"아니."

아인이 고개를 가로저었다. 피한다고 피해질 이야기가 아니었다. 아인이 학회실 문을 열자 찬물 한 바가지를 맞은 듯 실내가 고요해졌다.

조금 전까지 정신없이 떠들던 사람들이 일동 당황해하는 모습을 보며 아인은 사물함으로 걸어갔다. 학회실 소파와 바닥에 이래저래 늘어져 있던 사람들의 시선이 아인의 뒷모습에 꽂혔다. 등이 화끈거리는 기분이 들었다. 아인은 아무렇지 않은 듯 책을 넣고, 오후 수업에 쓸 책을 미리 챙겼다.

"저기, 아인아."

학생들의 등쌀에 못 이긴 선배 하나가 아인을 불렀다. 아인이 쳐다보았다.

"아, 뭐. 궁금한 게 있어서 그런데 물어봐도 되냐?"

안 된다고 하면 안 물을 건가요? 그런 것도 아니면서.

아인은 쓰게 나오는 웃음을 참으며 고개를 끄덕였다. 어차피 한번은 겪어야 할 일이다.

"네."

"너랑 원우랑 무슨 사이냐? 두 사람, 정말 사귀어?"

선배의 물음에 아인은 입술을 다물었다.

그들이 궁금한 것은 주아인이 김원우를 만나느냐가 아니라, 김원우가 연애를 시작하느냐일 거다. 그러나 그들 중 원우에게 사생활을 물어볼 만큼 친한 사람도, 용기 있는 사람도 없었다.

"아뇨."

"그래? 근데 어제 원우랑 너랑 둘이서만 사라졌다며."

선배가 의심을 거두지 않은 채 물었다.

"소연이가 저랑 원우 선배를 오해해서 다그치는 걸, 원우 선배가 본 모양이에요. 제가 현명하게 대처해야 했는데, 그 순간 당황해서 아무 말도 못했거든요. 그것 때문에 화가 난 원우 선배가 자기 때문에 욕 듣게 해서 미안하다고 사과했어요."

아인은 원우와의 관계를 부인했다. 그는 아무 말도 하지 않았다. 그리고 자신 또한 원우와 어떤 관계로 진행시킬지에 대해 확정 짓지 않았다. 이런 상황에서 섣불리 소문만 내는 건 위험했다. 동시에 아인은 소연을 극성맞은 여자애로 둔갑시켰다. 원우와 사귀지도 않으면서 그 때문에 선배한테 버르장머리 없이 구는 여자애. 몇몇 여자애들은 수군거리며 '소연이 걔는 좀 이상해.'라고 말하기 시작했다.

"그래? 그랬구나."

그러자 학회실에 있던 애들이 고개를 주억거렸다. 그러더니 열린 문을 보고는 흠칫했다. 원우가 학회실 문 옆에 서 있었다. 그의 등장으로 학회실 분위기가 금세 바뀌었다. 자신에게 집중되는 분위기를 읽었음에도 원우의 표정엔 아무 변화가 없었다. 원우를 보고 아인이 멈칫했다. 사람들의 시선이 아인과 원우를 번갈아 보았다.

"선배."

아인이 먼저 원우에게 다가갔다. 그가 의아한 듯 아인을 쳐다보았다.

"어제는 고마웠어요. 덕분에 마음 편해졌어요."

마치 어제 헤어져 오늘 새롭게 만난 사람처럼 아인이 선을 그었다. 소문을 불식시키려는 의도가 명확했다. 원우의 눈이 즐거운 듯 휘어졌다.

흡족했다. 주아인의 현명한 대처가.

"그래. 어제는 미안했어."

"소연이한테는 선배가 말 좀 잘해주세요."

여기서 소연이를 한 번 더 짚음으로써 사건의 발달이 소연임을 모두에게 한 번 더 상기시켰다. 원우의 입술이 즐거움으로 길게 늘어났다.

"그래. 그렇게."

아인이 할 말을 마쳤다는 듯 인사를 한 후, 강의실을 빠져나갔다. 원우는 아인이 나간 강의실 문을 흘깃 바라보았다.

"더 물어볼 거 있어?"

원우가 여태껏 제일 심하게 떠들던 명우에게 조용히 물었다.

"아니."

"그럼 하던 거 마저 해."

쳐다보지 말고.

원우의 말에 학생들의 시선이 자연스럽게 원우에게서 흩어졌다. 사물함 앞에 선 원우의 입술이 전보다 길게 늘어났다.

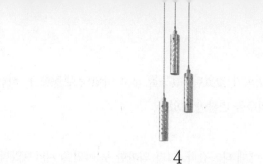

4

"오늘은 쉴래요."

도훈이 침대에 벌러덩 누웠다.

"그래."

아인의 입에서 한참 만에 나온 말이었다. 아마도 쉰다는 자신의 말에 대한 대답일 거다.

왜. 그러지 마. 안 돼.

아인의 입에서 절대 나오지 않는 말들이었다. 세상 사람들이 다 아인 같기만 하면 얼마나 좋을까. 자신이 살기에 훨씬 좋을 것 같았다.

도훈은 몸을 모로 눕혔다.

"왜냐고 안 물어요?"

"하기 싫어서 그렇겠지."

"아닌데요."

"그래? 그래."

"그럼 다른 이유가 있는 거냐고 물어야 하는 거 아니에요?"

"네가 말할 필요성을 느끼면 말하겠지."

아인이 담백하게 대답했다. 그의 하얀 옆얼굴을 바라보던 도훈은 눈썹을 삐쭉 올렸다. 다른 사람들처럼 자신에게 영향력을 행사하지도, 자신의 눈치를 보며 아부를 떨지 않아서 좋긴 하지만 이건 너무하다 싶다.

"쌤도 시험 기간이라면서요. 공부해야죠."

도훈이 포기한 듯 한숨을 내쉬며 사실을 말했다. 그제야 아인이 고개를 돌려 도훈을 바라보았다. 도훈은 아인의 옆자리에 앉았다.

"학과에서 1등이라면서요."

도훈이 고개만 돌려 아인을 바라보았다. 의자 간의 간격이 좁아 평소보다 얼굴이 가까이 자리했다.

"어떻게 알았어?"

"형이 말해줬어요."

"……."

"앞으로도 계속 1등 하라고요. 뭐, 저도 공부할 거예요. 모르는 거 있으면 물어볼게요."

도훈이 알아서 자습을 시작했다.

"그런 이유라면 공부 가르쳐 줄 수 있어. 문제집 펴. 공부하자."

"됐어요. 내가 자습하고 싶어서 그런 것도 있어요."

도훈이 걱정 말라는 듯 손을 들어 보이곤 펜을 쥐었다. 문제집을 넘기자마자 빽빽하게 차 있는 문제들을 하나씩 풀기 시작했다.

실은 자습보다 아인에게 공부를 배우고 싶었다. 문제를 설명하며 살짝 굴리는 눈동자, 생각에 잠겼을 때 살짝 벌어져 있는 입술, 내리깐 눈과 속 눈썹을 보고 있으면 없던 집중력도 생겼다. 다만 겁이 났다.

학과에서 늘 1등이었다는 주아인이 자신의 과외 때문에 성적이 떨어지면, 분명 이 일을 관둘 테니까. 다른 건 몰라도 그런 식의 피해는 주고 싶지 않았다.

도훈이 눈을 굴려 옆을 보았다. 아인이 연습장을 펼친 채 곡선 같은 그래프와 그림 같은 기호를 보며 무언가를 풀고 있었다.

저게 문제야, 암호야?

보기만 해도 아찔한 문제들이 이어졌다.

다른 건 몰라도 경제학과는 못 가겠는데?

도훈이 문제를 바라보다 펜을 쥐고 있는 하얀 손에 닿았다. 액세서리나 네일아트가 되어 있지 않은 손이 깨끗했다. 도훈의 시선이 천천히 아인의 옆얼굴에 닿았다. 한 갈래로 묶은 머리카락에서 잔머리가 보기 좋게 흘러나와 있었다.

잔머리까지 예쁘네.

도훈은 속으로 생각하며 아인의 속눈썹을 보았다. 길게 뻗어 있다. 입술도 누군가 그린 것처럼 섬세했다.

우리 쌤은 보면 볼수록 예쁘구나.

도훈이 속으로 감탄했다.

"할 말 있어?"

시선을 느꼈는지 아인이 고개를 돌려 물었다.

"아, 음. 쌤. 저도 곧 시험 기간이잖아요. 성적 오르면 뭐 해줄 거예요?"

"네 성적이 오르는데 왜 내가 뭔가를 해줘야 해?"

아인이 칼같이 대답했다.

"와, 쌤. 동기부여도 몰라요? 됐어요. 그럼. 됐고, 대신에 성적 오르면 나랑 서점도 가요."

"저번에 산 문제집 다 풀었어?"

"새로 나오는 문제집도 봐야죠."

"인터넷으로 사."

"필기구도 사야 해요. D—100일 달력 이런 것도 사야 하고. 시험 치자마자 모의고사거든요. 모의고사 준비가 어디 쉬운 줄 알아요? 준비할 게 얼마나 많은데요. 검정 펜도 그립감 좋은 녀석으로 사야 해요. 그러니까 같이 가죠?"

수능 준비도 아니고, 모의고사 준비를 저렇게 철저히 하다니.

"같이 가달라고요."

도훈이 얼굴을 찌푸리며 졸랐다. 자신보다 25㎝나 큰 남자의 조르는 행동이 부담스럽지 않은 게 신기했다. 마냥 어려 보여서 그런 걸까.

"그래. 그러자."

아인이 고민 끝에 허락하자, 도훈이 씩 웃었다. 허락하지 않을까 봐 조마조마했다.

"이번엔 팥빙수 내가 사줄게."

아인이 말했다.

데이트 코스 추가인가. 그나저나 팥빙수 어지간히 좋아하나 보다.

도훈은 씩 웃었다.

"내 성적 기대해요, 쌤."

도훈은 펜을 쥐고서 문제집으로 빠져들었다. 조금 전까지 검은 깨같이 보이던 글씨가 돋보기를 통해 보는 것처럼 눈에 쏙쏙 들어왔다.

대문을 밀고 나와 아인은 길을 따라 내려갔다. 과외보다 더 힘든 것은, 이 길을 내려가는 일이다. 거대한 저택마다 달린 수많은 CCTV가 자신을 감시하고 있는 기분이었다. 마치 다른 세상처럼 침묵이 사라진 거리 위로 차가 드문드문 올라왔다. 차에 대해 문외한인 그녀도 아는 고급 브랜드였다.

길을 따라 한참 내려가고 있을 때였다. 등 뒤에서 차가 달려왔다. 헤드라이트 불빛에 아인의 그림자가 바닥 위로 길게 늘어졌다. 아인은 한 걸음 옆으로 비켜섰다. 스쳐 지나갈 거라 생각한 차가 멈춰 섰다. 아인이 고개를 돌림과 동시에 차창이 내려갔다.

"타."

원우가 창문으로 얼굴을 빼고서 말했다. 아인이 잠시 얼어붙었다.

"한참 가야 해. 타."

그가 한 번 더 재촉했다. 아인이 잠시 고민하는 사이, 그의 차 뒤에 다른 차가 멈춰 섰다. 빠앙. 다른 차가 클랙슨을 울렸다. 아인은 어쩔 수 없이 그의 조수석에 올라탔다. 안전벨트를 매고서야 아인은 이곳에서 있었던 키스를 떠올렸다. 다시는 이 차를 탈 일이 없을 거라 생각했는데, 다시 타게 되었다.

"일부러 나온 거예요?"

차 안에 흐르는 어색한 침묵을 견디기 힘든 듯, 아인이 물었다.

"어."

원우가 순순히 대답하자 질문한 아인이 되레 놀랐다.

"왜 그렇게 놀라?"

"아니에요. 아무것도."

"피곤할 거 아냐. 공부하고, 아르바이트까지 하면."

아인이 입을 꾹 다물었다.

갑자기 친절해진 그가 고마우면서도 불안하다. 행복은 유리처럼 깨지기 쉬운 것이니까.

"도훈이는 어때?"

원우가 핸들을 부드럽게 꺾으며 물었다.

"열심히 공부하고 있어요."

"그래?"

원우의 목소리가 묘하게 가라앉았다. 많이 오를 거라는 이야기가 듣고 싶었던 걸까. 그러나 그건 사실이 아니었기에 말할 수 없었다.

"도훈이한테 우리 사이는 말하지 말았으면 하는데, 어때?"

"네?"

아인이 무슨 소리냐는 듯 원우를 쳐다보았다.

"도훈이한테 우리 사이 말하지 말라고."

원우가 똑같은 말을 한 번 더 반복했다.

"우리 사이가…… 뭐예요?"

"아."

원우가 이해하기 힘든 짤막한 감탄을 했다. 그는 한 대 얻어맞은 얼굴이었다. 아인은 시선을 앞으로 돌렸다.

"모르는 척 덮겠다?"

원우가 마침내 묘한 목소리로 물었다. 이런 진행 사항은 생각지 못했다는 태도였다.

"아뇨. 그건 아니고요."

"난 아무랑 키스 안 하는데. 넌 그랬나 봐?"

"저도 아니에요."

아인이 억울하다는 듯 강하게 말했다.

"그럼 우리 사이는 확실해진 거 같은데?"

"처음 키스 땐 없던 일로 했잖아요."

차가 횡단보도 앞에 멈춰 섰다. 원우가 흘깃 아인을 바라보았다. 아인이 말을 이었다.

"처음에도 없던 일 취급했으니까, 두 번째도 그럴 줄 알았어요."

"미안."

"……"

"그땐 내가 조금 혼란스러워서 생각할 시간이 필요했어."

"……"

아인이 느릿하게 시선을 돌렸다. 원우가 흔들림 없는 시선으로 그녀를 응시하고 있었다.

"지금은 확실해졌고."

도장을 꾹 찍듯 꺼낸 그의 말에 아인의 가슴이 덜컹하고 흔들렸다.

그래도, 혹시나.

아인은 섣불리 확신을 갖지 않으려 노력했다.

"도훈이한테는 우리 사이를 비밀로 했으면 좋겠어. 알다시피 우리 어머니가 자식에 관해선 좀 많이 예민하신 분이라서, 도훈이를 통해 들어갈까 봐 그래. 학과엔 알리고 싶으면 알려도 되고."

그의 말이 달달한 독처럼 퍼져 갔다. 믿어버리고 싶다. 아인의 눈동자가 흔들렸다. 원우가 그 찰나를 놓치지 않고 손을 뻗었다. 손끝으로 아인의 부드러운 뺨을 쓸어내렸다. 생각보다 느낌이 좋아 원우는 꽤 오래도록 그녀의 뺨을 만졌다.

신호가 바뀌자, 뒤에서 빵 하고 클랙슨을 울렸다. 원우는 차를 몰아 그녀의 집 방향으로 향했다.

"집이 어디랬지?"

원우가 전에 왔던 골목 앞에서 차를 세우고 물었다. 아인은 집을 공개하는 법이 없었다. 늘 큰 골목에서 내려달라고 졸랐다.

"여기서 세워주세요."

오늘도 아인은 같은 자리에서 차를 세워달라고 말했다. 원우가 말없이 아인을 바라보았다.

"어머니가 볼까 봐요."

"너희 어머니는 우리 집에 계시는 걸로 아는데?"

"혹시나 모르잖아요. 동네에 어머니 친구가 많아요. 괜히 보고 말 들어가면, 우리 어머니가 선배 어머니께 말할 수도 있는 거고요. 그럼 선배도, 저도 난처해지니까요."

조근조근 설명하는 아인의 입술을 원우가 물끄러미 바라보았다. 도톰하고 작은 입술은 어둑한 공간에서 유난히 먹음직스럽게 움직였다.

마치 먹어달라는 듯이.

원우가 손을 뻗어 아인의 뒷목을 끌어당겼다. 방심하다 끌려간 아인의 두 눈이 커졌다. 아인의 맞닿은 입술을 가르고 원우가 깊게 파고들었다. 촉촉하고, 뜨거우며, 부드럽다.

"흡."

흘리듯 뱉는 숨소리가 야하다. 원우가 그 숨을 삼키려는 듯 공기를 들이마셨다. 혀가 얽히자 손에 닿은 가녀린 뒷목이 바짝 긴장하는 게 느껴졌다. 그 목덜미를 살살 어루만지며 원우는 아인의 입안을 부드럽게 빨아들였다. 혀가 맞닿으며 이리저리 얽혔다. 누구의 것인지 모를 타액을 마시며 한참이나 탐하던 입술이 떨어졌다.

어둠 속에서 붉어진 아인의 뺨이 보였다. 아인은 손등으로 자신의 입술을 막은 채 숨을 헐떡거렸다.

쌕쌕대는 숨소리가 더 야하다는 걸 모르나 보지?

원우의 눈이 가늘어졌다.

"저, 저는 그만 가볼게요."

대체로 평온을 유지하던 아인이 당황한 듯 말을 더듬었다. 처음도 아니면서, 처음보다 더 극적인 반응을 보이는 아인을 보며 원우는 옅게 웃었다.

"그래. 조심히 가."

차에서 내린 아인이 빠른 걸음으로 골목을 올라가다 잠시 멈춰 섰다. 돌아선 아인이 헤드라이트 조명에 눈이 부신지 얼굴을 찌푸렸다. 원우가 헤드라이트를 끄자 아인은 꾸벅 인사를 하곤 돌아섰다. 그 와중에 인사 안 한 게 걸렸나 보다.

아인이 좁은 골목으로 사라졌다. 원우는 핸들에 상체를 기댄 채 아인이 멀어지는 모습을 바라보았다. 그녀가 금세 사라졌다. 어둑한 골목에 있으나 마나 한 허름한 가로등 불빛이 깜빡거렸다.

원우가 느릿하게 골목을 살폈다. 비포장도로나 다름없는 골목. 덜컹거리는 게 예사롭지 않은 바닥이 거슬렸다. 그 골목을 사이에 놓고 좌우에 즐비하게 늘어선 낡은 다세대주택들. TV에서나 볼 법한 이런 주택에서 주아인은 살고 있었다. 최선을 다해 살아도 크게 달라질 것 없는 그런 삶을 주아인은 살고 있었다.

"뒤탈은 없겠네."

원우가 낮게 중얼거렸다. 가진 것 없는 사람들은 대부분 세 부류다. 더 갖기 위해 욕심을 한도 끝도 없이 부리는 부류, 제 주제를 알고 어제보다 나은 오늘을 만드는 데 만족하는 부류, 무기력한 부류.

아인은 정확히 두 번째 부류였다. 이런 사람들은 자신이 이길 확률이 없는 승부에는 도전하지 않는다. 이런 식으로 만나다가 헤어져도 주아인은 질척거리거나 매달릴 일 없다. 상처를 삭이며 알아서 사라질 뿐.

안개처럼, 연기처럼, 그렇게.

원우의 입술이 삐딱하게 휘었다.

원우가 손끝으로 자신의 입술을 톡톡 두들겼다. 아인과의 키스는 제법 좋았다. 처음이라 서툰 기색이 역력하면서도 어떻게든 받아내려고 하는 모양새가 귀여웠다. 감도도 좋고, 맞닿을 때 묘하게 흘러나오는 작은 신음도 듣기 좋았다.

삐릭.

주머니에서 휴대폰을 꺼냈다.

「선배. 말을 못한 게 있어서요. 가족들을 포함해서 학과 사람들에게도 알리지 않았으면 해요. 괜히 사람들 입방아에 오르내리는 건 피하는 게 좋으니까요.」

거기다가 영민하기까지.

뒤탈도 없고 흔적도 남기지 않는 이런 여자라니. 찾으려고 해도 찾기 힘들 거다.

역시 마음에 든다, 주아인.

원우가 핸들을 꺾으며 기분 좋게 웃었다.

학회실 사물함 앞에 선 아인의 표정이 좋지 않았다. 사물함을 뒤지던 아인의 손길이 더 바빠졌다.

"왜 그래?"

곁에서 지켜보던 주연이 물었다.

"책이 없어졌어."

"뭐?"

"어젯밤에 넣어뒀는데 없어."

"잘 찾아봐."

"벌써 세 번이나 찾아봤어."

아인이 다급하게 사물함 안을 다시 뒤졌다. 역시나 없었다.

하필 이럴 때.

아인이 초조한 얼굴로 입술을 씹었다. 책을 새로 사야 하는 것도 문제지만, 시험 필기가 더 문제였다.

"없어?"

주연이 얼굴을 찌푸리며 물었다. 아인이 흙빛이 된 얼굴로 고개를 끄덕였다.

"내 꺼 복사해."

주연의 말에 아인이 고개를 가로저었다. 당장 오늘 필요한 책이었다. 두툼한 한 권을 복사하면 그동안 주연이 공부를 하지 못한다. 자신이 필요하다고 주연에게 민폐를 끼칠 순 없었다.

"괜찮아. 너도 공부해야지. 나는 대충 외워뒀으니까 오늘 정리하면 돼."

"2시간만 봐. 나는 그동안 모레 시험 공부하면 되니까."

주연의 말에 아인은 고민하다가 책을 받아 들었다. 염치없다는 걸 알면서도 거절할 수가 없었다. 이 책 한 권에 자신의 장학금이 달려 있기 때문에.

"고마워. 밥 살게."

"응. 두 번 사."

주연의 말에 아인이 웃었다.

사물함은 더 이상 못 쓰겠다.

무거워도 모든 책을 들고 다녀야겠다고 생각하던 아인이 무심코 고개를 돌렸다. 그러다 소연과 눈이 마주쳤다. 그녀가 웃고 있었다.

설마.

의심이 들었다. 그러다 아인이 고개를 내저었다.

설마 그런 짓을 할 리가.

썩 기분이 좋지 않았지만, 아인은 찝찝한 기분을 얼른 털어버렸다.

사람들로 복잡한 도서관 열람실 안, 소연은 조용히 가방을 열어 책을 꺼냈다. 앞면이 뜯겨져 나간 책을 내려놓은 소연은 두근거리는 가슴 위로 손을 올렸다. 쿵쿵 심장박동이 고스란히 느껴졌다.

아인의 책을 훔친 건 충동적이었다. 이른 아침, 빈 학회실에서 신경질적으로 아인의 사물함을 내려쳤는데 열렸다. 그 속에 아인의 책이 보였다. 당장 내일 시험을 쳐야 할 책이 사라지면 주아인의 표정이 어떨까. 그 생각을 하자마자 손이 자연스럽게 움직였다. 가방에 책을 넣은 후 도망쳐 나왔다. 책을 버릴까 하다가 머릿속을 스친 친구와의 대화에 도서관까지 가져왔다.

'원우 선배가 아인 선배한테 관심 가지는 건 이유가 하나밖에 없잖아.'

'뭔데? 원우 선배가 아인 선배한테 관심 가질 이유가?'

'아인 선배가 학과 1등이잖아.'

'그게 무슨 상관이야? 원우 선배도 공부 잘한다던데. 1등은 아니라도 장학금 받을 정도는 된다던데?'

'그러니까. 꽤 공부 잘한다고 자부했는데 자기보다 공부 잘하는 여학생이 있어. 그럼 당연히 신경 쓰이지. 특히 원우 선배처럼 집안 좋은 사람들은 학과 성적도 신경 많이 쓴다며. 학과 성적과 평소 품행이 발라야 트집 안 잡히니까.'

친구들과의 대화 끝에 소연은 그럴지도 모른다고 생각했다. 그렇지 않고서야 원우 선배가 아인에게 관심을 가질 리 없었다. 볼품없는 그런 여자 따위.

소연이 입술을 씹으며 책을 열었다. 그러나 얼마 못 가 펜을 내려놓았다. 오랜만에 공부를 하려니 머리가 깨질 것 같았다. 그때 무음으로 휴대폰이 울렸다.

「원우 선배 나갔음. 잠시 전화하러 나간 듯.」

건너편 열람실을 이용하고 있는 친구로부터 문자가 왔다. 원우와 한 열람실을 쓰고 싶었지만, 아인의 책이 들킬지도 모른다는 생각에 옆의 열람실에 있었다. 소연이 다급하게 열람실 문을 열고 나갔다. 열람실 중간 로비에서 소연은 친구를 만났다.

"원우 선배 어디로 갔어?"

"모르겠어. 놓쳤어. 매점 갔나 봐."

"매점? 가자."

소연이 친구와 걸음을 옮겼다. 두 사람이 멀어지는 소리를 가만히 듣고 있던 원우가 화장실 문을 밀고 나왔다.

"후우."

원우가 피곤한 듯 한숨을 내쉬었다.

티가 안 나게 하든가.

열람실에서 공부를 하는데 집요하게 따라붙는 시선을 느꼈다. 고개를 들어보니 소연의 친구였다. 소연은 없었다. 소연의 친구가 휴대폰으로 무언가를 쓰기 시작했다. 처음엔 자신과 같은 열람실에 자리를 못 잡아서 친구를 통해 감시하나 보다, 라고 생각했다. 그러나 그 생각이 바뀐 데는 몇 초 걸리지 않았다.

소연은 자신의 친구에게 돈을 줘서라도 자리를 바꿀 애다. 그런데 왜 옆 열람실에서 친구를 통해 감시를 하고 있었을까. 뭔가 숨기는 게 있다는 말이었다.

'책을 잃어버렸어요. 사물함에 넣어뒀는데 사라졌어요.'

복사실에서 만난 아인이 민망한 듯 웃으며 말했었다. 불현듯 아인의 뒤통수를 노려보던 소연의 모습 또한 떠올랐다. 잠시 생각에 잠겨 있던 원우가 문을 열고 들어갔다. 느릿하게 걸어가며 주변을 살피던 원우의 시선이 익숙한 전공 도서에 꽂혔다. 원우가 책을 들었다. 앞장이 뜯겨 나간 수상한 책을 스윽 훑던 원우의 눈이 가름해졌다. 원우의 손이 소연의 다른 책을 뒤졌다.

필체가 다르다.

친구에게 빌린 책일 수도 있지만, 소연의 주변엔 이토록 꼼꼼하고 완벽하게 필기를 할 사람이 없었다. 원우는 책의 맨 마지막 장을 열었다.

―주아인.

마지막 장 귀퉁이에 써진 이름을 본 원우의 입술이 비틀렸다.

하려면 완벽하게, 못할 것 같으면 하질 말아야지.

원우는 짧은 순간 갈등했다. 소연에게 자신이 가져간다는 사실을 알릴 것인가, 말 것인가. 원우는 티내지 않고 책을 챙겨 열람실을 빠져나갔다.

자신이 책을 훔친 걸 안다는 티를 내면 소연은 수치스럽겠지만, 책이 사라진 걸 알면 공포스러울 거다. 원우는 소연이 공포스럽길 바랐다.

감히 주제넘은 짓을 했으므로.

「학교 도서관 주차장이야. 잠시 보자.」

시간을 확인하려고 휴대폰을 열어본 아인의 얼굴이 희게 질렸다. 문자는 무려 30분 전에 왔었다. 이후 어떤 문자도 없었다. 아인이 지갑과 휴대폰만 챙겨 허겁지겁 도서관 주차장으로 향했다. 눈에 익은 고급 승용차가 보였다. 다가간 아인이 차창을 두드렸다. 차 문이 열렸다.

"타."

원우의 말에 아인은 주변을 살핀 후, 조수석에 탔다. 차에 타자마자 원우가 즐겨 쓰는 향수의 향이 훅 밀려들었다. 시원하면서도 뒤끝 없이 깔끔한 향. 원우의 성격을 대변하는 듯했다.

"공부하느라 못 봤어요."

"그럴 줄 알았어. 그래서 잠시 쉬었어."

"무슨 일이에요?"

원우가 학교에서 갑작스레 불러내는 일은 처음이기에 아인이 의아한 얼굴로 물었다.

"이거."

아인이 앞장 뜯겨 나간 자신의 전공 책을 보고 눈이 크게 벌어졌다.

"어디서 났어요?"

"도서관에서 주웠어. 익숙한 전공 서적이라 누구 건지 뒤지다가 맨 마지막 장에 네 이름을 봤어."

"아……."

아인은 책을 받아 들었다. 앞장이 뜯겨 나가 있었다.

"대체 누가 이런 짓을……."

"그러게."

아인은 책을 꼼꼼히 살펴보았다. 앞장 말고 손상된 곳이 없었다. 아인이 한숨을 내쉬며 희미하게 웃었다. 급한 김에 주연의 책을 복사했지만 필기가 군데군데 비어 난처하던 차였다. 거기다가 자신이 틈틈이 도서관 책을 참고해 놓은 부분도 있었기에 계속 아쉬웠다.

"감사합니다."

아인이 활짝 웃었다. 초승달처럼 휜 입술에 눈이 갔다.

"늦은 거 아냐?"

이미 9시가 넘긴 시각이다.

"밤새도록 하면 돼요. 그리고 시험 끝나고 밥 살게요. 감사합니다."

"난 밥 말고 술이 더 좋은데."

아인은 원우와 함께 술을 마셨던 곳을 떠올렸다. 자세히 기억나지 않지만 꽤 비쌌던 것 같은데. 자신도 모르게 가격표를 떠올린 게 비참했다.

"네. 그럼 그럴게요."

아인이 고개를 끄덕였다.

"바쁠 텐데 가봐."

"선배는요?"

"난 여기서 조금 더 쉬다가. 급하지 않으면 너도 쉬다 가도 돼."

원우가 제안하자, 아인이 고개를 가로저었다.

"아뇨. 전 먼저 들어갈게요. 선배 휴식을 방해할 수 없으니까요. 공부도 해야 하고요."

"그래. 그럼 잘 가."

원우가 손을 뻗어 아인의 뺨을 쓸었다. 그러자 아인의 뺨에서 뜨끈한 열기가 느껴졌다. 이렇게 수줍어하고 부끄러워도, 결국 자신은 시험보다 뒷전이었다. 그 사실에 왜 갑자기 화가 나는지. 원우는 자신의 감정을 드러내지 않기 위해 느슨하게 웃었다.

"가보겠습니다."

아인은 주변을 살핀 후 조심스럽게 문을 열었다. 다른 사람들의 시선이 닿지 않게, 누구도 알아채지 못하도록 사람들 틈 속에 사라졌다. 누가 보면 은밀한 불륜 현장이라 착각할 만큼 조심스러웠다. 자신보다 더 조심하는 아인을 보자, 원우는 묘하게 기분이 상했다.

❖

일주일 만에 길고도 긴 시험이 끝났다. 시험 끝나자마자 아인은 원우에게서 연락을 받았다. 주차장이니 오라는 연락이었다.

"이제 시험 끝났으니까 술, 사줄 거지?"

차에 타기가 무섭게 원우가 물었다. 눈썹보다 살짝 짧은 앞 머리카락이 스스륵 밀려 내려왔다.

"네."

아인은 다부지게 고개를 끄덕였다. 오늘을 위해 용돈을 미리 아껴놨다. 원우가 차를 몰아 학교 밖으로 빠져나왔다.

"그래. 그럼 술은 여기서 사자."

원우가 차를 건물 앞에 세웠다.

"어? 여기는?"

간판을 알아본 아인이 의아하게 쳐다보자, 원우가 내리라는 듯 턱짓했다. 엉겁결에 내린 아인은 익숙한 편의점 간판을 보았다. 원우는 익숙한 듯 문을 밀고 들어갔다. 뒤따라 들어간 아인은 맥주 코너 앞에 선 원우를 보았다.

"선배, 여기서 술 사달라는 거예요? 저, 선배한테 술 사줄 돈 있어요. 더 좋은 곳으로 가요."

아인이 원우의 팔을 끌어당겼다.

"더 좋은 곳이 어딘데?"

"전에 선배랑 갔던 곳이요."

"난 오늘 거기 가기 싫은데? 여기서 맥주랑 안주 사서 전망 좋은 곳에

가자. 시험 끝났는데 좋은 풍경 보면서 한잔해야지. 저녁 될 만한 것들도
사고."

"선배, 운전해야 하잖아요."

"대리기사 부르면 돼. 아니면 기사 아저씨를 불러도 되고. 방법은 많으
니까 걱정하지 마."

대수롭지 않게 답하며 원우는 맥주 여섯 캔, 안줏거리를 집어 계산대
에 올려놓았다. 그러고는 턱짓으로 가리켰다.

"뭐 해? 계산 안 하고."

점원이 계산할 거냐는 듯 아인을 빤히 쳐다보았다. 아인은 주춤거리며
계산대 앞으로 걸어가 지갑을 꺼냈다.

"25,000원입니다."

예상했던 것보다 훨씬 적은 돈이 나왔다. 카드를 내밀던 아인은 종업
원의 시선이 창가를 슬쩍 훔쳐본다는 것을 알곤 고개 돌렸다. 그곳에 원
우가 서 있었다.

조금 뿌듯한 마음이 들었다. 저 남자와 일행이고, 저 남자와 만난다는
사실이.

원우가 차를 몰아 간 곳은, 외곽의 인적 드문 강가였다. 도로가와 제법
떨어져 있는 이곳엔 그들의 차 말곤 어떤 것도 없었다. 아인은 창밖을 물
끄러미 바라보았다. 먹물처럼 강가가 검게 물들어 있었다. 그 위로 주홍
빛 가로등 불빛이 번져 있었다.

원우는 맥주의 풀탑을 뜯었다. 탁, 그 소리에 아인이 원우 쪽으로 고개
를 돌렸다. 맥주를 마시기 위해 살짝 벌어진 입술이, 도무지 남자의 것 같

지 않았다. 그러다 흘리듯 던진 원우의 시선과 눈이 마주쳤다. 아인은 훔쳐보지 않은 척 시선을 내려 맥주 캔을 집어 들었다.

"이런 곳에도 대리기사가 와요?"

아인이 조심스럽게 물었다.

"안 오는 곳 없을걸? 집에 갈 일은 걱정하지 말라고 했잖아. 어떻게든 갈 테니까."

원우의 대답을 들으며 아인이 고개를 끄덕였다. 활짝 열어둔 창문으로 시원한 강바람이 밀려들었다. 가슴이 탁 트일 만큼 깨끗한 바람에 아인의 표정이 한결 편안하게 누그러졌다.

아, 사람들이 이래서 가슴이 답답할 땐 바다나 강을 찾는구나.

하늘과 맞닿은 기나긴 수평선을 보자 자신의 고민이나 고통은 아무것도 아닌 먼지처럼 느껴졌다.

이런 곳에 그와 함께 있다는 사실이 꿈처럼 느껴졌다. 아인은 어둑한 강을 바라보며 야금야금 맥주를 마셨다. 조용한 가운데 맥주 캔이 빠르게 동났다. 평소보다 많이 마신 아인은 금세 알딸딸해졌다.

"선배."

아인이 잠긴 목소리로 그를 불렀다. 원우는 대답 대신 시선을 옆으로 돌렸다. 아인의 몸이 슬쩍 흔들렸다. 눈을 감았다 뜨는 속도 또한 현저하게 느려졌다. 아인의 곁에 빈 맥주 두 캔이 구겨져 있었다. 벌써 세 번째 캔인 모양이었다.

"언제 이렇게 마신 거야?"

원우가 묻자, 아인이 제 곁에 놓인 맥주잔을 보더니 눈을 크게 떴다. 저도 몰랐던 모양이었다. 원우는 그런 아인의 표정이 귀여워 저도 모르게 웃었다.

"더 마셔도 돼. 쉬다가 가면 되니까. 그런데 왜?"

"아. 전에 책 돌려주면서 한 이야기 있잖아요. 왜 그렇게 열심히 공부하냐고요."

원우가 머릿속의 기억을 더듬었다. 언젠가 치열하게 사는 아인에게 왜 이렇게 열심히 사냐고 물은 적 있었다.

"응. 했지. 그때 주아인이 한 대답도 기억하는데. 주어진 일이니까 열심히 한다고."

원우가 그때의 대답을 떠올렸다. 별것 아닌 대답인데 기억에 콕 박혔다. 잠시 차 안이 조용해졌다. 원우가 고개를 돌려 아인을 바라보았다.

"사실은 아니에요."

아인이 맥주로 입술을 적셨다.

"그럼?"

"굴레를 끊을 방법이 이것밖에 없어서, 그래요."

"굴레?"

"가난함, 책임감, 불투명한 미래가 세 바퀴로 맞물려 가는 굴레요. 그래서 그래요. 사실 이런 말하기 부끄럽지만, 하고 싶었어요. 선배한테는…… 적어도 지금 이렇게 만나는 동안만큼은 솔직해지고 싶으니까."

"……"

"적어도 숨기는 거 없이 보여주고 싶으니까."

수평선에 시선을 두고 있던 아인이 느릿하게 고개를 돌려 원우를 보았다. 눈이 마주쳤다. 원우는 아무 말 하지 않았다.

"선배."

아인의 눈이 스르륵 접혔다. 슬로모션을 건 것처럼 가느다랗게 접히는 눈이, 밤하늘 초승달처럼 환하게 빛났다. 거스를 수 없는 무언가처럼 가슴을 파고들었다.

원우가 불현듯 위험을 감지한 순간, 아인이 예쁘게 웃으며 말했다.

"좋아해요."

"……."

"그래서 전 선배가 공기 속으로 사라지지 않았으면 좋겠어요. 어느 날 갑자기 담배 연기처럼 스르륵, 그러면 참 슬플 것 같거든요."

"……."

"그러니까 제 말은…… 선배가, 행복했으면 좋겠어요. 그런 얼굴 보이지 않고, 가장 행복하게. 매일 빌게요 선배의 행복을."

두서없이 주절거리는 말이 떨어져 내렸다. 허허벌판 가운데 서서 우박을 맞는 것처럼 속절없이 떨어진 말들에 가슴이 푹푹 패어갔다. 그렇게 사람 가슴에 폭격을 터트리고는, 아인은 속없이 웃었다.

"행복하세요, 선배."

아인이 얼어붙은 원우의 뺨을 감쌌다.

투명하리만큼 하얀 피부. 어둠을 잘라 붙여놓은 듯 검은 머리카락, 높은 콧날, 그린 듯 섬세하게 이어진 입술. 이토록 아름다운 얼굴을 갖고 있으면서 그는 왜 사라질 것처럼 허무한 표정을 했을까.

"진심이에요."

아인이 낮은 목소리로 속삭였다. 조용한 목소리는 귀를 타고 흘러와 원우의 가슴을 또 한 번 터트렸다. 아인이 느릿하게 등받이에 머리를 대고서 눈을 감았다 뜨길 반복했다. 시간이 꽤 흘렀으나, 원우는 아무 말 하지 않았다. 아인도 대답을 듣고자 한 말은 아니었는지 별말 없었다. 마치 이 말을 하기 위해 용기를 내려고 무리해서 술을 마신 듯했다.

강가를 물끄러미 바라보던 아인이 까무룩 잠에 빠졌다. 아인의 고개가 휘청거리자, 원우가 손으로 그녀의 머리를 받아 들었다.

원우의 표정이 사라졌다.

이 여자가 지금 무슨 소리를 한 건지 모르겠다고 부인하고 싶지만, 무슨 소리를 한 건지 너무도 잘 알아듣겠다.

숱한 시간 그는 도망치고 싶었다. 어디론가 사라지고 싶었고. 그 마음을 들켰을 줄은, 추호도 몰랐다.

원우의 눈빛이 치밀어 오른 수많은 감정으로 검게 물들었다.

쿵. 꾸벅꾸벅 위태롭게 졸던 아인의 머리가 부딪쳤다. 억지로 눈을 치뜬 아인은, 머릿속을 관통하는 풍경 하나에 눈을 번쩍 떴다. 짙은 어둠이 내려앉은 도로를 차가 달리고 있었다.

"일어났어?"

원우가 앞을 응시하며 물었다.

"아, 네."

아인이 당황한 목소리로 대답했다.

"피곤했나 봐."

"죄송해요."

"죄송할 거까지야."

원우의 입술이 반듯하게 위로 올라갔다. 아인은 앞을 쳐다보다 눈을 질끈 감았다. 시험 기간 내내 밤을 샜더니 피로가 가중된 모양이었다. 배도 고프고 목도 말라 술을 마시다 보니 주량을 가뿐히 초과했다.

이런 실수를 할 줄이야.

자신이 뭐라고 했는지 잠시 고민하던 아인이 이를 꽉 깨물었다. 모든 게 다 떠올랐다. 자신이 원우에게 무슨 말을 했는지.

감히 자신의 주제에 저 남자에게 행복하라고 했다. 행복이란 먼 나라의 꿈처럼 아득하게 바라보고 사는 자신이.

"피곤하면 좀 더 자."

원우가 전보다 다정한 목소리로 말했다.

"아니에요. 잠 다 깼어요."

"그럼 묻고 싶은 게 있어."

아인이 마저 안도하기 전에, 원우를 바라보았다. 차가 부드럽게 출발했다. 아인은 원우의 얼굴 너머로 보이는 차창의 거리가 몹시 익숙하다는 걸 알았다. 그녀의 집에 도착하기 직전이었다. 차가 덜컹하더니 좁고 허름한 길로 올라갔다. 화려한 간판의 불빛이 닿지 않는 허름한 골목길을 차가 올라갔다.

"내가 행복했으면 좋겠다는 말, 진심이야?"

"……네."

아인이 조심스럽게 대답했다. 원우가 손끝으로 핸들을 톡톡 두드렸다. 뭔가 생각하듯 미간을 좁혔다.

"갑자기 왜 그런 생각을 한 거야?"

"아, 그거야……."

아인이 대답하기 직전 차가 멈춰 섰다. 더 이상 차가 진입할 수 없는 곳이었다. 억지로 진입할 수야 있겠지만, 아인은 자신에게 늘 이 정도의 거리에서 차를 세우게 했다.

"좋아하는 사람이 행복하길 바라는 건 당연한 일이니까요."

숨이 죽은 고요한 차 안에, 아인의 고운 목소리가 퍼졌다. 원우는 앞에 두고 있던 시선을 옆으로 흘려 아인을 바라보았다. 아인은 자신의 눈을 피하지 않고 마주 보았다. 용기를 내야 하지만, 이것만큼은 꼭 진심으로 말해주고 싶다는 결연한 표정으로.

그 순결하고도 성스러운 표정에 숨이 턱 막힌다. 누구에게서도 받아보지 못한 조건 없는 마음이 부담스럽다. 그러면서도 원우는 아인에게서 눈을 떼지 못했다. 선명한 진심은 사람을 무기력하게 만든다는 사실을 제대로 받아들이기 전, 아인이 시선을 내리깔았다. 가로등 불빛에 아인의 긴 속눈썹이 보였다. 갑자기 갈증이 일었다. 끊임없이 물을 퍼부어주던 물줄기가 끊긴 것처럼.

"좋아해요."

잠시 머뭇거리던 아인이 용기를 끌어모아 고백했다. 그 순간 원우가 숨을 멈추었다. 침묵 속에 흐르는 공기를 온몸으로 느끼며 그는 움직이지 못했다.

"그럼 저는 가볼게요. 조심히 가세요. 오늘 재미있었어요."

아인이 가방을 챙겨 누가 잡을세라 차를 빠져나갔다. 닫힌 문 너머로 걸어가는 아인의 모습이 보였다. 조금 전까지 아인이 채우고 있던 공간에 서늘한 밤바람이 차올랐다. 홀로 남은 원우는 가볍게 얼굴을 찌푸렸다. 그러고는 큰 손으로 얼굴을 덮었다. 견딜 수 없는 피로가 몰려왔다.

'좋아해요.'

다시금 아인이 던지고 간 고백이 되살아났다. 그 담백한 고백은 순도 100%의 진심이었고, 그 진심엔 바라는 바가 없었다. 처절할 정도로 제 주제를 잘 아는 주아인은 자신에게 마음을 주는 대신 받길 바라지 않았다.

차 문을 밀고 나간 원우는 아인이 걸어간 길을 따라 걸어갔다. 태어나 이런 울퉁불퉁한 길은 처음이었다. 가로등 불빛에 골목의 더러운 곳이 선명하게 보였다. 이전이라면 절대로 자신의 발을 대지 않았을 곳을 빠르게 걸어갔다. 호흡이 거칠어졌다.

주아인을 만나 무슨 말을 하고 싶은 거지.

원우는 자문했으나, 마음엔 주아인이 남기고 간 서늘한 밤바람만 뱅뱅 돈다. 하고 싶은 말이 뭔지, 확인하고 싶은 게 뭔지, 혹시 자신이 듣고 싶은 말이 더 있는 건 아닌지. 그게 아니라면 네가 뭔데 사람 마음을 이렇게 터질 것처럼 만드냐고 소리라도 지르고 싶은 건지 모르겠다. 원우는 자신의 마음이 뭔지도 모른 채 걸었다. 그의 걸음이 점차 거칠어졌다. 골목을 돌아 익숙한 뒷모습을 발견한 순간, 달려들 것 같던 걸음이 뚝 멈췄다.

낡고 더러운 거리, 그중 가장 낡고 오래된 대문 앞에 아인이 어머니와 서 있었다. 심상치 않은 분위기에 원우가 저도 모르게 한 걸음 물러섰다.

"지금 몇 시인데 기어들어 와? 너, 술 마셨냐? 정말 가지가지 하는구나."

날 선 목소리가 밤바람과 함께 뒤엉켰다. 아인은 그녀의 질책이 익숙한 듯 아무 말도 하지 않았다. 지나쳐 들어가려는 아인을 그녀의 어머니가 낚아챘다. 손길이 얼마나 거친지 아인의 몸이 뒤로 휘청거렸다.

"돈은?"

"무슨 돈이요?"

아인이 어머니를 보며 물었다.

"더 가지고 오랬지?"

"없어요."

"생활비 더 달라고 했지? 못돼 처먹은 년."

차가운 바람보다 더 매서운 목소리가 날아들었다. 원우는 전봇대 뒤로 자신의 몸을 완전히 숨겼다. 벽과 전봇대의 좁은 틈으로 아인의 모습만이 보였다. 그는 자신의 걸음을 돌렸다. 자신의 정신을 산란하게 만든 주아인이지만, 그녀의 삶에 깊이 관여할 생각 없다. 자신에게 주아인은 포스트잇처럼 가볍게 붙어 있다 흔적 없이 떨어지면 그만이다. 그렇기에 그녀에 대해 더 알고 싶지 않았다. 그러면 되는데도 돌아선 발이 무거웠다.

"더 드릴 돈 없어요."

아인의 말이 끝나기가 무섭게 짝, 하고 날카로운 소리가 귀를 찔렀다.

원우가 그 자리에 멈춰 섰다. 머리에 있던 피가 발끝으로 모조리 빠져나가는 기분이 들었다.

아.

그는 마치 자신이 맞은 듯 이유 모를 소리를 흘렸다. 순간 먹물이라도 터진 듯 눈앞의 풍경이 보이지 않더니 머리가 새까맣게 물들었다.

"못된 년. 동생 하나 보살피라고 돈 좀 보태라고 했다니 끝까지 고집을 부려? 너 같은 년 먹이고 키운 내 잘못이 크지."

악에 받친 목소리가 온 골목을 울렸다. 어디선가 또 시작이네, 라며 중얼거리는 동네 아저씨의 목소리가 들렸다.

"과외 아르바이트비로 충분하잖아요."

수치스러워 고개도 못 들 상황이면서도 아인은 그런 수치마저 익숙한 듯 대답했다.

"고작 그거 보탠다고 유세질이야? 내가 말했지? 그걸로 택도 없다고. 꼴랑 그 몇 푼 보태서 뭐 어쩌겠다는 거야? 너, 수아가 잘될까 봐 그러지? 그러면 배 아플까 봐 그러는 거잖아. 내가 그 시커먼 속 모를 거 같아? 돈 더 가져올 때까지 집에 들어올 생각 말아라."

"그럼 짐이라도 챙겨 나올게요."

"어딜 들어와! 이 집이 네 집 같아? 재수 없는 것."

쌩하니 돌아선 어머니가 대문을 쾅 닫고 들어갔다. 아인이 굽은 어깨로 닫힌 대문을 바라보았다. 이 문을 두드릴 힘도 없다는 듯. 이런 경험은 허다하다는 듯 체념한 뒷모습을 하고 있었다. 아인이 얻어맞은 뺨을 뒤늦게 어루만지며 고개를 들었다.

"하아."

한숨을 내쉬자 굴뚝 연기 같은 입김이 흘러나왔다. 아인은 먹먹한 눈으로 하늘을 바라보았다. 오랜만에 새어머니에게 얻어맞았다. 언젠가 일어날 거라 생각했기에 그다지 충격적이지 않았다.

"조금 전까지 좋았는데."

아인이 남색 하늘을 바라보며 중얼거렸다. 입술에서 흘러나온 입김이 남색 하늘을 채우고 있는 구름과 잇닿았다.

조금 전까지 하늘을 나는 것처럼 좋았다. 시험 마치자마자 원우와 함께하는 데이트. 그가 타고 다니는 차의 조수석이 그때만큼은 자신의 것 같아서 행복했다. 남들의 시선이 닿지 않는 곳에 먼지 같은 추억이 쌓이는 게 좋았다. 그리고 그에게 솔직해지자고 다짐한 순간, '좋아한다'라고 솔직하게 말할 수 있어서 좋았다. 그 모든 행복이 한순간 달아났다.

왜 행복하려고 하는 순간마다 시커먼 불행이 뒤덮는 걸까.

얻어맞은 뺨보다 도둑맞은 행복이 더 아프다.

아인이 다시금 긴 한숨을 내쉬며 돌아섰다. 낡은 가방에서 휴대폰을 꺼내 아인은 주소록을 뒤적거렸다. 배터리는 이제 겨우 3% 남았다. 누군가에게 딱 한 번 통화하면 끝날 것이다.

누구에게 연락을 해야 할까.

늦은 밤 몸을 의탁할 곳을 찾아 아인의 손끝이 다급했다. 위에서 아래로, 다시금 아래에서 위를 훑었지만 섣불리 손이 가는 곳이 없었다. 멈춘 곳이 더러 있긴 했다.

친한 친구 둘. 그리고…… 원우.

아직 덜 아픈지 그들에게 자신의 이런 모습을 보이고 싶지 않았다. 아인은 24시간 하는 카페를 검색하며 느리게 길을 따라 내려갔다. 마침내 아인이 골목을 돌 때였다. 전봇대 뒤에 남자가 우두커니 서 있었다. 갑작스러운 인기척에 한 번, 그 인기척의 주인을 알았을 때 또 한 번 놀란 아인은 그 자리에 서서 희게 질렸다.

어두운 골목 전봇대 뒤쪽에 그가 서 있었다. 낡은 담벼락이 더 너저분해 보일 만큼, 그는 단정한 차림새를 하고 있었다. 반듯한 외모에 걸린 뜻모를 무표정. 무료함과 예리함의 사이에 서 있는 표정으로 그가 아인을 바라보고 있었다.

그가 언제부터? 왜?

수많은 의문이 머릿속에서 충돌하더니 금세 새하얗게 변했다. 그러나 아인은 목이 졸린 사람처럼 한마디도 할 수 없었다.

"어디 가?"

그가 불붙이지 않은 담배를 입에 물고서 물었다. 평소처럼 던지는 물음인데, 묘하게 그의 목소리가 낮게 가라앉아 있었다. 불쑥 솟은 감정을 억지로 평평하게 펴놓은 그 목소리에, 아인은 그가 자신의 비참한 꼴을 보았음을 알았다.

"……봤어요?"

그러면서도 물었다. 아니었으면 해서.

"어. 동네가 시끄럽던데."

원우가 덤덤하게 대답했다. 그가 담배를 삐딱하게 물었다. 떨어질 것처럼 아슬아슬한 담배의 꼴이 마치 제 모습 같아 아인이 입술을 깨물었다.

"여긴…… 왜 왔어요?"

감정을 주체할 수 없는 듯 아인이 파르르 떨었다. 좋아해요, 라고 담백하게 고백하던 하얀 여자는 온데간데없이 사라졌다. 무채색의 여자가 금방이라도 사라질 것 같은 얼굴을 하고 서 있었다. 원우가 손을 뻗어 그녀의 손목을 거머쥐었다. 이러지 않으면 아인이 가루가 되어 사라질 것 같았다.

"할 말이 있어서 왔어. 그런데 잊었어."

아인은 아무 대답 못하고 눈을 내리깔았다. 당당하고 싶은데, 당당한

구석이 하나도 없어서 힘이 없었다. 낡은 운동화도, 얻어맞은 뺨도, 힘이 풀리기 직전인 다리도, 모조리 다 엉망이다.

"시간 늦었어요. 집에 가야 하잖아요. 내일 학교에서 봐요."

아인이 원우의 팔을 밀어냈다. 그러나 원우의 손이 꼼짝하지 않았다. 오히려 그녀의 손목을 부술 것처럼 아프게 거머쥐었다. 고개를 들자, 힘을 잔뜩 주고 있는 게 거짓말인 것처럼 원우의 얼굴은 평온했다.

"어디 가게?"

그의 벌어진 입술에서 하얀 입김이 흘러나왔다.

그러게. 어디 가지.

아인은 그의 입김을 바라보며 망연히 생각했다.

"저는…… 친구 집에요."

아인이 불쑥 거짓말했다. 이게 마치 마지막 자존심이라도 되는 양. 그러나 원우는 그녀가 자존심을 챙길 시간을 주지 않았다.

"어떤 친구?"

"그야…… 있어요. 그런 친구."

그가 꼬치꼬치 캐물을 거라 예상하지 못했던 터라 아인이 얼버무렸다.

"그러니까 누구? 데려다줄게. 타."

"선배는 모를 거예요."

"갈 곳 없잖아, 너."

그의 적나라한 말에 아인에게 겨우 남아 있던 감정이 퍼석하고 깨어졌다. 그가 노골적으로 자신을 무시하는 말을 한 것은 처음이었기에 충격받은 듯했다. 아인이 뭐라고 할 것처럼 입을 열었다가 다물었다. 금세 수긍해 버리는 아인의 태도에 원우가 주먹을 꽉 쥐었다. 뭐라고 소리라도 질렀으면 했지만, 아인은 모든 감정을 집어삼켰다.

"따라와."

원우가 아인을 끌고 걸어갔다. 아인은 팔을 몇 번이나 빼려고 했으나, 꼼짝도 하지 못했다. 그에게 반항하는 자신의 모습이 더 초라해져 아인은 결국 아무 말 없이 그에게 끌려갔다.

운전석에 앉은 원우가 이를 꽉 깨물었다. 울컥하고 화가 치밀어 올랐다. 끊임없이 감정을 조절하며 살았던 원우조차도 방금의 충동은 몹시 버거웠다. 힘겹게 표정을 관리했지만, 핸들을 꺾는 손길이 거칠어진 것까진 제어할 수 없었다. 힘껏 핸들을 꺾은 그가 텅 빈 도로를 미친 듯이 질주했다.

아인은 어색한 표정으로 모텔의 복도를 걸었다. 호텔로 데려다주려는 원우를 뜯어말려 겨우 도착한 곳이 인근의 모텔이었다. 규모만 작을 뿐, 아인의 눈에 호텔과 다름없었다. 깨끗하게 정리되어 있는 복도는 환했다. 모텔이라면 어둡고 음침할 거라는 예상과 달리, 말끔하다 못해 화려하기까지 했다. 태어나 이런 곳은 처음이라 아인의 눈이 빠르게 움직였다. 모텔의 복도를 정신없이 훑던 그녀의 시선이 앞서 걷는 남자의 등에 닿았다. 그는 이곳을 걸어가는 게 무척 자연스러웠다. 아인이 힘겹게 어깨를 폈다. 그처럼 당당하지 않아도, 못 올 곳에 온 것처럼 굴고 싶지 않았다.

원우가 문 앞에 섰다. 그가 문을 열어 그녀를 기다렸다. 환한 불빛이 새어 나오는 문과 그 앞에 기사처럼 서 있는 원우의 모습이 묘하게 이질적이었다.

"뭐 해?"

원우가 재촉하고서야 아인은 떨어지지 않는 발길을 옮겼다. 이미 자신의 바닥까지 다 보여주었다. 더 챙길 자존심이 없기에 아인은 문 안으로 들어섰다. 방으로 들어간 아인은 의자에 낡은 가방을 내려놓았다. 등 뒤로 저벅저벅 다가오는 발소리가 들렸다. 동시에 가슴이 쿵쿵 울렸다.

"이 방값은 제가 꼭 갚을게요."

아인이 원우를 바라보았다.

"그럴 필요 없어."

"제 마음이 불편해서 그래요."

"이깟 10만 원 나한테는 별거 아냐. 그냥 받아."

"아니에요."

아인의 대답과 동시에 원우가 쥐고 있던 카드키를 던지듯 테이블 위로 올렸다. 신경질이 다분히 묻어나는 손길에 아인이 돌아섰다.

"내가 해주는 건 하나도 안 받으려는 이유가 뭐야? 그럼 그 알량한 자존심이 되살아나기라도 해?"

원우의 신경질적인 말이 아인의 가슴에 푹 꽂혔다. 아인은 메마른 얼굴로 원우를 바라보았다. 평소와 다를 것 없는 무표정임에도, 그는 어딘가 화난 사람 같았다. 공격적인 말투, 이전보다 거친 몸짓, 삐딱하게 나오는 목소리.

"되살아나진 않겠지만, 더 바닥 치지도 않겠죠."

"이미 바닥이야, 너."

"……"

"나한테 더 나빠질 이미지 같은 거 없다고. 그런 낡은 집에서 어머니에게 얻어맞으며 쫓겨나는 모습 말고 더 충격적일 게 뭐야?"

그의 말이 다시금 가슴에 꽂힌다. 아인의 목울대가 쉴틈 없이 오르내렸다. 수긍도, 부정도 하지 못한 채 아인은 고개 돌려 그를 외면했다. 애꿎은 가방만 열었다 닫으며 무언가 준비하는 것처럼 굴었다. 성큼성큼, 무서운 속도로 원우가 다가온다 싶을 즈음, 아인의 몸이 거칠게 돌려세워졌다.

"좀 뭐라고 말을 해!"

아인의 팔을 부술 것처럼 움켜쥐고서 원우가 소리를 질렀다. 아인이 그 낯선 모습에 할 말을 잃은 얼굴로 그를 보았다. 그는 어떤 상황에서도 고요한 물처럼 평정을 지켰다. 그런 그가 갈무리되지 않은 감정을 고스란히 표출했다.

"사람이 너한테 이런 말을 하면, 되받아치든지 화를 내든지 울든지 해야 할 거 아냐! 뭐가 넌 그렇게 늘 아무렇지 않아!"

여전히 고요한 아인을 보는 게 미칠 것 같다는 듯 원우가 다시금 소리쳤다. 그가 말을 할 때마다 잡힌 팔이 바들바들 떨렸다. 그제야 아인은 눈앞의 모습이 생생하게 들어왔다. 그가 화내지 않는 자신 때문에 화내고 있었다.

"그럼 뭐가 달라지는 데요."

"뭐?"

원우의 눈빛이 사납게 변했다.

"내 상황이 이런데, 선배한테 화내고 울어요? 왜요? 선배가 봤으니까? 내가 울고 화내서 선배가 그 기억을 잊을 수만 있으면 하겠어요. 백 번도 더 해요. 왜냐면 다른 사람도 아니고 선배한테 그 꼴을 보여준 게 미치도록 수치스러우니까요. 그런데 그래 봤자 달라지는 게 없잖아요. 선배한테 울고 부는 못난 모습만 더 보일 텐데, 그걸 알고 내가 어떻게 우냐고요."

간신히 울음을 참는 듯 아인의 표정이 처참해졌다. 원우의 차를 타고 이곳으로 오는 내내 아인은 몇십 번이나 어머니에게 뺨을 맞는 모습을 되돌려 생각했다. 하지만 얻어맞은 뺨보다 더 화끈한 통증이 일었던 건 원우의 시선이 닿은 등이었다.

"좋은 모습만…… 보여주고 싶다고요."

언젠가 만남이 끝에 닿았을 때 기억의 사진첩에 웃는 모습만 남아 있을 수 있도록. 구질구질했던 자신의 삶과 다르게 그 기억은 화사하고 빛이 나기를. 그 간절한 마음으로 그를 움켜쥐고 있는 자신이 어떻게 그에게 우는 모습을 보일 수 있을까.

차오르는 눈물을 흘리지 않으려는 듯 아인이 눈을 부릅뜬 채 참고 있었다. 원우가 이를 깨물었다. 지독하고 집요하다. 그 집요함 아래에는 사랑이 깔려 있었다. 이 지고지순한 사랑이 불편하다. 미치도록 불편해서 찢어버리고 싶은 마음이었다. 동시에 불안한 마음이 요동쳤다. 원우는 수만 가지 형태로 치솟아 오르는 감정을 힘겹게 꺾었다. 꺾이지 않는 감정은 그대로 묻어버렸다.

고개를 숙인 원우가 아인의 팔을 끌어당겼다. 휘청하며 아인이 딸려왔다. 고개를 숙인 원우가 아인의 입술에 입을 맞추었다. 아인이 흠칫하며 비키려 하자, 그가 아인의 뒷목을 거머쥐었다. 원우의 혀가 아인의 입안을 순식간에 점령했다. 부드러운 입안의 점막과 치열을 훑는 움직임은 이전과 달리 거칠었다.

"으음!"

아인이 발버둥 쳤다. 그러나 원우에게서 잡힌 몸은 꼼짝도 하지 않았다.

"으웃! 웃!"

아인이 온몸을 다 비틀어 힘겹게 벗어났다. 벗어난 것도 마지막에 원우가 급작스레 몸에 힘을 풀었기에 가능한 일이었다. 원우와 아인은 코끝이 닿을 만큼 가까운 거리에 얼굴을 마주하고 있었다.

아인은 원우의 센 힘과 낯선 분위기에 잔뜩 굳었다. 한 박자 늦게 원우가 눈을 떴다. 그의 무심한 눈동자가 모텔의 조명을 받아 반짝였다. 아인은 주먹을 꽉 움켜쥐었다.

"왜 이래요, 선배."

"……."

"이렇게까지 해서 내가 우는 모습을 보고 싶어요?"

아인이 울먹거리며 물었다.

툭 건들면 울 것같이 습기 가득한 눈으로, 태연한 척 위장하는 아인의 모습이 처절하다. 이 처절한 모습이 왜 자신을 자꾸만 자극하고 건들고 미치게 만드는지 모르겠다.

골목길에서 못 본 척 돌아설 수 있었다. 담배 연기 한 번에 털어버릴 수 있었다. 그 수많은 기회를 놓치고 멍청하게 자신은 아인을 붙잡아 여기까지 데려왔다. 깊게 관여하지 말자고 하면서도, 이 여자가 홀로 밤거리를 헤매고 다닐 걸 생각하니 발바닥이 땅에 붙어버린 것 같았다.

원우가 까칠한 목소리로 대답했다.

"우는 모습 보고 싶은 거 아니야. 아예 울지도 못하게 만들어 버리고 싶은 거지."

"……."

"네 말대로 우리 좋은 모습만 보고, 좋은 모습만 보여주자."

우는 모습을 보여줄 수 없다면, 우는 모습을 가만히 보고 감당할 자신이 없다면, 그렇다면 모조리 다 덮어버리고 싶어졌다. 어차피 남들처럼 사랑하려고 만난 사이가 아니니 벙어리처럼 입 다물고, 귀머거리처럼 듣지 않는 만남. 그들이 바라는 건 그뿐이었다. 원우가 아인을 바라보며 느릿하게 다가갔다.

"피해도 돼. 그건 네 선택이니까."

아인이 점차 다가오는 원우의 얼굴을 바라보았다. 마침내 입술이 닿기 직전, 아인이 고민하다 고개를 돌렸다. 원우의 얼굴이 허공에 멈췄다.

"아직 아무것도 준비 안 됐으니까요."

아인이 대답했다.

"그래. 이번엔 내가 선택할 차례야."

원우가 아인의 얼굴을 따라가 그녀의 입술에 입을 맞췄다. 따라올 거라고 생각지 못했던 터라 아인이 흠칫했다. 맞닿은 입술에 금세 맞물렸다. 무언가 말을 하려 입술을 벌렸던 아인은 쏟아져 들어오는 원우의 혀를 감당하지 못하고 뒤로 흠칫하며 물러섰다.

원우의 혀가 아인의 입안을 훑어 내렸다. 부드럽고 촉촉한 혀가 입안의 점막과 치열을 훑어 내렸다. 부드러운 느낌과 짜릿한 쾌감이 동시에 흘러내렸다. 누구의 타액인지 모를 게 목 너머로 흘러갔다. 원우의 손이 아인의 뒷목을 부드럽게 쓸어내렸다. 긴장으로 굳어 있던 목덜미가 느슨하게 풀리며 자잘한 소름이 돋아 올랐다. 어쩌지 라는 생각은 안개에 잠식당하듯 사라졌다.

뒤로 눕혀지며 등에 서늘한 이불의 촉감이 느껴졌다. 긴 키스가 끝난 후 침대에 눕혀진 아인은 서 있는 원우를 바라보았다. 그는 말없이 재킷을 벗었다. 그는 자연스럽게 티셔츠를 벗을 준비를 하며 그녀를 바라보았다. 그가 침묵으로 동의를 구하고 있었다. 그러나 아인은 그가 형식적으로 묻고 있음을 알았다. 조금 전 키스처럼 자신이 거절하더라도 그는 다가올 거다. 그녀가 응, 이라고 대답할 때까지 질문할 거다.

어차피 선택은 하나밖에 없는 질문.

상관없지 않나.

응, 이라고 대답해도.

잠시 고민하던 아인이 느릿하게 손을 뻗었다.

"선배."

아인이 다가오라는 듯 원우를 불렀다.

그녀는 하나밖에 없는 그 답을 선택했다.

아인의 입술이 벌어졌다. 원우의 혀를 깊게 받아들였다. 뜨겁고 부드러운 혀가 입안을 훑을 때마다 몸에 잘게 소름이 일었다. 생각이 사라지고 몸의 감각이 살아났다. 그의 커다랗고 하얀 손이 아인의 티셔츠 사이를 파고들었다. 순식간에 크고 하얀 손이 그녀의 가슴을 움켜쥐었다. 브래지어가 밀려 올라가 턱 밑까지 놓였다.

"흐읍."

아인이 숨을 들이켰다. 낯선 느낌에 호흡이 가빠지자, 가슴이 정신없이 오르락내리락거렸다. 원우의 입술이 아인의 입술을 다시금 찾아들었다. 벌어진 입술을 점령한 그가 엄지손가락과 검지손가락으로 아인의 유두를 잡아 핑글 돌렸다. 아릿한 통증과 함께 열이 온몸으로 순식간에 번졌다.

"으흡."

아인이 크게 움찔하자, 원우가 달래듯 아인이 가슴을 어루만졌다. 티셔츠가 턱 밑까지 끌어 올려지자 아인의 가슴이 불빛에 훤히 드러났다. 봉긋하게 솟은 하얀 가슴의 끝은 이미 닥쳐올 일을 알듯이 부풀어 올라 있었다.

"조명 꺼요. 선배."

"그럼 안 보이잖아."

"그래도…… 으흣."

원우가 그럴 생각 전혀 없다는 듯 아인의 가슴을 머금었다. 혀끝으로 유두를 굴리자, 아인의 허벅지에 자연스레 힘이 들어갔다. 원우의 큰 손이 아인의 온몸을 훑어 내렸다. 솟아오른 가슴, 납작한 배를 흘러내려 간 손이 아인의 바지 버클을 순식간에 풀었다. 아인이 흠칫했다. 아인의 놀란 마음이 진정되기도 전에 손이 바지와 속옷을 동시에 끌어 내렸다.

"흡."

놀란 아인이 바지를 향해 손을 뻗었다. 그러나 손끝이 바지에 스치기만 할 뿐, 순식간에 벗겨진 바지와 속옷이 종아리 아래까지 내려갔다. 발목에서 바지가 걸리자, 원우가 내려가 동시에 끌어 내렸다. 아인이 다리를 웅크렸다. 그걸로 부족해 손으로 아래를 덮었다. 아래에 선 원우가 아인을 보았다. 아인은 이불을 덮으면 된다는 걸 떠올리지 못할 만큼 당황한 듯했다. 한 손으로 가슴을, 다른 한 손으로 아래를 가리고 있는 모습은 눈 가리고 아웅 수준이었다. 문제는 그 아웅이 가만히 있는 것보다 더 자극적이라는 데 문제가 있었다. 원우가 아인에게 다가가 그녀의 허벅지를 벌렸다. 순식간에 다리가 벌어지자 당황한 아인이 팔에 더 힘을 주었다.

"왜 가려? 하겠다며."

"안 하겠다는 거 아니에요. 단지…… 보이기 싫어서 그래요."

모텔 조명이 주홍빛이라 부드러운 느낌이긴 했지만, 그래도 모든 윤곽이 적나라하게 보이는 게 부담스러웠다. 아인이 겁먹은 듯 원우를 바라보았다.

"그래, 그럼."

원우가 대수롭지 않게 대답하더니 아래를 가린 아인의 손 위를 덮었다. 원우가 손가락에 힘을 주어 아인의 손가락을 밀었다. 아인의 손가락이 골 사이로 파고들었다.

"으앗. 뭐, 뭐 하는 거예요? 선배?"

아인이 당혹스러운 얼굴로 쳐다보자, 원우가 평소 잘 짓는 느슨한 웃음을 지었다.

"난 해야겠고, 넌 손을 뗄 생각이 없으니 같이 해야지."

"이, 이러면……."

아인이 차마 말을 다 잇지 못하고 우물쭈물거렸다.

"이러면 뭐? 네 손가락으로 하게 된다고? 같이 하는 거라니까."

원우가 대답하며 손가락에 힘을 주었다 풀길 반복했다. 그러자 아인이 제 것을 만지는 것처럼 되었다. 아인이 손을 빼려 하자, 원우가 꽉 누른 채 놓아주지 않았다.

"서, 선배."

처음 하는 것도 당혹스러운데, 원우의 앞에서 스스로 하는 꼴이 되어 버리자 아인의 얼굴이 터질 것처럼 붉어졌다.

"선배."

아인이 조르듯 그를 불렀다. 투정을 부리듯 꺼낸 아인의 목소리는 처음이었기에 원우는 색다른 기분에 사로잡혔다. 눈만 치켜뜬 원우가 아인을 바라보았다. 처음 보는 얼굴을 하고 있었는데, 무척 마음에 들었다. 살짝 끝을 늘이며 애원하는 목소리도.

"계속 불러."

"선배."

아인이 원우를 바라보았다. 그가 그녀를 빤히 바라보며 손가락을 움직였다. 그의 손가락이 움직이는 대로 아인의 손가락이 따라 움직였다. 질척하는 소리가 들리자 아인이 다리를 오므리려 했다. 원우가 몸으로 그녀의 허벅지를 막은 채 손가락을 조금 더 빠르게 움직였다. 클리토리스가 있는 곳을 문지르자 아인이 가늘게 경련했다.

"아, 아!"

아인의 손가락이 한 지점을 누르자, 아인이 참지 못하고 신음을 뱉었다. 원우가 아인의 손가락을 끊임없이 눌렀다. 금세 손가락이 축축해졌다. 아래가 꿈틀거리며 무언가가 스윽 흘러내리는 느낌이었다. 자신의 손가락이 이만큼 젖었다면, 원우의 손도 젖었을 게 분명했다. 아인은 자신의 몸이 이렇게 반응하는 것이 놀라우면서도 부끄러웠다.

원우가 아인의 허벅지 사이에 완전히 자리를 잡고서 남은 한 손으로 아인의 가슴을 세게 움켜쥐었다. 흥분한 듯 그가 낮은 숨을 흘렸다. 원우가 아인의 손을 밀어냈다. 서늘한 느낌이 아래에 닿는가 싶더니 금세 단단하고 뜨거운 무언가가 몸을 가로질렀다.

"으읏!"

조금 전 몸이 뜨거워지도록 흥분한 게 순식간에 식었다. 좁고 여린 몸을 찌르고 들어온 손가락은 딱딱했다. 아인이 흠칫하는 걸 바라보며 원우는 미간을 좁혔다. 지나치게 좁다. 손가락 하나도 뻑뻑하게 느껴질 만큼. 원우가 손가락 하나를 부드럽게 움직이자, 아인이 신음을 삼키며 온몸에 힘을 주었다. 원우가 허리를 굽혀 아인의 목덜미와 가슴에 입을 맞추었다.

"으흡."

아인이 숨을 삼키며 헐떡거렸다. 원우의 입술이 아인의 몸에 한참이나 뽀뽀를 한 후에야 그녀의 몸이 살짝 늘어졌다.

그사이 원우가 손가락 하나를 더 밀어 넣었다. 그러자 아래가 움찔거리며 손가락을 밀어내려는 듯 요동쳤다. 그 반응에 원우의 아래가 더욱 빳빳해졌다. 원우가 티셔츠를 벗어 침대 아래로 던진 후 바지 버클을 풀었다. 아인이 순식간에 아래까지 탈의한 그를 바라보았다. 주홍 불빛 아래에서 그의 몸은 유난히 빛났다. 빛이 흘러내리는 몸, 탄탄한 잔근육과 납작한 배, 얼굴에서 목을 지나 어깨까지 흘러내리는 선이 아름다웠다. 아인이 홀린 것처럼 바라보자, 원우가 고개를 숙여 입을 맞추었다.

"선배."

아인이 그를 부르자, 원우가 그녀를 바라보았다.

"왜."

"그냥요."

"계속 불러."

"선배."

원우가 대답하며 아인의 좁고 연한 아래로 손을 뻗었다. 다시금 손가락을 밀어 넣어 부드럽게 움직이며 아인의 몸에 입을 맞추었다. 아인의 몸이 반응하는 걸 즐기며 원우는 아인의 좁고 깊은 아래가 자신의 손가락에 어서 적응하길 바랐다. 다행히 몸의 적응력이 좋아 빠르게 적응할 듯했다. 다만, 자신이 견디기 힘들었다. 몸을 일으킨 원우가 손가락을 빼어내 허공에 들었다. 그의 손가락 두 개가 번들거렸다. 아인이 못 볼 걸 봤다는 듯 눈을 질끈 감았다.

"네 손가락도 이럴 텐데?"

원우가 웃으며 던지는 말에 아인이 마른침을 삼켰다. 원우가 제 물건을 쥐고서 아인의 아래에 가져다 댔다.

"으흣!"

입구만 들어갔을 뿐인데, 아인이 숨을 들이마시며 어쩔 줄 몰라 했다. 손가락으로 길들여 놨으나 단시간에 무리였는지 원우 또한 빠듯했다. 고통과 별개로 느낌이 좋았다. 부드럽고 따뜻하며 좁은 그곳은 조금만 맛보았는데도 좋은 느낌이었다. 더 맛보고 싶을 만큼 갈증이 일었다.

"하아."

아인이 숨을 내쉬며 눈을 떴다. 그녀의 두 눈에 눈물이 그렁그렁하게 고여 있었다. 원우는 아인이 처음이라는 걸 알았다. 그렇지만 아인이 말하기 전까지 아는 체하거나 놔주고 싶지 않았다. 처음이든 마지막이든 상관없이 자신은 이 상황을 선택했을 테니.

원우가 천천히 자신의 몸을 밀어 넣었다. 아인이 으흡, 하고 숨넘어가는 소리를 냈다. 허공에 들린 다리가 빳빳해졌다. 원우가 아인의 입술에 키스를 하며 천천히 밀어 넣었다. 조금 전 쾌감이 사라지고 통증만 남았다.

"조금만 더 참아."

"더, 더 있어요?"

아인이 믿을 수 없다는 듯 물었다.

"조금 남았어."

아인이 눈을 내리깔았다. 절반 정도 더 남은 그의 물건을 보자 아득해졌다. 아인이 한숨을 내쉴 무렵, 팍하고 몸을 꿰뚫었다.

"으읍! 앗!"

악 소리에 가까운 비명이 입술을 뚫고 나왔다. 아인이 고통에 부들부들 떨자, 원우가 그녀의 이마와 뺨에 입을 맞추었다. 부드럽고 따스한 느낌이 번지자 비로소 아인의 몸에 힘이 풀렸다. 그러나 여전히 원우의 것과 맞물린 아래가 빠듯해 제대로 숨을 쉴 수가 없었다. 아인은 슬쩍 눈을 내리깔아 원우와 자신이 맞물린 곳을 보았다.

연결되었다.

자신의 안에 원우의 것이, 확실히 들어왔다.

이건 단순히 말로 하나가 된다는 것과 달랐다. 미묘하게 복잡한 마음이었다. 좋기도 하고, 울고 싶기도 하고, 허탈하기도 하며, 조금 마음 아프기도 했다. 고여 있던 눈물이 흐를세라 아인이 눈을 빠르게 깜빡거리며 고개를 뒤로 젖혔다.

"안 울 거라며."

"안 울게 해줄 거라면서요."

침대 위에서 아인은 한결 대담했다. 평소라면 하지 않을 말대답을 하는 아인이 신선하다는 듯 바라보며 원우가 픽 웃었다.

"대드는 게 자포자기한 것보다 나아 보이네."

"……"

"마음이 약해져서 내버려 두려고 했는데, 역시 못 울게 해야겠지? 약속은 지켜야 하니까."

말이 끝나기가 무섭게 원우가 아인의 허벅지를 움켜쥐고서 허리를 움직였다.

탁, 탁, 탁.

거칠게 맞부딪치는 마찰음과 함께 아래가 빠질 것처럼 통증이 밀려들었다. 몸이 들썩거리면서 그녀의 뽀얀 가슴이 아래위로 흔들렸다.

"으앗!"

원우의 말처럼 그녀는 더 이상 울 수가 없었다. 울음이 쏙 들어가서 한 방울도 나오지 않았다. 그저 아래가 얼얼했다. 동시에 아래에서 무언가가 울컥 쏟아지려는 느낌과 함께 묘한 쾌감이 밀려들었다.

"으흡!"

원우가 아인의 두 다리를 들어 어깨에 걸쳤다. 빠르게 움직이자 아인이 움찔거리며 몸을 비틀었다.

"으홋, 하아, 하아, 으음!"

전기라도 통하듯 아래가 빠듯하게 조이며 당겼다. 아인이 어쩔 줄 몰라 하는 모습을 위에서 바라보던 원우가 숨을 몰아쉬었다. 창백하던 아인의 뺨이 붉게 물들고, 조근조근 말하던 아인의 입술에서 높은 신음이 흘러나왔다. 처음 보는 아인의 모습이 자극적이라 눈이 떨어지지 않았다. 반질반질한 눈동자가 모텔 조명 빛을 담고서 빛났다.

"하아."

원우가 숨을 내쉬며 눈을 감았다. 아인을 계속 보고 있다간 이대로 사정할 것 같았다. 꾹 참은 채 원우는 허리를 움직였다. 아인의 안은 좁고 부드러웠다. 넣을수록 더 깊게 밀어 넣고 싶어 허리가 마음대로 움직였다. 아인이 움찔하더니 갑자기 온몸을 파르르 떨었다. 잠시 원우가 움직임을 멈췄다. 아인의 눈동자에 일순 초점이 흐려졌다가 다시 잡혔다.

"벌써 끝났나 봐."

원우가 난처한 표정으로 아인을 바라보았다. 힘이 빠진 아인이 원우를 슬쩍 바라보았다. 그는 말없이 아인의 허리를 움켜쥐었다.

탁, 탁, 탁.

원우의 몸이 빠르게 흔들렸다.

"으으읏!"

절정 후 한껏 예민해진 아래가 다시 마찰되자 아인의 다리가 덜덜 떨렸다. 원우가 아인의 허리를 움켜쥐고서 달리다 물건을 뺐다. 원우가 제 물건을 쥐고서 뿌리에서 아래로 쓸어내렸다. 하얀 애액이 아인의 배 위에 고였다.

원우가 티슈를 뽑아 아인의 배를 닦았다. 한 번 닦는 걸로 부족해 두어 번 더 닦았다. 제가 닦겠다고 나서는 아인을 누른 채 원우는 티슈를 뽑아 아인의 아래에 가져다 댔다. 아인이 눈에 띄게 움찔했다.

"제가 할게요."

"이미 내가 하고 있으니 놔둬."

침대에 걸터앉은 원우가 상체에 힘을 실어 아인의 배를 눌렀다. 다리를 웅크리려고 하자 원우가 아인의 다리를 밀어냈다.

"이러면 시간만 더 길어질걸?"

"그래도요."

원우는 제발요, 라고 중얼거리는 아인을 두고서 일부러 천천히 아인의 아래를 닦았다. 닦는 동안 원우는 아인의 아래를 보았다. 자세히 보이진 않지만 여리고 부드러운 속살이 언뜻 보였다. 순간 열이 훅 치솟았다. 분명 방금 사정했는데, 절정을 맞이해 노곤함에도 갑자기 모든 것이 자극적으로 느껴졌다.

자신의 어깨를 통통 치는 아인의 손. 마음껏 때리지 못하고 어쩔 줄 몰라 하는 목소리. 허둥거리는 다리, 뽀얀 속살, 뒤늦게 애액을 흘리는 아인의 아래를 보던 원우가 입술을 씹었다.

예상치 못하게 아인의 몸은 몹시 예민하고 감도가 좋았다. 처음인 게 확실할 만큼 허둥대고 아는 게 없었다. 그러나 출혈은 없었다. 처음이라고 무조건 출혈하는 건 아니라는 걸 알기에 원우는 별다른 생각을 하지 않았다. 다만, 난처했다. 침대 위의 주아인이 자주 보고 싶어질 것 같다. 그러다 문득 낡은 대문 앞에 서 있는 아인의 모습이 떠올랐다. 원우의 미간이 확 좁아졌다. 그는 머릿속으로 밀려드는 복잡한 생각을 한쪽으로 치웠다. 지금은 생각 같은 건 하고 싶지 않다.

"이제 다 닦았잖아요. 비켜주세요."

아인이 벗어나려고 버둥거리며 말했다.

"아직 안 끝났어. 티슈 묻었어. 가만히 있어."

"제가 할게요."

"네가 어떻게? 보이지도 않잖아."

"그건. 아!"

뭔가 말을 하려던 아인은 아래에 닿는 원우의 손길에 움찔했다. 그의 손가락이 그녀의 골을 스윽 스쳤다. 아인이 움찔하며 다리를 모았다.

"몸이 예민한가 봐."

원우의 덤덤한 말에 아인은 입술을 꾹 다물었다. 아니라고 하고 싶지만, 뭐가 아닌지 알 수 없었다. 자신은 처음 겪는 일이었다. 다른 사람이 하는 걸 본 적 없었기에 예민한지 둔한지 비교할 수 없었다. 그사이 원우의 손끝이 부드럽게 아래를 만졌다. 그때마다 아인은 파르르 떨었다.

간지럽고, 부끄럽고, 부드러우면서, 아랫배가 짜르르 했다.

"다 했어요?"

꽤 시간이 길어지자 아인이 초조한 듯 물었다.

"아니."

원우가 손으로 아인의 아래를 여전히 지분거렸다. 원우의 손끝이 투명한 애액이 흘러나오는 입구를 조심스럽게 만졌다. 원을 그리듯 만지자 아래가 움찔하며 모이는 게 보였다.

이럴 줄 알았으면 정면에서 자리 잡는 건데.

원우는 아인의 아래가 제대로 보이지 않는 걸 아쉬워하며 만졌다. 손가락이 점차 아인의 안으로 깊숙하게 들어갔다.

"아!"

아인이 뭔가 아닌 걸 깨닫고 피하려 했으나, 움직일 수 없었다. 그의 손가락이 금세 하나 더 들어와 안을 휘저었다. 뜨겁게 달아오른 아래가 손가락이 움직일 때마다 희열했다.

질꺽, 질꺽.

듣기 민망한 소리가 내부를 꽉 채웠다. 아인은 귀를 막고 싶었으나, 손가락 하나 까딱일 수 없었다. 부끄러우면서도 좀 더 원했다. 그의 손가락과 그의 것을.

원우가 난처하다는 듯 얼굴을 찌푸렸다. 사정한 게 얼마 되지 않았다는 게 거짓말인 것처럼 부풀어 올랐다. 그가 입고 있던 바지와 속옷을 동시에 끌어 내렸다. 아인이 왜 그러냐는 듯 바라보았다. 그는 말없이 아인의 다리 사이에 자리를 잡고 앉았다. 뜨거운 두 아래가 맞닿자, 아인의 눈이 커졌다.

"왜, 왜요?"

아인은 이게 무슨 일이냐는 듯 물었다. 자신이 상상하고 있는 게 맞냐는 듯 물었다.

"울 수 없게 만들어준다고 했잖아."

"선배."

아인이 그를 달래듯 불렀다. 이건 아니라고 말하는 듯한 그녀를 바라보며, 원우가 다가갔다. 코앞에서 얼굴이 멈추자, 아인이 숨을 들이마신 채 그를 바라보았다. 그의 검은 눈동자가 짙게 물들어 있었다. 바람에 녹아 사라질 것 같은 모습이 연상되는 분위기였다. 제가 뱉은 숨에 원우가 파스스 사라질까 봐 아인은 잔뜩 힘주어 숨을 참았다.

"지금에 집중해."

"……."

"나중에 어떻게 되든, 뭐가 어떻게 되든."

인생의 마지막을 본 사람처럼 그가 말했다. 그가 고개를 숙여 아인의 동그랗게 굳은 어깨에 입을 맞추었다. 쪽. 그 소리에 아인의 어깨가 조금 풀렸다. 원우가 몸을 일으켜 그녀의 안으로 깊게 파고들었다. 이미 한껏 젖어 들어간 그녀의 안으로 진입이 쉬웠다.

탁, 탁, 탁.

조금씩 속도를 높이는 움직임에 맞춰 질척거리는 소리가 방 안을 채웠다. 아인은 눈을 감은 채 그에게 몸을 맡겼다.

이른 아침, 쿵 하고 문이 닫히는 소리에 아인이 잠에서 깨었다. 이불을 조심스레 들추어낸 곳엔 온기가 없었다. 이미 꽤 오래전부터 움직임을 시작한 듯했다. 아인이 여기저기 던져 놓은 옷자락에서 원우의 옷이 없음을 발견했다.

아인이 자신의 옷을 챙겨 의자에 걸쳐 두고 샤워를 하러 들어갔다. 쏟아지는 물줄기가 따갑게 몸을 긁어내려 갔다.

원우 선배는 어디로 간 걸까. 어젯밤을 후회하는 걸까. 수많은 생각이 치고 올라왔지만, 어떤 감정도 뒤따르지 못했다. 어젯밤 모든 감정을 다 배설해 버린 것처럼 텅 빈 내부엔 찬바람만 돌았다.

샤워를 마친 후 아인이 옷을 챙겨 입고 있을 즈음, 모텔 방문이 열렸다. 아인이 흠칫해 쳐다보자 원우가 습관적인 미소를 지었다.

"나야."

경계하지 말라는 듯 말하는 그의 말에 아인의 어깨가 누그러졌다. 아인은 가볍게 고개를 끄덕인 후 옷을 마저 입었다.

"담배 피우러 갔다 왔어."

그가 외출의 이유를 설명했다.

"알고 있었어요."

"어떻게?"

"들어오자마자 담배 냄새 났거든요."

아인의 대꾸에 원우는 가볍게 웃으며 모텔 소파에 앉았다. 긴 다리를 꼬고 앉은 그가 아인을 바라보았다. 머리를 다 말리지 못했는지 머리카락 끝에 물기가 묻어 있었다. 원우가 홀린 것처럼 손을 뻗어 아인의 머리카락을 거머쥐었다. 차갑고 부드러운 느낌이 손바닥에 확 퍼졌다. 아인이 멈칫해 쳐다보자, 원우의 눈이 가늘어졌다.

"조금 더 말려야 할 거 같은데."

"괜찮아요. 시간 없잖아요."

아인이 희미하게 웃으며 대답했다. 스륵, 손바닥 사이로 머리카락이 빠져나갔다. 손에 남은 물기를 바라보던 원우가 아인을 쳐다보았다. 담배를 피우는 동안 자신이 했던 예상이 여실히 맞아떨어지는 순간이었다.

원우는 아인이 자신에게 어떤 말도 하지 않을 거라 예상했다. 어젯밤 있었던 일은 모두 금기어처럼 목 안에 꼭꼭 삼켜두고 있을 거라고. 실제로 아인은 원우가 있는 곳을 바라보지 못한 채 부산히 움직이고 있었다.

그러나 그 움직임이 모두 다 쓸모없는 것이라는 걸 알았다.

뒤처리 깔끔하고 자신을 귀찮게 굴지 않을 주아인. 자신에게 더없이 완벽한 주아인. 그런데…… 그 완벽함이 거슬린다.

원우가 아인의 앞을 가로막고 섰다. 가방을 챙겨 든 아인이 멈칫하며 고개를 들었다. 눈이 마주치자 아인이 반사적으로 눈을 내리깔았다.

"왜 피해?"

원우가 웃으며 던졌음에도, 목소리엔 뾰쪽한 가시가 솟아 있었다.

"피한 적 없어요."

"그럼 고개 들어."

원우의 단조로운 명령에 아인은 조심스럽게 고개를 들었다. 마침내 느리게 올라오던 시선이 맞닿았다. 찌릿. 가슴 밑바닥부터 울리는 진통에 아인의 눈이 가늘어졌다.

원우가 이 방을 떠났다는 걸 안 순간, 모든 감정이 구덩이에 매몰되었다. 홀로 버림받은 기분을 느끼니 차라리 어떤 감정도 느끼지 말자는 생각이 들었다. 그러다 원우가 다시 방으로 돌아왔을 때, 죽었던 느낌들이 벌떡 일어나 살아나기 시작했다. 그리고 지금, 그 감정의 절정에 서 있음을 알았다.

아인이 시선을 조금 더 올렸다. 원우의 머리카락 끝이 덜 말라 있었다. 아마 샤워를 한 후 드라이어로 말리지 못한 모양이었다. 아인이 손을 뻗어 원우가 그러했듯이 그의 머리카락을 움켜쥐었다.

"감기 걸리겠어요. 요즘 감기 독하다던데."

"네 머리가 더 급해 보이는데."

"전 괜찮아요. 괜찮으면 머리 말려줄게요."

아인을 빤히 쳐다보던 원우는 그녀가 이끄는 대로 걸어가 앉았다. 화장대 앞에 앉은 원우는 거울을 통해 아인을 보았다. 드라이어를 꺼내 그의 머리를 말리기 시작했다. 그녀의 손이 움직일 때마다 머리카락이 사라락 움직였다.

원우는 거울을 통해 아인을 바라보았다. 내리깐 눈에 드리운 긴 속눈썹, 빛을 머금고 있는 머리카락, 맞물려 있는 입술과 부드럽게 이어지는 턱 선과 목선이 아름답다.

원우는 그런 아인을 하염없이 바라보다 어디선가 들어본 말을 떠올렸다.

바라볼수록 아름다운 사람…… 이라는 말을.

늦은 아침이 정갈하게 차려진 식탁에 원우가 앉았다. 그가 물로 목을 축이는 사이, 이곳으로 걸어오는 슬리퍼 소리가 들렸다. 원우는 이 소리가 누구의 것인지 예상하며 잔을 내려놓았다.

"오늘 아침 식사엔 왜 늦은 거니?"

역시나 예상했던 대로 정 여사가 그에게 다가와 물었다. 그녀는 이곳에 필요차 들렀다는 걸 피력하기 위해 아줌마에게 커피 한 잔을 주문했다.

"운동 다녀왔어요."

"어젯밤에도 없던데?"

"제 방에 오셨나 봐요."

원우의 물음에 정 여사가 눈을 접으며 웃었다.

"오면 왔다고 꼬박꼬박 인사하는 애가 안 오니 그렇지. 어제는 시험 끝나는 날이라 공부를 하러 도서관에 가지도 않았을 텐데."

그녀의 말을 들으며 원우는 숟가락을 들었다.

"시험 끝나는 날이, 시험 기간보다 바쁜 법이니까요. 친구들과 술 한잔 하고 그 집에서 잤어요. 그리고 운동 갔다가 들어오는 길이고요. 그런데 저한테 관심이 많아지셨나 봐요. 제가 시험 끝나는 날인 걸 아시고."

원우의 물음에 정 여사의 눈가가 움찔했다.

"이쯤 되면 시험 끝나는 건 뻔한 일이니까."

"그런가요."

"그럼."

정 여사의 대꾸에 원우는 가볍게 고개를 끄덕이며 밥 한술을 입에 넣었다. 정 여사가 부담스럽게 바라보았지만, 원우는 개의치 않았다. 이보다 더 부담스러운 순간에도 자신은 늘 밥을 먹어야 했다.

"요즘 만나는 애 없니?"

정 여사의 노골적으로 물었다.

"없어요."

딱 잘라 대답하며, 원우는 아인을 떠올렸다. 왜 떠올렸는지 모르겠지만, 떠오르고 나니 머릿속에서 쉽사리 사라지지 않는다.

"그럼 은지라고 알지? 내 친구 중에 화장품 사업을 하는 영희가 있는데 걔 딸이거든. 외모도 괜찮고, 학벌은 너보다 부족하지만 그만하면 괜찮지. 여자가 너무 나서는 것도 별로야. 적당히 잘난 여자 만나는 게 남자한테 편하다. 네가 괜찮다면 내가 연결해 줄까 하는데."

"번거롭게 그런 일 안 하셔도 됩니다. 저는 어차피 하는 거래 결혼이라면 급이 맞는 상대와 하고 싶으니까요. 학벌, 집안, 외모 삼박자가 맞는 사람을 찾게 되면 말씀해 주세요. 화장품 방문 판매하는 사람의 딸 말고요."

원우의 직접적인 거절에 정 여사가 냉랭한 눈길로 입꼬리를 끌어 올렸다.

"그래. 내 생각이 짧았구나. 다음에 그런 애 찾으면 말하마."

"부탁드릴게요, 어머니."

끝까지 정중한 표정을 유지하는 원우를 불편한 듯 바라보던 정 여사가 획 돌아섰다. 정 여사가 멀어지는 발소리를 완전히 듣고서야 원우가 숟가락을 들었다. 반대 방향에서 발소리를 죽인 채 누군가가 걸어왔다. 쪼르르. 아인의 새어머니가 그의 빈 물 잔에 물을 채워주었다.

"맛있게 드세요."

아인의 어머니가 환하게 웃으며 말했다. 원우는 이런 얼굴을 잘 알고 있었다. 권력자에게 빌붙으려는 비굴한 웃음. 그 얼굴 위로 아인에게 악다구니를 써대는 여자의 얼굴이 겹쳤다. 원우의 시선이 그녀의 손에 닿았다.

저 두껍고 거친 손으로 그 뺨을 내려쳤다니.

순간 가슴에 불이 붙은 것처럼 뜨거웠으나, 원우의 표정은 바뀌지 않았다.

"어젯밤, 잘 주무셨어요?"

원우가 말을 건네자 아인의 어머니가 눈을 크게 떴다. 자신에게 아는 체 한번 한 적 없는 남자였다. 아인의 어머니가 고개를 끄덕였다.

"네? 아, 네. 아주 잘 잤어요."

"그렇군요."

원우가 웃으며 대꾸하곤 고개를 돌렸다. 딸을 위험한 밤거리에 내몰아놓고 잘 잤다고 웃고 있는 새어머니의 얼굴에 원우의 입가가 딱딱해졌다.

아인은 오늘 아침 어머니가 출근했을 거라며 집에 들어갔다. 반쯤 열린 대문 너머로 좁은 마당 한 자락이 보였다. 마당 한가운데 거꾸로 처박혀 있던 그녀의 가방과 책을 보았다. 아인은 그걸 숨기고 싶다는 듯 얼른 대문을 닫고 들어섰다. 원우는 그 자리에 서서 발소리를 들었다. 한 발 이어지던 발소리가 끊어지고, 또 한 번 이어지던 발소리가 끊어졌다. 그녀는 그곳에 서서 마당에 퍼트려진 제 물건을 줍고 있었다. 물건과 함께 처박혔을 제 자존심과 자존감의 파편을 아인이 줍는 시간을 원우는 대문에 기대서서 오래도록 세웠다.

새어머니가 돌아서기가 무섭게, 쨍그랑하고 접시가 깨어졌다. 돌아선 그녀는 깨끗한 바닥에 깨진 김치 그릇을 보았다. 김치 국물이 부엌의 커튼까지 적셔놓았다. 아인의 새어머니 얼굴이 희게 질렸다. 바닥을 정리하는 것도 고역이지만 사방에 튄 김치 국물을 처리하는 게 더 곤란했다.

"이런. 죄송해요. 손이 미끄러졌네요."

원우가 난처하다는 듯 눈가를 좁혔다.

"아, 아니에요."

아인의 새어머니가 힘겹게 웃으며 대답했다.

"그럼 뒤처리 부탁드릴게요."

원우가 들고 있던 숟가락을 내려놓으며 자리에서 일어났다. 그동안 아인의 새어머니 시선이 너저분한 바닥에서 떨어질 줄 몰랐다.

고작 김치 국물에 저런 얼굴이라니. 누군가는 이른 아침부터 메고 가야 할 가방을 마당 귀퉁이에서 주워야 했다. 낡아서 볼품없는 그 물건이 더 볼품없어진 걸 알면서도 메고 학교로 가야 한다. 그 누군가는 그러고 있는데 고작 이런 거에 괴로워하다니.

원우의 입술이 삐딱해졌다.

"먼저 올라가세요. 제가 치우겠습니다."

"부탁드릴게요. 아."

원우가 돌아서다 말고 멈췄다.

"왜 그래요? 원우 학생?"

"바지에도 김치 국물이 튀었네요. 손빨래해 주실 수 있죠?"

"그 추리닝을요?"

아인의 새어머니가 황당하다는 듯 물었다. 원우의 추리닝 발목에 김치 국물이 몇 방울 튀어 있었다.

"제가 아끼는 트레이닝복이라서요. 욕실 바구니에 넣어놓을 테니까 오늘 안으로 부탁드려요. 그리고 2층 거실 대청소 부탁드릴게요. 먼지가 많아서요. 2층 커튼도 빨아주시고요. 그전에 식욕이 떨어져서 그러니 토스트랑 우유 한 잔 제 방으로 가져다주세요. 괜찮으시죠?"

기억하기도 힘든 양의 일거리가 떨어졌다. 거스르기 힘든 원우의 부탁에 아인의 새어머니는 마지못해 고개를 끄덕였다. 한숨을 꾸역꾸역 참는 아인의 새어머니를 등지고 원우가 돌아섰다. 그의 얼굴에 남아 있던 정중한 미소가 금세 증발되었다.

점심 식사를 마친 후, 도서관으로 향한 아인은 테이블에 자리를 잡고 앉았다. 햇살이 거슬리지 않을 정도로 치고 들어오는 안쪽 자리였다. 시험 기간이 끝났기에 도서관이 한산했다.

더군다나 조별 발표도 오늘 오전에 끝나서 더는 할 일이 없었다. 그럼에도 아인은 도서관을 찾았다. 주연마저 아파서 결석하게 된 이상, 이곳 말고 그녀가 마음 편히 있을 곳이 없었다. 커다란 한 테이블을 홀로 쓰게 된 아인은 마음 편하게 휴대폰을 꺼냈다.

오늘 아침 원우와 헤어진 후 연락 한 번 하지 않았다. 원우에게 연락하고 싶지만, 손가락이 꼼짝도 하지 않았다. 어젯밤 원우에게 보여주고 싶지 않은 모습을 모두 들켰다.

새어머니에게 얻어맞은 모습, 침대 위에서 흥분해 어쩔 줄 모르던 모습, 그리고 오늘 아침 쓰레기 같은 집으로 들어가던 자신의 모습까지.

원우는 마당에 너저분하게 늘어져 있던 자신의 짐을 모두 본 듯했다. 가슴에 돌이 박힌 것처럼 무거워졌다. 아인이 두 팔 사이에 제 얼굴을 묻었다. 원우를 만날 자신이 없어졌다. 최대한 좋은 모습만 보여줘도 그에겐 하찮아 보일 텐데.

지잉.

손에 쥐고 있던 휴대폰이 진동했다. 아인이 벌떡 일어나 휴대폰을 확인했다.

「쌤!!!!!!!!!!!!!!!!!!!!!!!!!!」

아인의 어깨가 축 늘어졌다. 아인이 잠시 머뭇거리다 답 문자를 썼다.

「응. 도훈아.」

「쌤, 어디예요!」

답하기가 무섭게 도훈에게서 답이 왔다.

「학교 도서관에 있어.」

「어쩐지 학교 도서관에서 쌤 냄새가 나더라니. ㅋ 쌤! 1층으로 내려와 봐요. ㅋ」

「1층?」

아인이 액정을 두드리며 자리에서 벌떡 일어났다. 다급하게 짐을 챙겨 1층으로 내려가자, 도훈이 바지 주머니에 손을 푹 찔러 넣은 채 손을 휘휘 내젓고 있었다. 도훈을 발견한 아인은 만감이 교차했다.

도훈이 교복이 아니라 다행이라는 점, 평일에 한창 공부해야 할 고3이 여긴 왜 온 건가 하는 의문.

"누나!"

도훈이 도서관 로비가 쩌렁쩌렁 울리도록 소리쳤다. 아인이 깜짝 놀라 그에게 성큼 다가가 입을 막았다.

"여긴 어떻게 온 거야?"

"음, 으음?"

입이 막힌 도훈이 웅얼거렸다. 그제야 아인이 자신의 손을 떼어냈다.

"여긴 어떻게 왔어?"

"버스요."

도훈이 싱글거리며 대답했다.

"그래. 버스 타고 왔겠지. 그걸 묻는 게……. 하아. 학교는?"

"개교기념일요."

"고3은 그래도 학교 나가야 할 텐데?"

"우리 학교는 명문고라 그런 거 없어요."

"명문고랑 개교기념일에 쉬는 거랑 무슨 상관이야?"

아인이 도저히 이해 못하겠다는 듯 물었다.

"학교보다 집이 나은데, 굳이 휴일에 학교 나와 공부하는 멍청이가 어디 있어요? 다들 비싼 과외 선생님들 모셔놓고 집에서 공부하죠. 내 말은 그 말이에요."

면학 분위기가 학교보다 집이 좋다라…….

아인은 한 번도 경험해 본 적 없었기에 그 말이 낯설게 들렸다. 동시에 도훈이 방이 떠오르면서 그럴 수 있겠다는 생각이 들었다. 그의 책상은 높낮이 조절과 각도 조절이 가능한 책상이었다. 스탠드도 여덟 단계의 조명 조절 가능해서 본인의 눈과 상황에 맞춰 설정할 수 있으며, 방은 방음벽이 설치되어 있었다. 그런 걸 감안하면, 집이 더 나았다.

"그럼 집에서 공부해야지 여긴 왜 온 거야?"

"전에 말했잖아요. 놀러 온다고."

"모의고사 성적 잘 나오면 오겠다며."

"잘 나올 게 확실하니까 왔죠. 그리고 빨리 자극을 받아야 하지 않겠어요? 그래야 제가 좀 더 마음먹고 공부하죠. 여기가 도서관이라는 곳이죠?"

왜 이렇게 높은 곳에 지었어요? 오는 데 한참 걸렸네. 누나가 공부하는 강의실은 어디예요?"

도훈이 바지 주머니에 손을 푹 찔러 넣은 채 이리저리 정신없이 둘러보았다. 그의 갈색 머리카락도 이리저리 흔들렸다.

"어머니도 아시니?"

아인이 암담한 표정으로 물었다.

"아뇨."

도훈이 당당하게 대답했다. 아인의 표정이 더욱 어두워졌다.

"그럼 집으로 돌아가. 다른 사람도 아니고 너희 어머니께 혼나고 싶지 않으니까."

"쌤, 아니지, 누나. 다시 생각해 봐요. 이렇게 한껏 꾸미고 나왔는데 바로 집으로 갈 수 있겠어요? 백퍼센트 다른 곳에 가서 놀걸요? 그러다가 내가 술집으로 빠져서 '아, 여기가 내 세상이구나.' 라고 느껴서 더 방탕하게 놀면 어쩌려고 그래요? 나처럼 잘생기고, 순진한 놈은 충분히 그럴 수 있다고요."

"그걸 말이라고 해?"

아인이 기가 막힌 얼굴로 물었다. 정말 말 같지도 않은 논리였다.

"그럼 이게 말 아니고 뭐예요? 소인가? 돼지인가? 그러니까 집으로 가라는 둥 그런 고리타분한 소리 하지 말고 어서 가죠. 네?"

도훈이 아인에게 얼굴을 쑥 들이민 채 빙긋 웃었다. 아인은 막막하다는 얼굴로 그를 바라보았다. 도훈의 논리는 터무니없었다. 그러나 여기까지 시간 내서 찾아온 도훈을 돌려보낼 수 없었다. 대학 탐방은 고3 진로에 큰 자극이 된다는 걸 아인도 경험으로 알고 있었다.

고3 공부가 힘들어서 포기하고 싶을 때면, 가고 싶은 대학의 사진을 뚫어져라 바라보며 교정을 거니는 상상을 했다. 그런 자기 세뇌 끝에 아인은 자신이 원하던 곳으로 진학할 수 있었다.

"어느 과로 진학하고 싶은데?"

아인이 두 손 두 발 다 든 채 물었다. 그러자 도훈이 환하게 웃었다.

"음, 아직 안 정했어요."

"뭐?"

"누나는 어느 과예요?"

"아까부터 생각한 건데 내가 왜 네 누나야?"

"여기서 쌤이라고 하면 사람들이 이상하게 쳐다보지 않겠어요? 왜요? 누나가 싫어요? 그럼 아인 씨라고 부를까요? 아니면 미리 선배라고 부를 까요? 아인 선배?"

도훈이 선배라고 부르며 천진난만하게 웃었다. 구김살 하나 없이 환하게 웃는 도훈의 얼굴에 지나가던 여자들이 흘깃대는 게 느껴졌다. 교복을 입었을 땐 어린아이 같더니, 사복을 입혀놓으니 스물의 청년 같았다. 사복 덕분에 도훈의 외모가 새삼 뛰어나다는 게 느껴졌다.

"에휴, 왔으니 다시 보낼 수도 없고……. 간단히 학교만 둘러보고 가는 거다? 어디 가보고 싶어?"

"어디든 좋아요. 아! 거긴 꼭 가보고 싶어요."

"어디?"

"학생 식당."

"……."

"자고로 밥이 맛있어야 학교 갈 맛 나죠."

몹시 단순하지만, 명쾌한 논리였기에 아인은 군말하지 않고 학생 식당 쪽으로 걸음을 옮겼다. 학생 식당으로 간다는 걸 알게 된 도훈은, '점심 안 먹고 오길 잘했네.' 라며 뿌듯함을 감추지 않았다.

“누나, 학교에서 인기 많죠?”

도훈이 식판 위에 남은 밥을 싹 쓸어 먹으며 물었다.

“아니. 없는데.”

“왜요?”

“글쎄. 타인만 느끼는 이유가 있지 않을까? 난 정확히 모르겠지만, 인기 없어.”

“그래요? 사람들 눈이 영 낮네.”

도훈의 대답에 아인이 픽 웃었다. 비행기 태우는 도훈의 말이 썩 기분 나쁘지 않았다. 식사를 마친 후 학생 식당에서 나오던 중, 팔이 묵직했다. 아인이 시선을 내리깔자 자신의 팔에 걸린 도훈의 굵은 팔이 보였다.

“뭐 해?”

“팔짱 끼잖아요.”

“그러니까 왜?”

아인이 어이없다는 듯 물었다.

“길 잃어버릴까 봐요. 좁은 고등학교만 다니다 보니까 이렇게 넓은 대학은 처음이라 낯설어서요. 왜요? 팔짱 싫어요? 그럼 손잡을까요?”

도훈이 커다란 손을 쫙 펼쳤다.

“둘 다 별로인 거 같은데.”

“둘 다 별로예요? 그럼 어쩔 수 없네요. 어깨동무?”

점입가경이다. 아인은 황당한 눈으로 도훈을 쳐다보았다. 그러자 도훈이 눈을 접으며 활짝 웃는다. 서글서글한 그 얼굴을 보고 있자니 우습게도 화가 나지 않았다. 아인이 멍하게 쳐다보자 도훈이 얼른 다른 곳으로 말을 돌렸다.

"누나! 저기가 상경대인가? 저기 가보면 안 돼요?"

도훈이 저 멀리 있는 건물을 가리켰다.

"저긴 예대야."

"와, 그럼 예쁜 여자들 많…… 지만, 우리 누나가 제일 예쁘죠."

도훈이 얼른 말을 바꾸며 엄지손가락을 척 내밀었다. 도훈의 진지하고
도 우스운 행동에 아인이 결국 풉 하고 웃음을 터트렸다. 웃음이 멈추지
않자, 아인은 손등으로 제 얼굴을 가렸다.

"와, 누나 웃는다."

도훈이 황홀한 표정으로 중얼거렸다.

"저리 가. 보지 마."

"왜요? 예쁜데. 가까이서 봐요. 내가 웃겨줬는데, 보지도 못해요? 이런
억울한 경우가 어딨어? 이리 와요. 좀 보게."

도훈이 자세히 보겠다고 달려들었고 아인은 웃느라, 뒷걸음질 치느라
정신이 없었다.

"야. 저거 주아인 아니냐?"

학생 식당 맞은편 흡연 구역에 삼삼오오 모여 있던 남학생 하나가 불
쑥 말했다. 시답지 않은 소리를 늘어놓으며 담배를 피우던 남학생들의 시
선이 한곳에 쏠렸다. 남자가 성큼 다가가자 아인이 웃으며 뒷걸음질 치고
있었다. 꼬리잡기라도 하듯 두 사람이 한자리에서 뱅글뱅글 돌고 있었다.

"이야, 주아인이 남자랑 다 있네? 남자친구인가?"

"남자친구겠지. 팔짱까지 끼고 있는데."

"주아인이 저렇게 웃을 때도 다 있네."

남학생들이 쓸쓸한 얼굴로 중얼거렸다.

"남자친구한테는 역시 다르구만."

"근데 남자친구가 좀 어려 보이지 않냐?"

"연하 타입이었어? 씨발, 그러니까 내가 들이댔을 때 꿈쩍도 안 했지."

시시껄렁한 소리를 하며 남자 둘이 티격태격했다. 그들과 함께 서 있던 원우는 담배를 깊게 빨아들이며 학생 식당 앞을 바라보았다. 그의 시선은 클로즈업이라도 한 듯 웃고 있는 아인의 얼굴에 닿았다. 미소 짓는 건 봤어도 저렇게 환하게 웃는 모습은 처음이었다. 원우의 시선이 아래로 내려와 맞닿은 팔에 닿았다. 도훈이 철석같이 아인의 팔에 제 팔을 끼워 넣고 있었다. 아인은 저리 가라는 듯 밀어냈지만, 도훈은 꿈쩍하지 않았다. 계단을 내려온 두 사람이 상경대 쪽으로 걸어갔다. 그동안 도훈은 신이 난 듯 방방 뛰었고, 아인은 드문드문 제 얼굴을 가리며 웃었다.

"후우."

원우가 담배 연기를 길게 내뿜었다. 회색 연기가 입술 새로 낮게 흘러나왔다. 그의 표정이 이전과 비교할 수 없을 만큼 어두워졌다.

"원우야, 이제 슬슬 움직이자."

복학생 한 명이 피우던 담배를 끄곤 원우의 어깨에 손을 올렸다. 원우의 차가운 시선이 손에 닿았다. 남자가 저도 모르게 움찔해 손을 거둬들였다.

"미안한데 난 못 갈 거 같다."

그가 남은 담배 연기를 훅 하고 뱉으며 얼굴을 찌푸렸다.

"왜?"

"머리가 아파서."

"갑자기?"

남학생이 이해 안 간다는 듯 물었다. 방금까지 멀쩡하게 담배를 피우고, 자신의 시답잖은 소리에 대꾸하진 않았지만 듣고 있지 않았던가. 그래 놓고 갑자기 두통이라니.

"어. 교수님한테는 병원 진료 내역 뽑아 제출하겠다고 전해줘."

"어. 그래."

그러나 원우의 주변을 에워싼 온도가 몇 도는 낮아진 듯 서늘했다. 같은 복학생 신분으로 어울리고 있긴 하지만, 원우와는 장벽이 있었다. 평생 가도 친한 사이라고 말하기 어려울 만큼의 장벽이었다. 그렇기에 남학생은 원우에게 왜 그러냐고 꼬치꼬치 캐묻는 대신 한발 물러섰다.

"얼른 나아라."

두통이 아니라는 걸 알면서도 남학생들은 원우의 쾌차를 기원하며 미련 없이 돌아섰다. 남학생 둘이 사라진 걸 확인한 원우가 휴대폰을 꺼냈다. 주소록에서 아인을 찾아낸 그가 문자를 보냈다.

아인이 도훈에게 상경대를 소개시켜 주었다. 어차피 점심시간인데다 학과 수업이 없는 날이라 강의실이 모두 텅 비어 있었다. 설령 학생들이 있다고 하더라도 도훈을 알아볼 리 만무했다. 간단히 소개를 마친 후 얼른 도훈을 데리고 상경대 아래로 내려왔다.

"이제 구경 끝났어."

아인이 가보라는 듯 말했다.

"누나는 언제 수업이에요? 수업 끝났으면 같이 서점 갈래요? 거기 갔다가 같이 팥빙수 먹는 거예요. 누나가 밥 사줬으니까 내가 팥빙수 살게요."

도훈이 선심 썼다는 듯 어깨를 펴고서 말했다.

"미안한데 곤란해."

"왜요?"

도훈이 얼굴을 찌푸렸다.

"그게."

아인이 무어라 대답하려는 찰나 주머니에서 지잉 진동이 느껴졌다. 휴대폰을 꺼내 확인한 아인의 표정이 미묘해졌다.

「어디야? 지금 봤으면 하는데.」

원우에게서 온 문자를 확인한 아인이 마른침을 삼켰다. 어젯밤 그 일이 있은 후, 그에게서 처음으로 온 연락이었다. 더군다나 지금 당장 봤으면 좋겠다는 문자는 처음이라 가슴이 덜컹 내려앉았다.

무슨 일이라도 있는 걸까.

아인의 표정이 굳는 걸 본 도훈이 눈을 굴렸다.

"무슨 문자예요? 누나? 큰일이라도 났어요?"

도훈이 차마 문자를 같이 보지 못하고 눈치를 살폈다.

"아, 미안. 친구가 찾아서 가봐야 할 거 같은데. 어쩌지?"

"그래요? 그럼 어쩔 수 없죠. 내가 일방적으로 찾아온 건데요. 뭐."

"미안해."

"대신 3분 정도는 시간 있죠?"

"응."

아인이 고개를 끄덕였다. 간단히 자판기 커피라도 마시자는 건 줄 알았는데 도훈이 그녀를 확 끌어당겼다. 그리고는 어깨에 팔을 둘렀다. 순간 도훈에게서 시원한 향기가 훅 밀려들었다.

"자, 김치."

도훈이 손을 뻗자, 카메라가 두 사람을 비추었다. 얼굴이 가깝게 마주하고 있었다.

"뭐 하는 거야. 놔."

"그냥 헤어지기 아쉬우니까 기념 촬영하는 거잖아요. 자, 김치."

도훈이 한 번 더 채근했다. 아인은 벗어나려 했으나, 도훈의 팔이 어찌나 단단한지 꼼짝도 할 수 없었다.

"제자랑 사진 한 장 못 찍어줘요? 거참, 비싸네."

도훈이 투덜거렸다. 찍기 전까지 놓지 않겠다고 으름장을 놓는 바람에, 아인이 마지못해 입술을 벌려 웃었다.

"좀 더 예쁘게 웃죠?"

"이게 최선이야."

"에이. 아깝다."

도훈은 사진 촬영을 마치고서야 아인을 풀어주었다.

"누나, 진짜 어색하게 웃었어요."

도훈이 사진을 확인하며 투덜거렸다.

"삭제해."

"뭐 하려요. 어차피 혼자만 볼 건데. 가볼게요. 공부 열심히 해요."

도훈은 아인이 붙잡을세라 얼른 몇 걸음 물러섰다. 휴대폰을 주머니에 푹 찔러 넣은 도훈은 아인에게 팔이 빠지도록 세차게 흔든 후, 홱 돌아섰다. 빠른 걸음으로 계단을 내려간 도훈은 건물 뒤편으로 돌아가자마자 다리에 힘이 풀린 사람처럼 바닥에 털썩 주저앉았다. 근처를 지나던 여학생 두 명이 놀라 다른 곳으로 옮기는 것도 모른 채 도훈은 하늘만 보았다.

"와, 심장 터지겠네."

도훈이 손으로 제 가슴을 덮었다.

쿵, 쿵, 쿵.

심장박동이 손바닥 전체를 울렸다. 도훈은 주머니에서 휴대폰을 꺼내다 놓쳤다. 덜덜 떨리는 손으로 휴대폰을 주었다. 두어 번 더 떨어뜨린 후에야 도훈은 비로소 아인과 함께 찍은 사진을 확인할 수 있었다. 맞닿은 뺨은 부드러웠다. 햇살처럼 따스하기도 했다. 도훈이 손으로 제 입가를 가렸다.

"하아, 어디서 이런 여자가 태어나가지고."

"선배."

아인이 도서관 지하 주차장에 세워진 원우의 차에 올라타며 그를 불렀다. 아인이 오는 걸 지켜보고 있었던 듯 원우가 그녀를 빤히 바라보았다. 조수석에 몸을 실은 아인은 원우를 흘깃 보았다. 눈이 마주쳤다.

"점심 식사했어요?"

"어. 넌?"

"저도요."

"누구랑?"

"아, 그게."

아인이 잠시 갈등했다.

'쌤, 우리 형한테 내가 여기 놀러 온 거 비밀이에요. 형이 오지 말라고 했거든요. 그럴 시간에 공부를 하는 게 더 낫다나 뭐라나. 하여간에 말하지 마요. 알았죠? 비밀이에요. 약속.'

도훈이 신신당부하던 목소리가 떠올랐다. 아인은 잠시 고민하다가 입을 열었다.

"선배, 비밀인데 지켜줄 수 있어요?"

"말해."

"도훈이가 잠시 왔다 갔어요. 공부하는 중에 지쳤나 봐요. 잠시 자극받을 겸 들렀나 봐요. 제가 와도 된다고 한 거니까 도훈이한테 화내지 마세요. 원래는 도훈이가 비밀로 해달라고 했는데, 선배를 속이는 게 싫어서 솔직하게 말해요."

아인이 도훈을 싸고돌자, 원우의 표정이 미묘하게 구겨졌다. 그러다 아인이 '선배를 속이는 게 싫다.'라고 말한 순간 그의 표정이 누그러졌다.

"꽤 친해졌나 봐? 도훈이랑?"

"착한 동생 같아요."

"그게 전부야?"

"네?"

아인이 무슨 소리냐는 듯 묻자, 원우가 가볍게 웃으며 고개를 가로저었다.

"아냐. 아무것도."

원우의 대답에 아인은 별말 없이 고개를 끄덕였다. 말을 마친 아인이 차창으로 시선을 돌렸다. 드문드문 주차장을 오가는 사람들을 바라보던 아인이 마른침을 삼켰다. 문득 어젯밤이 떠오른 탓이었다.

한 뼘의 틈도 허락하지 않겠다는 듯 맞물렸던 몸과 뜨겁게 흩어졌던 숨, 자신을 집요하게 바라보던 원우의 눈동자가 생생했다.

"무슨 일로 보자고 하신 거예요?"

아인이 이어지는 무거운 침묵을 견디지 못하고 물었다.

"그냥"

"······."

"생각나서."

"······."

"보고 싶었나 봐."

마치 타인의 감정을 전하듯 꺼낸 그의 말에 아인이 잠시 숨을 멈췄다. 심장도 함께 멈춘 기분이었다.

보고 싶었나 봐.

덤덤한 그 말은 돌이 되어 가슴 깊은 곳으로 가라앉았다. 아인은 저 말이 가슴에서 오래도록 사라지지 않을 거라는 걸 예상했다.

"강의 있어?"

원우가 단조로운 목소리로 물었다.

"강의는 없는데 오후에 과외 아르바이트가 있어요."

"우리 집?"

"네."

"그럼 같이 있어도 되겠네."

그의 말에 아인이 숨을 들이마셨다. 원우가 동의를 구하듯 아인을 바라보았다. 아인은 눈을 내리깐 채 자신의 손을 바라보고 있었다. 잔뜩 긴장한 어깨와 갈등하는 눈이 보였다. 순간 도훈과 함께 있던 아인의 모습이 떠올랐다.

좋아하는 건 자신이면서, 왜 주아인은 자신만 보면 저런 얼굴일까.

"네. 그래도 돼요."

"곤란한 거면 거절해도 돼."

"아뇨. 같이 있고 싶어요."

"그런데 왜 그렇게 긴장해? 불편한 사람 만난 것처럼."

원우의 물음에 아인이 그를 바라보았다. 그가 오해를 하고 있었다.

"조금…… 부끄러워서요. 어젯밤 일도 그렇고. 그렇지만 선배가 싫거나 불편한 건 아니에요. 제 마음은 여전하니까요."

아인이 용기 내어 고개를 들었다. 원우의 눈을 바라보며 아인은 분명하게 함께 있고 싶음을 말했다. 살짝 불그스름한 뺨, 부끄러운 얼굴과 다르게 아인의 고백은 직설적이었다. 원우는 잔뜩 날이 서 있던 자신의 마음이 한결 누그러지는 걸 느꼈다.

원우가 아인의 어깨를 거머쥔 채 당겼다. 허리를 굽힌 원우가 아인의 입술에 입을 맞추었다. 가볍게 입을 맞추고 떨어지자, 아인이 눈을 크게 뜬 채 원우를 바라보았다. 그가 이전처럼 느슨하게 웃고 있었다.

"하고 싶은 거 있어?"

원우가 눈동자에 빛을 머금은 채 물었다. 영민하게 자신의 기분을 파악하는 아인에게 상을 주고 싶어졌다.

"선배는요?"

"네가 하고 싶은 거 먼저 하자. 내가 하고 싶은 건 정해져 있으니."

원우의 말을 듣는 순간, 아인은 그가 무엇을 원하는지 직감했다. 아인은 갈등했다. 원우와 함께하고 싶은 일이 많았다. 그중에서도 가장 강하게 원하는 것은 하나였다. 어젯밤처럼 자신을 안아주는 것. 그러나 차마 그 말을 할 수 없어 아인은 다른 말을 꺼냈다.

"드라이브요."

의외의 대답에 원우가 이유를 묻듯 아인을 바라보았다.

"선배랑 많은 길을 달려보고 싶어서요."

이 땅의 많은 부분에 추억을 발라놓고 싶다. 우연히 지나가다가 날 선 추억에 속수무책으로 베이는 날이 오더라도.

아인은 자신의 자그마한 욕심이 들키지 않길 바라는 마음으로 말했다. 원우는 대답 대신 손을 뻗어 안전벨트를 매어주었다. 그가 차를 몰아 주차장을 벗어나는 걸로 대답을 대신했다.

서울에서 크게 벗어나지 않았는데도 길게 이어진 숲길이 드러났다. 길게 뻗은 나뭇가지들이 하늘을 가로막아 숲 터널을 조성하고 있었다. 활짝 연 창문으로 선선한 바람이 몰려왔다. 느리게 움직이던 차가 텅 빈 공터에 멈춰 섰다. 서울 시내의 일부분이 보이는 경치 좋은 곳이었다. 야경을 보고 싶은 사람들이나 올 법한 곳이라 그런지, 오가는 사람이 드물었다.

"쉬다 가자."

원우가 말을 하며 차의 시동을 껐다. 원우가 피곤한 듯 눈을 느리게 감았다 떴다.

"선배, 피곤하면 조금 쉬어요."

"그래. 그럼 5분만 잘게. 괜찮지?"

"네."

그가 눕는 걸 지켜보던 아인이 창가로 고개를 돌렸다. 그녀는 차창 너머의 풍경을 물끄러미 바라보았다. 세상이 레고처럼 작아 보였다. 한 발자국 멀어지면 아무것도 아닌 세상인데, 저 속에 있을 땐 모른다. 단순한 진리를 생각하며 아인은 숨을 깊게 들이마셨다. 상쾌한 숲 향기가 가슴을 채우자 갑갑한 생각들이 단번에 날아갔다. 몇 번이나 숨을 들이마시고 내쉬던 아인이 무심코 고개를 돌렸다. 원우가 의자를 뒤로 젖힌 채 눈을 감고 있었다. 그의 가슴이 일정하게 오르내리는 모습이 평온했다.

반듯하게 펴진 눈썹, 길게 뻗은 속눈썹, 살짝 위를 향한 듯한 입술, 가슴을 가로지르는 햇살, 그 끝에 놓여 있는 긴 하얀 손가락.

아인이 숨을 죽인 채 원우를 바라보았다. 그는 분명 실재하는데, 금세 사라질 것 같다. 이토록 존재감이 확실한 사람인데. 왜 매번 이런 느낌이 들까.

아인이 손을 들었다. 허공에 보이지 않는 벽이라도 있는 듯 몇 번이나 주춤거린 끝에 원우의 손끝과 닿았다. 조심스럽게 원우의 손톱을 덮던 아인의 손이 차츰차츰 움직여 그의 손등을 완전히 덮었다. 뜨거운 햇살에 손등이 금세 뜨거웠다.

그래도 좋았다.

이 남자 때문에 조금 아프더라도, 조금 따갑더라도.

그 통증이 지금 오더라도, 먼 훗날 오더라도.

이 남자가 있음으로 자신의 삶이 한결 행복해졌으므로.

아인은 옆으로 누워 그의 손을 덮은 채 눈을 감았다.

얼마 지나지 않아 원우가 서서히 눈을 떴다. 제 손등을 덮고 있는 자그마한 손이 보였다. 그녀의 손등이 금세 붉게 물들어 있었다. 가을 햇살이 더 강한 법이었다.

아인이 자신의 손등을 감싼 건, 원우가 손을 막 치우려 할 때였다. 새 털처럼 조심스럽게 내려앉은 그녀의 손은 자신에게 온기를 전해주고, 뜨거움은 가져갔다. 주아인은 햇살이 닿지 못하게 자신의 손을 내리는 방법 대신, 자신의 손등이 타는 걸 택했다.

원우가 어금니를 깨물었다. 이 여자는 똑똑한 척 다 하면서 자신과 관련된 일엔 멍청해졌다. 문제는 아인의 멍청함을 왜인지 질책할 수 없다는 거였다.

'좋아해요.'

진솔한 목소리 때문인지.

'행복해졌으면 좋겠어요. 진심으로.'

그 말을 할 때 보이는 곧은 표정 때문인 건지.

그는 아인의 손을 밀어내려다 멈칫했다. 대신 그는 자신의 차창을 올려 햇살을 가렸다.

◈

쏟아지는 물줄기 아래에 선 아인이 눈을 깜빡였다. 두 번째 방문한 모텔은 이전보다 더욱 어색하고 낯설었다. 처음 함께 올 땐 어떻게 되든 상관없다는 마음이었다. 너덜거리는 마음을 마저 부수든, 위로를 받아 낫든 개의치 않았기에 맡길 수 있었다. 그러나 지금은 환한 대낮에, 그것도 그의 집에 가기 몇 시간 전이었다.

'하고 싶어, 너랑.'

그는 한 시간짜리 드라이브가 끝날 무렵, 평연한 어조로 말했다. 평소 붙이는 '힘들면 거절해도 돼.'라는 단서도 붙이지 않았다. 정해진 답은 하나밖에 없는 질문이었다. 아인은 그 순간 당혹스러웠고, 동시에 희미하게 즐거웠다. 그가 자신을 원하고 있다는 사실이 기뻤다. 그리고 자신도 그를 원하고 있다는 사실을 애써 외면하지 않았다. 아인은 고개를 끄덕였다. 그리고 지금 물줄기 아래에 서 있었다.

아인은 간단히 샤워를 마친 후, 욕실 문을 열고 나갔다. 건조하고 차가운 공기가 몸을 서늘하게 긁고 지나갔다. 먼저 샤워를 마친 원우가 의자에 앉아 그녀를 바라보았다. 불투명 유리 너머로 뿌옇게 들어오는 빛에 그의 실루엣이 은은하게 빛났다. 아인은 눈이 부셔 저도 모르게 눈을 잠시 감았다 떴다. 그사이 다가오는 발소리가 들렸다. 눈을 뜨자 빛이 사라지고 원우가 그 자리를 오롯이 채우고 있었다. 아인이 원우를 바라보았다. 갑자기 세상과 동떨어진 곳에 남겨진 기분이었다.

"머리 말릴래?"

"아뇨."

아인이 고개를 가로저었다. 동시에 원우의 큰 손이 아인의 뒷목을 감쌌다. 아인이 움찟거리며 어깨를 웅크렸다. 원우가 고개를 숙여 아인의 동그란 어깨에 입을 맞추었다. 그의 옆얼굴이 경건해 보여 아인은 잠시 숨을 멈추었다. 입술이 어깨를 타고 목덜미로 올라왔다. 역행해서 마침내 입술에 닿았다.

아인이 마른침을 삼켰다. 그의 혀가 입술을 가르고 들어왔다. 촉촉하게 젖은 입안을 훑으며 그의 손이 아인을 침대에 눕혔다.

"어차피 벗을 거 왜 입었어?"

"그렇다고 그냥 나올 순 없잖아요."

"그것도 괜찮았을 거 같은데."

원우의 말에 아인이 입을 꽉 다물었다. 아무 말을 할 수 없었다. 자신의 허벅지를 찌르는 뭉툭한 무언가가 느껴졌다.

"흡."

원우의 손이 순식간에 아인의 티셔츠로 파고들어 브래지어를 젖혔다. 한 손에 잡히는 가슴을 그러모아 쥔 그가 엄지손가락으로 유두를 건드렸다. 톡, 톡, 건드는 가벼운 손놀림에 가슴 중앙이 바짝 당겼다.

원우가 아인의 티셔츠를 위로 끌어 올려 벗겼다. 순식간에 바지를 벗기려는 그의 손놀림에 아인이 당황했다. 이전과 다른 패턴이었다. 아인의 바지까지 모두 다 벗긴 원우가 침대에 서서 그녀의 몸을 바라보았다. 느슨하게 풀어진 가운 사이로 그의 몸이 드러났다. 보기 좋은 부드러운 몸이었다. 그가 샤워 가운을 벗어 침대 아래에 던진 후, 아인의 몸 위로 겹쳤다. 실크러처럼 부드럽고 따스한 느낌에 아인의 어깨가 부드럽게 풀렸다. 그러다 허벅지를 쿡 찌르는 무언가에 바짝 긴장했다.

원우가 아인의 입술에 키스를 했다. 입술 사이를 가르고 들어가 모두 맛본 후, 물이 흐르듯 자연스럽게 아인의 몸을 탐했다. 길게 뻗은 쇄골과 아래에 동그랗게 말린 가슴, 말라 움푹 꺼진 배, 부드러운 허벅지 안쪽 피부.

"서, 선배."

아인이 당황해 몸을 틀었다. 그의 입술이 허벅지에 닿아 있지만, 조금만 시선을 돌리면 모두 다 보일 게 분명했다. 더군다나 이곳은 이전 모텔보다 훨씬 조명이 환했다. 아인이 그를 다급하게 불렀으나, 원우는 그녀의 허벅지를 힘주어 잡았다.

"왜?"

그가 시치미를 떼며 물었다.

"선배, 거, 거기는……. 올라와요."

"거기가 어딘데?"

"그게…… 으읏!"

음모가 깔린 아래에 입술을 가져다 댔다. 그의 코가 유난히 예민한 곳을 쿡 찔렀다. 동시에 아래에 미끈하고 부드러운 무언가가 유영하기 시작했다. 아랫배에 잔뜩 힘이 실리며 아인의 허리가 둥글게 말렸다.

"으읏. 서, 선배!"

아인이 애원했다.

"거기는 그러는 곳이. 으읏. 그, 그만!"

아인이 도저히 못 견디겠다는 듯 비명처럼 소리를 질렀다. 그러나 원우는 아인의 허벅지를 꽉 움켜쥔 채 못 빠져나가게 막았다. 원우의 혀가 안을 유영하다, 쪽 소리 나게 빨았다.

"흡!"

아인이 부끄러움에 못 견디겠다는 듯 제 얼굴을 가렸다. 그러나 그마저도 얼마 가지 못했다. 원우가 잔뜩 예민하게 부푼 클리토리스를 혀끝으로 훑었다. 전기가 통한 듯 찌릿거리며 온몸이 요동했다.

"하아, 하아, 아앗!"

숨 쉴 틈이 없어 아인이 허덕거렸다.

쭈웁.

자신의 귀를 강하게 긁어내리는 야한 소리에 아인은 정신을 차릴 수 없었다. 슬쩍 눈을 내리깐 아인은 자신의 다리 사이에 얼굴을 파묻고 있는 원우를 보곤 고개를 뒤로 젖혔다. 미칠 것 같다. 자신이 그토록 좋아하던 남자가 자신의 아래를 맛있게 핥고 있었다. 견딜 수 없는 흥분에 아랫배와 허벅지에 저절로 힘이 들어갔다.

"으읏. 하아."

몸을 일으킨 원우가 손등으로 제 입술을 닦았다. 애액이 채 닦이지 않아 입술 끝이 번들거렸다.

"선배."

아인이 노곤한 목소리로 그를 불렀다.

"맛있네."

"윽."

"왜 그런 반응이야?"

"그, 그럴 리가 없잖아요."

맛이 느껴질 리가.

아인은 원우가 자신을 놀린다고 생각했다. 그가 삐딱하게 고개를 기울인 채 느슨하게 웃었다. 분위기 탓인지 노르스름한 조명 탓인지 그는 몹시 퇴폐적으로 보였다. 세상 파탄을 보아도 덤덤할 것 같은 깊은 무게감과 무너질 듯 아슬아슬한 느낌이 공존했다. 그가 고개를 숙여 침대를 짚었다. 아인과 얼굴이 가까워졌다. 시야에 원우의 얼굴이 잡혔다. 마냥 나른하게만 보이던 원우의 눈빛이 뜨거웠다.

"느껴져."

"……."

"주아인 맛."

"……."

"주아인이 아직 못 느꼈다는 게 섭섭하네. 어제 그렇게 해놓고. 응?"

원우가 나른하게 끝을 늘이며 말하는 사이, 원우의 끝이 아래에 닿았다. 아인의 허리가 바짝 굳었다. 원우의 물건이 아인의 입구로 슬그머니 밀고 들어갔다. 빡빡하고 뜨거운 느낌에 아인이 입술을 깨물었다. 금세 원우의 물건이 꿰뚫고 들어왔다.

"아학!"

아인이 숨을 들이켰다. 원우가 아인의 허리를 붙잡고서 강하게 치받기 시작했다.

쿵, 쿵, 쿵.

흔들림에 따라 아인의 몸이 들썩거렸다.

"앗! 으흡! 하아, 하아, 으웃!"

아인이 비명 같은 신음을 흘렸다. 발끝이 바짝 서고 눈앞이 어질거렸다. 머릿속에 불을 끈 것처럼 암전된 가운데 아래의 느낌만 생생하게 다가왔다. 뜨겁고, 단단했다. 밀고 들어올 때와 빠져나갈 때 완전히 다른 쾌감이 몸을 깊게 긁었다.

탁, 탁, 탁.

원우가 아인의 허리를 움켜쥐었다. 고개를 뒤로 젖힌 주아인은 자신이 허리를 흔들고 있는지 모르는 얼굴이었다. 다리를 벌린 채 가슴이 사정없이 흔들리는 주아인의 모습은 치명적이었다. 한 번 안을 땐 처음이라 좋은 줄 알았다. 두 번 하고, 세 번째인 지금도 주아인의 몸은 달기만 하다. 태어나 이런 쾌감은 처음이었기에, 원우는 당장에라도 사정할 것 같은 기분을 힘겹게 억눌렀다. 얌전한 주아인이 침대에서 이렇게 야하다는 걸 누가 알까. 순간 도훈이 떠올랐다. 이런 주아인을 공유하려고 하는 도훈. 픽 웃던 원우의 얼굴에서 표정이 사라졌다. 도훈과 함께 있던 아인은 티 없이 맑게 웃었다. 계획대로 잘되어가는데 화가 난다. 도훈이 주아인의 이런 모습을 상상할지도 모른다는 가능성만으로도 피가 거꾸로 도는 기분이다.

원우의 몸놀림이 한결 거칠어졌다. 점령지에 깃발을 꽂듯 뿌리 깊은 곳까지 박아 넣었다. 그곳에 자리를 잡으려는 듯 원우는 조금 더 길게, 더 깊이 밀어붙였다.

"으흡! 서, 선배! 아학!"

아인이 허리를 비틀며 소리를 내질렀다. 숨이 막히는 얼굴이었다. 원우는 아인에게 시간을 주는 대신 허리를 굽혀 그녀의 입술에 입을 맞췄다.

"흐흡!"

아인의 눈에 눈물이 고였다. 쾌감과 고통이 온몸을 터트릴 것처럼 가득 채웠다. 그보다 더 힘든 것은 갑작스레 화가 난 것처럼 보이는 원우였다. 질책하듯 밀어 넣는 원우의 움직임에 서러워하던 아인이 어느 시점하던 행동을 멈추었다. 고통과 별개로 몸은 흥분에 가득 차 희열했다. 절정에 닿은 몸이 가볍게 전율하더니 축 늘어졌다. 아인은 잔열감과 동시에 허탈했다. 자신의 이런 모습이 치욕적이었다.

"으흡."

원우가 숨을 참으며 자신의 물건을 빼냈다. 아인의 배에 하얀 액을 사정한 원우가 참았던 숨을 흘렸다. 아인이 비틀거리며 몸을 일으켰다.

"누워 있어."

원우가 긴 팔을 뻗어 티슈를 잡았다. 달라는 듯 내민 아인의 손을 무시하고 원우는 아인의 배를 훑었다. 어제 사정한 양이라고 보기 힘들 정도로 양이 많았다. 그럴 만도. 아인과 헤어진 후 밤새 열병에 시달리는 사춘기 소년처럼 아인만 생각했다. 자신에게 부드럽게 감기던 아인의 몸과 자신을 바라보다 눈이 마주치면 흘리던 시선, 위험을 감지해 시간을 두려했다. 도훈이 나타나기 전까지는 잘 견뎠었다.

"더 필요한 건?"

"없어요."

아인이 고개를 가로저으며 원우를 바라보았다. 그가 미니 냉장고에서 생수를 꺼내 마시며 아인을 흘깃 보았다.

"물 줘?"

"네."

물 마실 생각이 전혀 없었지만 그냥 있기 민망해 고개를 끄덕였다. 원우가 저벅저벅 다가와 아인의 입술에 입을 맞추었다. 맞닿은 입술 사이로 물이 넘어가고, 채 받아들이지 못한 물이 입술 사이로 스윽 흘러내렸다. 턱에서 떨어진 차가운 물이 아인의 허벅지를 적셨다. 입술을 떼어낸 원우가 고개를 숙여 아인의 허벅지에 고인 물을 빨았다.

"읏."

아인이 깜짝 놀라 움찔했다. 세 번쯤 했으면 적응될 만도 한데 아인은 자신과 닿으면 어쩔 줄 몰라 했다. 원우의 혀가 아인의 다리를 핥았다. 아인이 움찔했다. 그녀의 다리에 장난스럽게 흔적을 남기던 원우는 제 머리에 아인의 손이 닿자 멈칫했다. 아인이 원우의 머리를 쓰다듬었다. 교태스럽거나 흥분에 취한 손길이라기보다 어루만지고 달래는 듯했다. 원우가 고개를 들었다. 원우를 가만히 바라보던 아인이 다시 한 번 그의 머리를 어루만졌다.

"머리가 헝클어져서요."

원우가 아무 말 하지 않자, 아인이 손을 떼어냈다.

"모두에게 이래?"

"네?"

원우의 말을 이해 못하겠다는 듯 아인이 눈을 크게 떴다.

"네가 아는 모든 사람한테 다 이러냐고."

이러는 게 뭘까.

아인은 자신이 원우에게 무엇을 했는지 곰곰이 생각했다. 그러나 자신이 무언가를 했다기보다 원우가 자신에게 무언가를 할 때가 많았다. 다만 자신이 한 행동이라고는 진심을 담은 고백밖에 없었다.

"아뇨. 선배한테만 이래요."

"……."

"좋아하는 사람한테만."

아인이 못 박듯 말했다. 원우가 아인을 빤히 바라보다 조금 누그러진 표정을 지었다.

"씻고 올게."

좋아해, 혹은 나도. 그는 그런 말 대신 그 자리를 훌쩍 떠났다. 아인은 욕실 문을 닫고 들어가는 원우의 뒷모습을 보았다. 그에게 대답 듣지 못하는 고백이라도 좋다. 그에게 전할 수만 있다면, 그럴 시간과 상황이 주어지는 것만으로 감사했다. 그리고 그가 자신의 고백을 부담스러워하지 않는다는 사실에 감사했다.

아인이 과외 아르바이트를 위해 도훈의 집을 찾았다. 문을 열어준 건 정 여사가 아니라 그녀의 새어머니였다. 이 상황을 벼르고 있었던 듯 어머니의 표정이 서늘했다.

"나 좀 보자."

"과외 해야 해요."

"그 과외 못하게 만들기 전에 따라와."

그건 당신 손해일 텐데요.

아인은 삐딱하게 받아치고 싶었지만, 그의 집에서 소란을 일으키고 싶지 않았다. 이 집에서 근무하는 사람은 어머니 말고도 많았다.

"따라와."

어머니가 앞장서서 걸었다. 아인은 그 뒤를 얌전히 따랐다.

"쌤."

"아줌마."

두 사람이 아인과 새어머니를 동시에 불렀다. 2층에서 막 내려온 도훈과 이제 막 문을 열고 들어온 원우였다.

"네."

새어머니가 불편한 표정을 감추고 원우에게 다가갔다.

"배가 고파서 그런데 식사 좀 차려주시겠어요?"

"아, 그럼 씻고 내려오시면……."

"죄송한데, 지금 당장요."

"아."

아인을 흘깃 바라본 새어머니가 마지못해 '알겠어요.' 하고 몸을 돌려 세웠다. 부엌으로 들어가기 전, 아인에게 '집에서 보자.' 라는 엄포를 놓는 걸 잊지 않았다.

"쌤, 왜 이제 와요? 우리 형이랑 같이 왔어요?"

도훈의 물음에 아인이 당황한 얼굴로 고개를 돌려 원우를 보았다. 조금 전까지 모텔에서 함께 시간을 보냈다. 모텔에서 나와 배가 고파 간단히 음식을 챙겨먹으니 과외를 갈 시간이었다. 5시간이 빛보다 빠르게 흘러갔다. 그러나 이 사실을 도훈에게 말할 수 없었다.

"아니. 내가 먼저 와서 어머니랑 이야기하고 있었는데."

아인이 당황한 마음을 숨긴 채 말했다.

"아, 그래요?"

"김도훈. 나는 아는 체 안 해?"

원우가 섭섭하다는 듯 눈을 가늘게 뜨며 물었다. 그러자 도훈이 바지 주머니에 푹 찔러넣었던 손을 빼내 흔들었다.

"아! 미안해. 형, 안녕!"

"어. 그래."

원우가 도훈을 보며 가볍게 웃었다.

"인사 다 했으니까 올라갈게. 우리가 좀 바쁘거든. 쌤, 올라가요."

도훈이 아인의 손을 낚아채듯 잡았다. 원우의 시선이 맞잡은 두 손에 닿았다. 아인이 흠칫하며 저도 모르게 도훈의 손을 밀어냈다.

"어?"

도훈이 민망한 얼굴로 아인을 쳐다보았다.

"미안. 손에 땀이 나서."

"난 또. 땀 안 나는 사람이 어딨어요? 그래도 쌤이 부끄러울 거니까 안 잡을게요. 가요. 다음부터 우리 사이에 부끄러움은 넣어두자고요."

도훈이 보이지 않는 꼬리를 살랑살랑 흔들며 아인을 끌고 올라갔다. 1층에 홀로 남은 원우는 멀어지는 두 사람을 눈 한 번 깜빡이지 않고 바라보았다.

"우리라……."

그가 나지막하게 그 말을 중얼거렸다.

❖

"이 문제는……. 김도훈. 집중 안 할래?"

아인이 펜을 내려놓으며 엄하게 물었다.

"하고 있어요. 태어나서 이렇게 집중한 거 처음이라고요."

"문제가 내 얼굴에 있어?"

아인이 얼굴을 찌푸리며 도훈에게 물었다.

자신과 같은 대학에 진학하겠다고 선언한 도훈은 말과 달리 공부에 좀 처럼 집중하지 못했다.

"다 보고 있어요. 쌤, 눈부처라고 들어봤죠? 상대방 눈에 뭔가가 비치는 거. 전 그걸 통해서 시험지를 다 보고 있다고요."

"난 눈부처를 통해 공부하려는 애는 가르칠 생각이 없는데. 그런 능력 있으면 공부하지 말고 세상에 이런 일이라는 곳에 나가는 게 더 나을 거야."

아인이 딱딱하게 나오자 도훈이 금세 풀 죽은 표정을 지었다.

"쌤은 나한테만 딱딱해."

도훈이 책상에 엎드려 투덜댔다. 그 모습을 보자 괜히 미안해졌다. 공부의 기역 자도 모르던 애가 공부하려고 나서는데 자신이 지나치게 몰아붙인 것 같았다. 아인이 손을 뻗어 도훈의 머리를 쓰다듬었다.

"잘하고 있어, 도훈아."

"……."

도훈이 아무 반응 하지 않았다.

"조금만 달리면 이제 끝이야. 단거리를 뛸 땐 최선을 다해야 하잖아. 그러니까 있는 힘을 다해서 뛰자."

아인이 아는 말을 다 짜내 도훈을 위로했다. 고등학교를 다니는 내내 공부에 별 흥미 없었다는 도훈은 의외로 기본기가 있고 흡수력이 좋았다.

그동안 과외를 한 효과가 있는 모양이었다. 어린 시절부터 해외를 곧잘 다닌 덕에 영어는 기본적으로 했고, 부족한 건 수학과 언어뿐이었다. 이번 모의고사 땐 수학 점수를 기대하라는 거 보니 가채점 점수가 꽤 좋게 나온 모양이었다. 조금만 더 하면 될 걸 알기에 아인은 저도 모르게 도훈을 재촉했다.

도훈의 머리를 쓰다듬던 아인이 손을 거둬들였다.

"쌤, 수능 끝나고 누나라고 불러도 돼요?"

수능 끝나고 우리가 만날 일이 있을까?

아인은 그 말이 혀끝까지 밀려 나왔다. 그러나 아인은 꾹 참으며 웃었다.

"그래. 그렇게 해."

아인이 허락하자 도훈이 금세 기분 좋은 표정을 지었다. 아인의 머릿속으로 무언가가 스쳐 지나갔다. 그녀의 눈이 가늘어졌다. 자신의 말 한마디에 지나치게 일희일비하는 모습이, 꼭 원우를 대할 때 자신을 보는 듯했다. 아인이 순간 든 생각에 움찔했다.

설마. 아니겠지. 기분 탓이겠지. 도훈이 자신을 좋아할 리 없다. 같은 또래에 예쁜 여자애들이 많을 텐데 굳이 과외 선생님을 좋아할 리가…….

아인이 생각의 끝을 흘리며 도훈을 바라보았다.

그래. 자신이 잘못 생각한 거다.

아인이 생각을 접으려 할 때였다.

"쌤, 왜 그렇게 쳐다봐요? 눈부처 봐요?"

도훈이 장난스럽게 웃으며 물었다. 그의 귀 끝이 불그스름하게 물들었다. 아인의 눈이 충격으로 살짝 벌어졌다.

"쌤, 과외 시간 끝났어요. 이제 끝!"

도훈이 책을 덮었다.

"그래. 수고했어."

아인이 책을 챙겨 가방에 넣었다.

"도훈아, 있잖아."

"네. 왜요?"

"너, 좋아하는 여자 있어?"

"……그건 갑자기 왜요?"

도훈이 허를 찔린 표정을 지으며 물었다.

"그냥. 그 나이 대에 짝사랑 같은 거 많이 하잖아. 넌 어떤가 해서."

아인이 떠보듯 물었다.

"없어요. 좋아하는 사람이 있으면 이러고 있겠어요? 당장 덤벼들었지! 나 같은 외모, 집안, 키, 몸매, 성격 가진 사람이 어딨다고 머뭇거리겠어요? 안 그래요?"

도훈이 자신을 뭐로 보냐는 듯 짜증내는 투로 대답했다. 아인의 표정이 누그러졌다.

그래. 도훈의 말대로였다. 저렇게 자신만만한 애라면 자신을 좋아하는 걸 꽁꽁 숨기고 있을 리 없다. 아인은 자신이 예민하게 반응했다고 생각하며 한숨을 삭였다.

"그래. 그렇지."

아인이 덤덤하게 반응하자, 도훈이 어깨를 움찔거렸다.

"쌤, 잠시만요. 줄 거 있어요."

도훈이 자리에서 벌떡 일어나더니 자신의 방에 자그맣게 딸린 드레스룸으로 들어갔다. 그곳에서 무언가를 꺼내 아인에게 내밀었다.

"쌤, 여기요."

"이게 뭐야?"

"전에 쌤 티셔츠에 볼펜 자국 그은 게 생각나서 하나 샀어요. 맨투맨 티셔츠. 그리고 이건 야상."

"마음만 받을게."

아인이 거북하다는 표정으로 손을 들어 거절했다. 얼마 전 도훈이 기지개를 켜다 그녀의 파란색 티셔츠에 검은색 볼펜 자국을 길게 남겼다. 그때 '꼭 변상할게요!' 하더니 잊지 않고 이런 걸 산 모양이었다.

"받으면 다 받는 거지. 마음만 받는 건 대체 무슨 계산법이에요?"

"볼펜 자국 빨아서 지워졌어. 그러니 내가 받을 이유 없어. 괜찮아."

"그건 쌤 사정이고요. 나는 아니라고요. 마음이 무거워요. 옛말에 선생 그림자는 발로 밟지 말라는데 쌤 옷에 볼펜 자국을 남겼으니 제 마음이 어떻겠냐고요. 쌤이 이거 안 받아주면 이 옷은 또 어떻게 해요? 새 옷을 버려요? 이런 자원 낭비가 어딨어요? 또 기껏 샀는데 쌤한테 주지 못하고 버리는 내 마음은 어떻겠냐고요!"

"그래. 알았어. 줘."

이대로 뒀다간 지구 경영까지 나올 것 같아 아인이 얼른 야상과 티셔츠를 받았다. 자신이 잘한 짓인지 모르겠다는 듯 옷을 바라보자 도훈이 씩 웃었다.

"걱정하지 마요, 쌤. 우리 엄마 몰래 샀으니까."

"잘 입을게."

"다음에 입고 와요. 그래야 사이즈가 맞는지 알죠."

"맞겠지. 안 맞아도 대충 입으면 돼."

"그건 옷에 대한 예의가 아니에요, 쌤."

멋 부리기를 좋아하는 도훈이 정색한 채 대답했다. 도훈의 남다른 기세에 아인은 마지못해 고개를 끄덕였다.

❖

원우가 팔짱을 낀 채 자신의 드레스룸을 바라보았다. 계절별, 색깔별로 세분화되어 있는 그의 드레스룸은 아침과 별다를 바 없었다. 딱 하나, 일정한 흐름대로 정렬해 놓은 것들이 타인의 손을 타서 흐트러져 있었다. 옷의 개수가 달라지지 않았기에 가사 도우미들의 손이 닿은 건 아니었다. 그야말로 누군가가 옷들을 뒤졌다.

아직도 미련을 못 버리셨나.

원우의 입술이 삐딱하게 휘었다. 정 여사는 상습적으로 자신의 옷을 뒤졌다. 그래 봤자 달라질 게 없다는 걸 멍청한 그 여자는 모르는 모양이었다. 원우는 툭 튀어나와 있는 옷걸이 하나를 안으로 밀어 넣었다.

지잉.

책상 위에 놓인 휴대폰이 진동했다. 그가 휴대폰을 들었다. 가장 먼저 눈에 들어온 건 소연이 보낸 메시지였다.

「선배 술 한잔해요.」

이 정도 되는 끈기로 다른 일을 했으면 성공했을 것 같은데.

카카오톡을 읽지 않자 문자로 보냈다. 원우가 문자를 삭제했다. 습관적으로 모두 다 삭제하려던 원우의 손이 허공에서 멈칫했다.

「선배 저는 집으로 가는 중이에요. 인사 못하고 가서 미안해요.」

담백하기 그지없는 문자가 보낸 사람을 닮았다. 원우가 고개를 들어 시계를 보았다. 도훈과 아인이 함께 있는 게 신경 쓰여 일부러 과제에 집중했다. 이후엔 무심코 드레스룸 문이 살짝 떠 있는 걸 발견해 신경 쓰느라 시간이 이렇게 흐른 것도 몰랐다.

원우가 아인에게 전화를 걸었다.

"어디야?"

[버스 안이에요.]

주변이 소란스러웠다.

"말하지. 태워줬을 건데."

원우가 무심결에 고개를 돌렸다가 거울에 비친 제 모습을 보았다. 이 상황이 몹시 기분 나쁘다는 듯 미간 사이가 좁아져 있었다.

주아인이 먼저 집에 간 게 화날 일인가?

아무래도 드레스룸 때문에 신경이 많이 쓰인 모양이다. 원우가 억지로 미간 사이를 폈다. 그러나 가라앉은 기분은 도통 떠오르지 않았다.

[선배 바쁘잖아요. 신경 쓰이게 하기 싫어서요. 인사는 해야 할 것 같아 일부러 문자 했어요.]

"……그래."

주아인의 말은 구구절절 옳다. 그런데 담백한 주아인의 태도가 오늘따라 몹시 거슬린다. 원우가 다시 한 번 손끝으로 구겨진 자신의 미간을 밀어 폈다.

[오늘 좋은 밤 보내요, 선배.]

속삭이듯 흘리는 아인의 목소리에, 원우의 미간이 거짓말처럼 풀렸다. 아인의 목소리엔 사람을 편하게 만드는 힘이 있었다.

"너도. 내일 학교에서 봐."

[네.]

통화가 끊어진 후, 원우는 휴대폰을 바라보았다. 그러고 보니 교제 후 전화 통화한 횟수가 손에 꼽을 정도로 적다는 게 떠올랐다. 원우의 표정이 느슨하게 풀렸다. 이대로 잠들면 숙면할 수 있을 것 같다.

쿵, 쿵.

"형! 형! 방에 있어?"

나른한 침묵을 깨는 목소리에 원우의 눈빛이 매서워졌다. 그것도 잠시. 그의 표정이 금세 무표정하게 돌아왔다.

"무슨 일이야?"

원우가 방문을 열고 나갔다.

"안 잤네? 옷 좀 봐달라고. 이 옷 어때?"

도훈이 자신의 옷을 쳐다보며 물었다. 원우가 도훈의 옷을 한 번 스윽 살피곤, 벽에 걸린 시계를 보았다.

"이 시간에 어디 가려고? 이번엔 어떤 알리바이야? 누가 불러?"

원우는 도훈의 늦은 외출을 눈감아주었다. 비밀도 지켜주고, 가끔 들킬 땐 원우가 알리바이를 대줘서 빠져나오기도 했다.

"그런 거 아니야. 나 이제부터 공부한다니까? 공부해서 형네 대학 갈 거야."

"면접용 옷을 벌써 찾는 거야?"

원우가 도훈의 아래위를 살피며 물었다. 원우가 알기로 도훈은 수시를 넣지 않았다. 영어를 제외하곤 어디 내놓기 부끄러운 수준의 성적이었다. 그 때문에 정 여사는 며칠간 몸져눕기도 했다.

"아니. 누가 이러고 면접을 가? 이거 커플 옷이야. 쌤이랑 나랑 입는 커플 옷."

"……커플?"

원우가 묘하게 낮은 목소리로 물었다. 미미한 변화라 도훈은 알아채지 못하고 신난 목소리로 떠들었다.

"응. 쌤이랑 같은 맨투맨 티셔츠에 야상 점퍼야. 이게 믹스매치처럼 보여도 입으면 엄청 잘 어울리거든. 사실 내 취향은 아닌데 쌤 취향이 이런 거라서 내가 맞춰주기로 했지. 괜찮지?"

도훈이 어깨를 으쓱거렸다. 원우는 도훈의 아래위를 한 번 더 살폈다. 아인이 이 옷을 입은 모습을 상상해 보았다. 평소 아인의 스타일과 비슷한 듯하면서 묘하게 달랐다.

"형."

원우는 대답 대신 눈만 들어 그를 보았다.

"쌤 진짜로 사귀는 사람 없어? 좋아하는 사람은?"

"글쎄."

원우가 팔짱을 낀 채 고개를 기울였다.

"이상하다. 분명히 있을 거 같은데."

"그러는 너는, 너희 과외 선생님을 어떻게 생각하는데?"

원우가 숨을 깊게 들이마시며 물었다. 언뜻 들으면 형이 동생에게 묻는 듯했지만, 그 목소리 끝이 묘했다.

"나? 딱 보면 알잖아."

"가벼운 마음이라면 건드리지 않는 게 좋아. 사람 마음 쉽게 생각하다간 크게 다치거든."

너희 엄마가 그런 것처럼.

원우가 뒷말을 삼켰다. 정 여사는 사람 마음을 쉽게 생각했다. 그중 가장 쉽게 생각한 것은 원우의 마음이었다. 깨지든, 다치든 말든 그 모든 상처를 수용하고 묵묵히 지나갈 거라는 안일한 예상까지 했다. 그 안일한 예상이 어떻게 결말을 맞이하게 될지 조금도 모른 채.

"가벼운 마음 아니야."

도훈이 발끈했다.

"그럼?"

원우의 도발에 넘어간다는 것도 모른 채 도훈이 울컥해 자신의 휴대폰을 꺼냈다.

"하, 내가 진짜 이런 말까지 안 하려고 했는데. 이것 봐. 오늘 내가 형네 학교 놀러 가서 우리 쌤이랑 같이 찍은 사진이거든?"

도훈이 휴대폰을 켜서 원우에게 사진 한 장을 보여주었다. 도훈이 아인의 어깨에 팔을 두른 다정한 사진이었다. 원우의 시선이 반쯤 웃고 있는 아인의 표정에 닿았다. 원우의 한쪽 눈썹이 날카롭게 위로 뻗어 올라갔다.

"이게 왜?"

"이 사진 찍고 나서 내가 어쨌는 줄 알아? 주저앉았어. 멀쩡하게 뛰어오다가 갑자기 다리에 힘이 확 풀리잖아. 내가 이렇게 우리 쌤을 좋아해."

도훈이 제 휴대폰을 손에 꽉 쥐고서 단호하게 말했다. 그의 눈에서 진심 어린 빛이 새어 나왔다. 원우가 아무 말 하지 않자, 도훈은 여전히 제 진심을 의심당한다고 생각했는지 발끈했다.

"진짜라니까? 우리 쌤 진짜로 좋아해. 그러니까 형이 우리 쌤 근처에 남자 못 오게 막아줘. 부탁할게."

"그런 식의 관여는 귀찮아."

"형!"

원우가 도훈을 지나쳐 가려는데, 그가 앞을 가로막았다. 원우가 쳐다보자 도훈이 진지하게 말했다.

"그런데 형은 우리 쌤 어떻게 생각해?"

"뭘?"

원우가 무슨 소리를 하냐는 듯 눈을 가늘게 떴다.

"우리 쌤한테 사심 없냐고. 그렇잖아. 집에서 보고, 학교에서 보고 그러면 정들만 하잖아. 친하게 지내기도 할 거고."

원우가 도훈을 물끄러미 바라보았다.

어떻게 생각한다라……

당장 가서 모텔로 끌고 가고 싶을 만큼? 아인이 던지는 무심한 고백을 그럭저럭 참고 들어줄 수 있을 만큼? 김도훈 망가뜨리기 딱 좋은 도구라고 생각될 만큼?

그 모든 것을 합하고도 무언가 빈 느낌이 드는, 이상하고도 복잡한 존재?

"후배야."

원우는 그 모든 대답을 삼키고 덤덤하게 답했다.

"진짜지? 나는 형 믿는다."

도훈이 단호하게 말했다. 정 여사와 원우 사이가 좋지 않다는 건 철들면서 알았다. 겉으로 웃고 있지만, 정 여사가 일방적으로 원우를 미워하고 트집을 잡았다. 그런 엄마를 말려보려고 했지만, 그럴수록 정 여사는 '제 밥그릇도 못 챙기는 놈. 그러니까 내가 더 이러는 거 아니야!' 하고 성을 내는 탓에 원우를 두둔할 수 없었다.

자신이 보기에도 제 어머니는 욕심이 많았다. CEO는커녕 공부도 하기 싫어하는 자식한테 대기업을 물려받으라니. 직원 몇만 명보고 길거리에 나앉으라는 소리나 다름없었다.

이런 욕심 많은 엄마의 트집에도 원우는 꿋꿋했다. 그녀의 터무니없는 조건에도 토를 달지 않고 수긍했고, 오히려 보란 듯이 성실하게 엘리트 코스를 밟아가고 있었다. 그런 원우를 존경하게 되는 건 어찌 보면 당연한 일이었다.

"그래. 믿어."

원우가 덤덤하게 대답했다. 어른스럽게 미소 짓는 원우를 보며 도훈은 씩 웃었다.

"난 언젠가 형처럼 될 거야."

"왜?"

"형은 멋있으니까. 형처럼 멋있는 사람이 되어서 쌤이랑 연애할 거야."

"실망할 거야. 아주 많이."

원우의 말에 도훈이 얼굴을 팍 찌푸렸다.

"김새게 무슨 소리야?"

"기대가 크면 실망도 큰 법이니까."

"에이. 난 또 뭐라고. 걱정하지 마. 실망할 일 없을 테니까. 형이 지금
처럼 해주면 나는 실망할 일 전혀 없어. 하여간에 우리 쌤 잘 부탁해. 누
가 소개팅시켜 준다고 하면 막고. 알았지? 나는 공부하러 간다!"

도훈이 씩씩한 표정으로 돌아섰다. 도훈이 방문을 닫고 사라진 후에도
원우는 그 자리에서 떠나질 않았다.

늦은 밤, 날 선 바람이 손톱을 세워 허공을 갈랐다. 귀가 먹먹해질 만
큼 세찬 바람이 불었다. 이대로 찢어져서 사라졌으면 좋겠다는 생각이 들
만큼. 테라스에 선 원우가 한 손에 맥주 캔을 쥐고서 밤하늘을 바라보았
다. 그의 몸이 테라스에 아슬아슬하게 기대어 서 있었다. 부는 바람과 겹
쳐 누군가의 목소리가 귀로 스며들었다.

'사라지지 마요, 선배.'

'좋아해요.'

'같이 있고 싶으니까요.'

언제나 이리저리 도망칠 것 같던 아인은 갑자기 당당하게 제 마음을
드러낼 때가 있었다. 그럴 때마다 작은 가시가 가슴에 쿡 박히는 것 같았
다. 그리고 이젠 머릿속에서 울리는 그 소리에 가시 박힌 가슴이 저려온
다.

왜.

대체 왜.

원우가 상대도 없는 질문을 속마음에 던졌다. 어떤 대답도 돌아오지 않을 걸 알면서도 그는 끈덕지게 대답을 기다렸다. 비어 있는 제 속마음이 대답하기를. 그러나 어떤 대답도 나오지 않았다.

그저.

"주아인."

갑작스레 그 이름 하나가 툭 튀어나올 뿐. 어떤 목적도 없는 대답처럼.

허공을 바라보던 원우가 눈을 내리깔았다. 그의 습한 눈동자가 눈꺼풀 아래로 사라졌다. 원우는 맥주 캔을 들어 입술을 축였다. 바람은 찬데 맥주가 들어간 탓에 몸이 뜨거웠다. 맥주 한 캔을 금세 비운 원우가 베란다 문을 열고 들어왔다. 거실 테이블에 도훈이 엎드려 누워 있었다. 정 여사의 옆얼굴과 닮아 있었다.

도훈이 죄가 없다는 건 안다. 단지 정 여사가 제 몸보다 사랑하는 자식이라는 것만 알 뿐. 그것만으로도 도훈은 앞으로 벌어질 고통에서 벗어날 수가 없다.

"김도훈."

원우가 그를 불렀다. 깨워서 방에 보낼 생각이었다. 사실 도훈이 밖에서 자서 감기에 걸리든 다음날 허리가 아프든 관계없었다. 다만 그는 아직까지 좋은 형이어야 했다. 도훈을 깨우려고 원우가 그의 곁에 무릎을 굽히고 앉았다. 인터넷 강의가 홀로 돌아가고 있었다. 잠이 온다고 찬바람 쐬며 거실에서 공부해야겠다고 하더니 금세 잠들었다. 원우가 인터넷 강의를 끈 후, 노트북을 덮었다.

"김도……."

원우의 시선이 노트북에 가려졌던 도훈의 손에 닿았다. 한쪽 팔을 쭉 빼고 잠들어 있는 그의 손끝에 휴대폰이 놓여 있었다. 그 속에 주아인이 환하게 웃고 있었다.

'좋아해요.'

고백을 하던 주아인의 표정은 늘 애틋했다.

'사라지지 말아요.'

자신을 붙들 때도 그러했다.

이렇게 웃을 줄 알면서.

원우의 눈이 깊은 어둠 속으로 침잠했다. 그는 도훈을 깨우는 대신 손으로 물컵을 툭 쳤다. 넘어진 잔에서 물이 흘러 휴대폰을 적셨다. 액정이 두어 번 깜빡거리더니 금세 검게 물들어 사라졌다. 그는 도훈의 옷자락이 물에 젖어가는 걸 한참이나 바라보다 자리에서 일어났다.

도훈이 뚱한 얼굴로 숟가락질을 했다. 밥 한 번 잔뜩 펐다가 내려놓고는 신경질적으로 숟가락을 푹푹 꽂았다. 마주 앉아 식사하는 사람이 거슬리는 행동거지에 정 여사가 눈을 뾰족하게 떴다. 그러다 자신의 아들이 수험생이라는 걸 자각하곤 애써 표정을 정리했다.

"휴대폰 새로 사준다니까."

"휴대폰이 문제가 아니라니까."

"그럼 뭐가 문제야?"

정 여사가 올라오는 화를 꾸역꾸역 내려앉히며 물었다.

"그거야……! 후우, 그런 게 있어."

새벽녘 원우가 깨우는 소리에 눈을 뜬 도훈은 물에 흠뻑 젖어 있는 제 휴대폰을 보고 기겁했다. 혹시나 하는 마음에 휴대폰을 켜보았지만 먹통이었다. 아침 내내 이리저리 설쳤지만 살아날 가망성이 없어 보였다.

"원우, 너는 도훈이가 거실에서 잠든 걸 못 봤어? 너 요즘 늦게 자잖아."

정 여사의 타깃이 원우를 향했다.

"엄마, 됐어."

도훈이 애꿎은 원우를 괴롭힐까 봐 그는 다급하게 손을 들어 막았다. 정 여사는 할 말이 많은 얼굴이었으나, 곧장 입을 다물었다. 원우가 먼저 식탁에서 일어난 후에야, 도훈이 뒤따라 일어났다.

"형, 어디 가? 이 시간에?"

대문 쪽으로 걸어가던 도훈은 주차장으로 향하는 원우를 불렀다. 수험생인 자신과 비슷한 시각에 나서는 그가 의아했다.

"봐야 할 사람이 있어서."

"이 시간에? 누구? 설마 형 연애해?"

"그럴 리가. 조심해서 학교 가."

"아, 형!"

도훈이 궁금해 죽겠다는 얼굴로 불렀으나, 그는 뒤돌아보지 않고 주차장으로 향했다.

주차장에 들어선 원우는 곧장 자신의 차에 올라탔다. 차를 출발시킨 후, 핸들을 쥔 원우의 손끝이 일정한 박자로 움직였다. 생각에 잠긴 듯 원우의 눈이 가늘어졌다. 그의 하얀 얼굴 위로 햇살이 들이쳤다.

생각보다 아인을 향한 도훈의 마음이 깊은 듯했다. 원하던 바다. 이제 자신이 할 일은 주아인이 조금 더 자신을 사랑하게 만드는 일이다. 그런 일이야 손쉽게 해낼 수 있는 일이다.

지금처럼 보고 싶다, 좋아한다, 같은 말만 뱉으면 여자들은 금세 믿으니까. 그런 말들로 믿지 않으면 다정한 척 대하면 된다. 그럼 그들은 쉽게 믿는다.

그래, 그러면 된다. 이런 거 어려운 일 아니다.

원우는 아인의 집 쪽으로 핸들을 꺾었다.

제 얼굴이 굳었지만, 원우는 눈치채지 못했다.

아인이 낡은 대문을 밀고 나갔다. 허름한 골목에 어울리지 않는 고급 승용차가 헤드라이트를 켜고 있었다. 스읍. 숨을 들이마시자 아침의 차가운 공기가 가슴 가득했다. 한껏 부푼 가슴 안에서 심장이 쿵쿵 뛰었다. 기대하고 싶지 않은데, 요즘 원우의 행동은 사람을 기대하게 만들었다. 먼저 연락하고, 연락 답변도 성실했으며, 생각지 않은 시간에 자신을 불러냈다. 그러곤 아무렇지 않은 얼굴로 '생각나서.', '보고 싶어서.' 라는 말을 흘렸다. 그럼 아인은 안도하면서 설레었다.

홀로 보고 싶어하고 생각한 건 아니라는 것에. 자신의 긴 그리움 시간과 겹치는 시간이 있음에. 그 작은 접점들이 모여 조금씩 선을 이루기 시작했고, 가슴에 문신처럼 새겨지기 시작했다.

"선배."

아인이 조수석에 타며 그를 불렀다.

"어."

원우가 다정하지도, 그렇다고 투박하지 않은 평연한 어조로 대답했다.

"좋은 아침이에요."

아인의 반가운 미소를 지었다.

"아침 먹었어?"

"아뇨. 시간이 일러서요."

"그럼 아침부터 먹자."

원우가 차를 몰았다. 아인은 그의 옆모습을 물끄러미 바라보았다. 그에게 연락이 온 건 어젯밤이었다. 집에 잘 도착했냐고 물은 그는 아인에게 내일 아침 일찍 만나고 싶다고 말했다. 반쯤 잠에 취한 아인은 저도 모르게 '그 시간에 왜요?' 라고 물었다. 그때 그가 한 대답을 아인은 잊지 못한다.

'이제는 내가 더 보고 싶어하는 거 같네.'

탄식처럼 흘린 그의 말이 귓가로 스며들어 와 가슴에서 뭉게구름이 되었다. 그 말은 밤새 비가 되어 내리고, 온 마음을 적셨다.

아인은 원우의 반듯한 옆얼굴을 바라보았다.

"할 말 있으면 해."

원우가 사이드미러를 살피며 물었다.

"어디로 가나 해서요."

"가고 싶은 곳 있어?"

"아뇨. 그건 아니에요."

"그럼 믿고 와. 학교는 보내줄 테니까."

첫 강의 시작까진 3시간 30분이나 남았다. 아침 식사를 하는데 구태여 그토록 긴 시간이 필요할까. 아인은 의아했지만 묻지 않았다. 차창으로 아침의 풍경이 스쳐 지나갔다. 매일 보는 도로임에도 오늘따라 공기와 분위기가 무척 낯설게 느껴졌다.

아인이 학회실 사물함을 열다 말고 멈췄다. 곁에 선 주연이 아인의 이상행동을 알아채곤 그녀를 잡았다.

"괜찮아? 오늘 컨디션 완전 엉망으로 보인다?"

아인은 오전 수업 내내 집중하지 못하고 졸았다. 이른 아침부터 아르바이트를 하고 온 것도 아닐 텐데, 무척 피곤해 보여 주연은 그녀를 깨우지 못했다.

"괜찮아. 걱정하지 마."

아인이 손을 들어 주연을 달랬다. 3시간 30분. 해봤자 아침 식사하고 대화 좀 나누면 끝날 거라 생각했다. 원우가 호텔을 예약해 브런치까지 준비해 놨을 거라곤 추호도 생각하지 못했다. 오가는 시간, 씻는 시간, 브런치 먹는 시간을 합쳐 봐야 1시간도 채 되지 않았다. 원우는 남은 2시간 30분가량을 침대에서 그녀를 풀어주지 않았다. 아인이 지쳐 빠져나가려고 하면, 그가 그녀의 허리를 감싸 안아 더 옭아맸다. 힘들어 숨을 쉴 수 없는 와중에도 아인은 그를 끌어안았다.

"그래도 상태가 영 안 좋은데? 피곤하면 여기서 점심 먹을까? 매점 가서 사올게."

주연이 말했다.

"아냐. 그럴 거 없어. 같이 가."

"됐어. 혼자 다녀올게. 넌 여기서 쉬어."

주연이 손을 흔들며 학회실 문을 열고 나갔다. 커다란 학회실에 홀로 덩그러니 남은 아인은 한숨을 내쉬며 사물함에 머리를 가져다 댔다. 학과 공부에, 아르바이트 두 개에, 어머니 등쌀, 원우의 연애까지 겹쳐지니 몸이 부서지는 것 같았다. 그래도, 힘들어도 좋으니 지금의 시간이 이어졌으면 좋겠다.

덜컹.

문이 열리는 소리에 아인은 지친 얼굴을 들었다. 주연일 거라는 예상과 달리 원우가 서 있었다. 그는 힘겹게 서 있는 아인을 보고는 미간을 좁혔다. 문을 닫고 들어온 그가 성큼성큼 걸어왔다.

"어디 아파?"

"아뇨. 괜찮아요."

아인이 대답하는 사이, 원우가 손으로 그녀의 이마를 짚었다. 아인이 놀란 듯 눈을 크게 떴다.

"열은 없고."

"서, 선배, 여기 학교예요."

학교에선 아무도 없더라도 아는 척하지 말자는 게 그들의 규칙이었다.

"그런데?"

그게 무슨 상관이냐는 듯 원우가 물었다. 원우가 손을 들어 그녀의 뺨을 쓸었다. 얼굴이 아침보다 상한 것 같다. 그는 이곳이 학교라는 걸 잊고서 미간을 좁혔다.

오늘 아침 제어하지 못했다. 자신에게 감겨오는 나신과 약간의 핑크빛이 도는 흰 피부에 취했다. 뭔가에 쫓기는 사람처럼 조급하게 달려들어 더, 더를 외치며 몰아붙였다. 아인이 힘들다는 말을 하지 않았기에 이럴 거라 예상 못했다. 원우가 아인에게 무언가 말을 하려는 찰나, 학회실 문이 벌컥 열렸다. 수업을 마친 학생들이 들어서다 말고 두 사람을 보곤 멈칫했다.

김원우와 주아인.

그들은 두 사람의 조합이 의외라는 듯 쳐다보았다.

"두 사람 뭐 해?"

선배 하나가 불쑥 물었다.

"잠시 이야기 중이었어요."

"그렇게 가까이 서서?"

"제가 몸이 안 좋아서 넘어지려는 걸 원우 선배가 잡아줬어요."

아인이 티 나지 않게 거짓말했다. 그러자 학과 사람들은 미심쩍다는 듯 바라보다가 원우를 한 번 흘깃 보곤 관심을 접었다.

"감사합니다, 선배."

아인이 원우에게서 한 걸음 물러났다. 곁에서 어른거리던 온기가 쑥 빠져나가자, 원우의 얼굴이 미미하게 굳었다.

"가보겠습니다."

아인이 선배들과 후배들에게 인사를 한 후 나가려 할 때였다.

"잠깐만."

"네?"

"나 때문에 다친 거니까 양호실까지 데려다줄게."

아인이 무슨 소리냐는 듯 바라보았다. 원우 때문에 다친 적이 없다.

"따라와."

먼저 돌아선 그가 학회실 문을 열고 나갔다. 아인은 자신을 빤히 쳐다보는 학과 사람들의 시선을 느꼈다. 그녀는 괜히 멀쩡한 손목을 감싸 쥔 채 뒤따라 나갔다. 아인이 원우의 등을 보며 걸었다. 그는 멀지도, 가깝지도 않은 곳에 있었다. 달려가면 닿겠지만, 이대로 걷다간 놓치고 말 거리.

"아인아, 어디 가?"

매점에서 나오던 주연이 그녀를 불쑥 튀어나와 그녀를 잡았다.

"아. 양호실."

"왜? 어디 다쳤어?"

"몸이 안 좋아서 한번 가보려고."

아인은 저도 모르게 주연에게 거짓말을 했다.

"같이 갈까?"

"아냐. 혼자 다녀오면 돼."

아인이 답하는 사이, 학과 친구들이 주연에게 같이 점심 먹기를 청했다. 아인은 걱정스럽게 바라보는 주연을 그들과 함께 보낸 후, 돌아섰다. 어느새 원우가 사라져서 보이지 않았다. 그가 간 방향으로 나온 아인이 주변을 둘러보았다.

"여기야."

옆을 돌아보자 원우가 벽 쪽에 서 있었다.

"가자."

"어딜요? 정말 양호실 가요?"

"양호실만큼 편하진 않아도 쉽게 해줄 테니까."

원우가 아인을 데리고 주차장으로 향했다. 다행히 그동안 학과 사람들을 마주치지 않았지만, 아인은 조마조마했다. 이러다가 학과에 소문이라도 퍼지면. 퍼지면 뭐가 어떻게 되는 거지? 무심코 아인은 원우의 등을 바라보며 생각했다. 스캔들의 영향은 누구에게 튈까.

그 생각을 하는 사이 원우는 자신의 조수석 문을 열었다. 누울 수 있도록 좌석을 조정한 후 턱짓을 했다. 아인이 타라는 거냐고 되묻자, 그가 아인을 잡아당겨 조수석에 눕혔다. 뒤따라 운전석에 탄 그는 자신의 좌석도 뒤로 한껏 젖혔다. 얼결에 지하 주차장에 나란히 눕게 되었다. 아인이 차 천장을 바라보았다.

"피곤할 텐데, 한숨 자. 수업에 안 늦게 알람은 내가 맞춰놓을 테니까."

"……."

아인이 의아한 얼굴로 그를 바라보았다. 학과 사람들을 속여 자신을 여기까지 데리고 와 한다는 게 기껏 재우기라니.

"다음엔 힘들면 말해. 뒤에서 앓지 말고."

"……괜찮아요."

"그 말도 그만해. 진짜 괜찮은 거면 왜 그런 얼굴이야? 괜찮다고 말하면 정말 괜찮아진다고 생각해서 그러는 거야?"

원우가 아인을 차갑게 바라보았다. 순간 움찔할 만큼 차가운 시선이었으나, 그것은 감정적 배척이 아닌 미련한 자신을 걱정하는 눈이었다.

"하아."

원우가 한숨을 내쉬었다. 자신이 왜 감정 조절을 못하고 아인에게 화

를 내는지 모르겠다. 요즘 들어 부쩍 아인과 관련된 일엔 감정 조절을 못
하는 기분이다.

"피곤할 텐데, 자."

"화…… 났어요?"

"아니. 안 났어. 쉬어."

원우가 눈을 감으며 고개를 돌렸다. 아인은 원우의 뒤통수를 바라보다
피식 웃었다. 웃을 상황이 아닌데도 한번 새어 나온 웃음은 계속해서 흘
러나왔다. 가슴에 부푼 바람이 조금씩 빠져나가듯이.

아인이 원우의 큰 손을 감싸 쥐었다. 단단하고 뜨거운 손이었다. 아인
은 그의 손가락 하나를 꼭 쥐고서 눈을 감았다. 잠자기에 몹시 불편한 자
세였지만, 원우에게서 흘러나오는 온기가 좋았다. 원우가 손을 뺐다. 불
편했나 보다. 아인이 어쩔 수 없다고 생각하며 손을 거둬들였다. 그러자
원우가 고개를 돌렸다. 제 배에 얌전히 올려놓은 아인의 손을 가져가 깍
지를 꼈다. 손가락 사이로 손가락이 파도처럼 밀려들었다.

"그렇게 잡으면 흘러내려."

"……."

"내가 잡고 있을 테니까, 넌 자."

부드럽게 감싼 손가락에 가슴이 일렁거렸다. 아인은 원우가 꽉 붙들고
있는 제 손을 바라보다 고개를 돌렸다. 지독하게 행복하면 이런 걸까. 심
장은 터질 것처럼 뛰고, 누군가가 인공호흡을 해준 것처럼 가슴엔 바람이
가득한데…… 눈엔 눈물이 고인다.

5

하루가 다르게 바람이 차가워졌다. 손끝을 스치는 날 선 바람에 놀라게 되는 계절. 낙엽이 떨어지고 행인들의 외투가 점점 두꺼워지는데 이 거대한 집은 계절을 비켜간 것 같다.

아인은 빛이 나는 얇은 블라우스 한 장을 입고 있는 정 여사를 보았다. 추운 계절과 달리 집 안의 공기는 후끈후끈했다. 정 여사가 추위를 많이 타서라고 했다.

"마셔요."

이어지던 아인의 잡념을 정 여사가 깨어주었다.

"감사합니다."

아인이 잔을 들어 감쌌다. 따스하기보단 덥게 느껴졌다. 아인은 외투를 벗었음에도 겹쳐 입은 셔츠 탓에 더웠다.

"좋은 선생님 만나 우리 도훈이가 마음을 잡았네요. 덕분에 성적도 쑥쑥 오르고 있고요."

정 여사는 진심으로 즐거운 웃음을 지었다. 요즘만 같으면 살 만하다, 라는 말이 나올 만큼 평온했다. 늘 중위권에서 조금 못 미치던 성적을 유지하던 도훈이 어느새 중상위권을 바라보게 되었다. 몇 달 사이에 벌어진 일이라 학교 선생님들이 놀라 전화를 하기까지 했다. 그러나 곁에서 지켜본 바로 도훈의 성적이 안 오를 수 없었다. 무슨 심경 변화를 일으켰는지 도훈은 코피가 터질 때까지 공부했다. 식사를 하면서, 길을 가면서 늘 무언가를 외우고 공부했다. 기본기에 노력이 더해지니 가파르게 치고 올라갔다. 마지막 수단으로 유학까지 생각하고 있던 그녀의 입장에선 눈물 나게 고마운 변화였다. 이 변화를 이끌어준 아인이 더할 나위 없이 고마웠다.

"덕분이에요."

"아닙니다. 도훈 학생이 똑똑한 거고, 저는 조금 도왔을 뿐입니다."

아인의 겸손한 발언이 흡족한지 정 여사의 얼굴에 흐뭇한 미소가 걸렸다. 달그락. 정 여사가 잔을 내려놓았다. 그녀의 곱게 정리된 손톱을 보던 아인은 불쑥 자신의 손톱을 바라보았다. 중학생 때부터 신문 배달을 하느라 노동에 시달린 손이 울퉁불퉁했다. 아인은 저도 모르게 손을 말아 쥐었다.

"이제 수능이 일주일 남았죠?"

"네."

아인은 고개를 끄덕이며 정 여사를 흘깃 보았다. 고작 이런 시답잖은 이야기를 하기 위해 이 시각에 자신을 부른 게 아닐 거다.

"도훈이에 대한 이야기는 이쯤 하도록 하고. 우리 원우랑은 무슨 사이예요?"

갑작스러운 질문에 가슴이 철렁 내려앉았다. 당황스러웠으나, 아인은 침착하게 정 여사의 얼굴을 보았다. 그녀의 얼굴엔 뜻 모를 미소가 남아 있었다.

"무슨 말씀이신지요?"

"원우랑 가까이 지내는 것 같아서 물어보는 거예요."

정 여사의 말에 아인의 머릿속이 빠르게 돌아갔다. 자신과 원우가 교제하는 걸 아는 사람이 없다. 이 집에선 아는 척도 하지 않았다. 대체 어떻게 느낀 거지? 순간 원우가 말했나 하는 생각이 들었지만, 그건 아닌 게 확실했다. 정 여사는 자신에게 원우와 무슨 관계냐고 묻고 있었으니까.

아인이 이런저런 생각을 하는 사이, 정 여사가 말했다.

"나는 자식의 연애사에 관여하는 드라마 속 아줌마들과 달라요. 우리 원우랑 가깝게 지내는 거 맞죠?"

정 여사의 입술이 호를 그렸다. 안심하라는 듯 던지는 그 미소에 아인은 오히려 경계심이 일었다. 자식이, 무려 이런 집안을 등에 업은 자식이 조건 안 되는 여자를 만나고 있는데 웃는다? 아무리 못난 자식이라도 제 눈엔 보석처럼 보는 게 부모다.

아인이 대답하지 않자, 정 여사는 확신한 듯 말을 이었다.

"맞나 보네요. 그럴 수도 있죠. 같은 학과인데다 집에서도 종종 만날 거고. 원우 성격에 모두한테 다정하니 아가씨가 충분히 흔들렸을 수도 있죠. 그래, 그럼 언제부터예요? 원우가 잘해주던가요?"

정 여사의 이어지는 질문을 듣던 아인은 바짝 경계했다. 이건 아들의 여자를 바라보는 눈이 아니다. 누군가의 약점을 잡았을 때 짓는 표정이었다. 이런 표정을 본 적 있었다. 중학교 3년 내내 신문배달해서 저금해 놓은 통장을 발견했을 때 지었던 새어머니의 표정과 같았다. 아인은 죽을힘을 다해 달려들었으나 버르장머리 없이 어린것이 돈맛을 안다며 눈물 쏙 빠지게 혼난 후 몰수당했다.

아인은 반사적으로 고개를 가로저었다.

"아뇨. 잘못 아셨어요."

"무슨 소리예요?"

정 여사가 눈을 가늘게 뜨고서 물었다.

"좋은 선후배 사이는 맞습니다만, 교제하는 사이는 아닙니다."

"굳이 발뺌할 필요 없어요. 요즘 젊은 사람들 교제할 수도 있지. 안 그래요? 그게 무슨 해가 된다고. 혹시 내가 떠본다고 생각한 거예요? 걱정하지 마요. 떠보는 게 아니니까. 나는 아인 씨를 좋게 보고 있어요. 요즘 아가씨답지 않게 처신 잘하고, 바르게 자란 티가 나니까요. 집안 문제야 충분히 극복할 수 있는 거고."

정 여사가 꺼낸 말이 뱀의 혀처럼 사람을 현혹시켰다. 아인이 마른침을 삼켰다. 흔들렸다. 정 여사가 마치 자신과 원우의 교제를 허락하는 듯했다.

"말씀은 감사하지만, 정말로 교제하는 게 아닙니다."

그러나 아인은 일단 제 감을 믿기로 했다. 세상에서 제일 믿어서 안 되는 게 사람이다. 그중 가장 피해야 할 사람은, 달달한 말을 입에 물고서 사람의 정신을 흐리게 만드는 사람.

아인이 완강히 아니라고 부인하자, 정 여사가 등받이에 등을 대고 앉았다. 김샜다는 듯 낮게 한숨을 내쉰 그녀는 언제 그랬냐는 듯 온화하게 웃었다.

"미안해요. 내가 엄한 사람을 잡고 괴롭혔네요. 원우가 도통 여자친구를 소개시켜 주지 않아 마음이 조급했나 봐요. 어서 좋은 사람 만났으면 했거든요."

정 여사가 씁쓸한 얼굴로 말하며 끝까지 아인을 바라보았다. 얼마 전, 아인이 2층 계단으로 올라가는 걸 원우가 물끄러미 바라보고 있는 걸 보앉다. 자신의 관심사가 아니면 쳐다보지 않는 게 원우의 성격이라는 걸 알기에 혹시나 하는 생각이었다. 뒷조사를 해보니 아인과 가깝게 지낸다는 말도 있었다. 그러나 자신의 착각이었던 모양이었다. 이성적이고 계산적인 원우가 저런 여자를 좋아할 리 없었다.

"그러셨군요."

실망시켜 드려 죄송하다고 말하기도 뭣해서 아인은 수긍하는 듯 고개를 끄덕였다. 다시금 거실의 공기가 무겁게 가라앉았다.

"도훈이 공부는 언제까지 계속해야 하죠?"

"지금 복습 단계입니다."

"그럼 언제부터 혼자 공부해도 되는 거죠?"

"전에 말씀드렸듯이 지금부터 해도 됩니다."

도훈에게 가르쳐 줄 수 있는 건 다 가르쳐 주었다. 대한민국에서 손에 꼽히는 대학은 못 가겠지만, 도훈의 가파른 성적 상승세를 보았을 때 인 서울은 가능할 것 같았다.

"그래요?"

정 여사가 준비해 두었던 종이봉투를 꺼내 아인에게 내밀었다.

"여태껏 수고하셨어요. 말씀드렸던 것처럼 이젠 그만 오셔도 될 것 같아요."

아인이 흰 봉투와 정 여사를 번갈아 보았다. 아인은 종이봉투를 집어 들었다. 생각보다 두툼했다.

"감사합니다만, 제 예상보다 많은 거 같습니다."

"고마운 마음에 일부러 넉넉하게 넣었어요. 덕분에 도훈이 마음이 잘 잡힌 거 같으니까. 도훈이한테는 선생님이 그만둔 거라고 말해놓을게요. 선생님도 그렇게 말씀해 주셨으면 좋겠어요."

"네. 그렇게 하겠습니다."

"그리고 이참에 한 가지 더 부탁할 게 있어요."

"말씀하세요."

"앞으로 우리 도훈이가 선생님을 귀찮게 굴더라도, 받아주지 마세요. 어린 게 철이 없어서 앞뒤 분간 없이 설치는데 선생님이라도 잡아주셔야죠."

연락은 물론 만나지 말라는 정 여사의 말뜻에 아인은 잠시 말문이 막혔다. 정 여사는 도훈이 자신을 괴롭히는 걸 염려하는 게 아니었다. 혹여나 도훈과 자신이 지속적으로 만나다 다른 관계가 될 걸 염려하고 있었다. 요즘 부쩍 도훈이 '수능 끝나고 맛있는 거 먹으러 가요.', '수능 끝나고 영화 보러 갈래요?' 라는 말을 많이 하긴 했다. 그 말을 정 여사가 우연찮게 들은 모양이었다. 그게 아니라면 도훈이 말했을 수도 있고.

그보다도 원우는 되지만, 도훈은 안 된다는 건가. 같은 자식인데?

손에 든 돈 봉투의 무게가 남다르게 느껴졌다. 과외비보다 더 많이 들어 있을, 당부의 값. 어디까지가 과외의 값이고, 어디까지가 당부의 값일까. 구분할 수가 없다.

"도훈이는 저에게 좋은 학생이고, 앞으로도 그럴 겁니다. 혹시나 다른 염려를 하게 만든 거라면 죄송합니다."

"말귀를 빨리 알아들어서 좋네요. 시간을 많이 빼앗았네요."

"괜찮습니다. 가보겠습니다."

아인이 몸을 일으켰다. 순간 한숨이 터져 나오려고 한 걸 꾹 눌러 참았다.

❖

도서관 1층에 별도로 마련된 PC룸으로 향한 아인은 웹사이트에 접속

해 이력서 넣을 만한 곳을 체크했다. 4학년 2학기의 기말고사는 과제로
대체되었다. 졸업논문도 시험으로 대체되어 진즉에 끝났다. 학점은 이미
교수의 마음에서 정해져 있을 거고, 학생들이 할 수 있는 일은 출석밖에
남지 않았다. 그 때문에 다들 이력서 준비에 열을 올렸다. 아인도 부쩍 구
인 사이트에 접속하는 일이 잦아졌다. 경기가 어려워서인지 공채를 뽑는
일이 드물었다. 이력서를 넣는 건 어려운 일이 아니기에 아인이 접수할
곳을 메모했다. 총 이력서를 넣을 곳은 다섯 군데쯤 되었다. 아인이 이리
저리 신중하게 머리를 굴리는 사이 휴대폰이 진동했다. 다른 사람들에게
피해가 될까 얼른 휴대폰을 챙긴 아인은 눈을 가늘게 떴다.

「도훈.」

아인이 고민하는 사이 전화가 끊겼다. 정 여사와 만난 게 사흘 전 일
이다. 도훈은 과외 날인 오늘이 되어서야 그 소식을 접한 모양이었다.

「쌤, 어디예요? 왜 전화 안 받아요?」

문자에서 도훈의 화가 느껴졌다. 그럴 만도 했다. 자신에게 한마디 인
사도 없이 사라졌으니. 아인은 대충 짐을 챙겨 PC룸에서 나왔다. 아인이
도훈에게 전화를 걸었다.

"응. 도훈아."

[쌤, 어디예요?]

도훈의 목소리가 바닥에 깔렸다.

"학교야."

[우리 집으로 와요. 관둘 땐 관두더라도 인사는 해야 할 거 아니에요?]

"내 사정이 좀 급했어. 취직 준비하느라."

[그래도 그렇죠. 쌤 놓고 간 물건도 있는데 가지고 가야 할 거 아니에
요.]

"내가 놓고 간 물건이 있어?"

아인이 전혀 몰랐다는 듯 물었다.

[네. 그러니까 얼굴 좀 보죠. 어디로 갈까요? 내가 쌤 학교로 갈까요?]

도훈의 목소리가 까칠했다.

"아니. 내가 너희 집 앞으로 갈게."

이제 겨우 수능 사 일 남은 애를 나오라고 할 수 없었다. 아인이 손목시
계로 시간을 확인했다.

"1시간 후면 도착할 거야."

[알았어요. 기다릴게요.]

기다릴게요, 라는 그 말끝이 묵직했다.

"저기, 저거 아인 선배 아냐?"

2층 카페에 모여 수다를 떨던 두 사람의 시선이 아랫길로 향했다. 버스
를 타려고 서 있는 아인을 발견한 소연의 눈이 가늘어졌다. 아인만 보면
기분이 좋지 않았다. 원우와 아인은 학교에서 서로 아는 체하지 않았지
만, 두 사람 사이에 묘하게 흐르는 분위기가 느껴졌다. 이건 여자의 감이
었다. 더군다나 무슨 이유에서인지 원우는 이전과 달리 자신에게 곁을 허
락하지 않았다. 아무리 연락해도 받지 않았고, 따로 만난 일은 언제적인
지 기억도 나지 않았다.

소연의 표정이 심상찮은 걸 발견한 친구들이 그녀의 눈치를 살폈다.
그들의 눈초리를 느낀 소연이 애써 웃었다.

"니들 왜 그렇게 내 눈치를 봐?"

"아, 뭐, 눈치라니. 안 봤어."

친구들이 부인하자 소연은 속이 더 부글부글 끓었다. 친구들이랍시고

자신에게 붙어 있는 이 여자들은 속으로 자신을 비웃을 게 분명했다.

"나, 약혼할 거 같아."

소연이 스트로우로 아이스 아메리카노를 휘휘 저으며 말했다.

"뭐? 약혼?"

"응. 아버지들 간의 약속이었대."

"진짜? 대박."

친구들은 벌써부터 흥분한 얼굴로 소연의 이야기를 듣기 위해 귀를 기울였다. 소연의 집안은 친가 쪽으로는 정치계, 외가 쪽으로는 경제계를 아우르는 집안의 딸이었다. 그런 그녀와 결혼할 사람이라니 얼마나 대단한 집안일지, 또 결혼식은 얼마나 거창할지 감이 안 잡히는 얼굴이었다. 그러나 가장 궁금한 건 역시 신랑이었다.

"비밀이야. 꼭 지켜줘야 해."

소연의 말에 둘은 목이 빠져라 고개를 끄덕였다. 소연은 한없이 사랑스러운 얼굴로 빙긋 웃으며 말했다.

"원우 선배랑 할 것 같아."

다시는 볼일 없을 거라 생각한 집 앞에 다시금 섰다. 아인이 연락하기도 전에 어떻게 안 건지 도훈이 대문을 벌컥 열고 나왔다. 외투를 입고 나와도 추운 날씨에, 도훈은 티셔츠 한 장만 달랑 입고 뛰어나왔다.

"춥겠다."

아인이 얼굴을 찌푸리며 말하자, 도훈이 인상을 확 썼다.

"지금 추운 게 문제예요! 그만뒀으면 그만뒀다고 말을 해야지! 왜 사람 당황시키고 그래요? 쌤한테는 내가 그런 사람밖에 안 됐어요?"

"너 신경 쓸까 봐 그랬어. 내가 어디 죽으러 가는 것도 아니고."

"와, 이 쌤. 하, 말하는 거 봐라?"

"말이 짧다?"

"아, 그럼 내가 이 와중에 꼬박꼬박 존댓말 하게 생겼어요?"

도훈은 입에서 김이 날 때까지 버럭버럭 화를 냈다. 그러나 이 화는 분
노가 아니라, 투정이었다. 섭섭한데 티를 다 내자니 치졸하게 느껴져서
화를 내는 거다. 아인은 도훈이 이렇게 화를 내주니 내심 고마운 마음이
들었다. 몇 달 일하지 않았지만, 제법 정이 들었다. 이런 친동생이 있었으
면 좋겠다는 마음이 들 만큼.

"미안해. 수능 끝나고 나면 밥 사줄게."

아인이 사과하자, 도훈의 기세가 한풀 꺾였다.

"알았어요. 꼭 연락해야 해요. 그날, 내가 사준 야상이랑 티셔츠 입고
와요. 사준 게 언젠데 아직까지 안 입고 다녀요?"

"그 옷 부담스럽다니까."

"대체 부담스러울 게 뭐예요? 내가 옷 버렸으니까 보상해 준 건데. 그
냥 입어요."

아인은 도훈이 사준 야상과 티셔츠가 몹시 비싼 브랜드라는 걸 알곤
장롱에 고이 보관해 두었다. 도훈과 더 입씨름할 힘이 없어진 아인은 대
충 고개를 끄덕였다.

"그래. 알았어. 내가 놓고 갔다는 물건이 대체 뭐야? 중요한 거라며?"

"여기요."

도훈이 모나미 볼펜을 쓱 내밀었다. 쓰던 볼펜이라 300원도 안 되는
거였다. 하, 헛웃음이 저절로 나왔다.

"이거 때문에 나를 부른 거야?"

아인이 기가 막힌다는 듯 물었다.

"네. 쌤이 즐겨 쓰는 귀한 볼펜이잖아요. 이런 걸 놓고 가면 어떻게 해요?"

도훈이 뻔뻔하리만큼 당당하게 대답했다. 차라리 그냥 보고 싶어서 부른 거라고 하지. 도훈의 뻔히 보이는 수법에 아인이 픽 웃었다.

"그래. 고마워."

"이렇게 온 김에 밥이라도 먹고 가라고 하고 싶은데, 우리 집 분위기가 안 좋아서 그럴 수가 없네요. 내려가서 먹자니 시간이 촉박하고요."

"부탁할 생각 없으니까 들어가 봐."

"대신 다음에 꼭 같이 밥 먹어요."

다시 한 번 당부하듯 말하는 도훈의 말에 아인은 고개를 끄덕였다. 정 여사에겐 따로 만나지 않겠다고 했지만, 한 번쯤은 상관없으리라는 생각이 들었다.

"쌤 내려가는 거 보고요."

"네가 먼저 들어가야 내가 마음 편하게 가지."

아인의 고집에 도훈은 주춤거리며 발걸음을 돌렸다. 지금은 한 자라도 더 보는 게 중요했다. 도훈이 홱 돌아서서 집 안으로 들어갔다. 아인의 얼굴에서 점차 웃음이 사라졌다.

대문 앞에 홀로 남은 아인은 길목에 세워둔 차를 보았다. 전봇대에 가려 잘 보이지 않는 차에서 사람이 내렸다. 코트 차림의 그가 저벅저벅 낮은 발소리를 내며 걸어왔다.

도훈에게 오는 길에 원우의 연락을 받았다. 시간 있으면 보자는 그의 말에, 아인은 도훈을 만나기로 했다고 했다. 그럼 집 앞에서 기다리겠다고 하더니 저기 있던 모양이었다.

원우가 아인의 코앞까지 걸어왔다. 그가 손을 뻗어 아인의 뺨을 감쌌다. 손이 커서 그녀의 얼굴 반이 가렸다.

"뺨이 차갑네."

그의 뜨거운 손 탓인지, 놀란 탓인지 양쪽 뺨에 후끈 열이 올랐다. 그와 몸도 섞은 사이건만, 아직도 손끝이 닿으면 이렇게 가슴이 뛰었다. 아니, 가슴이 안 뛰게 되는 날이 오긴 할까. 원우와 함께 있는 순간이 아직까지 이토록 아련하고 좋은데.

"괜찮아요."

아인이 입꼬리를 늘여 웃었다.

"도훈이랑 무슨 이야기했어?"

"말없이 관둬서 섭섭하다고요. 그리고 수능 끝나고 밥 사달래요."

"그래?"

원우가 뜻 모를 미소를 그렸다. 아인은 원우에게서 한 걸음 물러섰다.

"다른 사람이 볼지도 모르잖아요. 안 그래도 사모님이 우리 사이 의심하는데 들켜서 좋을 거 없잖아요."

아인이 걱정스러운 표정으로 말했다. 들켜서 손해 볼 건 원우밖에 없다. 단순히 그의 입장을 걱정하는 거라고 보기엔 아인의 태도가 무척 조심스러웠다.

"상관없어."

원우가 손을 뻗어 아인을 잡아당겼다. 순식간에 아인이 그의 품에 쓰러지듯 안겼다. 온몸이 밀착되었다. 두꺼운 외투 사이로 심장이 터질 것처럼 뛰었다.

"서, 선배."

"오늘 시간 괜찮아?"

아르바이트도 거의 다 끝났다. 당장 새로운 아르바이트 자리를 구해야 하지만, 아인은 그런 걱정 따윈 집어치우고 고개를 끄덕였다. 오늘만이라도 마음 놓고 쉬고 싶었다.

"그래. 그럼 가자."

원우가 아인을 안은 채 천천히 고개를 들었다. 2층의 창문에 향하기 직전, 그러나 2층의 창문이 시야에 다 들어오는 각도에 시선을 던져 두었다. 도훈의 창문에 붙어선 남자의 인영이 보였다.

들리지 않는 비명이 들리는 듯하다.

보이지 않는 분노 서린 표정이 보이는 듯했고.

원우의 입술이 즐거움으로 느슨하게 늘어났다.

"드라이브하고, 자러 가자."

"서, 선배."

그의 노골적인 말에 듣는 아인이 크게 당황했다.

"하고 싶어."

원우는 아인이 어쩔 줄 몰라 하는 걸 고스란히 느끼며 웃었다. 아인이 귀엽고, 창문에 바짝 붙어선 도훈의 모습이 즐거웠다. 원우가 느릿하게 고개를 숙여 아인의 입술에 입을 맞추었다. 아인은 움찔할 뿐 피하지 않았다. 오히려 먼저 원우의 손을 잡았다. 그런 아인을 사랑스럽다는 눈으로 바라보던 원우가 그녀를 데리고 차로 데려갔다. 등 뒤에 꽂히는 도훈의 시선을 고스란히 느끼며.

"서, 선배."

아인의 목이 움츠러들었다. 원우의 입술이 아인의 목덜미를 지분거렸다. 뜨거운 입김과 부드러운 입술의 느낌이 고스란히 목덜미에 전해져 왔다. 아인은 어쩔 줄 몰라 하며 고개를 숙였다. 호텔의 고급스러운 침구가 눈에 들어왔다. 처음 이곳에 올 때 아인은 모텔로 충분하다고 그를 만류

했지만, 그는 왜인지 그녀를 호텔로 데려왔다.

'가끔은 이런 곳도 좋잖아.'

느슨하게 웃는 그는 무척 기분이 좋아 보였다. 그래서 아인은 고민 끝에 호텔 룸에 발을 디뎠다. 한번쯤은 와보고 싶기도 했었다.

기분 탓인지 모텔보다 침구의 촉감이 부드럽고, 더욱 푹신했다. 모텔은 타인의 시선을 의식했는지 어둡고 탁했지만, 호텔은 모든 곳이 환했다. 그 때문에 가운이 흘러내려 가슴을 반쯤 드러낸 자신의 모습이 더욱 노골적으로 보였다. 더군다나 그녀는 침대 헤드에 등을 대고 앉은 자세였다. 더 뒤로 물러날 곳 없이 바짝 붙어선 채 원우가 아인의 몸을 탐하고 있었다.

원우의 입술이 아인의 목덜미를 타고 흘러내려 왔다. 그의 입술이 살결을 타고 내려가자, 온몸이 바짝 조이는 기분이 들었다. 아인이 발끝을 웅크렸다. 그의 입술이 흘러내려 아인의 도톰하게 솟아오른 유두를 살짝 깨물었다. 찌릿한 감각이 타고 흐르자, 아인이 흠칫하며 몸을 웅크렸다. 아인이 예민하게 반응하는 걸 즐기듯, 원우가 혀끝으로 아인의 유두를 핥았다. 유두가 혀의 움직임에 따라 움직여지자 온몸이 짜르르해졌다.

"으흣."

아인이 결국 참지 못하고 얕은 신음을 뱉었다. 원우는 아인의 가슴을 한입 머금고서 한 손으로 가운 사이를 파고들었다. 매끄러운 허벅지 사이의 중심에 손이 닿자, 아인이 흠칫했다. 이미 몇 번을 경험했음에도 아인은 같은 지점에서 놀라곤 했다. 이런 반응이 신선하면서도 자극적이었다.

"서, 선배."

"응."

"으흥."

아인이 뭐라고 하려고 입술을 열었다가 그대로 신음을 흘렸다. 손가락이·아인의 여린 곳을 들추며 들어왔다. 깔짝거리는 그의 손놀림에 아인의 머릿속 생각이 모조리 날아갔다. 원우의 손끝이 부드러운 애액이 흘러내리는 중심부로 천천히 밀고 들어왔다. 손에 닿는 아인의 속 느낌은 매끄럽고, 뜨거우며, 부드러웠다. 깊은 곳으로 들어가려고 손가락을 움직이자, 아인이 파다닥거리며 몸에 바짝 힘을 실었다.

"서, 선배."

아인이 그를 다급하게 부르며 말리듯 그의 손을 거머쥐었다. 원우는 빨개진 아인의 얼굴을 바라보며 가볍게 웃었다.

"왜?"

"으훗."

아인이 탁한 신음을 흘렸다.

"불렀으면 말을 해야지."

"아핫."

"안 그래?"

원우가 물으며 손가락 하나를 더 밀어 넣었다.

"하아, 하아, 으훗!"

"불편하네."

원우가 말을 함과 동시에 아인의 무릎을 벌리고 중간에 자리를 잡았다. 가운이 뒤로 젖혀지며, 아인의 아래가 훤히 드러났다. 음모 아래로 이어진 중심부가 그의 손가락을 머금고 있었다. 가운을 입고 있지만 가려져야 할 부분이 전혀 가려지지 않았다. 아슬아슬한 가운 끈을 경계로 그녀의 가슴과 아래가 훤히 드러났다.

아인이 가운으로 가리려 했으나, 원우가 한발 빨리 그녀의 손을 거머쥐었다.

"왜 가려? 일부러 이런 건데."

"선배."

아인이 부끄러움과 수치스러움에 붉어진 얼굴로 그를 불렀다. 이건 아니라는 듯 고개를 가로저었으나, 그는 짓궂게 아인의 가운 끈을 풀었다. 잡을 틈 없이 가운 끈이 풀리자, 가슴과 하얀 배, 벌려진 다리가 더욱 노골적으로 드러났다. 아인이 어쩔 줄 몰라 하자, 원우가 그녀의 입술에 입을 맞췄다. 아인이 힘겹게 그의 입술을 받아내는 사이, 아래에서 뜨끈한 느낌이 몰려왔다.

"하아, 으으읏! 하아, 아아!"

아인의 입술 새로 정신없이 신음이 새어 나왔다. 정신을 차릴 수가 없었다. 원우의 손끝이 미묘하고 예민한 곳을 사정없이 건드렸다. 머릿속으로 폭죽이 터지고, 아래가 반사적으로 움찔거리며 원우의 손가락을 쥐었다 펴길 반복했다.

"흥건하네."

그가 중얼거리듯 말하며 손가락을 빼냈다.

"읏!"

아인이 짧게 신음하며 숨을 몰아쉬었다. 아인은 보란 듯 들고 있는 그의 손가락을 보았다. 애액으로 흥건하게 젖은 손가락이 반짝거리고 있었다. 아인은 민망한 표정으로 눈을 내리깔았다.

"같이 즐겁고 싶은데."

그의 말에 아인이 눈만 들어 그를 보았다. 원우의 말이 무엇을 의미하는지 아인은 단번에 알아들었다. 그는 가운 사이로 부푼 물건을 보여주고 있었다. 그것을 드러낸 채 그는 침대 헤드에 걸터앉았다.

"뭐 해?"

원우가 물었다.

빨아.

그가 그렇게 눈으로 말하고 있었다. 머릿속이 복잡해졌다. 그의 것을……. 그러나 생각은 얼마 가지 못했다. 침대 헤드에 나란히 앉은 그의 곁으로 다가갔다. 입으로 감당이 될지 의문스러울 만큼 거대했다. 아인은 주춤거리며 입을 벌려 그의 것을 머금었다. 금세 입안이 가득 차며 목 안이 빡빡해졌다. 욕심내어 조금 세게 머금자, 목 안을 쿡 찔렀다. 눈가에 눈물이 핑 돌며 머리가 어지러웠다.

"하아."

낮은 숨소리에 아인이 고개를 들었다. 그가 목을 뒤로 젖힌 채 숨을 흘리고 있었다. 조명 빛이 흘러내리는 그의 모습이 퇴폐적이면서도 섹시했다. 아인은 자신의 미숙한 솜씨에도 그가 반응하는 것이 신기해 조금 더 용기를 냈다. 아인이 입을 조금 더 벌려 고개를 앞뒤로 흔들었다. 입으로는 할 수 있는 범위가 적어서, 뿌리 쪽은 한 손으로 거머쥔 채 함께 움직여야 했다.

"스읍."

누구의 것인지 모를 타액이 입안에서 점점 흥건해졌다. 아인은 그걸 삼켜야 하나 말아야 하나 고민하다가 이대로 흘릴 수 없어 삼켰다. 그 움직임에 원우의 허벅지에 살짝 힘이 들어갔다. 아인은 조금 더 용기 내어 그의 것을 머금었다가 뱉길 반복했다.

원우는 고개를 숙여 아인을 바라보았다. 솜씨는 미숙했다. 차라리 자신의 손으로 하는 게 더 나을 만큼, 별것 없는 솜씨임에도 미칠 것 같은 데엔 시각적인 효과가 컸다. 불그스름하게 익은 아인의 뺨, 반쯤 엎드리다시피 해서 한껏 모인 가슴, 고개를 흔들 때마다 보였다가 사라지는 분홍빛 유두, 그 아래로 부드럽게 이어져 있는 곡선과 봉긋한 엉덩이. 그러나 가장 그를 미치게 만드는 건 아인의 입술이었다. 핑크빛 입술이 동그랗게 벌려진 채 자신의 것을 머금고 있었다. 아이스크림을 먹듯이 핥고 빨아들이는 모습이 지독하게 자극적이었다. 더 이상 머물다간 끝낼 것 같아, 원우가 아인의 어깨를 잡아 밀었다. 그러자 아인이 무슨 일이냐는 듯 멍한 얼굴로 그를 바라보았다. 번들번들한 아인의 입술에 입을 맞추며, 원우는 그녀를 눕혔다. 순식간에 그녀의 무릎이 벌려졌다. 자신의 것을 머금고 있는 동안에도 흥분했는지, 아인의 아래에서 느릿하게 애액이 흘러나오고 있었다.

원우는 터질 것처럼 부푼 자신의 것을 아인의 안으로 삽입했다. 빨려 들어가듯 한번에 밀고 올라갔다.

탁!

순식간에 맞닿았다.

"으흡!"

아인이 짧게 신음하며 몸에 힘을 주었다.

"힘 풀어. 날 죽일 거 아니면."

원우가 숨을 참고서 말했다. 안 그래도 좁은 아인의 속이 더욱 바짝 조여들자, 정신을 차릴 수가 없었다. 마음 같아선 이대로 달려서 사정해 버리고 싶을 정도였다.

"어서."

원우가 재촉하며 아인의 귓가를 입술로 지분거렸다. 원우가 달콤하게 여기저기를 지분거리자, 아인의 아래가 조금씩 느슨해졌다. 원우의 허리가 느릿하게 움직였다. 질척, 질척. 듣기에도 민망한 소리가 귀를 자극했다.

"하아, 하아, 아핫!"

아인이 짧게 신음하며 몸을 떨었다. 원우는 아인을 똑바로 바라보며 조금 더 강하게 움직였다. 아인을 위해서 조금 천천히 해주어야 한다는 걸 알면서도 몸이 제멋대로 움직였다. 늘 이랬다. 주아인 앞에 서면 늘 자신은 이렇게, 제어력이 사라지고야 만다. 원우는 침대 시트를 힘껏 거머쥔 채 몸을 움직였다.

탁, 탁, 탁.

살들이 강하게 맞부딪쳤다. 원우의 것이 깊숙한 곳까지 파고들었다. 터질 것처럼 뜨거웠다. 원우가 하던 중, 아인의 허리를 끌어당겨 세웠다. 마주보고 앉은 자세로, 원우가 허리를 움직였다.

"아흑."

아인이 익숙하면서도 낯선 쾌감을 이기지 못하고 어깨에 이마를 가져다 댔다. 온몸이 흔들리면서, 아인의 가슴이 원우의 가슴에 닿았다 떨어지길 반복했다. 그 사소한 자극도 불처럼 피어올라 온몸을 집어삼켰다.

"하아."

원우가 낮은 신음을 흘리며 어금니를 깨물었다. 자신에게 착 감긴 채 아인이 흘리는 신음소리가 이전보다 더 자극적이었다. 원우가 아인을 일으켜 뒤로 눕혔다. 힘이 빠진 아인이 무릎을 세우지 못하고 엎드려 누웠다. 절정에 치닫기 전에 끝나 버린 게 아쉬워 몸이 움찔거렸지만, 생각과 달리 몸엔 힘이 빠졌다.

이게 끝인가.

그러나 원우가 사정한 걸 본 적 없다. 등 뒤로 원우가 다가오는 게 느껴졌다. 아인이 돌아보려고 고개를 들기도 전에, 몸이 순식간에 꿰뚫렸다.

"으흑!"

아인의 몸이 활처럼 휘었다. 흥분과 아쉬움에 잔뜩 예민해져 있는 아래가 원우의 것이 들어오자마자 정신을 못 차리며 바짝 조여들었다.

탁, 탁, 탁!

거칠게 움직이는 소리를 따라 아인의 몸이 거칠게 흔들렸다.

"흡, 흐흡!"

더 이상 밀려 올라갈 곳이 없을 만큼 올라가자, 원우가 아인의 어깨를 움켜쥐었다. 그러고는 속도를 빠르게 높였다. 아래가 뜨거워지면서, 아랫배가 바짝 당겼다. 발끝과 머리끝으로 뜨거운 열기가 치솟았다.

"으흡! 하아, 하아, 으훗!"

아인은 자신이 무슨 소리를 내는지도 모른 채 아무 소리나 뱉어냈다. 정신을 차리고 싶어도 차릴 수가 없었다. 미칠 것 같았다. 그냥 이대로 몸이 녹아 사라질 것만 같았다. 그래도 괜찮을 것 같다는 생각을 마지막으로 눈앞이 아득하게 변했다. 아인의 몸에 바짝 힘이 들어가더니 온몸이 파르르 떨렸다. 이윽고 몸에 힘이 풀어졌다. 축 늘어진 아인의 엉덩이로 뜨거운 애액이 닿는 게 느껴졌다. 원우의 정액이었다.

아인은 숨을 몰아쉬었다. 온몸의 에너지가 발끝으로 다 빠져나간 기분이었다. 힘겹게 손을 뻗어 협탁 위에 휴지를 집어 들었다. 엉덩이에 묻은 그의 정액을 닦아 근처 휴지통으로 던졌다. 그러나 아슬아슬하게 다른 곳으로 비켜갔다. 어쩔 수 없지, 라고 생각하며 아인은 이불을 찾아 몸을 돌려 누웠다.

지금쯤 휴지로 뒤처리를 하고 있을 거라는 예상과 달리, 원우는 침대에 반쯤 걸터앉아 그녀를 보고 있었다. 반투명한 흰 커튼 너머로 빛이 눈부시게 부서져 실내를 가득 채웠다. 그 중심에 원우가 앉아 있었다. 눈이 부셔서 아인은 눈을 가늘게 뜬 채 그를 바라보았다. 그는 아무 말 없이 아인을 바라보다가, 느슨하게 웃었다. 순간 평소와 다를 것 없는 그 웃음에 아인은 가슴이 내려앉는 걸 느꼈다.

"왜 그래?"

아인이 웃지 않자, 원우가 물었다.

"아니에요, 아무것도."

아인은 자신이 예민한 거라 생각하며 고개를 가로저었다. 그가 다가와 아인을 끌어안았다. 아인은 얌전히 그에게 안긴 채 침대에 누웠다. 그의 체향을 맡고, 그의 온기를 느끼며 누워 있자 가슴 속에서 뾰쪽한 돌기가 올라왔다.

이대로 영영 살았으면 좋겠다는 욕심의 돌기가.

그럴 수 없다는 걸 누구보다 잘 알면서.

아인은 스르륵 눈을 감았다. 피곤함이 몰려왔다. 아인은 원우를 끌어안은 채 잠에 빠졌다.

2층이 무서우리만큼 고요했다. 아슬아슬한 고요를 뚫고 원우가 자신의 방으로 들어갔다. 달칵, 스위치를 켜자 환한 조명 아래에 고개를 푹 숙이고 앉아 있는 도훈이 보였다. 그는 침대에 걸터앉아 있었다.

"불 켜고 있지 그랬어? 공부는 열심히 했어?"

"……어디 갔다 와?"

"데이트."

원우가 코트를 벗어 옷걸이에 걸며 태연히 대답했다. 도훈이 느릿하게 시선을 들었다. 몇 시간 만에 환한 조명 아래에 놓이자 눈이 시렸다. 그러나 도훈은 그런 것도 못 느낀다는 듯 무심히 원우를 쳐다보았다.

"……누구랑?"

"여자친구랑."

"형 여자친구가 누군데? 설마, 주아인이야?"

도훈의 물음에 옷걸이를 행거에 걸던 원우가 천천히 돌아섰다. 몇 발자국 사이에 둔 두 사람의 표정이 극명하게 갈렸다. 화를 억누르고 있는 도훈과 달리 원우는 침착하다 못해 고요하기까지 했다.

"아무리 관뒀다지만 선생님 이름을 막 부르면 안 되지."

"내가 물은 건 그게 아니잖아!"

"누가 그래? 아인이가 그래?"

아인이.

그 다정한 부름에 도훈의 표정이 굳었다. 그 말이 모든 걸 대답해 주고 있었다. 그러나 도훈은 1%의 가능성도 포기하고 싶지 않았다.

"쌤이랑 사귀는 거냐고."

"내가 뭐라고 대답하길 바라?"

"아니. 아니어야 해. 아니라고 해줘."

도훈이 마른침을 삼키며 억지로 침착함을 유지했다. 그러나 생각과 달리 손이 저절로 벌벌 떨렸다.

"내가 아니라고 하면, 네가 믿을래? 너, 알고서 물어보는 거잖아."

침착하게, 그러나 잔인하게 찌르고 오는 말에 도훈이 헛바람을 삼켰다. 어떠한 한 사실을 부정하고 있다는 건 실은 알고 있다는 것을 대변하는 말이라는 걸 그는 지적하고 있었다.

도훈이 고개를 들어 원우를 바라보았다. 그는 이전처럼 침착하고, 우아한 태도로 일관하고 있었다. 도훈의 입술이 바들바들 떨렸다.

"내가 쌤 좋아하는 거, 형은 알고 있었잖아! 어떻게 나한테 이래!"

부들부들 떨던 도훈이 미칠 것 같다는 얼굴로 소리 질렀다. 화가 나다 못해 가슴이 터질 것 같았다. 새빨갛게 충혈된 눈으로 도훈이 원우의 멱살을 세게 거머쥐었다. 그의 손이 부들부들 떨렸다.

"어떻게 그러냐고! 다른 사람도 아니고! 형이! 왜! 왜!"

"네가 그 고백을 하기 전부터, 주아인이랑 나랑 사귀고 있었어."

"……뭐?"

도훈의 표정이 충격으로 굳었다.

"그때 사실대로 말할까 했어. 그런데 관뒀어. 한창 공부하고 있는 너한테 굳이 그런 이야기 할 필요 없으니까. 수능 끝나고 제대로 소개해 줄 생각이었어."

"그래도 말했어야지! 그래도! 내가 이렇게 쌤이 좋아지기 전에!"

도훈이 윽박지르듯이 소리치다 입술을 깨물었다. 새빨갛게 물든 눈동자에 눈물이 그렁그렁 차올랐다. 그러다 도훈은 저를 바라보는 원우의 눈동자가 유난히 차가운 걸 느꼈다. 이쯤 되면 자신을 어르고 달래야 하는데, 마치 타인 같다.

"⋯⋯형?"

순간 충격 먹은 듯 도훈이 힘 풀린 목소리로 그를 불렀다. 원우가 그의 손을 잡아 뜯듯이 밀어냈다. 원우가 구겨진 티셔츠를 펴며 도훈을 차갑게 응시했다. 히끅. 놀란 도훈이 숨을 들이마시다 눈물을 툭 떨구었으나 알아채지 못했다.

"내 입장에서 한 번 더 생각해 보지그래. 네가 잘되길 바라는 어머니가 바로 우리 발밑에 계셔. 그분의 행복은 네가 잘되는 것밖에 없었어. 네 성적 올리는 거라면 뭐든 하겠다고 나오는 그분 때문에 나야말로 여자친구를 너한테 양보하고 있었던 난 어땠을까? 버젓이 내 여자가 어머니에게 무시당하는 걸 보면서, 이 집 안에서 숨죽여 걷는 걸 느끼면서 꾹꾹 참아 온 나는?"

"⋯⋯."

"그래도 말했어야 한다? 그래서 말했으면 철없는 네가 어떻게 할지 뻔한데 나한테 말을 하라고? 아직도 못 알아챈 게 있나 본데, 잘 생각해 봐. 네가 실수하거나 다치면 그 피해를 누가 고스란히 받았는지. 그리고 내가 왜 아직도 가족 식사에 참여하지 않는지까지도."

원우의 말에 도훈의 얼굴이 서서히 희게 질렸다. 단순히 어머니와 형 사이에 기 싸움이 있는 건 알았지만, 이토록 깊은 골이 있다는 건 알지 못했다. 그 깊은 골 속에서 형이 웅크린 채 숨을 죽이고 있던 것까지도.

충격으로 얼어붙은 도훈의 머릿속으로 어린 시절 장면이 차근차근 흘러갔다. 함께 놀다 도자기를 깨도 혼나는 건 원우였다. 그는 골방에 갇혀 두 끼를 굶어야 했다. 도자기를 깬 벌과 동생을 제대로 챙기지 못한 것까지 합쳐져서. 함께 놀다가 도훈이 울면 그 몫은 오로지 원우가 감당해야 했다. 어머니의 불합리한 처벌 아래에서 원우는 십 년 넘게 버텼다.

도훈이 마른 입술을 벙긋거렸다. 지나치게 고통스러울 땐, 그 고통조차 느끼지 못한다고 했던가. 머리가 굳어버리고, 가슴에 마비가 온 것 같다. 어떤 것도 느낄 수가 없었다.

오래 묵은 고통을 쏟아내던 원우가 허리를 곧게 폈다. 그런 표정은 지은 적 없다는 듯 단정한 얼굴이었다. 그러나 원우의 눈빛은 여전히 냉랭했다.

"김도훈."

그가 도훈을 불렀다. 충격으로 눈물이 말라 버린 도훈이 원우를 쳐다보았다.

"네 방으로 돌아가."

"……."

"이제는 내 방에 들어오지 마라."

"……형."

원우가 차갑게 밀쳐 내는 것이 목소리에서 느껴졌다. 도훈의 목소리가 떨렸다. 원우가 차갑게 돌아서자, 도훈이 숨을 들이켰다. 당장에라도 울 것처럼 부풀어질 뿐, 눈물 한 방울 나오지 않았다.

"형."

그가 원우를 불렀다. 그러나 원우는 대답하지 않았다. 더 이상 다가오지 말라는 투명한 장벽이 느껴졌다. 결국 도훈이 힘없이 돌아섰다. 쿵, 하고 방문이 닫히는 소리를 듣고서야 원우가 돌아섰다. 원우는 닫힌 방문을 도훈이라도 되는 양 물끄러미 바라보았다.

너는 모두 잊었겠지만, 나는 조금도 잊지 못했다.

그 길고도 지루하며 고단했던 시간들을.

'형, 이거 나 해도 되지? 가져간다.'

자신의 물건은 모조리 도훈의 손아래에 있었다. 어머니를 등에 업은 도훈의 청을 거절할 수 없었다. 거절하면 그는 울고, 자신은 다시 또 두 끼를 굶게 될 테니까. 그의 손에 들어간 모든 물건들은 고장 나고 부서졌다.

'아, 이거 싫은데.'

도훈의 손엔 자신이 생일 선물로 사달라고 했던 게임기가 쥐어져 있었다.

'형 할래?'

기부하듯 침대에 던져진 게임기.

'가져. 난 필요 없으니까.'

모든 걸 다 누려서, 조금도 누리지 못하는 자신을 배려하지 않는 도훈.

'형, 엄마가 자꾸 공부시켜.'

투덜거리는 도훈에겐 몇백만 원짜리 과외 선생이 붙었다. 원우에겐 그 누구도 없었다. 허허벌판처럼 넓은 방과 교과서뿐.

'엄마랑, 아빠랑 밥 먹고 왔어. 형은 왜 안 왔어?'

도훈이 아이스크림을 퍼먹으며 물었다. 가지 않은 게 아니다. 함께 밥 먹는 줄도 몰랐을 뿐. 가족이라는 울타리에서 철저히 개처럼 키워졌다. 밥만 주고 몇 번 눈길 주는 그런 개. 사랑과 존중을 받고 자란 도훈이 아무 생각 없이 뱉은 말들이 그들 사이에 돌처럼 쌓여갔다. 빛 한 점 들어오지 않는 벽 너머에서 그는 숨을 죽여야 했다.

살아야 하니까.

살아서 자신의 생모를 사지로 몰아넣은 저 여자를 내려 밟아야 하니까.

일순 새까맣고 눌어붙은 분노가 목울대를 타고 올라왔다. 꿀꺽. 원우는 그 검고 진득한 분노를 도로 삼켰다. 아직 뱉어내기엔, 멀었다.

❖

아인이 고개를 들어 하늘을 보았다. 한바탕 비라도 쏟아질 것처럼 시커먼 먹구름이 하늘을 가득 메우고 있었다. 아인이 휴대폰을 꺼냈다. 오후 6시. 이쯤 되면 수능이 끝났을 시간이다. 아인은 도훈에게 전화를 할까 하다가 문자를 보냈다.

「수능 치느라 수고했어! 푹 쉬어!」

도훈이라면 잘 쳤을 거라는 생각이 들었다. 막판에 무서우리만큼 몰입했던 녀석이니까. 문자 보내는 사이 차갑게 식은 손을 얼른 주머니에 밀어 넣은 채 종종걸음으로 주차장에 걸어갔다. 원우가 학교에서 만나자고 하면 대부분 주차장이 약속 장소였다. 아인이 조수석 문을 열어 몸을 실었다. 차에 타자마자 시원한 향이 밀려왔다. 아인이 원우를 보며 환하게 웃었다.

"선배."

"어."

"좋은 소식이 있어요. 저, 모레 면접 보러 가요."

"면접? 벌써 이력서 넣었어?"

"네. 어서 취직해야죠. 아직 합격한 거 아니니까 비밀로 해주세요."

하루라도 빨리 독립하려면 취직하는 수밖에 없었다. 이 사실을 알게되면 돈독 오른 새어머니가 갈취하러 나올 게 뻔해서 아인은 숨기로 했다. 원우가 알겠다는 듯 고개를 끄덕였다. 어디에 이력서를 넣은 건지, 지역은 어딘지 물어볼 거라는 예상과 다르게 원우는 아무것도 묻지 않았다. 아인은 그게 섭섭했지만, 티내지 않았다.

늘 조용한 원우지만, 오늘따라 더욱 조용했다. 그는 어디로 가자는 말도, 뭘 하자는 말도 없이 등받이에 등을 대고 앉아 그녀를 바라보았다.

"도훈이는 시험 잘 쳤겠죠?"

그 질문을 하기가 무섭게, 주머니에서 휴대폰 벨이 울렸다.

「도훈.」

액정에 찍힌 이름을 발견한 아인이 반가운 듯 웃었다. 전화를 받으려고 하자, 원우가 그녀의 손을 잡았다.

"도훈이랑 아직 연락해?"

그의 목소리가 묵직하게 낮아서 아인은 빠르게 부인했다.

"아뇨. 이전에 집 앞에서 만난 후로 처음이에요. 오늘 수능 치느라 수고했다고 문자했었거든요. 고마워서 전화했나 봐요."

"연락하지 마. 도훈이랑."

원우의 딱 부러지는 요구에 아인의 눈이 살짝 벌어졌다.

아인이 이유를 모르겠다는 듯 쳐다보았다. 창틀에 팔을 대고 턱을 괸 원우가 눈을 가늘게 떴다. 쏟아지는 햇살에 원우의 옆얼굴이 환하게 빛났다.

"설마, 아직까지 몰랐던 거야? 도훈이가 널 좋아하잖아."

"아, 선배도 오해했나 봐요. 부끄럽게도 저도 그런 오해를 해서 물어봤거든요. 아니라고 했어요. 따로 좋아하는 사람 있대요."

"그게 너라고."

원우가 툭 던진 말에 아인의 눈이 벌어졌다.

"그래서 난 네가 김도훈이랑 어울리는 게 싫거든."

이건 진심이다. 원우의 냉랭한 눈빛이 말하고 있었다. 아인이 분위기를 풀어보려고 하, 하고 웃었지만 강풍 앞의 촛불처럼 순식간에 사라졌다.

"동생이잖아요."

"동생이지. 남자기도 하고. 좋아하는 여자를 둔 남자의 머릿속이 어떤지 알면 그냥 둘 수가 없어."

원우가 손을 뻗어 아인의 목뒤를 잡아당겼다. 순식간에 코끝이 닿을 만큼 가까워졌다. 원우가 아인의 입술을 부드럽게 머금었다. 쪽. 소리가 민망하게 허공으로 퍼졌다.

"이런 건 하루에도 수십 번 상상해. 이것보다 더한 것도."

원우의 말에 아인의 목울대가 오르내렸다.

"그러니까 김도훈한테 여지 주지 마. 화날 거 같으니까. 연락 받지 마. 네가 하는 것도 안 돼. 아무것도 하지 마."

원우의 말에 아인이 느릿하게 고개를 끄덕였다. 그러지 않고는 그가 놔주지 않을 것 같았다. 그의 손에서 풀려난 아인은 뒤늦게 쿵쾅대는 심장박동을 느꼈다.

집요한 집착과 독점욕.

그가 자신을 욕심내고 있었다.

아인은 그에게 고백이라도 받은 것처럼 두 뺨이 발그스름해졌다.

정 여사는 초조한 듯 손톱을 깨물었다. 며칠 전부터 도훈의 상태가 심상찮았다. 말수가 줄어들고 고개를 숙이고 다니는 일이 많았다. 에너지가 넘쳐서 고민이던 녀석이 갑자기 숨 죽은 배추처럼 다니는 이유가 단순히 피곤해서인 줄 알았다. 수능만 치면 모든 일이 끝날 줄 알았는데, 예상치 못한 일이 벌어졌다. 수능이 끝난 지 한참인데 연락이 되지 않았다. 친구들이랑 노느라 늦어지나 보다 했는데 자정이 넘어가자 슬슬 걱정되기 시작했다. 다음 날 해가 중천에 닿을 때까지 도훈이 들어오지 않았다. 정 여사는 밤새 잠을 이루지 못했다.

띠리릭. 벨소리가 울리자, 정 여사가 얼른 휴대폰을 귀에 가져다 댔다.

"여보세요? 도훈이는요? 어떻게 됐어요?"

[죄송합니다. 사모님. 알아본 결과 수험장에 안 들어가신 것 같습니다.]

"뭐…… 뭐, 라고요?"

정 여사가 소파에 털썩 주저앉았다. 눈앞이 캄캄해졌다. 이 사실을 김 회장이 알면 노발대발할 게 분명했다. 자칫 잘못하다간 해외로 보내져 영영 귀국하지 못할 수도 있다.

"그, 그럼 지, 지금 도훈이 어딨어요?"

[지금 찾는 중입니다. 찾는 대로 즉시 연락드리겠습니다.]

"지금 행방도 못 찾았다는 말이에요?"

[죄송합니다.]

"하."

정 여사가 기가 막힌 듯 한숨을 내쉬었다. 아침에 수능 치겠다고 나간 녀석이 지금껏 어디서 무얼 하고 있단 말인가.

[조속히 찾도록 하겠습니다.]

쩔쩔매는 운전기사의 말에도 정 여사는 어쩔 수 없이 전화를 끊었다. 그리고는 이리저리 정신없이 오가던 정 여사가 자리에서 벌떡 일어나 도훈의 방으로 향했다. 도훈이 유난히 아끼던 옷 몇 벌이 사라졌다. 설마 했는데 역시나였다. 처음부터 작정하고 가출한 거다.

도훈이 갈 만한 곳을 찾아 책상을 모조리 뒤지던 정 여사의 눈길이 서랍 귀퉁이로 향했다.

여자가 쓰는 핀이 소중하게 놓여 있었다. 싸구려 냄새가 나는 조잡한 모양의 핀이 누구 건지를 고민하던 정 여사의 얼굴이 딱딱하게 굳었다.

주머니에서 휴대폰을 꺼낸 정 여사가 누군가에게 전화를 걸었다.

"주아인에 대해서 알아봐요. 자세한 신상 명세는 문자로 보내줄 테니까."

통화를 끝낸 정 여사가 섬뜩하리만큼 차가운 표정을 지었다.

엘리베이터에서 내린 원우가 붉은 카펫을 밟고 걸었다. 양쪽에 자리한 커다란 차창에서 환한 빛이 쏟아져 내렸다. 원우가 들어서자 호텔 레스토랑의 종업원이 그에게 다가왔다. 환한 미소가 오늘따라 과하다. 사주가 내려와 식사를 한다는 소문이 파다하게 퍼진 모양이었다.

"예약하셨습니까?"

"김원우요."

그의 이름을 말하자, 종업원이 안내하겠다며 앞서 걸었다. 종업원이 데려온 곳은 레스토랑에서 가장 전망 좋은 룸이었다. 테이블 하나만 있다는 게 너무할 정도로 공간이 넓었다. 그곳엔 이 호텔의 사주인 김 회장이 있었다. 원우가 인사하자, 김 회장이 냉정한 얼굴로 고개를 끄덕였다.

자식 농사보다 자신의 회사가 더 중요한 남자답게, 그는 거의 1년 만에 제대로 보는 제 자식에게 반가운 표정 한번 없었다. 이런 무관심 속에 어머니는 죽고, 새어머니는 활개를 쳤다.

"앉아라."

김 회장에게서 제법 떨어진 곳에 자리를 잡고 앉았다. 가깝게 식사할 만큼 친근한 사이가 아니었기에 김 회장도 별말 하지 않았다.

"언제 졸업이야?"

식사 주문을 마친 후, 김 회장이 원우를 바라보며 물었다. 몇 해 만에 얼굴 본 친척에게 건넬 법한 물음에 원우는 하마터면 헛웃음을 흘릴 뻔했다.

"내년 2월입니다."

"이력서는?"

"네 군데 정도 넣었습니다. 이력서는 모두 통과됐고, 두 군데는 면접 봤고 나머지도 곧 볼 예정입니다."

"우리 회사는?"

"안 넣었습니다. 다른 회사에서 일하다가 이직할 계획입니다."

"그럴 거 없이 바로 입사해서 밑에서부터 기어올라 와. 남의 회사 가 있는 동안 다른 놈들이 더 기어올라 올 거라는 걸 왜 몰라?"

"다른 곳에서 조금 더 배우고 가겠습니다. 다른 곳에서 배운 장점과 단점을 우리 회사에 적용하면 더 높은 시너지 효과가 날 테니까요."

원우의 고집에 김 회장의 눈이 가늘어졌다. 원우의 고집이 제법 질겼다. 다른 건 몰라도, 제 밥그릇 챙기지 못하는 놈, 가진 주제에 노력 안 하는 놈을 경멸하는 김 회장이 보기에 원우의 고집이 제법 마음에 들었다. 고집만 마음에 들까. 있는 자식 둘 중에 거둬 키울 만한 놈은 원우밖에 없었다. 집안에서 분명 이리저리 치일 건데도 자신에게 앓는 소리 한번 낸 적 없는 독종이었다. 자신이 고른 여자긴 하지만 지독한 그 여자 밑에서도 지금껏 버텼다. 문제는 여태까지는 버티는 걸로 가능했다면, 지금부터는 밟고 일어서야 한다. 자신은 도훈처럼 싹수없는 녀석에게 자신의 회사를 맡길 생각 없었다. 도훈은 사업을 할 만한 깜냥이 되지 못했다. 그렇기에 원우가 타인의 목을 밟고 일어설 만큼 힘이 필요했다.

"오늘 소개해 줄 사람이 있어서 불렀다."

단란하게 단둘이 식사하자고 부른 건 아닐 거라 예상했기에 원우는 수궁했다.

"졸업하면 이제 약혼해야지."

김 회장의 말을 예상치 못한 듯 원우가 잠시 숨을 멈췄다. 약혼. 순간 아인의 얼굴이 스쳐 지나갔다. 우습게도 아인이 약혼 드레스를 입고 있을 모습까지 상상이 됐다.

"왜 그렇게 놀라는 거냐?"

"아닙니다."

"만나는 사람이라도 있는 거냐? 그 나이엔 충분히 그럴 수 있지. 있으면 누군지 말해보거라. 내가 알 만한 사람이냐?"

김 회장의 말에 원우는 입을 다물었다. 그가 아는 사람이었다. 김 회장과 아인이 마주친 적이 몇 번 있었다. 그 여자라고 하면 김 회장은 노발대발할 거다.

"아니요. 없습니다."

원우가 대답하며 잔을 들었다. 입안이 바짝 마르는 기분이었다.

"네가 아니라고 하니 아니겠지. 혹시나 만나는 사람 있으면 정리하고."

김 회장의 말은 경고였다. 자신에게 소개할 만한 사람이 아니라면 헤어지라는 경고. 원우는 눈치껏 알아들었다.

무거운 적막감이 감돌 무렵, 누군가가 문을 두드렸다.

"들어오세요."

김 회장의 말에 문이 열렸다. 그 짧은 순간, 원우는 자신도 모르게 아인이길 바랐다. 자신이 왜 아인을 떠올리는지 모른 채 무작정 주아인만 생각했다. 하얀 원피스를 입은 주아인이 자신을 향해 배시시 웃기를.

소리 없이 조용히 열린 미닫이 너머로 익숙한 여자가 서 있었다. 원우의 미간이 좁아졌다. 드레스를 연상시키는 흰색 원피스에 단아한 플랫슈

즈를 신은 소연이 수줍은 듯 웃고 있었다.

"들어오거라."

김 회장의 부름에 소연이 사뿐한 걸음으로 걸어왔다. 그녀는 원우를 보곤 빙긋 웃었다.

"여기서 또 보네요, 선배."

"……."

원우는 잠시 아무 말도 하지 못했다. 그답지 않게 표정 관리도 하지 못했다.

"나라서 실망했어요?"

소연의 뼈 있는 질문에 원우는 그제야 표정을 고쳤다.

"놀란 거야."

자리에서 일어난 원우가 입술을 끌어 올리며 웃었다. 그러나 눈은 절대로 웃을 수가 없었다. 김 회장과 소연이 친근하게 인사를 나누었다.

"두 사람이 학교 선후배인 건 잘 알고 있으니, 내가 더 소개할 필요는 없겠지?"

"그럼요."

김 회장의 말에 소연이 방긋 웃으며 대답했다.

"그래. 젊은 사람들끼리 이야기하는 게 좋겠지. 두 사람 즐겁게 식사하고 나오거라. 나는 선약이 있어서 가보도록 하마. 소연이 너는 어르신들에게 안부 전해 드리고."

"네. 알겠습니다."

김 회장이 자리에서 일어났다. 잡을 틈 없이 그가 문을 닫고 사라졌다. 적막한 분위기가 감돌았다. 순간 숨이 턱 막힌 원우는 넥타이를 풀까 하다가 관뒀다. 이 상황에 동요하는 모습을 보이는 대신 원우는 무표정한 얼굴로 소연을 보았다.

"놀랐겠네, 너도."

"아뇨. 전 기뻤어요."

방긋 웃으며 건네는 소연의 말에 원우의 표정이 미묘해졌다.

"……이 상황, 네가 만든 건가?"

원우의 입술이 삐딱하게 휘었다.

"네. 제가 아버지한테 부탁드렸어요. 어차피 취직할 생각 없었거든요. 결혼해서 현모양처가 되는 게 제 꿈인데 그에 적합한 사람을 찾았다고 말씀드렸죠. 아버지께서도 선배에 대해 알아보더니 흡족하셨나 봐요. 흔쾌히 승낙하셨어요. 선배한테 미리 말해야 하는데 못해서 미안해요. 저도 급작스럽게 진행된 거라서요. 일단 앉아서 이야기 나눌까요?"

소연이 그를 지나쳐 자리에 앉았다. 원우가 소연의 얼굴이 잘 보이는 자리에 앉아 그녀를 보았다. 자신의 예상은 틀리지 않았다. 예쁘지만, 피곤한 스타일. 원우는 자꾸만 구겨지는 얼굴을 펴기 위해 안간힘을 다했다.

"선배, 우리 간단히 식사 한 끼 할까요? 배고프거든요."

"그렇게 해."

원우의 허락이 떨어지자마자 소연은 종업원을 불러 가장 비싼 음식을 주문했다. 주문을 마친 후, 다시금 침묵이 찾아왔다. 아마 몇 시간쯤 공들여 했을 화장이 마음에 드는지 소연의 얼굴엔 미소가 만발했다.

"이쯤 하고 본론부터 할까?"

원우의 말에 소연이 말문을 열었다.

"이 결혼, 선배 입장에선 나쁘지 않을 거예요. 선배가 원하면 제가 가진 모든 거 다 드릴 수 있어요. 딸이라곤 저 하나라서 아버지가 충분히 지원해 주실 수 있거든요. 그게 어디 주식이든, 어떤 권력이든. 만약 불가능하면 비슷한 거라도 가져다 드릴게요. 아버지한테 선배의 집안 사정은 대충 들었어요. 새어머니와 이복동생이 선배를 몹시 곤란하게 만들고 있다면서요. 저랑 선배가 결혼하면, 적어도 선배가 그 사람들한테 밀릴 일은 없을 거예요.”

원우는 그녀가 떠드는 입술을 무표정하게 바라보았다. 소연은 재벌가의 집안 딸답게 이쪽 일에 훤했다. 새어머니와 이복동생, 그들과 권력을 두고 전쟁해야 하는 원우의 상황을 몹시 잘 알고 있었다. 앞으로도 그가 설명하지 않아도 소연은 눈치껏 행동할 거다. 먹고살면서 봐온 게 이런 삶이니까.

평범하게 살아온, 아니, 평범보다 조금 더 구질구질하게 살아온 아인으로서는 절대로 이해할 수 없는 세상이었다. 원우는 순간 목이 졸리는 것 같은 불편함을 느꼈다. 왜 자꾸 주아인이 불쑥 나타나 자신을 괴롭히는지 모르겠다.

“네가 나한테 바라는 건?”

그가 건조한 목소리로 묻자, 소연이 빙긋 웃었다.

“선배를 주세요.”

“…….”

“태어나서 선배처럼 갖고 싶은 남자는 처음이에요.”

“…….”

“그러니까, 지금 만나고 있는 여자 있으시면 정리해 주세요.”

소연이 처음처럼 방긋 웃으며 말했다. 원우는 소연을 바라보았다.

“뭔가를 아는 것처럼 이야기하네.”

원우의 입술이 비죽이 올라갔다.

“모를 리가 있나요. 이 바닥에서 살아남으려면 눈치밖에 없는걸요.”

“그럼 그것도 알고 있어? 네 패가 나한테 그다지 매력적이지 않다는 거.”

“정말 그럴까요?”

소연이 빙긋 웃었다.

"선배는 저를 너무 몰라요. 사람들이 착각하는 몇 가지가 있어요. 예쁘게 웃고 있으니까, 머릿속까지 예쁠 거라고 생각하나 봐요. 머릿속을 열어볼 수 있다면 그런 말은 함부로 할 수 없을 텐데 말이죠. 선배, 저는 제가 갖고 싶은 건 꼭 가져야 해요. 선배의 동생이 도훈이라고 했던가요?"

"……."

갑작스럽게 도훈의 이름이 나오자 원우의 표정이 슬쩍 굳었다.

"저는 연하도 좋아요. 꽤 잘생겼던데요? 마음에 들어요. 꿩 대신 닭이라고 선배가 안 되면 도훈 씨라도 만나게 해달라고 회장님 졸라야죠. 안 그래요?"

소연이 웃는 얼굴로 말했다. 원우가 만나주지 않으면 도훈을 만나겠다고 협박하고 있었다. 가슴이 싸해졌다.

"내가 널, 잘못 봤네."

원우가 차갑게 말했다.

"그럼요. 그러게 제가 선배 옆에서 착하고 예쁜 모습으로 남아 있을 때 속아주지 그랬어요? 물론 저도 속은 거 같지만요. 선배, 조금 무섭네요. 그래도 모두에게 친절한 김원우보다 타인에게 까칠한 김원우가 좋아요. 전 선배가 마음에 들어요."

소연이 당돌한 고백을 하곤 가볍게 웃었다. 자신의 패가 막강하다는 걸 아는 여유로운 웃음이었다. 자신이 어떤 패를 내든 소연은 그것보다 강력한 패를 낼 게 분명했다. 그녀는 지금 이 자리에 사활을 걸고 나왔다.

원우의 머릿속으로 순간 아인이 겹쳐 떠올랐다. 편하고 진솔한 것 외엔 자신에게 아무것도 줄 수 없는 여자. 이제 도훈의 수능까지 망쳤으니 아인이 필요 없다. 선택지의 답은 하나밖에 없었다.

"점심 먹고 갤러리 갈까?"

원우의 정식 데이트 신청에 소연의 입술이 예쁘장하게 늘어났다.

"네. 선배."

❖

졸업 시험을 마친 후, 수업이 돌아가면서 휴강했다. 4학년 2학기인 만큼 취업에 박차를 가하라는 교수들의 암묵적인 배려였다. 모처럼 시간이 남는 김에 아르바이트를 찾아볼 생각이었다. 과외 아르바이트와 학교 근로 아르바이트를 관두고 나니 당장 한 푼이 아쉬워 돈 쓰기 겁이 났다. 면접용 옷도 사야 하고, 하다못해 면접할 때 바르고 갈 마스카라도 사야 한다. 여태껏 맨얼굴로 다녔지만, 면접할 때까지 그럴 순 없었다.

"아니면 주연이한테 빌릴까."

그래도 화장품 하나 정도는 있어야 하지 않을까. 어디든 좋으니 취직하고 싶다. 취직해서 자신의 힘으로 돈을 벌고, 원우의 앞에 조금이나마 당당하게 서고 싶었다.

삐리릭.

벨이 울렸다. 원우였다. 아인의 얼굴에 금세 웃음꽃이 피었다.

"네. 선배."

[어디야?]

그의 목소리가 이전보다 낮았다. 어쩐지 등골이 서늘해졌다. 그러나 아인은 원우가 피곤해서 그런 거라 생각했다.

"집이에요."

[곧 도착할 거야. 5분 뒤에 나와.]

"5분이요? 선배? 선배?"

아인이 그를 애타게 불렀으나, 대답이 없었다. 끊어진 휴대폰을 황망하게 바라보던 아인이 다급하게 자리에서 일어나 거울 앞에 섰다. 머리를 한 갈래로 질끈 묶은 몰골하며, 차림새가 남루했다. 장롱 문을 연 아인의 시선이 도훈이 사준 야상으로 향했다. 그렇지만 이걸 입기엔 양심에 찔렸다. 아인은 야상을 도로 밀어 넣어놓고, 최대한 꾸미지 않은 듯 담백한 의상으로 갈아입었다.

5분이 된 아인은 현관문을 열고 나섰다. 찬바람이 쌩하니 불어와 얇은 옷 속을 파고들었다. 자신이 옷을 잘못 택했음을 알았지만, 그녀는 신경 쓰지 않고 내려갔다.

골목 아래에 원우의 차가 세워져 있었다. 아인이 성큼성큼 다가가자 뒷문이 벌컥 열렸다. 뒷좌석에 앉은 원우가 그녀를 향해 들어오라고 손짓했다.

아인이 뒷좌석으로 가자, 그가 들어오라는 듯 자리를 비켰다. 뒷좌석에 앉자마자 술 냄새가 확 났다. 한두 잔 마신 게 아닌지 제법 많이 났다. 아무래도 대리기사를 불러서 여기까지 온 모양이었다.

"선배, 술 마셨어요?"

아인이 놀란 얼굴로 물었다.

"어. 일이 있어서."

술 냄새에 비해, 취하진 않았는지 말이 꼬이진 않았다.

"그럼 집에 가야죠."

아인이 걱정스러운 표정으로 말했다.

"너한테 할 말이 있어서."

아인이 원우를 물끄러미 바라보았다. 그의 눈동자가 흐릿하게 풀려 있었다. 그가 입술을 달싹였다.

"주아인."

원우가 그녀의 이름을 불렀다.

"네."

순진한 아인은 이어질 말이 무엇인지도 모른 채 다소곳하게 대답했다. 원우는 입을 꽉 다물었다.

소연과의 거래는 흡족할 만했다. 소연은 자신이 쥐고 있는 카드가 얼마나 쓸모 있는지 잘 알고 있었다. 피곤하고 귀찮긴 하지만, 당분간 자신에게 꼭 필요한 카드였다. 그러니 신소연이라는 카드를 잡고 있기 위해서는 주아인이라는 카드를 버려야 한다.

이미 꼬깃꼬깃하다 못해 볼품없는 카드 따위.

그런데 이 카드 때문에 술을 마셨다. 아무리 들이켜도 술에 취하지 않았다. 입을 아무리 벌려도 소리가 나오지 않는다.

이 여자 때문에.

고작 이런 카드 때문에.

아인을 바라보는 원우의 눈빛이 짙게 물들었다.

"우리⋯⋯."

헤어지자.

이 말을 하면 넌 무슨 얼굴을 할까. 아마도 자신이 아는 주아인이라면 한참을 먹먹한 얼굴로 바라보다가 네, 라고 하며 돌아설 거다. 그러곤 한 번도 존재한 적 없었던 것처럼 존재감을 지운 채 사라질 거다. 원하는 결말인데, 왜 아무 말도 나오지 않을까.

"이제⋯⋯."

"네."

"⋯⋯."

숨 막히는 침묵이 흘렀다.

"하."

원우의 벌려진 입술 새로 한숨이 새어 나왔다. 원우가 더는 못 참겠다는 듯 자리를 박차고 나갔다. 그는 이 상황을 못 견디겠다는 듯 주머니에서 담배를 꺼내 입술에 물었다. 왜인지 손이 떨려 불을 붙일 수 없었다. 새 담배를 물고서 그는 눈을 질끈 감았다. 그의 뒷모습에서 고통이 물밀 듯 밀려왔다.

손끝을 적시고, 이내 흠뻑 적시는 고통.

아인은 그를 바라보다가 차 문을 조용히 열고 나갔다.

"담배 피울 거야. 들어가 있어."

그가 아인이 다가오는 소리를 들으며 잠긴 목소리로 말했다. 아인이 손을 뻗어 원우의 큰 손을 잡았다. 자신이 두 손으로 잡고도 꽤 많이 남을 정도로 큰 손이였다. 아인은 그 손을 보듬듯이 들고 섰다.

원우가 느릿하게 고개 돌려 아인을 보았다. 아인은 제 손을 물끄러미 바라보고 있었다. 어쩜 이런 손이 있냐는 듯한 눈으로. 그 눈이 천천히 올라와 자신에게 닿은 순간, 원우는 가볍게 눈을 찌푸렸다. 눈이 시렸다. 자신에게 한 번도 있다고 생각해 보지 못한 양심이 시린 걸지도 모른다는 생각이 들었다.

"선배가 힘든 이유 모르겠어요. 아마 평생을 가도 선배가 말해주지 않는 이상 모르겠죠. 어쩌면 선배가 말해준다고 해도 같은 고통을 느낄 수 없겠죠. 그래도 있죠, 선배."

"……."

"……저도 힘드네요."

"……."

"선배가 힘드니까요."

제 손을 물끄러미 바라보며 아인이 힘없이 웃었다. 파삭 소리를 내며 사라질 것 같은 여린 웃음이 원우는 저도 모르게 담배를 움켜쥐었다.

너는 대체 어떻게 만들어진 걸까. 대리기사가 이름만 듣고도 혀를 차는 동네에서 살면서 너는, 왜 이렇게 무모하게 마음을 맡기는 걸까. 가진 건 고작해야 그 몸과 마음뿐이면서. 너는 대체 어떻게 만들어졌고, 무엇으로 만들어졌기에, 나는 아직도 네가 어떤 사람인지 정의 내리지 못하는 걸까.

아인이 느릿하게 다가와 원우를 끌어안았다. 자그마한 손이 미끄러지듯 원우를 끌어안았다. 가슴에 얼굴을 폭 파묻고 있는 아인을 바라보던 원우가 어금니를 꽉 깨물었다.

나는 너를 버리러 왔어.

이 사실을 알아도 너는 나를 이렇게 안아줄 수 있을까. 세상에서 가장 귀한 사람을 바라보듯 그런 눈으로 바라볼 수 있을까. 그래, 그러고도 나는 멀쩡한 얼굴로 이 거리를 내려갈 수 있을까.

"담배 피울 거야."

원우가 잔뜩 억눌린 목소리로 말했다.

"피우세요."

"담배 냄새 날 거야."

원우의 목소리가 낮게 가라앉았다.

"괜찮아요."

"……"

"따뜻하게 피워요. 내가 안아줄 테니까."

아인이 원우를 힘껏 끌어안았다. 얇은 셔츠 사이로 아인의 온기가 밀려 들었다. 사람에게 이런 온기가 있구나. 여자가 아니라 사람에게 오롯이 안긴 느낌은 처음이다. 온기에서 걱정과 염려, 희미한 격려가 섞여 들어온다.

"넌…… 대체 나한테 왜 이렇게 잘해? 자존심도 없어?"

원우의 입술 새로 삐뚤어진 목소리가 튀어나갔다.

"없어요."

"……"

"좋아하는 사람한테는, 그런 거 부리는 게 아니래요."

"……."

"그리고 제 자존심이 멀쩡한 것보다 지금은 선배가 편안했으면 좋겠어요. 오늘, 되게 힘들어 보이거든요."

원우가 얼굴을 찌푸리고서 담배를 잇새로 물었다. 얼마 후 그는 눈을 내리깔았다. 담배를 피울 수가 없다. 불을 붙일 힘조차 없었다. 가슴 밑에서 솟구치는 감정을 내리밟느라. 그저 담배 필터가 터질 때까지 꽉꽉 깨무는 것 말곤 하지 못했다.

삐리릭. 삐리릭.

벨이 두어 번 울렸다. 방에서 나갈 채비를 하던 아인이 휴대폰을 바라보았다. 누군지 확인도 안 했는데 가슴이 덜컥 내려앉았다.

수능 날, 도훈에게 전화가 온 후로 딱 한 번 더 연락이 왔었다. 아인은 받을까 하다가 원우와의 약속도 있고, 그가 자신을 좋아한다고 생각하니 여지를 줘선 안 되겠다는 생각이 들었다. 그 자그마한 틈이 얼마나 희망 고문이 되는지 알기에.

아인이 낡은 가방끈을 동아줄이라도 되는 양 꽉 움켜쥐고서 휴대폰을 꺼냈다. 낡고 오래되어 희미한 액정엔 의외의 사람이 찍혀 있었다.

「사모님.」

아인이 의아한 표정으로 휴대폰을 귀에 가져다 댔다.

"네. 여보세요."

[지금 얼굴 좀 봤으면 하는데요. 시간 괜찮아요?]

사모님의 목소리가 평소보다 까칠했다.

"지금요?"

[곤란해요? 차를 보낼까?]

"아닙니다. 괜찮습니다."

[그럼 당장 우리 집으로 오겠어요?]

명령조에 가까운 목소리엔 숨기지 못한 분노가 담겨 있었다. 아인은 알겠다는 말을 한 후, 곧장 원우의 집으로 향했다. 가는 길에 원우에게 자신이 조심해야 할 일이 있는지 물어보려고 전화를 걸었지만 불통이었다. 그러고 보니 어젯밤부터 연락이 되지 않았다. 어젯밤 담배를 피운다는 그는, 결국 담배를 피우지 못한 채 대리기사를 불러 떠났다. 그 후로부터 잘 자라는 자신의 문자에 답장을 주지 않았다. 자주 연락하는 사이는 아니었지만, 밤중엔 꼭 잘 자라는 말 정도는 주고받았었는데.

순간 부는 바람이 섬뜩하게 느껴졌다. 아인이 제 팔을 세차게 문질렀다.

아닐 거다. 아직은, 아닐 거다.

아인은 애써 밀려오는 생각을 부정하며, 자신처럼 원우가 쓰러져서 잠들었으리라 생각했다. 아인이 서둘러 가파른 길을 따라 내려갔다.

「선배, 시간 될 때 연락 주세요.」

아인은 원우가 답장을 보낼까 봐 한 손에 휴대폰을 꼭 움켜쥐었다.

새어머니는 어디 갔는지 보이지 않고, 다른 아주머니가 그녀에게 주스를 건네주었다. 주스를 건네받은 아인이 테이블 위에 올려두었다. 지금은 물만 마셔도 체할 것 같았다. 정 여사의 분위기가 심상찮았다. 평소와 같은 무표정이지만, 그녀의 주변에 흐르는 공기에는 잔뜩 날이 서 있었다.

"수능 날 전후로 우리 도훈이랑 연락한 적 있어요?"

"아뇨. 전화가 온 적 있긴 합니다만, 밖이라 받지 못했어요."

"하. 선생님한테는 전화를 했단 말이죠?"

"네. 그런데 무슨 일인가요?"

기가 차다는 듯 한숨을 내쉬는 사모님의 목소리에 아인은 긴장했다. 무슨 일이 크게 벌어진 것 같았다.

"도훈이가 수능을 치지 않았어요."

"……네?"

"현재는 가출 상태이고."

이어지는 충격적인 사실에 아인의 눈이 크게 벌어졌다. 전혀 생각지도 못한 이야기였다.

"행방을 전혀…… 모르나요?"

"네. 휴대폰도 껐다가 켜길 반복해서 위치 추적도 안 되네요. 일단 사람을 풀어서 찾고 있긴 한데 언제 찾을지 모르겠네요."

아인은 갑작스러운 일에 깜짝 놀랐다. 문제는 이 이야기를 자신을 따로 불러서 하는 이유였다. 도훈의 행방을 물어볼 거면 전화로 충분한 일이다.

"그런데 아인 씨한테는 전화했었다니. 고약한 녀석 같으니."

정 여사의 말에 아인은 어떤 말도 할 수 없었다. 까슬까슬한 공기에 숨이 멎을 것 같았다. 정 여사가 테이블 귀퉁이에 놓아둔 비닐봉지를 아인에게 내밀었다.

"이게 뭔가요?"

"열어보면 알 거예요."

비닐봉지를 받아 열어본 아인의 표정이 미묘해졌다. 핀, 볼펜, 사진이었다. 모두 자신이 쓰던, 혹은 자신과 관계된 것들이었다.

"도훈이 방에서 나온 것들이에요. 나는 우리 도훈이가 수능을 치지 않은 것과 아인 씨가 연관되어 있다고 생각해요. 여기서 일하시는 아주머니가 그러시더군요. 얼마 전에 도훈이랑 원우랑 싸우는 소리를 들었다고요.

그때 아인 씨의 이름이 몇 번 언급된 걸 들었다더군요. 우리 도훈이가 아마도 아인 씨를 좋아하는 거 같은데 맞나요?"

"저도 잘……."

"하아."

정 여사의 한숨 소리가 아인의 말을 끊었다.

"지금 돌려 말할 시간 없어요. 그럴 여유도 없고요. 다시 물을게요. 우리 도훈이가 아인 씨 좋아하는 거 알고 있었나요?"

이미 대답이 정해져 있었다.

"수능 끝나고 나서야 알았어요."

아인이 머뭇거리다 대답했다.

"하, 이것 참 믿어야 할지 말아야 할지."

정 여사가 기가 차다는 듯 웃더니 금세 표정을 싹 바꾸었다. 아인의 뒷조사를 해보았으나, 별달리 나오는 게 없었다. 그저 그녀의 집안이 예상대로 몹시 구질구질하다는 것과 짐작하던 것과 같이 원우와 연인 사이라는 것 정도였다. 늦은 밤 원우에게 매달리듯 안겨 있는 아인의 사진을 보았다. 원우가 국회의원 집안의 딸과 선을 본 날의 밤이기도 했다. 아마 원우가 헤어지자고 하니 매달렸던 모양이었다. 원우와는 어떤 관계여도 상관없었다. 문제는 이 두 사람의 관계 때문에 도훈이 파편을 맞고 나가떨어졌다는 거다.

"혹시나 하는 마음에 도훈이한테 물었지만, 저를 좋아하지 않는다고 펄쩍 뛰기에 그런 줄 알았습니다."

"나보고 그 말을 믿으라는 건가요? 대체 이 집에 와서 무슨 짓을 한 거예요? 형제간에 갈라놓은 걸로 부족해, 우리 아들을 망쳐 놔요? 원우랑 사귀는 거면 들키지를 말든가, 들킬 거면 애초부터 이 집에 발을 들이지 말든가!"

정 여사가 테이블을 탕 치며 소리쳤다. 아인이 입술을 씹었다. 결국 정 여사가 원우와 자신의 사이를 모두 알아버렸다. 어쩌면 진즉에 떠볼 때부터 알고 있었는지도 모른다.

"별의별 게 다 들어와서 사람 속을 뒤집네."

정 여사의 혼잣말이 과하긴 했지만, 자신의 책임이 아예 없는 것도 아니었다. 유난히 친근한 도훈의 행동을 짐작했어야 했다. 자신은 설마, 라는 생각으로 안일하게 대처했다. 피부로, 눈빛으로 모두 느끼면서 아니었으면 좋겠다는 마음 하나로. 그날의 무성의한 대처가 이렇게 큰 결과를 부를 줄이야.

"말해봐요. 원우가 시키던가요?"

급작스럽게 몇도 낮아지는 정 여사의 목소리에 아인이 고개를 들었다.

"무슨 말씀이신지 모르겠습니다."

아인의 말에 정 여사의 입술이 비틀어졌다.

"모르겠다? 원우가 도훈이를 꾀어내서 수능을 망치게 하라던가요? 그게 아니면 다른 거라도 시키던가요? 원우한테 구질구질하게 매달릴 정도면, 그 녀석이 시키는 대로 하고도 남았을 텐데."

정 여사의 말에 아인의 얼굴이 희게 질렸다. 아인이 빠르게 고개를 내저었다.

"선배는 저한테 그런 일을 시킨 적 없고, 그럴 사람도 아닙니다. 선배는 도훈이를 많이 아끼고 좋아하고 있어요."

"하, 뭐라고요? 아껴? 그 녀석이?"

정 여사의 표정이 한껏 구겨지는 걸 본 아인이 숨을 삼켰다. 정 여사의 얼굴에 드러나 있는 건 명백한 경멸과 두려움이었다. 그녀의 등 뒤로 단란하게 찍은 가족사진이 보였다. 그 사진 속에서 느껴지던 위화감의 실체가 느껴졌다.

원우, 그리고 정 여사와 도훈.

그들은 하나의 터를 놓고 보이지 않게 뿌리로 싸우는 나무들이었다.

아인은 혼란스럽다 못해 일시적으로 생각을 멈추었다.

"아인 씨, 똑똑한 줄 알았는데 어지간히 멍청하네요. 원우가 아가씨한테 진심일 거라고 생각해요? 아뇨. 그 녀석은 그럴 사람이 아니에요. 아니, 사람이 아니지."

"말씀이…… 과하신 거 같습니다."

아인이 불편한 표정을 드러내자 정 여사의 얼굴이 확 구겨졌다.

"과해? 뭐가요? 누가 봐도 아인 씨 시켜서 우리 도훈이 꾀어내게 한 게 틀림없는데, 뭐가 과해!"

"오해이십니다."

"하, 오해? 정말로 그렇게 생각해요? 됐고. 도훈이한테 연락이 오면 곧장 나한테 연락해요. 그리고 다시는 우리 도훈이 근처에 얼쩡대지 말아요."

정 여사가 힘겹게 평온을 되찾은 얼굴로 놓은 으름장에 아인은 고개를 끄덕였다.

"네. 알겠습니다."

"그리고 또 하나."

"……."

"감히, 우리 도훈이한테 딴마음 품지 말아요. 그건 내가 허락 안 하니까."

"절대로 그럴 일 없을 겁니다."

아인이 못 박듯 꺼낸 말에 정 여사의 입술이 비틀어졌다. 아인이 되레 도훈이 필요 없다는 듯 나오자, 자존심이 상했다. 그러나 굳이 저 자존심을 건드려 오기를 부추길 필요 없었다.

"그 말 꼭 지키길 바라요."

"네. 저는 그만 가보겠습니다."

아인이 몸을 일으켰다.

"그리고 아가씨도 원우 조심해요."

등에 꽂히는 정 여사의 말에 아인이 멈칫했다.

"보아하니 아가씨는 전혀 모르는 것 같던데. 아가씨의 의사와 상관없이 원우한테 놀아났을 가능성이 높아요. 그 녀석, 사람을 바둑알쯤으로 아는 녀석이니까. 그 녀석같이 속 모를 녀석이 아가씨랑 끝까지 갈 거라고 생각하는 건 아니겠죠? 이제 목적을 이뤘으니까 아가씨랑 헤어지려고 하겠네요. 못 믿겠으면 조금만 더 기다려 봐요. 그럼 내 말이 맞다는 걸 금방 알게 될 테니까."

"……하실 말씀 다 하셨으면 이만 가보겠습니다."

아인이 정 여사의 말을 못 들은 척하며 한 발 내딛었다.

"내 말이 안 믿기나 본데, 원우한테 그것만이라도 물어봐요. 도훈이가 아가씨를 좋아하는 걸 알고 있지 않았냐고."

원우가 아인에게 도훈이 그녀를 좋아하고 있음을 알려주었다는 게 떠올랐다. 그러나, 그건 우연의 일치일 거다.

"아! 그리고 그 녀석 어제 국회의원 딸이랑 선보고 왔어요."

"……"

"곧 약혼 발표 날 거예요. 이게 뭘 뜻하는지 잘 알겠죠?"

등에 푹푹 꽂히는 정 여사의 말을 더 듣고 있을 자신이 없어 신발을 빠르게 꿰어 신었다. 두꺼운 현관문을 온 힘을 다해 열고 나섰다. 순간 세차게 불어온 찬바람에 숨을 멈추었다. 날 선 바람이 온몸을 긁고 지나갔다. 문밖으로 나오고서야 아인은 자신이 인사를 제대로 하지 못하고 나왔음을 알았다.

"아니. 아니. 아니다."

아인은 부정했다. 무엇을 부정하는지 모른 채.

"아니. 아니야."

끝없이, 아니라고 부정했다.

"그럴 리가."

아인이 허탈하게 웃으며 중얼거렸다.

자신의 존재가 원우에게 한낮의 유희 정도는 되어야 할 것 아닌가. 바둑판도 아니고 바둑알이라니. 더군다나 그는 자신에게 진심이었다. 눈빛, 표정이 모든 걸 말해주고 있었다. 그러니까 아닐 거다. 아인은 끝없이 머리를 가로저으며 계단을 내려왔다.

큰 집에서 벗어난 아인은 어머니에게 오는 전화를 모두 무시한 채 아르바이트 자리를 찾았다. 돈이 필요했다. 그리고 몸을 바쁘게 움직일 수 있는 일자리가 필요했다. 그러지 않으면 머리가 터져 버릴 것 같았다.

앉아서 휴대폰으로 아르바이트 자리를 검색하다, 무심결에 메시지함을 드나드는 자신을 발견했다. 원우에게선 연락이 오지 않았다.

'더 이상 이용 가치가 없으니까.'

그 말이 머릿속에서 응응 울렸다. 동시에 어젯밤 자신을 등지고 서 있던 원우의 뒷모습이 떠올랐다.

설마.

아인이 고개를 빠르게 가로저었다. 아인이 떠오른 모든 생각을 떨쳐냈다. 무작정 길을 걷다 시급이 높은 번화가 카페에 이력서를 넣었다. 팀장이 곧장 면접을 보더니 '오늘부터 할 수 있어요?' 라고 물었고, 아인은 할 수 있다고 대답했다. 카페 아르바이트라면 이골이 나게 해보았다. 아인이 몇 번 실수했지만, 다른 직원들은 그녀가 일이 손에 익지 않아서라고 생각했다. 그래도 첫날치곤 잘하는 거라 그녀를 위로했다.

일을 마치고 나오니 해가 어둑하게 지고 있었다. 아인은 그제야 자신이 학교에 들를 일이 있다는 걸 떠올렸다. 학교 쪽으로 걸음을 옮기다 멈춰 섰다. 도무지 거기까지 갈 힘이 없다. 급한 일이 아니기에 아인은 걸음을 집 쪽으로 옮겼다.

낡은 골목을 올라가던 아인의 시선이 무심코 가로등에 닿았다. 원우의 차가 늘 세워져 있던 곳이었다. 아주 가끔, 뜬금없이 달려와 이곳에 주차한 채 그녀를 기다렸다. 아인은 그곳에 우두커니 서서 자신의 집을 바라보았다.

이곳에서 보아도 자신의 집은 낡고 남루하다. 그는 이곳에서 대문을 바라보며 무슨 생각을 했을까. 그보다 그는 왜 자신을 선택했을까. 자신에게 뻗은 그 손엔, 온기가 있었던가. 그가 손을 뻗었다는 사실에 고취되어서 어떤 것도 재지 않고 무작정 달려들었다.

아인의 마른 눈동자에 물기가 차츰 고여 들었다.

"하아."

한숨을 내쉬며 눈을 내리깔았다. 원우에게 제대로 듣기 전까지 어떤 것도 믿고 싶지 않았다. 아인이 휴대폰을 꺼내 원우에게 문자를 보냈다.

「선배, 바빠요? 괜찮으면 연락 주세요.」

여기까지 쓰고서 아인은 잠시 고민했다.

「보고 싶어요.」

그 문장 하나를 넣었다 뺐다를 반복하던 아인은 결국 그 문장을 넣어 보냈다. 보고 싶다. 얼굴을 본다면 이 불안함을 모두 날려 버릴 수 있을 것 같다.

찬바람이 옷깃을 자꾸만 파고들었다. 떨쳐 낼 수 없는 추위를 참으며 아인은 온몸을 웅크렸다.

"옷 좀 따뜻하게 입고 다니지 그래요?"

익숙한 목소리에 아인이 고개를 들었다. 두툼한 외투를 입은 도훈이 낡은 벽에 기대서 있었다. 그의 발아래엔 커다란 백팩 하나가 놓여 있었다.

"너!"

아인이 도훈에게 성큼성큼 다가갔다. 아인의 미간이 바짝 좁아져 있었다. 도훈은 그 모습을 보곤 피식 웃었다.

"왜요? 혼내게요?"

"어디 갔었어? 가출했다며?"

"어떻게 알았어요? 우리 엄마가 벌써 전화했어요? 아, 진짜."

도훈이 평소처럼 장난스럽게 대꾸했지만 힘이 쭉 빠진 얼굴이었다. 안 본 사이에 제법 말랐다. 도훈을 다시 보게 된다면 혼을 내서 집에 들여보낼 생각이었는데 막상 얼굴을 보니 아무 말도 할 수 없었다. 원우와 정 여사의 말이 사실이라면 도훈은 자신을 좋아하고 있다. 짝사랑을 해봐서 안다. 일방적으로 흐르기만 하는 그 마음을. 분명 보이는데 움켜쥐려면 손가락 사이로 빠져나간다. 그래서 그 자리를 떠나지 못한 채 바라보고만 있어야 하는 마음.

아인의 목울대가 오르내렸다. 도훈에게 미안했다. 자신이 조금만 더 빠르게 대처했더라면, 도훈이 헛된 희망을 주워 먹고 체하는 일은 없었을 거다.

"우리 집은 어떻게 알았어?"

아인이 아무렇지 않은 척 물었다.

"재벌집 자식 무시해요? 척하면 척이지. 이런 거 알아내는 거 일도 아니에요. 수능도 끝났어요. 밥 사주세요. 밥 사주기로 약속했잖아요."

"그건 수능 쳤을 때의 이야기지."

"그래서 안 사주겠다고요? 이야, 너무하네. 그럼 나 굶어요? 배고파 죽겠는데?"

"방금 네 입으로 재벌집 자식이라며?"

"그건 그런데 지금은 가진 돈이 없으니까요. 배고파서 집까지 못 가겠어요."

"김도훈."

아인이 짐짓 엄하게 그를 불렀다. 사모님과 원우에게 도훈을 만나지 않겠다고 약속했었다.

"쌤, 제발 쌤까지 이러지 말아요. 지금 웃어도 웃는 게 아니니까. 네?"

그러자 도훈이 착 가라앉은 목소리로 말했다. 그는 이전과 다른 분위기를 풍기고 있었고, 어쩌면 지금이 도훈과 제대로 마주 보는 마지막 기회겠다는 생각이 들었다. 한 번쯤은 상관없지 않을까. 지금 그를 밀어내는 것보다 어르고 달래 귀가시키는 게 더 중요했다.

"그래. 가자. 뭐 좋아해?"

"쌤이 좋아하는 철판 볶음밥 먹으러 가요."

"나, 그거 안 좋아해."

"그럼 왜 맨날 그거 먹으러 가자고 했는데요?"

"그게 싸니까."

"아, 진짜."

도훈이 기가 차다는 듯이 아인을 내려 보았다.

"안 되겠네. 내가 황홀할 정도로 맛있는 밥 사줄게요. 따라와요."

도훈이 아인에게 손을 쑥 내밀었다.

"뭐야, 이건?"

"손잡고 가게요."

"싫어. 추워."

아인은 자신의 주머니에 손을 넣은 채 한발 앞서 걸었다. 그러자 뒤따라오던 도훈이 그녀의 손을 쏙 빼더니 꽉 움켜쥐었다.

"그 주머니보다 내 손이 더 따뜻할걸요? 잡고 걸읍시다."

도훈이 씩씩하게 걸음을 움직였다. 아인은 도훈에게서 벗어나려고 버둥거렸으나, 현저한 힘 차이로 결국 굴복하고야 말았다.

❖

도훈은 확실히 손이 컸다. 아인은 테이블 가득 차려진 상을 보곤 할 말을 잃었다. 자신이 화장실 다녀온 사이에 주문해 놨다고 하더니 이 정도일 줄은 몰랐다.

파스타 2개, 샐러드 1개, 스테이크 1개가 테이블을 가득 채웠다. 다른 사람들이 테이블과 두 사람의 얼굴을 번갈아 보았다. 엄청난 대식가가 된 기분이었다. 평소라면 뭐라고 했을 아인이지만, 순순히 포크를 들었다.

"어서 먹자."

앞 접시에 덜어 맛있게 먹기 시작하는 아인을 도훈이 물끄러미 바라보다 픽 웃었다.

"왜?"

"잘 먹는 게 보기 좋아서요."

"너도 먹어."

"네."

도훈도 순순히 자신의 앞 접시에 파스타를 덜었다. 절대로 다 먹지 못할 것 같던 음식이 모두 다 동났다. 아인이 평소보다 많이 먹기도 했지만, 도훈이 다 먹은 것이나 다름없었다.

"수능 왜 안 쳤는지 안 물어봐요?"

"이미 끝난 일을 뭐 하려고."

아인이 일부러 아무렇지 않은 척 대답했다. 사실 물을 용기가 나지 않았다. 자신이 알고 싶지 않은 일을 알게 될까 봐 겁이 났다.

"하긴. 엄마한테 다녀왔다면서요? 우리 엄마 어때요? 화 많이 났죠?"

"걱정하시더라. 어서 집에 가봐."

아인이 걱정하는 표정으로 말했다.

"가야 하는데 무서워서 몸이 부르르 떨리네."

도훈이 장난스럽게 웃었다. 어느새 식사가 모두 끝났다.

"아, 배부르다."

"너 엄청 먹는구나?"

"오늘은 좀 많이 먹었어요."

"배고팠어?"

아인의 물음에 도훈은 말없이 웃었다.

마지막 만찬이다. 이 만찬을 조금 더 오래, 조금 더 많이 즐기고 싶었다고 이야기하면 뭐라고 이야기할까. 맛도 느끼지 못한 채 흐르는 시간을 붙잡고 싶은 심정으로 꾸역꾸역 먹어댔다.

후식으로 나오는 아이스크림을 먹으며 두 사람은 말이 없었다. 식사가 시작될 무렵 아무 일도 없었다는 듯 떠들던 두 사람의 대화는 식사가 끝남과 동시에 사라졌다.

"이제 어떻게 할 거야?"

아인이 도훈을 보며 물었다.

"재수할 거냐고 묻는 거예요?"

"응."

"안 할 거예요."

"그럼?"

아인이 어쩔거냐는 듯 물었다.

"글쎄요. 이런 이야기하지 말고 다른 이야기나 하죠. 쌤, 남자친구 있는 거 왜 말 안 했어요?"

"……안 물어봤잖아. 그래서 이야기 안 했어."

아인이 중얼거리는 듯 대답했다.

"어장 관리한 거예요?"

"난 네가 나를……. 하여튼 아니야. 네 마음 전혀 몰랐어."

"몰랐구나. 의외로 둔하네."

도훈이 혼잣말처럼 중얼거리며 아이스크림을 뒤적거렸다. 다시금 대화가 사라졌다. 시간이 흘러 아이스크림이 물처럼 녹았다. 묻고 싶은 말도, 하고 싶은 말도 많았다. 그러나 그 말이 어떤 파장이 되어 돌아올지 모르기에 아인은 말을 아꼈다. 도훈 또한 무슨 생각에서인지 말을 아꼈다. 결국 식사를 마칠 때까지 아무런 대화도 오가지 않았다. 레스토랑에서 나와 나란히 걸었다. 찬바람이 세차게 불었다.

"춥네. 버스 탈래?"

"아뇨. 조금만 더 걷죠. 쌤 집까지 데려다줄게요."

"아냐. 내가 널 집까지 데려다줘야겠어."

"걱정하지 마요. 오늘은 집에 들어갈 거니까. 이 늦은 밤에 쌤 혼자 돌아다니면 위험해요. 그러니까 오늘은 제 말대로 해주죠?"

장난스럽게, 그러나 그 끝은 간절하게 부탁하는 도훈 때문에 아인은 마지못해 고개를 끄덕였다.

"대신 오늘까지야."

아인이 못 박듯 이야기했다. 데려다주는 것도, 함께 식사를 하는 것도, 이렇게 아무렇지 않게 걷는 것도 오늘이 마지막일 거다. 다시 평범한 관계로 돌아간다는 게 서로에게 어려운 일이 되어버렸음을 깨달았다.

"네."

도훈은 선선히 웃는 얼굴로 조금 늦게 대답했다. 오늘따라 유난히 느리게 걷는 도훈을 따라 아인도 천천히 걸었다. 20분이면 될 거리를 35분이나 걸려 도착했다. 아인이 대문 앞에 서서 도훈을 마주보았다.

"들어가 볼게. 너도 약속했으니까 꼭 집으로 가."

"쌤."

"응?"

"그래도 나 쌤한테 좋은 사람인 거 맞죠?"

"……."

두툼한 패딩 외투 주머니에 손을 푹 찔러 넣은 채 던진 도훈의 질문에 아인은 목이 콱 메었다. 아무렇지 않은 척 던진 질문 앞에 붙은 '그래도'가 마음 아팠다.

이제 평범하게 다시 볼 수 없겠지만, 더 이상 연락할 수 없겠지만, 모르는 사람이 되겠지만, 그래도 과거에서만큼은 자신이 꽤 괜찮은 사람이었기를 바라는 마음. 힘겹게 추억이라도 남기려는 그의 태도가 애틋했다.

"응. 넌 내가 만난 학생 중에 최고였어."

"학생 말고, 사람 중에요."

"맞아. 좋은 사람이기도 했어."

"다행이다."

도훈이 고대하던 시험에 합격 발표라도 들은 것처럼 느슨하게 풀어진 얼굴로 웃었다. 잔뜩 움츠렸던 어깨선도 내려갔다. 소년처럼 웃는 도훈의 미소를 보며 아인도 뒤따라 웃었다.

"너무 좋은 남자로 기억에 남으면 곤란하니까, 나쁜 기억 하나만 남길게요."

성큼 다가온 도훈이 말릴 새 없이 아인을 꽉 끌어안았다.

"김도훈!"

"1분만요. 쌤, 사실은 오늘 쌤한테 고백하려고 왔었어요. 근데 못하겠어요. 배신감이 들긴 하지만, 두 사람 다 나한테 좋은 사람이니까. 오히려 힘들었겠다 싶어요. 우리 형이 그러더라고요. 자기 여자친구를 버젓이 네 방에 들이는 자기 심정은 어땠겠냐고. 그것도 모르고 나는 쌤 좋다고 형 앞에서 방방 뛰어댔으니. 제 수능 때문에 아무 말도 못하고 끙끙 앓았을 거 생각하면, 뭐. 쌤쌤이다 싶어요. 그렇다고 내가 형을 이길 만큼 멋진 남자가 되어서 쌤을 빼앗아올 수도 없는 거니까, 그러니까 제가 깔끔하게 포기합니다."

"……도훈아."

아인의 목소리가 기이할 정도로 낮아졌다. 도훈은 자신이 1분 넘게 안고 있어서 아인이 화가 난 거라 생각하고서 한 걸음 물러섰다. 그런데 그 이상으로 아인의 표정이 좋지 않았다.

"쌤, 갑자기 어디 아파요?"

"너. 원우 선배한테 나 좋아한다고 말했었어?"

아인의 반질반질한 눈동자가 흔들렸다.

"그럼요. 내가 쌤한테 반한 지가 언젠데. 우리 형 눈치는 또 엄청 빨라 가지고 바로 알아채더라고요."

"……그게 언젠데?"

"쌤이 과외 시작한 지 한 삼 주 되었을 땐가? 근데 선생님이랑 우리 형은 언제부터 사귄 거예요? 내가 좋아하기 전부터 사귀고 있었다던데. 아니다. 말하지 마요. 들으면 괜히 속만 쓰리니까요."

아인의 머릿속이 복잡해졌다. 원우가 자신에게 고백한 건 과외를 한 지 한 달째였다. 그는…… 도훈의 마음을 알고도 자신에게 손을 내밀었다. 동생의 마음을 무시할 만큼 자신을 좋아하게 된 걸까. 그렇게 믿고 싶지만 미적지근했던 원우의 태도가 뜨겁게 된 것은 순식간이었다. 그의 마음에 불을 붙일 계기가 있었다는 말이었다.

"쌤, 진짜 어디 아파요? 얼굴이 엄청 창백해요."

"아니. 괜찮아. 어서 가봐. 나도 가볼 테니까."

"아프면 같이 병원 가봐요."

"안 아파. 정말로 괜찮아."

아인은 자신이 무슨 말을 하는지도 모른 채 무작정 같은 말만 반복했다. 머릿속에 안개가 찬 것처럼 멍했다. 아인은 멀어지는 도훈의 뒷모습을 바라보다 집으로 들어섰다. 카페에서 내내 서 있느라 아픈 다리도, 억지로 많이 먹어 부대끼는 속도 느껴지지 않았다.

드르륵. 낡고 오래된 미닫이문을 열고 들어가자 집 안이 조용했다. 무서우리만큼 고요한 집이 소름 끼쳤다. 정 여사의 집에 새어머니가 없었다. 평소 돈 아깝다고 외출도 하지 않으니 집에 있어야 하는데, 어째서인지 텅 비어 있었다. 평소와 다른 서늘함을 느낀 아인이 방문을 열었다. 평소처럼 정리되어져 있는 것 같지만 한편으로는 묘한 분위기가 감돌았다. 조금씩 엇갈린 서랍, 다급하게 닫은 듯 반쯤 떠 있는 장롱문. 그 앞에 놓인 서랍 하나만 엉망진창이 되어 있었다. 아인이 서랍을 열었다. 아무것도 없이 텅 비어 있었다. 이곳은 새어머니가 통장을 보관하는 장소였다. 옷장도 비어 있긴 마찬가지였다.

확실히 이상하다.

아인이 빠르게 집 안을 모조리 살폈다. 집 안에 필요하거나 값비싼 물건들이 모조리 사라지고 없었다. 순간 예리한 무언가를 느낀 아인이 자신의 방으로 들어갔다. 책상 서랍 사이에 넣어둔 통장을 찾아 손을 더듬었다. 다행히 자신의 통장은 남아 있었다.

"허."

아인이 기가 찬 듯 웃었다. 어머니가 도망을 친 거다. 제 곁에서 독하게 빨아먹을 것 같던 어머니가 갑자기 왜? 더군다나 자신의 방은 뒤지지도 않았다. 오싹해진 아인이 힌트라도 잡으려는 듯 집 안을 모조리 뒤지고 다니다가 창고 쪽에 놓인 쓰레기통을 발견했다. 그곳엔 갈가리 찢긴 종이가 있었다.

아인이 무릎을 굽히고 앉아 종이를 들었다.

―사망보험금 수령증.

"사망보험금?"

아인의 눈동자가 흔들렸다. 아인이 쓰레기통을 쏟아내 모두 다 뒤지다시피 해 남은 조각을 찾아냈다. 사망보험금 수령증과 같이 인쇄된 것으로 보이는 종잇조각엔 아버지의 이름이 적혀 있었다. 아인의 몸이 뻣뻣하게 굳었다.

갑자기 머리가 팽팽 돌아가기 시작했다. 사망보험금 수령 날짜는 한 달 전이었다. 볼일이 있다며 어머니가 고향에 간다며 3박 4일 자리를 비운 적이 있었다.

그날이 설마 아버지의 장례식이었던 건가. 설마. 설마 아닐 거다.

아인의 손이 벌벌 떨렸다. 그 손으로 입가를 가린 아인이 몇 번이고 마른침을 삼켰다.

"거짓말……."

아인이 고개를 가로저었다. 거짓말일 거다. 아인이 다급하게 주머니에서 휴대폰을 꺼내 새어머니에게 전화를 걸었다.

[지금 거신 번호는 없는 번호이니…….]

"하."

아인의 손에서 휴대폰이 뚝 떨어졌다. 이렇게 최악일 수가.

새어머니는 자신에게 말 한마디 없이, 사망보험금을 독식하겠다고, 홀로 장례식에 다녀온 거다. 그러고 보니 그 부근에 자신의 휴대폰이 고장났다며 제 휴대폰을 빌려간 적 있었다. 신분증도 그즈음에 분실했다. 집에 두었던 신분증을 분실한 게 이상했지만, 별로 심각하게 생각하지 않았었다. 그때 일을 모두 다 꾸몄겠지. 사람이 필요하면 자신과 비슷한 사람을 구해서라도 시켰을 거다.

"하. 하하."

아인의 입술이 벌어졌다. 웃음인지 울음인지 모를 소리가 새어 나갔다. 하, 하고 허탈한 웃음을 짓던 입술 끝이 바들바들 떨렸다. 벌벌 떨리는 손끝에 아버지의 사망보험금 수령증이 흔들렸다.

기댈 만한 아버지는 아니었지만, 그래도 어쨌든 천애 고아로 만들지 않았으니 그걸로 고맙다 싶은 사람이었다. 아주 가끔 불쌍하기도 했다. 육지보다 바다가 편한 사람. 딱딱한 땅보다 울렁거리는 바다가 좋다며 평생을 바다에서 살겠다고 한 사람. 욱하는 성질이 있어도 사람이 무서워서 바다로 도망친 사람. 자신이 번 돈을 제대로 써보지도 못하고 다시 바다로 떠난 사람. 마지막 가는 길에 자식들의 배웅조차 받지 못한 사람……

"하…… 하."

아인은 그 자리에 웅크리고 앉아 한참이나 말을 잇지 못했다. 몸을 지나치는 찬바람도, 머리 위를 휘영청 밝히는 달빛도, 새파랗게 질려가는 손톱 끝도 느껴지지 않았다. 이 땅에 불시착한 덩어리처럼 아인은 그곳에 가만히 앉아 있었다. 이제 천애 고아가 되었다.

툭.

마음 깊은 곳에서 끈이 잘렸다. 허허벌판에 방향을 잃고 홀로 남겨진 사람처럼, 아인은 바닥만 바라보았다. 그러다 옷을 움켜쥐었다. 잡고 있을 것이 그것밖에 없다는 듯이. 이것만이 마지막 동아줄이라도 되는 양 끌어안았다. 괴로운 건지, 외로운 건지 모르겠다. 그저 미칠 것 같았다.

아인이 제 몸을 꽉 끌어안았다. 동그랗게 말린 몸이 금세 바들바들 떨렸다. 추위인지, 슬픔인지, 무기력인지 모르겠다. 어쩌면 조금 있으면 몰려들 진짜 감정이 두려워서 떠는지도 몰랐다. 이 마비 증상도 찰나일 것을 알기에.

아인이 손을 뻗어 바닥을 더듬었다. 눈물이 차올라 희뿌연 시야로 희미하게 휴대폰의 윤곽이 보였다. 그녀는 휴대폰을 들어 1번을 길게 눌렀다. 액정 화면이 바뀌며 이름이 떴다.

「원우.」

아인의 눈동자에 물기가 차오르다 툭 소리를 내며 떨어졌다. 이름을 보자마자 보고 싶어졌다. 목소리라도 듣고 싶었다. 그러면 이 미쳐 버린 현실에서 조금은 버틸 수 있을 것 같았다.

"여보세요."

[선배.]

휴대폰을 타고 흐르는 여자의 목소리에 아인이 멈칫했다.

[저예요. 소연이.]

익숙한 이름에 아인의 얼굴이 굳었다.

"어. 네가 왜 선배 전화를 받아?"

아인이 침착한 말투로 물었다.

[저야말로 묻고 싶네요. 왜 선배가 이 시간에 원우 씨한테 전화하는지요.]

아인은 '원우 씨'라는 말이 거슬렸지만, 티내지 않았다.

"……선배는 어딨어?"

아인이 목이 졸리는 듯한 목소리로 물었다.

[그걸 선배가 왜 궁금해해요? 아, 혹시 우리 약혼 축하해 주려고 전화

한 거예요? 그런 거면 고마운데, 혹시 주제도 모르고 만나자는 용건으로 전화한 건 아니죠? 미안한데 원우 씨 그럴 시간 없어요. 이제 약혼 준비도 해야 해서 바쁘거든요.]

약혼.

그 단어가 송곳처럼 귀를 찌르고 들어왔다. 희뿌옇게 차올랐던 머릿속으로 아릿한 통증이 이어졌다. 아인이 한 손으로 관자놀이를 꽉 눌렀다. 머리가 터질 것처럼 아팠다.

[선배랑 원우 씨랑 어떤 관계인지 잘 알아요. 가끔 별식도 먹고 싶은 게 사람 마음이잖아요. 특히 이쪽 남자들은 선배 같은 사람 만나기 힘든 법이니까요.]

그만해.

아인이 입술을 달싹였으나, 목소리가 나오지 않았다.

이제 그만해. 충분하니까.

빌어먹을 밑바닥 인생이라는 거 충분히 뼈아프게 겪었다. 타인을 통해 듣고 싶지 않았다. 그러나 어딘가 얽매인 것처럼 손가락 하나 까딱할 수 없었다.

[선배, 원우 씨 만나지 마요. 선배가 불쌍해서 해주는 말이에요. 적당히 놀았으면 끝낼 줄도 알아야죠. 주제를 알면 말이에요. 혹시 원우 씨가 돈을 안 줘서 그런 거라면 저한테 연락하세요. 그런 돈쯤이야 얼마든지 후원했다 생각하고 드릴 수 있으니까요. 대신 뒷소리 나오지 않게 하세요. 다시는 원우 씨한테 연락하지 말고요. 지금은 옛정을 생각해서 좋게 이야기하는데, 앞으로는 아닐 거예요. 계좌는 제 휴대폰 번호로 보내세요. 쉬세요, 선배.]

통화가 끝나자마자 온 세상의 소리가 사라진 듯 고요했다. 칼바람조차 숨 죽였다. 그 짧은 찰나, 눈꼬리를 타고 눈물이 툭 떨어졌다. 제 눈물인지 모를 만큼 순식간에 벌어진 일이었다. 아인은 한기가 느껴지는 눈꼬리를 손등으로 닦으며 앞을 보았다. 어떤 소리도, 반응도 없이 눈에서 눈물만 뚝뚝 떨어져 내렸다.

아닐 거라고 믿고 싶다. 절대로 선배가 그럴 리 없다고. 그러나 아인은 이 상황이 현실임을 알아챘다. 소연이 미치지 않고서야 사실이 아닌 걸로 저렇게 당당하게 나올 리 없었다.

그렇게 유추하지 않아도 실은 정 여사의 말을 듣는 순간 알았고, 도훈의 말을 듣는 순간 알고 있었다. 그럼에도 아버지의 죽음을 알게 되었을 때 그를 떠올렸다. 그 사람이 자신의 삶에서 가장 따뜻했던 사람이었으므로. 그러나 이제 뜨거운 아랫목이었던 그가, 차갑게 식어 검게 눌어붙은 자국이 되었다.

나는, 당신에게 안녕이라는 인사도 직접 못 들을 만큼의 사람이었던가.

입술이 차갑게 식었다. 아인이 손으로 가슴을 움켜쥐었다.

"읍."

울음이 터져 나왔으나, 벌려진 입술에선 어떤 소리도 나오지 않았다. 소리 없는 울음을 온몸으로 내지르며 아인은 바들바들 떨었다.

찬바람이 그녀를 스쳐 지나갔다. 몹시 고단한 겨울의 시작이었다.

원우가 귀가할 무렵, 집은 발칵 뒤집혀 있었다. 수능 날 나간 도훈이 만 이틀 만에 집에 귀가했다. 도훈을 한 번도 체벌하지 않았던 정 여사는 못 참고 손을 치켜 올렸다. 짝 소리 나는 마찰음과 동시에 도훈의 고개가 돌아갔다. 그의 얼굴이 금세 벌겋게 달아올랐다. 도훈은 예상했다는 듯 제 얼굴을 벅벅 문질렀다.

"유학 갈래."

미안하다는 사과는커녕 도훈이 꺼낸 말에 정 여사의 얼굴이 희게 질렸다.

"뭐, 뭐?"

"유학 가야겠어. 이 성적으로 국내 대학 못 가겠고. 나한테 남은 게 뭐겠어? 남는 돈으로 유학 타이틀이나 따와야지."

"너, 너! 아버지가 알면 회사에 발도 못 들여! 그걸 알고 하는 소리야?"

"알아. 알고 하는 말이야. 준비 부탁할게. 엄마."

도훈이 정 여사를 지나쳤다. 정 여사가 그의 외투를 움켜쥐었다.

"너, 정말 왜 이래? 그깟 여자 때문에 이래? 엄마가 미치는 거 보고 싶어서 그래? 내가 널 어떻게 키웠는데!"

"어떻게 키웠는데?"

도훈이 까만 눈으로 정 여사를 바라보며 물었다.

"뭐, 뭐?"

"아들과 기껏 해봐야 몇 살 차이 나지 않는 또 다른 아들 구박해 가면서 키운 거?"

집을 나가서 방황하는 동안, 가장 죽이고 싶은 사람은 김원우였다. 자신을 기만한 걸로 부족해 가지고 논 것 같아 그와 같은 공간을 쓰기 싫었다. 원우가 묻히고 오는 아인의 향기도 싫었다. 가능하면 죽을 때까지 원우를 보고 싶지 않았다. 그렇게 하루가 지나자, 분노보다 의문이 일었다.

형은 자신에게 왜 그랬을까.

아주 잠깐 형의 인생을 돌이켜 보았다. 형이었지만, 그는 단 한 번도 집에서 형 대접을 받은 적 없었다. 처음으로 그럴 수 있겠다는 생각이 들었지만, 용서를 한 건 아니었다.

도훈은 차갑게 정 여사를 내려 보았다.

"나한테 왜 회사를 물려주려고 하는 건데? 정말로 내가 잘되길 바라서? 아니잖아. 엄마가 당당해지고 싶어서 그런 거 아냐? 아들 하나 잘 세워놓으면 그 뒤에서 편히 쉬면 되니까. 나는 싫어. 회사, 안 물려받을 거야."

"김도훈!"

정 여사가 비명을 내질렀다. 도훈은 그런 엄마를 물끄러미 바라보았다.

"너 정말 어떻게 엄마한테 이러니? 지금 네가 김원우를 생각할 때야? 아직도 네 형이 어떤 사람인지 모르겠어?"

"몰라. 모르겠어. 적어도 엄마보단 나은 사람 같아!"

"뭐? 이 녀석이!"

정 여사가 손을 치켜들어 도훈의 뺨을 다시 한 번 후려쳤다. 귀하디귀하다고 소문난 아들의 뺨을 두 대 내려친 정 여사는 깜짝 놀라 손을 벌벌 떨었다. 도훈의 뺨이 빨갛게 부풀어 올랐다. 그러나 그것도 잠시. 정 여사는 분노한 표정을 숨기지 않았다.

"네가 이러니까 네 밥그릇 못 챙겨먹는 거야. 네 형은 국회의원 딸이랑 약혼하겠다고 나서는 판인데, 너는 지금 이런 멍청한 소리를 하고 있어?"

"……뭐? 형이 뭘 해?"

도훈이 고개를 들어 정 여사를 쳐다보았다.

"네 아버지가 은근히 원우 밀어주는 것만 해도 속이 뒤집히는데."

"아니, 그거 말고. 형이 국회의원 딸이랑 뭘 한다고?"

"약혼!"

"……약혼?"

도훈의 눈가가 바들바들 떨렸다. 생각지도 못한 이야기였다.

"그럼 쌤은?"

"쌤이라니? 아, 주아인? 하, 넌 네 형이 그런 여자랑 진심일 거라고 생각했어? 아니지. 김원우가 그럴 놈이 아니지!"

도훈이 무언가 말을 하려다가 막 현관을 들어서던 원우를 바라보았다. 도훈이 원우에게 득달같이 달려들었다.

"형, 국회의원 딸이랑 선보고 왔어?"

도훈의 물음 끝으로 싸한 침묵이 흘렀다. 원우의 표정이 냉랭했다.

"어. 했어."

"……뭐?"

도훈이 자신이 무언가를 잘못 들은 게 아니냐는 듯 얼굴을 찌푸렸다.

"그런데 아직 약혼한 건 아냐. 아직 그럴 생각도 없고."

"지금 그게 중요한 게 아니잖아! 선을 보고 온 게 중요하잖아! 형, 우리 쌤이랑 사귀고 있는 거 아냐?"

"맞아."

원우가 도훈을 차갑게 내려보며 대답했다. 도훈의 얼굴이 희게 질렸다.

"그, 그런데?"

"연애한다고 다 결혼하는 건 아니니까."

원우가 당연한 거 아니냐는 듯 차분하게 말했다. 그 순간, 도훈의 까만 눈동자엔 어떤 감정도 담기지 않았다.

"지금 그걸 말이라고 해!"

도훈이 악을 쓰듯 소리쳤다.

"네가 뭐라고 하든 이건 주아인과 내 연애야. 신경 쓰지 마."

"하."

원우의 차가운 말에 도훈의 텅 비어버린 눈동자가 차갑게 얼어붙었다.

"와, 하! 하하!"

실성한 사람처럼 도훈이 웃어댔다. 그러더니 벽면을 주먹으로 쾅 소리 나게 내리찍었다. 벽에 내리찍힌 도훈의 주먹이 부들부들 떨렸다. 그가 새빨갛게 물든 눈으로 원우를 노려보았다.

"내가 형한테 이런 말을 쓰게 될 날이 올 줄 몰랐다. 주먹질하기조차 더럽게 싫은 인간이라는 말. 진짜, 더러운 이중인격 새끼."

도훈은 토악질이 나온다는 듯 얼굴을 구겼다.

"형은 쌤이랑 헤어져. 형이 그런 마음으로 만날 수 있는 사람이 아니니까."

도훈이 원우를 밀치고 나갔다.

"김도훈!"

정 여사가 등 뒤에서 도훈을 애타게 불렀다. 그러나 그는 아무 소리도 안 들린다는 듯 훌쩍 대문 밖으로 뛰어나갔다.

"너 때문이야."

원우는 시뻘건 분노를 드러내는 목소리에 고개를 돌렸다. 정 여사가 온몸을 부들부들 떨고 있었다.

"왜 제 탓이에요?"

원우가 무섭도록 차분한 목소리로 되물었다.

"네가 도훈이를 다 망쳐 놨어."

"망친다고 사람이 망쳐지나요? 다 자기가 망가지는 거지."

"가만히 두지 않을 거다."

"그러시든가요."

원우가 빙긋 웃으며 집 안으로 들어섰다. 계단으로 올라가는 내내 거친 호흡을 하는 정 여사의 목소리를 들으며 그는 픽 웃었다. 2층으로 도착했을 땐, 왜인지 웃을 수가 없어서 원우의 표정이 딱딱하게 굳었다.

방으로 들어온 원우는 캐리어를 꺼내 펼쳤다. 커다란 캐리어에 짐을 실었다. 옷가지들은 커다란 캐리어에, 소소한 짐들은 작은 캐리어에 챙겼다.

'집에서 나가 독립하고 싶습니다.'

원우는 김 회장에게 독립을 선언했다. 반대하더라도 어떻게든 나가 지낼 생각이었다. 두 사람과 더 마주하고 싶은 생각 없었고, 한 가지 이유를 더하자면 방 두 칸짜리를 구해 방 하나는 아인을 줄 생각이었다. 그게 여의치 않다면 인근에 쓸 만한 원룸을 구해줄 생각이었다. 결혼까지 생각하진 않더라도, 아인이 비참하게 사는 모습은 더 이상 보고 싶지 않았다. 이게 자신이 할 수 있는 최대한의 예의였다.

원우가 캐리어 두 개를 다 쌌을 즈음, 도훈에게서 연달아 전화가 왔다. 액정을 바라보는 원우의 표정이 차가웠다. 그는 도훈에게 미안하지 않았다. 그가 살아온 세월에 비하면 여자 하나 양보하는 건 우스운 일이니까.

그는 고민 끝에 휴대폰을 껐다. 그 때문에 문자가 들어오는 것도 확인하지 못했다.

도훈이 집으로 들이닥친 건, 원우가 막 집을 나설 때였다. 거대한 집은 폭풍 전야처럼 고요했기에, 도훈의 거친 발소리가 집 안을 모두 쿵쿵 울리는 듯했다. 원우는 자신의 코앞에 멈춰 선 도훈을 내려 보았다. 어디서 비를 맞고 온 건지 머리와 옷이 축축했다. 원우가 모르는 사람처럼 지나치려 하자, 도훈이 그 앞을 가로막았다. 눅눅한 비 냄새가 코끝을 스쳤다. 원우는 눈동자만 움직여 도훈을 보았다.

"씻을 거면 샤워실로 들어가."

마치 모르는 사람을 본 것처럼 원우의 표정이 무심했다. 도훈은 그의 그런 표정에 적잖이 충격을 받았다.

"그런 얼굴로, 쌤 내쫓았어?"

갑작스럽게 나오는 아인의 이름에 원우가 도훈을 지나치다 말고 멈춰 섰다.

"무슨 말을 하는 거야?"

"이제 모르는 척도 해? 와, 내가 진짜 괴물을 형이라고 부르고 살았구나?"

"무슨 말이냐고!"

원우가 도훈의 팔을 억세게 움켜쥐었다. 자신과 급이 다른 힘에 도훈이 얼굴을 찌푸렸다가 왈칵 성을 냈다.

"무슨 말인지 형이 몰라? 정말 몰라서 나한테 물어? 쌤, 전화도 안 받고, 집에도 없어. 형이 내쫓은 거 아냐? 아니다. 형은 내쫓은 거 아닌데 쌤이 알아서 물러난 건가? 왜? 곧 약혼할 거 같으니까 적당히 놀다가 알아서 헤어지자고 했어? 아니면 급이 안 맞지만 즐겁게 놀아보자고 했어? 그게 아니면 뭔데? 무슨 말을 어떻게 지껄였기에 쌤이 사라져?"

도훈이 악을 쓰듯 소리쳤다.

"주아인이, 사라졌다는 게 무슨 말이야?"

원우의 목소리가 급격하게 낮아졌다. 소름 끼치도록 차가운 목소리에 도훈이 멈칫했다. 원우의 표정이 무섭게 변했다. 마치 그는 전혀 모르고 있었던 듯한 얼굴이었다.

"……몰랐어?"

도훈이 의아한 듯 물었다. 탁! 원우가 손에 쥐고 있던 캐리어를 놓쳤다. 그러곤 곧바로 집을 빠져나갔다.

❖

낡은 대문 앞에 코트를 입은 원우가 섰다. 원우가 대문을 바라보며 전화를 걸었다. 벨소리가 대문 너머에서 들렸다. 그러나 정작 사람의 소리는 들리지 않았다. 그가 오랜 시간 대문 앞을 지키고 있는 걸 발견한 동네

주민이 보다 못해 말을 걸었다.

"이보슈."

원우가 조급한 표정으로 고개 돌렸다. 머리카락을 한 갈래로 질끈 묶은 아줌마였다. 티셔츠와 바지의 꽃 패턴이 눈을 어지럽게 만들었다.

"지금 누굴 기다리는 거요?"

"여기 살고 있는 젊은 여자, 아십니까?"

원우가 아인의 행적을 알게 될까 싶어 물었다.

"그 집 사람들, 어제 싹 떠났어. 모녀 둘 있었는데, 오전에 아줌마가 커다란 짐 가방을 들고 나가더라고. 어디 가나고 했더니 고향 간다고 하더라고. 그러더니 어제 늦은 밤에 시끄러워서 나가보니 젊은 여자가 또 큰 가방을 들고 나가더라고. 엄마 따라가냐고 했더니 아무 말 없이 고개만 숙이고 가는 거야. 근데 휴대폰을 놓고 갔는지 아까 전부터 울어대는데 시끄러워 미치겠어. 전화 좀 그만해."

아줌마가 휴대폰 벨소리가 지겹다는 듯 머리를 벅벅 긁었다. 벽을 사이에 둔 이웃이라고는 하나, 다닥다닥 붙어 있는 다세대주택에선 조그마한 소리도 다 들렸다.

원우는 굳게 닫힌 대문을 노려보다가 주먹을 쥐고서 대문을 쾅쾅 두드렸다. 낡은 대문이 금세 덜덜 떨리며 떨어져 나갈 것처럼 흔들렸다.

"이봐요! 미쳤어요? 이봐요!"

이웃집 아줌마가 대문을 내려치는 원우를 향해 빽 소리 질렀다. 그는 아무 소리도 안 들린다는 얼굴로 대문을 더욱 세게 두드렸다.

쾅, 쾅!

잠금장치가 낡은 대문은 얼마 못 가 삐꺽 소리를 내며 열렸다. 아줌마가 가택침입이라는 둥 경찰에 신고한다는 둥 소리를 빽빽 질렀다. 원우는 아인의 집으로 들어가다 멈춰 섰다. 마당은 자신이 누우면 끝일 정도로 좁았다. 자신의 생각보다 집은 훨씬 더 비루하고 최악이었다.

숨 막히게 좁은 마당 너머로 가로로 길게 이어진 집이 있었다. 아인에게 전화를 걸어 벨소리를 찾아 걸어갔다. 아인의 휴대폰이 쓰레기통에 던져져 있었다. 누군가의 사망보험금 수령증과 함께. 원우는 아인의 휴대폰을 들었다. 배터리가 얼마 남지 않은 휴대폰은 금세 까무룩 꺼졌다. 원우는 휴대폰을 손에 쥐고서 집 안으로 들어섰다. 집이 엉망진창이었다. 모르는 사람이 봤다면 도둑이라도 들었을 거라 오해할 정도였다.

"아이구야, 세상에나."

원우를 뒤따라 들어온 옆집 아줌마가 기가 막힌 듯 소리쳤다.

"누가 집을 이렇게 엉망으로 해놨대? 아까 그 아가씨인가?"

"이 집 사는 젊은 여자, 어디로 간다는 말 없었습니까?"

원우가 굳은 얼굴로 물었다.

"없었어. 인사도 안 하고 가더라니까 그래? 얼마나 울었는지 온 얼굴이 퉁퉁 부어서는."

"얼굴이…… 부어요?"

"그랬다니까."

고개를 끄덕거리던 옆집 아줌마는 원우의 심상찮은 표정에 덜컥 겁을 먹었다.

"아휴, 내가 가스 불에 뭐 올려놓은 걸 깜빡했네."

도망치듯 옆집 아줌마가 사라진 후, 집에 홀로 남은 원우는 마른침을 삼켰다. 순간 숨이 막히도록 불안했다. 원우는 이 느낌을 잘 알고 있었다. 큰일이 벌어지기 전, 그는 불현듯 이런 느낌을 받곤 했다. 원우는 흥분을 힘겹게 가라앉힌 후, 생각을 하기 시작했다.

자신이 아인에 대해 아는 것은 세 가지였다. 학교, 휴대폰 번호, 집. 그런데 휴대폰과 집이 무용지물이 되었다. 일순 머리가 터질 것처럼 아파왔다. 원우는 제 머리를 꽉 쥐고서 집 밖으로 뛰어나왔다. 그러곤 곧장 차를 몰아 학교로 향했다.

"서, 선배!"

다급하게 들어서는 원우를 보고 학회실의 사람들이 깜짝 놀랐다. 흐트러진 원우의 모습은 처음이었기에 모두들 의아한 얼굴로 그를 바라보았다.

"주아인 본 사람 있어?"

원우의 물음에 다들 의아한 얼굴로 고개를 가로저었다.

"아뇨. 그런데 무슨 일로……."

사람들이 묻기도 전에, 원우는 학회실을 박차고 나갔다. 이어 원우는 아인과 갔던 모든 곳을 미친 사람처럼 뛰어다녔다. 그래 봤자 몇 군데 되지 않았다. 도서관, 주차장. 그 어디에도 아인은 보이지 않았다. 원우는 차를 몰아 아인과 종종 가던 곳을 모두 들렀다. 그 어디에도 아인은 보이지 않았다. 마침내 원우가 다시 돌아온 곳은 아인의 집이었다. 원우는 너덜너덜해진 대문 안으로 들어섰다.

아인이 쓰던 것으로 추정되는 방에 들어섰다. 모든 것이 오래된 쓰레기처럼 낡았다. 원우는 의자를 빼내 그곳에 앉았다.

삐끄덕 낡은 소리를 내는 의자는 금방이라도 부러질 것 같았다. 원우가 긴 숨을 내쉬었다. 난방을 하지 않아서인지, 아니면 웃풍이 센 건지 입김이 연기처럼 흘러나왔다.

시간이 속수무책으로 흘렀다. 어둑한 밤이 찾아오고, 새하얀 새벽이 찾아올 무렵 원우의 입술에선 더 이상 흰 입김이 흘러나오지 않았다. 긴 기다림 끝에 입술이 얼어붙었다.

동시에 그의 눈동자도 검게 물들었다.

주아인이 돌아오지 않았다.

주아인이…… 사라졌다.

한 번도 생각해 보지 않은 거짓말 같은 일이 벌어졌다.

거대한 주택은 무덤 속이라도 되는 양 고요했다. 가사 도우미를 비롯해 고용된 사람들은 최대한 숨을 죽이고서 돌아다녔다.

이 주일째 정 여사는 침대에 앓아누웠고, 원우는 집에 오지 않았으며, 둘째 아들 도훈은 미친 사람처럼 화를 내고 다녔다. 이 기묘한 균형이 깨진 것은 그로부터 며칠이 더 흐른 후였다. 원우가 모처럼 집에 들렀을 때, 정 여사와 도훈이 거실에 있었다.

"제발, 도훈아."

정 여사가 도훈에게 사정했다.

"싫어."

도훈이 차갑게 거절하며 자리에서 일어났다. 도훈과 원우의 눈이 마주쳤다. 도훈은 원우를 바라보며 정 여사에게 말했다.

"얼마 전까지만 해도 형이랑 회사 경영을 놓고 싸워볼까도 생각했어. 엄마를 등에 업으면 힘든 일도 아니지. 그깟 거. 근데 그럼 엄마 좋은 일만 시키는 거잖아. 그래서 회사를 포기할까 생각해 봤어. 그럼 형만 좋은 거잖아. 그것도 별로더라고. 그러다 결정 내렸어."

원우의 무심한 시선이 도훈을 향했다. 동시에 정 여사가 숨을 삼킨 채 도훈의 입에 주목했다.

"두 사람이 가장 가지고 싶어하면서도 죽을 때까지 가지지 못하는 게 뭘까 생각해 보니까 알겠더라고."

원우의 시선이 예리해졌다.

"행복."

도훈의 입술이 느슨하게 늘어났다. 뜬구름 잡는 소리에 정 여사가 허, 하고 숨넘어가는 소리를 냈고 원우의 입술이 늘어났다. 철없는 꼬맹이를 바라보는 눈이었다.

"두 사람 다 그런 반응 보이지 마. 가지는 거 말고는 행복해 본 적도 없는 주제에. 나는 두 사람보다 미친 듯이 행복해질 거야. 그러면서 끊임없이 두 사람의 삶에 영향력을 행사할거야. 엄마는 아들의 덕을 볼 수 없을 거고, 형은 끊임없이 이복형제가 대주주가 되어서 회사에 관여하는 걸 지켜봐야 할 거야. 회사를 제대로 운영하지 못하면 수많은 사람 앞에서 질타를 받게 될 거야. 이익을 내도 더 많은 이익을 내야 하는 굴레에 갇힐 거야. 늘 목이 마른 삶을 살겠지."

예언하듯 도훈의 목소리가 차분했다. 사랑했기 때문에 용서할 수가 없다. 자신의 화가 풀릴 때까지 두 사람은 끊임없이 자신이 휘두르는 채찍의 여파에 흔들리면서 살게 될 거다. 이게 자신이 사랑했던 두 사람에게 내리는 형벌이었다. 도훈의 시선이 원우를 향했다. 어느새 그의 얼굴엔 어떤 웃음도 남아 있지 않았다.

"불쌍해, 형도. 여태까지도 그랬고, 앞으로도 그럴 거야."

도훈이 진심으로 그를 동정했다. 차갑게 식은 원우를 외면한 채 2층으로 올라갔다. 정 여사는 뒤늦게 원우를 발견하곤 눈가를 찌푸렸다.

"도훈이가 아직 어려서 그런 거다. 곧 마음 바꿀 테니 조심하는 게 좋을 거다."

정 여사가 경고 같지 않은 경고를 던진 후, 자신의 방문을 세차게 닫고 들어섰다. 홀로 거실에 남은 원우는 다시 현관문을 열고 나섰다. 차가운 바람에 그의 머리카락이 부드럽게 날리었다. 재킷 안주머니에서 담배를 꺼내 입에 물고는 불을 붙였다. 빨갛게 피어오른 불꽃은 금세 연기를 피워 올렸다. 그의 입술이 픽하고 늘어났다.

정말 재미없는 결과다.

쉽게 게임을 포기한 김도훈도, 갑자기 이 빠진 호랑이가 되어버린 정 여사도. 그리고 자신도.

복수를 해도 왜 이렇게 재미가 없는 건지.

원우의 표정이 금세 탁하게 흐려졌다.

소연이 걸음을 빠르게 놀려 도서관으로 향했다. 도서관 건물로 들어가는 벤치 앞, 원우가 우두커니 앉아 있었다. 원우가 학교에 나타났다는 말이 사실이었다.

"선배."

소연이 원우에게 다가가 그를 불렀다. 그가 까칠한 얼굴로 고개를 들었다. 그와 만난 게 며칠만인지 모르겠다. 소연은 울컥 원망이 솟았다가, 상한 그의 얼굴을 보곤 험한 말을 삼켰다.

"왜 이렇게 연락이 안 돼요? 걱정했잖아요. 회장님도 선배 어디있는지 잘 모르겠다 그러고. 우리 약혼해야 하는 거 몰라요? 그것 때문에 정신없이 바쁘잖아요. 그러니까……."

"너랑 약혼할 생각 없어."

원우가 차갑게 그녀의 말을 잘랐다.

"무, 무슨 소리예요?"

"약혼할 일 없으니까 의논할 일도 없을 거고. 그러니까 나 건드리지 마."

원우의 날 선 말에 소연의 가슴이 덜컹 내려앉았다.

"지금 선배가 무슨 말을 한 건지 알아요?"

"내 입에서 나온 말을 내가 모를까?"

"왜요? 설마, 주아인 때문에요?"

소연의 입술이 비틀렸다. 성실한 주아인이 결석한 후부터 원우의 상태가 조금씩 이상해지기 시작했다. 소연은 자존심 상했지만 그가 제정신 차리길 기다렸다. 어차피 자신의 사람이 될 거다, 라는 마음으로 그 기다림도 견뎌 냈다. 그런데 지금 자신에게 약혼을 없던 일로 하자고 말하고 있었다.

"주아인이 네 후배가 아닐 텐데."

원우가 상체를 앞으로 숙이며 음산한 목소리로 말했다. 소연이 입술을 씹었다.

"전 선배가 이렇게 계산 못하는 줄 몰랐네요. 저를 잡으면 선배는 아주 손쉽게 회사 내에서 경영권을 확보할 수 있어요. 그 좋은 방법을 뿌리친 다고요?"

"그건 네 계산이고. 난 아무리 계산해도 너와 약혼하는 게 손해라서. 어차피 내가 앉을 자리를 조금 당겨 앉겠다고 관심 없는 사람과 얼굴 부 대낄 필요 없잖아. 의외로 결벽증이 있어서 관심 없는 사람한테는 손가락 하나 못 대거든. 그렇다고 밖에서 애를 데려올 순 없잖아. 그 애의 인생이 불쌍해서 그건 못할 짓이야."

원우의 모욕적인 발언에 소연의 입술이 바들바들 떨렸다.

"선배, 지금 실수하고 있는 거예요."

소연이 자존심 상한 듯 파르르 떨었다. 이미 자신이 아는 모든 사람에 게 김원우와 결혼하게 될 거라고 공표했다.

"저희 아버지가 가만히 있지 않으실 거예요."

"상관없어."

원우가 차갑게 말했다. 그의 주변 분위기는 잔뜩 날 서 있었다.

"주아인이 뭐라고 한 건지 모르겠지만, 그 말 듣고 이러는 선배도 우습네 요. 내가 고작 이런 남자 때문에 시간을 허비했다고 생각하니 짜증나네요."

"주아인, 만났어?"

원우가 새빨갛게 물든 눈동자로 쳐다보며 물었다.

"주아인이 만났다고 하던가요? 전화 통화도 만난 건가. 하여튼 자세한 내용은 주아인 만나서 물어봐요."

소연이 찬바람을 일으키며 돌아섰다. 미끈한 라인을 가진 빨간 하이힐이 또각또각 소리를 내며 멀어졌다. 소연은 아주 세게 입술을 씹었다. 화가 나자 온몸이 부들부들 떨리고 있었다. 그 순간 소연의 몸이 홱 돌아갔다. 눈앞에 원우가 서 있었다. 그가 자신을 붙잡았다는 사실에 소연의 표정이 풀릴 때였다.

"주아인한테 뭐라고 한 거야?"

조금 전까지 느긋하던 원우의 표정이 조급하게 변했다. 제대로 대답하지 않으면 부숴 버릴 것처럼 그가 사납게 으르렁거렸다.

"서, 선배."

"뭐라고 한 거냐고!"

원우가 이성을 잃고 윽박지르는 소리에 소연의 몸이 흠칫 떨렸다.

"서, 서, 선배. 아무 말도 안 했어요! 악!"

소연이 거짓말을 하자마자 원우가 그녀를 벽에 내리꽂다시피 던졌다. 등이 벽에 세게 부딪치자 소연이 흠칫하며 몸을 떨었다. 처음 보는 원우의 모습이 소름 끼치게 무서웠다. 원우는 미친놈처럼 보였다.

"무슨 소리 한 거냐고."

그가 억눌린 목소리로 차갑게 물었다. 그게 미쳐 날뛰는 모습보다 더 무서웠다.

"아무 말도 아, 안 했어요! 그, 그냥 선배랑 제가 약혼하게 될 거라고만 했어요! 그건 사실이잖아요! 내가 틀린 말 한 것도 아닌데 왜 저한테 화를 내고 그래요!"

소연의 말에 원우의 미간이 사정없이 좁아졌다. 소연에게 화를 내고 싶은데, 그녀가 한 말 중에 틀린 게 없었다. 자신은 소연과 약혼을 하려고 했다. 그걸 주아인이 알게 됐을 뿐이다. 주아인은…… 자신이 물러날 때라고 생각해서 떠난 거고.

"으윽!"

원우가 소리를 씹어 삼키며 소연이 서 있는 벽을 손바닥으로 세게 내려쳤다. 쿵 소리가 나자, 소연의 몸이 바들바들 떨렸다.

원우가 소연을 차갑게 스쳐 지나갔다. 두 사람을 에워싸고 있던 사람들이 웅성거리며 소연을 쳐다보았다. 그녀는 자리에서 도망치려고 몸을 돌려세우다가 털썩 주저앉았다. 다리에 힘이 풀렸다. 소연은 자존심이 상한 듯 입술을 깨물고서 얼굴을 푹 숙였다.

주머니에서 휴대폰을 꺼낸 원우가 아인에게 전화를 걸었다. 자신이 모르는 사이에 일이 벌어졌는데, 여태껏 모르고 있었다. 한 통, 두 통, 전화를 연신 퍼부으며 원우가 강의실로 걸음을 옮겼다. 아인이 즐겨 앉는 자리에 서서 그는 주변을 두리번거렸다. 갑작스러운 원우의 행동에 학생들이 술렁거렸다. 그러나 그는 그런 것 따윈 눈에 들어오지 않았다.

뭔가가 불안하다. 갑자기 손끝에 가시가 박힌 것처럼 따끔하면서 불편한 이물감. 원우가 주아인이 즐겨 앉는 책상을 손끝으로 두드리다 주연을 쳐다보았다.

"주아인은?"

그녀의 행방을 묻는 원우의 기세가 워낙 흉흉해 주연은 저도 모르게 움찔했다.

"네?"

주연은 순간 원우가 미친 게 아닐까 생각했다. 아인이 학교에 나오지 않은 지 벌써 한 달이 다 되어간다.

"알잖아요. 아인이 학교 안 오는 거."

주연이 정신 차리라는 듯 말하고서야, 책상을 짚고 선 원우의 표정이 흐트러졌다.

"아."

그가 짤막한 탄성을 흘렸다. 뒤늦은 깨달음이었다.

그랬다. 주아인은 더 이상 학교에 나오지 않았다. 집에도 더 이상 오지 않았고, 휴대폰도 놓고서 사라졌다. 마치 작정하고 사라진 것처럼. 알고도 잠시 잊었다. 미친놈처럼, 아주 하얗게.

"아인이한테는 연락 없어? 너한테는 연락했을 거 아냐."

원우가 힘 빠진 목소리로 주연에게 물었다.

"저한테도 연락 없었어요. 그리고 선배가 이런 걸 묻는 이유를 모르겠네요."

주연이 차갑게 대답했다. 그녀는 아인이 사라진 이유를 원우라 생각하고 있었다.

"연락 오면, 내가 기다리고 있다고 전해줘."

원우의 약해진 목소리에도 주연은 대답하지 않았다.

원우는 자신에게 쏠리는 시선을 등지고서 강의실을 빠져나왔다. 사람들의 시선이 뒤따랐다.

원우는 주차장에서 차를 타고 무작정 아인의 집으로 향했다. 주아인이 없다는 걸 안다. 아는 데도 가 있을 곳이 그곳밖에 없었다. 원우가 엑셀을 세게 눌러 밟았다.

을씨년스러운 겨울바람이 부는 회색빛 골목. 어떤 빛줄기도 다 삼켜

회색으로 뱉어낼 것 같은 어두컴컴한 골목 끄트머리에 낡은 집이 있었다. 주인에게 버림받아 한껏 낡아버린 집.

원우는 텅 빈 집에 발을 질질 끌며 들어섰다. 몇 시간과 전혀 달라진 게 없는 집이었다. 혹시나 했는데 역시나 아인이 다녀간 흔적이 보이질 않았다.

처음에 주아인이 사라졌을 땐 꿈인 줄 알았다. 현실감각이 느릿하게 돌아왔을 땐 오기가 생겼다. 원래 예정대로 주아인이 사라진 것뿐이라 생각했다. 자신이 손쓸 필요 없이 말끔히 해결됐다고 생각했는데…… 점점 미칠 것 같았다. 갑작스레 중력이 사라진 사람처럼 온몸이 붕 뜨는 기분. 목표를 잃고 길을 헤매는 쓰레기가 된 기분이었다. 갈증이 느껴지고 시도 때도 없이 숨이 막혀왔다.

지금도 그러했다.

벽을 짚고 선 원우의 주먹이 둥글게 말렸다. 갑자기 화가 치밀어 올랐다. 사라진 주아인 때문인지, 자신 때문인지, 소연 때문인지. 목표가 없는 분노를 못 이긴 원우가 성큼성큼 아인의 책상으로 걸어갔다.

무작정 아인의 방으로 들어간 원우는 그녀의 책상을 때려 엎었다. 엉망진창이 되어 볼품없는 책상은 원우의 힘을 견디지 못하고 귀퉁이가 풀썩 내려앉았다. 사선으로 내려앉은 판 위로 그녀의 낡은 물건들이 스르륵 흘러내렸다.

이렇게 지지리 못살면서 어딜 가서 살겠다고 도망친 거야. 가봤자 이 따위로 살 거면서.

원우는 목에서 튀어나가려는 날 선 말들을 집어삼키며 그녀의 물건을 뒤졌다. 낡은 공책, 오래된 앨범, 벌써 해가 지난 달력, 손때가 잔뜩 묻은 볼펜, 그 어디에서도 아인이 갈 만한 곳을 알려주는 물건은 없었다.

허공에서 바들바들 떨리던 원우의 손이 기어코 다시 한 번 책상을 내려쳤다. 책상이 충격에 완전히 내려앉았다. 책상의 판이 떨어지자 수납장이 쓰러져 물건이 쏟아졌다. 엉망진창이 된 바닥을 내려 보던 원우가 참았던 숨을 몰아쉬었다.

"하아."

미칠 것 같은 기분을 억누르는 원우의 하얀 얼굴 위로 오후의 햇살이 내려앉았다. 화를 내도 당사자가 없으니 오래가지 못했다. 한참을 넋 나간 듯 서 있는 원우가 느릿하게 고개를 돌렸다.

방이 엉망진창이었다. 자신답지 않게 분을 이기지 못했다. 아니, 주아인이 사라진 후 자신다웠던 때가 있던가. 없었다. 모든 물건은 박살나고, 깨지고, 그러다가 자신은 미친 사람처럼 넋을 놓기 일쑤였다.

원우가 움찔하며 눈가를 찌푸렸다. 순간 겁이 났다. 언젠가 주아인이 돌아와 엉망이 된 자신의 집을 보고 놀라 도망가 버릴까 봐.

원우가 무릎을 굽히고 앉아 느릿하게 그녀의 물건을 주웠다. 금이 간 안경 케이스, 용도를 모를 낡은 컵, 어디 하나 금이 안 간 게 없다.

"진짜 미친놈 같네."

원우가 웅얼거렸다. 깨고 부수고, 다시 치우고. 이 짓을 몇 번 반복하는지 모르겠다. 짐을 챙기던 원우의 손이 낡은 다이어리에 닿았다. 처음 보는 다이어리였다. 원우의 시선이 무너진 책상 판에 닿았다. 아무래도 판 아래에서 튕겨 나온 모양이었다. 다이어리가 왜 책상 아래에 고정되어 있는 거지? 원우가 고민하는 사이 고리가 나간 다이어리가 반으로 벌어졌다.

—그 사람이 행복했으면 좋겠다. 어둠에 녹지 않도록.

원우의 손끝이 움찔했다. 그 사람이라 지칭된 사람이 누군지 궁금했다. 원우의 시선이 위를 향했다. 날짜가 자신을 만나던 때이니, 자신인 모양이었다.

원우의 시선이 다시 다이어리에 닿았다. 그 뒤는 평범한 일기가 이어졌다. 과제 이야기, 주연에 관한 이야기, 앞으로의 계획, 꿈에 관한 이야기, 아주 가끔 도훈의 이야기가 나올 때면 원우의 손에 힘이 바짝 들어갔다.

—생각보다 도훈이 똑똑한 것 같다. 영민하고 착한 아이라서 잘되었으면 좋겠다는 생각이 든다. 원우 선배의 동생이니 잘되겠지만.

—오늘 나도 모르게 도훈에게 무뚝뚝하게 대했다. 두통이 있어서 그런 모양이다. 다음부턴 조금 더 상냥한 과외 선생님이 되어야겠다.

의외로 도훈의 이야기가 많아 원우의 눈이 한껏 가늘어졌다. 무심결에 다이어리를 찢으려고 위를 움켜쥐었던 원우가 한숨을 내쉬며 손의 힘을 가까스로 풀었다. 이건 아인의 물건이었다. 그것도 다이어리. 제멋대로 손상시킬 수 없었다. 원우는 페이지를 잡고서 고민했다. 또 김도훈 이야기가 나오면 이 다이어리를 멀쩡하게 둘 자신이 없다. 고민하던 원우가 호기심을 이기지 못하고 한 장 넘겼다.

—그 사람과 함께 드라이브를 했다. 별것 아닌 풍경이 영화처럼 아름답게 느껴졌다. 그 사람과 함께 있을 땐 모든 게 영화 같다. 그래서 가슴이 아프다. 영화처럼 엔딩이 있을 것 같아서.

원우의 얼굴이 굳었다.

—끝으로 향해가고 있는 것이 느껴진다. 아름다운 끝 같은 것 없지만, 그래도 진심이었기를.

영민한 아인은 이 관계의 끝을 언제나 염두에 두고 있었다.

그런 아인이 좋았다. 자신에게 질척대지 않으면서, 언제나 제 분수를 아는 것 같아서.

다음 장을 향해가는 원우의 손끝이 가늘게 떨렸다. 자신이 아인의 진심을 제대로 바라볼 자격이 되는지, 처음으로 묻게 되었다. 자격의 여부보다 아인의 진심을 감당할 수 있는지……. 페이지의 귀퉁이를 만지작거리던 원우가 느릿하게 페이지를 넘겼다.

—그 사람이…… 그래도 참 좋다.

짧고 간결한 한 문장이었다. 한 자 한 자 힘주어 신중하게 썼을 그 글씨체를 보는 순간, 숨이 막히고 목이 조여들었다. 원우가 손을 들어 아인이 썼을 그 글씨를 따라 그렸다.

그 사람이…… 그래도 참 좋다.

자신이 어떤 놈이든, 어떤 모습이든 그래도 좋다는 그 문장을 따라 그리다 마침표를 찍은 손끝이 파르르 떨렸다. 순간 시야가 뿌옇게 변했다.

후두둑.

굵직한 눈물이 다이어리 위로 흩뿌려지듯 떨어졌다. 아인이 쓴 문장에서 제 마음을 발견했다.

아인이 어떻든, 그래도…… 참 좋았다.

그걸 이제야……. 너를 놓치고서야……. 이렇게.

큰 손으로 다이어리를 덮어 가린 원우가 참지 못하고 고개를 떨구었다. 지붕 아래에서 오래도록 비가 내렸다.

6

2년 후.

아인이 눈을 번쩍 떴다.

또 그 꿈이었다.

얼마 전부터 2년 전 있었던 일이 계속해서 꿈으로 반복됐다. 오늘은 있었던 일에서 새로운 일까지 가미되었다. 아버지의 사망수령금 영수증이 있는 쓰레기통에 휴대폰을 버렸다. 그러는 사이 문이 벌컥 열리며 원우가 들어섰다. 자신을 붙드는 내용이었다. 그럴 일 없다는 걸 알면서도.

"벌써 몇 년 전인데."

아인은 가볍게 머리를 터는 걸로 생각을 털었다. 아인이 욕실에 들어가 샤워기 앞에 섰다. 아주 열심히 노력해서 모은 돈으로 구한 원룸 전세였다.

2년 전, 주아인은 세상 어떤 것보다 휴대폰을 아꼈다. 원우와 연락할 수 있는 수단이었고, 아르바이트할 수 있는 수단이었다. 휴대폰을 잃어버리면 필요 없는 돈이 소모된다는 것을 알기에 더욱 아끼기도 했다. 그러던 그날, 소연에게서 전화 받은 후 오래된 휴대폰에 비친 제 모습이 못 견디게 구질구질해 보였다.

한 푼 아껴가며 사는 자신이, 방법이 없다는 이유로 새어머니의 폭언 아래에 숨죽이고 살았던 자신이, 절대로 이뤄질 리 없다는 걸 알면서도 원우를 마음에 품은 자신이 지겨워졌다.

자신의 몸처럼 아꼈던 휴대폰을 버리던 그날, 아인은 자신의 모든 걸 다 던져 버렸다. 학교도 나가지 않았고, 졸업장도 받지 않았다. 마지막 결석 때문에 성적이 엉망진창이 되긴 했지만, 이력서를 넣을 수 있을 정도는 되었다. 구직난이라는 말에 눈높이를 낮춰 이력서를 넣었더니 금방 취직할 수 있었다. 취직한 곳은 대기업은 아니지만 안정적이고 복지가 꽤나 좋은 증권사의 본사관리팀이었다.

그러다 얼마 전, 대기업 증권사로부터 스카우트 제의를 받았다. 몹시 뜬금없는 제안이라, 아인은 자신이 사기를 당하는 게 아닌가 싶어 피해 다녔다. 그러다 끈질긴 제안에 못 이겨 만나고서야 사기가 아님을 확인했다. 생각지 못한 행운이었다. 이전 회사보다 급여, 복지 어느 한 부분도 빠지지 않았다. 다만 야근이 많고 업무 강도가 높다는 게 단점이었지만 아인은 차라리 일이 바쁜 편이 좋았다. 일이 바쁘면 다른 생각을 전혀 하지 않아도 되었다.

아인이 옷장에서 첫날 출근에 가장 합당한 옷을 골라 입었다. 지나치게 화려하지도, 그러나 단순하지 않은 패턴의 스커트였다. 미용실을 가지 못해 어깨 너머까지 긴 머리카락을 단정하게 한 갈래로 묶었다. 흘러내린 머리카락을 핀으로 고정시켰다. 깔끔한 이미지일수록 좋다.

아인이 얼마 전 구매한 전신 거울로 꼼꼼하게 앞뒤를 확인한 후, 집을 나섰다.

첫 출근한 아인은 인사만 하다가 오전 시간을 다 보냈다. 낯선 자리에 적응할 만하자, 점심시간이 되었다. 아인은 직원들과 함께 식사를 하다가 조심스럽게 물었다.

"팀장님은 어떤 분이신가요?"

출근 전에는 인사팀에게 연락을 받았고, 출근 후에는 팀장이 출장을 가서 오늘 오후나 되어야 돌아온다는 말을 들었다. 그 때문에 가시방석이었다.

사무실의 분위기는 팀장이 주도한다. 그가 어떤 사람인지 파악이 되어야 앞으로 그녀의 행동 방향이 정해진다.

"우리 팀장님? 낙하산이야."

가장 나이 많은 직원 하나가 덤덤하게 말했다. 아인이 놀란 얼굴로 쳐다보았다. 설령 낙하산이라고 하더라도 그 말을 직접 입에 담기란 힘들었다. 그러나 다른 직원들도 그 말이 익숙한 듯 고개를 끄덕였다.

"맞아요. 낙하산이죠. 본인이 입사할 때 그렇게 말했으니까요. 낙하산이긴 하지만, 최선을 다하겠다 이렇게 말했어요. 근데 할 말 없긴 하죠. 그 재력에, 그 얼굴로 다른 곳에서 1년 반 동안 말단으로 일하다가 스카우트되어서 팀장 된 지 반년이니. 뭐, 그래도 일을 잘해서 스카우트된 거니까 대단하다 할 만하죠."

"사실 그 정도면 낙하산도 아니지. 스카우트지."

"그건 그렇죠."

낙하산이라면 반감부터 들 텐데, 직원들은 별로 개의치 않는 얼굴이었다. 대체 누구기에 이런 평가가 쏟아지는 걸까. 아인은 식사를 하는 내내 머릿속으로 곧 만나게 될 팀장을 그려보았다.

"어. 저기 오시네."

직원의 말에 아인이 돌아섰다. 한 남자가 복도를 가로질러 걸어오고 있었다. 눈을 사로잡는 외모와 체형을 가진 남자였다. 그러나 아인이 놀란 건 남자의 근사한 외모나 압도적인 분위기 때문이 아니었다. 눈으로 보고도 믿을 수가 없었다. 입술이 자그맣게 벌어졌다.

팀장이 저벅저벅 다가와 아인의 앞에 멈춰 섰다.

"팀장님, 오늘 입사한 새 직원입니다."

직원의 말을 듣는 내내 팀장의 시선이 아인에게 못 박히듯 꽂혀 있었다.

"만나서 반갑습니다."

남자가 우아하게 움직여 손을 내밀었다. 아인은 반듯하게 뻗은 손가락을 희게 질린 얼굴로 바라보았다. 직원들이 의아하게 쳐다보자, 아인이 힘겹게 팔을 움직여 그의 손을 잡았다. 힘이 바짝 들어간 팔에서 삐끄덕 삐끄덕 소리가 나는 기분이었다. 남자의 손은 뜨겁고 컸다. 익숙하면서 낯선 느낌이 들었다.

"처음 뵙겠습니다. 주아인입니다."

아인이 침착하게 인사를 했다. 다행히 목소리는 떨리지 않았다.

"기획팀 팀장 김원우입니다."

아인이 손을 놓으려 하자, 원우가 그녀만 느낄 수 있도록 움켜쥐었다. 손이 저릿함과 동시에 머리가 텅 비는 느낌이었다.

이게…… 뭐지?

아인은 스스로에게 물었다. 그러나 어떤 대답도 떠오르지 않았다. 그저 꿈속에 있는 것처럼 모든 것이 무감각하게 느껴졌다. 자신의 눈앞에 김원우가 있었다. 늘 꿈에만 존재하던 그가, 이전보다 더 매끈해진 모습으로 나타났다.

"잠시 따로 이야기를 해야 할 것 같은데, 회의실로 오시죠."

원우가 긴 다리를 움직여 회의실로 향했다. 거부할 수 없어 아인이 그의 뒤를 따랐다. 회의실로 돌아온 아인은 자리에 앉아 있는 원우를 보았다. 그는 긴 다리를 꼬고서 문 쪽을 바라보고 있었다. 아인은 그와 최대한 멀리 떨어진 자리에 앉았다.

"우리 대화를 다른 사람들이 듣길 바랍니까? 그게 아니라면 가까이 오시죠."

원우가 자신의 지척에 있는 자리를 가리켰다. 아인은 고민하다가 그가 말한 자리로 향했다.

"오랜만이네요."

원우의 인사에 아인은 아무 말 하지 않았다. 힘겹게 떨친 2년 전 기억의 주인공이 눈앞에 있었다. 숨을 들이마셔 가슴을 부풀린 아인은 마음을 차분하게 가라앉혔다. 생각지 못한 곳에서 만나 놀랐을 뿐, 그는 자신에게 과거의 사람이다. 손끝이 가늘게 떨리는 걸 아인이 꽉 움켜쥐었다.

"네. 오랜만이네요."

"그동안 잘 지냈나 봐요. 얼굴이 이전과 다르게 좋네요."

그가 아인이 이력서와 함께 동봉한 기획서를 살피며 말했다. 무슨 뜻으로 꺼낸 말인지 모르겠지만, 말속에 가시가 박혀 있었다.

"네. 잘 지냈어요."

"섭섭하네요. 나는 별로 못 지냈는데."

그가 이전처럼 다정하게 웃으며 말했다. 표정만 본다면 어제 헤어졌다가 다시 만난 줄 알 정도였다. 그는 말과 달리 2년 전과 크게 달라진 게 없었다. 오히려 더 깊이 있어진 어른의 모습을 하고 있었다.

아인은 순간 비린 웃음이 나오려는 걸 꾹 참았다. 이 남자를 보자마자 정신없이 동요한 자신도 우스웠고, 저런 말들로 자신을 흔들려고 하는 저 남자도 우스웠다.

"그 말씀하시려고 저를 채용하셨나요?"

아인이 덤덤하게 물었다. 탁, 원우가 보고 있던 서류를 덮었다. 그의 얼굴에서 순식간에 웃음이 사라졌다.

"그럴 리가요. 고작 이 정도 말을 하려고 사람을 채용할 정도로 무르지 않습니다. 주아인 씨의 기획서가 마음에 들었습니다."

"이럴 줄 알았으면 기획서에 최선을 다하지 않을 걸 그랬나 봅니다. 조속한 시일 내에 다른 회사로 이직하도록 하겠습니다."

"앉으시죠. 말 안 끝났는데."

아인이 자리에서 일어나자마자 묵직한 목소리가 공간을 울렸다. 아인을 올려다보는 그의 눈동자가 검었다. 아인이 그런 그를 물끄러미 바라보았다.

"2년 전 주아인과 혼동하시나 봅니다. 시키는 대로 앉으라면 앉는 사람 아닙니다. 죄송하게도 그 사이에 많은 변화를 겪어서요."

아인이 차갑게 웃었다.

앉으라는 말에 앉고, 기다리라는 말에 기다리지 않는다. 홀로 사랑도 하지 않는다. 철저하게 이기적인 사람이 되리라. 아인은 그리 생각하며 2년을 독하게 살았다. 친구도 없이, 가족도 없이, 그렇게 냉골 같은 방에서 이를 악물며 참았다.

전혀 다른 표정을 짓는 아인을 보며 원우가 눈을 가늘게 떴다.

"어디로 갔던 거야, 그날."

그가 말을 툭 놓았다.

그날. 아인은 원우가 2년 전 그날을 말하는 것을 알았다. 벼락같이 내려와 자신의 삶을 송두리째 바꿔 버린 하루. 원우는 도훈이 자신을 좋아하는 걸 알고 접근해 사귀었다. 도훈에게 상처내기 위한 도구로 사용했다. 비가 내리는 날 쓰는 우산처럼, 2년 전의 자신은 머저리같이 우산이라도 좋으니 그의 곁에 있었으면 하고 소망했다. 자신이 일회용 우산인 줄도 모른 채.

모두로부터 버림받았다는 사실을 깨닫기 전에 자신이 모두를 버렸다.

"도훈이는 잘 지내나요?"

아인의 덤덤한 물음에 원우의 얼굴이 구겨졌다.

"팀장님이, 아니. 선배가 최선을 다해 상처 입히고 싶어하던 그 애는, 지금 무사하냐고요. 그 질문에 대답하실 수 있으신가요? 그 질문에 대답해 주시면 저도 그날 어디로 갔는지 말씀드릴게요."

아인이 웃으며 아무 말도 하지 못하는 원우를 바라보다 돌아섰다. 그러자 그가 불쑥 말했다.

"찾아다녔어, 그날."

미친놈처럼 여기저기 찾아다녔다. 주아인이 있을 만한 곳을. 그래 봐야 도서관, 그녀가 좋아하던 카페가 전부였다. 생각보다 주아인에 대해 아는 게 없었다.

아인이 주먹을 말아 쥐었다.

"제가 필요한 일이 더 있었나 봐요. 말해주시죠. 그것 정도는 끝내고 사라질 수 있었는데."

아인이 차갑게 웃었다.

"주아인."

"네, 팀장님."

주아인이 지지 않고 웃는 얼굴로 대답했다. 순식간에 회의실 안의 공기가 차갑게 식었다. 아인은 원우의 시선을 피하지 않았다. 그와 사귀는 동안, 언젠가 헤어질 거라는 걸 알고 있었다. 그가 가진 수많은 것 중에 자신이 가장 볼품없었기에 당연한 일이었다. 다만, 그의 선택이 순수하길 바랐다.

누구도 사랑해 주지 않았던 자신을, 유일하게 사랑해 준 첫 사람이기를. 사랑하는 순간만큼은 가장 순수하고 깨끗하기를. 그래서 누구에게도 주지 않았던 진심을 선물할 수 있었다.

그때의 결정을, 아인은 죽도록 후회하고 있었다.

"네가 왜 그런 표정이야? 그날, 아무 말 없이 사라진 건 너야. 끝까지 찾으려고 했던 건 나였고."

원우가 어금니를 깨물고서 말했다. 그가 처음으로 노골적으로 불편함을 드러냈다. 예전이라면 겁을 먹으면서도 좋아했을 거다. 그가 감정을 표현해 주는 것만으로도 좋았으니까. 아인은 2년 전의 자신이 지독하게 어리숙했다는 것을 깨달으며 쓰게 웃었다.

"맞아요. 사라진 건 나고."

"……."

"사라지길 바란 건 선배고."

"난 그런 말 한 적 없는 걸로 아는데. 소연이 때문에 그래?"

원우가 고개를 삐딱하게 기울였다. 소연과 약혼하지 않았다는 건 알았다. 우연히 들어간 SNS 사진 속에서 소연의 남편은 다른 사람이었으니까. 문제는 소연이 아니었다. 그가 자신을 이용했다는 것, 그의 미래에 단 한순간도 자신이 없었다는 것, 자신과 매듭을 짓지 않고 다른 사람과 시작하려 했던 것.

……당신은 한순간도 내게 진심인 적 없었던 것.

"그럼 나랑 오래오래 사귀다가 행복하게 결혼이라도 하려고 했어요? 아니, 나와 사귀면서 미래라는 걸 생각해 본 적 있어요?"

원우가 침묵으로 대답하자, 아인이 웃었다.

"없죠? 그게 내가 도망친 이유예요."

"······."

"선배한테는 진심이 없었으니까."

아인이 단조롭게 대답하며, 가볍게 웃었다. 입꼬리가 점점 더 무거워졌으나, 아인은 더 활짝 웃었다. 이제 슬퍼도 웃는 건 일도 아니다. 가슴 같은 거 무너지게 내버려 두면 그만이다.

"어쨌든 헤어졌고, 다시 만나긴 했지만 서로 신경 쓰지 말죠. 지나간 풋사랑에 일일이 반응하는 거 우습잖아요. 저는 이만 나가보겠습니다, 팀장님."

아인이 깍듯하게 인사한 후, 돌아섰다. 흔들림 없이 걸어가는 아인은 문을 닫을 때까지 그를 바라보지 않았다. 쿵 소리와 함께 문이 닫힌 후에도, 그는 문에서 눈을 떼지 않았다.

7시 반이 되자 사람들이 하나둘 퇴근하기 시작했다. 아인도 크로스백을 어깨에 메고 퇴근하는 일행에 합류했다. 직원들과 웃으면서 인사한 것도 잠시, 아인의 얼굴에서 표정이 사라졌다. 아인이 고개를 들어 하늘을 보았다. 회색빛 두터운 구름이 하늘을 빽빽하게 메우고 있었다. 오늘 밤에 세찬 비가 내린다고 했다. 비가 그치고 나면 몹시 추운 겨울이 시작될 거라 했다. 벌써부터 손끝과 어깨가 시린 느낌이었다.

"하아."

아인은 긴 숨을 뱉으며 회사 근처의 편의점으로 들어갔다.

"맥주 어디 있어요?"

"저쪽으로 가시면 됩니다."

점원이 안내해 주는 곳을 향해 걸어가던 아인은 저보다 먼저 서 있는 사람을 발견했다. 그가 아인이 사려고 했던 맥주 두 캔을 꺼내고 있었다. 느릿하게 허리를 펴던 남자가 인기척을 느낀 듯 고개를 돌렸다. 몇 걸음 떨어진 거리에서 두 사람이 서로를 마주 보았다. 순간 지독한 기시감이 느껴졌다.

언젠가 원우는 이런 모습으로 맥주를 꺼내 자신에게 건네준 적 있었다. 아인의 손끝이 저도 모르게 움찔했다.

"안녕하세요."

아인이 애써 시선을 거두며 인사를 건넸다. 원우가 아인을 물끄러미 내려 보았다.

"어떻게 대답하길 바라? 팀장처럼? 아니면 선배처럼?"

원우가 이전처럼 나른한 얼굴로 물었다. 무표정한 얼굴에서 눈만 내리 깔면 한없이 나른해서 저절로 바라보고 있는 사람의 긴장이 풀렸다. 그러나 아인은 어떤 것도 느끼지 못하는 듯 어깨에 힘을 바짝 주었다.

"팀장님이시잖아요."

"후배로 대하지 말아달라?"

"그게 서로에게 편하리라 생각합니다."

아인은 딱딱하게 대답하며 문을 열어 가장 가까이에 있는 맥주 캔을 꺼냈다.

"맥주 취향이 바뀌었네. 아니, 바뀌었네요."

맥주를 집어 드는 속도가 현저하게 느려졌다. 그가 자신이 선호하는 맥주를 기억하는지 몰랐다. 그리고 그 맥주를 마시는지도. 원우의 손에 들린 맥주 캔 두 개를 보다 시선을 돌렸다.

"네. 바뀌었어요."

"2년 사이에 주아인 씨의 말처럼 많이도 바뀌었네요."

"바뀐 건 팀장님도 마찬가지인 것 같습니다. 팀장님도 편의점에서 맥주 사시는 줄 몰랐네요."

그가 가진 모든 것이 다 고가였다. 편의점에서도 당연하다는 듯 가장 비싼 맥주를 집어 들었다. 그랬던 그가, 자신이 마시던 싸구려 맥주 캔을 쥐고 있었다.

"누구 때문에 맥주 취향이 바뀌었습니다. 처음엔 이걸 무슨 맛으로 먹나 하고 먹었는데, 먹다 보니 적응되더군요."

"……."

"나중엔 이 맥주만 찾게 됐습니다. 어디선가 누군가도 이 시간에 이 맥주를 마시고 있었으면 좋겠다, 라는 생각도 종종 했어요. 언젠가 만나면 함께 먹자고 생각하기도 했고요."

단순히 맥주 이야기가 아니다. 그는 맥주에 빗대어 자신의 이야기를 하고 있었다. 아인이 저도 모르게 마른침을 삼켰다. 덤덤한 목소리에 고여 있는 애틋함이 피부에 닿았다.

그러다 아인은 쓰게 웃었다. 저 남자가 자신에게 애틋할 게 뭐란 말인가.

"그럼 저는 가보겠습니다."

아인은 가슴으로 스며드는 애틋함을 뿌리쳤다.

"주아인 씨."

아인이 마지못해 걸음을 돌렸다. 원우와 눈이 마주치자 손끝이 저릿했다. 아인은 손을 둥글게 말아 쥐었다.

"말씀하세요."

아인의 눈동자가 지독하게 차분했다. 어떤 이야기를 해도 휘둘리지 않겠다는 듯 강인한 빛까지 어려 있었다.

"맥주 한 캔 하죠."

"다음 회식 자리에서 마셨으면 좋겠습니다. 회사 근처라 보는 눈도 많을 테니까요. 저는 이만 가보겠습니다."

아인이 먼저 돌아섰다. 계산을 하는 내내 등이 따가웠다.

"저, 괜찮으세요?"

편의점 직원이 걱정스러운 물었다.

"네?"

"입술에 피가 나서요."

"아."

아인이 손끝으로 입술을 훔쳤다. 새빨간 피가 묻어났다. 저도 모르게 세게 입술을 깨문 모양이었다. 그제야 입술이 얼얼해 왔다.

"괜찮아요. 감사합니다."

아인이 직원에게 인사하자, 편의점 직원이 시선을 거두었다. 등 뒤로 다가오는 남자의 인기척이 느껴졌다. 친근하다 못해 익숙한 느낌. 아인이 비닐봉지를 들고서 돌아섰다. 생각보다 원우가 바짝 붙어서 있어서 그와 부딪칠 뻔했다. 코앞에서 얼굴이 멈췄고, 아인은 순식간에 시선을 문 쪽으로 돌렸다.

"먼저 가보겠습니다."

아인이 딱딱하게 인사한 후, 돌아설 때였다. 원우가 그녀의 손목을 움켜쥐었다.

"맥주가 싫으면 다른 거라도 마시죠. 배가 고프면 밥을 먹어도 좋고."

"뭔가를 드시고 싶으시면 여기서 골라 드세요."

"뭔가 먹고 싶어서 그런 게 아니라는 걸 알잖아."

원우가 저도 모르게 말을 놓았다. 아무리 잡으려고 해도 도저히 틈을 주지 않는 아인 때문에 속이 바짝 타는 기분이었다. 아인이 그런 원우를 덤덤하게 바라보았다. 검은 눈동자엔 어떤 감정도 담겨 있지 않았다. 아인은 느릿하게 원우의 손에서 손목을 빼냈다.

"알아요. 잘 아니까 이러는 거예요. 팀장님과 시간을 보내기 싫으니까."

아인이 원우의 손을 완전히 밀어냈다. 낙엽처럼 힘없이 떨어지는 그의 팔을 바라보았다. 자신의 말에 충격을 받은 듯 굳은 그의 얼굴을 고개 돌려 외면했다.

그가 왜 그런 표정을 짓는 건지 우스웠다. 그 표정은 자신이 자주 짓던 건데.

투명한 편의점 유리문에 자신을 바라보고 있는 원우가 비쳤다. 그 문을 일부러 있는 힘껏 밀치며 아인이 밖으로 나섰다.

현관문을 열고 들어선 원우를 가장 먼저 가사 도우미가 맞이해 주었다. 그녀도 퇴근을 하는지 어깨에 가방을 둘러메고 있었다. 가보겠다는 인사를 남긴 후, 가사 도우미가 떠나자 큰 집이 을씨년스러웠다.

정 여사와 도훈이 떠난 후로 이 집에선 소리가 사라졌다. 회장은 정 여사와 이혼하자마자 아예 동거하던 여자와 다른 살림을 차렸고, 이 큰 집은 오롯이 원우의 몫이 되었다.

원우가 줄무늬 패턴이 들어간 넥타이를 벗어 옷장에 걸었다. 넥타이를 풀어도 숨이 막히는 기분이었다. 셔츠 단추를 풀어도 마찬가지였다. 다른 넥타이를 집어 들다 말고 원우의 손 움직임이 서서히 느려졌다.

그런 눈으로 자신을 볼 거라 예상치 못했다. 2년 전, 주아인의 물기 있는 검은 눈동자는 해바라기 같았다. 자신이 가는 곳만 졸졸 따라왔다. 자신이 만져 줄 때까지 가만히 머물렀고, 아주 힘들 땐 위로해 주었다. 그랬던 아인이 철벽같은 눈을 하고서 저를 바라보았다. 차라리 눈앞에서 사라졌으면 좋겠다는 시선에 원우는 더 이상 어떤 말도 하지 못했다.

'맞아요. 사라진 건 나고. 사라지길 바란 건 선배고.'

한 박자 쉬고서 뱉은 아인의 말에 아무 말도 할 수 없었다. 아인의 웃는 얼굴을 본 순간 깨달았다. 아인이 모든 것을 알고 있다는 걸.

2년 간 아인을 찾아 헤매면서 원우는 이를 갈았다. 다시 만나게 된다면, 자신에게 아무 말 없이 숨어버린 아인에게 화를 내리라고. 고작 소연의 이간질에 놀아난 아인의 어리석음을 질책하려 했다. 그러나 그건 부차적인 거였다.

아인은 자신이 그녀와 헤어지려고 간 그날부터, 어렴풋이 짐작했었다. 숨기려 해도 몸에서 새어나간 언어를 알아들은 아인은 그걸 알면서도 자신을 안아주었다. 그 냉랭함에 찔려가면서 저를 안아주었던 아인도 자신이 이용당했다는 사실만큼은 견디지 못했던 거였다. 어디서부터 꼬여 버린 건지 모르겠다. 원우의 감고 있는 눈이 파르르 떨렸다. 근원 없는 화가 울컥 올라왔다가, 가슴이 찢어질 것처럼 내려앉았다. 뭐라도 해야 할 거 같은데, 뭘 해야 할지 모르겠다.

띠리릭.

벨소리가 침묵을 깼다. 원우가 언제 고통스러워했냐는 듯 말끔한 얼굴로 돌아와 휴대폰을 귀에 가져다 댔다.

"네."

[어디냐? 약속 시간 다 되어가는데.]

아버지의 말에 원우가 시계를 보았다. 약속 시간 10분 전이었다. 아인에게 정신이 팔려 오늘 아버지와 약속이 있음을 잊었다.

"지금 집에서 출발할 예정입니다. 5분 정도 늦을 것 같습니다."

[얼른 와라. 국 식는다.]

"네."

원우는 전화 통화를 마친 후, 자신이 집었던 넥타이를 보았다. 언제 이토록 세게 움켜쥐었는지 꼬깃꼬깃하게 구겨져 있었다.

❖

원우는 발소리를 죽인 채 조용히 움직이는 여자의 뒷모습을 바라보았다. 대차고 계산 빠른 정 여사와는 정반대의 스타일이었다. 오히려 죽은 생모를 연상케 하는 수수한 뒷모습이었다.

김 회장의 세 번째 부인은, 그의 고향의 후배였다. 고향에 낚시를 갔다가 우연히 재회했고, 함께 이야기를 나누다가 정이 생겨 살기로 한 게 일년 전이었다. 중년의 여성은 화려한 아름다움은 없지만, 발소리만큼이나 조용하고 편안한 느낌을 주었다.

"맛있게 식사하세요."

상을 다 차린 여자는 두 사람이 편하게 이야기할 수 있게 자리를 비켜 주었다.

"뭘 그렇게 쳐다보는 거냐?"

김 회장이 국을 한술 뜨며 원우에게 물었다. 그가 아무 말 하지 않자, 김 회장이 말을 이었다.

"왜? 네 어미 생각나냐?"

"……."

"나도 처음엔 그랬다."

원우가 김 회장을 물끄러미 바라보았다. 그는 숟가락으로 밥을 한술 떴다.

원우의 생모는 무척 조용한 사람이었다. 있어도 있는 줄 모르는 그런 사람. 한창 혈기 넘치고 사업수완 좋던 젊은 날의 그에게 그녀는 답답한 여자였다. 경쟁하고, 쟁취하고, 뺏는 즐거움을 모르는 여자가 금세 지겨워졌다. 결국 다른 스타일의 여자를 만났다. 그녀는 화려하고, 경쟁심이 있었으며, 교태스러웠다. 젊은 날의 그는 자극적인 여자에게 빠져갔다. 그녀가 자신의 조강지처를 밀어내어도 아무 말 하지 않았다. 살아남기 위해선 싸워야 하고, 지는 사람이 도태되는 것은 당연한 섭리였다. 자연스레 안방을 빼앗긴 원우의 생모는 얼마 못 가 시름시름 앓다가 병으로 명을 달리했다. 그녀가 사라진 후, 자리를 잡고 앉은 것이 정 여사였다. 결국 도훈으로 인해 의견이 갈려 이혼하긴 했지만.

"요즘 도훈이는 어떻게 지내는지 혹시 아냐?"

김 회장이 원우에게 넌지시 물었다.

"전해 들었습니다. 미국에서 대학 진학해서 잘 지내고 있다고 합니다."

"성격이 좋은 데다 낙천적이라 그렇겠지."

김 회장이 씁쓸한 얼굴로 중얼거렸다.

2년 전, 무작정 유학을 가겠다는 도훈을 정 여사는 여러 방면으로 말렸다. 그러나 도훈의 마음은 확고했고, 결국 정 여사가 도훈의 유학을 허락했다. 문제는 김 회장이 도훈의 유학을 반대하면서 발발했다. 김 회장은 국내에서 도망치듯 가는 유학이 무슨 소용이며, 그 정도의 자식에겐 십원 한 장 줄 수 없다고 했다. 김 회장과 도훈 사이에 끼인 정 여사가 결국 택한 것은 도훈이었다. 자신의 자식이 타지에서 십 원짜리 한 장 없이 공부하는 건 두고 볼 수 없다며 이혼소송을 걸었다. 어차피 도훈이 김 회장의 뒤를 이을 게 아니라면, 그녀에게 김 회장은 더 이상 필요 없는 사람인 셈이었다. 원하는 만큼은 아니지만, 넉넉하게 위자료를 챙긴 정 여사는 곧장 도훈과 미국으로 떠났다. 떠나기 전날, 정 여사는 원우와 김 회장에게 저주를 퍼부었다.

'내 아들이 이 지경이 되게 만든 두 사람을 망가뜨리고 싶지만, 도훈이 가 원하지 않으니 참겠어. 대신 두 사람은 영원히 후회하고 또 후회하면 서 살게 될 거야.'

그 후부터 그들은 한국에 있는 그 누구에게도 연락하지 않았다. 원우 는 그녀의 악담이 잘 먹혀들어 갔다고 생각했다. 후회하고, 또 후회하면 서 살았으므로.

"원하시면 도훈이 사진 몇 장 보내겠습니다."

"어디서 난 거냐?"

"지인에게 구했습니다."

사람을 풀어 찍은 사진이지만, 원우는 사실대로 말하지 않았다. 그는 도훈이 어떻게 지내는지 궁금하지 않았다. 행복하겠다 선언했으니 충분 히 그렇게 살고도 남을 녀석이었다. 실제로 김 회장에게 보고할 요량으로 전해 들은 도훈의 일상은 무척 평범했다. 다만 비서가 전해준 사진 속 도 훈은 세상을 다 가진 것처럼 빛이 났다.

'행복.'

도훈이 확고하게 뱉은 그 단어가 다시금 떠올랐다. 복수보다 자신이 행복한 길을 찾겠다며 훌쩍 떠난 도훈이 자신보다 현명할지 모른다.

"흐음."

김 회장이 낮게 침음하더니 말을 이었다.

"보내거라. 그나저나 넌 언제까지 다른 회사 전전하면서 다닐 게냐? 결혼은 또 언제할 거고? 아직도 그 고집 피우는 게야?"

"네."

원우의 대답에 김 회장이 깊은 한숨을 내쉬었다. 도훈과 정 여사가 떠 난 후, 남은 아들은 원우밖에 없었다.

"누굴 닮아서 그렇게 고집이 센 게야."

김 회장이 타박하듯 말을 꺼냈으나, 그도 알고 있었다. 원우가 누구보다 자신을 닮았다는 것을. 만약 도훈이 원우와 성격이 비슷했다면 자신의 그룹은 형제의 난에 조각조각 났을 게 틀림없었다.

"좋은 조건의 여자와 결혼하는 게 좋은 게다. 네가 힘들 때 힘이 되어줄 아군을 갖고 있는 게 얼마나 득이 되는지 아는 녀석이 이런 어리석은 선택이라니."

김 회장이 고개를 절레절레 흔들었다. 이성적인 원우가 유일하게 감정적으로 선택한 것이 결혼이었다.

"경쟁 상대도 없는데 굳이 결혼을 이용할 필요 없으리라 봅니다."

"그래도 사람 일은 모르는 게지."

"이 결정을 번복하는 일 없을 겁니다."

원우가 더 이상 대화를 거절하겠다는 듯 눈을 내리깔았다. 김 회장은 다시 한 번 낮게 침음했다. 그는 아마도 2년 전쯤 원우에게 큰일이 있었으리라 짐작하고 있었다. 도훈이 유학 가겠다고 말한 지 얼마 되지 않은 날이었다. 멀쩡하게 잘살던 원우가 사흘째 귀가하지 않는다는 소식을 들었다. 놀란 김 회장이 모든 방편을 다 이용해 원우를 찾은 곳은 주인 없는 재개발 구역의 집에서였다. 그는 더러운 방에 웅크린 채 잠에 들어 있었다. 깨웠으나 일어나지 않았다.

추운 날, 물로 연명하며 사흘을 버틴 그는 의식이 없었다. 아무 이상 없다는 의사의 소견과 달리 깨어난 원우는 자신이 병원에 실려온 것을 알고 한참이나 아무 말 없었다. 그렇게 만 이틀 꼬박 입을 다물고 있던 원우가 마른 입술로 뱉은 첫마디는 '찾아야겠어.'였다. 그게 무엇인지 물었으나, 그는 끝내 입을 열지 않았다.

"이제 그만 고집피우고 회사로 돌아와라."

"말씀드린 것처럼, 결혼 상대를 제가 고르게 해주신다면, 그렇게 하겠습니다."

"누군지 말을 해야 고민을 해볼 거 아냐!"

"허락해 주시면 말씀드리겠습니다."

김 회장과 원우의 치밀한 대립이 이어졌다.

"후우, 그렇게 할 테니 들어와."

끝내 허락은 했으나, 기분이 상한 듯 김 회장이 숟가락을 탁 소리 나게 내려놓았다. 자신의 아들이 이렇게 나오는 걸 보아선 별 볼일 없는 집안의 여식인 게 분명했다. 그래도 김 회장은 원우의 판단을 믿었다. 지금껏 자신을 크게 실망시킨 적 없는 녀석이니, 적당히 상황 파악을 할 거라는 생각이 들었다.

그리고 아들은 이제 원우 하나뿐이다. 자신의 기력과 판단력이 예전만 못하다는 걸 느끼고 있었다. 얼마 전 이유 없이 집에서 몇 번 쓰러지기도 했었다. 병원 진단 결과 스트레스성이라는 판결을 받았다. 더 이상 기 싸움을 하다간 자신이 가진 걸 모두 잃게 될 것 같았다. 그러니 원우의 제안을 허락할 수밖에 없었다. 아쉬워야 할 쪽은 원우인데, 되레 죽어 없어질 자신이 아쉬워하고 있다니. 김 회장은 별세라며 혀를 끌끌 찼다.

"그래. 네가 골라서 결혼하겠다는 상대는 찾은 게야? 요즘 만나는 여자는 없다고 들었는데?"

"뒷조사해 보신 겁니까?"

"뒷조사는 무슨. 가만히 있어도 너에 관한 이야기는 모두 나한테 들려오는 법이다. 그래. 이제 허락했으니 들어나 보자. 어떤 여자냐? 집안은?"

"마음에 안 차실 겁니다. 어쩌면 말씀과 달리 반대하실 수도 있고요."

김 회장의 미간이 확 좁아졌다.

"그런 여자랑 왜 한다는 거냐? 대체?"

김 회장이 도저히 이해 안 간다는 듯 물었다. 원우가 냅킨으로 입가를 닦으며 덤덤하게 대답했다.

"생각해 보니 태어나서 처음으로 사람에게 안긴 기억이 언젠가 생각해 봤는데, 그 여자였습니다."

"뭐? 고작 그게 다야?"

김 회장이 기가 막힌 듯 되물었다.

"네."

원우가 덤덤하게 대답했다.

생모도 그가 기억이라는 걸 할 무렵부턴 안아주지 않았다. 어쩌면 그가 기억하기 전부터 안아주지 않았을지도 모른다. 그의 생모는 정 여사 때문에 마음병이 진행 중이라 늘 누워 있었다. 마지막엔 어린 아들도 귀찮아했다. 그녀의 관심사는 오로지 김 회장이었고, 결국 그의 등만 바라보다 죽었다. 그럼에도 원우는 생모의 사진을 버리지 못했다. 그리움이라면 그리움이고, 집착이라면 집착이었다. 자신을 필수적으로 사랑해야 할 상대가, 자신을 외면하자 오기로 움켜쥐고 있던 거였다. 이 삐뚤어진 마음은 도훈을 사랑하는 정 여사에게로 이어졌다. 자신을 견제하는 정 여사보다 더 견디기 힘들었던 건 도훈을 일방적으로 사랑하는 정 여사의 모습이었다.

한 번도 받아본 적 없는 사랑.

도훈을 볼 때마다 갈증이 일었다. 그가 엄마라는 말을 소리 내어 말할 때마다 가슴 깊은 곳에 갇혀 있는 7살의 자신이 비명을 질러댔다.

자신에겐 왜 그런 말을 할 수 있는 상대가 없냐고. 자신은 왜 이런 고통 속에서 살아야 하냐고.

죽을 때까지 충족되지 않을 것 같던 지독한 애정 결핍을 아인이 건드렸다. 그리고, 그 작은 몸으로 보듬어주었다.

"처음으로 사람대접을 받은 것 같았거든요."

"누가 들으면 이 집에서 짐승처럼 산 줄 알겠구나."

"그랬습니다."

원우의 대답에 김 회장이 충격 받은 얼굴로 시선을 내리깔고 있는 그를 바라보았다.

"뭐?"

"밥 주고 옷 입혀준다고 사람대접 받는 게 아니죠. 저는 이 집에서 늘 '죽었으면 좋을 사람'으로 취급당했으니까요. 그러다 그 여자를 만난 겁니다. 그 여자가 안아주는데, 태어나 처음으로 사람 취급받는 기분이었습니다. 그때 처음으로 생각했습니다. 아무것도 필요 없이 이렇게만 있어도 좋겠다, 라고. 분명 그렇게 생각했는데 놓쳤습니다. 언제나 내 옆에 있을 거라고 오만한 착각을 했거든요."

그 오만한 착각 때문에 아인을 2년이나 잃었다.

"만약 그 여자가 없었으면 지금쯤 정 여사님도, 도훈도, 그리고 저도 이렇게 멀쩡히 살아 있지 않겠죠. 다 죽었을 겁니다."

그 당시 그는 조용히 폭주 중이었다. 아인에게 시선을 돌리지 않았다면, 그는 지금쯤 미국으로 간 정 여사와 도훈을 어떻게서든 부수었을 거다. 그다음 상대는 이 상황을 만든 김 회장이었을 거다. 마지막은 자신이었을 테고. 그 독한 질주를 아인만이 눈치채고, 온몸으로 받아낸 거다. 폭주는 멈췄는데, 아인이 저만치 나가떨어졌다. 넝마가 된 몸으로 어딘가 찾을 수 없는 곳으로 멀리.

"이러니 제가 그 여자를 안 찾을 수가 없겠죠."

말을 마친 후 고개를 든 원우를 바라보던 김 회장은 입술을 꽉 다물었다. 충격적이고, 먹먹했다. 무작정 아들을 강하게 키워야 한다고 생각했고, 실제로 그런 자신의 교육 방침이 원우를 성공하게 만든 줄 알았다. 그러나 자신의 아들은 멀쩡한 얼굴을 덮어쓰고서 서서히 망가지고 있었다.

"허, 허."

김 회장이 짧게 신음하며 고개를 숙였다. 자신이 유일하게 잘한 것 중 두 가지는 회사를 이만큼 키운 것과 원우를 잘 키운 것이었다. 그런데 자신의 업적 중 하나가 덤덤하게 고백하고 있었다. 자신은 죽어가고 있었노라고. 만약 그대로 방치되었더라면 그 언젠가는 죽어버렸을 거라고.

"충격받으실 거 없습니다."

"안 받을 수 있을 리가!"

김 회장이 버럭 소리 지르다 주먹을 꽉 움켜쥐었다. 화를 내는 대상이 틀렸다는 것을 깨달았다. 스스로를 향한 환멸인데, 엄한 원우에게 쏟아냈다. 원우는 느슨하게 웃었다.

"이미 끝난 일이니까요. 지금은 누구보다 살고 싶습니다. 그 여자가 있는 한."

김 회장이 면목 없다는 듯 고개를 푹 숙였다. 왜 자신에게 말하지 않았냐고 다그칠 수도 없었다. 원우에게 곁을 주지 않은 건 자신이었다. 어린 원우가 자신에게 조금이라도 아픈 내색을 보일 때면 큰 소리로 밀어낸 것 또한 자신이었다. 이런 자신이 어떻게 원우를 탓할 수 있을까. 그렇게 자란 큰아들은 어느새 말하고 있었다. 내 삶에서 당신보다 중요한 여자가 생겼노라고.

원우는 덤덤한 표정으로 회환에 잠긴 김 회장을 바라보았다.

"미안하다는 말 들으려고 한 말 아닙니다. 그만큼 그 여자가 저한테 중요한 사람이라는 말씀을 드리는 겁니다. 식사가 끝난 것 같으니 일어나겠습니다."

자리에서 일어난 원우가 옷매무새를 다듬으며 김 회장을 보았다. 그의 머리가 희게 새고 군데군데가 텅 비어 있었다. 나이에 장사 없다는 말처럼, 김 회장이 늙어가는 게 보였다. 점차 자신이 어떻게 살지를 고민하는 시간보다, 어떻게 살아왔는지를 고민하는 시간이 더 많아질 거다. 그때가 되면 지금보다 더 뼈아픈 날이 많을 거다. 그건 그의 몫이었다.

"회사는 때가 되면 들어가겠습니다. 지금은 꼭 해결해야 할 일이 있어서요."

원우가 김 회장을 등지고 돌아섰다.

평소보다 늦게 퇴근한 아인이 길을 따라 느릿하게 걸어 올라갔다. 주홍색 가로등 불빛이 드문드문 어둑한 길을 밝히고 있었다.

이직한 지 얼마 되지 않은 데다 급한 업무가 없어 업무량이 적었다. 그럼에도 퇴근만 하면 온몸에 힘이 쭉 빠지는 기분이었다. 원우와 한 공간에 있는 것만으로도 에너지 소모가 컸다. 그는 자신에게 직접적으로 다가오는 일은 하지 않았지만, 고개를 돌리면 보이는 곳에 있었다. 오늘은 커피를 마시러 탕비실을 향했다가 그와 마주쳤다. 못 본 척 나갈 수도 없는 터라 아무렇지 않은 척 커피를 탔다. 아인이 종이컵을 꺼내자, 원우가 자신의 커피를 내밀었다.

'이거 마셔요.'

'괜찮습니다. 팀장님 드세요.'

'정말 그래도 됩니까? 나는 주아인 씨가 커피를 다 탈 때까지 여기 있을 건데, 안 불편하겠어요?'

'······.'

'먼저 나가려니 발이 안 떨어져서 주아인 씨 먼저 보내려는 겁니다.'

원우의 말에 아인은 그가 내민 잔을 받았다. 원우의 시선을 고스란히 받으며 커피를 내릴 생각 없었다. 자리로 가지고 온 커피는 한 모금도 마시지 못했다. 원우는 노골적으로 내색하지 않았지만, 다시 만나고 싶다는 뜻을 분명하게 드러내고 있었다.

그 말을 2년 전에 들었더라면.

아인이 쓰게 웃었다. 자신은 이 삶이 만족스럽다. 더 이상 누구의 방해도 받고 싶지 않았다. 아인은 자신이 사는 원룸 건물 앞에 누군가 서 있는 걸 발견했다. 자그마한 체구의 여자였다. 남자가 아니라는 사실에 아인이 건물로 걸어갔다.

"주아인."

건물 앞에 선 여자가 왠지 모르게 익숙하다는 생각이 들 무렵, 여자가 자신의 이름을 불렀다. 아인이 여자를 바라보았다. 가로등 불빛을 등지고 서 있어서 그녀의 얼굴이 제대로 보이지 않았다.

"아인이 맞지? 와, 오랜만이다."

여자가 반가운 목소리로 인사를 건넸다. 핑크빛 높은 하이힐에, 몸의 라인이 고스란히 드러나는 원피스, 짧은 단발머리에 진한 화장. 주말 늦은 밤 번화가 거리에서나 볼 법한 옷차림의 여자가 서 있었다.

여자를 발견한 순간, 아인의 가슴이 철렁 내려앉았다.

"주수아."

아인이 딱딱한 목소리로 그녀를 불렀다.

"어우, 야. 오랜만에 보는데 왜 그렇게 무섭게 불러? 깜짝 놀랐잖아."

수아가 애교스럽게 아인의 어깨를 쳤다.

"여긴 어떻게 온 거야?"

"이 동네에 내 친구가 살거든. 몇 번 보러 왔는데 너랑 비슷하게 생긴 애가 보이는 거야. 혹시나 해서 우편함 보니까 네 이름이잖아. 그래서 기다려 봤지. 왜 이렇게 늦게 다녀? 회사 다니는 거야? 어디? 좋은 곳 다녀? 돈 많이 벌겠네?"

아인은 친한 친구를 다시 만난 것처럼 친근하게 말을 거는 수아를 물끄러미 바라보았다. 아주 가끔 수아를 다시 만나면 어떻게 할지 고민해 본 적 있었다. 그때마다 어떤 결론도 내지 못했다. 수아를 처리하기엔 그녀가 심적으로 많이 지쳐 있었다. 그리고 지금도 마찬가지였다. 수아를 고소해 괴롭히는 것보다, 그녀를 영영 보지 않는 쪽이 나을 것 같았다.

"잘사는 거 확인했으면, 갈 길 가."

아인이 돌아서서 가려 하자, 수아가 그녀의 앞을 가로막았다.

"오랜만에 만났는데 섭섭하게 이럴래?"

아인은 기가 막혔다. 아버지 사망보험금에, 집에 있는 물건이란 물건은 다 팔아먹고 도망쳐 놓고 이제 와 자신에게 아는 척하는 그녀의 **뻔뻔**함에 기가 찼다.

"우리 그러지 말고 근처 카페에 가서 이야기 좀 하자. 내가 너한테 꼭할 말이 있거든."

"난 없어."

"아, 그럼 너희 집에 가서 이야기할까? 너 어떻게 사는지 되게 궁금하거든. 들어가자."

수아가 방긋 웃으며 원룸 건물의 문을 밀었다. 아인이 굳은 얼굴로 수아를 쳐다보았다. 순간 경찰에 신고한다는 말이 목 끝까지 나왔지만, 그녀는 꾹 눌러 참았다. 이대로 떨어질 수아가 아니었다. 그리고 몇 해 만에 뻔뻔하게 자신을 찾아온 이유가 궁금하기도 했다.

"그냥 카페 가."

"어머, 왜? 너희 집 궁금한데."

"우리 집엔 아무나 안 들여."

아인이 차갑게 말하고 돌아섰다. 물욕이 많은 수아가 자신의 집에 들어가 뭐라도 훔쳐 가면 골치 아프다. 길을 내려가는 내내 수아는 아인의 시계, 귀걸이, 가방에 관심을 가졌다. 근처 카페에서 아인은 차를 주문하고, 수아는 와플과 생과일주스를 시켰다. 턱을 괸 수아는 아인의 팔을 끌어당겼다.

"시계 예쁘네. 어디 거야? 명품이야? 이런 브랜드는 본 적 없는 거 같은데."

"시장에서 샀어. 2만 원 주고. 왜? 어디서 샀는지 말해줄까?"

"됐어. 시장에서 시계 사긴 그렇잖아."

수아가 금세 심드렁한 얼굴로 아인의 팔을 내려놓았다.

"왜 보자고 한 건데."

아인이 말을 건네며 수아를 살폈다. 아깐 어두워서 보이지 않았던 것들이 자세히 보였다. 함께 있는 게 민망할 만큼 수아는 머리부터 발끝까지 화려하게 꾸몄다. 치장이 도를 지나쳐 부담스러울 정도였다. 다른 사람들이 수아를 힐끗거리며 지나갔다.

"응. 엄마가 아파."

수아가 나온 딸기 생과일주스를 휘휘 내저으며 말했다. 불안함이 확 엄습했다.

"그게 나랑 무슨 상관인데?"

"왜 아무 상관이 없어? 어머니가 널 얼마나 애지중지 키웠는데, 사람이 어쩜 그렇게 반응하니? 내가 너라면 얼마나 아프신지, 언제부터 그랬던 건지 꼬치꼬치 캐물을 것 같은데."

"내가 걱정하면 그분이 낫기라도 한대?"

아인은 차마 새어머니라는 말을 뱉기 싫어 돌려 물었다. 수아가 눈을 동그랗게 떴다.

"낫진 않아도, 돈은 보태줄 수 있지."

"뭐?"

"당연히 보태야 하는 거 아냐? 엄마가 나는 안 키웠어도 피 한 방울 안 섞인 너는 키웠잖아. 그럼 당연히 네가 내야 하는 거 아냐? 너한테도 엄마인데."

엄마.

아인은 그 단어에 실소를 터트렸다. 그녀는 그 여자를 엄마라고 불러 본 적 없다. 어머니라고 부르는 것조차 경기를 일으켰던 여자다. 자신을 써먹을 때까지 써먹고 내다 버린 여자였다.

"쓸데없는 소리 하려면 나 부르지 마."

아인이 자리에서 벌떡 일어났다.

"나, 너희 회사도 어딘지 아는데."

수아의 말에 아인이 고개를 돌려 그녀를 노려보았다.

"좋은 데 다니더라? 거기 나도 이름 들어본 적 있는 곳이거든. 대기업 아냐? 역시 거기로 찾아갈 걸 그랬어. 그치?"

방긋 웃는 얼굴로 협박하는 수아를 보며 아인이 눈을 가늘게 떴다.

"어릴 때 남의 물건 막 집어가는 버릇 있더니, 이젠 협박까지 하는구나?"

"사람 섭섭하게 무슨 그런 말을 해? 누가 들으면 진짜인 줄 알겠다. 한 달에 100만 원. 그것만 줘. 그것만 있으면 엄마 병원비는 대충 될 것 같아. 가끔 특진비다 뭐다 해서 더 나올 때도 있거든. 그때마다 100만 원씩만 더 부담해 주면 될 거 같아. 그 이상 나오는 나머지 부분은 내가 낼 테니까. 여태껏 나 혼자서 그 돈 다 감당하느라 얼마나 힘들었는데, 그 정도는 도와줄 수 있지?"

"아버지 사망보험금, 그거 다 어쨌는데?"

아인의 말에 수아가 잠시 움찔했다.

"그게 무슨 소리야?"

"다 알고 하는 말이니까 말해."

"그거 다 쓴 지가 언젠데."

"하, 몇 억을 2년 만에?"

"내 유학비다 뭐다 해서 다 들어갔어. 원래 결혼하기로 한 남자 있었거든. 그 새끼가 사기 쳐서 돈만 들고 나르지 않았어도 이 꼴은 안 됐을 텐데. 후우, 미친 새끼."

수아가 독한 표정으로 욕을 뱉었다. 아인은 기가 막혀 아무 소리도 내지 못했다. 시선을 두는 것조차 역겨워 시선을 돌리자, 수아가 그녀의 앞을 가로막았다.

"주아인, 이거 받아가. 내 계좌야. 여기로 입금해."

"그 아줌마, 살아 있는 건 맞아?"

아인의 입술이 삐딱하게 휘며 웃었다. 수아가 들고 있는 종이를 빼앗아 곱게 반으로 접었다. 그러고는 쯱 소리와 함께 종이가 두 동강 났다.

"야! 너 뭐 하는 거야?"

"보면 알잖아. 찢어버리는 거지. 아줌마 죽었는데 아프다는 핑계로 돈 뜯어내려고 하는 건 아닌가 해서. 그 피가 어디 안 가잖아."

"야. 너 사람 뭘로 보고 그래."

"뭘로 보긴. 전적이 있으니 하는 말이지. 어쨌든 안 죽었어도 내가 돈 보낼 일은 없을 거야. 보아하니 심부름센터 고용해서 날 찾아낸 모양인데, 안타깝게도 내가 너한테 해줄 수 있는 일은 하나도 없어. 십 원 한 장도 줄 일 없을 거라고."

아인이 종이를 갈기갈기 찢어 카페 테이블에 탕 소리 나게 내려놓았다.

"주아인."

수아가 서늘하게 식은 얼굴로 아인을 노려보았다.

"네 회사 안다고 했지?"

"이름은 아는 모양인데, 어떤 곳인지는 모르나 봐. 네가 아는 대로 대기업이야. 경비원 다 있는 곳. 여자 하나쯤 끌어내는 건 일도 아니라고. 그 아줌마가 죽었든 살았든 나한테 연락하지 마. 그리고 커피값은 내 꺼 계산했으니, 네 껀 네가 해라."

아인이 수아의 어깨를 밀치고 지나갔다. 수아가 아인을 따라나가려고 하자, 종업원이 그녀의 앞을 가로막았다.

"계산해 주셨으면 합니다, 손님."

"진짜 지 꺼만 한 거야? 와, 저."

수아가 웃다 말고 정색하며 지갑을 열었다.

"얼만데요?"

"만 원입니다."

"뭐라고요? 꼴랑 저 주스 한 잔에 빵 하나가 만 원이에요?"

"네. 손님."

점원이 기가 막힌 듯했지만, 꾹 참으며 대답했다.

"하."

수아는 지갑에서 만 원짜리 한 장 남은 걸 탈탈 털어 직원의 얼굴에 집어 던졌다.

"손님!"

직원이 버럭 소리 질렀지만, 그녀는 아랑곳하지 않고 홱 돌아섰다. 카페를 박차고 나온 수아가 주위를 둘러보았다. 아인이 보이지 않았다. 그새 가버린 모양이었다.

"주아인."

수아가 이를 깨물었다.

엄마가 거두어줬는데 은혜 모르고 감히 그런 막말을 해?

신경질적으로 거리로 걸어가 택시를 잡으려던 수아가 주먹을 움켜쥐었다. 마지막 있던 현금까지 모두 다 썼다. 이제 집까지 걸어갈 일만 남았다. 수아는 휴대폰을 꺼내 주소록을 뒤졌다. 남자 이름을 뒤지던 수아는 만만한 남자 이름을 발견하곤 얼굴을 찌푸렸다.

"아, 이 새끼 더러운데."

그래도 전화를 걸 사람은 이 남자밖에 없었다. 수아가 휴대폰을 귀에 가져다 댔다.

"어, 오빠. 나 오늘 오빠 집에서 자려고 하는데, 대신 택시비 좀 내줄래?"

수아가 생글생글 웃으며 말했다.

점심시간이 얼마 남지 않을 때였다. 징 소리와 함께 휴대폰이 울렸다. 낯선 번호로 온 문자였다.

「엄마가 아프다는 거 진짜야.」

새어머니가 환자복을 입고 누워 있는 사진과 함께 온 문자였다. 아인은 휴대폰을 뒤집어놓았다. 어차피 남이다. 신경 쓸 필요 없다. 아인은 더욱 일에 집중했다. 징 소리와 함께 문자가 도착했다.

「진짜 회사로 찾아간다?」

아까 문자를 보냈던 그 번호였다. 아인은 길게 한숨을 내쉬며 자리에서 일어났다. 정신이라도 차릴 겸 화장실로 가던 중, 막 사무실로 들어오던 원우와 마주쳤다. 그는 가던 걸음을 멈추고서 아인을 빤히 쳐다봤다.

"주아인 씨."

"네."

그가 아는 체하는 게 불편했지만, 아인은 내색하지 않고 대답했다.

"어디 아픕니까?"

업무상의 일일 거라는 예상과 달리 사적인 질문이라, 아인은 당황했다. 그러나 내색하지 않았다.

"괜찮습니다."

아인이 손등으로 창백한 얼굴을 가렸다. 수아 때문에 스트레스를 받았더니 금세 얼굴에 티가 나는 모양이었다.

"그럼 오늘 회식에도 참석할 수 있습니까? 주아인 씨 입사 기념으로 하는 회식이니 되도록 참석해 주었으면 좋겠군요."

팀장님도 참석하세요?

아인은 그 질문을 하고 싶었으나 삼켰다. 그를 의식하고 있다는 걸 들키고 싶지 않았다.

"네. 되도록 참석하겠습니다."

"그럼 그렇게 알고 있겠습니다."

원우는 말을 마치고도 쉽사리 걸음을 옮기지 않았다. 멈칫거리던 아인이 그를 완전히 지나치고 나서야 원우도 걸음을 옮겼다.

사무실 사람들은 한결같이 밝았다. 원우같이 조용한 팀장을 뒀다고 보기 힘들었다. 그들은 밝고, 술을 좋아하며, 노는 것을 즐겼다. 아인은 새삼 자신과 다른 스타일의 사람들을 꾸려가고 있는 원우가 대단하다는 생각이 들었다. 그러다 자신이 원우 생각을 하는 걸 알곤 금세 고개 돌려 털어버렸지만.

"자, 아인 씨도 짠."

이미 혀가 꼬부라진 대리가 그녀에게 빈 잔을 내밀었다. 아까 전부터 그는 공기만 다섯 잔째 마시고 있었다. 이미 취한 듯했다.

"아인 씨는 애인 없어요?"

마주 앉아 있던 사수가 아인에게 물었다. 그녀의 질문에 먼 곳에서 향하는 시선이 느껴졌다. 원우가 있는 방향이라는 걸 감지했지만, 아인은 못 느끼는 척 잔을 들었다.

"없어요. 앞으로도 만들 생각 없고요."

"아니, 왜? 이렇게 예쁘고 참한데?"

"남자한테 관심 없어요. 연애라는 게 별게 없더라고요."

아인이 웃으며 말하자, 사수가 '맞아. 맞아.' 하며 고개를 끄덕이더니 격하게 동감했다. 이어 직원들의 주제가 연애와 결혼으로 이어졌다. 어쨌든 결혼을 한 번은 해봐야 한다는 쪽과 결혼 같은 건 필요 없다는 솔로들의 의견이 첨예하게 부딪쳤다. 아인은 그들이 토론하는 걸 바라보았다. 그러나 신경은 아까 전부터 줄곧 자신을 향해 있는 시선으로 쏠렸다.

회식을 마치고 나오자 비가 추적추적 내렸다. 집의 방향대로 사람들이 갈라졌다. 함께 가자는 직원들의 제안을 모두 뿌리치고 그들을 먼저 보냈다. 막내의 역할을 알뜰히 끝낸 아인이 불이 꺼진 가게 앞의 천막 아래에 섰다.

집에 가야 하는데.

막연하게 생각만 하며 아인이 손을 뻗었다. 손바닥에 내리꽂히는 비가 얼음조각처럼 차가웠다.

"하아."

술을 마셔서인지 몸에 힘이 쭉 빠졌다. 입술 사이로 입김이 새어나갔다. 평소보다 주량을 초과해 마셨다.

아인이 멍하게 하늘을 보는데, 시야가 가렸다. 그곳에 어둠에 먹힌 남자의 실루엣이 대신 자리했다. 놀란 아인이 흠칫해 뒤로 물러서려 하자, 그가 아인의 팔을 움켜쥐었다.

"넘어져."

옷자락을 넘어 그의 온기가 전해졌다.

"선배?"

아인이 저도 모르게 그를 부르곤 혀끝을 깨물었다. 팀장님이라고 불렀어야 했는데. 이미 늦은 듯 원우가 느슨하게 웃었다. 그는 회식이 끝나기 전 가장 먼저 귀가하겠다며 사라졌다. 그랬던 그가 한 손에 담배를 쥐고서 다시 나타났다.

"데려다줄 테니까 택시 타러 가."

"걸어가면 돼요. 여기서 10분밖에 안 걸려요."

"그래, 그럼."

원우가 손에 쥐고 있던 우산을 펼쳤다. 곁으로 오라는 듯 그가 우산을 펼친 채 서 있었다. 하얀 조명에 빛나는 빗방울 알갱이. 그 아래에 커다란 우산을 편 채 서 있는 원우는 한 폭의 그림 같았다. 보는 것만으로도 마음이 아려서 엉엉 울고 싶은 그런 그림. 이런 분위기를 풍길 때마다 그는 자신의 일부분 같았다. 누구에게도 사랑받지 못해 쓸쓸함을 한껏 머금은 일부분 같은 거.

더는 보고 있기 힘들어진 아인이 시선을 내리깔았다.

"먼저 가세요. 저는 혼자 갈게요."

"시간 늦었어. 비도 와서 위험하고."

"이것도 팀장님으로서 직원을 보살피기 위한 행동인가요?"

"아니. 전 애인으로서 이러는 거야. 구질구질하고, 진부한 방법으로 너한테 접근하고 있어."

"……이제 와서 왜 이래요? 나랑 대체 뭘 하고 싶은 거예요?"

아인이 건조하게 물었다. 술에 취한데다 이곳에 서 있으니 원우의 얼굴이 제대로 보이지 않았다. 그저 그의 실루엣과 풍기는 분위기만 느껴졌다. 그 때문에 아인은 얼굴을 보곤 절대로 할 수 없는 질문을 과감하게 던질 수 있었다.

"네가 사라졌을 때, 잠시 기절한 적이 있었어."

원우의 덤덤한 목소리가 빗소리에 섞여 바람과 함께 불어왔다. 그의 목소리는 가볍고, 끝은 눅눅한 비바람과 몹시 닮아 있었다. 작은 빗방울에 몸이 젖듯, 아인은 그의 목소리에 발목이 잡혔다.

"깨어나 보니 병원이었고, 그때 무작정 너를 찾아야겠다는 생각을 했어. 그 후로 나한테 꾸준히 물었어. 나는 주아인이랑 무얼 하고 싶은 걸까. 처음엔 너 때문에 내 일상이 무너진 게 싫어서 대갚음해 주려고 했어. 그렇게 반년이 지나고 나니까, 문득 네가 살아 있는 건지 궁금했어."

"……."

"찾고 싶어도 내가 주아인에 대해 아는 건 학교, 학과, 이름뿐이었으니까. 네가 죽었을까 봐 겁이 났어. 몇 번씩 악몽을 꿨어. 그러다 네가 살아만 있으면 좋겠다고 생각했어. 그리고 네가 살아 있다는 걸 안 그날, 네가 우리 회사로 온 날, 네 얼굴 보고 알았어."

"……."

"그냥 보고 싶었다는 걸."

원우가 우산을 움켜쥔 손에 바짝 힘을 주는 게 느껴졌다. 느릿하게 뱉는 목소리는 단단해지다 어느 순간 폭삭 주저앉을 만큼 여려졌다. 그리고 보고 싶었다 말을 하는 순간, 먼지처럼 날리어 머리 위로 쏟아졌다.

울컥. 목구멍 안이 아릿해졌다. 아인은 시선을 돌려 눈을 내리깔았다.

솟구치는 감정을 내리밟았다.

사람은 한결같고, 사랑은 수십 개의 가면으로 사람을 속인다. 그는 미련이라는 가면을 덮어쓴 사랑에게 속고 있는 거다. 그게 아니라면, 그가 또 자신을 기만하고 있거나. 이 사실을 알고도 하마터면 속을 뻔했다.

자신은 더는 속지 않는다. 2년 전, 그날의 주아인으로 돌아갈 수 없다. 지독하고, 초라하며, 외로웠던 그날이 죽도록 싫다.

"비가 그쳤네요. 가볼게요."

아인은 못 들은 척 원우를 지나쳐 걸었다. 걸음 따라 젖은 땅에서 물소리가 났다.

밤새 내릴 것 같은 비도 변덕스럽게 금방 그친다. 죽을 때까지 쏟아질 것 같던 사랑도 끝이 난다. 하물며 미련은, 소낙비보다 더 짧게 끝날 것이다.

지금 자신의 등 뒤를 따라오는 저 걸음도.

"내가 말했지. 찾아온다고."

수아가 다리를 꼰 채 아인을 쳐다보았다. 아인에게 전화와 문자를 퍼부었으나, 연락이 오지 않아 무작정 회사로 찾아왔다. 로비에서 엄마가 죽어가는데 못 본 척 외면한 주아인 나오라며 악을 썼더니 경비원에게 끌려 나왔다. 회사 앞에서 악을 썼더니 20분 후, 연락을 받은 주아인이 내려왔다.

"그렇게 쳐다볼 거 없어. 내가 경고했는데 말을 안 들은 게 너잖아. 그러게 왜 좋게 말하면 들어먹질 않니? 대체 사람들은 왜 그런지 모르겠어."

수아가 한숨을 훅 내쉬며 말했다.

"그래도 난 너한테 돈 안 줘."

"진짜 회사에서 쫓겨나 볼래?"

"한번 해봐."

아인이 덤덤하게 대답했다. 순간 찌릿하고 두통이 왔지만 아인은 아픈 내색을 하지 않았다. 지금 이런 기분이라면 회사든 뭐든 다 끝장나도 상관없을 것 같았다.

"진짜 미친년. 그렇게 돈이 좋아? 고작 200 보태라는 것도 못해?"

수아가 경멸스러운 눈으로 아인을 쳐다보았다. 아인은 픽 웃었다. 아직도 저런 협박이 먹혀들어 갈 거라 생각한 수아가 우스웠다.

"어. 좋아. 돈이 좋은 만큼, 니들이 싫어. 그리고 네가 나한테 그런 질문할 때가 아닌 거 같은데? 나보다 돈을 더 좋아한 건 너 아냐? 그래서 아버지 사망보험금 들고 도망친 거잖아."

"하, 진짜 보자 보자 하니까. 그래? 그럼 어디 한번 해보자. 어떻게 되는지 끝까지 가봐. 난 내일도 올 거야. 모레도 올 거고."

수아가 자리에서 벌떡 일어나더니 카페 문을 박차고 나갔다. 홀로 남은 아인은 손으로 관자놀이를 꾹 누르며 고개를 숙였다. 찌릿한 통증이 이어졌다.

"으으."

어젯밤 자정이 넘어서부터 다시 내리기 시작한 빗소리가, 자신의 뒤를 따라오던 발소리를 닮아서 잠을 이루지 못했다. 원우는 자신이 집에 들어가는 걸 확인하곤 발길을 돌렸다. 이젠 화가 나려 했다.

자신을 가만히 두지 않는 원우가, 뒤늦게 자신을 괴롭히는 수아가, 원우에게 일일이 휘둘리기 시작한 자신에게도.

카페 옆 약국에 들러 두통약을 사먹은 아인이 회사로 올라갔다. 걸어가는 내내 사람들의 수군거리는 소리가 들렸다.

"저 사람이 주아인이라며?"

"아, 그 로비?"

"응."

수아가 난리 친 사건이 회사에 자자하게 소문이 퍼진 모양이었다. 아인은 자신의 뒤를 따르는 소리를 못 들은 척 길을 재촉했다. 사무실에 도착하자마자, 찬물을 끼얹은 듯 조용해졌다. 아인은 알면서도 모르는 척 자리에 앉았다.

"주아인 씨, 잠시 나 좀 보죠."

원우가 그녀를 불렀다. 아인이 팀장실로 향하자, 직원들의 시선이 그녀의 뒤를 따랐다. 팀장실로 들어선 아인은 그가 가리키는 자리에 앉았다.

"로비에서 벌어진 일로 윗선에서 말이 나오고 있어요. 개인적인 사정을 회사까지 끌고 온 거니까요. 무슨 일입니까?"

원우의 말을 듣는 순간, 다시금 머리가 찌릿했다. 들릴 리 없는 낮은 발소리가 들리는 듯했다. 아인의 얼굴이 금세 창백해졌다.

"개인적인 문제로 회사에 피해를 입혔으니, 그에 합당한 처분을 받겠습니다. 그만둬야 한다면 그렇게 하겠……."

"주아인 씨."

원우가 그녀의 말을 잘랐다. 아인이 고개를 들자 원우가 화가 난 얼굴로 그녀를 보고 있었다.

"무슨 일이냐고."

팀장이 아닌, 남자로 그가 물었다.

"아무 일 아니……."

"내가 직접 알아볼까?"

원우가 던진 말에 아인이 눈을 들어 그를 보았다. 아인은 툭 건들면 쓰러질 것 같은 얼굴색이었다. 그런 모습에도 아인은 자신에게 기대려 하지 않았다. 순간 화가 난 그가 저도 모르게 넥타이를 살짝 당겨 풀었다.

"무슨 자격으로요? 회사가 개인 뒷조사도 하나요?"

아인의 차가운 물음에 원우가 주먹을 꽉 움켜쥐었다. 아인은 지지 않고 그를 바라보았다.

"회사도, 팀장님도 그럴 자격 없으세요. 저로 인해 생긴 일에 합당한 처분을 바라지, 사생활까지 간섭당하고 싶지 않습니다."

원우가 주먹을 꽉 움켜쥐었다 펴길 반복했다. 몸짓에 비해 그의 얼굴은 지독하게 평온해서, 그의 생각을 파악할 수 없었다.

"도저히 못 견디겠다. 퇴근 후에 말하려고 했는데."

"……."

"주아인, 다시 만나보자."

"……."

"네 인생에 관여하고 싶으니까, 다시 만나보자고."

원우가 그녀를 뚫어지게 바라보았다. 언뜻 들으면 협박처럼 들리는데, 고백이었다. 아주 잠깐 두통이 멈췄고, 아인의 눈동자가 흔들렸다. 순간, 환청이 들렸다.

커다란 무언가가 제 가슴에 떨어지는 소리였다. 기껏 잠잠하게 만들어 놓은 제 삶에 그는 큰 돌을 던졌다.

2년 전으로 돌아가지 않아, 괜찮아, 난 혼자로 충분해, 혼자서 잘 버텨낼 수 있을 거야 등등. 그 수많은 말들로 겨우 잠재워 놓은 삶이었는데.

다시 만나보자.

그 사소하고도 간단한 말로.

또 자신은 이 마음을 잠재우기 위해 밤마다 수많은 말들로 달래야 한다. 왜 자신만 이래야 할까. 아인은 처음으로 의문이 들었다. 왜 자신만 원우를 사랑했으며, 2년간 도망쳐야 했으며, 또다시 만난 이 남자에게 이런 말을 듣고서…… 흔들릴까.

원우의 꽉 쥔 주먹이 보였다. 자신의 대답을 듣기 전까지 절대로 풀지 않을 것처럼 보였다. 자신 때문에 긴장한 원우는 처음이었다.

"내가 팀장님을 만나서 뭘 얻을 수 있는데요?"

아인의 질문에 원우의 눈이 가늘어졌다. 만남보다 계약에 가까운 발언이었다.

"뭘 원하는데."

그가 한숨을 내쉰 후 덤덤하게 되물었다.

"내가 뭘 원하든 해줄 수 있어요?"

"어."

쉽게 대답하는 원우를 본 순간 아인은 웃음이 나오려 했다. 그가 자신에게 조금이라도 진심이라면 이렇게 나올 수 없다. 그날, 상처를 입고 모든 것으로부터 도망쳤던 자신에게 적어도 미안하다는 말은 했어야 했다. 원우를 외면하고 싶었는데, 이젠 화가 나서 그럴 수가 없을 것 같았다. 그에게 자신과 같은 흉터를 남겨주고 싶었다.

미안하다는 말 한마디 없이 다시 시작해 보려는 오만한 이 남자에게, 사람 때문에 이를 악물고 살아가는 게 어떤 건지 알게 해주고 싶어졌다.

"그럼 만나볼래요?"

아인이 건조한 얼굴로 차분하게 되물었다. 원우가 아인의 진심을 확인하려는 듯 눈을 가늘게 떴다. 아인은 개의치 않고 말을 이었다.

"그럼 날 좀 도와줘요. 이 회사 계속 다니고 싶으니까 윗선에 말도 잘해주고, 날 쫓아다니는 이상한 여자애도 내 눈앞에서 치워줘요. 할 수 있겠어요?"

2년 전 당신이 날 이용해 도훈을 치웠던 것처럼, 당신도 날 위해 무언가를 해주어야지.

아인이 표정으로 원우에게 말했다.

"그래."

원우가 낮은 목소리로 대답했다. 아인이 무표정하게 자리에서 일어났다.

"내가 부탁한 거 다 끝나면 이야기해 줘요."

아인이 입꼬리를 끌어 올리며 웃었다. 그 모습이 그림 속 웃음처럼 메말라 있었다.

건물을 빠져나온 아인이 뭉친 어깨를 한 손으로 꽉 움켜쥐었다. 온몸이 얻어맞은 것처럼 뻐근했다. 이유 모를 뭉침을 느끼며 아인은 버스 정류장으로 걸음을 재촉했다. 얼마 되지 않았지만, 회사 생활엔 무난히 적응할 수 있을 것 같았다.

단 한 사람.

김원우만 제외하고는.

그를 떠올리자마자 아인이 쓴웃음을 지었다. 그 남자는 모든 게 쉬웠다. 그래서 사람을 갖고, 버리는 데 주저함이 없었다. 자신도 그의 삶 중에 움직이기 편한 바둑알이었다. 언제쯤 손끝으로 튕겨 판에서 떨어뜨리려고 했을까. 버리려고 했던 말이 알아서 사라지니, 이제 와 가지고 놀고 싶어졌을까.

아니, 이제 그의 마음 같은 건 상관없다. 자신도 원우가 그랬듯 필요한 만큼 이용하면 된다. 마음 같은 건 애초부터 없었다는 듯이.

한겨울의 달처럼 새하얀 얼굴을 한 아인이 숨을 들이마셨다. 차가운 공기가 마음을 차게 만든다.

삐리릭, 삐리릭. 울리는 벨소리에 아인이 휴대폰을 꺼냈다. 저장되어 있지 않지만, 눈에 익은 번호였다. 2년 전의 기억은 이토록 쓸데없이 생생하다. 아인이 휴대폰을 귀에 가져다 댔다.

"여보세요."

이 번호를 잊은 것처럼, 누구냐는 듯 말했다.

[나야.]

"네."

[왼쪽으로 고개 15도만 돌려.]

아인이 순순히 고개를 돌렸다. 도로에 비상등을 켜놓고 서 있는 낯선 차가 보였다.

[타. 이야기해야 할 거 아냐.]

통화가 끝났다. 아인은 휴대폰을 주머니에 챙겨 넣고서 차를 바라보았다. 그의 차가 달라졌다. 새삼 2년이라는 세월이 흘렀음이 느껴졌다. 조수석에 몸을 싣자, 따뜻한 차 안의 공기가 훅 끼쳐 왔다.

"차 마실래, 밥 먹을래?"

"배고픈데 밥 먹어요."

대답하는 아인은 무표정한 얼굴로 정면만 바라보고 있었다. 옷자락에 묻은 한기는 사라졌는데, 차 안의 분위기가 차가웠다. 원우는 말없이 차를 몰았다.

천장이 유난히 높은 레스토랑, 통유리로 되어 있는 창밖 너머로 초겨울의 도시 풍경이 담겨 있었다. 모든 것이 반짝반짝 빛이 나는 풍경에도 아인은 별 관심 없다는 듯 제 앞의 스테이크만 잘랐다.

"회사로 찾아오는 그 여자랑 어떤 관계야?"

원우의 물음에 아인이 고개를 들었다.

"이복동생이에요."

아인은 주저함 없이 순순히 대답했다.

"알아. 그 정도는. 그게 아니라 심리적인 관계를 묻는 거야."

원우가 물 잔을 들며 말했다. 퇴근 시간 즈음, 아인을 찾아 그 여자가 회사로 들이닥치려는 걸 미리 세워둔 경비원들이 잡아 내쫓았다. 미리 대기하고 있던 경찰에게 여자를 넘겼다는 보고를 전해 들었다. 경찰에게 여자의 이름과 간단한 신상을 전해 들었고, 그걸 토대로 주수아라는 여자에 대해 알아보았다.

아인과 이복 자매지만 함께 산 세월은 18년이었다. 수험생이 되기 전, 수아는 미국으로 유학을 갔고 그녀가 입국한 것은 2년 전이었다. 공교롭게 아인이 사라지기 한 달 전이었다. 왜인지 수아와 어머니가 함께 지내고, 아인은 다른 곳에서 거주했다.

"몇 시간도 안 됐는데 빨리 알아보셨네요."

아인이 예상하고 있었다는 듯 덤덤하게 대꾸했다.

"귀찮은 일은 빨리 처리하는 게 좋으니까."

원우의 대답에 아인이 주먹을 살짝 말아 쥐었다.

"2년 전에도 날 만날 때 그런 마음이었어요?"

아인이 웃으며 건네는 말에 원우가 눈을 가늘게 떴다. 감정 조절만큼은 누구보다 자신 있었는데 아인의 앞에선 웃음이 나오지 않았다.

"농담이에요. 그럴 리가 없겠죠. 그런 마음이라면 지금 날 찾아오지 않았을 테니까."

아인이 입꼬리를 부드럽게 휘어 올리며 웃었다. 상대방의 마음을 풀어지게 만드는 부드러운 웃음이었다. 과거 원우의 미소처럼.

"하던 이야기 마저 해요. 수아랑 저랑은 한집에서 살긴 했지만 친한 사이는 아니었어요. 오히려 굉장히 나쁜 사이였어요. 동화 속에도 나오잖아요. 계모와 이복 자매에게 구박받는 여자 주인공. 그게 저예요. 그러니 심리적인 거리감은 상당하죠. 오히려 남보다 더 안 좋은 쪽에 속해요. 내 이야기는 이쯤 하고, 걔는 어떻게 살았대요? 내가 직접 알 수 없어서 그런데 알려주실래요?"

"그럴 거 같아서 가져왔어."

원우가 서류 가방에서 봉투를 챙겨 아인에게 내밀었다. 아인은 포크를 내려놓은 후, 봉투를 받아 들었다. 수아의 행적을 바라보던 아인의 얼굴에 비웃음이 걸렸다.

"유학 가서 피아노를 전공한 줄 알았더니, 남자를 전공했네요. 제 버릇 개 못 준다는 말이 틀린 말이 아니네요."

아인이 신랄하게 비난할 만큼, 수아의 과거는 난잡했다. 미국에서 수아가 한 것이라고는 남자들과 동거한 것뿐이었다. 1년에 한 번씩 남자를 바꿨고, 가끔 남자에게 얻어맞아 경찰서에 드나들기도 했다는 이웃의 목격담까지 적혀 있었다. 그런 그녀가 귀국한 것은 2년 전의 일이었다. 아버지의 장례식이 있다고 추정되는 날의 이틀 후였다. 그들은 아인을 피해 제주도로 내려가 호의호식하다 사기를 당해 가진 돈을 모두 탕진했다고 되어 있었다.

"하아."

아인의 입술이 비틀어졌다. 아버지의 목숨 값으로 배를 불리다 상황이 여의치 않으니 찾아온 것이었다. 인간 말종이라는 건 알고 있었지만, 이 정도면 짐승이라는 말도 아까울 정도다. 아인이 종이를 도로 서류 봉투에 넣었다.

"이건 제가 가져도 되죠?"

"그렇게 해."

원우가 가볍게 고개를 끄덕였다.

"그 여자, 어떻게 해주길 바라?"

그는 물 잔으로 입술을 축인 후, 아인에게 물었다.

"다시는 내 눈앞에 나타날 수 없게 해주세요."

수아를 곤란하게 하는 건, 자신이 충분히 할 수 있는 일이다. 아버지의 보험금 수령자는 어머니가 아니라 자신이었을 거다. 그래서 수아를 불러 들였을 거다. 수아를 자신인 척 내세워야 했을 테니까. 이걸로 고소를 해도 되지만, 굳이 자신의 손으로 더러운 걸 만지고 싶지 않았다. 수아가 미친 척하고 자신을 괴롭히면 곤란할 테니, 그에게 맡겨놓는 편이 편했다.

충분히 이 정도는 맡겨놓아도 된다. 자신도 그의 인생에서 도훈을 빼주지 않았던가.

원우가 휴대폰을 꺼내 어디론가 전화를 걸었다.

"아까 말한 대로 처리해."

딱 한마디였지만, 아인은 누구를 말하는지 알아챘다. 원우의 말에 따라 수아는 몹시 곤란한 상황에 처하게 될 거다. 어쩌면 해외로 도망쳐야 할지도 모른다. 자신은 며칠간 머리를 싸매고 고통스러워야 할 일을, 그는 한마디로 처리했다. 이렇게 쉽게 살았으니, 사람 마음쯤은 우습게 여겼을 거다. 아인의 입술에 차가운 미소가 걸렸다.

"계속 그 집에서 살 거야?"

원우가 무표정한 얼굴로 물었다. 그는 음식이 입에 맞지 않는지, 음식을 고스란히 남겨두고서 물었다.

"안 그래도 이사를 갈까 해요."

"갈 곳 없으면 오피스텔 구해줄게. 거기서 살아."

아인이 무표정하게 원우를 바라보았다. 두 사람을 에워싼 공기가 서걱거렸다. 그의 배려를 비웃고 싶은 걸 아인은 꾹 참았다. 대신 아인은 환한 미소를 지었다.

"그럼 그래도 될까요? 수아가 언제 들이닥칠지 몰라 조심스럽긴 했거든요. 그럼 회사에서 가까운 곳으로 구해주세요. 짐은 별로 없으니까 작은 곳이었으면 좋겠어요."

"……"

"왜 그렇게 쳐다봐요?"

"네가 단번에 허락할 줄 몰랐거든."

"늘 신세질까 봐 전전긍긍하던 예전이랑 비교하면 안 되죠. 지금은 상대방이 보이는 호의를 굳이 거절할 필요 없다는 걸 알았거든요."

"그래? 그거 다행이네. 식사 끝나자마자 보러 가자. 네가 말한 곳과 비슷한 오피스텔이 있으니까."

아인의 입술 끝이 딱딱하게 굳었다가 풀어졌다.

"그래요."

아인은 인형처럼 반듯한 미소를 지으며 대답했다.

원우가 구한 집은 아인이 머릿속으로 그리던 오피스텔과 정확히 일치했다. 두 사람이 함께 지내기에 적합한 크기에, 사람들의 행동 노선에 맞춘 듯 구조가 완벽했다. 조명도 백열등과 형광등 두 가지로 구분해 분위기에 맞출 수 있게끔 해두었다. 오피스텔의 구경을 마친 후, 원우가 아인을 데려다주겠다며 차에 태웠다. 차를 타고 가는 동안 아인은 길게 이어진 가로등 불빛을 바라보았다.

"내일부터 들어와서 살아도 돼. 비밀번호는 알려준 대로."

오피스텔의 비밀번호는 그의 생일이었다.

"네."

아인은 모르는 척 순순히 대답했다. 그의 자동차가 아인의 원룸 건물의 앞에 멈춰 섰다.

"데려다줘서 고마워요. 가볼게요."

조수석 문을 열고 내린 아인은, 뒤따라 내리는 원우를 보았다.

"커피 줄 생각은 없어?"

커피에 가려진 명백한 의도를 알기에 아인은 핸드백을 꽉 쥐었다. 그녀는 경직된 몸과 달리 한껏 미안한 미소를 지었다.

"집이 좁아요. 시간도 늦었고요. 다음에 오피스텔로 초대할게요. 거기서 커피 한잔해요."

아인의 거절에 원우가 그녀를 빤히 바라보다가 어쩔 수 없다는 듯 고개를 끄덕였다. 아인이 원우를 등지고 건물 안으로 들어섰다. 아인이 올라가는 층마다 반짝 불이 들어왔다.

원우는 3층에서 불빛이 멈춘 걸 확인하곤 담배를 입에 물었다. 눈을 가느스름하게 뜬 채 담배 연기를 입술 새로 흘려보냈다.

2년 전 아인은 자신을 보며 환하게 웃지 못했다. 단지 얼굴을 붉히며 어쩔 줄 몰라 했던 아인이 이젠 자신의 눈을 빤히 바라보며 웃었다. 어째서인지 그 웃음이 가면을 쓴 것처럼 어색하게 느껴졌다.

뿌연 연기가 원우의 얼굴을 감싸다 조용히 허공으로 녹아들었다.

[너, 진짜 이러기야?]

아인의 휴대폰에서 쩌렁쩌렁한 목소리가 새어나갔다. 세면대에서 손을 씻던 여직원 하나가 경계하는 얼굴로 아인을 바라보았다. 아인은 휴대폰의 볼륨을 한껏 낮추었다.

"뭐가 문젠데?"

[엄마가 쓰러졌는데 돈을 붙이기는커녕 사람을 써서 날 쫓아내? 내가 이런다고 포기할 줄 알아? 사람 쓸 돈으로 돈이나 붙여! 이년아!]

악을 쓰는 수아의 목소리엔 독기가 가득했다. 새어머니와 목소리와 비슷한 그 목소리에 잔소름이 끼쳤다. 아인은 팔을 문지르며 낮게 한숨을 내쉬었다.

"후원을 했으면 했지, 니들한테 줄 돈 없어."

[하, 어쩜 이래? 어? 옛정을 생각해야지.]

악을 쓰는 게 먹히지 않는다는 걸 깨달았는지 수아가 달래듯 말했다.

[엄마가 뇌졸중이야. 치매까지 있는지 사람도 못 알아봐. 나이 들어 저러고 있는 거 불쌍하지도 않아?]

수아의 말에 아인은 빈 웃음이 나왔다. 눈을 내리깐 아인의 웃음이 차츰차츰 사라졌다.

불쌍한 건 자신이었다. 사랑을 받아본 적이 없어서, 스스로를 사랑하는 법을 몰랐다. 그러다 기적처럼 다른 사람을 사랑하는 법을 알게 되었다. 그 사람에게 무엇이라도 되고 싶어서 최선을 다했다. 그렇게 꽃피운 사랑이 꺾였고, 자신은 또 빈 밭에 남게 되었다. 더 이상 피어날 수 없는 꽃이 되어 머리를 땅에 처박고서 가까스로 목숨만 부지하게 되었다.

"어. 안 불쌍해. 나는 내가 제일 불쌍해서 못 견디겠어. 내가 지금 같았으면, 너 그냥 안 뒀어. 내 물건을 마음대로 가지는 것도, 우리 아버지 목숨값을 니들 마음대로 나눠 쓰는 것도. 그러니까 연락하지 마. 회사도 그만둘 거고, 휴대폰 번호도 바꿀 거야. 네가 내 앞에서 뭘 해도 내가 널 도울 일은 없을 거야. 나는 이 말 하려고 받은 거야."

[야! 야!]

수아와 통화를 마친 아인은 그녀의 번호를 수신 차단에 넣었다. 잠시 파르르 떨던 아인은 거울을 보았다. 이렇게 물러서는 안 된다.

지금보다 더 독하고, 못되게.

아인은 금세 아무 일 없었다는 얼굴로 화장실을 나섰다.

"짐은 그게 전부야?"

퇴근 후, 오피스텔을 찾은 아인의 짐은 무척 단출했다. 마치 여행을 가는 사람처럼 캐리어 하나, 가방 하나가 전부였다. 원우가 의아하다는 듯 묻자, 아인이 가볍게 고개를 끄덕였다.

"네. 어제 둘러보니 여기에 있을 만한 거 다 있고, 제 짐은 이것만 있으면 되겠더라고요."

아인이 미소 지으며 대답했다. 원우가 짐을 들어 오피스텔 안으로 넣어주었다. 아인은 자신의 짐을 구석에 밀어 넣은 후, 원우를 보았다. 어느새 그는 자신의 집처럼 티 테이블에 앉아 있었다.

"그때 못 마신 커피라도 마실래요?"

"짐 정리는?"

"나중에 하면 돼요."

아인이 걱정하지 말라는 듯 부엌으로 들어갔다. 낯선 구조였으나 아인은 금세 잔과 커피포트를 찾았다.

"커피믹스밖에 없는데, 그것도 마셔요?"

아인이 커피믹스를 들고서 물었다. 원우가 고개를 끄덕이자, 아인은 '알겠어요.' 라고 대답한 후 커피 잔에 부었다. 아인이 커피를 타는 동안 원우가 그녀의 등을 바라보았다. 아인의 분위기가 이전과 몹시 달라졌다. 기분 좋은 일이 있는 사람처럼, 곧잘 웃었다.

"여기 있어요."

아인이 잔을 가져다 놓고, 맞은편 자리에 앉았다. 원우가 잔을 받아 들었다. 군말 없이 커피믹스를 마시는 그를 보고서야 아인도 잔을 입에 가져다 댔다.

"비밀번호는 바꾸지 않을게요. 어차피 선배 집이니까."

아인이 찻잔을 감싸며 말했다.

"찾아와도 돼?"

원우가 느긋한 얼굴로 물었다. 그러나 잔을 쥔 손엔 바짝 힘이 들어가 있었다.

"선배 집이니 당연한 거죠."

"언제든지?"

"네."

"새벽은?"

"……."

원우가 커피로 입술을 축인 후, 고개를 들었다. 아인의 눈을 똑바로 응시했다.

"그냥 잠만 자고 가진 않을 거야."

원우가 굳이 말하지 않아도 아인은 그 뜻을 이미 알아듣고 있었다. 그가 남자로서 제안하고 있었다. 아인의 몸이 굳었다.

"언제든 된다고 했으니, 다른 말 못하겠네요."

아인이 돌려 허락했다. 어차피 그의 집이고, 그와 다시 시작하겠다고 마음먹었을 때 이 정도의 일은 예상했다.

원우는 가볍게 미소를 지었다. 그 미소가 2년 전과 몹시 흡사해서일까,

아인의 가슴이 찌릿했다. 그땐 저 미소만 볼 수 있다면 뭐든 다 할 수 있을 것 같았다. 그리고 지금은 저 미소를 보면 어리숙했던 자신이 떠올라 화가 났다.

"그때, 어디로 간 거야?"

"언제요?"

"2년 전."

갑작스럽게 나온 질문에 아인이 잠시 멈칫했다. 재회한 후로 그는 2년 전 일을 언급하지 않았었다. 아인은 조금의 시간을 두고 입을 열었다.

"그때 무작정 현금을 가지고 강원도로 갔어요. 나를 모르는 사람들이 있는 곳으로 가고 싶었거든요."

"가서 뭐 했어? 휴대폰도 없이."

휴대폰이 없었다는 사실을 그가 알고 있다는 게 의외였지만, 아인은 이내 의문을 거둬냈다. 연락이 되지 않았으니 휴대폰을 갖고 가지 않았을 거라 생각했을 수도 있다. 그가 자신의 집에 찾아올 리도, 설령 찾아왔다고 하더라도 굳게 닫힌 대문을 열고 들어갔을 리 없었다.

"그냥, 허름한 식당에서 일했어요. 몇 달간 일하다가 다시 서울로 올라와서 자그마한 직장에 취직해서 일했어요. 식당 일 할 땐 그 생각도 했어요. 차라리 여기 눌러앉아서 일하다가 돈 벌어서 식당이나 차릴까. 그런데 제가 요리를 못하더라고요. 그래서 식당 창업은 포기했어요."

좋았을 리 없건만, 아인은 즐거웠던 일이라도 떠올리듯 연신 웃었다.

"취직해서도 꽤 좋았어요. 함께 일하는 사람들이 꽤 괜찮았거든요."

"이전에 살던 집은 가봤어?"

"아뇨."

아인이 고개를 가로저었다.

"한번 가봐야 할 거야. 알아보니 그 집이 아직 처리되지 않았거든. 재개발 구역으로 선정되었는데 집행이 장기간 보류되는 바람에 집이 비었어. 문제는 이 집이 네 앞으로 되어 있어."

"네?"

처음 듣는 소리라는 듯 아인이 의아한 얼굴로 원우를 바라보았다.

"네 부친이 마지막 뱃일하러 가시기 전에, 집의 명의를 네 앞으로 돌려뒀어. 그걸 네 새어머니도 뒤늦게 안 모양이야. 처리하려고 했을 땐 이미 늦었던 모양이야. 곧 그 구역도 재개발 들어갈 거야. 가지고 있다가 팔도록 해. 처리할 물건 있으면 가서 처분하고."

"수아가 그걸 알고 찾아온 거겠죠?"

"그럴 수도."

돈 냄새는 기가 막히게 잘 맡는 수아라면, 충분히 가능한 일이었다. 아인은 허탈한 웃음이 나왔다. 생각지도 못한 유산이라니. 아버지가 자신의 앞으로 집 명의를 돌려놨다는 걸 알자 기가 막혔다.

"재산세가 잔뜩 밀렸겠네요."

"내가 냈어."

"……."

"가끔 그 집에 가봤거든. 고지서가 있기에 내야 할 건 다 내고 있었어."

원우가 덤덤히 대답했다. 처음 듣는 말에 아인이 원우를 물끄러미 바라보았다. 왜요, 라는 말이 목 끝까지 밀고 올라왔지만 뱉지 않았다. 원우에 대해 더 이상 알고 싶지 않았다. 헤어진 후엔, 그 사람에 대해 아는 만큼 짐이 된다는 걸 알아버렸기에.

"그랬군요. 고마워요. 나 대신해서 우리 집까지 신경 써줘서요."

"왜냐고는 안 물어?"

"사람이 갑자기 사라졌으니 신경 쓰였겠죠."

아인은 원우가 이야기하는 걸 막기라도 하려는 듯, 재빠르게 말을 이었다.

"그러고 보니 그때를 생각하니까 선배한테 참 미안하네요. 선배한테만큼은 말할 걸 그랬어요. 이제라도 변명하자면, 그때 아버지가 돌아가셨다는 걸 알았어요. 알다시피 새어머니가 수아랑 함께 아버지 보험금을 갖고 도망쳤고요. 선배에게 좋은 여자가 생긴 것 같기도 했고……. 이래저래 일이 많아서 마음이 복잡했어요."

"소연이는……."

"차, 다 마셨어요?"

아인이 자리에서 벌떡 일어났다. 일부러 그의 말을 자르는 아인의 태도에 원우는 입을 다물었다. 아인이 온몸으로 대화를 거부하고 있었다.

아인은 원우의 잔과 제 잔을 함께 챙겨 싱크대로 걸어갔다. 찻잔이 잘 씻길 수 있도록 물을 가득 부어놓고 돌아서던 아인은 그 자리에 멈춰 섰다. 원우가 소리 없이 부엌에 들어와서 그녀를 보고 있었다. 아인이 반사적으로 입꼬리를 늘였다.

"더 필요한 거 있어요? 이렇게 물으니까 꼭 내 집 같네요. 나보다 선배가 훨씬 더 잘 알 텐데요. 바쁘지 않아요? 여기서 이렇게 시간 축내고 있어도 돼요?"

"가길 바라는 거 같네."

"나야 좋지만, 선배가 피곤할까 봐서요."

아인이 능숙하게 거짓말했다. 실은 원우와 얼굴을 마주한 후로 깊게 숨을 쉴 수가 없었으면서도.

"안 피곤해."

새하얀 조명 빛이 원우의 얼굴을 타고 흘러내렸다. 퇴근 후, 곧바로 이리로 온 듯 슈트 차림의 그는 흰 조명과도 굉장히 잘 어울렸다. 여자 직원들이 탐낼 만큼, 멋있는 사람이었다. 그런 그가, 무슨 생각을 하는지 모를 얼굴로 자신을 바라보고 있었다.

무슨 말을 해야 할 것 같은데, 아무 말도 떠오르지 않는다. 머릿속에 안개가 찬 것처럼. 목소리를 잃어버린 것처럼 빈 입술만 달싹거리다 힘겹게 물었다.

"선배, 왜 그렇게 쳐다봐요?"

"이야기를 조금 더 하면서 새벽까지 버텨볼까, 아니면 지금 새벽이라고 우겨볼까 고민 중이었어."

원우의 말에 아인이 마른침을 삼켰다. 그가 성큼성큼 다가왔다. 물러서면 안 된다고 생각하면서도, 아인의 등은 이미 싱크대에 닿아 있었다. 어떻게 할 수 없을 만큼 가까워졌다. 원우가 아인을 사이에 놓고 팔로 그녀를 가뒀다.

"어떻게 할까."

원우가 고민하듯 질문을 던졌다. 여태껏 다른 사람처럼 점잖던 그가, 2년 전의 얼굴로 돌아가 있었다. 사람을 위에서 내려다보듯 고압적인 면모를 느슨한 웃음으로 상쇄시키고 있었다. 순간 가슴이 화끈거리면서 따가웠다. 겨우 딱지가 앉은 상처를 꼬집어 뜯어낸 통증이었다. 아인은 그 통증이 자신을 집어삼키기 전에 손을 뻗어 원우의 뺨을 감쌌다.

"그 결정, 내가 대신 해줄게요."

어차피 맞아야 할 매라면 먼저 맞는 게 낫다. 진심이 아닌 관계라면 일찌감치 맺어두는 게 낫듯이.

아인이 고개를 들었다. 따스한 입술 두 개가 마주하자 금세 뜨거워졌다. 아인은 원우의 목에 팔을 감고서 입술을 벌렸다. 금세 아인의 입안으로 원우의 혀가 밀고 들어왔다. 입을 다물 수 없을 만큼 입안이 가득 찼다. 뜨겁고, 물컹거리며, 번들거리는 혀가 온 입을 헤집었을 뿐인데 몸은 금세 뜨겁게 반응했다. 몸이 2년 전의 그를 기억하고 있었다.

원우가 아인의 입안을 모두 맛보며 그녀를 끌어안았다. 아인이 그의 허리에 다리를 감았다. 한순간도 떨어지기 싫은 듯 붙어 있던 두 사람의 입술은 침대에 와서야 떨어졌다. 원우가 아인을 내려 보았다. 그녀의 눈이 슬쩍 풀린 걸 확인한 그가 입술을 깨물었다. 그 모습이 아인을 자극했다.

아인의 옷자락 사이로 원우의 손이 거침없이 밀고 들어왔다.

"아핫!"

원우의 손이 아인의 브래지어를 끌어 올리고는 가슴을 움켜쥐었다. 미지근한 공기와 흥분에 의해 유두가 금세 뾰쪽하게 솟아올랐다. 원우는 고개를 숙여 아인의 가슴을 머금었다. 혀가 유린하며 그녀의 가슴을 자극시켰다. 금세 솟아오른 가슴 끝이 예민하게 반응했다. 가슴이 전기라도 통한 듯 찌릿거리며 두 다리에 힘이 실렸다.

"으핫."

아인이 짧게 신음을 흘렸다. 원우의 손이 아인의 바지와 팬티를 동시에 잡아 끌어 내렸다. 정장 바지라 힘들이지 않고 순식간에 벗겨졌다. 금세 나체가 된 아인의 몸이 조명에 환하게 드러났다. 2년 전보다 더 섬세한 선을 가진 몸이 되어 있었다. 그는 아인의 몸을 바라보며 옷을 벗었다.

툭, 툭.

마치 빗소리처럼 옷자락이 바닥으로 떨어져 내렸다. 아인과 같이 나체가 된 그는 서두르지 않고 아인의 가슴을 주물렀다. 아인이 흠칫하며 반응하는 것을 고스란히 바라보았다. 아인의 뺨이 붉어졌다. 원우를 자극시켜 이 상황을 만들긴 했지만, 그가 이렇게 노골적으로 지켜볼 거라 생각지 못했다. 그사이, 원우의 손이 아인의 몸을 타고 흘러내렸다.

"으핫."

가슴 끝을 건드린 손끝이 납작한 배를 타고 내려와 허벅지 사이로 내려왔다.

"으, 으읏."

아인이 다리에 힘을 주어 모았으나, 이미 그의 손가락은 골 사이로 파고든 후였다. 반응하기 싫지만, 이미 온몸은 원우의 손끝에 집중하고 있었다. 살점을 가르고 들어온 손가락이 클리토리스부터 질의 입구까지 느릿하게 문질렀다.

질꺽.

금세 골 사이에서 야한 소리가 새어나갔다. 그에게 반응하는 모습을 적나라하게 보여주기 민망해진 아인이 손으로 얼굴을 가렸다. 그러자 원우가 아인의 팔을 끌어 내렸다.

"서, 선배. 불이라도…… 으읍."

"얼굴 보려고 하는 건데, 불을 끄면 곤란하잖아."

"으흣!"

아인이 뭐라고 대답하려다 말고 신음을 흘렸다. 스윽, 원우의 손가락이 미끄러지듯 아인의 속으로 흘러들어 갔다. 그걸로 성에 안 찼는지, 원우가 아인의 두 다리를 확 벌렸다.

"서, 선배!"

그는 대답 없이 아인의 다리 사이에 자리를 잡고 앉아 그녀를 보았다. 붉어진 얼굴, 그보다 더 붉은색을 띠는 아래를 번갈아 보았다. 한눈에 둘 다 들어오지 않는 게 화가 날 정도였다. 원우의 손끝이 아인의 내벽 어딘가를 어루만졌다. 위에서 아래로 내려오던 손가락 끝이 어딘가에 멈췄다.

"으앗! 하아!"

아인의 허리가 튕겨 올라갔다. 그가 그곳을 중점적으로 문질렀다. 아인이 어쩔 줄 몰라 하며 파르르 떨었다.

이러려고 한 게 아니었다. 자신이 그를 괴롭히고 싶었는데, 상황이 완전히 바뀌었다. 화가 나면서도 금세 그 생각이 머릿속에서 증발되었다.

원우는 금세 빠듯하게 부푼 아래 때문에 배가 아파왔다. 아인은 불을 끄자며 사정했다.

"그리 오래 걸리진 않을 거야. 나도 2년 만이라 미칠 거 같거든."

원우가 짧게 말하며 손가락을 빼냈다. 손가락에서 흘러내린 애액이 손바닥을 타고 내려왔다. 그가 자신의 물건을 아인의 중심부에 천천히 밀어넣었다.

"으흡!"

2년 만이라 잔뜩 수축되어 있던 안이 늘어나면서 아인이 고통스러워했다. 푹. 그것도 잠시, 미끄러지듯 들어갔다.

"웃!"

뿌리 끝까지 넣은 후, 원우도 호흡을 골랐다. 숨이 막혔다. 넣었을 뿐인데 당장에라도 사정할 것 같았다. 2년간 아인을 생각하면서 자위했다. 그러나 그런 상상과 실제 아인은 비교도 할 수 없었다. 원우가 느릿하게 허리를 움직여 아인의 안을 파고들었다.

"으핫! 아! 아! 하아!"

숨 쉴 틈 없이 몰아붙이는 통에 아인의 몸이 이리저리 흔들렸다. 동시에 흔들리는 가슴을 원우가 꽉 움켜쥐었다.

한곳도 빠짐없이 눈에 넣고 싶고, 빠짐없이 느끼고 싶었다.

탁, 탁, 탁.

맞물린 아래에서 누구 것인지 모를 애액이 진득하게 흘러나왔다. 아인은 부풀다 못해 터져 버릴 것 같은 감각에 머리가 텅 비었다. 그가 길들인 대로 몸이 움직였다. 아인이 한 번 절정에 이르고서야 원우가 자신의 페니스를 빼 아인의 배에 사정했다. 아인은 뜨끈한 액체를 확인하곤 휴지를 찾아 주위를 살폈다.

"가만히 있어."

원우가 휴지를 챙겨와 아인의 몸을 닦아주었다. 아인은 무릎을 세우고 두 손으로 가슴께를 가렸다. 이미 다 보여줬지만, 계속해서 보여줄 자신이 없었다. 아인이 금세 이불로 온몸을 가렸다. 뒤늦게 수치심과 패배감이 밀려들었다. 그를 길들이고 싶었는데, 그의 아래에서 놀아난 느낌이었다.

"자고 갈게."

통보하듯 원우가 말했다. 아인은 눈만 들어 물을 마시는 원우를 보았다.

"내일 출근해야 하잖아요."

"새벽 일찍 집에 들를 거야."

말을 마친 후, 그가 물을 마셨다. 꼴깍하는 시원한 소리와 함께 그의 목울대가 오르내렸다. 물을 다 마신 원우가 아인의 침대에 걸터앉았다. 손으로 아인의 헝클어진 머리를 쓸어내렸다. 두피에 그의 손가락이 닿았다가 멀어지는 느낌이 들었다. 섹스보다 야한 움직임에 몸의 긴장이 조금 풀렸다.

"괜찮지?"

나지막한 목소리가 한없이 다정했다.

"그래요, 선배."

아인이 습관처럼 미소를 그리며 대답했다.

툭. 떨어진 펜을 주우려고 아인이 허리를 굽혔다. 펜을 주워 휴지로 닦았다. 벌써 세 번째였다. 저도 모르게 졸았다.

원우는 새벽 내내 그녀를 가만히 두지 않았다.

'2년이나 못했으니까.'

그는 그 말을 하며 아인을 깨웠다. 마지막엔 원우가 삽입하는 걸 느낀

지 얼마 되지 않아 아인이 기절하듯 잠에 들었다. 그제야 원우는 더 이상 그녀를 깨우지 않았다. 그렇게 겨우 얻은 시간이 2시간이었다. 수면 시간 만큼은 꼬박꼬박 지켜왔던 아인이었기에 피로감이 상당했다.

볼펜으로 기획서를 재확인하던 아인은 저도 모르게 피식 웃었다. 2년 이나 못했다는 그 말을 들었을 때, 아인은 제 귀를 의심했다. 그러다 그 '2년'이 자신과 하지 못한 '2년'일 거라는 판단이 섰고, 미련스러운 자신 이 한없이 우스웠다.

"주아인 씨."

팀장실 문을 열고 원우가 그녀를 불렀다.

"네. 팀장님."

"잠시 나 좀 봅시다."

원우의 손에는 아인이 제출했던 기획서가 들려 있었다. 팀장실로 향하 는 아인의 뒷모습을 보며 직원들이 빤히 쳐다보았다.

"아인 씨 기획이 좋았나 봐요. 팀장님 얼굴 밝지 않아요?"

"어? 나만 그렇게 느낀 거 아니지? 팀장님 오늘 기분 좋아 보이는데?"

"그러게요."

직원들은 포커페이스가 별일이라며 놀라워했다.

"부르셨습니까."

아인이 원우의 앞에 섰다. 그는 아인의 기획서를 편 채 그녀를 빤히 쳐 다보았다. 그녀는 두 손을 다소곳하게 모으고 있었다. 흠잡을 곳 없이 단 정한 옷차림에 한 갈래로 묶은 머리카락, 낮은 플랫슈즈는 전형적인 회사 원의 모습이었다. 다만 아인의 희게 질린 얼굴이, 어젯밤이 무척 힘들었 음을 대변하고 있었다.

"거기 서 있으면 이 서류가 보입니까?"

원우의 물음에 아인이 그의 곁으로 다가갔다. 어젯밤 원우와 있었던 일이 떠올랐지만, 아인은 아무것도 기억나지 않는다는 듯 그의 곁으로 다가갔다.

"기획서는 잘 봤습니다."

"감사합니다."

"내가 부른 건 이것 때문이 아니고."

원우가 말을 하며 손을 들었다. 그의 손이 아인의 이마에 닿았다. 순간 아인이 흠칫했다. 그녀의 움직임이 손바닥에서 고스란히 느껴졌다.

"열나."

"괜찮아요."

원우는 기획서를 미끼 삼아 아인을 불렀다. 이곳이 아니면 아인과 이야기를 편하게 나눌 곳이 없었다.

"아프면 조퇴해."

갑작스레 그가 말을 툭 놓았다. 팀장 김원우가 아니라 남자 김원우로서 말하고 있었다.

"괜찮습니다. 회사에서 이렇게 신경 써주시지 않아도 됩니다."

그러나 아인은 팀장을 대하듯 딱딱하게 대했다.

"그럼 퇴근하고 지하 주차장 3층으로 내려와. 좌측 창고에 차가 세워져 있어."

아인은 습관처럼 괜찮다는 말을 하려고 하다 입을 다물었다. 늘 괜찮다, 걱정하지 말라, 신경 쓰지 말라, 라는 말을 입에 달고 살았다. 이젠 그렇게까지 그를 배려하고 싶지 않았다. 처음부터 이 관계는 그에게 빚을 돌려받기 위한 것이었다. 아인은 고개를 끄덕였다.

"네."

7

원우가 핸들을 부드럽게 꺾었다. 넓고 반듯하게 이어진 길이 나왔다.
거대한 집이 양쪽에 즐비하게 늘어서 있는 골목 사이로 원우의 차가 진입
했다. 아인은 오랜만에 온 이 거리를 둘러보았다.

전화 통화를 마치고 돌아온 그에겐 희미하게 담배 냄새가 났다.

'어디 갈 거예요? 선배 오피스텔로 갈까요?'

아인의 물음에 그는 '우리 집으로 가자.' 라고 대답했다. 아인은 머릿속
으로 그의 집을 떠올렸다. 거대한 집 앞에서 아인은 매순간 초라함을 느
꼈다. 허락 없이는 입성할 수 없는 대문을 나설 때도 언제나 마지막인 기
분으로 나섰다. 원우와의 만남도 그랬다. 그와 함께 있으면 숨도 못 쉴 만
큼 행복했고, 그만큼 초라했다. 원우와의 만남도 언제나 끝이라고 생각하
며 만났다. 다만, 만남일 때만큼은 진심이길 바랐다.

아인은 까무룩 하게 죽은 눈으로 느릿하게 고개를 끄덕였다.

원우의 차가 주차장에 들어섰다. 주차장에서 나서자 곧장 정원이 드러

났다. 아인은 2년 사이에 달라진 정원을 바라보았다. 누군가에게 철저하게 관리받아 화사했던 정원은, 시멘트로 싹 발려 텅 비어 있었다. 집 안도 이전과 다르게 쓸쓸한 느낌을 풍겼다.

"아무도 없어요?"

아인이 원우를 보며 물었다.

"혼자 살아. 아주머니가 집 청소해 주시고. 아버지는 나가서 다른 곳에서 살고 계셔."

원우가 자연스럽게 2층으로 올라갔다. 가족사진이 있던 곳이 텅 비었다. 이 집엔 정 여사와 도훈의 물건이 조금도 남아 있지 않았다.

원우가 방문을 열자 커다란 방이 드러났다. 그를 닮아 방이 몹시 깔끔했다. 심플한 디자인에 비해 체크무늬 이불이 유난히 눈에 띄었다. 그는 자연스럽게 재킷을 벗으며 드레스룸의 문을 열었다.

"갈아입을 옷 줄까?"

"아무도 안 오는 거 맞아요?"

"왜? 다른 사람이 우리 사이를 알면 안 되는 이유라도 있어?"

원우가 드레스룸을 열며 물었다.

우리 사이, 그게 뭘까.

아인은 묻고 싶었다.

"선배가 곤란해질까 봐 그러죠."

아인이 빙긋 웃으며 대답했다.

"난 상관없어."

원우가 대수롭지 않게 대답하며 아인을 바라보았다.

"네가 괜찮다면."

"갈아입을 옷 좀 주세요."

아인이 원우의 시선을 피하며 대답했다. 그는 말없이 드레스룸으로 들어가 아인이 입을 법한 편한 옷을 챙겨주었다.

"씻고 올 테니까 갈아입고 너도 저쪽 욕실 이용해."

원우가 옷가지와 간단히 필요한 물건들을 챙겨 방을 나섰다. 그가 다시 돌아왔을 때, 아인은 머리가 젖은 채 그의 침대에 얌전히 걸터앉아 있었다. 원우의 옷이 큰지 소매와 바지 밑단을 한참 말아 올려서 모래주머니를 찬 것처럼 보였다. 원우가 아인에게 다가갔다. 아인은 그가 당연히 자신을 눕힐 거라 생각했다. 그러나 그는 아인의 곁에 앉아 티셔츠의 소매를 풀었다.

"내 생각보다 네가 훨씬 작구나."

그가 중얼거리듯 말했다.

"키는 2년 전보다 큰 거야?"

"여자는 대부분 스무 살 넘으면 안 커요."

"몸은 더 마른 거 같던데."

"젖살이 빠졌어요."

"이쪽 일은 어떻게 하게 된 거야?"

원우가 느리게, 그러나 꼼꼼하게 소맷단을 접으며 물었다. 일부러 느리게 접는 것 같았다.

"전공 살리다 보니 이쪽 계통밖에 없었어요. 하다 보니 그럭저럭 괜찮은 것 같고. 본래는 은행 쪽을 가고 싶었는데, 어떻게 하다 보니 이쪽으로 넘어왔네요."

마침내 원우가 소맷단을 모두 다 접었다. 이전보다 훨씬 깔끔했다.

"부엌에 가사 도우미 있어. 가서 먹고 싶은 거 해달라고 해. 전화 한 통 하고 갈 테니까."

"네."

아인이 방문을 열고 나간 후, 원우는 부재중 전화가 찍힌 곳으로 전화를 걸었다. 해외에서 온 전화였다.

[보고드릴 게 있습니다.]

수화기 너머의 남자가 조용히 말했다.

"말하세요."

[김도훈 씨가 입국한다고 합니다.]

원우의 미간이 좁아졌다. 여태껏 잠잠하게 있던 도훈이 갑작스레 움직인다는 게 거슬렸다. 하필이면 이럴 때.

"이유는요?"

원우가 딱딱한 얼굴로 물었다.

[회장님을 뵙기 위해서라고 합니다. 정확한 이유는 알 수 없지만, 몇 가지 추정되는 바가 있습니다. 팀장님의 회사 복귀를 막기 위함일 수도 있고, 회장님과 또 다른 딜을 하러 가는 걸 수도 있을 것 같습니다. 회장님께도 연락을 드린 것 같습니다.]

언젠가 도훈은 '꼭 이 좌절감을 갚아주겠다.'라며 호언장담한 적 있었다. 그러니 자신의 존재를 잊지 말고 긴장하며 살라는 말까지 했었다. 그 말을 지키러 오는 건가. 원우는 지끈거리는 머리를 감싸 쥐었다.

"조금 더 알아보고 연락주세요. 정확한 입국 날짜는 어떻게 됩니까?"

[이틀 후 밤 비행기입니다. 정확한 시간을 알게 되면 문자로 연락드리겠습니다.]

"알겠어요. 수고하세요."

[네.]

통화를 마친 후, 원우는 얼굴을 찌푸렸다. 정 여사와 도훈이 미국으로 간 후 그들은 한 번도 한국으로 연락하지 않았다. 마치 이곳에서 있었던 일을 모두 잊고 싶은 사람처럼 보였다.

만에 하나 주아인 때문이라면. 자신이 그곳에 사람을 심어뒀다면, 그들 또한 자신에게 사람을 심어뒀을 가능성이 높았다. 특히 정 여사라면 충분히 가능했다. 피곤한 일이 벌어질 것 같았다. 원우가 팔짱을 낀 채 생각에 잠긴 얼굴로 창밖을 물끄러미 바라보았다.

❖

1층으로 내려온 아인은 텅 빈 집이 을씨년스럽다고 느꼈다. 분명 바람 한 점 없을 텐데 등허리가 서늘해지는 기분이었다. 아인이 부엌으로 들어서자, 맛있는 냄새가 풍겼다. 그제야 속에서 꼬르륵 소리가 났다.

"어머, 오셨어요?"

처음 보는 가사 도우미가 그녀를 보며 환하게 웃었다.

"안녕하세요."

당황했지만, 아인은 내색하지 않고 웃었다.

"앉으세요."

"네."

"한식 좋아하신다고 해서 말씀하신 대로 차렸는데 식사가 입에 맞을지 모르겠네요. 저도 이 집에서 요리를 하는 건 오랜만이라서요."

"이 집이 오래 비어 있었나요?"

"네. 제가 온 게 일 년 전이니까, 그때부터 텅 비어 있었어요. 이 큰 집을 혼자 사용하시더라고요."

아인은 일 년 전부터 도훈과 정 여사가 이 집에 없었다는 걸 알아챘다. 그리고 보니 도훈은 어떻게 된 걸까.

이런저런 생각을 하며 아인은 식탁 위를 둘러보았다. 두 사람이 먹기엔 많은 양의 음식이 식탁을 꽉 채우고 있었다. 대부분 아인이 좋아하는 류의 음식이었다. 원우는 자신이 한식을 좋아한다는 걸 기억하고 있었다.

"싱겁게 드신다고 해서 간도 저염식으로 했어요."

"선배가 그런 거까지 말하던가요?"

"네. 신경 쓰라고 몇 번이나 말씀하셔서 저도 엄청 긴장했어요."

가사 도우미가 환하게 웃으며 말했다. 아인은 먹기도 전에 목이 칼칼해지는 걸 느꼈다. 원우가 자신에 대해 무언가를 기억하고 있을 줄 몰랐다. 더군다나 누군가에게 신경 써달라는 말을 할 줄은 몰랐다.

생각해 보면 원우는 2년 전과 몹시 달라져 있었다. 2년 전의 그는 웃는 얼굴을 가면처럼 사용하고 다녔다. 필요할 때면 언제나 그 가면으로 사람들을 현혹시켜 원하는 대로 움직였다. 그랬던 그가, 다시 만났을 땐 본래의 표정으로 살고 있었다. 무심하고, 무표정하며, 약간은 오만하고 거만해 보이는 얼굴로. 필요할 때 외엔 웃지 않았다. 행동도 이전처럼 쓸데없이 틈을 보이지 않았다. 미끼처럼 자신의 틈을 이용해 사람들을 다가오게 만들었다면, 지금의 원우는 모든 걸 차단하고 있는 것처럼 보였다.

무엇이 그를 달라지게 만들었을까. 그에게도 2년 전에 어떠한 변화가 있었을지도 모른다. 그 변화의 결과로 자신에게 이러는 걸지도 모르고.

"식단은 마음에 들어?"

원우가 부엌으로 들어서며 물었다.

"저는 나가보겠습니다."

가사 도우미가 눈치 빠르게 자리를 비켰다. 덕분에 황량한 부엌엔 둘만이 남았다.

"마음에 들긴 하는데, 양이 많아서요."

"주말 내내 먹어."

"주말 내내 있으라는 말인가요?"

"어."

원우가 걸릴 게 있냐는 말투로 물었다. 아인은 어떤 핑계도 댈 수 없었다. 그녀에겐 집으로 돌아가 봐야 할 만한 이유가 없었다. 가족도, 하물며 키우는 강아지조차 없었다.

"그럴게요, 그럼."

아인이 가볍게 고개를 끄덕였다. 그와 함께 있을수록 자신은 유리했다. 사람의 빈자리는 대체로 머문 시간과 비례해서 느끼는 법이기에.

식사를 마친 후, 아인은 수저를 내려놓으며 원우를 바라보았다.

"집을 구경해도 돼요?"

그가 숟가락을 내려놓으며 눈을 들었다.

"그래."

대답은 조금 늦게 돌아왔다.

이 집에 봐서는 안 되는 게 있는지 생각한 걸까.

아인은 그의 머뭇거림을 못 느낀 척, 곧장 2층으로 올라갔다. 그녀의 발길이 이어진 곳은 도훈의 방이었다. 달칵 소리와 함께 문이 열렸다. 그의 방은 2년 전에서 시간이 멈춰 있었다. 그가 쓰던 가구가 고스란히 남아 있었지만, 물건은 사라진 지 오래였다. 아인은 그의 방을 찬찬히 훑어보았다. 청소를 해서 깔끔하지만, 사람이 살지 않아 황량하고 습한 느낌이 들었다. 아인은 오래된 그의 침대에 앉아 창가를 바라보았다. 반쯤 벌어진 커튼 사이로 휘영청 떠 있는 달빛이 보였다.

도훈에게 미안하지 않다면 거짓말이다. 제멋대로 마음을 주고서 고집 피운 녀석이지만, 생각해 보면 자신을 조건 없이 사랑해 준 첫 사람이다. 자신이 만약 원우를 사랑하지 않았다면, 도훈의 마음을 받아줄 수 있었을까.

아인의 입술이 쓰게 벌어졌다. 아마도 불가능할 거다. 아마 도훈을 사랑했더라도, 원우를 본 순간 마음을 빼앗겼을 테니까. 그의 곁에 흐르는 분위기는 자신의 눈을 사로잡았다. 그리고 처음으로 욕심나게 만들었다.

삐걱, 문이 밀리는 소리에 상념에 잠겨 있던 아인이 돌아섰다. 그가 팔짱을 낀 채, 못마땅하다는 얼굴로 그녀를 보았다.

"보고 싶은 곳이 여기야?"

왜 하필 여기야.

그가 그렇게 묻는 듯했다.

"여기가 익숙해서요. 이 집에서 나한테 허락된 곳이 여기뿐이었으니까요."

아인이 덤덤하게 대답했다. 그의 집에 입성해 자신이 유일하게 당당히 입장할 수 있는 곳은 이 방이었다. 실제로 그녀가 향하고 싶었던 곳은 원우의 방이었으면서도.

"그래서 소감은?"

"새롭네요. 옛날 생각도 나고."

아인이 도훈과 함께 앉았던 책상을 물끄러미 바라보았다. 아인의 표정이 과거로 돌아간 듯 아련해졌다. 그녀의 입술이 느슨하게 늘어났다. 뭔가 즐거운 생각을 하고 있는 듯했다.

"여기는 변한 게 없네요. 나름 재미있었는데……."

아인의 중얼거림에 원우가 얼굴을 찌푸렸다.

자신이 모르는 아인과 도훈만의 기억.

불편하다.

성큼성큼 다가온 원우가 아인의 턱을 잡아 홱 돌렸다. 그가 무표정한 얼굴로, 그러나 날이 잔뜩 선 분위기를 풍기며 입을 열었다.

"가끔 미치도록 싫었어."

닫힌 방문 너머에 김도훈과 주아인이 있다는 사실이.

"뭐가요?"

아인이 겁을 먹은 얼굴로 바라보았다. 원우의 눈빛이 미묘하게 변했다. 위험스러운 분위기를 풀풀 풍기는 원우를 보며 아인이 물러서려고 할 때였다.

"가끔 상상하기도 했고."

"뭘요?"

아인의 질문이 끝나기가 무섭게, 그의 입술이 아인의 입술을 덮었다. 뜨겁게 밀려오는 혀를 맛보며 아인은 고개를 옆으로 돌렸다.

"나가요."

"왜?"

"여기는 도훈이 방이에요."

"알아. 아니까 여기서 하는 거야."

"……."

"이 방에서 김도훈 생각 다시는 못하게."

"……."

2년 전에도 그러했다. 문 너머로 도훈과 아인의 목소리가 들릴 때면, 그대로 들어가 아인을 눕혀 버리고 싶었다. 다시는 김도훈이 눈독 들이지 못하도록. 감히 넘볼 수 없게끔. 애써 외면했지만, 그때부터 자신의 목적은 김도훈이 아니라 주아인이었다.

"이건 아닌 거 같아요."

아인이 불편한 듯 얼굴을 찌푸렸다. 원우는 자리에서 일어나 도망치려는 아인의 허리를 한 팔로 감싸 막았다.

"봐요."

원우가 고개를 돌려 아인의 입술을 찾았다. 아인이 피하려 하자, 완전히 아인을 품에 가둔 채 입술을 찾았다. 그가 아인의 턱을 손에 쥐고서 입술을 맛보았다. 그 사이로 혀가 파고들었다. 부드럽고 뜨거운 혀가 그녀의 입안을 가득 채웠다. 금세 맞닿은 입술이 축축하게 젖어들었다. 쪽, 하는 소리와 함께 입술이 맞닿았다 떨어지길 반복했다. 아인이 끝까지 하지 않으려고 고개를 돌려 외면하자, 원우가 그녀를 꽉 붙들어 안았다. 아인이 벗어나지 못하자 아예 이마를 어깨에 대고서 꼼짝도 하지 않았다. 단단한 어깨가 오르내렸다.

아직도 자신을 이용할 게 남은 건가.

"도훈이가 불쌍하네요."

아인이 웅얼거리듯 말했다.

그리고 나도.

아인은 차마 뱉지 못할 말을 목 안으로 우겨넣었다. 원우가 순간 호흡을 멈춘 게 이마에 닿았다. 숨소리마저 사라진 방 안에 쿵쿵 누군가의 심장 소리만 울렸다.

"김도훈 이야기하지 마."

그의 숨결이 목덜미를 타고 흘러내렸다.

"왜요?"

아인이 고개를 들어 원우를 바라보았다. 코끝이 닿을 만큼 가까운 거리에서 서로를 바라보았다. 원우의 눈이 밤하늘처럼 검고 깊었다. 그곳에 반짝, 하고 별처럼 조명 빛이 고여 있었다.

"네 입에서 나오는 그 이름, 듣기 싫어."

그의 눈빛이 못 견디겠다는 듯 서늘하게 변했다. 원우의 말에 아인의 입술 끝이 비죽이 올라갔다. 아주 잠깐, 그 말에 심장이 쿵 하고 뛰었다. 덮어둔 감정이 들썩거리는 반동이 온몸을 울렸다. 그가 질투할 리 없을 텐데.

"꼭 여기서 해야겠어요?"

"어."

이 방에 남겨진 도훈과의 기억을 없애 버리고 싶다는 원우의 뜻이 확실히 느껴졌다. 삐뚤어진 집착에 아인은 미약하게 고개를 끄덕였다. 내키진 않지만, 굳이 거절할 이유도 없었다.

"그럼 여기서 해요. 어차피 도훈이가 쓰지도 않을 것 같은데. 주인 잃은 방이니까 상관없겠죠."

원우가 날이 선 얼굴로 아인을 바라보았다. 끝까지 도훈이 생각이었다. 도훈이라는 이름이 더 나오기 전에, 원우가 아인의 입술을 훔쳤다. 아인이 입술을 벌려 그의 혀를 받아들였다. 금세 아인의 티셔츠와 속옷이 벗겨졌다. 그녀의 등이 서늘한 이불에 닿았다. 난방이 되지 않는 방이라 으슬으슬 소름이 끼쳤다. 원우의 입술이 아인의 목덜미를 지분거렸다. 목덜미를 타고 뜨거운 입김이 번져 갔다. 원우의 손끝이 아인의 몸을 타고 흘러내렸다. 부드럽게 이어진 손을 따라 흘러내려 간 손이 그녀의 바지와 속옷을 한번에 벗겨냈다.

"하아."

나른한 숨소리가 침묵을 깨트렸다.

툭, 툭.

창문 너머로 빗소리가 들렸다. 아인은 눈을 감으며 원우를 끌어안았다.

그의 손이 아인의 다리 사이로 파고들었다. 메말라 있던 아인의 중심을 가볍게 두드렸다가 문질렀다.

"으음."

아인이 낮은 신음을 흘렸다. 그의 손가락 끝이 예민한 살점을 지분거렸다. 스윽 스친 손끝이 금세 깊숙한 곳으로 파고들었다. 질척거리는 물소리와 함께 아인의 다리가 오므라들었다. 그러나 원우의 몸에 가로막혀 꼼짝을 할 수 없었다.

원우의 손가락이 물고기처럼 깊은 곳으로 파고들었다. 그러곤 금세 예민한 곳을 건드렸다.

"으읏!"

아인이 흠칫하며 몸을 떨었다. 원우의 손가락이 그곳을 중심으로 건드리며 빠르게 움직였다.

"하아, 하아! 아앗!"

아인의 몸이 흠칫하며 떨렸다. 착 가라앉은 마음과 달리 길들여진 몸은 솔직했다. 그가 주는 감각에 그대로 반응했다.

원우는 금세 젖은 자신의 손을 빼낸 후, 바지와 속옷을 단번에 끌어 내렸다. 원우는 아인의 눈을 똑바로 응시하며 제 것을 좁은 곳에 밀어 넣었다. 빠듯한 느낌과 미끈한 느낌이 동시에 들었다. 순식간에 몸을 꿰뚫고 들어갔다.

"흡!"

아인의 아랫배에 힘이 들어갔다. 원우가 아인을 바라보며 천천히 몸을 움직였다.

오래전, 원우는 닫혀 있는 도훈의 방문을 물끄러미 바라보곤 했다. 그 시간엔 아인과 도훈이 함께 있을 때였다. 그는 문 너머로 도훈과 아인의 목소리가 들려올 때마다 문을 부수고 싶은 묘한 충동에 시달렸었다. 도훈이 감히 넘볼 생각조차 할 수 없게 못 박듯 새겨놓고 싶은 충동도 일었다.

그리고 지금, 그는 그때 하고 싶었던 대로 하고 있었다.

"하아, 아…… 아앗!"

아인의 몸이 잘게 떨렸다. 겹쳐진 몸이 움직일 때마다 아인의 솟아오른 가슴이 흔들리고, 벌어진 입술 사이에서 신음이 흘러나왔다. 움찔거리며 다리를 모을 때마다 제 것을 확 조여왔다.

"하아."

원우의 입술 사이에서도 낮은 숨이 새어나갔다. 눈앞이 아찔해졌다. 동시에 정신이 몽롱해졌다. 지금이라도 다리를 붙잡고서 정신없이 달리고 싶지만, 원우는 숨을 골랐다. 그의 몸이 천천히, 그러다가 깊은 곳으로 빠르게 움직였다.

"으으!"

아인이 이불자락을 거머쥐었다. 오래 묵은 도훈의 향기가 났다. 원우가 점점 더 거칠게 달렸다. 아인이 숨을 들이마신 채 몸에 힘을 바짝 주었다. 눈앞이 어질거렸다. 동시에 아래에서 야릇한 느낌이 치고 올라왔다.

"으흡."

미칠 것 같다.

아인이 입술 끝까지 나오려는 그 말을 앙다물었다. 이윽고 원우의 몸이 깊은 곳을 도장 찍듯 찍은 후 빠져나왔다. 아인의 하얀 배 위로 그가 사정했다.

"으읏!"

원우의 것이 빠져나간 후에도 아인의 몸이 저절로 움찔거리며 움직였다. 날카로운 쾌감이 아랫배에서부터 머리 정수리까지 단번에 치솟아 올랐다. 여운에 의해 아인의 몸이 잔뜩 예민해졌다. 원우는 일부러 그 몸에 가볍게 입을 맞췄다. 아인이 흠칫하며 떨 때마다 그는 기분이 좋았다.

자신에게 반응하는 주아인을 보는 건 기분 좋았다.

"자주 하자."

여기서.

그가 뒷말을 삭이며 옅게 웃었다. 아인은 그런 원우를 바라보았다. 흡족해 보이는 그의 얼굴은 근사했다. 동시에 마음에 들지 않았다. 아인은 대답 대신 비가 내리는 창가 쪽으로 시선을 돌렸다.

한두 방울씩 툭툭 떨어지던 비가 어느새 폭우처럼 쏟아졌다. 늦가을에 좀처럼 보기 힘든 폭우였다. 원우는 창문가에 서서 쏟아지는 빗줄기를 바라보았다. 세상이 축축하게 젖어가는데, 그는 여전히 해갈되지 않는 갈증에 목이 탔다. 원우가 느릿하게 고개를 돌렸다. 아인은 태아처럼 온몸을 동글게 만 채 잠들어 있었다. 그녀는 늘 저런 자세로 잠들었다. 마치 태어나기 전으로 돌아가고 싶었던 것처럼.

잠든 사람의 모습이 외로워 보일 수도 있다는 걸 그날 깨달았다. 그 모습이 눈에 박혀 한참이나 바라보았다.

2년 전, 그의 세상은 무채색이었다. 빛을 잃은 사람들이 쓸모없는 말을 뱉으며 시간을 허비하는 세상. 사람과 대화를 나누어도 공감할 수 없었고, 웃어도 즐겁지 않았다. 그는 언제든 죽어도 상관없었다. 그게 조금 더 편하겠다는 생각이 들었다.

그때 한 방울의 물감이 떨어졌다.

'사라지지 말아요.'

처음 보는 색이었다.

'선배가 행복했으면 좋겠어요.'

그의 삶에 색을 가진 사람이 나타났다. 태어나 처음 듣는 언어로, 자신의 세상을 물들인 사람. 어둑한 세상에서 아인만이 빛났다. 그날, 아인의 모습이 깊게 각인되었다. 조금은 더 살아도 되겠다는 생각이 들었다. 그렇게, 조금씩 자신의 마음을 움트게 만들었다. 아인이 사라진 날, 다시금 세상이 무채색으로 돌아갔다. 그때 그는 깨달았다.

자신은 더 이상 무채색의 세상에서 머물 수 없는 사람이 되었음을.

"그러니까 책임져야지."

원우가 한없이 다정한 목소리로 아인에게 속삭였다.

"네가 날 살고 싶게 만들었으니까."

그의 붉은 입술 사이로 나른한 목소리가 새어나갔다. 그가 아인의 손을 감싸 쥐었다. 손가락 사이로 제 손가락을 밀어 깍지를 꼈다.

놔줄 수가 없다.

원우가 아인의 곁으로 다가가 눈을 감았다.

잠에서 깨어난 아인이 눈을 떴다가 근처에 있는 사람을 보곤 흠칫했다. 눈을 감은 채 원우가 잠들어 있었다. 그가 잠든 모습은 오랜만이었다. 언제나 자신보다 일찍 일어나던 사람이었는데. 조용히 물러나려던 아인은 자신의 손을 꽉 움켜쥐고 있는 원우의 손을 보았다. 조심스럽게 풀어내려고 하자, 이전보다 더 센 힘으로 꽉 움켜쥐었다.

"읏."

아인이 저도 모르게 소리를 내고는 입술을 깨물었다. 원우는 아직 잠들어 있었다. 아인은 고민하다 하는 수 없이 누워서 잠든 원우를 바라보았다. 고요한 공기, 창문 사이로 흘러드는 햇살, 반듯하게 빚어진 얼굴, 꽉 다물린 입술. 잠든 얼굴도 흐트러짐이 없었다.

얼마나 이 얼굴을 보고 있을 수 있을까.

순간 칼에 베인 것처럼 가슴이 따끔했다. 추억이 물러진 마음을 베고 지나갔다. 얼마 후, 아인은 그의 손가락을 조용히 빼낸 후 욕실로 향했다. 간단히 샤워를 마친 후 1층 부엌으로 내려갔다. 가사 도우미는 아직 오지 않았는지 부엌이 텅 비어 있었다. 아인이 간단히 상을 차렸다. 쿵, 쿵, 쿵, 빠르게 계단을 밟고 내려오는 소리가 들렸다.

"주아인!"

갑작스러운 외침에 아인이 놀라 돌아섰다.

"내려왔어요? 무슨 일 있어요?"

"뭐 하는 거야?"

원우가 바짝 얼굴을 찌푸린 채 물었다. 원우는 이제 막 일어난 듯 부스스한 꼴을 하고 있었다. 상의를 입고 내려와야 한다는 것도 잊은 듯 맨몸이었다. 트레이닝복 바지라도 입고 있는 게 다행이었다.

"밥 차리고 있었어요. 국 다 끓었어요. 아주머니 있으면 어쩌려고 그 꼴로 내려와요. 씻고 와요."

아인을 발견한 원우가 눈을 스르륵 감았다. 그는 갑자기 몸에 힘이 빠진 사람처럼 어깨를 늘어뜨렸다.

"언제 일어났어?"

갑자기 그가 쉰 목소리를 냈다. 긴장이 확 풀린 것처럼 보였다.

"얼마 안 됐어요. 무슨 일이라도 있어요?"

"어디 갈 땐 말을 해."

원우의 목소리가 조금 거칠어졌다. 화를 억누르는 듯했다. 아인은 그의 급작스러운 변화에 당황스러웠으나, 내색하지 않고 웃었다.

"또 사라질까 봐 그래요?"

아인이 뜨겁게 데운 국을 푸며 농담처럼 물었다.

"어."

생각지 못한 대답에 아인이 놀란 얼굴로 느릿하게 돌아섰다. 원우가 화를 누르는 표정을 하고 있었다.

"휴대폰 하나 없이 사라진 여자 찾는 게 쉬운 일인 줄 알아?"

"……."

"그러니까, 내 말은…… 어디 갈 때 깨워."

"……."

"씻고 올게."

아인이 국그릇을 들고서 놀란 표정을 짓고 있었다. 원우는 마른침을 삼키며 아인을 등지고 돌아섰다. 2층으로 올라가던 원우는 아인의 말처럼 자신의 상의를 벗고 있음을 알았다.

"하."

스스로가 기가 막힌 듯 원우가 자조적으로 웃었다. 눈을 뜨자마자 주아인이 없다는 사실에 2년 전이 떠올랐다. 앞뒤 잴 것 없이 정신없이 주아인의 이름을 부르며 뛰어다닌 스스로가 기가 막혔다. 아인과 잡고 있던 손을 쥐었다 펴길 반복하면서.

미쳐 가나 보다.

원우가 아인을 잡고 있었던 손에 힘을 꽉 주며 욕실로 들어섰다.

아인은 숟가락으로 밥을 뜨며 원우를 바라보았다. 아침에 다른 사람이 나타난 줄 알았다. 자신이 사라진 줄 알았다며 정신 못 차리는 원우는, 같은 얼굴의 다른 사람이었다. 식사를 마친 후, 아인이 의자를 밀고 일어나다 멈칫했다.

"일어날게요."

원우가 눈만 들어 아인을 보았다.

"그릇 담그러 싱크대에 갈 거예요."

"뭐 하는 거야?"

"어디 갈 때 말하라면서요."

"……."

"이것보다 더 디테일하게 말해요? 아니면 층이 달라질 때만 말할까요?"

아인이 가볍게 웃으며 물었다. 농담이었다. 이렇게 딱딱한 분위기로 지냈다간 숨 막혀 죽을 것 같아 던진 농담이었다. 그러나 농담을 받아줄 기분이 아닌지 원우가 눈을 내리깔았다. 아인이 어깨를 으쓱하며 자리에서 일어나 싱크대로 걸어갔다.

"반경 5m."

아인이 돌아섰다. 원우가 숟가락으로 밥을 뜨며 말했다.

"그 이상 멀어지면 말하고 가."

"……."

아인은 의아한 얼굴로 원우를 바라보다 고개를 돌렸다. 아인이 마른침을 삼켰다.

왜요. 이제 와서 왜?

아인은 묻고 싶었으나, 질문을 삼켰다. 그가 뱉을 대답이 자신의 예상과 같든 다르든 마음 아플 것 같았다.

원우의 옆방은 창고였는데 서재로 탈바꿈되어 있었다. 원우가 회사에서 급하게 연락 온 일을 하는 동안, 아인은 1인용 소파에 앉아 책을 읽었다. 그녀는 팔걸이에 다리를 올린 채 반대편 팔걸이에 등을 대고 반쯤 누운 자세로 있었다. 시간이 멈춘 것처럼 고요했다.

"수아는 어떻게 됐어요?"

아인은 자신에게 와 닿는 원우의 시선을 느끼며 물었다. 그녀의 시선은 여전히 책에 머물러 있었다.

"잘 처리했어. 너한테 다시 나타날 일 없을 거야."

"어떻게 했는데요?"

"그건 궁금해할 거 없어."

아인은 가볍게 고개를 끄덕이는 것으로 대답을 대신했다.

"내일 퇴근 후에 이전에 살던 집에 가볼까 해요. 내 집이라는데 한 번은 가봐야 할 것 같아서요. 혹시 궁금해할까 봐 대답해요."

"그렇게 해. 이거 볼 생각은?"

원우가 책상 위에 놓인 태블릿 PC를 들었다.

"그게 뭐예요?"

"네 새어머니 상황."

아인의 얼굴이 굳었다.

"결정은 네가 해."

"혹시, 죽었어요?"

"아니."

"그럼 볼래요."

아인이 자리에서 일어나 다가갔다. 그녀가 손을 뻗자, 원우가 태블릿 PC를 치웠다.

"내가 이걸 주면 넌 뭘 해줄 건데?"

"거래하자는 거예요?"

"네가 부탁한 일은 주수아를 처리하는 거였지, 이 여자의 근황은 없었으니까."

"뭘 원해요?"

"이 집에 네 물건 가져다 놔."

"······."

"언제든 와서 지낼 수 있게 잠옷, 칫솔, 치약 같은 거 전부 다."

"자주 오라는 말처럼 들리네요."

"제대로 알아들었네."

아인은 조용히 원우를 바라보았다. 그의 제안에 담긴 뜻을 읽을 수가 없다.

"생각해 볼게요. 회장님 눈에 띄면 곤란하니까요. 나는 드라마 속 여주인공처럼 돈 봉투 받거나, 물세례 맞기 등에 취미 없거든요."

"그런 일 없어. 어차피 여긴 나만 쓰는 공간이니까."

"그래요, 그럼."

아인은 고개를 끄덕였다. 이 집에 자신이 쓸 물건을 가져다 놓는 건 어려운 일이 아니었다.

"새것 말고, 네가 사용하던 걸로 챙겨와."

문제는 왜 그가 이런 조건을 달았는가였다. 마치 이곳에 자신의 향을 입혀두려는 사람처럼.

그럴 리가.

아인이 쓰게 웃었다. 자신의 성공을 위해서 사람 마음쯤 우스운 이 사람에게 무언가를 기대하는 게 우습다. 그가 지금 자신을 필요로 하는 것도, 과거의 미련 때문이다. 적당히 놀다가 모든 미련이 소진되는 날, 그는 자신의 삶에서 주아인이라는 여자를 밀어 떨어뜨릴 거다. 그 아래가 얼마나 칠흑 같은 어둠인지, 그 바닥이 얼마나 처참할 정도로 뾰족한지 따윈 고려하지 않은 채.

아인이 원우에게서 태블릿 PC를 받아 자리로 돌아왔다. 아인은 이전처럼 편안한 자세로 앉아 태블릿 PC 속 내용을 읽었다. 상황은 자신이 생각하던 것보다 처참했다.

새어머니가 입원한 지 두 달이 채 되지 않았다. 수중에 있는 돈을 쓰기 싫은 수아가 심부름센터를 고용해 자신을 찾았을 시점과 비슷했다.

입원의 이유는 명확하게 알려져 있지 않지만, 수아가 말한 것과 달리 의식이 있는 상태였다. 어쩌면 큰 병이 아닐지도 모른다.

자신의 딸이 최고인 줄 알고 살던 이 여자가 새삼 불쌍했다. 심신을 다 바쳐 키운 딸이 고작 그것밖에 안 되다니. 그 많은 돈을 주제넘게 탕진하고 거지꼴로 돌아와 또다시 구걸하는 꼴도 우스웠다.

아인은 차갑게 바라보다 태블릿 PC를 껐다. 등받이에 등을 대고서 천장을 바라보았다.

수아를 향한 새어머니의 집착은 지독했다. 자신을 꼭 닮은 수아가 성공하길 바랐다. 젊은 날 망쳐 버린 자신의 과거를 세탁하길 바라는 사람처럼 수아에게 매달렸다. 수아는 그런 새어머니의 기대를 부담스러워했다. 수아가 엇나가기 시작한 건 아무리 노력해도 새어머니의 기대를 채울 수 없다는 자괴감 때문이었다. 서로가 서로를 망쳤다. 그 틈바구니 속에서 자신도 꽤나 많이 다쳤다. 지금 그때로 돌아간다면 그렇게 살지 않을 것 같다. 물론 그때의 고통을 겪고서야 이런 성격이 될 수 있었지만.

흰 천장은 도배한 지 얼마 되지 않았는지 눈처럼 새하얀 색이었다.

"혼자서 살기엔 이 집이 엄청 커 보이네요."

아인이 중얼거리듯 혼잣말을 했다.

"여기가 마음에 들어."

대답을 바란 말이 아니었기에, 아인은 의외라는 얼굴로 원우를 바라보았다.

"대문이 보이는 자리거든."

"대문 보는 걸 좋아하나 보네요."

"아니. 가끔 네가 대문 앞에 서 있었잖아."

자신의 이야기를 하는 걸 알아챈 아인의 표정이 미묘해졌다. 그의 말처럼 아인은 종종 그의 대문 앞에 서 있었다. 도훈의 아르바이트를 하기 위해, 새어머니의 악행을 고자질하기 위해, 아주 가끔 미친 듯이 원우가 보고 싶을 때. 그녀는 거대한 벽 같은 대문 앞에 서서 처절할 만큼 제 주제를 깨달으며 마음을 접어야 했다. 그때의 감정이 떠오른 듯 아인의 얼굴에서 표정이 사라졌다.

원우가 모니터에서 아인에게로 시선을 옮겼다.

"주아인이 나를 찾아올 곳이 여기밖에 없으니까."

"누가 들으면 날 엄청 기다린 줄 알겠어요."

아인이 농담처럼 흘려버리려 했다.

"맞아."

그러나 이어진 말에 붙잡혔다.

"기다렸어."

원우의 담백한 시인에 아인은 마른침을 삼켰다. 이건 반칙이다. 아니, 어쩌면 고도로 계산된 움직임일지도 모른다. 어떤 계산 없이 고백하는 말투로 저런 말을 하는 건 처음이었다.

원우가 상체를 앞으로 기울였다. 한없이 고요하고, 진솔한 표정으로 아인을 바라보았다.

"왜 기다리는지도 모른 채 무작정, 계속 기다렸어."

밥을 먹고 잠이 오지 않으면 창가에 서서 아인을 기다렸다. 자신이 담배를 피울 때마다 나타났던 게 기억났을 땐 한자리에 서서 한 갑을 다 태웠다. 목이 다 타버리다 못해 머리가 깨져 버릴 것 같은데도 담배를 내려놓을 수가 없었다. 미친놈보다 더 미친놈 같은 꼴로 그는 대문만 바라보았다.

아인이 그의 시선을 피했다. 그의 말을 더 이상 믿지 않는다. 보고 싶다고 했던 그의 말도, 생각이 나서 찾아왔다는 그 말도, 덜컥 믿었다가 나중엔 독처럼 온 마음에 퍼졌다.

"말이라도 고마워요. 커피 마실 건데, 선배도 마실래요?"

아인이 자리에서 일어나 가벼운 미소를 지었다. 원우가 조금 늦게 아니, 라고 대답하자 아인이 '그럼 저만 마실게요.' 라고 답하곤 문을 열고 나갔다. 1층으로 내려가던 아인의 걸음이 점차 느려졌다.

"후우."

참고 있던 숨을 뱉었다.

쿵, 쿵.

그러자 멀미라도 하듯이 발밑이 울렁거렸다.

"그럴 리가 없다. 그럴 리가 없다. 그럴 리가 없다."

아인은 자신이 들은 모든 말들을 부정하며 1층으로 내려갔다.

일요일 오후가 되자, 원우는 회장으로부터 전화를 받곤 외출 준비를 했다.

"다녀올게."

원우가 현관문을 나서기 전, 아인을 바라보며 말했다.

"그래요. 다녀와요."

"여기 있어."

"오피스텔로 가게 되면 전화할게요."

"그래. 몇 시간 안 걸릴 거야."

그는 아인을 혼자 두고 가는 게 걸리는 듯 발을 떼지 못했다. 아인은 이런 원우의 모습이 낯설었다.

누가 보면 정말로 연인인 줄 알겠다.

아인이 자조적으로 나오려는 웃음을 말끔한 미소로 가렸다.

"알겠어요."

원우가 몸을 돌려세웠다. 단정하게 정리된 뒷머리부터 어깨까지 이어진 부드러운 선이 눈에 들어왔다. 강인한 앞과 달리 그의 뒷모습은 단단하면서도 여렸다. 사람을 홀리듯 쳐다보는 시선의 끝은 묘하게 야하기까지 했다. 그 모습은 지금도 변치 않았다. 현관문이 닫히기 전, 자신을 바라보던 원우의 시선은 여전히 색기 넘쳤다. 아릿해지는 통증을 삼키며 아인은 1층의 거실의 소파에 앉았다. 정 여사가 즐겨 앉던 자리였다. 정 여사가 없을 때면 새어머니가 몰래 훔쳐 앉아본다는 자리.

이곳에 앉아보게 될 줄이야.

세상사 알다 모를 일이라고 한 말이 틀리지 않았다. 아인이 소파에 앉아 까무룩 잠에 들 때였다. 멀리서 울리는 벨소리에 눈을 떴다. 휴대폰인 줄 알고 주변을 둘러보던 아인은 인터폰을 향해 걸어갔다. 고민하다 가사도우미일지도 모른다는 생각에 수화기를 들었다.

"누구세요."

아인이 대답함과 동시에 인터폰 화면에 남자가 보였다. 갈색 머리카락의 남자가 렌즈를 빤히 쳐다보았다.

—김도훈이요.

2년 전과 비교도 할 수 없을 만큼, 훤칠해진 모습으로 도훈이 나타났다. 아인이 마른침을 삼켰다.

"지금 집에 아무도 없어요."

—그러는 그쪽은 누구예요? 여자? 일하시는 분이세요? 근데 목소리가 익숙…… 쌤?

잠시 눈을 굴리던 도훈이 한쪽 눈썹을 치켜 올리며 물었다. 잠시 정적

이 흘렀다. 도훈이 제 목소리를 알아들을 거라고 추호도 생각 못했기에
당황했다.

"응. 나야."

아인이 조금의 시간차를 두고 수긍했다. 잠시 침묵이 흘렀다.

─그랬구나. 쌤이 왜 여기 있어요? 잠시만 이 문 좀 열어줄래요?

도훈이 웃으며 물었다. 아인은 원우에게 전화를 할까 하다가 문을 열
었다. 엄연히 말하면 이 집은 도훈의 집이기도 했다.

주객전도 되었다는 게 이럴 때 쓰는 말일까. 도훈의 집인데 아인이 차
대접을 했다. 도훈은 커피를 마시며 얼굴을 찌푸렸다.

"커피는 진짜 무슨 맛으로 먹는지 모르겠어요."

"다른 걸로 줄까?"

아인이 도훈의 맞은편에 앉으며 물었다.

"아니에요. 요즘 커피에 적응하는 중이라. 커피를 마셔야 좀 어른스러
워 보이잖아요. 안 그래요?"

도훈이 이전처럼 상쾌하게 웃어 보였다. 아인은 말없이 웃었다.

"자, 이런 잡소리는 이쯤 하고 쌤이 왜 여기 있어요? 아니, 쌤이 아니라
이젠 누나라고 불러야겠네요. 누나가 왜 여기 있어요? 김원우 씨랑 결혼
이라도 했어요?"

김원우 씨.

원우를 부르는 도훈의 호칭이 달라졌다.

"아니."

"그럼 아직까지 만나요? 그때 분명히 누나 사라졌었잖아요. 그것도 쇼

였어요? 아니면 다시 만나는 거예요?"

"어떻게 하다 보니 다시 만나게 됐어."

"질긴 인연이네요. 개인적으로 누나랑 김원우 씨가 꼭 헤어졌으면 했는데."

싱그럽게 웃는 얼굴로 도훈이 독한 말을 뱉어댔다.

"넌 어디 있는 거야?"

아인이 모른 체하며 물었다.

"김원우 씨가 말 안 해요? 엄마랑 같이 미국에서 살아요."

"유학 간 거야?"

"유학 겸 도피 정도 되겠네요. 엄마랑 회장님이 이혼했거든요. 제 진로 때문에 싸워서 그런 거라고 하지만, 사실 두 사람의 인연이 다한 거죠."

도훈이 연신 싱긋 웃었다.

"미국에서 생활은 어때? 얼굴 좋아 보인다. 편해 보여."

도훈은 2년 전보다 훨씬 더 성숙하고 편안한 표정을 하고 있었다. 자신을 조이고 있던 것들로부터 벗어난 것처럼 보였다.

"재미있어요. 완전 다른 세계라 편하기도 하고요."

처음 미국 가선 보란 듯이 살겠다며 이를 갈았다. 그러나 그것도 채 몇 개월 가지 않았다. 누군가 보란 듯이 사는 건 행복한 일이 아니었다. 그 시간에 스스로에게 집중하자는 마음으로 지냈더니 상처가 알아서 치유되었다. 이젠 제법 즐겁게 살 만했다.

"선배한테 연락할까? 보고 갈래?"

아인은 능숙하게 대답을 피하며 시선을 숙였다. 그녀는 도훈이 자신의 방을 보려고 할까 봐 가슴이 조마조마했다. 원우는 작정이라도 한 것처럼 도훈의 침대를 엉망진창으로 만들었다. 오늘 오전에 청소를 해두긴 했지만, 시트까진 빨지 못했다.

"아뇨. 회장님 보러 온 거지, 김원우 씨는 관심 없어요. 그래서 무작정 여기로 온 건데. 여기서 누나를 볼 줄이야."

"한국에선 얼마나 머물다가 가는 거야?"

"일주일 정도 있을 거 같아요. 가능하면 더 짧게 있다가 가려고요. 김원우 씨의 회사 입성만 막고서요."

해사하게 웃는 얼굴로 꺼낸 도훈의 말에 아인이 고개를 들었다.

"장난이에요. 이제 와서 뭐 하러 그런 짓을 해요. 김원우 씨가 망하길 바라고 있긴 하지만, 전 별로 관심 없어요. 회장님한테 인사할 겸, 친구 결혼식도 볼 겸 온 거예요. 사고 쳐서 결혼을 일찍 한다더라고요. 아무리 그래도 그렇지 스물한 살에 결혼하다니 대단해요. 그렇죠?"

"그러게."

"누나는 김원우 씨랑 만나고 있는 거예요?"

도훈이 커피를 마시며 물었다. 여전히 적응이 안 되는지 도훈이 얼굴을 찌푸리며 고통스러워했다. 왜 저렇게까지 커피에 적응하려고 하는 걸까. 새삼 그런 의문을 가지며 아인은 글쎄, 라며 대답을 얼버무렸다.

"하긴 김원우 씨가 그렇게 미친 건 저도 처음 봤으니, 누나도 흔들릴 만하겠어요."

도훈의 의아한 말에 아인이 그를 보았다. 그는 아인의 표정을 알아채지 못한 채 쓴 커피를 바라보았다.

"미친놈처럼 그러고 다닐 때 솔직히 속 시원했어요. 누나가 제 복수를 제대로 해주는 것 같아서 재미있었어요. 뭐, 그거 때문에 완전히 누나를 포기하기도 했지만."

"……선배가 뭘 어떻게 하고 다녔는데?"

아인은 처음 들었다는 내색하지 않고 떠보듯 물었다. 눈꺼풀이 파르르 떨리는 걸 억지로 참았다. 도훈이 아인을 바라보았다.

"아! 하긴, 그렇겠네요. 당사자는 모르겠네요. 꽁꽁 숨어 있었으니."

도훈이 빙긋 웃었다.

"무슨 말이야? 말 좀 해줄래?"

"음. 해야 하나?"

말을 해줄까 말까, 잠시 떠보듯 굴던 그가 말을 이었다.

"누나가 사라지고 나서 김원우 씨 두 달 정도 완전히 미친놈이었어요. 일주일 동안 안 보이더니 갑자기 병원에서 연락 오더라고요. 입원했다고. 보진 않았는데 얼굴이 핼쑥했대요. 퇴원하더니 집에 콕 처박혀서는 자기 방을 담배 연기로 꽉 채워놓잖아요."

문틈으로 흘러나온 담배 연기에 숨이 막혔다. 저런 식으로 죽을 건가 의심이 들 만큼 원우는 제정신이 아니었다. 원우가 사람에게 휘둘리는 모습은 난생처음이었다.

"무슨 이유인지 학교는 꼭꼭 갔던 거 같은데⋯⋯. 그 후론 제가 유학 가서 몰라요. 들리는 말에 의하면 그 후로도 한참이나 미친놈이었다고 해요. 한동안 집밖으로 나가지 않더니 졸업식 날엔 새벽같이 나가 자정 넘어 들어왔다는 것 정도. 저도 엄마한테 들어서 알아요. 엄마가 이쪽에 끄나풀을 심어뒀거든요."

도훈이 우습다는 듯 픽 웃었다. 처음 듣는 말에 아인이 마른침을 삼켰다. 원우가 미친 모습 같은 건 상상이 가질 않는다.

"그래도, 누나. 아무리 김원우 씨가 미쳐서 누나를 잡았다고 하더라도 다시 한 번 생각해 보세요. 김원우는 좋은 사람 아니에요. 누나를 위해서 하는 말이에요."

아인은 잠시 말문이 막힌 표정으로 바라보았다.

"김원우는 다른 사람을 행복하게 할 수 없는 사람이에요. 왜냐면 본인이 행복하지 않은 사람이니까요."

"그래. 새겨들을게."

"불편할 텐데 들어줘서 고마워요."

"밥 먹고 갈래?"

저녁 시간이 되어 아인이 물었다.

"미안해요. 여자친구가 다른 여자랑 밥 먹는 거 싫어해서요."

"축하해. 여자친구 생긴 거."

"고마워요."

"그리고 미안해."

"갑자기 무슨 말이에요?"

"너한텐 늘 미안했어. 미안해."

"그 사과를 할 사람은 누나가 아니라 김원우 씨죠. 김원우는 다 알면서도 그런 장난을 친 거니까요."

단순히 첫사랑을 빼앗겼다는 분노보다 더 큰 건 인간 자체에 대한 배신감이었다. 도훈은 원우가 아인을 가벼운 마음으로 만났다는 것에 미치도록 분노했지만 한편으로는 이해해 보려고 했다. 재벌가의 자식으로 원치 않는 결혼을 하는 사람들이 많았다. 자신의 어머니만 해도 그랬다. 그렇기에 그런 걸 거라고 이해하려 했지만, 그의 노력은 얼마 가지 않았다.

'내 동생? 네가?'

원우는 몹시 차가운 얼굴로 비수를 던졌다. 원우는 단 한 번도 자신을 동생으로 여기지 않았다. 확실히 깨닫게 된 건, 그는 한 번도 자신에게 사과하지 않았다. 이 순간을 이미 예견한 사람처럼 묵묵히 버틸 뿐이었다. 그래서 자신도 김원우를 버렸다. 싸우려고 달려들어도 이기지 못할 테고, 설령 이긴다고 해도 자신의 삶이 피폐해질 게 분명했다. 그런 무모한 싸움보다 현명한 것은 그를 잊는 것이었다.

대화를 마친 도훈이 자리에서 일어났다.

"그만 가볼게요."

"응. 조심해서 가."

아인의 인사에 도훈은 대답 대신 싱긋 웃고는 현관문을 밀고 나갔다. 쿵, 문이 닫히고서야 아인은 시선을 내리깔았다. 다시는 보지 못할 거라 예상한 도훈과 마음 편하게 대화를 나누었다. 긴긴 대화를 나누었지만, 마음에 남는 이야기는 하나뿐이었다.

'누나가 사라지고 나서 김원우 씨 두 달 정도 완전히 미친놈이었어요.'

생각지도 못한 그 말이 가슴에 박혀 떠나질 않았다.

늦은 밤이 되어도 원우는 돌아오지 않았다. 커다란 집에 홀로 남아 있던 아인은 지독한 권태감을 느꼈다. 집이 클수록 가슴을 누르는 중압감 또한 컸다.

그는 이 집에 홀로 남아 무슨 생각을 했을까.

아무 생각 하지 않았을 가능성이 컸다. 그는, 잘 느끼지 못하니까. 그는 타인의 감정에도 무디고, 본인의 감정에도 몹시 무딘 사람이었다. 그러니까 그는 자신을 잃고도 많이 아프지 않았을 거다. 도훈이 과장되게 말했을 뿐이다.

아인은 스스로에게 그렇게 세뇌를 시킨 후 욕실로 향했다. 간단히 샤워를 한 후, 원우의 드레스룸으로 들어갔다. 끄트머리에 걸려 있는 자신의 옷을 찾아 꺼내놓고, 수납장으로 걸어갔다.

이즈음에 드라이어가 있었던 것 같은데.

첫 번째 수납장을 열던 아인이 닫으려다 말고 도로 열었다. 그곳에 익숙한 다이어리가 놓여 있었다. 아인이 손을 뻗어 낡은 다이어리를 꺼냈다. 자신의 다이어리였다.

이게 왜 여기에……?

아인이 다이어리를 훑어보다 멈칫했다. 반쯤 썼던 일기장이었는데 어째서인지 맨 뒷장까지 필기로 **빽빽**하게 차 있었다. 아인의 손이 페이지를 넘기다 한 지점에 멈춰 섰다. 자신이 마지막으로 썼던 일기였다. 그 옆면에 낯선 글씨체가 보였다.

—기다릴게.

아인이 한 장 더 넘겼다.

—무사했으면 좋겠다.
—조금만 더 일찍 알았더라면 좋았을 텐데.
—생일 축하해.
—보고 싶다.

하루마다 한 줄씩 기록되어 있었다. 후루룩 넘기던 손이 한곳에 멈췄다.

—생일에 소원을 빌면 이루어진다는 직원의 말을 넘겨들으면서도, 혹시나 하는 마음에 빌었어. 네가 이 일기장을 다시 볼 날이 왔으면 좋겠다고.

일기장을 다 읽은 아인이 입술을 씹으며 눈을 내리깔았다.

도무지 알 수 없었다. 이 남자의 마음을, 그리고 지금 울컥거리는 자신의 마음을.

김 회장은 급한 일이라며 원우를 집으로 불러들였다. 원우의 회사 입성을 놓고 이사진들의 반대가 있었다. 김 회장은 정 여사의 사주를 받은 자들의 소행이라 파악했다. 끈 떨어진 연을 놓지 못하는 아둔한 자들이라며 비난하던 그는, 이사진의 처리를 원우에게 맡겼다. 이것이 그에게 맡겨진 첫 테스트였다.

김 회장의 집에서 나온 원우가 휴대폰을 꺼냈다. 부재중 전화가 쌓여 있었다. 도훈을 뒤따라 다니는 사람의 전화였다. 문자함엔 두 통이 문자가 꽂혀 있었다.

「김도훈 씨, 본가에 방문. 30분 후 나옴.」

「오피스텔로 돌아갈게요.」

자신이 자리를 비운 틈에 두 사람이 만난 걸 안 원우가 얼굴을 확 찌푸렸다. 그가 다급하게 아인에게 전화를 걸었으나, 왜인지 연결이 되지 않았다. 원우의 얼굴이 금세 초조함으로 구겨졌다. 그가 비서실장에게 전화를 걸었다.

"김도훈은?"

[현재 그쪽으로 가는 중입니다. 곧 도착할 겁니다.]

거친 원우의 목소리에 당황한 듯 상대방이 당황해 대답했다.

"김도훈이랑 주아인, 만났어?"

[그런 걸로 예상됩니다.]

"지금 주아인은 어디 있어?"

[말씀하지 않으셔서 특별히 사람을 붙여두지 않았습니다.]

원우가 주먹을 꽉 움켜쥐었다. 자신이 안일했다. 왜 김도훈이 귀국하자마자 회장을 찾아올 거라고 생각했을까. 습관처럼 본가를 찾을 수도 있었다.

통화를 끊은 원우가 아인에게 전화를 걸었다.

[전화기가 꺼져 있어…….]

안내음을 듣던 원우가 휴대폰을 부술 듯이 움켜쥐었다. 갑자기 미로 속에 빠진 것처럼 갈 길을 잃고서 원우가 호흡을 골랐다.

"이게 누구야?"

엘리베이터에서 내리기가 무섭게, 도훈이 씩 웃었다. 그는 습관처럼 원우를 아래위로 살폈다. 2년 전의 편안한 사복 차림보다, 슈트 차림의 그는 더 강인하고 어른스러운 분위기를 풍겼다. 날카롭게 뻗은 눈매가 한결 날카로웠다. 도훈은 바지 주머니에 제 손을 푹 찔러 넣은 채 원우를 보며 싱긋 웃었다.

"표정이 왜 그래? 누가 보면 내가 잡아먹으러 온 줄 알겠네. 2년 전보다 키가 더 큰 거 같다? 그래도 차 취향은 바뀌지가 않네. 여자 취향도 그런 거 같더니. 하긴 그건 나도 그렇고, 회장님도 그렇긴 하네. 그건 핏줄 문제인 거 같아. 그렇지?"

도훈은 회장님이 새로운 여자와 결혼했다는 소식을 전해 들었다. 정여사는 사진을 입수하더니, 배신감에 파르르 떨었다. 알고 보니 원우의 생모와 몹시 닮은 외모, 체형, 분위기를 갖고 있었다고 했다. 도훈은 그런 엄마를 달래느라 며칠간 고생해야 했다.

"주아인, 왜 만났어?"

원우의 냉랭한 목소리가 땅을 기어갔다. 원우는 차갑게 화를 내고 있었다. 도훈의 입술이 비죽이 올라갔다. 김원우가 자신에게 이렇게 노골적으로 화를 내는 모습은 처음이었다.

"만나려고 만난 건 아니야. 우연히 만나게 된 거지. 아무래도 우리가

운명의 끈으로 이어져 있나 봐. 가는 곳에서 바로 만나는 걸 보면 말이야."

"무슨 말 한 거야?"

"무슨 말? 내가 무슨 말 해야 하는데?"

도훈이 비죽이 웃으며 원우를 쳐다보았다. 그는 한 발 다가가 눈만 들어 원우를 바라보았다.

"아니, 내가 무슨 말을 안 해야 하는지 물어야 하는 건가? 내가 좋아하는 걸 알고 가로채갔다는 거? 복수용이었다는 거? 누나는 다 알고 있었을걸? 누나처럼 똑똑한 사람이 모를 리가 없잖아. 2년 전에 도망친 게 그 이유지 않아? 뭘 새삼스럽게. 윽!"

순식간에 멱살이 잡힌 도훈이 얼굴을 찌푸렸다. 단순히 멱살만 잡혔을 뿐인데 숨이 턱 막혔다. 도훈은 힘겹게 숨을 삼킨 후 원우를 노려보았다. 도훈의 눈동자가 냉랭해졌다.

"화가 난 거야? 아니면 무서운 거야?"

도훈의 힘겨운 물음에 원우는 말문이 막혔다. 도훈의 표정이 급격하게 식었다. 과거의 흉터를 떠올린 듯, 도훈이 차가운 목소리로 중얼거렸다.

"그게 뭐든지 간에 그쪽은 누나가 도망쳐도 못 잡아. 그럴 자격이 없거든. 그쪽은 사랑하던 사람한테 상처받은 적 없지? 알려줄까?"

도훈의 냉기 품은 눈동자가 잔인하게 번들거렸다.

"처음엔 상대에 대한 분노, 나중엔 자기 환멸, 마지막엔 무기력. 그 과정을 수없이 겪어. 눈뜰 때, 자기 전에, 그리고 어떨 땐 밥을 먹다가도 올라와서 밥그릇 보면서 울어. 내가 왜 우는지도 모른 채 눈물을 뚝뚝 흘려. 그 수많은 과정을 겪으면서 스스로를 조금씩 무너뜨려."

나중엔 나라는 사람이 누군지조차 희미해질 때가 있다. 마음이 너덜너덜해지고, 무언가를 담을 때마다 새어나갔다. 이대로 영원히 빈 마음으로 살게 되는 게 아닐까 지독하게 두려웠다.

"그 지독하고 무서운 과정을, 그쪽이 나랑 누나한테 겪게 한 거야."

도훈이 그날의 고통을 잊지 못한 듯 새파란 분노를 드러냈다. 원우가 어금니를 깨문 채 굳어 있자, 도훈이 입술 끝을 말아 올리며 차갑게 웃었다.

"행복하게 잘살고 있는 나도 아직 그쪽을 용서 못하겠는데, 누나는 오죽할까."

"……."

"2년 전에 누나는 행복하진 않아도 희망은 있어 보였어. 근데 오늘 보니까, 예쁜 인형이 되어 있더라. 미치도록 예쁜데, 오늘 살다가 죽어버릴 것 같은 얼굴이었어."

"……."

"누나, 놔줘. 그쪽이 놔주지 않아도 누나는 그쪽 옆에서 못 살아. 당신은 혼자 살아야 하는 사람이야."

온기가 없고, 마음이 없는 사람. 화려함과 아름다움으로 사람을 유혹해 굴복하게 만들고는, 어떤 것도 쥐여주지 않는 사람. 그 곁에서 사람들은 말라죽었다.

도훈이 손으로 원우의 손을 잡아 뜯었다. 아무 말 하지 않는 원우를 차갑게 흘겨본 도훈이 돌아섰다. 그러다 무언가 생각난 듯 몸을 반쯤 돌려 세웠다.

"우리 이제 죽을 때까지 보지 말자. 안 보고 살 때도 됐잖아. 행복한 내 인생에 더는 끼어들지 마. 구정물 튀기지 말라고. 응?"

그는 상큼한 말투로 이별을 고하곤 돌아섰다. 대문으로 향하던 도훈의 얼굴엔 차츰 미소가 사라졌다. 벨을 누를 땐 완전히 표정을 잃었다. 부르릉, 다급하게 차를 몰고 가는 소리가 등 뒤를 날카롭게 할퀴었다.

"끝까지 사과 안 하네, 저 새끼는."

도훈이 멀어지는 원우의 차의 뒤를 노려보았다.

"이젠 뭐, 상관없지만."

도훈은 금세 털어버렸다. 자신이 봐야 할 곳은 지독했던 과거가 아니라, 눈부신 미래니까.

엘리베이터로 향하는 그의 머리카락이 정신없이 날렸다. 엘리베이터에 몸을 실은 그는 무서운 표정으로 문을 바라보았다. 도훈의 말처럼, 주아인은 예쁜 인형 같았다. 언제, 어디서든지 부서져도 아무 말 못한 채 조용히 눈을 감을 것 같은 인형.

'한번이 어렵지, 두 번은 쉬우니까요.'

아인은 옅게 웃으며 그런 말을 했었다. 그 말은 수아의 만행을 말하다 나온 말이었지만, 그녀에게 통용되는 말이었다.

아인은 자신과 함께 있어도 완전히 마음을 놓지 않았다. 조금만 힘을 주면 두 다리에 힘을 주고 어디론가 저벅저벅 걸어가 사라질 것 같았다. 그게 싫어서 주아인을 붙들고, 눕히고, 일어나지 못할 때까지 몰아붙였다. 자신의 아래에서 온 힘을 다 소진한 아인은 그제야 쓰러지듯 누워 잠에 들었다. 자신이 곁에서 움직여도 모를 만큼 아인이 잠들고서야 원우도 뒤따라 잠들곤 했다.

엘리베이터에서 내리자마자 오피스텔의 비밀번호를 눌렀다. 그의 손길이 한결 다급했다.

"주아인."

문을 열자마자 원우가 그녀를 불렀다. 신발을 벗고 들어선 그가 다급하게 실내를 훑었다. 공기가 서늘하다. 오피스텔로 간다는 주아인이 보이질 않았다. 순간 섬뜩한 기분이 등골을 타고 흘러내렸다.

묘한 기시감이 느껴졌다. 언젠가 한번 크게 느껴본 적 있던 느낌이었다. 엉망진창이 되어 있던 낡은 집에 들어갔을 때, 그는 이 느낌을 받았다. 멀쩡한 바닥이 뒤틀리고, 머리가 띵해지면서, 꿈인지 현실인지 구분이 되질 않았다.

"주아인!"

원우가 다시 한 번 아인을 소리쳐 불렀다. 원우의 입술이 가늘게 떨렸다.

"주아인!"

그가 다시금 소리치며 화장실 문을 벌컥 열었으나, 바닥이 말라 있었다. 싱크대도 말라 있었다. 어디에도 사람의 인기척이 느껴지지 않았다.

그제야 원우의 시선이 현관에 닿았다. 그녀의 신발이 없었다. 주아인은 오피스텔에 오지 않았다.

주아인이 사라졌다.

그 사실을 떠올리자마자 원우의 목울대가 오르내렸다.

대체 또 어디를? 또 자신을 두고 어디로?

잠시 정신없이 서 있는 그는 오피스텔을 박차고 나갔다.

이곳만 시간이 멈춘 것 같다.

아인이 허름한 골목을 따라 올라가며 생각했다. 낡은 전봇대는 비스듬히 기울어 곁에 또 다른 시멘트로 막아두었다. 위태롭게 기울어져 있는 담벼락은 2년째 그대로였다. 여전히 사람들은 아무 곳이나 쓰레기를 버려두었다. 재개발이 된다는데, 사람들은 여전히 살고 있었다.

"여기예요."

아인은 근처에서 데려온 열쇠공에게 대문을 가리켰다. 열쇠공은 낡은 대문을 바라보더니 '한 대만 치면 열리겠어요.'라고 중얼거렸다. 열쇠공이 철사 같은 걸로 열쇠 구멍에 밀어 넣어 여는 동안, 아인은 동네를 둘러보았다. 도둑고양이가 그녀의 눈치를 살피며 조심스럽게 걸어갔다. 이곳은 아무리 둘러봐도 좋은 추억이라곤 하나도 없었다. 늘 우울하고, 힘들고, 괴로운 기억뿐이었다. 그날에 비해 지금의 생활은 비교도 못할 만큼 근사했다.

주변을 둘러보던 그녀의 시선이 전봇대로 향했다. 원우가 늘 차를 세워두던 곳이었다. 저곳에 그가 서 있을 때면 가슴이 울렁거렸다. 한 발 내딛을 때마다 조심스러웠다. 머리카락이 바람에 날려 그의 모습을 가릴 땐 갑갑함 마저 들었다. 그렇게 좋아했었다. 아인의 표정이 씁쓸해졌다. 그를 떠올린 아인이 주머니에서 휴대폰을 꺼냈다. 배터리가 다 됐는지 액정이 검게 물들어 있었다. 어차피 원우는 바빠 보였으니 전화할 것 같지 않았다. 아인이 휴대폰을 주머니 안에 밀어 넣었다.

"다 됐습니다."

열쇠공이 허리를 일으키며 말했다.

"감사합니다."

아인이 열쇠공에게 값을 지불한 후, 대문을 열고 들어갔다. 자신의 생각보다 집은 훨씬 좁았다. 마당은 성인 하나가 누우면 될 정도로 좁았다. 자그마한 수돗가는 거미줄이 에워싸고 있었다.

현관문을 열자 퀘퀘한 공기가 에워쌌다. 갑자기 삐익 소리와 함께 사이렌 소리가 들렸다. 아인이 흠칫해 고개를 돌렸다. 현관에 달린 비상등이 붉은빛을 내며 뱅글뱅글 돌았다. 깜짝 놀란 아인이 다급하게 주변을 살폈다.

"누구야!"

옆집 문이 벌컥 열리더니 아주머니 하나가 빗자루를 들고 쫓아 나왔다.

"누군데 이 집에 들어와! 누구예요?"

"저, 이 집 주인인데요."

"주인은 무슨! 여기에 주인이 어디 있……. 아니, 이게 누구야?"

꽥 소리를 지르던 아주머니가 아인을 보곤 혼이 쏙 빠진 표정을 지었다.

"안녕하세요."

이웃집에 살던 아주머니를 알아본 아인이 인사를 건넸다.

"아휴, 이게 얼마 만이야? 살아 있었어? 통 안 보여서 잘못됐나 했더니!"

"죄송한데, 이것 좀 꺼주시겠어요?"

아인이 한 손으로 귀를 막은 채 사이렌 소리를 내뿜은 등을 가리켰다.

"아휴, 그래. 내 정신 좀 봐라."

아주머니가 사이렌 소리를 껐다. 능숙한 솜씨였다.

"여기 사이렌이 왜 달려 있는 거예요?"

아인은 아픈 귀를 꽉 누르며 물었다. 이 허름한 집에 훔쳐 갈 게 뭐가 있다고 사이렌을 달아놓는단 말인가.

"나도 몰라."

"아주머니가 단 거 아니에요?"

"그럴 리가. 젊은 남자가 달아놓고 갔어."

"……젊은 남자가요?"

"이 집을 대신 관리하게 됐다면서, 사이렌 소리 울리면 나와달라고 부탁하더라고."

이웃집 아줌마는 이 집을 관리하는 대신 매달 얼마의 비용을 받고 있다는 사실을 숨겼다. 아인은 젊은 남자라는 말을 듣는 순간, 한 남자를 떠올렸다.

"저기, 어떻게 생겼어요?"

아인이 조심스럽게 물었다.

"어떻게 생겼냐고? 연예인처럼 훤칠하고…… 가만, 예전에 너랑 자주 같이 다니더만. 요 앞에 차 세워두고 만났던 그 남자 있잖아. 그 남자!"

"……."

"이 집에 훔쳐갈 게 뭐가 있다고 이렇게 철통 방어를 하는지. 하이고, 참. 나도 우스워서 물어봤더니 집주인이 돌아올 때까지 집을 지키기로 했다더라고. 내 참. 아가씨가 이 집을 맡긴 거 아니었어? 한동안 그 총각이 이 집에서 계속 살던데."

"……살아요?"

아인이 처음 듣는 이야기에 눈을 크게 떴다.

"암. 몇 년 됐지? 하도 너희 집이 조용하길래 이상해서 와봤더니 그 총각이 나오던데? 나는 그 총각이 이 집을 산 줄 알았어. 얼굴이 어찌나 퀭한지. 그렇게 사는가 싶더니 얼마 못 가서 병원에 실려가더라고. 얼마 후에 이 집이 엉망진창이 됐거든. 원래 폐가가 나오면 사람들이 쓰레기 버리고 하잖아. 근데 그 남자가 얼마 후에 오더니 사람 시켜서 이 집을 싹 정리하고는 사이렌을 달더라고."

"……."

"아가씨가 시킨 거 아니야? 뭐야?"

대체 일이 어떻게 돌아가는지 모르겠다는 듯 아줌마가 고개를 갸웃거렸다. 어안이 벙벙한 표정으로 아인이 집을 바라보았다.

이 집을 김원우가 지키고 있었다고? 왜?

그제야 아인은 원우가 자신의 다이어리를 갖고 있게 된 연유를 알게 되었다.

"……알려주셔서 감사합니다. 그동안 집도 지켜주셔서 감사하고요."

정신을 차린 아인이 두 손을 공손하게 모으고 인사했다.

"그래. 그래."

아주머니는 무언가 말을 하려다 말고는 아쉬운 표정으로 손을 휘휘 내저었다. 이웃집 아주머니가 사라진 후, 아인은 현관문을 열고 들어섰다. 집은 익숙하면서도 낯설었다. 마치 TV 속 세트장에 들어온 느낌이었다. 집을 죽 둘러보던 아인의 걸음이 뚝 멈췄다.

'어딜 갔는지 일주일 만에 병원에서 연락이 왔어.'

'몇 년 전에 총각이 이 집에서 살았었어.'

도훈과 아주머니의 목소리가 겹쳤다. 그가 이곳에서 살았었다. 아인의 목울대가 오르내렸다. 거대한 집에서 나고 자란 사람이다. 그가 이곳에서 살기란 쉬운 일이 아니었을 거다. 더욱이 난방조차 되지 않는 이 집에서.

왜?

아인은 도저히 이해할 수 없다는 듯 스스로에게 물었다. 알 수가 없다. 아니, 알고 싶지 않다. 그가 무슨 마음이었는지, 무슨 생각으로 자신에게 다시 만나자고 한 건지, 지금은 어떤 마음인지. 영영 묻어버리고 싶다.

아인의 입술이 바들바들 떨렸다. 알고 싶지 않다. 아인은 떨리는 입술을 꽉 깨물었다. 흔들리려는 마음을 다잡듯이.

아인이 정처 없이 떠돌아다녔다. 얼마쯤 걸었을까, 아인은 자신이 손을 내어놓고 거리를 걸었다는 걸 알았다. 자각과 동시에 손끝이 아렸다. 바라보니 손끝이 보라색으로 물들어 있었다. 종아리가 부은 것처럼 묵직했다. 그제야 아인이 시간을 확인했다. 두 시간을 정신없이 걸었다.

"하아."

코끝이 쨍했다. 주변을 둘러보니 번화가였다. 어쩌다 보니 여기까지 나온 모양이었다. 주변을 살피던 아인은 무작정 근처 카페로 들어갔다. 집도, 오피스텔에도 가기 싫었다. 자그마한 카페는 벌써 크리스마스 분위기를 내기 위해 자그마한 조명들을 켜놓았다.

"따뜻한 아메리카노 주세요."

"네. 가져다 드리겠습니다."

아인이 창가에 앉았다. 얼마 지나지 않아 나온 커피를 양손으로 감싼 채 밖을 바라보았다. 잿빛 하늘 아래에 표정 잃은 사람들이 지나갔다. 잡지를 바라보듯 무감한 눈으로 세상을 바라보았다.

어디로 가야 할까. 갑자기 길을 잃은 기분이다. 아니, 실은 어디로 가야 할지 알고 있었다. 알고 있기에 생각하지 않으려고 하는 거다. 목적지를 안 순간, 지금 있는 자리를 툴툴 털고 일어나야 하니까.

아인이 지그시 눈을 감았다. 아주 오랜만에 2년 전의 그가 떠올랐다. 그는 웃고 있었다. 예의나 가식 없이 온 마음을 다해 웃는 그 미소에 세상이 환해지는 기분이 들었다. 그 얼굴과 마주하고 있으면 자신도 웃음이 흘러나왔다.

자신의 인생에서 가장 아리고, 황홀했던 순간.

따라 웃고 싶어 아인이 입꼬리를 끌어 올렸다. 그러나 있는 힘을 다해도 웃을 수 없었다. 이제 그는 자신에게 웃음보다 울음에 가까운 사람이었다.

　　　　　　　　　　　◆

　계산대에서 휴대폰을 돌려받은 아인은 전원을 켰다가 끊임없는 진동
에 눈살을 찌푸렸다. 자신에게 이토록 전화할 사람이 없었다. 회사에 큰
일이라도 있는 건가 싶어 부재중 목록을 확인한 아인이 미묘한 표정을 지
었다. 모두 원우에게서 온 부재중 전화였다. 회사에 큰 문제가 생긴 거라
면 사수에게서 전화가 왔을 확률이 컸다.

　"택시!"

　아인이 택시를 잡아탄 후, 원우에게 전화를 걸었다. 신호음이 가기가
무섭게, 수화기 너머가 고요했다.

　"여보세요? 원우 씨?"

　[……어디야.]

　잔뜩 갈라진 목소리가 넘어왔다. 아인이 저도 모르게 휴대폰을 꽉 움
켜쥐었다.

　"잠시 이전에 살던 집에 왔었어요."

　[없던데.]

　원우의 대답에 아인은 흠칫했다.

　"왔다 갔어요?"

　[지금, 어디야?]

　그런 것 따위 묻지 말고 대답하라는 듯 원우가 한 번 더 물었다. 아인은
그에게 변화가 생겼음을 알았다.

　"지금 오피스텔로 가는 중이에요. 다 왔어요. 저기 전봇대 옆에 세워주
세요. 아저씨."

　아인이 택시 아저씨에게 말해 차를 세웠다. 아인이 택시 비용을 지불
한 후, 차 문을 열려고 할 때였다. 벌컥 문이 열리더니 겨울의 찬바람이

몰려들었다. 고개를 돌리자마자 익숙한 슈트가 보였다. 아인이 차에서 내리려고 하자, 그가 그녀의 손목을 잡아채 끌어당겼다. 끌려 나오다시피 나온 아인이 고개를 들었다. 아인의 눈이 크게 벌어졌다.

"선배?"

아인이 놀란 목소리로 물었다. 한결같은 모습을 고수하던 원우의 머리카락이 바람에 헝클어져 있었다. 슈트엔 겨울의 찬바람과 뜨거운 체온이 뒤엉켜 있었다. 그 모든 이상 증세보다 더 눈길이 가는 건 원우의 얼굴이었다. 그는 아인을 발견하자마자 입을 꽉 다문 채 그녀를 바라보았다. 마치 흡수할 것처럼.

"어디 갈 땐 말하고 가랬지?"

탁한 목소리로 원우가 말했다. 그는 무언가를 꽉 억누르고 있었다. 피부에 와 닿은 원우의 손이 지나칠 정도로 뜨거웠다.

"휴대폰 배터리가 꺼졌어요."

"……."

"선배?"

아인이 그를 다시 한 번 불렀다.

"어디 갔었어?"

"잠시 외출했었어요. 답답해서요."

원우가 말없이 그녀의 손목을 잡아챘다. 성큼성큼 걸어간 원우는 그녀를 조수석에 넣고는, 운전석에 올라탔다. 원우는 한마디 말도 없이 차를 몰았다.

"어디로 가는 거예요?"

아인이 원우를 보며 물었다.

"아무도 모르는 곳."

"……갑자기 왜요?"

"……."

"여행이라도 가는 거예요? 여행 가는 거면 짐을 챙겨야죠. 선배, 그게 아니더라도 이런 식이면 곤란해요."

대답하지 않는 원우에게서 뿜어져 나오는 흉흉한 기세가 피부를 뚫고 들어올 것 같아 아인은 입을 다물었다.

1시간가량 달려 원우가 도착한 곳은, 익숙한 드라이브 길이었다. 길 양쪽에 서 있는 가로수들이 만나 숲 터널을 이루는 곳이었다. 2년 전, 원우와 가끔 데이트를 하러 오는 곳이었다. 아인이 하늘을 가린 앙상한 나뭇가지를 바라보았다. 원우와 헤어진 후, 의도적으로 그와 연결된 모든 곳을 피해 다녔다. 이곳은 아인이 가장 피해 다닌 곳 중 하나였다. 이곳에 오면 숨을 죽였던 추억들이 기지개를 켜고 일어나 온 머릿속을 활보했다.

원우에게서 나던 향기, 느리던 숨소리, 차창을 치고 들어오던 햇살, 숨을 죽여야 할 만큼 온 가슴을 뛰게 만들던 박동 소리까지.

"갑자기 여긴 왜 온 거예요?"

아인이 애써 튀어 오르려는 추억을 꽉 누르고서 물었다. 원우는 창틀에 팔을 가져다 댔다. 달칵. 차 문이 잠겼다.

"선배?"

아인이 의아한 듯 원우를 불렀다. 그가 차창 밖을 바라보았다.

"여기서 걸어 내려가려면 2시간 정도 걸려. 지금은 해가 저무니까 시간이 더 오래 걸릴 거야. 내려가더라도 그런 차림이라면 며칠간 고생할 거야. 그러니까 어디 갈 생각하지 말고, 여기 있어."

"……."

"한숨만 자자."

"……."

"피곤해서 미칠 거 같으니까."

원우가 좌석에 뒷머리를 가져다 대곤 눈을 감았다. 며칠간 써야 할 체력을 몇 시간 안에 다 쓴 것 같다.

"여기서요? 집에 가서 자요."

"집보다 여기가 나아."

"선배."

"여기가 아니면 못 자. 그러니까 자."

주아인이 사라졌다는 걸 알자마자 미친놈처럼 온 동네를 다 뒤지고 다녔다. 그 상황을 보다 못한 그의 개인 일을 봐주는 비서가 그를 막아 세웠다. 침착하라고 했던가, 무언가 말을 했지만 아무 말도 귀에 들리지 않았다. 물에 머리를 처박힌 것처럼 아무것도 보이지 않고, 들리지 않았다.

그는 자신의 집, 오피스텔, 이전에 아인이 살던 집, 2년 전에 살던 집까지 모두 샅샅이 뒤졌다. 사람을 풀어도 될 걸 자신이 직접 돌아다녔다. 어디에도 아인이 없었다. 그녀가 왔다간 흔적이 더러 보였지만, 그건 단순히 흔적이었다.

어디 갔어.

그는 그 말만 미친 듯이 읊조렸다. 이러지 않으면 머리가 터질 것만 같았다. 2년 전의 악몽이 떠올랐다. 괜찮을 거라 안일하게 생각하다 죽을 뻔했던 상실감. 당장 봐야 할 사람을 보지 못한다는 괴로움.

그러다가 아인에게 전화가 왔고, 그 순간 세상이 멎었다.

「주아인.」

몸이 반사적으로 통화 버튼을 눌러 귀에 가져다 댔다. 아인과 연락이 되면 어디 갔었냐고 윽박을 지를 줄 알았다. 정작 그 상황에 닥치자 거짓말처럼 아무 말도 나오지 않았다. 숨이 쉬어지지 않고, 입술이 떨렸다. 텅 빈 머리에서 가까스로 떠올린 말은, 기껏해야 '어디야.' 였다.

어디야.

거기가 어디든 갈 생각이었다. 지옥이든, 어디든.

택시에서 내린 주아인을 보는 순간 세상에 그녀만이 오롯이 남았다. 다시 택시를 타고 떠날까 봐 무작정 끌어 내린 후, 아인을 보았다.

순간 갖은 생각이 다 떠올랐다. 이대로 꽁꽁 묶어서 방에 넣어둘까. 호텔 스위트룸 같은 데 가둬놓고 자기만 보게 할까. 다시는 세상 밖으로 못 나가게 만들어 버릴까. 그 수많은 생각들 끝에 떠오른 것은……

그럴 수가 없다, 였다.

자신은 주아인에게 그럴 수가 없다. 그럴 힘이 없다. 자신이 약자이기에.

온몸에 힘이 빠졌다. 무작정 아인을 데리고 도망칠 수 없는 곳이라고 데려온 곳이 이곳이었다.

"자자."

고작 뱉은 말도 이것이었다.

"이것 때문에 날 찾은 거예요?"

아인이 의아한 듯 물었다.

"어. 네가 없으니까 잠이 안 와."

원우가 운전석을 뒤로 젖혀 누웠다. 한 팔로 눈가를 가렸다. 그걸로 성에 안 차는지 원우가 한 손을 뻗어 아인의 팔을 더듬어 손을 잡았다.

"반경 5m 잊지 마. 어디 갈 땐 연락해."

그가 눈을 감았다. 길게 뻗은 속눈썹을 바라보던 아인이 궁금함을 참지 못하고 물었다.

"내가 없어진 줄 알았어요?"

"어."

"내가…… 없어지는 게 무서워요?"

아인이 믿기지 않는다는 듯 더듬거리며 물었다.

"어."

원우가 지체하지 않고 대답했다.

별거 아니라 생각했던 주아인이 사라진 후, 깨달았다. 자신의 인생 중심축이 아인이었음을. 무채색의 세상을 유채색으로, 무게 없이 떠돌아다녔던 자신의 발을 세상에 안착시켜 주었다.

너는, 그런 존재다.

원우가 아인의 손을 꽉 움켜쥐었다.

"그러니까 어디 가지 마."

"……."

차 안의 공기가 무겁게 내려앉았다. 순간 원우의 머릿속으로 도훈의 말이 떠올랐다.

'그쪽은 사랑하던 사람한테 상처받은 적 없지? 알려줄까? 처음엔 상대에 대한 분노, 나중엔 자기 환멸, 마지막엔 무기력. 그 과정을 수없이 겪어. 눈뜰 때, 자기 전에, 그리고 어떨 땐 밥을 먹다가도 올라와서 밥그릇 보면서 울어. 내가 왜 우는지도 모른 채 눈물을 뚝뚝 흘려. 그 수많은 과정을 겪으면서 스스로를 조금씩 무너뜨려.'

허점을 찌르는 가시 같은 말이었다. 자신의 상처에 집중하느라, 앞으로 나갈 길에 집착하느라, 2년 전 주아인이 무슨 마음으로 떠난 지 몰랐다. 2년간 자신의 손으로 자신을 무너뜨리고 있었을 줄은, 몰랐다.

아인은 원우를 바라보았다. 그의 목울대가 오르내리더니, 자신의 손을 꽉 움켜쥐었다. 떨어질까 봐 두려워하는 것처럼 보였다.

그럴 리가.

아인이 아니라고 부정했다. 그가 그럴 리 없다. 그의 손이 자신의 손가락을 파고들어 깍지를 꼈다. 부드럽고 하얀 손을 물끄러미 바라보았다. 굳은살 하나 없이 길게 뻗은 손이 조각처럼 아름다웠다. 그는 단지 자신을 만지고 싶을 뿐이다. 자신을 실컷 가지고 놀다가, 필요 없을 때면 그날처럼 버릴 준비를 할 거다.

그런 남자야.

아인이 제 가슴에 못을 박듯이 말할 때였다.

그 순간이었다.

"미안해."

고요한 침묵 가운데, 사과의 말이 뚝 떨어져 내린 것은.

아인의 눈이 작게 벌어졌다. 제 귀를 의심했다. 아인이 느릿하게 고개를 들어 원우의 옆얼굴을 보았다. 그는 시선을 창가로 돌리고 있어서 얼굴을 볼 수 없었다.

"그렇게 시작해서……."

"……."

"그렇게 도망치게 만들어서…… 미안하다."

그렇게, 라는 말로 압축되었던 2년이 머릿속으로 지나갔다. 그에게 이용당했고, 버려질 준비를 하고 있었던 지독한 순간들.

"쳐다볼 자신이 없어서 이렇게 사과하는 것도, 미안해."

원우를 숨죽인 채 바라보고 있던 아인이 입술을 꽉 깨물었다. 조금씩 허물어지는 표정을 억지로 다잡으며 아인이 반대편 창가로 고개를 돌렸다. 깨문 입술이 바들바들 떨렸다. 그 사이로 흐트러진 숨이 튀어나오려고 했다. 가슴이 들썩거리고 호흡이 불규칙하게 흐트러지려는 걸 다잡으려 아인은 안간힘을 다했다.

사과하지 말지. 아무 말도 하지 말고, 이기적이고 못된 사람으로 남아 있어주지.

원우의 마음을 알고 있었지만, 모르는 척하고 싶었다. 영원히 복수한다는 핑계로 남아 있을 수 있도록. 영영 아픔 같은 건 묻어놓고 살 수 있게 해주지.

이로써 모르고 있다고 우겼던 사실을 알아버렸다.

손에서 전해지는 온기, 차 안의 **빽빽한** 공기를 타고 흐르는 원우의 흐트러진 숨소리에서 흐르고 있던 원우의 마음을.

아인은 따라 들어오려는 원우를 한 손으로 막았다.

"오늘은 피곤해요. 몇 시간 동안 차에만 갇혀 있었더니 말도 못하게 힘들었어요. 그러니까 혼자 있게 해줄래요? 푹 자고 싶어요."

원우가 미심쩍다는 표정으로 아인을 바라보았다.

"내가 너한테 뭘 한다고 한 것 같진 않은데?"

"주변에 사람이 있다는 것만으로도 신경 쓰여요."

"……."

"어디로 도망 안 가요."

"알아. 도망치고 싶어도 못할 거야."

그의 덤덤한 말에 아인이 눈을 치떴다. 그런 일을 해놨을 줄은 몰랐다.

"그런데 뭘 걱정해요?"

"도망치려고 하는 시도 자체가 불순하잖아."

"그런 일 없을 거예요."

원우가 아인을 빤히 쳐다보았다. 그가 손을 들어 뺨에 붙은 아인의 머리카락을 떼어내 귀 뒤로 넘겨주었다. 티없이 맑은 얼굴엔 감추지 못한 피로감이 가득했다. 아인을 놔주면 들어가자마자 풀썩 소리를 내며 쓰러질 것 같았다.

"부탁할게요."

"내일은 집으로 와. 약속대로 짐 챙겨서."

눈을 내리깔자, 그의 눈매가 한층 짙어졌다. 아인이 느릿하게 고개를 끄덕였다.

"······그래요."

내일은 집에 오겠다는 약속을 하고서야 원우가 한 걸음 물러섰다. 문을 닫기 전까지 자신을 바라보고 있는 원우가 보였다. 그의 모습이 반, 그 절반, 이윽고 쿵 소리와 함께 사라졌다. 아인은 한자리에 서서 그의 멀어지는 발소리를 듣고서야 돌아섰다.

목을 칭칭 감고 있던 목도리를 풀어 침대에 올려두고, 재킷을 벗었다. 벗은 옷들을 모두 정리하던 아인이 제 손바닥을 펼쳐 보았다. 손톱자국이 깊게 박혀 있었다. 원우의 차에서 몇 시간 내내 울음을 참으려고 주먹을 쥐고 있다가 생긴 상처였다.

'미안하다.'

귓가에 쟁한 목소리를 떨치려고 아인이 부산히 움직이기 시작했다.

'미안하다.'

그러나 다시금 되살아난 목소리에 아인의 움직임이 뚝 멈추었다.

재킷을 쥔 손에 바짝 힘이 들어갔다. 서서히 앞이 희뿌옇게 물들어갔다. 안개가 찬 것처럼 엉망진창이 되어 있던 시야가 어느 순간 맑아졌다.

툭. 시발탄처럼 눈물이 바닥을 내리쳤다.

"으흡."

꽉 깨문 입술 새로 흐느낌이 새어나갔다.

그 말, 하지 말지. 용서하고 싶어지게 그런 말 하지 말지. 끝까지 못된 사람으로 남아주지.

아인의 고개가 아래로 축 늘어졌다.

후두둑, 후두둑. 갑작스레 소나기가 내린 것처럼 아인의 발치가 흥건히 젖어갔다.

❖

　이젠 춥다, 라는 말이 저절로 나올 만큼 날이 추워졌다. 꼼꼼하게 목도리를 둘렀음에도 어디선가 바람이 새어 들어왔다. 아인은 목도리를 다시 풀어 도로 묶으며 건물에서 나왔다. 앞을 보지 않고 습관적으로 걸어가던 아인은 자신의 앞을 가로막고 선 남자를 쳐다보았다.

　"엉성하잖아."

　원우가 아인의 목에 감긴 목도리를 스르륵 풀어 다시금 매어주었다. 거짓말처럼 더 이상 바람이 새어들어 오지 않았다.

　"어쩐 일이에요?"

　"타."

　그가 갓길에 세워둔 차를 가리켰다.

　"사람들 눈에 띄어요."

　"그래도 상관없으니까, 타."

　"그냥 혼자 갈게요. 길이 먼 것도 아니고."

　"혹시 내가 끌고 가는 거 좋아해?"

　아인은 고개를 들어 원우를 바라보았다. 그의 입술 사이가 뿌연 입김이 새어 나왔다. 아인은 그의 얼굴을 물끄러미 바라보았다. 그의 입술 끝이 미세하게 위를 향했다. 웃는 건 아닌데, 웃는 느낌이 났다. 마치 2년 전의 그의 얼굴을 보는 기분이었다.

　아인이 눈을 피하자, 그가 그녀의 손목을 잡았다. 그러고는 차로 성큼성큼 걸어갔다. 몇 번 손을 휘휘 내젓던 아인은 자신의 힘이 통하지 않는다는 걸 알곤 포기했다. 억지로 탄 차 안의 공기는 미리 데워둔 듯 후끈했다.

　운전석에 몸을 실은 원우가 차를 운전했다. 아인은 조수석에 앉아 창밖을 바라보았다. 앙상한 나뭇가지들이 빠르게 스쳐 지나갔다. 고단한 겨울을 나면서, 나무들은 무슨 생각을 할까. 무심히 다른 생각을 하던 아인이 시선을 앞으로 돌렸다.

　"선배."

　"응."

　"오늘 저녁에 시간 돼요?"

　"돼."

　없더라도 만들 기세였다.

　"그럼 선배가 가장 좋아하는 밥집에 데려가 줄래요? 나랑 한 번도 가지 않았으면서, 좋아하는 그런 곳."

　원우가 의아한 듯 아인을 바라보았으나, 이유를 묻지 않았다.

　"그래."

　그렇게 하겠다고 승낙할 뿐이었다.

　"아인 씨, 오늘 어디 가?"

　사수가 립스틱을 바르는 아인을 보며 물었다.

　"어떻게 아셨어요?"

　아인이 미소를 지으며 물었다.

　"그거 몰라? 퇴근 시간에 립스틱 한 번 바르면 집에 가는 거, 두 번 바르면 약속 있는 거. 오늘은 중요한 약속인가 봐. 벌써 몇 번째 덧바르던데. 이쯤 되면 잘 보일 사람이 있다는 거지. 누구야? 데이트하러 가는 거야?"

사수가 장난스러운 얼굴로 새침하게 물었다.

"네. 예뻐 보이려고요."

"남자야?"

"네."

"그 남자는 좋겠네. 안 그래도 예쁜 아인 씨가 화장까지 곱게 하고서 예뻐 보이려고 한다니까."

투명한 피부에 붉은 립스틱을 바르자 아인의 이미지가 확 달라졌다. 수수한 이미지가 단번에 섹시한 이미지가 되었다.

"예뻐 보여요?"

아인이 사수를 물끄러미 보며 물었다.

"그럼. 당연하지."

"다행이네요. 오늘은 꼭 예뻐 보여야 하거든요."

조용히, 그러나 어딘가 음산하게 뱉는 그녀의 목소리에 사수가 고개를 갸웃거렸다.

"먼저 퇴근하겠습니다."

그러나 사수는 자리에서 일어나는 아인을 잡지 못했다.

아인은 푹신한 레드카펫을 보았다. 식감을 살려준다는 붉은 계통의 인테리어로 되어 있는 레스토랑이었다. 넓은 공간에 테이블이 드문드문 놓여 있어서 서로의 대화가 들리지 않게끔 되어 있었다. 식당의 가장 끄트머리엔 홀이 마련되어 있었다. 종업원의 안내를 받아 향한 곳은 전망이 좋은 창가 자리였다.

"좋은 곳은 다르네요. 저렴한 곳은 전망이 좋아도 찬바람이 새어 들어오던데. 이런 곳 좋아해요? 혼자서 올 만한 곳은 아닌 거 같은데."

아인이 입술을 끌어 올리며 말했다.

"업무차 사람들이랑 가장 많이 오는 곳 중에 하나야. 대체로 접대해야 할 때 여기로 모시지. 개인적으로 좋아하는 곳이기도 하고."

그의 말을 들으며 아인은 레스토랑 안을 천천히 둘러보았다. 다시 보아도 그의 취향에 걸맞은 곳이었다. 그가 가진 것이 고급이듯, 취향 또한 그러했다.

"이렇게 좋은 걸 잘 알면서, 왜 평범한 나를 골랐어요?"

아인이 물 잔을 들며 주문을 마친 원우에게 물었다.

"고른 건, 너 같은데."

"하긴, 그랬네요. 그럼 질문을 바꿀게요. 왜 평범한 나를 받아줬어요?"

"평범한 줄 알았는데, 안 평범하더라고."

원우의 대답에 아인은 느슨하게 입꼬리를 올리며 웃었다. 원우를 뜯어보듯이 살펴보았다.

이마가 드러나게끔 올린 헤어스타일, 유난히 눈매가 도드라지는 잘생긴 외모, 그러면서도 접근하기 힘든 날카로운 분위기.

식사가 나온 후, 아인과 원우는 아무 일 없다는 듯 대화를 나누며 식사를 했다. 모든 식사를 마친 후, 아인은 디저트로 선택한 아이스크림을 먹었다.

"갑자기 맛있는 거 사달라고 한 이유 궁금하지 않아요?"

아인이 숟가락으로 아이스크림을 뜨며 물었다.

"어."

아인이 눈만 들어 원우를 보았다. 그녀는 이내 아무렇지 않은 얼굴로 쥐고 있던 숟가락을 내려놓았다.

"선배."

아인이 조용한 목소리로 원우를 불렀다. 돌풍이 불기 직전의 고요함 같았다. 그래서 원우는 대답하지 않았다. 레스토랑에 흐르던 음악 소리가 멎었다. 순간 귀가 먹먹해질 무렵, 아인이 조용히 말했다.

"우리, 이제 그만 만나요."

원우의 손끝이 움찔하며 안으로 말려들어갔다. 검지손가락이 말려들어 간 지 얼마 되지 않아, 한 손에 힘이 바짝 들어갔다. 그는 이유를 묻지 않았다. 그저 사나운 기세 그대로 숨을 죽이고 있었다.

"2년 전에 했어야 할 말을 이제야 하네요. 혹시 선배가 하고 싶었던 건 아니죠?"

"……."

"별로 관심 없어 보이지만, 굳이 말하자면 수아 일 해결해 줬을 때부터 헤어지고 싶었어요. 이 말이 섭섭하게 들리는 건 아니죠? 아니, 섭섭해도 어쩔 수 없어요. 2년 전에 선배가 그랬던 것처럼, 나도 선배가 잠시 필요했어요. 덕분에 잘 해결했고 고맙게 생각해요."

아인이 인형처럼 예쁜 미소를 지으며 말을 이었다.

"회사는 내가 관둘게요. 어차피 그러려고 했던 거니까. 오늘 잘 먹었어요. 계산은 제가 할게요. 잘 가요, 선배."

아인이 자리에서 일어나려고 가방을 챙겼다.

"앉아."

"……."

"네 말 끝났으면, 내 말도 들어야 할 거 아냐."

아인이 차분한 시선으로 원우를 바라보았다. 그를 보자마자 울컥하고 무언가가 치솟아 올랐지만 눌러 참았다. 2년 전에 했어야 할 고루하고도 별 볼일 없는 이별이다. 흔들리는 것이 사치인 그런 이별. 아인이 숨을 참았다.

"내가 주수아를 어떻게 해결했는지 알아?"

원우가 냅킨으로 입가를 닦으며 물었다. 아인이 대답 없이 바라보자, 말을 이었다.

"1억을 대출해 줬어."

"……선배?"

아인이 무슨 소리냐는 듯 눈을 크게 떴다. 생각지 못한 말이었다. 처리했을 줄 알았는데, 대출이라니.

"지금 이 순간에도 빚은 계속해서 쌓이고 있어. 이걸 유일하게 갚지 않아도 되는 방법은, 널 안 만나는 거야. 이 조건이 유지되려면 넌 내 옆에 있어야 하고."

"……."

"난 언제든지 주수아에게 연락해서 조건을 바꾸자고 말할 수 있어. 더 많은 돈을 빌려줄 테니, 주아인을 내 앞으로 데려오라고 하면 그럴 거야. 어때? 그 여자 손에 끌려서 내 앞에 오고 싶은 건 아니지?"

원우의 말에 아인의 몸이 뻣뻣하게 굳었다. 이런 식의 상황은 생각해 본 적 없다. 아인은 그가 본성대로 처리했을 거라 생각했다. 원우는 다 쓴 냅킨을 구겨 쥐었다. 그가 테이블 끄트머리를 잡고서 아인을 차갑게 노려보았다.

"네가 날 갖고 놀려고 했다는 걸, 내가 몰랐을 것 같아?"

"……."

"이전에 살던 집을 정리 안한 이유, 오피스텔 들어오면서 당장 버려도 상관없을 최소한의 짐만 챙겨온 이유, 교수도 놀랄 만큼 꼼꼼하게 과제하는 주아인이 대충 던지듯이 건넨 기획서."

"……."

"내가 했던 표정, 내가 썼던 말투 고스란히 가져다 연기하는데 모를 리가 없지. 안 그래?"

아인이 마른침을 삼켰다. 원우에게서 새파란 분노가 새어 나왔다.

"알면서…… 왜 속은 척 연기한 거예요?"

아인이 지지 않고 원우를 보며 물었다.

"마음이 바뀌길 기다렸으니까."

"……."

"내가 주아인을 이용하려고 마음먹었다가, 절대로 놔줄 수 없다고 마음을 바꾼 것처럼."

"……."

"내가 주수아에게 빚을 떠안긴 걸 죽어도 말할 날이 없길 바라면서, 옆에 있었던 거야."

침착한 분노 속에 진득한 감정이 묻어났다. 2년 전부터 그가 안고 있었을 감정. 아인은 그 감정이 무엇인지 알아채기 전에 시선을 돌려 외면했다.

"제가 실수했네요. 오랜만에 만나서 잊었나 봐요. 선배가 얼마나 계산적이고 이기적인 사람인지."

상대의 다음 수를 파악해 미리 사람을 움직이는 사람이었다. 그런 사람에게 들통날 연기를 한 자신이 어리석었다.

"그런데, 있죠."

아인이 마음을 차분하게 가라앉힌 채 원우를 보았다.

"수아 때문에 선배 옆에 있진 않아요. 설마 수아 하나 직접 해결 못할까 봐서요? 가진 거 많은 선배를 어떻게든 이용해 먹고 싶어서 부탁한 것뿐이에요. 그런 걸로, 저 안 잡혀요. 선배가 수아를 이용해서 날 괴롭혀 무릎 꿇리든 뭘 하든 난 선배 옆에 머무르지 않을 거예요."

아인이 느릿하게 미소를 지었고, 그 속도만큼 느리게 원우의 얼굴이 충격으로 굳어갔다.

"2년 전에 저는 선배를 참 많이 사랑했어요."

지금도 사랑한다는 사실을 어젯밤에 처절하게 깨달았다. 2년 전 그 지독한 아픔을 겪으면서도 사랑이 멈추지 않았다. 아인은 말하지 않았다.

"선배를 볼 때마다 눈이 부셨거든요. 감히 잡아볼 엄두조차 안 날 만큼. 사람처럼 느껴지지가 않았어요. 그래서 사람은 언제나 배신할 수 있다는 걸 알면서도, 마음을 줬어요."

송두리째 다 내어주었다. 뭔가에 홀린 사람처럼.

"그리고 그 마음을 버린 건 선배고요."

"……."

"어젯밤 선배가 미안하다고 했을 때 잠깐 흔들렸어요. 이해해 볼까. 용서해도 되지 않을까."

아인의 입술이 처연하게 늘어났다.

어젯밤, 울다가 주저앉았을 때도 생각했다. 삐뚤어진 마음을 다잡아보려고 온 힘을 다했지만, 할 수 없었다.

"그런데 도저히 안 되겠어요. 선배가 이미 나한테는 악몽 같은 존재가 되었거든요."

하나둘씩 퍼즐이 맞아떨어졌다. 그러다 완성된 퍼즐의 그림이 악몽 같다는 걸 안 순간, 몰려든 자기 환멸감과 수치심, 모멸감 때문에 숨을 쉴 수가 없었다.

원우가 아인의 손을 잡아챘다. 온 힘을 다해 잡았는지 손가락의 뼈마디가 다 부서지는 것처럼 아팠다.

아무 말도 하지 마.

원우가 온몸으로 그렇게 소리치고 있었다. 아인은 통증에 얼굴을 찌푸리면서도 말을 계속 이었다.

"선배, 난 이제 선배를 보면 떨리는 게 아니라, 아파요."

"……"

"후유증처럼, 김원우라는 이름 듣기만 해도 아프다고요."

아무리 치료를 받아도 나을 수 없는 후유증처럼, 자신의 마음은 절뚝거리게 되었다. 누구도 온전히 사랑할 수가 없고, 믿을 수가 없게 되었다. 그 사고의 가해자를 어떻게 다시 품을 수 있을까. 아인이 빈 웃음을 지었다. 울음이 나오지 않으니 웃겠다는 듯이.

원우의 얼굴이 희게 질렸고, 일순 그의 손에서 힘이 다 빠져나갔다. 아인은 힘들게 해방된 자신의 손을 거둬들였다. 욱신거리며 아팠다. 한동안 펜을 쥘 수 없을 것 같았다. 그래도 아파서 다행이었다. 이게 현실이라는 걸 제대로 인식할 수 있으니.

아인이 자리에서 일어났다. 드르륵 소리와 함께 의자가 밀리자, 원우가 느릿하게 고개를 들어 아인을 보았다.

"조심히 가세요."

마지막 인사로 무엇이 좋을까 주저하던 아인이 마침내 인사를 건넸다. 고루하고, 진부한 인사였다.

"내가."

메인 목소리가 들렸다. 아인이 느릿하게 돌아섰다.

"내가 어떻게 하면 되는데?"

수많은 감정을 삼킨 듯 그의 목소리가 걸걸해져 있었다.

"없어요, 그런 방법 같은 건."

"그럼 만들어내."

"……"

"내가 미치기 전에 만들라고."

원우의 눈동자가 새빨갛게 변해 있었다. 날것의 감정을 고스란히 드러내는 원우의 얼굴이 낯설어, 아인은 잠시 마음이 흔들렸다. 그러다 마음을 꽉 움켜쥐었다. 아인은 덤덤한 얼굴로 원우를 내려 보았다.

"그 방법은, 선배가 찾아내야죠."

"……."

"잘하잖아요. 그런 일."

사람 하나쯤 움직이는 건 일도 아니니까.

아인은 원우를 등진 채 돌아섰다. 무슨 정신으로 내려왔는지 모르지만, 정신을 차려보니 1층이었다. 아인은 택시를 잡으러 길가로 걸어가다가 픽 웃었다. 감정의 소용돌이 안에 휘말려 있다가 나오니 모든 것이 다 허무하게 느껴졌다.

다들 이렇게 지긋지긋하게 사랑하고, 깨지는 건가.

아인의 입술 끝이 차츰차츰 내려앉았다. 짧은 한순간에 모든 걸 놓았다.

직장도, 지독하게 자신을 괴롭히던 사랑도.

아인은 어떤 것도 생각하기 싫다는 듯 택시에 타서 이전에 그녀가 살던 집 주소를 불렀다.

아인이 고개를 들어 버스 터미널 벽면을 보았다. 수많은 도시와, 출발 시간표가 붙어 있었다. 버스 터미널로 무작정 달려온 건 충동적인 일이었다. 처음엔 이전에 살던 집으로 돌아갔다. 평소처럼 씻고, 물을 마시고, 자려고 침대에 누웠다. 몸은 피곤해서 미칠 것 같은데 좀처럼 잠이 오지 않았다. 결국 한 시간쯤 뒤척거리다가 어둠에 물든 벽을 마주 보고서야 깨달았다.

자신은 미련하고, 멍청하게도, 창문 너머의 소리에 집중하느라 잠에 들지 못하고 있다는 것을. 사랑이 끝났다고 스스로에게 아무리 일러주어도, 자신의 한쪽은 그 말을 전혀 이해하지 못한 채 원우를 기다리고 있었다. 김원우를 볼 수 없는 곳이 아니라면 계속해서 반복될 증상들이었다. 순간 숨이 막혔다.

언제까지 이렇게 살아야 할까.

미치도록 지겨웠다. 몸을 일으킨 아인은 대충 짐을 꾸려 충동적으로 집밖으로 나왔다. 원우는 집 앞에 없었고, 아인은 무작정 버스 터미널로 향했다.

"행선지가 어디세요?"

피곤한 얼굴로 직원이 물었다.

"지금까지 운행하는 버스 중에 가장 먼 곳이 어디예요? 거기로 주세요."

아인의 물음에, 직원이 고개를 들어 그녀를 멀거니 바라보았다. 미친 여자인지 잠시 확인한 그녀는 아인의 말끔한 외모와 행색을 보곤 금세 관심을 지웠다. 직원이 아인에게 표를 건네주었다. 아인은 표를 받고서야 자신이 부산에 가게 될 거라는 걸 알았다.

무작정 부산행 버스를 타고 그곳으로 향했다. 5시간 30분 동안 가는 내내 생각도 하고, 잠도 잤다. 시간을 확인하려고 무심결에 휴대폰을 찾다가 집에 놔두고 온 걸 기억하곤 다시 눈 감기 일쑤였다. 며칠이라도 김원우가 찾아올 리 없는 세상에서 시간을 보내고 싶었다.

부산으로 내려온 아인은 택시를 타 '민박집이 많은 곳으로 가주세요.'라고 요구했다. 터미널 여직원이 그랬던 것처럼, 택시 기사 역시 그녀를 이상하게 바라보았다. 그러나 아무 말 없이 택시를 한참 몰아 어느 한적

한 바닷가 민박집 많은 곳에 내려주었다. 택시비가 많이 나왔지만 아무런 상관 없었다.

아인은 그중 가장 바닷가에 인접한 민박집으로 들어가 2박 금액을 물었다. 주인 아줌마는 겨울 바다를 보러 여자 혼자 왔다는 사실을 탐탁지 않게 생각했다. 안 좋은 일이 일어나는 건 아닌가 노심초사하는 얼굴이었다. 그래서 아인은 일부러 웃으려고 노력했지만, 안 웃느니 못했다. 어찌되었든 비수기에 손님이 찾아와 준 게 다행이라 생각했는지 주인 아줌마는 고민 끝에 그녀에게 열쇠를 건네주었다.

방은 낡았지만 깔끔했다. 자그마한 창문을 열자 파도 소리가 들렸다. 아인은 짐 가방을 아무렇게나 던져 놓고서, 창문가에 팔을 댄 채 턱을 가져다 댔다.

쏴아아아, 철썩.

파도 소리가 세상의 소리 전부인 것 같았다. 동이 터오는 푸르스름한 새벽 풍경과 파도는 잘 어울렸다. 이곳에 잠시 서 있자 모든 것이 꿈같았다. 숨 쉬는 것도, 자신이 누군가를 사랑하는 것도, 누군가와 사랑했다고 착각했던 것마저도.

잊을 수 있을까.

아인은 스스로에게 물었다.

잊어야 한다. 살려면.

아인은 냉정하게 스스로에게 대답했다. 그러고도 가슴이 아려서 아인은 제 옷자락을 꽉 움켜쥐어야 했다. 그렇게 질문과 대답을 번갈아 하던 아인은 눈을 감았다. 머릿속이 검게 물들었다. 그 순간 아주 오래전 들었던 말이 떠올랐다.

마음엔 근육이 없어서 스스로의 의지대로 조이고 풀 수 없어, 라는 그 말이.

❖

2박 3일간 아인은 시간을 흘려보냈다. 하늘 가운데 해가 떠 있을 땐, 백사장을 걸었다. 한참 걷다가 손끝이 시리면 근처 카페에 가서 커피를 마시며 시간을 흘려보냈다. 그러다 알았다. 최선을 다해 열심히 살지 않아도, 시간은 흘러간다는 것을.

예전엔 뭔가에 몰입해야 시간이 빨리 흘러갔고, 그렇게 해서라도 지긋지긋한 현실에서 빨리 벗어나고 싶었다. 그게 습관이 되었다. 무언가에 몰입하고, 최선을 다해 시간을 보내는 것. 그 습관 때문에 그를 그토록 열심히 사랑했다.

그렇게 카페에서 시간을 보내다 심심하면 민박집으로 돌아와 식사를 했다. TV도 원 없이 보고, 잠도 원 없이 잤다. 그러다 습관처럼 협탁을 찾아 손을 뻗고는 허탈한 마음에 한참이나 말을 잇지 못했다.

민박집에 협탁 같은 게 있을 리 없는데.

원우의 집에서 머물던 습관이 남은 모양이었다. 얼마 안 되는 시간 동안 아인은 하고 싶은 건 모두 다 했다. 낮이면 이렇게 살아도 좋겠다, 라는 생각을 하다가도 밤이 되면 이유 없이 방 안을 서성거렸다. 날카롭게 예리했던 기억들이 되살아나 온 마음을 헤집었다. 그 기억들 속엔 늘 원우가 있었다. 그렇게 시간을 보내고 나니 어느덧 서울로 올라갈 시간이 되었다.

자신의 집으로 올라가면서 아인은 헝클어진 머리카락을 한 갈래로 묶었다. 부는 바람에 머리가 엉망진창이었다. 그러면서 머릿속으로 생각했다. 내일은 사직서를 제출하고 맡은 일을 매듭짓기 위해서라도 아인은 회사로 가야 한다고.

숨을 깊게 들이마셨다. 공기가 차가워 숨을 들이마실 때마다 목 안이 베이는 기분이었다.

온 세상이 차가운 공기로 한가득 차 있을 곳, 무심코 시선을 돌렸다 그곳에 서 있는 남자를 보았다. 오랜 시간 머물렀는지, 발치에 담배꽁초를 여럿 쌓아둔 남자가 그녀를 물끄러미 바라보고 있었다. 헤어졌을 때보다 조금 피곤해 보이는 얼굴이었다. 아인은 그 자리에 멈춰 섰다. 아주 잠깐 자신이 만든 환영인가 했다. 그러나 그는 실재하고 있었다. 그를 물끄러미 바라보다가 고개를 돌렸다. 아인이 그를 못 본 척하고 집으로 향했다. 그가 성큼성큼 다가오는 게 보였다. 아인이 문을 열기 직전, 원우가 그녀를 붙잡았다. 순식간에 몸이 돌려세워졌다.

"어디 갔다 와?"

며칠간 어디서 소리라도 지르고 온 건지, 그의 목소리가 잔뜩 쉬어 있었다. 그의 눈 밑이 퀭한 게 한숨도 못 이룬 얼굴이었다.

"알아서 뭐 하게요?"

아인이 차갑게 물었다. 그녀의 말에 원우가 어금니를 꽉 깨물었다. 그의 턱이 움직이는 걸 보며 아인은 차갑게 웃었다.

"십 분만 더 늦게 나오면 올라가려고 했어."

아무렇지 않은 얼굴로 말하는 그의 눈은 시뻘겋게 변해 있었다. 그 눈이 강원도로 훌쩍 떠나던 그날 밤 자신의 눈을 닮았다. 이 남자는 왜 시간을 역행하고 있는 걸까.

"할 말은 다 끝났잖아요. 여긴 왜 온 거예요?"

아인은 파르르 떨리는 마음을 꽉 움켜쥐고서 차갑게 말했다. 그의 머리카락이 차가운 바람에 날리었다. 그는 겨울바람보다 더 서늘하게 차가운 눈으로 아인을 내려 보았다. 그는 막 이별을 맞이한 순간에도 고고하고, 찬란했다. 그가 아무리 2년 전의 자신과 닮았다고 해도, 자신이 될 순 없다는 걸 깨달았다.

"납득이 안 돼서."

원우의 말에 아인이 씁쓸한 표정을 지었다.

"세상엔 이해와 납득되지 않는 일이 더 많아요."

내가 당신을 만나서 사랑한 순간부터 지금껏 단 한순간도 이해되지 않았다. 스스로도, 우리의 사랑도, 그리고 당신도.

"여기서 밤새 고민했어. 네가 한 말이 대체 무슨 말인지."

"그러다 궁금한 점이라도 생긴 거예요?"

"어."

"……."

"사랑하지 않는 거야? 아니면 사랑이 계속되지 않을까 봐 두려운 거야?"

"무슨 말이에요?"

아인이 얼굴을 찌푸리며 물었지만, 이미 알아들은 듯 목울대가 오르내렸다. 안간힘을 다해 서 있는 아인을 바라보며 원우는 눈을 가늘게 떴다. 며칠 동안 이 자리에 서서 불이 꺼진 아인의 방을 바라보았다. 아인을 찾아내라고 인근 심부름 업체들을 다 닦달하고서도 불안한 마음에 이곳에 서 있을 때 불현듯, 아인이 도망치는 이유가 궁금해졌다.

주아인은 사랑에 대해 부정하지 않았다. 다만 순수했던 사랑이 불구가 되어버린 후유증을 고백했다. 딱딱한 말투 속에 가려져 있던 짙은 상처와 통증.

아인은 자신을 사랑하지 않는 게 아니다. 다만, 다시 한 번 헤어질까 봐 무서운 것일 뿐.

"네가 그렇게 된 게 내 책임이라면 내가 끝까지 책임질게."

그가 재킷에서 담배를 꺼냈다. 이미 헐빈 담뱃갑에서 한 가치를 꺼내 입에 물었다. 아인을 의식해서인지 불을 붙이진 않았지만, 그는 입에 담배를 물고 있다는 것만으로 위안을 느꼈다. 이런 짓을 할 만큼 그는 초조한 기분이었다. 다 잡았다고 생각한 사람이 자신의 손에서 빠져나가려고 하고 있었다. 원한다면 주아인을 묶어놓을 수 있지만, 그러면 아인이 다친다. 지금도 안간힘을 다해 살고 있는 아인이 한 번 더 다친다면 그녀는 더 깊은 곳으로 숨어서 나오지 않을 거다. 다른 건 몰라도 자신의 손으로 아인을 망가뜨릴 수 없었다.

원우의 말에 아인의 입술이 느슨하게 늘어났다.

"어떻게요?"

당신이 무엇을 할 수 있어서?

아인의 표정이 더욱 차갑게 변했다. 원우가 무어라 대답하려고 하자, 아인이 빠르게 말을 이었다.

"그 높은 자리에서, 원하는 걸 다 가지고서, 뭘 할 수 있는데요? 그래 봐야 나는 선배 옆에서 숨죽이고 있다가 그때처럼 또 사라져야 할 건데."

"역시, 그게 문제지?"

"……."

"사라져야 할까 봐, 그게 무서운 거잖아."

알겠다는 듯 건네는 원우의 말에 아인이 입술을 깨물었다. 그는 여전히 이기적이었다. 아무렇지 않은 얼굴로 자신조차 외면하려고 했던 진실을 쿡 찔렀다. 그의 말대로 사랑의 여부가 중요한 게 아니었다. 자신은…… 후유증을 핑계로 사랑이 유지될 수 없다는 걸 알고 도망치려 했다. 또 그날처럼 아플 자신이 없었다.

아인이 희게 질린 얼굴로 그를 쳐다보았다.

"그게 문제면, 선배가 뭘 할 수 있는데요?"

"……."

원우가 아무 말도 하지 못하자, 아인의 입술이 삐딱하게 휘어졌다. 아인이 한 걸음 성큼 원우에게 다가갔다. 그러고는 그의 코앞에 얼굴을 가져다 댔다. 서로의 숨이 엉킬 만큼 거리가 가까워졌다. 아인은 연기하듯 반듯한 미소를 지었다.

놔주려고 했다. 더 이상 아플 자신이 없어서 그를 보내고 남처럼 살다 보면 어느 날 완전히 잊을 거라 생각했다. 그런데 그는 으레 이 못된 얼굴로 나타나 송곳 같은 말로 가슴을 헤집었다. 네 마음 같은 걸 알아채는 건 일도 아니라는 듯이.

"나랑 다시 만나고 싶어요?"

"……."

"그럼 내려와요."

"……."

"그 높은 곳에서 내려와서 내가 사는 좁은 집에서 밥을 먹고, 잠을 자고, 이천 원 아끼려고 걸어다녀요. 그렇게 할 수 있겠어요? 선배는 사람 마음을 잘 알아보죠? 그럼 이게 진심이라는 것쯤 알겠네요? 잘 생각해 봐요. 저 집에서 나랑 오래도록 살 수 있을지. 버틸 자신 없으면 도망가요. 어설프게 한 번만 더 나를 건들면 그땐 선배 인생이 피곤해질 거예요."

아인이 웃던 미소를 싹 거두고서 차갑게 말한 후 돌아섰다.

"그걸로, 되겠어?"

그가 물었다. 순간 아인이 멈칫했다. 고작 그거면 되겠냐는 듯 그가 물었다. 아인의 눈동자가 가늘게 흔들렸다. 그러다 흔들리는 마음을 다잡았다. 김원우는 자신의 것을 포기하지 못한다. 그럴 만한 사람이 아니다.

"일단 하고 나서 말해요."

절대로 못하겠지만.

아인은 원우를 차갑게 바라본 후 돌아섰다. 길을 따라 내려가는 내내 등 뒤로 온 신경이 쏠렸다. 아인이 주먹을 꽉 쥐었다. 걸음을 옮길 때마다 점차 표정이 일그러졌다.

이기적인 남자, 못된 남자.

한 번으로 족한 이별을 또 반복하게 하는…… 못된 남자.

❖

출근한 아인은 가장 먼저 사수인 영희를 따로 복도로 불러냈다.

"뭐? 그만둬? 왜?"

영희가 눈을 화등잔만 하게 뜨고서 아인을 덥석 붙잡았다.

"개인적인 일이 생겨서요."

"안 좋은 일이야? 표정이 영 안 좋은데?"

"괜찮아요."

아인이 싱긋 웃었다. 마음 없이 웃는 건 이제 일도 아니었다. 그런 아인을 영희가 측은하다는 눈으로 바라보았다.

"아인 씨는 그게 문제야."

"네?"

"전혀 안 괜찮은 얼굴을 하고서 괜찮다고 말하는 그게 문제라고. 안 괜찮아 보여."

"……."

아인의 얼굴에서 차츰 웃음이 사라졌다. 아인의 표정이 좋지 않을 걸 본 영희가 더 하고 싶은 말들을 목구멍 안으로 우겨넣었다.

"으휴, 사직서는 언제 내게?"

"오늘 내려고요."

"이직하는 거야?"

"그건 아니고, 잠시 쉴 것 같아요."

부산에서 한산한 겨울 바다를 보고 돌아왔던 것처럼, 그럴 생각이었다.

"에휴, 보아하니 이미 마음먹은 것 같은데 내가 잡을 수 없지. 알았어."

고개를 끄덕이던 영희는 그래도 아쉬운지 아인을 슬쩍 흘겨보았다.

"괜히 사람 정만 들게 하고."

"죄송해요."

"괜찮아. 들어가자."

영희가 아인의 등을 툭툭 두들겨 주었다. 아인은 애써 자신의 편에 서서 이해해 주려는 영희에게 미안함과 고마움을 동시에 느꼈다. 사무실 사람들만 놓고 본다면 이곳에 계속 머무르고 싶었다. 이 정도 복지와 급여를 주는 곳을 다시 찾기 힘들다는 걸 그녀도 알고 있었다. 그러나 그런 이유로 이곳에 계속 머무를 자신이 없었다.

사무실에 들어가자마자 찬물이라도 끼얹은 듯 사위가 고요해졌다. 직원들의 시선이 전부 아인에게 쏠렸다.

"저, 아인 씨."

"이봐!"

누군가가 아인에게 말을 걸려고 하자, 다른 직원이 얼른 그를 만류했다. 분위기가 이상했다. 사수는 직원들을 주욱 둘러보더니 얼굴을 찌푸렸다.

"뭐야, 아인 씨. 회사 관둔다고 말했어?"

"아뇨. 처음 말씀드렸어요."

"뭐야? 무슨 일인데 갑자기 이래요? 같이 알아요."

"일은 무슨. 아무 일도 없어. 자, 다들 일이나 하자고. 열심히 해야지 먹고살지."

대리가 급하게 분위기를 수습하며 자리에 앉았다. 다른 직원들도 아인의 눈치를 슬쩍 보더니 칸막이 안으로 몸을 숨겼다. 껄끄러운 분위기를 느꼈지만, 아인은 아무 말 없이 자리에 앉았다. 영희의 말대로 자신이 관둔 걸 직원들이 알게 된 건지 의심스러웠다. 만약 그랬더라면 자신에게 물어볼 텐데, 그들은 무서울 정도로 그녀의 눈치를 살폈다. 혹시 자신과 원우와 관계를 누군가가 눈치채고 소문을 흘린 걸까. 그럴 확률도 배제할 수 없었다.

아인이 가방 속에 챙겨온 사직서를 꺼내 팀장실 문을 두드렸다.

"네."

들어오라는 대답에 아인이 문을 밀고 들어갔다. 오늘 아침 흐트러진 그의 모습은 오간 데 없이 그가 말끔한 모습으로 앉아 있었다. 평소보다 조금 늦게 출근하더니 집에 들러 씻은 모양이었다. 아인의 시선이 그의 슈트와 넥타이에 닿았다. 자신의 오피스텔에 상비용으로 걸어둔 옷이었다.

원우는 아인이 들어서는 걸 확인하곤 들고 있던 펜을 내려놓았다.

"거기 서서 말할 겁니까?"

아인이 문가에 서 있는 걸 보며 원우가 물었다. 아인이 원우에게 한 발씩 다가갔다. 아인은 원우의 책상에 사직서를 내려놓았다. 그의 시선이 사직서에 닿는 순간, 아인은 가슴이 서늘해지는 걸 느꼈다.

"여태껏 감사했습니다."

꼿꼿하게 선 채 말하는 아인과 사직서를 번갈아 보았다. 아인의 필체가 고스란히 묻어나는 사직서를 꺼내 펼친 원우가 감흥 없는 눈으로 스윽 훑었다.

"수고했어요."

마침내 그의 입에서 그 말이 떨어지는 순간, 아인은 저도 모르게 숨을 멈췄다. 아니, 자연스럽게 숨이 멎었다. 그가 자신의 손을 완전히 놓는 느낌이 들었다. 나락으로 떨어지는 느낌. 자신이 자초했음에도 이런 기분을 느끼다니. 아인이 쓰게 웃었다.

"이번 주까지 인수인계하도록 하겠습니다."

"그래요. 사표는 수리할게요. 그리고 이거."

원우가 책상 귀퉁이에 쥐고 있던 열쇠를 올려놓았다. 아인이 뭐냐는 듯 바라보자, 그가 손을 움직였다. 스윽, 열쇠가 책상을 긁었다.

"오피스텔 열쇠야. 가져가."

원우의 말에 아인이 헛웃음이 나왔다.

"어젯밤에 제가 한 말 그새 잊었어요?"

"아니. 기억해. 아주 잘. 지금도 그 말이 머릿속에서 빙빙 돌거든."

원우가 차갑게 아인을 바라보며 입을 열었다.

"그런데 왜 이래요?"

"나는 네가 살던 세상으로 절대로 못 내려가. 네 말대로 난 여기서 태어났고, 가진 게 많았으니까. 그리고 가진 걸 한 번도 잃지 않았으니까."

저런 오만한 발언이 제 옷처럼 잘 어울리는 사람은 이 사람밖에 없을 거다. 원우가 몸을 일으키자, 의자가 뒤로 저만치 물러났다. 저벅저벅 다가온 원우가 아인의 손을 잡았다. 피하려는 듯 버둥거리는 아인의 손을 억지로 펼친 원우가 그 위에 제 오피스텔 열쇠를 올려두었다.

"그러니까 네가 올라와."

"……."

"내가 가진 거, 다 줄 테니까 올라오라고."

"……올라가서 숨어 지내라고요?"

아인의 입술이 비틀어졌다. 끝까지 오만하고 제멋대로구나. 자신은 대체 왜 이런 남자를 좋아하게 된 걸까.

"아니. 그럴 필요 없어. 이미 그럴 필요 없게 만들어놨으니까."

원우의 말에 아인의 눈이 가늘어졌다. 무슨 소리냐는 듯 바라보자, 원우가 아인의 손을 동그랗게 말아 쥐게 했다. 그가 무언가 말을 하려는 찰나, 전화벨 소리가 방해했다. 원우가 전화를 받는 틈에, 아인은 사무실에서 나왔다. 얼결에 나오느라 그의 오피스텔 열쇠가 손에 쥐어져 있었다. 돌려주려다가, 직원들의 시선이 일제히 자신을 향해 있는 걸 알곤 주머니에 챙겨 넣었다. 사무실 분위기가 서걱거렸다. 사람들이 일제히 자신에게 집중한 느낌이 여실히 들었다.

"아…… 인 씨."

영희가 그녀를 불렀다. 아인이 쳐다보자, 그녀가 이리로 오라는 듯 손짓을 했다.

"무슨 일이에요?"

"이게 사실이야?"

"뭐가요?"

아인이 영희가 가리키는 곳으로 시선을 옮겼다. 사내 커뮤니티에 글이 게재되어 있었다.

김원우 팀장과 주아인 사원의 교제, 라는 제목으로.

❖

"못난 놈."

김 회장이 낮은 목소리로 그를 질책했다. 작은 한마디였지만, 공기가 얼어붙을 만큼 냉랭했다. 그는 자신의 앞에 마주 앉은 원우를 노려보았다.

원우의 스캔들에 관해 보고가 들어온 건 이른 아침이었다. 사내 커뮤니티를 통해 암암리에 퍼져 간 스캔들엔 생각보다 상세한 정보가 담겨 있었다. 신빙성이 있는 그 자료를 수상하게 여긴 김 회장이 알아본 결과, 소문을 퍼트린 사람은 다름 아닌 당사자였다. 스스로 가치를 떨어뜨린 원우의 행동에 김 회장은 크게 실망했다. 더군다나 여자에 대해 알아보니 한없이 볼품없었다.

그 말을 듣자마자 기함한 김 회장은 곧장 원우에게 전화를 걸어 점심시간을 비우라고 종용했다. 비우지 않으면 찾아가겠다는 으름장에 어쩔수 없이 원우가 김 회장을 찾아 잠시 들렀다.

"다른 여자도 아니고 가사 도우미의 딸이라니!"

"운명적이네요."

원우가 느슨하게 웃으며 젓가락을 들었다.

"이러려고 여태껏 선도 안 본 게야?"

"네."

"2년 전에 끝난 불장난을 지금껏 끌고 와서 어쩌자는 거냐!"

좀처럼 이야기를 털어놓지 않는 원우가 답답한지, 김 회장이 호통과 함께 밥상을 내려쳤다. 그는 원우에게 이만저만 실망한 게 아니었다. 결혼만큼은 자신이 알아서 하겠다고 하기에 제대로 하겠거니 생각해 맡겨두었는데, 엉망진창인 여자를 데려왔다.

"이럴 줄 알았으면 도훈이한테 회사를 맡기는 건데."

"지금이라도 늦지 않았습니다. 도훈이한테 맡기시죠."

"뭐야!"

김 회장이 버럭 화를 냈다. 문밖에 있는 수행비서가 움찔할 만큼 큰 호통임에도 원우는 덤덤했다. 그의 태도가 김 회장의 성질을 건드렸다. 동시에 불안했다. 원우는 잃을 게 없는 얼굴을 하고 있었다. 지금 제 손에 쥐어진 걸 빼앗겨도 덤덤할 것 같은 얼굴.

"이것 때문에 회사에 안 들어온 거냐?"

"때를 잘못 맞춰 들어갔다가 실업자가 되면 곤란하니까요."

"지금 있는 회사에서도 쫓아낼 수 있다는 걸 모르나 보지?"

"알고 있습니다만, 적어도 이민 준비할 정도의 시간은 주어지겠죠."

"이 녀석이……!"

김 회장이 부르르 떨었다.

"아들 둘을 잃으실지, 그나마 하나라도 건지실지는 회장님이 판단하시면 됩니다."

"여자한테 미쳐서 애비한테 하는 말이라고는!"

"미칠 수밖에 없었습니다."

"그걸 지금 말이라고……!"

"2년간 잊은 적 없습니다."

"……."

원우가 딱딱한 목소리로 말했다. 그의 눈에 섬광 같은 빛이 스치고 지나갔다. 그 순간 김 회장은, '2년간'이라는 말을 놓치지 않았다. 산처럼 우직하던 녀석이 갑자기 성난 파도처럼 들쑥날쑥 난동을 피웠던 때가 2년 전이었다.

"2년간 되찾아올 준비를 한 거지, 그 여자를 한 번도 놓은 적 없습니다."

아인이 살아 있다는 흔적을 알고는 기다렸다. 아인이 돌아와 자신의 삶에 안착할 수 있도록 준비를 했을 뿐이다. 언제든 돌아오면 뿌리를 내릴 수 있도록 자신의 밭을 갈고 엎으며 매시간을 인내했다.

"그래서 나보고 그 애를 받아들여라 이거냐? 네가 가진 거 다 압수당하고 싶어서 이러는 게야? 내가 정말로 못할 거라고 생각해서?"

김 회장이 낮게 으름장을 놓으며 무섭게 탁자를 내려쳤다. 탕, 소리와 함께 테이블 위에 있던 찻잔이 잘게 진동했다.

"제가 가진 거 내어놓을 생각은 없지만, 굳이 가져가시겠다면 가져가세요."

"뭐야? 지금 네 사업보다 그 여자가 더 중요하다고 말하는 거냐?"

김 회장이 무섭도록 그를 다그쳤다.

"네."

그리고 대답은 숨 돌릴 틈 없이 빨리 돌아왔다. 김 회장이 충격으로 눈을 부릅떴다. 원우는 그런 김 회장을 물끄러미 바라보았다. 김 회장은 약한 사람을 싫어했다. 그래서 자신의 아내와 아들들이 치열하게 경쟁하길 바랐다. 그 속에서 원우는 무사히 살아남았다. 그러나 단 한순간도 스스로 살아 있다고 느낀 적 없었다. 한 걸음 내딛을 때마다 발바닥에 닿는 느낌이 없었다. 있는 힘을 다해 손안의 것을 그러쥐어도 어떤 느낌도 들지 않았다. 그저 파멸을 향해 달려가고 있는 인생이었다. 주아인이 나타나 온 힘을 다해 자신을 안아주지 않았다면 자신은 끝내 파멸하고야 말았을 거다. 주아인은 자신에게 중력이었다. 자신을 안착하게 하고, 무게를 느낄 수 있게 해주는 사람.

"못난 놈."

김 회장이 인상을 쓰고서 혀를 찼다.

"이번 일만 눈감아주신다면 나머지는 회장님 뜻에 따르겠습니다."

"결혼이 얼마나 중요한 일인지 몰라서 하는 말이야?"

"도와주십시오."

원우가 머리를 숙였다. 인사할 때도 목례를 하던 녀석이 허리까지 굽히자 김 회장은 적잖이 당황했다. 이것이 원우가 자신에게 마지막으로 건네는 부탁임을 알았다. 태어나 원우가 처음으로 꺼낸 이 부탁의 말을 거절하면, 그는 가진 모든 것을 내려놓을 게 분명했다.

김 회장이 흠, 하고 낮게 침음했다. 감정적으로는 원우를 당장 끌어내 회사에 발도 못 들이게 하고 싶지만, 그럴 상황이 아니었다. 당장 원우가 회사의 일을 좌지우지하진 않지만, 심리적인 버팀목이라는 게 있었다. 그가 갖고 있는 주식도 문제였다. 아비라고는 하지만 무작정 그의 앞으로 돌려놓은 주식을 처분할 수도 없었다. 더군다나 그가 차기 경영자로 올라올 거라는 예상 때문에 주주들과 이사들이 숨을 죽이고 있는 상황이었다. 김 회장은 낮게 한숨을 내쉬며 고개를 돌렸다. 자신이 다시 한 번 인생을 잘못 살았음을 깨달았다.

"알아서 해라. 단, 내 눈에 그 아이는 띄게 하지 마라."

절반의 허락이었다. 암묵해 주겠으나, 품어주진 못한다는 김 회장의 말에 원우는 예상했다는 듯 고개를 끄덕였다.

점심 식사를 마친 후에도 아인을 향한 직원들의 시선이 미묘했다. 점심시간 내내 아인이 '아닙니다.'라며 부인하는 말을 입에 달고 살았다. 그러나 그들은 의심을 거두지 못했다. 사내 커뮤니티에 올라온 글의 내용은 꽤 정확했다. 일이 많아 하루 종일 모니터에 머리를 박고 있어도 부족할 판이지만, 그들의 신경은 계속 아인을 향하고 있었다.

"정말로 아니야? 우리 팀장님이랑?"

궁금증을 참지 못하고 영희가 서류를 내려놓으며, 아인에게 물었다. 궁금해서 못 견디겠다는 얼굴로 아인을 바라보았다.

"네. 정말 아니에요."

"그럼 이 자세한 정황은 뭐야?"

"뜬소문이에요."

"아니 땐 굴뚝에서 연기가 날 리가."

"나네요, 지금처럼."

의자를 뒤로 뺀 아인이 영희를 똑바로 바라보며 고개를 가로저었다. 아인의 강경한 표정에 영희가 주춤했다.

"그래. 뭐, 아인 씨가 아니라면 아니겠지."

"뭐가 말입니까."

등 뒤에서 들리는 목소리에 직원들이 일제히 움찔했다. 특히 아인에게 물어보던 영희는 팀장이 자신의 이야기를 들었을세라 깜짝 놀란 표정을 지었다.

"아무것도 아닙니다."

아인이 차분하게 대꾸했다.

"아무것도 아닌 게 뭐냐고 묻는 겁니다."

원우가 아인의 파티션에 팔을 대고서 물었다. 그가 고개를 숙여 일부러 아인의 가까이에 얼굴을 가져다 댔다. 직원과 팀장이 하기엔 꽤 가까운 거리였다. 직원들이 놀라 눈을 동그랗게 떴다. 아인이 흠칫하며 한 걸음 물러서려고 하자, 원우가 그녀의 손을 잡아챘다.

"넘어집니다, 주아인 씨."

"괜찮습니다."

아인의 팔을 뿌리치려 했으나, 원우의 힘이 강해서 놓을 수가 없었다. 마음먹고 팔을 휘두른다면 그의 손아귀에서 벗어날 수 있지만 지금은 지켜보는 눈이 많았다.

"그렇다면 다행이고요."

원우가 조금 느리게 아인의 팔을 놓아주었다.

"아인 씨가 말하기 곤란하면, 다른 분에게 물어볼까요? 무슨 일입니까?"

원우의 시선이 영희를 향했다. 대답을 종용하는 팀장의 시선에 영희가 움찔하며 주변을 살폈으나, 그녀를 도와줄 지원 세력이 없었다. 모두들 자라처럼 목을 움츠린 채 파티션 안으로 숨었다. 영희가 우물쭈물거리며 대답하기 곤란하다는 표정을 지었다.

"제가 직접 일일이 면담이라도 해야 하는 일입니까?"

원우가 다정한 목소리로 뼈 있는 물음을 던졌다.

"그게, 아인 씨가 스캔들에 휘말려서요."

면담만큼은 피하고 싶었던 영희가 서둘러 입을 열었다.

"그런데요?"

"팀장님."

아인이 원우를 가로막으려는 듯 말을 건네자 그가 손을 들어 막았다. 영희의 말을 계속 듣겠다는 태도였다.

"그 스캔들의 주인공이 팀장님이셔서요."

"아, 그거 말입니까?"

원우가 태연하게 대처하자 영희의 표정이 미묘해졌다.

"알고 계셨어요?"

그녀가 눈을 동그랗게 뜨고서 물었다.

"알고 있었습니다. 그래서 사실 여부를 아인 씨한테 확인하고 있던 거였습니까? 그건 저한테 물어보지 그랬습니까?"

"팀장님!"

아인이 원우를 막으려는 듯 소리쳤다. 그와 동시에 원우가 대답했다.

"사실입니다."

찬물이라도 끼얹은 듯 주변이 고요해졌다. 아인의 얼굴이 희게 질렸다. 원우는 으레 사람을 가지고 놀 때 짓는 느긋한 미소를 지었다. 그의 시선이 천천히 아인을 향했다. 피하면 가로막고, 도망치면 잡고, 떠나면

따라간다. 그러기로 마음먹었다.

"주아인 씨가 회사를 관두는 이유, 저 때문입니다."

아인은 원우를 피하기 위해 회사를 관두는 것이었다. 아 다르고 어 다르다고 이런 식으로 말해 버리면 직원들의 오해가 더 깊어질 게 뻔했다. 원우는 그걸 노리고 있었다. 주변 사람들을 끌어들여 자신의 주변을 봉쇄하려는 거다.

"그런 의미에서 대화를 좀 나눠보죠, 주아인 씨."

"저는 팀장님과 할 말이 없……."

"할 말 없으면 듣기라도 하시죠."

원우가 아인의 말을 가로막았다. 아인이 고집스럽게 버티고 섰다. 자신 마음대로 일을 이렇게 만든 원우를 용납할 수 없었다.

"일이 밀려 있습니다."

"그래요. 그럼. 퇴근 후에 보죠."

"아니요."

"들을 준비하고 기다리겠습니다."

원우가 제 할 말만 한 후, 돌아서서 팀장실로 향했다. 슈트 차림의 그가 멀어지고 있었다. 아인은 멀어지는 그를 바라보다 입술을 깨물었다.

그는 타인들 앞에서 사람들과의 관계를 정의하는 법이 없었다. 대학 시절 모두와 친하다고 말했지만, 실은 누구도 곁에 두지 않았다. 그런 그가 그의 불문율을 깨고 모두에게 자신을 공개했다. 이것이 어떤 의미인지 아직 파악되지 않았다. 그저 원우의 마음이 전과 달라졌다고밖엔 알 수가 없었다.

직원들이 아인을 흘깃 쳐다보았다. 무언가 하고 싶은 말이 가득했지만, 더 이상 물을 수가 없었다. 자신들의 말이 어떻게 원우에게 전해질지 덜컥 겁이 난 탓이었다.

◆

아인이 어깨를 타고 흘러내린 가방끈을 추켜올리며 건물 밖으로 나섰다. 잔뜩 날이 선 칼바람이 허공을 가로질렀다. 아인은 흐트러진 옷을 정리하며 느릿하게 걸음을 옮겼다.

오후 회의차 참석한 원우는 그녀가 퇴근할 때까지 돌아오지 않았다. 원우를 기다렸다가 이 상황을 따지고 싶었지만, 금세 그 생각을 접었다. 그녀는 차라리 원우를 보지 않아서 잘됐다고 생각하며 먼저 움직였다. 직원들의 말없는 시선이 느껴졌지만, 모르는 척했다.

아인은 머릿속으로 집에 가서 해야 할 것들을 떠올렸다. 이사 갈 준비를 해야 할 거다. 일도 새롭게 구해야 하고, 또 그가 모르는 곳으로 꽁꽁 숨어버릴 거다. 다시는 그를 만나지 못하도록 휴대폰 번호도 바꿀 거고, 이번엔 잊지 않고 개명도 할 생각이었다. 원우도, 수아도, 자신에겐 다 지겨운 사람들이었다.

이런저런 생각을 하던 끝에 원우의 얼굴이 불쑥 떠올랐다. 아인이 고개를 가로저으며 다시 한 번 생각했지만 또다시 원우의 얼굴이 떠올랐다.

지겹다.

집으로 돌아간 아인이 옷을 갈아입다 말고 멈춰 섰다. 온몸에 힘이 쭉 빠지는 기분이다. 아인의 표정이 흐릿해졌다.

'올라와.'

텅 빈 머릿속으로 그의 말이 떠올랐다. 그때 그 말을 뱉던 그의 표정과 몸짓까지도 그릴 수 있을 만큼 눈앞에 선했다.

진심일 리가.

아인은 쓰게 웃었다. 목 안에서 울컥거리며 튀어나오려는 감정을 억지로 우겨넣었다.

그가 설령 진심이라고 해도 그의 마음이 얼마나 이어질지 확신할 수 없었다. 원우의 말대로 자신은 사랑의 여부도 의심스럽지만, 사랑의 지속성이 더 의심스러웠다. 그래서 원우가 자신을 2년 전과 다르게 보고 있다는 걸 알면서도 받아줄 수가 없었다. 자신의 마음에 쳐놓은 빗장이 유일하게 자신을 보호하는 막이었기에.

삐리릭. 삐리릭.

울리는 벨소리에 휴대폰을 꺼낸 아인의 어깨가 뻣뻣하게 굳었다.

「팀장님.」

원우였다. 아인은 하얗게 발광하는 액정을 바라보며 느릿하게 걸었다. 전화를 받으려고 손가락을 움직일 때였다.

"왜 안 받아?"

불쑥 들리는 목소리에 아인이 고개를 들었다. 그가 자신의 집 앞에 차를 세우고서 기다리고 있었다. 그가 전화를 끊으며 아인에게 성큼 다가왔다. 아인이 언제 울었냐는 듯 덤덤한 얼굴로 원우를 바라보았다.

"왜 왔어요?"

"퇴근 후에 이야기하자고 한 건 너잖아. 안 그래?"

"저는 퇴근 후에 보자는 말한 적 없어요. 들어가 볼게요."

아인이 돌아섰다. 원우가 그녀의 앞을 가로막았다.

"그럼 내 이야기라도 들어."

"아뇨."

"들으라고."

원우의 말에 아인이 확 돌아섰다. 그러고는 무감한 눈으로 원우를 바라보았다. 귀를 틀어막고서라도 대화를 피할 것 같던 아인이 마음을 돌려먹은 듯, 그를 바라보았다.

"그래요, 그럼. 해봐요."

아인이 원우에게 말했다. 원우가 숨을 들이마시며 입을 열었다. 그러다 아인의 표정을 보고선 행동을 멈추었다. 아인은 그를 뚫어져라 바라보고 있었지만, 이미 마음의 귀가 닫힌 얼굴이었다. 그가 어떤 말을 해도, 아인은 듣지 않을 게 분명했다. 갑자기 극과 극으로 멀어진 거리감이 느껴졌다.

"말한다면서요."

아인이 덤덤하게 물었다.

"대체 뭐가 문제야? 올라오라고 했잖아. 네가 원하는 거 다 준다잖아. 여기서 뭘 더 어떻게 하라는 거야?"

원우가 갑갑하다는 듯 넥타이를 풀며 물었다. 자신이 있는 것을 다 나눠 주겠다고 공표했다. 다른 사람들이 알 수 있게끔 소문까지 냈다. 이렇게 다 했는데도, 아인의 차가운 표정은 여전했다.

"그게 문제예요."

아인의 말에 원우가 말을 멈추었다.

"내가 진짜 못 견딜 것 같은 게 뭔지 알아요?"

"……."

"나는 선배만 보면 아직도 굳게 닫힌 대문 앞에 서 있는 기분이에요."

미안하다, 라는 말 한마디로 해결할 수 없는 비참함과 수치스러움을 매순간 느껴야 했다.

"선배가 허락해야만 들어갈 수 있는 그 집 앞에 서서 선배만 기다려야 하는 기분이라고요."

"……."

"그 기분 모르죠? 누군가를 찾아가지 못하고, 누군가한테 소리 내서 보고 싶다고 말 못하는 기분. 언젠가 이 사람한테 버려질 걸 알기 때문에 소리 죽인 채 최대한 비위 거스르지 않으려고 내 존재까지 깎아내려야 하는 그 더러운 기분."

"……."

"그렇게 나를 깎아가면서 사랑하다가, 결국엔 버려지는 기분. 하루를 마지막인 것처럼 좋아하자 마음먹다가도 잘못 주워먹은 욕심에 숨이 턱 막히는 기분."

아인의 눈동자가 새빨갛게 물들어갔다. 아물었다고 믿었던 상처가 툭 소리와 함께 벌어졌다. 새빨간 생살을 드러내며 소금 같은 제 말에 아파 괴로워했다. 말을 마쳤음에도 아인의 손끝이 가늘게 떨렸다.

원우가 창백한 상태로 굳었다.

"이젠 내가 허락 안 해요."

아인이 차갑게 돌아섰다. 원우는 아인을 잡아야 한다고 생각하면서도 손을 뻗지 못했다. 유리문 너머로 사라지는 아인의 모습을 그대로 놓치고야 말았다.

어둑한 밤이 내려앉았다. 그러자 하나둘 가로등 불빛이 켜졌고, 여러 사람들의 손자국이 묻은 뿌연 유리문에 한 남자의 모습이 비쳤다. 몇 시간째 한자리를 지키고 있는 남자를 사람들은 의아한 듯 바라보다 지나갔다. 누군가 신고를 하려고 휴대폰을 꺼냈다가 지나치게 말쑥한 그의 행색에 고개를 갸웃거리며 지나갔다.

원우는 그 자리에 서서 손을 뻗었다. 손바닥을 타고 차가운 온도가 전해졌다. 유리문을 밀었지만, 잠금장치가 되어 있는 문은 열리지 않았다.

'나는 선배만 보면 아직도 굳게 닫힌 대문 앞에 서 있는 기분이에요.'

원우가 피곤한 눈을 느릿하게 감았다 떴다. 원우는 다시금 멍한 머릿속으로 생각했다. 언제 열릴지 모르는 문 앞에 서 있다는 게 이런 건가 싶었다. 아인이 떠난 후 아주 잠깐은 혼란스러웠고, 이후엔 기다리기로 했다. 2년도 기다렸는데 이 정도 못 기다리겠냐고 생각했다. 그런데 이 순간이, 2년의 세월보다 더 힘들다. 이 문만 열고 들어가면 있다는 걸 알기에 목이 탄다. 손에 잡을 수 있을 것 같은데, 잡을 수 없으니 미칠 거 같다. 일순 화가 났다가, 어느 순간 목이 멘다. 온갖 감정이 널을 뛰는데 표현할 수가 없다.

비위를 거스르면 안 되니까.

자신이 주아인의 눈치를 보고 있었다.

"하."

원우가 쓰게 웃었다. 입가에 남아 있던 웃음이 금세 흩어져 사라졌다. 이 기분을 아인은 수십 번을 느껴야 했다.

대체 자신은 주아인에게 무슨 짓을 한 건가.

원우는 그곳에서 처음으로 낭떠러지에 선 듯한 절망감을 맛보았다.

아인은 이삿짐 빠진 것이 없나 눈으로 꼼꼼히 확인했다. 풀옵션 원룸에서 살아서 짐이 별로 없을 것 같았는데 의외로 용달차 하나가 꽉 찼다. 사람 하나 살아도 필요한 물건 수는 같다는 강원도 아줌마의 말을 새삼 실감할 수 있었다.

"다 챙겼어요?"

이삿짐센터 아저씨가 먼지 묻은 장갑을 탈탈 털며 물었다.

"네."

"빠진 거 없는지 마지막으로 확인 다 하셨고요?"

"네."

"그럼 갑시다."

그러나 아저씨는 말과 달리 아인에게 한 발자국 다가와 조심스럽게 물었다.

"저기 저쪽에 서 있는 남자, 아가씨랑 아는 사이예요? 아까 전부터 빤히 쳐다보던데. 신고라도 해야 하는 거 아니에요?"

아인은 이삿짐센터 아저씨가 누굴 말하는지 돌아보지 않아도 알 수 있었다. 아까 전부터 자신의 시야에 가시처럼 걸리는 남자가 있었다. 이사를 결정하고 떠나기까지 속전속결로 일주일이 걸렸다. 그동안 그는 하루도 빠짐없이 자신의 집 앞에 왔다. 투명한 유리문 앞에 서서 하염없이 서 있다가 이른 새벽이면 떠나곤 했다. 벨을 누르거나, 자신에게 전화하는 법도 없었다. 마치 약속이라도 한 것처럼 문을 하염없이 바라보다가 돌아갔을 뿐이었다. 아인은 몇 번이나 문을 열었다 닫길 반복했다. 그를 돌려보내야 한다는 걸 알면서도 그를 마주 볼 자신이 없었다. 그렇게 일주일째 아인은 원우를 모르는 척하는 중이었다. 그의 미련이 어서 끝나길 바라면서.

"신경 쓰지 마세요. 모르는 사람이니까요."

아인은 원우가 들을 수 있도록 분명하게 대답했다.

"그래요? 요즘 세상이 워낙 무서워서. 어휴, 조심해요."

아저씨는 걱정스러운 눈초리로 아인을 바라보았다. 그녀는 웃는 둥 마는 둥 한 얼굴로 고개를 끄덕였다. 차에 올라탄 아인은 사이드미러에 비친 원우를 바라보았다. 그는 이곳을 바라보고 있었다. 눈이 마주친 기분이 들었다. 그러기엔 꽤 먼 거리라 아닐 확률이 높았다.

"출발해도 돼요?"

이삿짐센터 아저씨가 아인을 보며 물었다. 아인에게서 대답이 돌아오지 않자, 조금 더 소리 높여 물었다. 그제야 아인이 화들짝 놀라 돌아보았다.

"출발해도 되냐고요."

이삿짐센터 아저씨의 말에 아인은 고개를 끄덕였다.

"네. 그렇게 하세요."

아인은 시선을 앞으로 돌렸다. 차가 움직였고, 아인은 그가 따라오는지, 따라오지 않는지 확인할 자신이 없어 사이드미러를 바라보지 못했다.

아인이 이사를 온 곳은, 이전에 살던 집에서 30분 정도 떨어진 곳이었다. 예금으로 넣어두었던 돈을 합쳤더니 이전 집보다 제법 큰 규모의 집으로 이사할 수 있었다. 아인이 이사를 한 것은, 충동적인 일이었다. 자신을 알고 있는 모든 사람으로부터 멀어지고 싶다는 열망이 컸다.

이삿짐 정리를 모두 마치고 나니 저녁 8시가 훌쩍 넘었다. 오늘 하루종일 먹은 거라고는 점심으로 간단하게 먹은 짜장면이 전부였다. 아인은 휴대폰을 찾아 두리번거리다가, 무심코 창문 쪽으로 돌아섰다.

툭, 툭.

무언가 떨어지는 소리에 아인은 창문을 열었다. 쏴아아아. 겨울에 보기 힘든 소낙비였다. 그것도 빗방울이 꽤 굵었다. 빗방울을 이리저리 흔들고 다니는 칼바람이 꽤나 매서웠다. 창문을 조금 열어뒀을 뿐인데 창틀이 흥건하게 젖어갔다. 얼굴과 머리카락에 차가운 빗방울이 달라붙기 시작하자, 아인은 다급하게 창문을 닫다가 멈칫했다.

어둑한 밤, 익숙한 인영이 보였다. 그는 문 앞에 서서 유리문을 바라보고 있었다. 얼마 전부터 내리기 시작한 소낙비를 우산 하나 없이 맞고 서 있었다. 그를 알아본 아인이 창문을 꽉 움켜쥐었다. 자신이 이사를 가고 나면 그만둘 거라 생각했다. 그런데 그는 보란 듯이 자신의 집 앞에 시위하듯 서 있었다. 울컥한 아인이 현관문 쪽으로 달려가다가 멈춰 섰다. 고작해야 비다. 저 정도 비를 맞는다고 해서 사람이 죽진 않는다. 못 견딜 때가 되면 알아서 떠날 거다. 저 남자는 자신이 힘들 짓은 하지 않으니까.

아인은 냉정하게 돌아섰다. 그녀는 아무것도 못 본 것처럼 남은 이삿짐 정리를 시작했다. 자신이 저녁을 먹으려고 했다는 것도, 이미 다 정리해 둔 짐을 다시 헤집고 있다는 사실도 알아차리지 못했다.

아인이 고개를 들어 창문을 바라보았다. 가로등 불빛이 환하게 밝히고 있는 창문 너머로 내리치는 빗줄기가 보였다. 아인은 침대에 누워 눈을 감았다.

툭, 툭, 툭.

왜 이다지도 빗소리는 잘 들리는지.

결국 견디지 못하고 자리에서 일어난 아인이 창문을 열어젖혔다. 빗줄기의 세기는 줄어들었지만 여전히 비가 내리고 있었다. 맨몸으로 맞기엔 몹시 차가운 비였다. 아인은 슬쩍 눈을 내리깔았다. 그사이 손에 힘이 바짝 들어갔다. 무려 2시간이나 더 지났는데, 그는 그 자리에 서서 꼼짝도 하지 않고 있었다. 머리부터 발끝까지 흠뻑 젖은 모습이 눈에 들어왔다. 그는 고개를 숙이고 있었다. 아주 가볍게 그의 몸이 떨리고 있었다. 금방이라도 퍼석 소리를 내며 깨질 것 같았다.

그 언젠가, 자신이 보고 반했던 그 위태로운 모습처럼.

아인이 입술을 세게 깨물었다. 트특, 소리를 내며 입술 끄트머리 살점이 찢어졌음에도 아인은 아픔을 느끼지 못했다.

왜. 대체 왜.

비명 같은 소리가 입 밖으로 나오지 않게 참는 것만으로도 힘겨웠다. 아인이 창문을 닫고서 그 자리에 주저앉았다.

원우의 몸이 가볍게 떨렸다. 내리는 차가운 빗줄기에 몸의 온도를 빼앗겼다. 처음엔 힘들었고, 어느 시점을 지나자 어떤 느낌도 들지 않았다. 원우가 고개를 들어 유리문에 비친 제 모습을 바라보았다. 그는 엉망진창인 모습을 하고 있었다.

어쩌면 이게 자신의 진짜 모습일지도.

그럴싸한 것들로 포장해 놓았지만, 실제 김원우는 이런 인간이었다. 볼품없고, 나약해서, 무엇이 인생의 우선순위인지 모르고 살았다.

유리문 너머로 걸어오는 여자의 모습이 보였다. 그녀를 인식한 센서등의 조명이 켜졌다. 삐리릭 소리와 함께 잠금이 해제되었다. 자신을 비추고 있던 유리문이 열리고, 자신 대신 그 자리에 아인이 서 있었다.

"여기서 대체 뭐 하는 거예요?"

"네가 느꼈던 기분 느끼고 있는 중이잖아."

"이런 걸로 해결될 거라고 생각해요?"

아인이 차갑게 물었다.

"아니."

"그런데 왜 이렇게 미련한 짓을 해요?"

"……"

"말하기 싫으면 말하지 말아요. 내가 줄 수 있는 건 이것뿐이에요. 가지고 가요."

아인이 원우에게 우산을 내밀었다.

"신경 쓰여?"

원우가 파리하게 질린 입술을 억지로 끌어 올려 웃으며 물었다. 아인은 대답 대신 그의 손에 우산을 쥐어주었다.

"아뇨. 신경 안 쓰여요."

실은, 쓰인다.

아주 많이 신경 쓰인다. 다만 이 마음을 인정하고 싶지 않을 뿐이다.

"어서 가요."

아인은 대꾸하기 싫다는 듯 대답했다. 그사이, 1층 문이 벌컥 열리며 나이 든 아주머니가 나왔다. 마치 지켜보고 있다가 나온 듯했다.

"거기 그 남자, 아가씨랑 아는 사이예요?"

아인이 대답을 못하자, 아줌마가 얼굴을 찌푸렸다.

"무슨 사정인지 모르겠지만, 다 함께 쓰는 문 앞에 사람을 그렇게 세워 두면 어떻게 해요? 우리 애가 들어오다가 깜짝 놀랐다고 하잖아요. 하마 터면 신고할 뻔했네. 계속 거기 서 있을 거예요?"

"죄송합니다."

아인이 고개를 숙여 사과했다. 원우는 끝내 사과하지 않았다.

"어휴."

아줌마는 한숨을 내쉬더니 고개를 가로저었다. 아무래도 연인끼리 사소한 싸움이라도 했다고 오해한 듯했다. 아줌마가 사라진 후, 아인은 뒤로 돌아섰다. 이 남자 때문에 자신이 고개를 숙여야 했다. 아인은 피곤한 얼굴로 원우를 바라보았다.

"들었죠? 선배가 여기에 있으면 내가 피곤해져요. 그러니까 돌아가요."

"안 가."

"선배, 내가 쫓겨난다고 했죠?"

"차라리 쫓겨나. 내가 책임질 테니까."

"……."

"난, 절대로 안 가."

"……후우."

아인이 피곤한 표정으로 한숨을 내쉬었다.

"뭘 원하는 거예요?"

아인이 몹시 피곤한 얼굴로 원우에게 물었다.

"이야기 좀 하자."

"선배 얼굴이 어떤 줄 알아요? 쓰러질 것 같아요. 그런 얼굴로 무슨 이야기를 해요?"

"그러니까 쓰러지기 전에 이야기하자는 거잖아."

"……."

"이렇게 길에서 서서 이야기할 거야?"

때마침 원우의 어깨너머로 아주머니가 흘깃거리며 지나가는 게 느껴졌다.

"집이 불편하면 차에서 이야기하든지."

원우가 자신의 차를 가리켰다. 아인은 됐다고 말을 하려다가 입을 다물었다. 자신이 모른 척하고 들어간다면 그는 또 이곳에 서서 꼼짝도 안 할 것 같았다. 그의 몸이 덜덜 떨리는 게 신경 쓰였다. 또 어디선가 보고 있을 1층 아줌마도 신경 쓰였다. 그렇다고 비에 흠뻑 젖은 남자를 데리고 카페에 갈 수도 없었다.

아인이 원우의 차를 바라보다가 자신의 집으로 시선을 옮겼다. 차보다 넓은 곳에서 이야기하는 게 편할 듯했다.

"잠시 집으로 와요."

아인이 먼저 돌아섰다. 원우가 뒤따라 걸어갔다. 쿵, 쿵 이어지는 발소리를 따라 심장도 쿵쿵 뛰었다. 그가 따라오고 있다. 그 사실만으로도 멀미라도 하는 것처럼 속이 미슥거렸고, 손끝이 아려왔다.

"예전에 너도 이런 기분이었어?"

뒤따라오던 원우가 아인에게 물었다.

"어떤 기분인데요?"

"차라리 한 대 얻어맞는 게 속편할 거 같은 기분."

원우의 말에 아인의 표정이 아득해졌다. 잠시 굳어 있던 아인이 뻣뻣한 입술 끝을 비죽이 끌어 올렸다.

"아뇨."

그녀의 대답에 원우가 안도하는 눈빛을 지었다.

"이것보다 훨씬 더 심하죠. 그리고 전 선배를 절대로 안 때릴 거예요."

"……"

"내가 때리면 선배는 속이 편해질 테니까. 절대로 선배가 속 편할 짓은 안 해요."

아인이 원우에게서 장바구니를 빼앗아 돌아섰다. 아인은 무서우리만큼 차갑게 대꾸하며, 잔뜩 날을 세웠다. 성큼성큼 멀어지는 아인의 뒷모습을 바라보던 원우가 피곤한 얼굴로 눈가를 가렸다. 원우는 아인의 뒤를 따라 걸음을 옮겼다.

아인의 집으로 들어선 원우는 현관문에 얌전히 서 있었다. 아인이 수건을 가져다주자 그걸로 머리를 털어 말렸다. 가볍게 정리를 한 그가 화장실로 자리를 옮겼다. 옷을 비틀어 짜는지 물 떨어지는 소리가 들렸다. 그가 나온 것은 한참 만이었다. 아인은 그에게 옷을 내어줄까 하다가 그런 친절도 베풀고 싶지 않아 현관 근처를 가리켰다.

"저기에 앉으면 돼요."

이런 대접은 처음이었을 테지만, 원우는 군말하지 않았다. 아인이 가리키는 자리에 앉아 집 안을 둘러보았다. 아인의 집은 처음이었다. 자신이 홀로 움직이기에도 좁은 집이었다. 이런 집에서 살았구나.

"오늘 이사해서 줄 만한 게 없어요. 커피도 없고요. 물밖에 없는데 줄까요?"

"됐어."

원우 가볍게 고개를 가로저었다. 그가 막상 자신의 집에 들어서자 어색했다. 자신의 실수였다. 더 이상 물릴 수 있는 상황이 아니라, 아인은 테이블을 가져와 그와 자신의 사이에 가져다놓았다.

"무슨 말이 하고 싶은 거예요?"

"원래 하고 싶은 말은, 이제 그만하고 내 옆에 있어 이거였는데 지금은 못하겠다. 며칠 동안 유리문만 보고 있으니 그 말이 안 나오더라."

"……그럼 무슨 말이 하고 싶은데요?"

"미안하다는 말."

"……"

"미안해."

그의 말에 아인은 순간 목이 메었다. 추위에 하얗게 질린 입술로 용서를 비는 그가 눈물 나게 불쌍해 보였다. 그러나 아인은 입안의 살을 꽉 씹으며 울컥거림을 삼켰다.

"……그 말은 전에도 들었어요. 똑같은 이야기할 거면 필요 없어요. 나가요."

"네가 하자는 거, 네가 필요하다는 거 다 해줄게."

"나랑 결혼이라도 하게요?"

아인이 입술을 비틀며 웃었다.

"어."

그러나 이어진 원우의 대답에 더 웃지 못했다. 순간 방 안의 공기가 묵직하게 내려앉았다. 아인은 굳은 채 원우를 바라보았다. 사람인데 마주 보면 눈이 부시다. 이 빛이 좋아서 따라다니다가 제 눈이 멀어버렸다. 멍청하게.

"내가, 왜요?"

마침내 아인이 낮은 목소리로 물었다. 자신의 입에서 나온 목소리가 맞는 건지 의심스러울 만큼 잔뜩 가라앉은 목소리였다. 한 번 말이 나오자, 멈출 수가 없었다. 석고상처럼 굳은 아인이 퍼석거리는 입술로 말했다.

"선배한테는 여전히 내 의견이 필요 없죠? 그때도, 지금도 내가 제일 힘든 게 뭔지 알아요? 늘 선배 페이스에 맞춰야 한다는 거예요. 김원우의 주아인은 있어도, 주아인의 김원우가 없다는 게 나를 가장 힘들게 했다고요. 그런데 나한테 그 삶을 살라고요? 내가 왜요? 난 그렇게 하기 싫어요. 지금이 좋아요. 앞으로도 난 이렇게 살 거예요."

"지금처럼 뭐? 예전의 나처럼? 지금 네 얼굴, 내 얼굴이랑 똑같아."

아인의 얼굴이 충격으로 굳어졌다.

"그건 내가 알아서 할 일이에요. 내가 할 말은 이게 다예요. 나가요."

아인이 몸을 일으켰다. 더 이상 원우와 앉아 이야기를 나누고 싶지 않았다. 아인이 자리에서 일어나자마자 원우가 뒤따라 일어났다.

"그럼 내 이야기 들어."

원우가 아인에게 바짝 다가왔다. 좁은 집이라 도망칠 곳이 없어 금방

잡혔다. 아인은 벽에 등을 붙이고 서서 자신에게 다가온 원우를 쳐다보았다. 금방이라도 가슴과 가슴이 맞닿을 것 같았다. 아인이 한쪽 입꼬리를 비스듬히 올리며 웃었다.

"이야기가 뭔데요? 이야기하려는 거 맞아요? 자고 싶은 거 아니고요?"

일부러 정떨어지게 말하는 아인을, 원우가 무서운 표정으로 쳐다보았다. 그는 대답 대신 주머니에서 무언가를 꺼내 아인의 손에 쥐어주었다.

"오피스텔 마스터키, 차 열쇠, 본가 열쇠야."

아인이 제 손에 쥐어진 열쇠 꾸러미를 내려 보았다. 아인이 손을 돌려 열쇠 꾸러미를 던지려 하자, 원우가 아인의 손을 잡아챘다. 그러고는 힘주어 아인의 손에 움켜쥐었다.

"지금은 이것만 줄게. 내가 지금 당장 줄 수 있는 게 이것밖에 없어. 앞으로 생각나는 대로 줄게. 내가 갖고 있는 것들 싹 다."

원우가 사나운 기세를 억지로 삼키며 말했다. 그의 목울대가 위험스럽게 오르내렸다. 조금만 도를 지나치면 금방 울컥하며 화를 쏟아낼 것 같았다. 아인은 그런 그가 우스우면서도, 화가 났다.

그는 여전히 자신의 말을 듣지 않는다.

"……놔요."

아인이 차갑게 말한 후 몸을 비틀었다. 그러자 원우가 아인을 꽉 붙들었다. 아인이 벗어날 수 없도록 움켜쥐고서 원우가 속의 말을 쏟아부었다.

"벌 받는 것처럼 유리문 앞에 서서 너만 나오도록 기다리는 동안 미치는 줄 알았어. 네가 무슨 고통을 얼마만큼 받았는지 잘 알겠는데, 그래서 이런 말 함부로 안 하려고 했는데……."

"……."

"사라지지 마."

"……."

그의 억눌린 목소리에 건전지 빠진 로봇처럼 아인의 행동이 뚝 멈추었다.

"……사라지지 말고, 좀 옆에 있어."

언젠가 아인이 그에게 고백처럼 건넸던 부탁이었다. 심장이 철렁 내려앉았다. 목 안이 바짝 조이며 울음이 나오려 했다.

원우의 말을 듣는 순간, 아인은 자신이 사라지고 싶어함을 느꼈다. 동시에…… 사라지고 싶지 않다는 갈망을 느꼈다. 사랑하고 싶지 않다는 강한 부정이 실은 사랑하고 싶다는 강렬한 긍정인 것처럼.

바들바들 떨리는 입술을 꽉 깨물고서 아인이 숨을 들이마셨다.

"……놔요. 놓으라고요!"

아인이 소리를 지르며 몸을 비틀며 원우에게서 벗어나려 애썼다. 그럴수록 아인을 붙잡는 원우의 힘이 점점 더 거세졌다. 그가 아인을 끌어안았다. 아인이 벗어나려고 발버둥 쳤다.

"놔! 놔요! 놔!"

무엇으로부터 벗어나려고 하는지 모른 채 아인이 발버둥 쳤다. 있는 힘을 다해 움직이던 아인의 행동이 서서히 멈췄다. 힘이 다한 아인이 쓰러지듯 벽에 기대섰다. 원우가 아인을 끌어당겨 안았다. 아인이 미미하게 손으로 원우를 밀치며 반항했다. 그러나 그마저도 얼마 가지 않아 미끄러지듯 손이 아래로 떨어져 내렸다.

아인의 입술이 벙긋거렸다. 누구에게 하는 말인지도 모른 채.

숨을 들이마신 아인이 원우의 옷에 이마를 가져다 댔다.

"나한테 가지 말라고 한 건 너였어."

"……."

"그 말, 지켰어."

"……."

"그러니까 네가 내 부탁 좀 들어줘. 주아인."

"……."

"가지 말고, 옆에 있어."

그의 말이 드문드문 끊겼다. 무언가를 끊임없이 삼키듯 그의 호흡이 끊어지며 가슴이 부풀었다 꺼지길 반복했다.

"미칠 거 같은데, 주는 것 말고 내가 뭘 더 해야 할지 모르겠으니까……."

그의 낮은 고백이 두려움을 담고 있었다.

툭, 툭.

아인의 뒤통수에 묵직한 무언가가 닿았다 미끄러졌다. 뜨거운 액체가 흘러내릴 땐 소름 끼치게 차가웠다. 목덜미를 타고 흘러내린 순간, 아인의 몸이 움찔거렸다. 그것이 신호탄인 것처럼 아인의 몸에 힘이 들어갔다.

"흐흡."

입술 새로 울음이 터져 나왔다. 아인이 원우의 옷자락을 꽉 움켜쥐었다. 고통스럽게 구겨진 아인의 얼굴에서 눈물이 쏟아져 내렸다.

용서하고 싶지 않은데, 용서조차도 왜 자신의 마음대로 되지 않는 건지……. 사랑하고 싶지 않은데, 왜 한순간도 내려놓지 못했는지…….

온몸을 다해 울고 있는 아인을 끌어안은 채 원우가 그녀의 등을 쓸어내렸다.

"……옆에 있어줘, 아인아."

"……."

"아니, 옆에 있게 해줘."

"……."

"뭐든 할 테니까."

"……."

"제발."

간절한 그의 목소리가 귀를 타고 흘러 넘어왔다. 아인의 몸이 바들바들 떨렸다.

홀로 떠다니는 걸 사랑하는 척 굴었지만, 어딘가 안착하고 싶었다. 뿌리를 내리고 꽃을 피우고 싶었다. 존재의 의미를 알아주길 바랐다. 그곳이 이 사람이라는 걸…… 인정할 수밖에 없었다.

"……안 가요?"

씻고 나온 아인이 물기가 덜 닦인 얼굴로 바닥에 앉은 원우를 보며 물었다. 그가 집에 있으니 안 그래도 좁은 집이 더 좁게 느껴졌다.

"이리 와."

갈 생각이 없는지 그는 재킷까지 벗었다. 아인이 왜 그러냐는 듯 바라보자, 원우가 성큼 다가왔다. 그가 한 발 걸었는데 금세 그의 범위 안에 들어섰다.

"얼굴 다 부었네."

한참을 울어서인지 아인의 얼굴이 퉁퉁 부어 있었다. 아인이 민망한 듯 제 얼굴을 쓸어내렸다. 스물이 넘어서 이렇게 오열하듯 운 것은 처음이었다. 그땐 정신이 없었다. 태풍 속에 휘말린 사람처럼 그의 감정이 휘몰아쳐 다가왔다.

그도 자신만큼 사랑받은 적이 없는 사람이라, 할 수 있는 고백이 자신의 것을 내어주는 것밖에 없었다. 마치 어린아이가 자신의 장난감을 양보하듯이.

원우의 손길이 아인의 뺨을 쓸어내리자, 아인이 민망한 듯 눈을 내리깔았다.

"정말 안 가요?"

아인이 슬쩍 물었다.

"가길 바라?"

아인은 대답하지 않았다. 그와 있는 게 민망하지만, 가길 바란 것도 아니다. 자신의 마음을 자신도 모르겠다. 그저 어수선한 방에 갇힌 기분이었다.

"내가 가면 흔들릴 거 같으니까, 오늘은 같이 있자."

"불편할 거예요."

"괜찮아."

"선배."

자신을 데리고 침대로 가려는 원우를 아인이 막아 세웠다.

"아직 선배를 다 받아들이기로 한 건 아니에요."

"……뭐?"

원우가 무슨 소리냐는 듯 목소리에 날이 섰다. 아인이 눈을 들어 원우를 바라보았다.

"이제야 겨우 엉킨 매듭을 풀 의지가 생긴 거예요. 예전처럼 선배를 사랑할 수 있을지 저도 장담 못해요."

자신이 뿌리를 내릴 곳이 이곳이라는 걸 알지만, 천천히 수습해 가며 움직이고 싶었다. 원우가 아인을 바라보다 낮게 한숨을 내쉬었다. 자신의 잘못이라는 걸 알기에 원우는 아무 말도 할 수 없었다.

"일단 씻고 와요. 갈아입을 옷은 없겠지만."

아인은 원우가 씻으러 간 사이에 집을 정리했다. 무심코 정리하다 자신과 원우가 서 있던 곳을 발견했다. 흥건한 눈물이 바닥에 가득했다. 자신이 우는 동안 천장에 구멍이라도 난 것처럼 뒤통수에 물방울이 닿았다.

자신만큼 원우가 울었다는 것을 안 순간, 가슴이 서늘하게 내려앉았다. 미묘한 기분에 휘감긴 아인은 휴지로 바닥을 훔쳤다.

❖

아인과 원우는 좁은 침대에 나란히 누웠다. 아인이 조금이라도 몸부림 치면 모서리에 누워 있는 원우가 떨어질 것 같았다. 그의 가슴이 어깨에 닿았다. 그가 숨을 들이마실 때마다 자신이 숨 쉬는 것처럼 움직였다.

"바닥에서 자는 게 어때요?"

아인이 원우를 쳐다보며 물었다.

"괜찮아. 자."

"그러는 선배는 왜 자꾸 쳐다봐요?"

아인이 팔을 괴고서 자신을 물끄러미 바라보는 원우를 보았다. 창문 틈 으로 흘러든 가로등 불빛에 그의 얼굴이 어둠 속에서도 또렷하게 보였다.

"어떻게 해야 매듭을 풀어줄까 해서."

아인은 그의 말에 잠시 입을 다물었다. 그러다 아인이 빈 입술을 벙긋 거렸다. 고민 끝에 아인이 물었다.

"혹시 2년 동안 날 찾았어요?"

"어. 그런데 휴대폰도 없고, 메일도 안 쓰는 사람 찾기가 힘들더라."

연락할 가족도, 친척도 없었기에 아인에게 휴대폰은 무용지물이었다. 메일은 더더욱 마찬가지였다.

"그래서 네가 살던 집을 챙겼어."

"……."

"네가 혹시나 돌아올지도 모를 일이니까."

아인의 흔적이 남은 곳은 그녀가 살던 집이 유일했다. 그곳을 움켜쥐고 있으면 아인이 돌아올 거라 생각했다. 돌아오지 않더라도, 그가 붙잡고 있을 곳은 이곳밖에 없었다. 며칠을 그곳에서 서성거린 적도 있었다.

"어떻게 날 찾았어요?"

"심부름센터가 알려주더라. 너랑 비슷한 사람을 찾았다고. 사진 보니까 너더라."

원우가 베개에 얼굴을 파묻고서 중얼거리듯 말했다. 속살거리는 목소리에 숨소리가 묻어 있었다. 숨소리가 닿은 뺨과 목덜미가 간질거렸다. 일부러 그러는 걸까 의심스러울 만큼 자극적이었다. 아인은 일부러 옆으로 돌아누웠다. 그러자 원우와 얼굴을 마주 보게 되었다. 뒤늦게 아차 했지만, 아인은 내색하지 않았다.

"일부러 회사로 끌어들인 거예요?"

"어. 주아인이 일을 조금만 못했더라면 어쩔 수 없이 나타나야겠지만, 그런 것도 아니니 회사로 끌어들인 거야."

"……."

"그 몇 주가 이 년보다 더 힘들었어. 몰래 몇 번 찾아오기도 했었고."

"……."

사무실에서 자신을 발견한 원우가 유난히 침착했던 것을 떠올렸다. 마치 이럴 줄 알았다는 듯이. 아인은 처음부터 그가 계획해 놓은 판에 걸려든 것이었다.

"나도 곧 관둘 거야. 본가로 들어갈 거야. 너도 따라와."

아인은 원우를 바라보다 고개를 가로저었다.

"저는 따로 지낼게요. 누군가에게 영향을 받아도, 누군가에게 소속되고 싶진 않아요."

원우가 아인을 빤히 바라보았다.

"그래."

원우가 마침내 허락하듯 대답했다. 더 이상 자신의 고집대로 아인을 다뤄서는 안 된다는 걸 깨달았다.

"피곤할 텐데, 어서 자요."

아인이 이불을 원우의 목 끝까지 덮어주었다. 원우가 와서 난방을 켜 긴 했지만, 창문 틈새로 찬바람이 새어 들어왔다. 이런 공간이 그에게는 무척 낯설 것 같아 신경 쓰였다. 주아인의 낡은 집에서 몇 번이나 잠들었던 그의 입장에서 이 정도는 감지덕지지만, 굳이 말하지 않았다. 원우는 이불을 덮은 채 아인의 어깨에 턱을 가져다 댔다. 코끝으로 아인의 향기가 닿았다 사라졌다.

아인에게서만 나는 향기. 아인에게서만 나는 목소리. 아인에게서만 느낄 수 있는 온기. 아인이었기에 가능했던 사랑.

원우는 아인을 끌어안았다. 흠칫하는 아인의 몸을 못 느낀 척, 원우가 낮게 속삭였다.

"잘 왔어. 주아인."

"……."

"이제 사라지지 마."

애틋한 목소리로 원우가 속삭였다. 순간 울컥하며 가슴에서 열기 섞인 덩어리가 서서히 퍼져 나갔다. 2년 전, 그에게 사라지지 말라고 했던 건 실은 자신의 모습 같아서인지도 모른다. 누구도 잡아주지 않는 삶, 누구도 필요로 하지 않는 인생, 중력 없는 세상처럼 애정이 없는 삶. 그에게 사라지지 말라고 말하고 정작 자신이 사라졌다.

찾아줘서 고마워요.

아인은 말을 하면 울 것 같아, 말 대신 원우의 손을 꼭 잡았다.

8

회사를 관둔 후, 아인은 모처럼 쉬었다. 수중에 남아 있는 돈을 보건대 기껏 해봐야 두 달 쉴 수 있을 정도밖에 되지 않았다. 이전이라면 무슨 일을 해서라도 돈을 벌려고 했겠지만, 지금은 그러고 싶지 않았다. 아인은 더 이상 되는 대로가 아닌, 방향을 잡고서 살고 싶었다. 그러기 위해선 자신에게 어떤 일이 맞는지 조금 더 고민해 보고 싶었다.

딩동, 딩동, 설거지를 하고 있는 내내 누군가가 거칠게 벨을 눌렸다. 아인이 마른행주에 손을 닦은 후, 현관문으로 걸어갔다.

"누구세요?"

물었으나, 대답 대신 연신 벨소리가 들렸다. 아인이 문을 열자 씩씩대고 있는 수아가 보였다.

"많이 급했나 봐. 찾아오는 걸 보니."

아인은 그녀가 찾아올 걸 예상한 듯 덤덤하게 대답했다.

"야! 너 미쳤어?"

수아가 앙칼지게 소리쳐 물었다.

"뭐가?"

아인이 덤덤하게 응수했다.

"너 어떻게 이럴 수가 있니? 보아하니 잘사는 남자 한 명 물어서 운 좋게 복을 거머쥐었으면 베풀 줄 알아야지! 솔직히 우리 엄마가 너 키우느라 얼마나 고생했어. 그런데 뭐? 1억을 도로 뱉으라고? 내 참, 기가 차서."

수아가 숨이 넘어갈 것 같은 얼굴로 말했다. 얼마 전, 수아가 아인에게 슬쩍 문자를 보냈다. 새어머니 수술비로 몹시 급하니 2천만 원만 꿔달라는 내용이었다. 아인은 수아에게 대답하는 대신, 원우에게 연락해 수아에게 연락이 왔으니 계약 불이행으로 1억이라는 돈을 환수하라고 말했다. 그 일로 수아가 부랴부랴 자신을 찾아온 것이었다.

"네가 말한 병실에 새어머니 없던데?"

아인의 말에 수아가 흠칫했다. 그녀가 왔다 갔다는 말은 처음이었다.

"다른 병원으로 옮기셨어."

"다른 병원 어디?"

"말하면 찾아오려고? 네가 언제부터 우리 엄마를 그렇게 끔찍하게 생각했다고?"

수아가 뾰쪽하게 쏘아붙이며 아인을 노려보았다. 절대로 병원을 알려주지 않을 것 같은 기세에 아인이 차갑게 웃었다.

"이미 알아봤어. 네가 나한테 왜 말을 못하는지도 잘 알고."

아인의 대답에 수아의 얼굴이 눈에 띄게 굳었다.

"너희 엄마, 얼마 전에 여행도 다녀오셨던데. 꽤 멀쩡하시더라."

"이게, 진짜……!"

"수아야, 됐다. 됐어."

수아의 등 뒤에서 만류하는 소리가 들렸다. 더는 못 듣고 있겠다는 듯 수아의 등 뒤에서 모습을 드러낸 건 그녀의 새어머니였다. 2년 사이에 그 녀는 많은 일을 겪은 듯 잔뜩 말라 있었다. 놀랐지만, 그런 내색을 하지 않고서 새어머니를 쳐다보았다.

"오랜만이구나."

새어머니가 웃으며 아인의 손을 잡아 쥐었다.

"그동안 잘살았고?"

비굴할 정도로 슬슬 웃으며 말을 건네왔다. 아인이 새어머니의 손을 뿌리쳤다. 그러자 새어머니의 표정이 굳었다가 다시금 슬그머니 풀어졌 다.

"내가 그땐 경황이 없어서 널 데려가지 못했거든. 너를 찾아 이 동네 저 동네 다 쑤시고 다녀도 오간 데가 없잖니. 그래서 나도 네 걱정 참 많 이 했다. 그런데 이렇게 멀쩡하게 나타나주니 고맙구나."

"멀쩡한 거 확인했으면 돌아가세요. 더 이상 할 말 없으니까."

"아인아."

새어머니의 입에서 나오는 자신의 이름이 소름 끼치게 듣기 싫었다. 아인은 잔뜩 굳은 얼굴로 새어머니를 뚫어져라 바라보았다.

"그러지 말고, 베풀렴. 어쨌든 우리는 하나밖에 없는 가족이잖니. 안 그래? 응?"

새어머니가 뱀처럼 간교한 얼굴로 가족이라는 명칭을 들먹거렸다. 아 인은 그런 새어머니를 차갑게 쳐다보았다.

"아버지 사망보험금이 다 떨어졌을 즈음 되니까 돈 벌어주던 제가 생 각났나 보죠?"

사망보험금이라는 말에 새어머니의 표정이 일순 굳었다. 아인은 그 순 간을 놓치지 않고 직시했다. 이게 자신이 데리고 살던 가족이라는 사람들 의 모습이다. 지겹고, 신물 나고, 더러운 사람들. 아인이 차갑게 웃으며 말을 이었다.

"보아하니 멀쩡하네요. 이제부터 본인들이 저지른 일을 책임지셔야죠. 앞으로 바쁘실 거예요. 김원우 씨로부터 빌려간 1억 갚으셔야 하고, 소송 준비도 하셔야 할 테니까요. 사망보험금 없는 셈 치려고 했는데 도저히 안 되겠네요. 두 분이 평생 갚으셔야 할 거예요. 조심히 가세요."

아인이 현관문을 닫으려고 하자, 새어머니가 덥석 문을 붙잡았다. 새어머니의 엄청나게 센 힘 때문에 문이 도로 열렸다.

"아인아, 그러지 말고 좀 봐줘라. 응?"

새어머니가 아인의 앞에 무릎을 꿇었다. 그러고서 두 손으로 싹싹 빌기 시작했다.

"뭐 해! 수아야! 너도 안 빌고!"

"내가 왜!"

"스읍, 얼른 못 빌어?"

수아가 아인을 흘겨보다가 새어머니 옆에 무릎을 꿇고 앉았다. 아인은 그런 두 사람을 바라보며 웃었다. 아인은 문을 활짝 열어젖혔다. 그러고는 두 사람 앞에 마주 무릎을 꿇었다. 그러고는 빌듯이 두 손을 모았다.

"새어머니."

아인이 처량한 표정을 짓고서 나지막하게 그녀를 불렀다. 그러자 새어머니가 아인을 바라보았다.

"CCTV 때문에 이러세요? 불쌍한 척하다가 매몰차게 쫓겨난 불쌍한 모녀로 인터넷 몰이라도 하시려고요? 김원우가 누군지는 잘 알 테니 이걸로 크게 한 건 잡겠다는 생각이신 모양인데, 그건 좀 곤란하거든요. 그리고 CCTV는 외부 반출이 불가능해요. 제가 미리 경비업체에 연락을 다 해뒀거든요."

아인의 말에 새어머니의 표정이 서늘하게 변했다. 아인은 그 표정을 보며 입꼬리를 늘여 웃었다.

"아버지 사망보험금, 그리고 빌려 가신 1억 모두 다 갚으셔야 할 겁니다."

"너, 정말……!"

새어머니의 손이 부들부들 떨렸다.

"말했잖아! 얘 안 된다니까!"

수아가 빽 소리를 지르며 자리에서 벌떡 일어났다. 아인이 몸을 일으켰다. 뒤따라 새어머니가 몸을 일으켰다.

짝!

매서운 마찰음이 퍼졌다.

"못되고 되바라진 년."

언제 비굴했냐는 듯 새어머니가 무서운 목소리로 말했다. 아인은 얼얼한 뺨을 붙잡고서 고개를 들었다.

짝! 짝!

뒤따라 파열음이 두 번 퍼졌다. 새어머니와 수아의 고개가 동시에 돌아갔다. 두 사람이 얼빠진 얼굴로 아인을 쳐다보았다.

"내가 언제까지 맞아줄 거라 생각했어? 앞으로 한 대 때리면 난 두 대씩 때릴 거야."

다른 사람처럼 돌변해서 던진 아인의 말에 새어머니와 수아가 얼이 나간 얼굴로 허, 허, 하며 숨만 몰아쉬었다. 자신들이 기억하는 주아인은 순둥이였다. 자신이 내놓으라면 주고, 뺏으면 뺏기는 채 가만히 있는 머저리이기도 했다. 그런데 지금 전혀 다른 사람 같은 얼굴로 쳐다보고 있었다.

"하, 남자 좀 잘 만났다고 이게 눈에 뵈는 게 없나 보네? 어떻게 어른을 때려? 그렇게 못 배웠어? 부모 없는 티를 그렇게 낼래?"

곁에 있던 수아가 악을 쓰듯 소리쳤다.

"그러게. 새어머니 밑에서 갖은 구박을 다 당했더니 부모 없는 티가 나네. 2년 동안 갖은 고생 다 하면서 했던 생각 중에 하나가 뭔지 알아? 다시는 당신 같은 여자랑 주수아한테 등골 빼먹히지 않는다는 거였어. 1억이랑 아버지 사망보험금 안 갚으면 그만일 거 같지? 아니. 앞으로 두 사람이 일하는 족족 차압될 거야. 일용직으로 일하면 되겠다는 계산 하겠지? 나도 그 정도는 다 계산하고 있어. 도망치면 잡으러 갈 거야. 갚을 때까지 피 말리게 해줄게. 꼭 내가 그렇게 해줄 테니까 기대해."

아인이 현관문을 닫고 들어가려고 하자, 두 사람이 득달같이 달려들었다. 아인은 두 사람을 있는 힘껏 밀친 후, 현관문을 쾅 소리 나게 닫았다.

쾅, 쾅!

"야, 이년아!"

"문 열어! 당장 안 열어?"

문을 거칠게 두드리며 수아와 새어머니가 입에 담지 못할 욕을 쏟아부었다. 집 안으로 들어온 아인은 쿵쿵거리는 심장을 꽉 움켜쥐었다. 저 사람들을 강하게 잘라내지 못하면 두고두고 한이 될 것 같았다. 아인은 휴대폰을 들어 112에 신고했다. 이어 원우에게 전화를 걸었다. 신호음이 얼마 가지 않아 원우가 곧장 받았다.

[응.]

듣기 좋은 목소리였다. 그의 목소리를 듣자 쿵쿵대던 심장이 한결 가라앉는 게 느껴졌다.

"선배."

[말해.]

"수아랑 그 여자 찾아왔어요. 그래서 말인데, 주소는 여기에 올려놓고 당분간 선배의 오피스텔에서 쉬고 싶어요."

또 이사를 갈 수도 없는 노릇이었다. 그리고 자신은 원우에게 이 정도 요청을 해도 된다는 생각이 들었다. 이젠 조금 이기적이고 싶었다.

[그래. 그렇게 해.]

돌아온 목소리가 이전보다 부드러웠다. 자신의 제안을 반기는 분위기였다.

[두 사람은 내가 안 보이게 정리해 둘게. 네가 요구했던 대로 사망보험금 소송 걸고, 1억도 돌려받을 테니까 걱정하지 마.]

"네. 고마워요."

[저녁에 봐.]

아인은 통화를 마친 후, 가슴을 쓸어내렸다. 여전히 문밖이 소란스러웠다. 얼마 못 가 경찰들이 찾아와 문을 두드릴 때까지 아인은 집 안에서 꼼짝도 하지 않았다.

아인이 원우의 집으로 대피를 한 건, 경찰 조사를 마친 후였다. 경찰 조사를 받은 것도 없었다. 아인이 경찰서에 도착하기가 무섭게, 원우의 변호사가 대리인 자격으로 나타났다. 아인이 유유자적 풀리는 걸 보며 수아와 그녀의 새어머니는 이를 바득바득 갈며 악을 썼다. 아인은 그런 두 사람을 물끄러미 바라보다가 귀가했다. 가장 먼저 집으로 돌아와 짐을 싸서 원우의 오피스텔로 향했다.

짐을 풀고, 샤워를 마치고 나자 배가 고파졌다. 아인은 혹시나 하는 마음에 오피스텔 안을 둘러보았다. 역시나 부엌은 텅 비어 있었다. 모델하우스로 오해받을 만큼 주방엔 물 한 방울 없었다.

그는 대체 이런 집을 왜 마련해 둔 걸까.

싱크대를 손끝으로 훑던 아인은 또 다른 생각에 부딪쳤다.

그러는 자신은 왜 그의 집으로 도망친 걸까. 홀로 도망쳐서 어디든 갈 수 있었다. 그러나 아인은 곧바로 원우에게 전화를 해 도움을 구했다. 편해서였을까. 그랬을 수도 있지만, 그보다 더 큰 이유는 보상심리와 확인이었다. 그로 인해 힘들었던 시간을 보상받고 싶었고, 그의 마음이 자신을 향하고 있다는 걸 확인받고 싶었다. 그러나 이런 걸로는 부족했다. 좀 더 강한 것이 필요했다. 사정없이 흔들리는 자신의 마음을 잠재울 만한 무언가.

띠리릭.

아인의 생각이 깊어질 무렵, 벨이 울렸다. 흠칫한 아인이 몸을 일으켜 인터폰으로 걸어갔다.

"누구세요?"

—배달 왔습니다.

"배달시킨 적 없습니다."

—김원우 씨가 보내셨습니다. 주아인 씨 아니신가요?

그녀의 이름에 아인은 문을 열어주었다.

"여기 있습니다."

퀵 서비스 아저씨가 배달한 것은 커다란 비닐봉지 하나였다.

"여기 사인 하시죠."

그가 내민 종이에 아인은 얼결에 사인을 했다. 퀵 서비스 아저씨가 사라지고 나서야 아인은 비닐봉지를 확인했다. 그 안에는 각종 야채, 해산물, 고기들이 한가득 들어 있었다. 금세 식탁 하나가 꽉 찼다. 아인이 주머니에서 휴대폰을 꺼내 그에게 전화를 걸었다.

"이게 다 뭐예요?"

아인이 인사도 생략한 채 물었다.

[배고플 텐데 뭐라도 해먹으라고.]

아인이 시계를 보았다. 오후 4시다. 지금부터 밥 준비를 하면 그가 딱 맞춰 퇴근할 것 같았다.

"신혼부부 놀이라도 하자는 거예요?"

[그럴 생각 있으면 해줘.]

"난 아직 선배한테 요리를 해서 바칠 만큼 기분이 나아지지 않았어요."

아인이 일부로 뾰쪽한 목소리를 내며 말했다.

[그럼 기분 나아지면 해주든지. 아니면 뭘 해줄까? 뭘 해야 기분이 나아질 거 같은데?]

원우의 물음에 아인은 오기가 생겼다. 예전의 자신이라면 그가 곁에 있어주는 것만으로도 고마워하고, 미안해했다. 그런 주아인은 더 이상 없다.

"필요한 게 한두 가지가 아닌데 다 해줄 수 있겠어요?"

[말만 해.]

"가사 도우미 보내주세요. 밥해 먹는 거 지겹거든요. 음식 솜씨 좋고, 집안일 잘하는 사람으로요. 그리고 대학원 가고 싶어요. 후원해 줘요."

맡겨놓은 것을 받으려는 것처럼 아인은 일부러 되바라진 목소리로 말했다. 잠시 침묵이 흘렀다. 아인은 그가 자신에게 실망했을 거라 생각했다. 아니, 그러길 바랐다. 그에게 알려주고 싶었다. 김원우가 바라던 과거의 주아인 같은 건 없다는 것을.

[그거면 되겠어? 과외 선생님도 붙여줄게. 요즘 대학원 진학 장벽이 낮아졌다고는 하지만, 유명 대학원은 여전히 까다롭거든. 그리고 가사 도우미는 12시간 근무 가능한 사람으로 보낼 테니까 그렇게 알아.]

원우의 말에 아인이 흠칫했다. 자신이 1을 요구하자, 그가 3을 주려고 했다. 아인은 자신의 말을 철회하고 싶었으나 꾹 참았다.

"그래요, 그럼."

[그래. 가사 도우미는 지금 당장 보낼게. 저녁에 봐.]

"네."

통화가 끝난 후, 아인은 휴대폰을 물끄러미 바라보았다. 그것이 김원우라도 되는 양.

낯설다, 이런 모습.

그의 이런 관용이 언제까지 계속될까. 그보다도 이런 관용의 끝을 확인하려는 자신의 마음은 또 무엇일까.

아인이 복잡한 표정으로 식탁을 노려보았다.

원우가 엘리베이터에 몸을 실으며 습관적으로 휴대폰을 바라보았다. 휴대폰엔 그의 비서가 보낸 문자만 있었다. 내일의 스케줄이었다. 아침부터 저녁까지 빽빽했다. 저녁 시간을 비우라고 했더니 점심시간부터 줄곧 약속이었다. 문자를 확인한 원우는 그러고도 휴대폰을 손에서 떼지 못했다. 아인에게서 언제 연락이 올지 모르기에 휴대폰을 손에 쥐고서 오피스텔의 긴 복도를 걸어갔다. 벨을 누르려다 열쇠로 문을 열고 들어갔다. 보글보글 국 끓는 소리와 뜨끈한 공기가 에워쌌다. 원우가 부엌으로 걸어갔다. 아인이 한 손에 국자를 들고서 놀란 얼굴로 그를 보고 있었다.

"언제 왔어요?"

"방금."

"벨을 누르죠."

아인이 가슴을 쓸어내리며 말했다.

"바쁠 것 같아서."

원우가 들고 있던 가방을 내려놓으며 아인을 물끄러미 바라보았다. 그녀는 앞치마를 매고, 한 손에 국자를 든 전형적인 부인의 모습을 하고 있었다.

"뭐 하는 거야?"

"저녁 하고 있었어요."

"가사 도우미 안 왔어?"

원우의 표정이 단번에 사납게 변했다. 그가 비서에게 특별히 꼼꼼하게 사람을 골라 보내라고 전달해 두었다.

"왔어요."

"그런데?"

원우가 손끝으로 넥타이를 풀며 물었다. 스르륵 풀린 넥타이를 한 손에 꽉 쥐고서 원우는 대답을 바라듯 아인을 쳐다보았다.

"불편해서 보냈어요. 십 분 같이 있었는데 숨 막히게 불편하잖아요. 내가 다 할 수 있는데, 나보다 나이 많은 분이 왔다 갔다 하는 거 보니까 신경 쓰이기도 하고. 사람이 하던 대로 살아야 한다는 말이 뭔지 알겠어요."

아인이 포기했다는 듯 낮게 한숨을 내쉬었다. 처음 가사 도우미를 보았을 때만 해도 누려야겠다는 생각이 들었다. 그러나 그건 십 분도 못 갔다. 자신에게 저녁을 해주겠다며 이리저리 설치는 가사 도우미를 보자 마음에 돌이라도 얹힌 듯 무거워졌다. 결국 가사 도우미에게 오늘 일당을 주고 보냈다. 미안하다는 말과 다시는 오지 말라는 당부도 함께 전했다. 가사 도우미는 오늘 일당을 굳혀서 좋긴 하지만 겨우 잡은 직장을 잃는 게 불편한 듯 미묘한 표정을 짓고는 돌아갔다.

"그럼 신혼부부 놀이는 하는 건가?"

그가 입술을 늘이며 웃었다.

"오늘만이에요. 내일부터는 없어요."

"그래, 그럼."

원우가 너무 쉽게 승낙하자 되레 아인이 당황했다.

"내일부터는 나가서 먹어. 먹고 싶은 거 있으면 말해."

두 팔로 의자 등받이에 지탱해 선 그가 대수롭지 않게 말했다. 아인은 그런 그가 낯설었다. 그의 성격은 이런 걸 받아주지 않았다.

"내가 이러는 거 얼마나 더 봐줄 거예요?"

"그러는 넌 언제까지 계속할 건데?"

"기분 풀릴 때까지요."

"그럼 그때까지 계속해."

"……."

"지칠 때까지 어디 한번 해봐. 나도 내가 어디까지 이럴 수 있는지 궁금하니까. 과외 선생님은 내일부터 올 거야. 영어 과외는 필요하지 않아? 원어민으로 알아볼까?"

"선배."

아인이 심각한 표정으로 원우를 불렀다. 그러자 그가 하던 행동을 멈추고 돌아보았다. 이 집에 들어와 처음으로 그의 표정이 좋지 않았다. 한 박자 늦게 그의 입술이 느슨하게 늘어났다.

"그 호칭 좀 바꿔. 내가 지금까지 선배는 아니잖아."

"그래요. 그럼. 오빠."

주저함 없이 오빠라는 호칭을 내뱉는 아인을 보며 원우의 눈이 가늘어졌다. 한두 번 불러본 솜씨가 아니었기에 신경 쓰였다. 그녀의 혈연 관계에 오빠는 없다는 걸 잘 알기 때문이었다.

"오빠, 내가 필요하다고 요구한 거 외엔 신경 안 썼으면 좋겠어요. 부담스러우니까요."

"그래."

원우가 가볍게 고개를 끄덕였다. 아인은 식탁 위에 보글보글 끓는 된

장찌개를 올렸다. 시금치나물과 소불고기 등 몇 가지 반찬이 상에 올랐다. 원우는 아인이 처음으로 차려준 저녁상을 물끄러미 바라보다가 숟가락을 들었다.

"잘 먹을게."

아인도 그의 앞에 마주 앉아 숟가락을 들다 멈칫했다. 잘 먹을게, 라는 흔한 인사가 친근하게 들렸다. 순간 설레었고, 아주 잠깐 상상이 되었다. 그와 부부가 되는 삶. 아인은 성급하게 달려가는 자신의 상상력을 질책하며 밥을 떴다.

침대에서 뒤척거리던 아인이 조용히 눈을 떴다. 어둑한 천장이 눈에 들어왔다. 곁에서 쌔근거리는 숨소리가 들렸다. 조금 전까지 잠에 못 들어 뒤척거리던 그는, 자신이 잠든 척한 지 얼마 되지 않아 잠에 들었다. 마치 자신이 잠들기를 기다린 사람처럼.

아인이 고개를 돌려 원우를 바라보았다. 눈을 감고 있는 그의 모습이 눈에 들어왔다. 아인은 시선으로 원우의 얼굴을 그려냈다. 길게 뻗은 눈매와 오뚝하게 솟은 콧날. 어디 하나 빠짐없이 아름다웠다. 이런 그에게 자신은 심통을 부리고 있었다.

'당분간 하고 싶지 않아요. 다음에 해요.'

아인은 그와 긴 키스를 한 끝에 그를 밀어냈다. 몸은 이미 키스로 인해 달아올랐지만, 쉽게 허락하고 싶지 않았다. 원우가 괴로운 듯 얼굴을 찌푸리는 걸 보면서도 아인은 강경하게 나왔다. 그러자 원우는 아무 말 없이 몸을 뒤로 물렸다. 도저히 견디지 못한 원우가 화장실에 다녀와도 아인은 모르는 척했다.

쉽게 허락하고 싶지 않았고, 쉽게 용서하고 싶지 않았다. 그날의 기억은 아직도 까끌까끌한 사포처럼 자신의 머릿속에 남아 있었다.

언제쯤 용서할 수 있을까.

아인은 스스로에게 물었지만, 아직도 대답을 찾지 못했다. 그렇다고 원우를 밀어내고 싶은 건 아니었다. 받아들이기로 했지만, 아직도 가슴 깊은 곳은 차갑게 얼어 있었다.

이리저리 뒤척거리던 아인이 조용히 몸을 일으켰다. 도저히 누워 있을 수가 없었다. 부엌에서 물을 한 잔 마신 아인은, 두툼한 외투를 입고 베란다로 나갔다. 차가운 바람이 정신없이 불어쳤다. 아인의 긴 머리카락이 흩날렸다. 조금 머물자 추위가 가시면서 야경이 눈에 들어왔다. 고층의 오피스텔에서 살다 느낀 건, 낮은 하늘이 아름다웠고 밤은 지상이 아름답다는 것이었다. 그래서 심심할 겨를이 없었다.

이제 어떻게 할까.

아인은 찬바람을 쐬며 자신의 삶을 고민했다. 원우에겐 대학원으로 진학하고 싶다고 말했지만, 그게 쉬운 일이 아니라는 걸 알고 있었다. 발끝이 붕붕 뜨는 기분이었다.

무언가 꼭 해야 하는데, 하지 못한 기분. 그게 뭘까.

아인이 심각하게 고민할 때였다. 드르륵 소리와 함께 베란다 문이 활짝 열렸다. 순식간에 암막 커튼이 한껏 부풀었다가 사라졌다. 커튼의 숨이 죽자, 문 앞에 서 있는 원우가 보였다. 그는 새빨갛게 충혈된 눈으로 서 있었다. 그 눈으로 아인을 확인한 그가, 손을 뻗어 그녀의 손을 거머쥐었다.

"하."

그러고는 안도의 한숨을 내쉬더니 눈을 감았다.

"……오빠?"

그가 아인의 손을 거머쥐고서 무릎을 굽혔다.

"하아."

뒤늦게 숨을 몰아쉬는 원우를 보며 아인은 놀랐다. 그는 잠들었던 모습 그대로였다. 상의를 탈의하고, 트레이닝복 바지 하나만 입은 차림이라, 보기에도 추워 보였다. 얼굴을 찌푸린 아인이 들어가려 했으나, 원우가 문 앞을 가로막고 있어서 꼼짝도 할 수 없었다.

"오빠, 왜 이래요?"

아인이 놀란 얼굴로 물었다.

"……말을 해."

"네?"

"어딜 가면 말을 하라고."

"아……."

아인의 입술이 자그맣게 벌어졌다. 느릿하게 고개를 든 원우는 몹시 지친 얼굴이었다. 잃어버렸던 아이를 뒤늦게 찾아 가슴을 쓸어내린 얼굴이었다. 고작해야 잠자다가 잠시 사라졌을 뿐인데, 그에게는 정신이 번쩍 들 만큼 놀랄 만한 일인 모양이었다. 이런 찬바람을 쐐도 전혀 추운지 못 느낄 만큼, 그는 제정신이 아니게 보였다.

"괜찮아요?"

아인이 무릎을 굽히고서 물었다.

"아니. 네가 없어진 줄 알았어."

"내가 어딜 가요?"

"알아. 아는데…… 불안해. 초조하고."

아인은 자신의 손목을 꽉 움켜쥐고 있는 원우의 큰 손을 보았다. 얼마나 세게 힘을 주었는지 손목이 끊어질 것처럼 아팠다. 그러나 아인은 원우의 손을 뿌리치지 못했다. 손가락이 희게 질릴 만큼 자신을 움켜쥐고 있는 손끝이 애틋하고 애처로웠다.

"들어가요, 선배."

아인이 조용히 말하자, 그가 몸을 일으켰다. 아인의 손목을 끌어당겨 실내로 넣은 후, 그는 베란다 문을 닫았다. 커튼까지 순식간에 쳤다. 그러자 먹먹한 침묵이 사위를 감쌌다.

"어디 안 갈게요. 이제 그만 자요."

아인이 돌아섰다.

"나는."

한마디가 툭 떨어졌다. 아인이 느릿하게 고개를 돌렸다.

"네가 없으면 안 될 거 같다."

힘이 다 풀린 목소리로 그가 속살거리듯 말했다. 그 순간 아인의 숨이 멎었다.

"네가 없으면…… 미친놈이 되는 거 같아."

"……"

"그러니까 어디 안 간다고 말 좀 해."

금방이라도 울어버릴 것처럼 목소리에 습기가 가득했다. 아주 잠깐이었다. 자신이 베란다로 나온 건 몇 분 되지 않았다. 그 짧은 시간 동안 온 집을 헤맨 듯 화장실 문이 열려 있고, 현관문이 열렸다 닫힌 흔적이 보였다.

아인이 느릿하게 몸을 돌려세웠다. 무슨 말을 해야 할지 몰라 빈 입술을 벙긋거렸다.

어디 가지 않겠다고 약속해야 할까, 아니면 걱정하지 말라고 그를 달래줘야 할까. 그는 왜 자신이 사라질 때마다 정신을 못 차리는 걸까. 자신이 사라졌던 그 2년이 지독하게 힘들었던 걸까. 자신이 사라진 후 얼마간 제정신이 아니었다는 말이 떠올랐다.

어떤 말도 못한 채 우물거리는 사이 원우가 아인의 남은 손목을 거머쥐었다. 두 손목을 나란히 잡고서 원우가 허리를 굽혔다. 눈높이가 맞았다. 협탁 위에 놓인 스탠드의 주홍빛 불빛이 두 사람의 얼굴을 비추었다.

"사랑해."

그가 헝클어진 목소리로 사랑을 고백했다. 원우의 입술을 바라보고 있던 아인이 느릿하게 시선을 들었다.

"……사랑해, 주아인."

그의 목소리에 아인의 눈동자가 정신없이 흔들렸다. 자신의 귀로 듣고도 믿을 수가 없었다. 온 세상이 일시 정지한 느낌이었다. 그 속에서 김원우만 또렷한 색을 가진 채 움직이고 있었다.

"……거짓말."

아인이 조용히 거부했다.

"사랑해."

"거짓말이죠?"

"진심이야."

원우가 아인의 눈동자를 바라보며 조용히 속삭였다. 아인의 눈동자로 차츰차츰 눈물이 차올랐다. 그러곤 후두둑 묵직한 소리를 내며 바닥으로 곤두박질쳤다. 그가 사라지지 말아달라고 사정했을 때에도, 자신을 붙들고서 놔주지 않을 때에도 가슴 한구석이 빈 느낌이었다. 차가운 얼음덩어리가 가슴에 남아 이따금씩 찌릿한 통증을 주곤 했다. 그런데 그의 말을 듣고서야 아인은 자신의 결핍이 무엇인지 알 수 있었다.

그에게 여자로서 사랑받고 싶었다.

그의 결핍을 채워주는 사람이 아니라, 그에게 유일한 여자로 곁에 남아 있고 싶었다. 그 말이 미치도록 듣고 싶었다.

"흐흡."

아인이 울음을 터트리며 그의 팔을 더듬어 거머쥐었다. 그러고는 마치 자신을 구원해 줄 동아줄이라도 되는 양 꽉 움켜쥐었다. 울음이 끝없이 흘러나왔다. 마음에서 넘친 눈물이 뺨을 흠뻑 적셨다. 허물어지려는 아인을 원우가 끌어안았다. 온몸이 밀착했다.

쿵, 쿵. 누구의 심장인지 모를 만큼 심장이 정신없이 뛰어댔다.

원우는 그런 아인을 안고서 등을 쓸어내려 주었다.

가슴 깊은 곳에 숨겨져 있던 말을 툭 건든 순간, 아인은 울음을 터트렸고 그치기까지 꽤 긴 시간이 걸렸다. 그런 아인을 원우는 묵묵히 안아주었다.

아인은 침대 헤드에 등을 기대고 앉았다. 눈물을 닦은 휴지를 만지작거리며 곁에서 지켜보는 원우의 시선을 느꼈다.

"사랑한다는 말, 진심이에요?"

"어. 난 여태껏 충분히 말한 것 같은데 왜 처음 듣는 것처럼 굴지?"

"처음이잖아요."

"사라지지 말라고 몇 번이나 부탁했잖아. 옆에 있어달라고 했고."

"어떻게 그 말이 그 말이에요?"

"같은 말이었어. 나한테는."

"……."

"사랑하지 않는 여자를 찾아서 2년이나 헤매고, 놓치지 않으려고 애쓰는 남자가 있을 거라고 생각해?"

처음부터 끝까지 행동으로 표현했음을 말하는 원우의 말에 아인은 입을 다물었다.

"난 그렇게 못 느꼈어요. 아니, 느꼈어도 내 감을 믿을 수가 없었어요.

2년 전에도 그랬으니까."

그때도 원우가 자신을 조금이나마 사랑한다고 믿었다.

"2년 전에도 사랑했어."

원우의 고백에 아인의 고개가 돌아갔다. 무슨 소리냐는 듯 눈을 크게 뜨고서 바라보자, 원우가 낮게 한숨을 흘렸다. 아인의 생각과 자신의 생각이 많이 다름을 알았다.

"사랑했는데, 내가 몰랐을 뿐이야. 그땐…… 모든 게 다 삐뚤게만 보였으니까."

땅을 딛고 서 있어도 서 있는 느낌이 들지 않았다. 세상이 당장 끝나도 아쉬울 게 없었다. 그랬기에 주아인이 자신에게 어떤 사람이고, 어떤 의미인지 알지 못했다.

"그래서 계속 이렇게 사과하고 있잖아. 미안하다고."

원우가 조용히 말하며 아인에게 다가갔다. 쪽, 그의 입술이 가벼운 소리를 내며 아인의 뺨에 입을 맞추었다. 아인이 흠칫했으나, 물러나지 않았다. 원우가 고개를 조금 더 비틀어 아인의 입술에 입을 맞추었다. 따뜻하고 몰캉거렸다. 원우의 입술이 아인의 아랫입술을 부드럽게 빨아들였다가 놓았다. 등허리가 찌릿한 느낌이 퍼졌다. 아인이 고민 끝에 조용히 그의 목에 팔을 둘렀다.

"용서하는 거야?"

원우가 아인을 물끄러미 바라보았다. 코끝이 닿을 만큼 가까운 거리였다.

"다시는 내 옆에서 안 떠난다고 약속하면요."

아인의 조용한 목소리에 원우의 입술이 부드럽게 늘어났다.

"그 약속은 이전부터 했어."

말을 마친 원우가 웃음기를 머금고서 아인의 입술을 빨아들였다. 원우

가 아인의 허리를 감싸고서 아래로 끌어 내렸다. 순식간에 몸이 밀려 내려
간 아인은 금세 뒤로 눕혀졌다. 그의 입술이 아인의 목덜미에 내려앉았다.

"읏."

원우의 입술이 목덜미에 닿았을 뿐인데, 등허리가 찌릿했다. 그의 손
이 아인의 잠옷 사이로 파고들었다. 매끈하고 부드러웠다. 티셔츠로 밀고
올라간 손은 금세 아인의 가슴을 덮었다. 한 손에 잡히는 사이즈였다. 원
우의 입술이 동그란 가슴 위에 뾰쪽하게 선 유두로 향했다.

"으흣."

그의 입술이 아인의 가슴을 머금었다. 혀끝이 유륜의 주변을 돌다가
유두를 톡 건드는 순간, 탄산이 터지듯 아래에서 짜르르한 느낌이 번졌
다. 아인은 호흡을 고르지 못하고 헐떡거렸다. 그가 만지는 곳마다 온몸
이 찌릿거렸다.

원우는 자신이 만지는 대로 반응하는 아인을 위에서 바라보았다. 불그
스름하게 익은 뺨, 흐트러진 옷가지 사이로 드러난 가슴과 골반. 군살 없
이 탄탄하게 이어진 몸은 보기만 해도 아찔했다.

"하아."

원우가 낮은 숨소리를 흘리며 아인의 속옷과 잠옷 바지를 단숨에 벗겼
다. 맨살에 와 닿는 서늘한 감촉에 아인이 흠칫했다. 그러기도 얼마 가지
않아, 아인은 히익 소리를 내며 바짝 긴장했다. 순식간에 벌어진 다리 사
이로 원우의 머리가 들어왔다.

"서, 서, 선배!"

아인은 그를 오빠라고 부르기로 한 것도 잊은 채 다급하게 그를 불렀
다. 그러나 원우는 아인의 양쪽 다리를 단단하게 움켜쥐고서 파고들었다.

"으아앗!"

촉촉하게 젖은 꽃잎 사이를 벌리며 미끈한 혀가 밀고 들어왔다. 입구

에서부터 예민한 클리토리스까지 단숨에 핥아 올리자, 아인이 흠칫하며 파르르 떨었다. 원우의 혀끝이 예민하게 바짝 선 동그란 구슬로 향했다.

"으으으응!"

혀끝으로 그곳을 자극하자, 아인이 어쩔 줄 몰라 하며 몸부림쳤다. 그러나 원우의 힘 때문에 꼼짝도 할 수 없었다.

"으흣!"

그가 움직이는 대로 아인의 몸이 움찔거렸다. 순식간에 아인의 중심이 젖어갔다. 몸을 일으킨 원우가 자신의 바지를 벗고는 자리를 잡았다. 커다란 물건을 쥐고서 끄트머리에 가져다 댔다. 부드럽고, 뜨거우며, 단단한 무언가가 닿자 아인이 낮게 숨을 내쉬었다. 아인이 호흡을 다 내쉬기도 전에, 물건이 단숨에 몸을 뚫고 들어왔다.

"으흡!"

아인의 허리가 접혔다. 아픈 건 아니지만 순간 아래가 가득 찬 이물감이 느껴졌다. 동시에 아래가 잔뜩 수축하며 원우의 것을 꽉 움켜쥐었다.

"후우."

원우가 참기 힘들다는 듯 눈을 가볍게 찌푸리고서 숨을 내쉬었다. 단지 삽입만 했을 뿐인데 아인은 힘겨웠다. 그가 허리를 굽혀 아인의 살이 닿는 곳마다 자잘하게 입을 맞춰주었다. 얼마 지나지 않아 아인의 몸이 녹진하게 풀어졌다. 그러자 원우가 서서히 몸을 움직이기 시작했다.

"하아, 하아, 으읏!"

아인이 가늘게 몸을 떨었다. 원우가 느릿하게 움직이던 몸을 조금씩 빠르게 움직였다.

탁, 탁, 탁!

"으으응!"

아인의 허리가 저도 모르는 사이에 흔들렸다. 원우의 물건 끄트머리가 아인의 예민한 곳을 쿡 찔렀다. 아인은 그때마다 파르르 떨었고, 그럴수록 꽉 조이는 탓에 원우도 호흡을 골라야 했다. 물건이 빠져나올 때마다 내벽이 꽉 움켜쥐고서 딸려 나오는 듯했다.

"흐읍!"

그가 움직일수록 아인은 숨을 쉬기가 힘들어졌다. 아래가 빠듯하면서도 찌릿한 쾌감이 치고 올라왔다.

"하아, 하아, 으흣!"

원우의 몸이 세차게 아인의 몸을 치받아 올렸다. 어쩔 줄 몰라 하는 사이 아인의 몸이 점점 더 뜨거워졌다. 아래가 터질 것 같았다. 마치 무언가가 팍 터져서 나올 것 같은 느낌이 들 즈음, 온몸이 바짝 긴장되면서 아랫배부터 짜르르한 감각이 머리끝까지 치고 올라왔다. 순간 움찔하며 움츠러들었던 아인의 몸이 흘러내리듯 풀렸다.

"혼자 끝났어?"

원우가 아인의 골반을 쥐고서 물었다. 여전히 안이 가득 찬 걸 봐선 그는 아직 먼 것 같았다. 자신의 물건을 쑥 빼낸 원우는 아인의 몸을 뒤로 눕혔다. 아인이 반듯하게 눕자마자 그가 그녀의 몸을 올라탔다. 거대한 물건을 그녀의 몸 사이로 밀어 넣었다.

"읍!"

한껏 예민한 곳에 이전보다 더 자극이 강하게 치고 들어오자 아인이 흠칫했다. 원우가 조금 움직이자, 아까의 절정이 거짓말이었던 것처럼 몸이 뜨거워져 갔다.

"하아, 하아, 으흡!"

원우의 거대한 물건이 아인의 몸을 가로지르며 움직였다. 열이 피어나는 만큼 쾌락이 온몸을 휘감았다.

탁, 탁!

힘껏 아인을 몰아붙이던 그는, 아인의 무릎을 굽히게 하더니 몸을 일으켰다. 아인의 등이 그의 가슴에 닿았다.

"으흥, 흐훗!"

아인의 허리가 활처럼 휘었다. 앞으로 넘어지려는 몸을, 원우가 꽉 움켜쥐었다.

"하아, 하아, 선배."

"다른 호칭으로 부르랬지?"

"오, 오빠."

"어. 하아."

대답을 하던 원우가 저도 모르게 탁한 숨을 흘렸다. 그 목소리가 지독하게 퇴폐적이라 귓가가 녹아내리는 착각이 들었다.

"하, 한 번만 더 말해주면 안 돼요?"

"뭘?"

"사랑한다는 말이요."

아인은 자신이 말하면서도 울컥했다. 너덜너덜 해진 가슴을 안고서 도망칠 때까지만 해도 원우에게서 그 말을 들을 날이 올 거라고 생각지도 못했다.

"사랑해."

원우가 아인의 귓가에 낮게 속삭였다. 아인이 입술을 사리물었다. 다시금 울음이 터지려 했다. 그 말이 왜 이렇게 아픈지 모르겠다.

원우는 앞으로 쓰러질 것처럼 고개를 푹 숙인 아인을 바라보았다. 힘을 빼고 간헐적으로 신음을 흘리는 아인은 몹시 힘들어 보였다. 원우가 자신의 욕심에 아인을 아프게 하는 줄 알고 멈추려 할 때였다.

"……요."

갈대처럼 흔들리던 아인이 조용히 말했다. 원우는 그 말을 알아듣지 못하고 그녀의 흔들리는 뒤통수만 바라보았다.

"나도, 사랑해요."

중얼거리듯 이어지던 목소리가 조금 더 커진 순간, 원우는 아인의 말을 알아들었다. 순간 견딜 수 없는 느낌이 온몸을 휘감았다. 더 이상 참지 못하고 원우가 제 물건을 빼내 바닥에 사정했다. 움찔하는 것도 잠시 원우가 아인의 뒷모습을 바라보았다. 허물어지듯 아인이 옆자리로 쓰러졌다. 원우가 그 자세 그대로 아인을 바라보았다.

"나도, 사랑해요."

아인이 붉어진 눈가를 가리며 중얼거렸다.

"이런 말 진부하고 별로라는 거 알아서 다른 말을 해보려고 했는데, 이 말밖에 없어요. 아무리 고민해도…… 이 말밖에는."

아인이 웅얼거리듯 말하고는 눈을 감았다.

왜 사랑한다는 말은 들을 때도, 할 때도 눈물이 나는 걸까.

아인이 눈물을 닦으려 휴지로 손을 뻗을 때였다. 원우가 그녀의 손을 낚아채 자신에게로 당겼다. 순식간에 그의 몸 쪽으로 딸려간 아인은 뺨에 와 닿는 원우의 입술을 느꼈다. 가벼운 입맞춤에 눈물이 조금씩 사라져 갔다.

마침내 원우의 가벼운 입맞춤이 끝났다. 아인은 조금 얼떨떨한 얼굴로 원우를 바라보았다. 그는 말없이 아인의 뺨을 쓰다듬어 주었다. 그의 손 끝에 미처 닦지 못한 눈물이 묻어 있었다. 아인이 느릿하게 웃으며 그의 어깨에 이마를 가져다 댔다. 원우가 한 손으로 아인의 허리를 감쌌다.

원우가 입술을 움직였다. 어떤 말이든 하고 싶었다. 그러나 어떤 말도 지금 상황에선 어울리지 않았다. 그는 입을 다물고 다시금 눈을 감은 아인에게 입을 맞추었다. 용기 내어 자신에게 다시 고백해 준 아인이 더없이 사랑스럽다는 듯이.

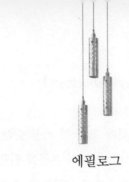

에필로그

아인이 무심코 달력을 보았다. 시간이 빛보다 **빠르게** 흘러갔다. 일주일이라는 시간이 어디로 흘러갔는지 모르겠다.

이젠 결정을 해야 하는데……. 어쩐담.

멍하게 서 있던 아인이 가스레인지로 시선을 돌렸다.

가스레인지 위에서 김치찌개가 보글보글 끓었다. 네모난 식탁 위엔 몇 가지 나물 반찬과 고등어구이가 소담하게 올려져 있었다. 아인은 김치찌개와 식탁을 번갈아 보았다.

"뭘 그렇게 번갈아 봐?"

막 씻고 나온 원우가 식탁에 앉으며 물었다.

"뭔가 부족해 보여서요. 뭘 더 차릴까요? 계란후라이라도 하나 해야 하나 싶어요."

"아침부터 이만하면 충분해. 와서 앉아."

"잠시만요. 김치찌개 다 끓었어요. 가지고 갈게요."

아인이 김치찌개를 깔판 위에 조심스럽게 올려놓았다. 모락모락 김이 오르는 김치찌개를 쳐다보던 원우가 숟가락으로 한 입 떠 넣었다.

"맛은 괜찮아요?"

아인이 걱정스러운 얼굴로 바라보았다.

"맛있어."

원우의 말이 떨어지자 아인의 입매가 느슨하게 늘어났다.

원우는 아버지의 회사로 이직한 후, 아인의 집에서 살다시피 했다. 되도록 원우는 귀가해서 아인과 함께 식사하려고 했다. 그 때문에 아인은 처음으로 둘이 먹는 밥이 맛있고, 혼자 먹는 밥이 쓸쓸하다는 것을 알았다. 늘 혼자 먹었기에 외로운 줄도 몰랐는데.

"오빠, 계속 고민해 봤는데요. 이제 오빠는 오빠 집으로 돌아가요."

아인이 조용히 말하자, 원우가 눈을 들어 그녀를 보았다.

"왜?"

"언제까지 여기서 지낼 거예요? 큰집도 비어 있잖아요. 여기가 복잡하기도 하고요."

혼자 살기엔 넉넉하지만, 둘이 살기엔 좁았기에 집이 금세 복잡해졌다. 그래서 주말이면 원우는 침대에 앉아 몇 시간씩 일을 해야 했다. 그런 원우가 신경 쓰여 아인은 발끝을 들고 다녀야 했다. 함께 있는 건 즐겁지만, 서로가 불편하다면 떨어져 지내야 한다. 불편함을 품은 관계는 오래가지 않으니까.

"그럼 너도 큰집으로 와."

"아뇨. 전 여기 있을래요."

아인의 거부를 예상치 못했다는 듯 원우가 그녀를 빤히 바라보았다. 아인은 밥이 넘어가지 않는지 물 잔을 만지작댔다.

"사귀는 사이에 동거는 아닌 것 같아요. 그러니까 집으로 돌아가요. 나도 상황 마무리되는 대로 이사 갈 거예요. 도망치지 않을 테니까 안심하고요."

아인이 미소 지으며 말했지만, 제법 단호했다. 그는 이 상황이 마음에 들지 않았지만, 더 이상 아무 말 하지 않았다.

아인이 침대에 걸터앉아 원우의 변호사가 가져다 준 자필 편지를 읽었다. 수아와 새어머니로부터 온 편지였다. 두 사람은 아버지의 사망보험금 건으로 형사소송과 원우의 대출로 인한 민사소송이 진행 중이었다. 편지에는 이 상황이 몹시 힘들어 죽겠다며, 다시는 눈앞에 나타나지 않으니 봐달라며 구구절절 쓰여 있었다. 아인이 무감한 눈으로 편지를 훑어 내렸다. 벌써 일주일째 보는 비슷한 패턴의 편지는 그녀를 무감하게 만들었다. 아인이 편지를 곱게 접어 손으로 찢었다.

자신은 수많은 기회를 주었다. 그녀가 아버지의 사망보험금을 가지고 도망쳤을 때 찾지 않았고, 다시는 눈앞에 나타나지 않으면 봐주려고 했다. 그런데 상황 파악 못하는 두 여자가 제 앞에 나타나 돈을 요구했다. 두 사람을 도저히 이해할 수도, 용서할 수도 없었다.

아인이 차가운 표정으로 휴대폰을 들었다.

[네. 사모님.]

"그렇게 부르지 마세요."

아인이 민망한 표정으로 말했다.

[김원우 실장님께서 그렇게 부르라고 말씀하셔서, 저도 어쩔 도리가 없습니다.]

변호사의 호칭이 민망한 듯 아인이 얼굴을 찌푸렸다. 자신보다 나이가 많은 사람에게 사모님 소리 듣는 건 여간 불편한 일이 아니었다.

[그런데 무슨 일이십니까?]

"아! 두 사람 합의 보지 마세요. 그냥 이대로 진행하세요."

이대로 가면 두 사람은 형을 선고 받을 거고, 그렇지 않더라도 민사재판 때문에 자신의 앞에 나타나지 못할 확률이 컸다.

[알겠습니다. 그렇게 진행하겠습니다. 혹시 전하실 말씀 있으시면 하십시오.]

"더 이상 편지 보내지 말라고 전해주세요. 이 마음 변할 일 없다고요. 그리고, 한 번만 더 제 눈앞에 나타나면 지금보다 더 고통스럽게 만들어 줄 테니 그렇게 알라고 전해주세요."

[네. 알겠습니다.]

변호사가 조금의 뜸을 들이고 대답했다. 여리여리하던 젊은 여자의 목소리에서, 자신이 아는 가장 무서운 사람인 김원우의 느낌이 묻어나자 놀랐다.

"그럼 수고하세요."

[네. 또 전하실 일 있으면 연락 부탁드립니다.]

"네. 감사합니다."

아인은 깍듯하게 인사를 한 후, 통화를 끝냈다. 아인은 더 이상 좋은 게 좋은 거라는 말을 믿지 않았다. 더 이상 두 사람에게 관용을 보이지 않겠다고 다시 한 번 다짐했다.

"후우."

그러나 정신적인 소모가 커서 금세 피곤해졌다. 아인이 길게 한숨을 내쉬며 고개를 돌렸다. 원우와의 약속 시간이 가까워졌다. 아인이 몸을 일으켜 옷장으로 다가갔다.

❖

원우가 아인을 데려간 곳은, 창가로 강변이 보이는 레스토랑이었다. 원우의 식성은 양식보다 한식이라는 것을 아는 아인은 그의 이런 선택이 의아했다. 그러다 그가 자신의 바람을 쐬게 해주려고 그러는 걸지도 모른다고 생각했다.

"맛은 어때?"

원우가 물었다. 요즘 본사로 들어간 후 일이 많다고 하더니 얼굴이 까칠했다.

"맛있어요. 맛있는데, 나 때문에 무리하지 말아요."

"무리하는 걸로 보여?"

"얼굴이 피곤해 보여요. 어제도 밤샜죠?"

"어. 잠이 안 와."

원우는 말을 하며 쥐고 있던 나이프를 내려놓았다.

"이사는 언제 갈 거야?"

물을 한 모금 마신 후, 물 잔을 내려놓으며 원우가 물었다.

"일주일 내로 갈 생각이에요. 그리고 이사 간 후에는 여기저기 학원을 다녀볼까 해요."

"대학원은?"

"그건 조금 더 고민해 보기로 했어요. 일단 한 3개월쯤 학원도 다니고, 여행도 다니면서 머릿속을 정리하다가 다시 진로를 결정하려고요."

아인이 담백한 표정으로 말했다. 원우는 그런 아인을 물끄러미 바라보았다. 어느새 아인은 무언가를 결정할 때 자신의 동의를 구하지 않았다. 2년 전, 최대한 자신에게 맞춰주려고 하던 주아인이 영영 사라진 기분이었다. 아쉽기도 했지만, 심지를 갖고 있는 주아인도 제법 멋있었다.

"큰집으로 들어와. 그게 싫으면 아파트라도 구할게."

"무슨 말이에요?"

"같이 살자고."

"말했잖아요. 나는 교제 중에 동거할 생각 없다고요."

아인이 분명하게 거부 의사를 드러냈다. 그러나 원우는 아인의 말을 듣지 않고 주머니에서 무언가를 꺼내 그녀에게 내밀었다. 자그마한 박스였다.

"열쇠예요?"

아인이 미간을 찌푸렸다.

"열어봐."

아인이 케이스를 열다가 흠칫했다. 아인이 눈만 들어 원우를 빤히 바라보았다.

"동거가 아니라 결혼하자는 거야."

"……."

"결혼하자, 아인아."

평소처럼 주아인이 아니라 아인아, 라고 다정하게 불렀다. 살짝 애틋하게까지 들리는 그 목소리를 들으며 아인의 시선이 다시 케이스로 향했다. 그 안에는 크기가 다른 한 쌍의 반지가 나란히 꽂혀 있었다.

"그거 고른다고 피곤한 거야. 일 미뤄가면서 하루에 몇 시간씩 여기저기 뒤져서 찾은 거야. 혹시 걱정할까 봐 미리 말하자면 집안의 반대 같은 건 없을 거야. 2년 전부터 그런 일 없도록 해놨으니까. 시어머니도 우리 사이 간섭하지 않을 거야. 결혼식도 성대하게 치를 생각 없고. 네가 불편하거나 걸리는 일 없을 거야."

"……."

"내가 이렇게 구구절절하게 말하는 이유는……."

"……."

"그러니까, 거절하지 말라고."

원우가 두 손을 움켜쥐었다. 태어나 가장 떨리는 순간이었다.

원우의 목소리에 아인의 입술이 한껏 오므라졌다. 그러다 못 견디겠다는 듯 입술 끝이 늘어났다. 살짝 입술 끝이 떨리는가 싶더니 눈앞이 뿌옇게 변했다. 아닌 척 굴었지만, 원우에게 이런 프러포즈를 받고 싶었나 보다.

"하아."

아인이 숨을 뱉으며 환하게 웃는 순간, 눈물이 뚝 떨어졌다. 원우가 반지 케이스를 가져가 작은 반지를 뺐다. 그러고는 아인의 네 번째 손가락에 반지를 밀어 넣었다. 다행히 딱 맞았다. 반지에서 눈을 떼지 못하는 아인을 보며 원우는 주먹을 꽉 말아 쥐었다.

행복해서 우는 아인의 모습이 더할 나위 없이 예뻤다. 커다란 눈에 맺힌 눈물, 붉은 입술 사이로 드문드문 흘러나오는 얕은 숨소리, 위로 올라간 입꼬리.

이런 모습을 보고 싶었구나.

원우는 오래도록 아인을 보면서 느꼈던 갈증이 무엇인지 알았다. 이렇게 웃게 해주고 싶었다. 자신 때문에 행복해하는 모습을 보고 싶었다. 이 여자 때문에 자신이 행복한 것처럼.

아인이 원우의 손을 가져가 그의 네 번째 손가락에 반지를 끼웠다.

"이게 내 대답이에요."

"이사는?"

집요하게 이사를 요구하는 원우 때문에 아인이 픽 웃었다. 동시에 고여 있던 눈물이 툭 떨어졌다. 원우가 손을 뻗어 아인의 눈가를 닦았다.

"해야죠. 이러면 같이 살아야죠."

아인의 대답에 원우가 반지 낀 아인의 손을 잡아 입술로 가져다 댔다. 네 번째 손가락에 입을 맞춘 그가 아인을 바라보았다.

"이거 빼지 마."

원우의 경고성 프러포즈에 아인의 입꼬리가 더 위로 향했다. 그의 입김이 손가락에 닿자 간질간질거렸다. 동시에 가슴에 뭉게구름이라도 피어난 것처럼 한껏 부풀어 올랐다.

행복해서 웃음이 나고, 또 울음이 나려 했다.

자신이 그를 원하는 만큼, 그가 자신을 원하고 있다는 사실에 행복했다.

"네. 안 뺄게요."

아인이 먹먹한 표정으로 말하며 고개를 끄덕였다.

"절대로."

선언하듯 아인이 한마디 덧붙였다. 그런 아인이 사랑스러운 듯 원우의 입술이 기분 좋게 늘어났다.

··· THE END ···

< 작가 후기 >

　안녕하세요. 서혜은입니다. 『두근두근, 네가 좋아서』 이후로 오랜만에 종이책으로 인사드립니다. 한 권으로 예상했던 글이 길어지면서 감정적인 소모가 컸던 글입니다.

　그럼에도 즐거운 마음으로 글을 쓸 수 있었던 걸 보면, 저는 아무래도 타고난 글쟁이인가 봅니다. 글을 쓸 수 있어서 행복하고, 또 행복합니다. 이 행복이 길게 이어지길 바라봅니다.

　이 자리를 빌어 몇 분에게 감사드립니다. 먼저 이 글을 읽어주신 독자님들, 꽁꽁 숨겨져 있는 제 블로그를 찾아 방문해 주신 독자님들, 독려해 주고 응원해 주는 동료 작가님들, 이 책을 출간해 줄 소중한 출판사 직원분들, 그리고 제가 세상에서 가장 사랑하는 가족들. 마지막으로 제가 글을 쓸 수 있게끔 해주시는 주님. 늘 제 곁에 계셔주셔서 감사합니다.

　앞으로도 더 열심히, 더 즐겁게, 더 많은 글을 쓸 수 있도록 노력하겠습니다.

　다음에 뵐 땐, 지금보다 더 행복하셨으면 하고 진심으로 바라봅니다.

　행복하세요.

—서혜은(아홉시)